·世界文学名著·

幻 灭

Lost Illusions

（法）巴尔扎克 著
傅 雷 译

北方联合出版传媒（集团）股份有限公司
春风文艺出版社
·沈 阳·

图书在版编目（CIP）数据

幻灭 /（法）巴尔扎克著；傅雷译．—沈阳：春风文艺出版社，2017.6（2025.8重印）
ISBN 978-7-5313-5259-4

Ⅰ.①幻… Ⅱ.①巴… ②傅… Ⅲ.①长篇小说—法国—近代 Ⅳ.①I565.44

中国版本图书馆CIP数据核字（2017）第105193号

北方联合出版传媒（集团）股份有限公司
春风文艺出版社出版发行
沈阳市和平区十一纬路25号　邮编：110003
辽宁新华印务有限公司印刷

选题策划：单瑛琪	责任编辑：张玉虹　姚宏越
媒体联络：刘　维	统筹发行：郝庆春
团　　购：刘静波	印制统筹：刘　成
责任校对：陈　杰	封面设计：Amber Design 琥珀视觉
版式设计：杜　江	幅面尺寸：145mm × 210mm
字　　数：496千字	印　　张：19
版　　次：2017年6月第1版	印　　次：2025年8月第7次
书　　号：ISBN 978-7-5313-5259-4	
定　　价：40.00元	

目　录

第一部　两个诗人 001

第二部　内地大人物在巴黎 127

第三部　发明家的苦难 423

第一部　两个诗人

一　一家内地印刷所

我们这故事开场的时代，内地的小印刷所还没采用斯丹诺普印刷机①和油墨滚筒。安古兰末虽然凭着当地的特产②同巴黎的印刷业经常接触，用的始终是木机。俗语把印刷叫作“叫机车叹气”，就是从木机来的，这句话现在可用不上了。城里落后的印刷所当时还用皮制的球，给掌车工人蘸了墨涂在铅字上。预备铺纸上印，排满铅字的版子，安放在一个云石做的活动盘上，所以盘子在行话中叫作“云石”。这种机器尽管简陋，埃尔塞弗，柏朗坦，阿尔特和第多③，用来印过不少精美的图书。如今遍地都是新式的印刷机了，奚罗姆-尼古拉·赛夏当作宝贝一般的老式工具已经给忘得干干净净，需要我们重提一下才行；因为那些工具在这个重要的小故事中颇有作用。

---

① 英国政治家兼科学家斯丹诺普（1753—1816）设计的印刷机，开近代印刷技术的先河。

② 安古兰末是法国西南部夏朗德州的首府，以造纸出名。

③ 荷兰的埃尔塞弗（十六至十七世纪），法国的柏朗坦（十六世纪）和第多（十八至十九世纪），意大利的阿尔特（十七世纪），都是欧洲书业史上的重要人物，世代印行精美图籍，成为有名的珍本。

赛夏出身是个掌车的。排字工用印刷业的行话称掌车工为“大熊”。他们从墨缸到印刷机，从印刷机到墨缸，来来往往，动作很像关在笼子里的熊，那绰号大概是这样来的。大熊反过来把排字工叫作“猴子”，因为他们忙忙碌碌老在一百五十二个小格子里拣铅字。在一七九三那个灾深难重的年头，五十上下的赛夏已经结了婚。全国大征兵[①]几乎把所有的工人编入军队，赛夏亏得上了年纪，成了家，逃过兵役。印刷所的老板，也就是行话所谓“傻瓜”，死去不久，遗下一个寡妇，无儿无女，店里只剩一个掌车的赛夏。看来铺子立刻要关门了，孤零零的大熊没法变成猴子，因为他只管印刷，一字不识。一位人民代表[②]急于分发国民议会的皇皇文告，不管赛夏有无能力，给了他一张印刷执照，征用印刷所。赛夏公民[③]收下棘手的执照，拿老婆的积蓄送了一笔补偿费给东家的寡妇，只花一半价钱买进印刷所的机器。可是这不算什么。共和政府的告示要如期交货，一字不能印错。奚罗姆-尼古拉·赛夏正在为难，幸而碰到一个马赛的贵族，怕丢了田地不肯逃亡，又怕丢了脑袋不敢出面，只能找个工作糊口。特·摩公勃伯爵穿上寒碜的工衣，做了内地的印刷监工。某些公民为着隐匿贵族而被处死刑的布告，就是那监工从排字到校对，改校样，一手包办的，再由升任傻瓜的大熊拿去印刷，张贴。他们俩居然太平无事。一七九五年，恐怖的风暴过去了，尼古拉·赛夏不得不另找一位兼做排字、校对和监工的多面手。一个拒绝向政府宣誓的神父接替特·摩公勃伯爵，直到首席执政恢复天主教[④]为止。神父在王政复辟时代升为主教，在贵族院和特·摩公勃

① 一七九三年八月法国国民议会下令，在国外战争未胜利前，年在十八岁至二十五岁之间的未婚男子，一律须服兵役。

② 大革命后法国国民议会成员的名衔。

③ 大革命时期废止先生、太太的称呼，改用公民、女公民相称。

④ 指一八〇一年七月拿破仑与教皇庇护七世签订宗教协议。

伯爵坐在一张凳上。尼古拉·赛夏在一八〇二年上不比一七九三年时多识一个字，却赚了不少钱，有力量雇一个监工了。以前不在乎前程的伙计，现在叫手下的大熊和猴子见着害怕。贫穷消灭了，啬刻脾气跟着出现。印刷所老板一看到有希望挣家业，发财的念头使他对本行心窍大开，变得又贪心，又猜疑，又精明。他仗着自己的经验，瞧不起理论。他只要眼睛一望，就能按照不同的字体，估出一小页或一整张的价钱。他告诉外行的主顾，大号的铅字成本贵；倘若用小号的铅字，他又说排起来费工。他在本行中一窍不通的是排字，最怕弄错，所以只承接高价的买卖。凡是按时计酬的工人，赛夏都目不转睛地盯着。有什么纸厂周转不灵，他买进便宜的纸张囤起来。因此，那所不知从什么时代起就做印刷工场的屋子，一八〇二年时已经是他的产业。赛夏在各方面都交上好运：老婆死了，只有一个儿子。他把儿子送进当地的中学，主要不是给儿子受教育，而是替自己预备后任。赛夏待孩子很严，有心把家长的权威延长时期；放假的日子要他在铅字架上做活，说他应该学会自食其力，将来好报答流着血汗养育他的可怜的父亲。未来的主教离开印刷所的时候，赛夏听着他的指点，在四个排字工人中挑了一个又聪明又老实的人做监工。老头儿的事业从此安排妥当，可以维持到孩子来接管的一天；那时铺子交给一个能干的年轻人，不怕不兴旺发达。大卫·赛夏在安古兰末中学成绩优异。老赛夏虽然是从没有知识没有教育的大熊爬上来的，非常瞧不起学问，却也打发儿子上巴黎研究高等印刷，好不严厉地嘱咐大卫别指望老家的接济，必须在巴黎，据他说是工人的天堂，好好地攒一笔钱。可见送儿子到智慧的国土去留学是他的一种手段，借此达到自己的目的。大卫在巴黎一边学印刷，一边进修，完成学业。第多厂的监工成了一个学者。一八一九年年终，他听从父亲的命令回去接管买卖，离开巴黎，从头至尾没有花过父亲一个钱。当时尼古拉·赛夏的印刷所发行一份刊登司法广告的报纸，那是州内独一无二的刊物，另外还承接州公署和主教专区的印件。靠着这三宗买卖，一个活跃的青年不难挣一份大大的家业。

正在那个时期，开纸厂的戈安得弟兄买下安古兰末的第二张印刷执照。那家印刷厂一向被赛夏利用帝政时代连年战祸，百业萧条的局势，排挤得没有生路；赛夏为了时局，也不曾收买那铺子；这个小算盘竟害得他自己的老印刷所后来一败涂地。当时老头儿听见消息私下欣幸，以为同戈安得弟兄的竞争有儿子来担当，不用自己对付了。他心上想："我是挡不住的，可是第多厂培养出来的年轻人准有办法。"七十多岁的老头儿巴不得早日交代，好称心惬意地过活。他对高等印刷固然知识有限，在另一门艺术，工人们说笑话叫作"酒醉学"方面，倒是一个高手。那门艺术，《邦太葛吕哀》的了不起的作者[①]当年很重视，不幸遭到一些"节制会"[②]的摧残，钻研的人一天比一天少了。奚罗姆－尼古拉·赛夏不愿辜负他的姓氏，永远口渴得厉害[③]。他对"发酵葡萄"的嗜好多少年来受着老婆约束，只能适可而止。其实那嗜好是出于大熊们的天性，夏朵勃里昂先生在美洲的真熊身上也曾注意到[④]。据一般哲学家的意见，一个人年轻时代的习惯老来会变本加厉。这条规律在赛夏身上证实了：他越老越贪杯。嗜酒的习惯在那张大熊脸上留着标记，使他的长相与众不同：鼻子尽量发展，近乎一个三号大法规[⑤]的大写Ａ字，布满血

---

① 指法国十六世纪的作家拉伯雷。

② 防止酗酒的团体，各国都有。

③ 赛夏一词在法文中与干燥一词相近；法国人又通常以葡萄酒解渴，故以口渴隐喻好酒。

④ 法国十九世纪浪漫派诗人夏朵勃里昂，在中篇小说《阿搭拉》中描写美洲的熊多吃了葡萄，在树上醉得摇摇晃晃。

⑤ 法国印刷业称呼某种字体的术语。三号大法规等于八十八磅（Points）的字。

筋的面颊像葡萄叶，红里带紫，长着许多小瘤，往往还有细毛点缀；整个脸庞仿佛秋天的葡萄叶包着一只奇大无比的鸡芳菌。两道浓眉好比两簇堆着雪花的小树，底下一双小灰眼便是喝醉的时候也很精神，显出一种贪婪成性的狡猾。贪婪把他所有的感情都消灭了，连父子的天性在内。光秃的脑袋四周剩一圈花白的头发，还有点卷曲，令人想起拉封丹寓言中的芳济会修士。他矮身量，大肚子，像一盏费油而光线不足的旧油灯。一个人无论什么嗜好过了分，都能使身体往原来的方向发展。酗酒同研究学问一样叫胖子更胖，瘦子更瘦。三十年来尼古拉·赛夏老戴着民兵的三角帽；那种帽子当初出过风头，如今在某些内地城市的鼓手头上还看得见。他穿着似绿非绿的丝绒背心和丝绒长裤，棕色的旧大氅，一双花色纱袜，一双银搭扣的鞋子。赛夏这副布尔乔亚服装并不能遮盖他是工人出身，可是同他的嗜好和习惯再合适没有，而且完全表现出他的生活，仿佛那家伙是全身穿扮好了出世的。我们提到葱不能不联想到葱的皮[①]，提到赛夏也不能不联想到他的装束。如果老印刷商不是早已暴露他利令智昏的贪心，单单那次退休的经过也尽够描画他的性格。不管儿子要从赫赫有名的第多厂带回许多学识，赛夏只打算跟儿子做一笔好买卖，这个主意他已经酝酿了多年。老子要赚钱，儿子势必要吃亏。可是在老人心目中，做买卖根本谈不上父子。赛夏先把大卫看作独养儿子，后来认为是当然的受盘人，同老子有利害冲突：他必须高价出盘，大卫必须低价盘进；因此儿子变为一个非制服不可的敌人。从感情转化到自私的过程，在有教养的人总是迂回曲折，慢慢来的，还得用虚情假意遮盖；在老熊身上却直截了当，非常迅速；他的行动说明狡黠的酒醉学比高深的印刷术强得多。儿子回家，老头儿拿出精明人欺哄老实人的手段，对他像招待

---

① 这里的葱就是我们所谓的洋葱。

主顾一般亲热，像服侍情妇一般关心：走路扶着他的胳膊，叫他脚下留神，别踩着泥浆；吩咐用人替他暖被窝，生火，预备半夜餐。第二天，尼古拉·赛夏备了一顿丰盛的饭，竭力劝酒，想灌醉儿子；饭后他醉醺醺地说："咱们谈正经事吧？"这句话夹在两个饱嗝儿之间说出来，声音特别古怪，儿子听了，要求下一天再谈。老熊平日最会利用醉态，当然不肯放弃这场准备已久的斗争。他说他挑了五十年的担子，一小时都不能再等了。明天就得由儿子来当傻瓜。

讲到这儿，或许应当说一说厂房的情形。屋子从路易十四末期起就开印刷所，坐落在菩里欧街和桑树广场交叉的地方。内部一向按照行业的需要分配。楼下一间极大的工场，临街一排旧玻璃窗，后面靠院子装着一大片玻璃福子。侧面一条过弄直达老板的办公室。可是印刷在内地始终是人人爱看的新鲜事，顾客宁可走铺面上临街的玻璃门，不怕工场的地基比路面低，进门要走下几级。少见多怪的客人穿过工场里的走道，从来不留心四面八方的障碍。他们望着楼板上吊的绳，晾的纸，像花棚的顶，身子便撞在一排一排的铅字架上，或者被支撑印刷机的铁棍把帽子撂在地上。动作灵活的排字工从铅字架上一百五十二个小格子里拣字，看一眼原稿，看一眼手里的排字夹，加一根空铅条；来客眼睛瞪着他们，不防地上有大石板压着整令浸湿的纸，绊他们的脚，再不然腰眼撞在纸架的角上；诸如此类的笑话叫一帮猴子和大熊乐不可支。从来没有一个人能太太平平地走到办公室。办公室是两个简陋的亭子，在洞窟般的工场的尽里头，紧靠院子；监工和老板各据一方。后院墙上很幽雅地点缀着一些葡萄藤，以老板的名声来说，颇有一种本地风光，助人酒兴。院子尽头，靠着黑黝黝界墙有间破落的偏屋，专为浸纸和整理纸张用的。那儿还有一个水斗，冲洗上印前后的版子，俗语所谓字盘；墨汁和厨房的污水混在一起流出去，赶集的乡下人看了以为真有什么魔鬼在屋内洗脸。偏屋的一边是厨房，另外一边是柴房。正屋最高层只有两个阁楼式的房间，二楼有三间屋子。第一间做了穿堂兼餐室，除去破旧的木扶梯占掉一些地位，同楼下的过弄一样进深；临街有一扇狭长的小玻璃窗，靠院子开一个大圆窗洞。四壁只刷白粉，寒酸简陋，活现出生意人家的吝啬：肮脏的地砖从不擦洗；家具只有三把蹩脚椅子，一张圆桌和一口碗盏柜。柜子两旁都有门，一扇门通卧房，一扇门通客室。门窗全是油腻，变了暗黄色，屋内常常堆着白纸或印好的纸；纸堆上可以看到尼古拉·赛夏的饭后点心、酒瓶、菜盘。卧房装着铅格子镶嵌的玻璃窗，从后院取光；壁上挂的旧毯子和内地在圣体节上挂在屋子外面的一样。房内放一张有栏杆的大床，挂着帐幔，铺一条红呢床罩，附带床几；还有两把虫蛀的大靠椅，两把胡桃木花绸面的单靠，一张旧书桌；壁炉架上面有一只挂钟。这间卧房颇有朴素的古风，一片暗黄色调，原是尼古拉·赛夏的老东家罗佐先生布置的。客室曾经由赛夏太太重新装修，恶俗的门窗跟护壁板全是理发师染假头发用的浅蓝色；白地的糊壁纸画着深褐色的东方景致；家具是六把蓝羊皮面子的单靠，椅背做成竖琴式；两个窗洞上部的半圆形砌得很粗糙，不挂窗帘，望出去可以看到桑树广场全景；壁炉架上没有烛台，没有座钟，没有镜子。赛夏太太不曾装修完就死了，大熊觉得美化屋子不能生利，毫无用处，工程便不再继续。当下尼古拉·赛夏东倒西歪，带儿子进去的便是那间客室：圆桌上摆着一份印刷所的机器生财的清单，那是监工照着他的意思写的。他指着文件对儿子说：

“孩子，你念吧，”尼古拉·赛夏一双醉眼骨碌碌地望望儿子，望望清单，“我给你的印刷所才呱呱叫呢。”

大卫拿着清单念道：“一、木机三架，都有铁棍支撑，下装生铁盘……”

老赛夏插嘴道：“这是我的改良。”

“……连同一切用具：墨缸、墨球、纸架等等，共值一千六百法郎！”大卫·赛夏念到这儿，放下清单说：“可是爸爸，你的印刷机全是蹩脚货，值不了三百法郎，只好当柴烧。”

“蹩脚货？……”老赛夏嚷起来，“蹩脚货？……你拿着清单，咱们一块儿下楼，瞧瞧你们发明的烂铁车可抵得上这些久经考验的老机器！你看了才不敢糟蹋这些实惠的印刷机，走起来像驿站上的包车一样，用上一辈子也不要修理。哼，蹩脚货！对，就是这些蹩脚货将来供给你油盐酱醋的！也就是这些蹩脚货在你老子手上用过二十年，使他有力量培植你到今天。”

老头奔下高低不平、摇摇晃晃的旧扶梯，居然没摔跤；他走进过道，推开工场的门，冲向第一架车子。所有的机器都暗中擦抹干净，上了油；两根交叉结实的橡木轴也由学徒擦过了。他指着轴梗说：“这样的印刷机还不讨人喜欢吗？”

车上有一份结婚帖子。老熊放下边框压住纸格，拉过生铁盘，覆上纸格，拉一下轴梗；然后放松绳索，拖开生铁盘，把边框和纸格往上收起，动作灵活，不亚于年轻的大熊。车子开动的时候声音怪好听，赛过鸟撞在玻璃窗上飞走的叫声。

“哪一部英国车子有这样的气派？”老赛夏问儿子，儿子看着呆住了。

老赛夏奔向第二第三架车子，照样轻松利落地表演了一番。酒鬼眯着醉眼发觉最后一架机器上有个地方学徒忘了收拾，狠狠地咒骂了一阵，扯起衣摆就抹，好比马贩子出售牲口，非把毛刷亮不可。

“就凭这三架车，告诉你，大卫，不雇监工，你好挣九千法郎一年。我以你未来的合伙人名义，反对你改用混账的铁车，磨坏铅字。那英国鬼子——还是法国的敌人呢，——只想让铸字铺发财，亏你们在巴黎对着他的发明大声叫好！哼！你们想用斯丹诺普！得了吧！一架斯丹诺普卖到二千五百法郎，比我三架宝贝车子合在一起差不多要贵两倍，还没有弹性，容易磨坏铅字。我不像你有学问，可是你记住：斯丹诺普跟铅字是死冤家。这三架车还能久用不坏，做的活干净整齐，安古兰末人的要求不过如此。铁机也罢，木机也罢，金机银机也罢，不管你用什么车子印刷，反正他们不多付你一个子儿。”

大卫往下念道：“二、铅字五千斤，华弗拉铸字所出品……”念到华弗拉的名字，第多门下的高足不禁微微一笑。

“你笑吧，你笑吧！用了十二年，字还簇新。这才说得上铸字专家！华弗拉先生做人规矩，卖出来的字都料子挺硬。依我说，顾客上门次数最少的才是最好的铸字铺。”

大卫接着念：“估价一万法郎。——可是一万法郎，爸爸，要合到两法郎一斤；第多厂出的西塞罗①，全新的才卖一法郎八十生丁。你那些钉头只能当旧铅卖，一斤不过五十生丁。”

“嘿！你把奚莱先生刻的半斜体字、草体字、圆体字叫作钉头！奚莱在拿破仑时代就开印刷所，造的字要卖六法郎一斤，铜模是头等刻工，我买来才不过五年，好些铅字还是崭新的呢，你瞧！”老赛夏拿下几小格不曾用过的铅字给儿子看。

“我没有学问，一个字也认不得；不过我知道，奚莱的字体是你第多厂英国体的祖宗。瞧这个圆体字，”赛夏指着一个字架子，拣出一个M来，说道，“这个西塞罗圆体还没用旧呢。”

大卫发觉同父亲没有商量的余地，不是全盘接受就是全盘拒绝，只能说一声行或是不行。老熊连晾纸用的绳索都开入清单。最小的木夹子、木板、瓦盆、石板、刷子，统统列在项目之内，像守财奴一般精细。机器生财，连同印刷执照和客户，出盘的价钱总共是三万法郎。大卫心里思忖这桩买卖做得做不得。老赛夏看见儿子对着价钱一声不响，不禁暗暗着急；他宁愿来一场激烈的争论，也

---

① 字体的一种。

不喜欢儿子悄没声儿地接受。遇到这一类交易，会争论的才是能干的生意人，能保护自己的利益。赛夏常说："对什么条件都点头的人，临到付款总是一个钱也拿不出的。"他一边忖度儿子的心思，一边把办内地印刷所必不可少的破烂用具逐件指出来，带大卫看印零件用的切纸机、上光机，夸它们如何有用如何坚固。

他说："工具总是老的好。印刷业的老工具价钱应该比新的贵才对，打金箔的工匠用的家伙就是这样。"

俗不可耐的铜版，——大V字或大M字四周刻着司婚神、爱神、掀起棺盖来的死人、印戏报用的刻满假面具的大框子，被尼古拉·赛夏逞着酒意说得天花乱坠，好像都是无价之宝。他告诉儿子，内地人的习惯根深蒂固，你给他们最漂亮的东西也不受欢迎。他，尼古拉·赛夏，印过一批历本，比《列埃日人》历本好得多；谁知大家宁可买包糖纸[①]印的《列埃日人》，不要富丽堂皇的新历本。大卫不久自会发觉那些老古董的重要，卖的价钱比花足成本的新花样高得多。

"唉！孩子，内地是内地，巴黎是巴黎。乌莫镇上来一个人要你印结婚帖子，要不给他印上一个浑身裹着花环的爱神，只像你第多厂那样单单排一个大写M，他就觉得自己没有结婚，准会把帖子退回给你。我知道几位第多先生在印刷界大名鼎鼎，可是他们的新花样要一百年之后才能行到内地来。就是这么回事。"

豪爽的人做买卖总是不行的。大卫天性柔和，动不动不好意思，怕争论，只要受到过分的刺激就让步。他心地高尚，又是被老酒鬼压制惯了，更没法为了金钱同父亲争执；尤其他认为老人家用意极好，那种贪心是表现掌车工人对他的工具有感情。可是尼古拉·赛夏当初向罗佐寡妇盘进印刷所，统共只花一万法郎，付的还

---

① 法国食用糖多半做成结晶的大块，用厚纸包装。

是革命政府的钞票；机器用到现在开出三万法郎价钱，显然太过分了。大卫说："爸爸，你这是要我的命了！"

"我生你出来的人要你的命？……"老酒鬼朝着晾纸的绳索举起手来。"那么，大卫，执照你估多少钱？每行广告收费五十生丁的报纸又值多少钱？上个月单靠这门独行生意就有五百法郎收入！孩子，你去翻翻账簿，看看州公署的公告和登记通知，市政府跟主教专区的印件，一共有多少出息！你真是个不想发财的饭桶。将来送你到玛撒克那样的好庄园上去的马，你还要讨价还价！"

清单之外附着一份爷儿俩合伙经营的契约。只花六千法郎买进的屋子，慈爱的父亲租给新店，每年收一千二百法郎租金；顶楼上的两间房，老人留下一间自用。在大卫·赛夏不曾付清三万法郎之前，铺子的盈利父子各半均分；等款子交割清楚，大卫才算印刷所的独资老板。大卫估计一下执照、营业额和报纸的价值，根本不计算生财，觉得盘进铺子的本钱不难付清，便接受了父亲的条件。老头儿见惯乡下人的刁猾，又不懂巴黎人的大算盘，看见事情这样快就定局，好生奇怪。

他私下想："难道儿子在巴黎发了财吗？还是他打算不付钱？"老赛夏存着这种心盘问大卫可曾带钱回家，想要他拿出来作为定洋。父亲追根究底，引起了儿子的疑心。大卫咬紧牙关，不肯透露一点消息。第二天，老赛夏叫学徒把家具搬上三楼，预备托回到乡下去的空车装回去。二楼的三间房，四壁皆空地交给儿子，印刷所也移交了，可不给他一个生丁开发工钱。大卫央求父亲以合伙人的身份拿出些股本来共同经营，老印刷工只管装傻。他说交出印刷所就是交了股本，不用再出钱。等到儿子说出一番批驳不倒的道理来，老赛夏回答说，他向罗佐寡妇盘进印刷所的时候，就是赤手空拳干起来的。他是个无知无识的可怜的工人，尚且能白手成家，第多门下的高足当然更有办法。何况做爹的辛辛苦苦让大卫受到教育，挣了钱，如今大卫正好拿出来用。

“你挣的工钱派了什么用场？”隔天儿子一声不出，问题悬而不决，这时老赛夏又来逼他，想探明真相。

大卫气愤地回答：“我不要吃饭吗？不要买书吗？”

大熊说：“啊！你买书？那你做买卖一定亏本。买书的人不相宜印书。”

大卫看见父亲不顾做父亲的身份，难堪极了。吝啬的老人为了拒绝出资，搬出一大堆卑鄙的、叹穷诉苦的生意话作理由，大卫只得听着。他把痛苦往肚里咽，眼看自己孤零零的，毫无依傍，没想到父亲是个市侩。幸而他抱着哲学家式的好奇心，想趁此摸清老人家的性格。大卫说他从来没要求清算母亲的遗产；即使那笔产业不能抵充盘进印刷所的本钱，至少可以做爷儿俩合伙经营的开办费。

老赛夏回答说：“你娘的财产吗？她的财产是她的聪明和相貌！”

听了这句，大卫把父亲完全看透了；除非打一场没结没完，又费钱又丢脸的官司，休想叫父亲摊出清账，交代娘的遗产。有骨气的大卫明知履行父亲合同上的条件非常吃力，还是接受了这副重担。

他心上想：“好好地干就是了。就算我苦一点，老头儿也是苦过来的。再说，我卖力也还是为我自己。”

儿子不作声，父亲看着不大放心，便说：“我给你留下一件宝贝呢。”

大卫问什么宝贝。

“玛利红。”父亲回答。

玛利红是个乡下出身的胖姑娘，印刷所里少不了的助手。她管浸纸、切纸边、做饭、洗衣、上街跑腿、从车上卸纸、洗纸格、到外边去收款。如果玛利红认得字，老赛夏还会要她排字呢。

父亲动身了，一路走到乡下。他虽则借着合伙的名义出盘了印刷所，十分高兴，却也担心将来怎么收款。先是着急交易做不成，接下来总是着急款子没有着落。所有的情欲本质上都会自欺欺人。那家伙一向认为读书无用，此刻偏要相信读书的影响：儿子受过教育，必定讲信用，赛夏把三万法郎寄托在这一点上。大卫既是有教养的青年，准会埋头苦干，偿还父亲的钱；他有知识，不怕想不出办法；看他心地那么好，绝不至于赖债！许多父亲做了这一类的事，还相信一切是为儿子好；老赛夏回乡那天，走到他葡萄园的时候就有这个想法。葡萄园坐落在玛撒克村上，离安古兰末十二里。前任的业主在村上盖着一所漂亮的屋子。庄园自从一八〇九年老熊买进以后，每年有所扩充。赛夏花在印刷机上的心血，如今转移在榨葡萄机上；而且正如他自己说的，他在葡萄园中混过多年，也很内行了。

从前他整天守着工场，现在整天守着葡萄园。告老回乡的第一年，赛夏老头儿在绑葡萄的桩子中间愁眉不展。意想不到的三万法郎使他飘飘然，比喝醉酒还舒服，他老是在想象中摩挲那笔钱。越是非分之财，越是急于到手，因此他放心不下，常常从玛撒克赶往安古兰末，爬上石扶梯，攀登那高踞在山岩上的城市，走进工场，瞧瞧儿子是否能应付。印刷车还在老地方，独一无二的学徒戴着纸帽[①]正在擦纸格上的油腻。老熊听见一架车咯吱咯吱叫着，印什么请帖之类，他认得他的老铅字，看见儿子和监工各自在亭子里念一本书，只当他们看校样。和大卫一同吃过饭，老赛夏回到玛撒克，始终牵肠挂肚。吝啬和爱情一样有先见之明，对未来的事故闻得出、猜得到。赛夏在工场里看到机器会出神，想起他赚钱的年月；现在离开了工场，葡萄园主照样感觉到儿子精神懒散，叫人担忧。他害怕戈安得弟兄的名字，眼看“赛夏父子”的招牌被他们压下去了。总之，老头儿觉得风头不对。这个预感是不错的，赛夏铺子已经走上背运。可是守财奴有守财奴的神道保佑。那神道利用一些意想不

① 法国印刷工人的习惯，常常在工场内用废纸做帽子。

到的局面，把重价出盘铺子的钱送进酒鬼的荷包。现在得解释一下，明明可以办得发达的赛夏印刷所怎么会败下去的。

大卫既不理会王政复辟以后宗教对政府的影响，也不理会进步党的势力，在政治和宗教问题上采取了最要不得的中立。在他的时代，内地的生意人必须态度鲜明才有主顾，在进步党和保王党的客户之间只能挑选一个。大卫受着爱情牵缠，一心想着科学，又是天性高尚，不会像真正的生意人那样唯利是图，也就不去研究内地企业和巴黎企业的差别。细微的分歧在巴黎的大浪潮中是看不见的，在州府里却非常突出。戈安得弟兄附和政府党的论调，经常进大教堂，亲近教士，故意要人知道他们守斋；社会上需要宗教书的时候赶紧重印，在利润优厚的生意上占了先，还诬蔑大卫是进步党人，无神论者。他们说，你怎么能照顾大卫的买卖呢？爹是九月党人①，拿破仑党人，又是酒鬼，又是守财奴，早晚有大批金银传给儿子。他们弟兄俩可是穷得很，家累又重，比不得大卫是单身汉，将来还是大富翁，当然可以随心所欲。诸如此类的话说了很多。州公署和主教公署受到这些责备大卫的议论的影响，把印刷的业务给了戈安得弟兄。不久两个贪心的同行看见大卫没精打采，愈加放胆，也办了一份刊登广告的报纸。赛夏老店只有一些零星活可做，广告收入也减少一半。戈安得铺子靠宗教书和灵修册子赚饱了，想垄断本州的广告和司法公告，向赛夏父子提议收买他们的报纸。种葡萄的老人看着戈安得铺子营业蒸蒸日上，早已恐慌，一听见大卫报告这个消息，从玛撒克直奔桑树广场，来势之快好比乌鸦闻到了战场上的死尸味。

他对儿子说：“你别管，让我来对付戈安得弟兄。”

老头儿马上看出戈安得弟兄的用心，他眼光深刻，叫他们大吃

---

① 指大革命时期参加一七九二年九月二日至六日大杀贵族政治犯的人。

一惊。他说他儿子险些做出糊涂事来，幸亏他拦住了。——我们出让了报纸，还有什么主顾？诉讼代理人，公证人，所有乌莫镇上做买卖的，将来全是进步党；戈安得弟兄阴损赛夏爷儿俩，说他们是进步党，正好替赛夏铺子预备后路，日后进步党人的广告还是照顾赛夏铺子的！出让报纸？还不如连机器执照一起脱手。因此他要把印刷所盘给戈安得弟兄，讨价六万法郎，免得儿子破产；他喜欢儿子，他要保护儿子。一般乡下人凡事推在老婆身上，这个种葡萄的凡事推在儿子身上：不是儿子不肯这样，便是儿子定要那样，逼戈安得弟兄逐渐让步；他花了一番气力，两个戈安得终于答应出两万两千法郎收买《夏朗德时报》。条件是大卫不得再发行任何报刊，否则赔偿三万法郎损失。赛夏印刷所做的这笔交易，等于自杀；种葡萄的却满不在乎。犯过盗窃，下一步总是凶杀。老头儿打算用出卖报纸的收入抵充他出盘铺子的钱；只要能到手这笔款子，他情愿牺牲大卫，尤其这讨厌儿子对这笔横财也有权利分去一半。慷慨的父亲放弃印刷所，算是补偿大卫；一千二百法郎的房租照旧维持。报纸让给戈安得弟兄以后，老人难得进城，推说年纪大了；其实印刷所已经不是他的产业，他不再关心。只是几十年来对老机器的感情一时不能完全消灭。他有事上安古兰末而回到老屋子去的时候，到底是为了他的木机呢，还是为了儿子，我们很难断定。他向儿子催讨房租不过是个形式。赛夏的监工如今在戈安得弟兄手下做活，他知道那老子为什么这样大方，说老狐狸有心让大卫积欠房租，一朝大卫有事，老头儿可以凭着优先债权人的资格出来干预。

大卫·赛夏荒废业务的原因正好说明这年轻人的性格。他接手老家的印刷所几天以后，遇到一个中学时代的朋友，正穷得走投无路。大卫的朋友那时大约二十一岁，名叫吕西安·夏同，父亲是共和政府时代因伤退职的军医。夏同老先生为着兴趣改做化学家，碰巧在安古兰末开着一家药房。他做了多年的科学研究，发明一种有利可图的药品，去世之前正在做必要的准备。他想治疗各种类型的痛风症。那是有钱的人害的病。有钱的人要恢复健康总是不惜重价的。因此药剂师在想到的许多计划中独独挑出这个问题来解决。在经验与科学之间，夏同懂得唯有科学能保证他发财。他研究痛风症的各种原因，根据某种摄生的办法使他的药物能适应不同的体质。最后他上巴黎去要求科学院鉴定，不料死在巴黎，研究的成果就此埋没了。他在世的时候自以为家业有望，对儿子和女儿的教育一点不肯疏忽，把药房的盈利统统花在家用上，弄得孩子们在他身后一贫如洗，更不幸的是一切教养都是为美丽的远景准备的，父亲一死，这远景也跟着消灭。替夏同治病的是有名的台北兰医生，眼看他临终又急又恨，浑身抽筋。夏同这股雄心主要是为了热爱妻子。她是吕庞泼莱家硕果仅存的一个后代，一七九三年时被夏同像奇迹一般从断头台上救下来的。军医为了拖延时日，不征求姑娘同意，谎报她怀着身孕。他想法取得和那姑娘结亲的权利，同她结了婚，虽然彼此都穷。他们正如一般凭爱情结合的父母，生的两个孩子和母亲一样美丽无比，而美貌和贫穷凑在一处往往是最不幸的遗产。丈夫的希望、工作、绝望，深深地印在夏同太太心里，美丽的面貌大大地改了样；境况逐渐艰苦，她的生活习惯也改变了。可是她和孩子们的勇气完全能抵抗他们的厄运。药房设在安古兰末近郊最大的市镇，乌莫的大街上；可怜的寡妇出盘铺子的钱只能收三百法郎利息，还不够养活她一个人。她和她的女儿不觉得贫穷可耻，自愿做工度日。母亲服侍产妇，有钱人家看她举止文雅，特别喜欢雇用她；她吃了人家的饭，拿一法郎一天的工钱。母亲唯恐这样降低身份使儿子难堪。在外改称夏洛德太太；要雇用她的人都向盘进夏同药房的卜斯丹先生接洽。吕西安的妹子在专洗上等衣服的普利欧太太店里做活，一天挣七十五生丁；她管理女工，在工场里的地位比一般女工略为高一些。普利欧太太做人规矩，在乌莫镇上很受尊重，跟夏同家是邻居。母女俩微薄的工资，加上三百法郎利息，每年大约有八百法郎，供给三个人的吃住衣着。他们尽量节省，才勉强维持，而且那些进款几乎全部花在吕西安身上。夏同太太和女儿夏娃对吕西安的信心，不亚于穆罕默德的老婆对丈夫的信心，样样都肯为吕西安的前途牺牲。可怜的一家住在乌莫，屋子是花很少的钱向夏同的后任租的，坐落在后院尽头，配药间的楼上。吕西安住着顶楼上的一个破房间。他在热爱自然科学的父亲鼓励之下，开始也走这条路，是安古兰末中学最优秀的学生之一，大卫·赛夏毕业那年，吕西安正好进三年级[①]。

两个老同学碰巧相遇的时候，吕西安熬苦不住，正想走极端，这是二十岁左右的人常有的念头。大卫提议教吕西安学做印刷监工，很慷慨地送他四十法郎一月，把他从绝望中救了出来；其实大卫的铺子根本不需要监工。中学时代的交情恢复以后，命运的相似和性格的不同使两人的关系愈加密切。他们俩的头脑不难挣上好几份家私，聪明才智比得上第一流的人物，事实上却屈居人下。命运的不公道成为他们之间有力的联系。并且两人从不同的途径出发，都热爱诗歌。吕西安预定的专业是高级的自然科学，但他热烈向往文学的声名；沉思默想的大卫天生宜于作诗人，趣味却倾向严格的科学。志趣的交错使他们俩情投意合。不久吕西安告诉大卫，他的父亲在应用科学方面有过哪一些卓越的见解；大卫向吕西安指出，要在文坛上成名致富应当走哪一些新路。两个青年在短时期内的友谊，只有刚刚脱离少年时代的人才会那么热烈。不多几日，大卫见到美丽的夏娃，凭着他忧郁深思的性格，一见生情。祈祷文上说的海枯石烂、永矢勿渝的话，往往被一般无名的大诗人当作格言；他们的辉煌的诗篇是在两个人的心中产生的，也是隐藏在两个人的心

① 法国中学以一年级为最高班，八年级为最低班。

里的。等到大卫发觉吕西安的母亲和妹子寄托在诗人身上的希望，知道了她们的盲目的热诚，更觉得能接近夏娃，参与她的希望，分担她的牺牲，十分快慰。因此大卫对吕西安视同手足。正如极端派的保王党比王上还要激烈，大卫比母亲和妹子更相信吕西安的天分，像母亲宠孩子一般地宠他。两人因为缺少资金，一筹莫展，常常像所有的年轻人那样左思右想，要找一条致富的捷径，把捷足先登者已经采摘一空的果树使劲摇撼还是找不到果子。有一回谈话中间，吕西安想起父亲提过两个计划：一个是采用新的化学药品，制糖的成本可以减低一半；另外一个计划是用美洲的一种植物造纸，近乎中国人用的原料，成本非常便宜，可以把纸价降低一半。大卫知道这问题重要，曾经在第多厂引起辩论，便抓住这个主意当作生财之道；又认为吕西安指出这条路来，变了他永远报答不尽的恩人。

谁都看得出，两个朋友的主要思想和精神生活使他们完全不宜于管理一个印刷所。戈安得弟兄成为主教专区的承印商和出版者，又是本州今后独一无二的报刊——《夏朗德时报》的业主，每年有一万五到两万法郎的营业额；小赛夏的印刷所每月勉强做到三百法郎，除了付监工的薪水、玛利红的工资、捐税、房租，大卫一个月只到手上一百法郎。换了勤谨巴结的人，准会添一批新铅字，买几架铁机，用便宜的印刷工价向巴黎的出版界兜揽生意；这位老板和他的监工却一心一意在学问上做功夫，看见还有最后几家客户的生意就满足了。戈安得弟兄终究摸清大卫的性情脾气，不再毁谤；他们觉得最聪明的办法是让那家印刷所苟延残喘，维持一个不上不下的局面，免得落在一个精明强干的同行手中；他们自动把零件生意介绍给大卫的铺子。可见只因为竞争的人算盘精明，大卫在生意上还能存活，他自己可并不觉得。戈安得对于他们所谓大卫的“怪脾气”暗暗欣幸，表面上对待大卫很公道、很正直，其实他们的行事和驿车公司差不多，为了防止竞争，自己开出新公司来假装有人抢生意。

赛夏屋子的外表同内部的寒酸简陋完全一致，老熊从来没修理过什么。日晒雨淋，天时不正，过道的门像老树干，布满不规则的裂痕。虫蛀的屋顶盖着法国南方通行的凹瓦；门面造得很坏，砖石并用，杂乱无章，似乎吃不消屋顶的压力，往下沉了。虫蛀的窗槅子装着高大的护窗板，因为天气热，外面加上厚实的横闩。开裂得那么厉害的屋子，安古兰末城里很难找出第二所；要没有三合土的黏力，早已支持不住。两头亮、中间黑的工场，壁上全是招贴，下半截经过工人们三十年来的摩擦，变了棕色；楼板上吊着绳索，地上堆着纸张，放着几架旧机器，压纸的石板，一排排的铅字架；工场尽头，两边两个小亭子，老板和监工各据一方：你们想象一下这个景象，就能体会到两个朋友的生活。

一八二一年五月初，有一天下午两点光景，四五个工人离开工场去吃饭，大卫和吕西安正站在通后院的玻璃门后。学徒关上临街那扇装着小铃的门，大卫仿佛受不住纸张、墨缸、印刷机和旧木料的气味，把吕西安拉往后院。两人坐在葡萄棚下，地位正好望得见工场里是否有人进来。阳光在葡萄藤中闪烁浮动，笼罩着两个诗人，有如神像背后的光轮。那时，两种个性两副面貌的对比格外显著，给大画家看了准会技痒。长相像大卫那样的人注定要做剧烈的斗争，不管是轰轰烈烈的斗争还是无声无息的斗争。宽广的胸部，结实的肩膀，同各部分都很丰满的身体完全配合。肥胖的脸上血色很旺，带些紫色，脖子粗壮，一大堆乌黑的头发：粗看像波阿罗赞美的那种教区委员[①]；可是你复看一下他厚嘴唇上的皱纹，下巴上的窝儿，方鼻子的模样，鼻子两半边的骚动的表情，尤其那双眼睛，不难发觉他有一股专一的爱情在不断燃烧，还有思想家的智慧，忧

① 十七世纪法国主教兼作家波阿罗，为当时的名人所做的诔辞有名于世。教区委员指诔辞中哀悼的人物。

郁而热烈的性情；他的头脑能纵览全局，又能洞察幽微，分析的能力使他对纯粹空想的乐趣容易感到厌倦。脸上有天才的闪光，也有火山脚下的灰烬；使他深深感觉到自己在社会上毫无地位，所以脸上看不出一点希望；多少杰出的人都是为身世低微、没有财产而压在底下的。虽然印刷和知识密切相关，大卫却讨厌他的行业。这个身体笨重的西兰纳[①]陶醉在诗歌和科学中间，借此忘掉内地生活的苦闷。在这样一个人物身边，吕西安的优美的姿势真像雕塑家设计的印度酒神。他脸上线条高雅，大有古代艺术品的风味：希腊式的额角和鼻子，女性一般的皮肤白得非常柔和，多情的眼睛蓝得发黑，眼白的鲜嫩不亚于儿童。秀丽的眼睛上面，眉毛仿佛出于中国画家的手笔，栗色的睫毛很长，腮帮上长着一层丝绒般的汗毛，色调正好同生来卷曲的淡黄头发调和。白里泛着金光的太阳穴不知有多么可爱。短短的下巴颏儿高贵无比，往上翘起的角度十分自然。一口整齐的牙齿衬托出粉红的嘴唇，笑容像凄凉的天使。一双血统高贵的漂亮的手，女人看了巴不得亲吻，随便做个动作会叫男人服从。吕西安个子中等，细挑身材。看他的脚，你会疑心是女扮男装的姑娘，尤其他的腰长得和女性一样，凡是工于心计而不能算狡猾的男人，多半有这种腰身。这个特征反映性格难得错误，在吕西安身上更其准确。他的灵活的头脑有个偏向，分析社会现状的时候常常像外交家那样走入邪路，认为只要成功，不论多么卑鄙的手段都是正当的。世界上绝顶聪明的人必有许多不幸，其中之一就是对善善恶恶的事情没有一样不懂得。

两个年轻人因为处的地位特别低，愈加用自命不凡的态度批判社会；怀才不遇的人要报仇泄愤，眼界总是很高的。他们的结局因之比命中注定的来得更快，灰心绝望的情绪也更难堪。吕西安书看

---

① 神话中泉水与河流之神。相传他的形象是个体态粗野、经常喝醉的老人。

得不少，做过许多比较；大卫想得很多，思考很多。印刷商尽管外表健康，粗野，却秉性忧郁，近于病态，对自己取着怀疑的态度；不比吕西安敢作敢为，性情轻浮，胆量之大同他软绵绵的，几乎是娇弱的，同时又像女性一般妩媚的风度，毫不相称。吕西安极其浮夸、莽撞、勇敢、爱冒险、专会夸大好事、缩小坏事；只要有利可图就不怕罪过，能毫不介意地利用邪恶，作为晋身之阶。这些野心家的气质那时受着两样东西抑制：先是青春时期的美丽的幻想，其次是那股热诚，使一般向往功名的人先采用高尚的手段。吕西安还不过同自己的欲望挣扎，不是同人生的艰苦挣扎，只是和本身的充沛的精力斗争，不是和人的卑鄙斗争；而对于生性轻浮的人，最危险的就是卑鄙的榜样。大卫惑于吕西安的才华，一边佩服他，一边纠正他犯的法国人的急躁的毛病。正直的大卫生来胆小，同他壮健的体格很不调和，但并不缺少北方人的顽强。他虽然看到所有的困难，却决意克服，绝不畏缩；他的操守虽然像使徒一般坚定，可是心地慈悲，始终宽容。在两个交情悠久的青年之间，一个是对朋友存着崇拜的心，那是大卫。吕西安像一个得宠的女子，居于发号施令的地位。大卫也以服从听命为乐。他觉得自己长得笨重、俗气，朋友的俊美已经占着优势了。

印刷商心上想："牛本该耐性耕种，鸟才能无忧无虑地过活。让我来做牛，让吕西安做鹰吧。"

两个朋友把前途远大的命运连在一起，大约有三年光景。他们阅读战后出版的文学和科学的名著，席勒、歌德、拜伦、华尔特·司各特、约翰-保尔、贝尔才里于斯、大维、居维埃[①]、拉马丁等等

---

① 约翰-保尔·李克忒（1763—1825），德国哲学家，小说家，为德国浪漫主义运动的领袖之一。贝尔才里于斯（1779—1848）为瑞典化学家。大维（1778—1829），英国化学家，为钾、钠、氯、碘之发现人。居维埃（1769—1832），法国动物学家，古生物学家，首创比较解剖学。

的作品。他们用这些融融巨火鼓舞自己，写一些不成熟的作品做尝试，或者开了头放下来，又抱着满腔热忱再写。他们不断地工作，青春时期的无穷的精力从来不松懈。两人同样穷，也同样热爱艺术、热爱科学，忘了眼前的苦难，专为未来的荣名打基础。

那天印刷商从口袋里掏出一册十八开本的小书，说道："吕西安，你知道巴黎寄来什么书？让我念给你听。"

大卫能够像诗人一样地朗诵，他念了安特莱·特·希尼埃的两首牧歌：《奈埃尔》和《年轻的病人》，还有那首纯粹古风的关于自杀的挽歌，以及讽刺诗中的最后两首。

吕西安不住地叹道："想不到安特莱·特·希尼埃是这样一个人物！"等到大卫感动得不能再念，吕西安把诗集接过去的时候，又说了第三遍："真是望尘莫及！"他看到序文的签名，说道："原来发现这诗人的也是个诗人！[①]"

大卫道："写了这部集子，希尼埃还自以为没有写出一点值得发表的东西。"

吕西安念了那首悲壮的《盲人》和几首挽歌；读到"要是他们不算幸福，世界上哪儿还有幸福？"不由得捧着书亲吻。两个朋友哭了，因为他们都有一股如醉若狂的爱情。葡萄藤的枝条忽然显得五色缤纷；破旧，开裂，凹凸不平，到处是难看的隙缝的墙壁，好像被仙女布满了廊柱的沟槽，方形的图案，浮雕，无数的建筑物上的装饰。神奇的幻想在阴暗的小院子里洒下许多鲜花和宝石。安特莱·特·希尼埃笔下的加米叶，一变而为大卫心爱的夏娃，也变为吕西安正在追求的一位贵族太太。诗歌抖开它星光闪闪的长袍，富丽堂皇的衣襟盖住了工场、猴子和大熊的丑态。两个朋友到五点还

---

① 安特莱·特·希尼埃（1762—1794）的作品最早由亨利·特·拉都希（1785—1851）作序刊行。拉都希虽然写过诗和小说，主要是政论作家。

不知饥渴，只觉得生命像一个金色的梦，世界上的珍宝都在他们脚下。他们像生活波动的人一样，受着希望指点，瞥见一角青天，听到一个迷人的声音叫着："向前吧，往上飞吧，你们可以在那金色的，银色的，蔚蓝的太空中躲避苦难。"那时，大卫从巴黎招来的学徒，赛里才，推开工场通后院的小玻璃门，让进一位生客。客人依着学徒的指点向他们俩一边行礼一边走过来。

他从衣袋里掏出一个厚厚的本子，对大卫说："我有部论文打算出版，请你估一估价钱。"

大卫不看本子，就回答说："我们不印大部头的手稿，先生还是去找戈安得弟兄吧。"

吕西安接过手稿，说道："我们有一副挺漂亮的字体，可能用得上。最好把作品留下，让我们估价，请你明天再来。"

"阁下莫非就是吕西安·夏同先生？……"

"是的，先生。"监工回答。

那位作家说："先生，我能遇到一个前途无量的青年诗人，高兴极了。我是特·巴日东太太介绍来的。"

吕西安听到那名字，脸红了，含含糊糊说了几句感谢特·巴日东太太关切的话。大卫注意到朋友的发窘和脸红，让他去招呼客人。客人是个乡下绅士，写好一部讨论养蚕的书，为了虚荣想印出来给农学会的同道拜读。

乡绅走了，大卫问："喂，吕西安，难道你竟爱上了特·巴日东太太吗？"

"爱得像发疯一样！"

"可是你们受着成见的阻隔，比她在北京，你在格陵兰还要离得远。"

"情人的意志什么都能克服。"吕西安低下眼皮说。

"那你会忘记我们的。"夏娃的胆怯的情人说。

吕西安嚷道："相反，也许我为了你，把我的爱人牺牲了。"

"这话是什么意思呢?"

"我虽然那么爱她，虽然为着种种利益想在她家里左右一切，可是我告诉她，我有个朋友才具比我高，将来准是了不起的人物，名叫大卫·赛夏；她要不招待我这个朋友，我的兄长，我从此不见她了。等会儿我回家去等她答复。尽管她今晚请了全体贵族来听我朗诵诗歌，倘使拒绝我的要求，我永远不再踏进特·巴日东太太家的大门。"

大卫抹了抹眼睛，和吕西安热烈握手。钟上正好敲六点。

吕西安忽然说："我再不回去，夏娃要急了，再见吧。"

说完他溜了，让大卫独自在那儿激动；一个人只有在那个年纪上才能充分体会这种情绪，尤其在当时的处境之下，两个青年诗人的翅膀还没有被内地生活斩断。

大卫望着吕西安穿过工场走出去，叹道："心肠多好!"

吕西安回乌莫，走的是菩里欧的美丽的林荫道，麦市街，出圣·比哀门。他挑这条最远的路线，可知特·巴日东太太家就在这段路上。吕西安觉得从那位太太的窗下经过，即使她不知道，心里也非常快乐，两个月来他回乌莫不走巴莱门了。

到了菩里欧的树荫底下，他凝神望望安古兰末和乌莫之间的距离。当地的风俗习惯筑起一道精神上的界墙，比吕西安走下去的石梯更不容易跳过。在府城和城关之间，雄心勃勃的青年靠着声名做吊桥，不久才闯进巴日东的府第；此刻他心中焦急，不知道情人如何答复，正如得宠的人做了得寸进尺的试探，唯恐失去主子的欢心。凡是分作上城和下城的地方都有些特殊的风俗，不知道那风俗的人一定觉得上面的一段话意思不大清楚。并且讲到这儿也该介绍一下安古兰末，帮助读者了解这个故事中最重要的一个角色，特·巴日东太太。

二　特·巴日东太太

安古兰末是个古城，建立在一座圆锥形的岩崖顶上，夏朗德河在底下的草原中蜿蜒而过。岩崖靠贝利谷方向连着一带小山，在巴黎到波尔多的大路经过的地方，山脉突然中断；岩崖便是山脉的尽头，地形像个海角，面临三个风景秀丽的盆地。城墙，城门，以及矗立在岩崖高处的残余的堡垒，证明安古兰末在宗教战争时代形势重要。城市位居要冲，从前是天主教徒和加尔文教徒必争之地。不幸当年的优势正是今日的弱点：城墙和陡峭的山崖使安古兰末没法向夏朗德河边伸展，变得死气沉沉。我们这故事发生的时期，政府正往贝利谷方面扩建城市，沿着丘陵筑起路来，盖了一所州长公署、一所海军学校和几处军事机关的房舍。可是商业在另一地区发展。附郭的乌莫镇早在山岩下面和夏朗德河边像一片野菌似的扩张，巴黎到波尔多的大路就在河边经过。人人知道安古兰末的纸厂名气很大，纸厂三百年来不能不设在夏朗德河同几条支流上有瀑布的地方。政府在吕埃镇上为海军办着国内规模最大的铸炮厂。运输、驿站、旅馆、制车，交通各业，所有依靠水陆要道的企业都麇集在安古兰末的山脚下，避免进城的麻烦。皮革业，洗衣坊，一切与水源有关的商业，当然跟夏朗德河相去不远；河边还有酒栈，从水路来的各种原料的仓库，有货物过境的商号。乌莫因之成为一个兴旺富庶的市镇，可以说是第二个安古兰末，受到上城嫉妒。政府机关、主教公署、法院、贵族，集中在上城。所以乌莫镇尽管活跃，势力一天天地增长，终究是安古兰末的附庸。上面是贵族和政权，底下是商业和财富；无论在什么地方，这两个阵营总是经常对立的；我们很难说上城和下城哪一个恨对方恨得更厉害。这局面在帝政时代还算缓和，自从王政复辟以后，九年之间变得严重了。住在安古兰末上城的多半是贵族或是年代悠久、靠产业过活的布尔乔亚，形成一个土生土长、从来不容外乡人插足的帮口。难得有一户从邻省搬来的人家，在当地住到两百年，和某一旧家结了亲，勉强挨进去，而在本地人眼中还像是昨天新来的。那些古老的家庭蹲在岩石顶上，好比多疑的乌鸦；历届的州长、税局局长和行政机关，四十年来一再尝试，想叫他们归化；他们出席官方的舞会宴会，却始终不让官方人士到他们家里去。他们嘴皮刻薄，专爱挑剔，又嫉妒，又啬刻，只跟自己人通婚，结成一个紧密的队伍，不许一个人进去，也不许一个人出来；不知道近代的享受；认为送子弟上巴黎是断送青年。这种谨慎反映出那些家庭的落后的风俗习惯。他们抱着闭塞的保王思想，没有真正的宗教情绪，只晓得守斋念经，像他们住的城市和山岩一样毫无生气。可是在邻近几州之内，安古兰末的教育颇有名气；四周的城镇把女孩子送进私塾，进修道院。不难想象，等级观念对于安古兰末和乌莫之间的对立情绪影响极大。工商界有钱，贵族穷的居多。彼此都用轻视的态度出气，轻视的程度也不相上下。安古兰末的布尔乔亚也卷入旋涡。上城的商人提到城关的商人，老是用一种无法形容的口吻说："他是乌莫镇上的！"王政复辟以后，政府把贵族放在突出的地位，让他们存着一些只有社会大变革才能实现的希望，因而扩大了安古兰末和乌莫的精神距离，比地理的距离分隔得更清楚。当时拥护政府的贵族社会，在安古兰末比法国别的地方更褊狭。乌莫人的地位竟像印度的贱民。由此产生一股潜在而深刻的仇恨，不仅使一八三〇年的革命那么令人吃惊，一致，并且把长期维持法国社会秩序的各种因素摧毁了。宫廷贵族的傲慢使王上失去内地贵族的人心，内地贵族也伤害布尔乔亚的面子，促成他们叛离。因此，一个乌莫出身的人，药房老板的儿子，能踏进特·巴日东太太府上，确是一次小小的革命。这革命是谁促成的呢？是拉马丁和维克多·雨果，卡西米·特拉维涅和卡那利斯[1]，贝朗瑞和夏朵勃里昂，维勒门和埃宁，苏梅和蒂索，埃蒂安纳和达佛里尼，朋雅明·公斯当和拉美内，古尚和米旭，总之是老一辈的和小一辈的出名的文人，不分保王党进步党。特·巴日东太太喜爱文学艺术，那在安古兰末是荒唐的嗜好，大家公开惋惜的怪癖；可是我们描写那女子的身世的时候不能不为她的嗜好辩解。她是生来可以出名的，因为处境不利而埋没了，她的影响决定了吕西安的命运。

特·巴日东先生的高祖本姓米罗，原是波尔多的市政官，服务了许多年，由路易十三封为贵族。路易十四时代，米罗的儿子改称米罗·特·巴日东，在内廷禁卫中当军官，结了一门极有钱的亲事，他的儿子在路易十五治下便干脆称为特·巴日东先生。那位特·巴日东先生，市政官米罗的孙子，决心做一个地道的贵族，把祖传的产业花得精光，家道就此中落。他的弟兄之中有两个，现在这一代巴日东的叔祖，重新做买卖，至今波尔多商界中还有姓米罗的人。巴日东家的田产坐落在安古莫阿[2]境内，原是从拉·洛希夫谷家采邑中领取的租地[3]；那块地和安古兰末城里的一所屋子，所谓巴日东府，都是只能世袭，不准出让的财产，所以一直传到浪子巴日东的孙子手里。一七八九年这孙子丧失了土地的使用权，只能每年收一万法郎上下的租金。如果他的祖父巴日东三世学着巴日东一世、二世的光辉的榜样，这个可称为“哑巴”的巴日东五世也许早已成为特·巴日东侯爵，同高门望族攀了亲，像多少人一样晋封为公爵，做到贵族院议员，不至于一八〇五年时娶到玛丽–路易士–阿

---

① 这些人中只有卡那利斯是巴尔扎克的假想人物，《人间喜剧》中经常出现的一个角色。

② 法国古地区名，首府便是安古兰末。

③ 指封建时代下级贵族以纳贡与效忠为条件获得的土地，只要履行义务，可以永远使用。

娜依斯·特·奈葛柏里斯小姐，觉得十分荣幸了。小姐的父亲是个蛰居家园的老乡绅，外面久已无人知道，祖上倒是法国南方最古老的一个世家，他的一支是小房。当年圣·路易[①]手下被俘的人中就有一个奈葛柏里斯。大房的儿子在亨利四世时代娶了埃斯巴家的独养女儿，承继了埃斯巴那个有名的姓氏。现在这个乡绅是小房中的小房，靠着妻子的产业，巴勃齐欧近边的一小块田地过活。他极会经营，自己酿酒，自己到集上去粜麦子；只要能多积几个钱，扩充一下庄园，绝不怕人笑话。

由于穷乡僻壤，虽然机会很少，特·巴日东太太居然对音乐和文学感到兴趣。大革命时期，罗士神父[②]的得意门生，尼奥朗神父，带着作曲家的行装逃入埃斯卡巴那个小小的古堡。他教育老乡绅的女儿，充分报答了主人的情谊。姑娘名叫阿娜依斯，简称娜依斯，要不遇到尼奥朗神父，只能自生自长，或竟落入一个品性不良的女佣之手，那就更糟了。神父不仅是音乐家，文学方面的知识也很广博，懂得意大利文和德文。他把这两种语言和对位学教了奈葛柏里斯小姐；替她讲解法、意、德三国的文学名著，同她一起研究各个大作曲家的音乐。当时的政局使他们与世隔绝，神父为了消磨时间，教女学生念希腊文和拉丁文，又教给她一些自然科学的知识。这样的男性教育，做母亲的也改变不了；况且姑娘从小在乡间长大，独往独来的倾向本来很强。尼奥朗神父非常热情，富有诗意，天生的艺术家气质，颇有一些优点，见解独立，目光远大，没有布尔乔亚的成见。这种气质因为有它与众不同的深度，还能叫上流社会原谅它的狂妄，在私生活中却容易促进越轨的行动，变作有害了。神父感情丰富，他的思想也就感染了阿娜依斯。她不但和一般

---

① 一二五〇年法王圣·路易（路易九世）率十字军东征，在埃及战败被俘。

② 尼古拉·罗士（1745—1819）是个颇有声名的音乐家。

年轻姑娘一样会激动，还有乡下的孤独生活加强她这个趋向。尼奥朗把大胆的探讨、敏捷的判断传给学生，没想到这些对男人极重要的长处，在一个生来要做主妇，过平凡生活的女性身上会变成缺点。虽则神父不断地告诫学生，愈有学问愈要谦虚和顺；特·奈葛柏里斯小姐却自视甚高，总是不客气瞧不起人。她在周围只看见比她低微和对她唯命是从的人，养成一派贵妇人的高傲，而不曾学会她们虚假的礼数。可怜的神父看着女学生好比作家看自己的作品，十分得意，满足女学生各方面的虚荣心；不幸她没有遇到一个可做比较的人，帮助她衡量自己。乡居生活最大的缺陷就是没有伴侣。即不必在态度和衣着上头为别人做些小小的牺牲，也就没有顾到别人而克制自己的习惯。于是我们身上样样开始变质，不论是外表还是思想。特·奈葛柏里斯小姐不受社交拘束，思想方面的大胆发展到举动和眼神中去了；她的放肆的神气粗看很别致，其实只对生活放荡的女人才合适。可见她那种教育倘不经过高等社会把棱角磨平，等到崇拜她的人对于她只有在青春时期才显得可爱的缺点，不再美化的时候，只能使她在安古兰末叫人笑话。至于特·奈葛柏里斯先生，只要能挽救一条害病的牛，把女儿的图书全部送掉也不在乎；因为他非常吝啬，即使是教育女儿必不可少的小东西，也不肯在规定的月费以外出支。神父死于一八〇二年，在他疼爱的孩子出嫁之前；他要是活着，准会劝阻那头亲事。神父死了，老乡绅感到女儿是个大大的累赘。他的啬刻脾气，同一无所事倔强脾气的女儿势必要发生冲突，而他觉得没有精力对付。娜依斯看透了婚姻，根本不放在心上；少女们一越出女性应走的老路，都是这个情形。她遇到的无非是一般没有气魄、没有价值的男人，要让他们来支配她的身心，她是受不了的。她一心想指挥，婚姻偏要她服从。是听让一个恶俗的、不了解她的趣味的男人随意支配呢，还是跟一个惬意的情人私奔？如果叫她在两者之间选择，她绝不迟疑。特·奈葛柏里斯先生毕竟是贵族，不能不防到玷辱门楣的婚姻。他决意替女儿攀亲，同许多父亲一样，不是为女儿着想，而是求自己安宁。他需要一个不大聪明的贵族或者乡绅，不会挑剔他代管女儿财产的账目；头脑和意志相当软弱，可以让娜依斯自由行动；也不太重金钱，肯娶一个没有陪嫁的姑娘。可是既要配父亲脾胃，又要对女儿合适的女婿怎么找得到呢？如此这般的女婿像凤凰一般少有。特·奈葛柏里斯先生抱着这双重的愿望研究本州的男人，觉得只有特·巴日东先生合乎条件。他四十多岁，早年风流过度，弄得身体很虚弱，出名的没有头脑，只是还有相当理路，能照管产业；态度举动也过得去，不会在安古兰末的上流社会中失态或者闹笑话。特·奈葛柏里斯先生向女儿提出这个理想丈夫，很露骨地说出他的消极的长处，让她知道为自己的快活着想，有哪些地方可以贪图。她总算嫁了一个旧家子弟，巴日东家的纹章[①]已经有两百年历史：图样是上下分成四格，对角的两格金底子上画着三个大红鹿头，上二下一[②]，和鹿头交错在一起的有三个全黑的正面牛头，上一下二；其余对角的两格各分六根横条，银蓝相间，蓝条上画着六个贝壳，上三，中二，下一。身边有着保护人，躲在出面经理的招牌之下，再凭着她的才情和相貌，在巴黎交上一班朋友做帮衬，她尽可称心惬意地安排前途。娜依斯看到这样自由的远景很中意。特·巴日东先生自以为攀了一门出色的亲事，估计丈人花足心血扩充的田产不久就好到手；可是按照当时的情形，似乎特·巴日东先生的墓志将来还得由岳父执笔。

我们的故事发生的时候，特·巴日东太太三十六岁，丈夫五十

---

① 欧洲封建时代的纹章也是一种专门学问，描写图样有一套术语，故此处原文全用斜体字。译文只求意义清楚，给读者一个形象。

② 上二下一指安排鹿头的地位，上面两个并列，下面单独一个；下文说的上一下二是上面单独一个，下面两个并列。

八岁。这个年龄的差别格外刺目，因为特·巴日东先生看来有七十岁，而他太太还能装作少女的模样，穿上粉红衫子，头发梳成小姑娘款式，不显得肉麻。他们一年只有一万两千收入，可是除开商人和官员，在老城中已经列在六大富户之内。特·巴日东太太预备得了父亲的遗产到巴黎去，偏偏那笔遗产叫人久等，临了女婿竟死在丈人之前。特·巴日东夫妇为了巴结老人，留在安古兰末；藏在娜依斯胸中的才华和未经琢磨的宝藏就此白白糟蹋了，年代一久还变得可笑。的确，我们的可笑大半是由于某种高尚的情感，某些德行或才能过分发展。不和高等社会来往而不加纠正的傲气，不在崇高的感情圈子内而在琐事上发挥，结果变为生硬。慷慨激昂的情绪原是基本的美德：历史上的圣者，无人知道的献身，辉煌的诗篇，都是受它的感应；但用在内地的无聊小事上面就是夸张了，离开了人才荟萃的中心，呼吸不到思想活跃的空气，不接触日新月异的潮流，我们的知识会陈腐，趣味会像死水一般变质。热情无处发泄，一味夸大渺小的东西，反而降低热情的价值。毒害内地生活的吝啬，毁谤别人的风气，便是这样产生的。不久连最杰出的女子也会染上狭隘的观念，鄙陋的行动。在这种情形之下毁掉的，有些男人是天生的大才，有些女子倘若经过高等社会的教育和优秀人士的栽培，可能是极风趣的人物。特·巴日东太太为一桩极寻常的事可以大发诗兴，分不出幽密的诗意和当众的激动的区别。普通人不能体会的感触，我们应当藏在心里。落日当然是一首雄壮的诗，可是一个女人对一般俗物夸大其词地描写落日，岂不可笑？我们自有一些销魂荡魄的快乐，只能在两个人中间，诗人对着诗人，心对着心，细细吟味。特·巴日东太太的毛病却是用大而无当的句子，把浮夸的字眼堆砌起来，变成新闻界所谓的“夹心面包”，——记者们天天早上为读者做得极难消化，而大家照样吞下去的文字。她的谈吐滥用极端的形容词，把小事说成天大。就在她那个时代，样样东西已经被她典型化、个性化、综合化、戏剧化、极端化、分析化、诗歌化、散文化、巨型化、圣洁化、新式化、悲剧化；我们只能暂时破坏一下语言，描绘某些女人新行出来的歪风。特·巴日东太太的思想也同她的语言一样如火如荼。心中和口头都是一片狂热的赞美。事无大小，她都要心跳、昏迷、激动；一个慈善会女修士的热心，富希弟兄的处决[①]，阿兰戈先生的《伊普西蒲埃》，留伊斯的《阿那公达》[②]，拉华兰德的越狱[③]，一个女朋友粗着嗓子吓走窃贼，都能使她兴奋若狂。在她看来，一切都是崇高的、非凡的、古怪的、神奇的、不可思议的。她紧张、愤怒、丧气，忽而精神奋发，忽而垂头丧气，望着天上或看着地下，老是眼泪汪汪。她的精力不是消耗在连续不断的赞叹上面，便是消耗在莫名其妙的轻蔑上面。她猜想雅尼那总督[④]的为人，恨不得在他后宫中和他搏斗；觉得被人装入布袋丢下水去，伟大得很。她羡慕沙漠中的女才子，斯丹诺普夫人[⑤]。她想进圣·加米叶修会，到巴塞罗那去看护病人，染上黄热病[⑥]送命：那种身世才伟大呢，崇高呢！她不愿埋没在野草中过平淡无奇的生活。她崇拜拜伦、卢梭，崇拜一切生活富有诗意和戏剧色彩的人。她准备为所有的苦难痛哭流涕，对所有的成功欢呼颂赞。她同情战败的拿破仑，屠杀埃及暴君[⑦]的美黑美特-阿利。总而言之，她在天

---

① 一八一五年九月白色恐怖时期被复辟政府枪决的两个军人。

② 法国阿兰戈的小说《伊普西蒲埃》，以文体浮夸，文字不通，见笑当时。英国小说家兼戏剧家留伊斯的《阿那公达》也是没有价值的作品

③ 拉华兰德伯爵忠于拿破仑，一八一五年被判死刑。终于越狱逃往国外。

④ 希腊塞萨利地区的雅尼那总督阿利（1741—1822），原是土匪出身，出名的阴险残暴。

⑤ 英国埃斯忒·斯丹诺普夫人（1776—1839），是个性情乖戾、行为怪僻的女冒险家，一八一〇年后定居近东黎巴嫩。

⑥ 一八二〇年时西班牙的巴塞罗那流行黄热病，成为大疫。

⑦ 指埃及总督美黑美特-阿利，一八一一年屠杀埃及警卫军一事。

才背后画上光轮，认为他们是靠着香气和光明过活的。在许多人眼中，特·巴日东太太是个没有危险的疯子；目光深刻的观察家觉得她的种种表现仿佛有过昙花一现的美妙的爱情，见过极乐世界而只留下一些残迹，总之，她心里藏着一股没有对象的爱。这个观察是不错的。特·巴日东太太最初十八年的结婚生活，几句话就好说完。她先用自己的精神力量和遥远的希望支持了一个时期。随后她承认限于财力，一心向往的巴黎生活不可能实现，便考察周围的人，对自己的孤独感到寒心。女人过着没有出路，没有风波，没有兴趣的生活，绝望之下往往会一时糊涂；可是特·巴日东太太身边连使她一时糊涂的男人也看不见。她没有什么可期待，没有意外的事可以希望；因为平平淡淡过一辈子的人有的是。在法兰西帝国声威鼎盛，拿破仑把精锐的队伍送往西班牙的时节，那位太太一向落空的希望又醒过来了。她出于好奇，想见识见识那些听到命令就去征略欧洲的英雄，把骑士们神话式的奇迹重演一遍的人物。帝国禁卫军路过的地方，便是最吝啬最倔强的城市也不能不招待，州长市长预备好长篇演说，出去迎接，像恭迎圣驾一般。特·巴日东太太出席一个团部招待本地人士的舞会，看中一个青年贵族，军阶不过是少尉，狡猾的拿破仑暗示他有做元帅的希望。两人的抑制、高尚、强烈的爱情，和当时一般随便结合随便分手的私情大不相同，而且经过死神之手，永远变为贞洁而神圣的了。华格拉姆一仗，一颗炮弹击中特·刚德-克洛阿侯爵的胸口，炸毁了唯一画出特·巴日东太太美貌的肖像。他受着功名和爱情鼓励，在两次战役中升到上校，把娜依斯的书信看得比帝国政府的褒奖还重。娜依斯长时期悼念这个俊美的青年，哀伤在她脸上罩着一重凄凉的幕。这块乌云消散的时候，她已经到了华年虚度、悔恨无穷的年龄，眼看自己花残叶落，不禁重新燃起爱情的欲望，只求青春最后的笑容多留一些时日。一朝感到内地生活的寒冷，特·巴日东太太一切卓越的才能都变为内心的伤口。倘使和一般饱餐过后，只想玩几个铜子小牌的男人接触之下而玷污自己，她势必要像银鼠一般羞愤而死。心高气傲使她逃过了内地那种可叹的私情。在虚无寂灭和周围的庸才俗物之间，像她这样卓越的人宁可忍受虚无寂灭。在她心目中，结婚生活和上流社会等于修道院。嘉美丽德会的女修士靠宗教过活，特·巴日东太太靠美丽的幻想过活。过去没听见过的外国名人在一八一五至一八二一年间发表许多作品，鲍那和特·梅斯忒两个大思想家[①]的重要论著先后刊行，气魄较差的法国文学也在蓬蓬勃勃长出第一批枝条；特·巴日东太太拿这些读物来破除寂寞，思想可并不变得圆通，人也不见得更灵活。她身体强壮，躯干笔直，仿佛一株遭到雷击而没有倒掉的树。尊严的态度僵化了，高高在上的地位使她装腔作势，过分雕琢。既是被人趋奉惯的，她尽管有缺点，照样占着宝座。特·巴日东太太的身世便是这一段枯燥的历史，必须交代清楚才能了解她同吕西安的关系，而吕西安被人引进的方式也相当古怪。上年冬天，城里新来一个人物，特·巴日东太太单调的生活因之有了一些生气。间接税稽核所所长的位置刚好出缺，特·巴朗德先生[②]派来的新人有一段奇怪的经历，他便利用妇女的好奇心作为晋身之阶，去接近当地的王后。

杜·夏德莱先生出世的时候只姓夏德莱，名叫西克施德；从一八〇六年起，他灵机一动，自封为旧家，称为杜·夏德莱[③]。拿破仑时代，有些讨人喜欢的青年靠着帝室的光辉，逃过每一届的兵役；夏德莱便是这等人物，开始在拿破仑家里一位公主身边当首席秘书。杜·夏德莱先生一无所能，正好配合他的职位。他身材匀称，

---

① 两人都是反对大革命、拥护王权的极右派。

② 当时法国间接税总署的署长。

③ 法国法律上虽无明文规定，一般人都把姓氏之间的“特”字“杜”字当作贵族或旧世家的标志。

长相漂亮，跳舞跳得出色，打得一手好弹子，锻炼身体的玩意儿都很在行，会唱多情的歌，茶余酒后能够粉墨登场，爱听俏皮话，殷勤凑趣，肯趋奉人，又嫉妒人，无所不知而一无所知。他对音乐全盘外行，可是碰到一位太太愿意替大家助兴，唱一支花了个把月，费了九牛二虎之力学来的歌，他能在钢琴上胡乱伴奏。他一点诗意都不能领会，却胆敢自告奋勇，散步十分钟，吟一首即兴诗，味同嚼蜡的四行诗，只有韵脚，没有内容。杜·夏德莱先生还有一件本领，能够把公主开头绣的花接下去。公主绕线，他张开手臂有模有样地托着，嘴里东拉西扯，隐隐约约夹几句风话。他不懂绘画，照样能临一幅风景，勾一张侧面的人像，画衣服的图样，着上颜色。总之，在妇女操纵政治、权势惊人的时代，凡是对前程大有帮助的小本领，杜·夏德莱无不具备。他自命为擅长外交。外交原是不学无术而用空虚冒充深刻的人的学问，而且并不难学，但看怎样充当高级的差事就知道：一则外交要用机密的人，所以外行尽可一言不发，用莫测高深的点头耸脑做挡箭牌；二则精通此道的高手好像在支配时局，其实在潮流中载沉载浮，尽量把头昂在水外，可见问题在于一个人的体重。外交界和文艺界一样，在上千的庸才中才有一个天才。杜·夏德莱尽管替公主办了不少例行的和例外的公事，仍不能靠着后台老板的面子进参事院：并非他不如人家，没有资格当一个风趣十足的评议官，而是公主觉得他留在自己身边比担任别的职位更好。他终于封了男爵，派到卡赛尔①去当特使，他的地位的确非常特别，换句话说，拿破仑在紧急关头把他派作外交信使的用场。帝国瓦解的时候，上面刚好答应让杜·夏德莱到奚罗姆宫中去，做法国驻威斯特发里亚公使，据他说是当家庭使节。这个希望

① 德国西部威斯特发里亚的首都。当时威斯特发里亚的国王便是拿破仑的兄弟奚罗姆。

破灭之后，他灰心了，和阿尔芒·特·蒙脱里伏将军一同游览埃及，遇到一些离奇的事，半路上和同伴分散，在沙漠中流浪了两年，从这个部落到那个部落，被阿拉伯人俘虏，辗转出卖，谁也没法利用他的才能。最后他进入玛斯卡德教主境内，蒙脱里伏往坦丹尔进发。夏德莱在玛斯卡德遇到一条英国船正要启碇，比同伴早一年回到巴黎。他仗着从前的一些老关系，目前走红的人受过他的好处，新近又遭了难，总算得到内阁总理的关切；总理在没有什么司长出缺之前，把他交给特·巴朗德先生安插。杜·夏德莱在帝政时代的公主手下当过差，出名是个风流人物，旅行中又有不少古怪的经历，受过许多磨折，引起安古兰末的太太们注意。西克施德·杜·夏德莱男爵弄清了上城的风俗习惯，相机行事。他装作病人，性情忧郁，兴致全无，动不动双手捧着脑袋，仿佛随时在发病；这个小手法叫人想起他的旅行，对他关心。他在上司门下走动，拜访将军、州长、税局局长、主教；到处摆出一副有礼的、冷淡的、带点轻慢的态度，俨然是个大材小用，但等上面提拔的人物。他暗示他多才多艺，因为没有显过身手而更受重视；他叫人仰慕而不让大众的好奇心冷却；看透了一般男子的无用，花了好几个星期日在大教堂里把所有的女人仔细研究过了，认为最合适的是和特·巴日东太太交个亲密的朋友。他打算用音乐做敲门砖，打开那座不招待外人的府第。他私下觅到米罗阿的一部弥撒祭乐，在钢琴上弹熟了，然后拣一个星期日，安古兰末的上流社会都在望弥撒的时候，他奏起大风琴来，把那些外行听得赞叹出神，还让教堂的小职员泄露他的名字，刺激大家对他的兴趣。特·巴日东太太在教堂门口恭维他，说可惜没有机会和他一同弄音乐。他在这次有心钻谋的会面上，叫人把他自己开口得不到的通行证，心甘情愿地送在他手里。机灵的男爵进入安古兰末的王后府上，大献殷勤，不避嫌疑。过时的美男子——他年纪已经四十五——看准特·巴日东太太还能燃起青春的火焰，还有财富可以利用，说不定将来是个遗产可观的寡妇；要是跟奈葛柏里斯家结了亲，他可以接近巴黎的特·埃斯巴侯爵夫人，仗着她的势力重新进政界。虽然那株美丽的树给苍黑茂密的藤萝损坏了，夏德莱决心依附，由他来修剪，栽培，收一批出色的果子。安古兰末的贵族看见蛮子闯进宫殿，大惊小怪地直嚷起来。特·巴日东太太的客厅一向是最严格的集会，没有外人羼入，经常来的只有主教，州长每年只招待两三次，税局局长根本轮不到；特·巴日东太太出席局长的晚会和音乐会，从来不在那儿吃饭。不接待税局局长而容纳一个稽核所所长，这样颠倒等级的行为，在受到轻视的官员看来简直无法理解。

谁要能渗透每个阶层都有的狭窄的眼界，不难懂得巴日东府在安古兰末的布尔乔亚心目中多么威严。对乌莫镇说来，这个小型罗浮宫的气派，本地朗蒲依埃[①]的光彩，更是在云端里，高不可攀。在那里聚会的全是周围几十里以内最穷的乡绅，头脑最贫乏，思想最鄙陋的人物。谈到政治无非是一大篇措辞激烈的滥调，认为《每日新闻》[②]太温和，路易十八同雅各宾党相去不远。至于妇女，多半愚蠢可笑，谈不到风韵，衣着不伦不类，每个人都有些缺陷破坏她的长相；谈吐、装束、思想、肉体，没有一样是完美的。要不是对特·巴日东太太别有用心，夏德莱绝对受不了那个环境。可是阶级意识和生活习惯，乡绅的神气，小贵族的高傲，严格的规矩，遮盖着他们的空虚；他们在感情方面的贵族品质，比豪华的巴黎社会真实得多；不管怎么样，他们对波旁王室还是拥护的，尊重的。做个不相称的比方，那个社会像老式的银器，颜色发黑，可是挺有分量。一成不变的政见近于忠诚。同布尔乔亚的距离，森严的门禁，

---

① 法国十七世纪有名的文学沙龙，由特·朗蒲依埃侯爵夫人主持。

② 法国史上有名的保王党报纸。

显得他们地位很高，在社会上有公认的价值。在居民心目中，每个贵族都有他的身价，仿佛贝壳在庞巴拉的黑人中代表金钱。好些女子受着夏德莱的奉承，承认他某些长处是她们圈子里的男人没有的，也就不觉得和他来往有损尊严；骨子里她们个个希望承继帝政时代的公主的遗产。最重清规戒律的人以为那不速之客只能在巴日东府上露面，绝不会受别的家庭招待。杜·夏德莱碰过好几个钉子，可是他巴结教会，地位始终不动。他迎合安古兰末王后在本乡养成的缺点，给她看各种新书，替她念新出的诗集。两人为着一批青年诗人的作品感动出神，在特·巴日东太太是出于真心，夏德莱是闷得发慌，硬着头皮忍受；他是帝政时代的人物，不大了解浪漫派的诗歌。在百合花[①]影响之下发生的文艺复兴，引起特·巴日东太太的热情；她喜欢夏朵勃里昂先生，因为他说过维克多·雨果是个“才华盖世的孩子”[②]。她只能在书本上认识天才，觉得心中怏怏，愈加向往名流荟萃的巴黎。杜·夏德莱先生以为想出了一个绝妙的主意，告诉她安古兰末也有一个才华盖世的孩子，一个青年诗人，比巴黎初升的明星更灿烂，而他自己并不知道。原来乌莫出了一个未来的大人物！中学校长给男爵看过一些出色的诗。那孩子又穷又朴实，竟是查忒吞[③]第二，可不像查忒吞在政治上那么卑鄙，也不像他那样痛恨名流，写小册子攻击他的恩人。特·巴日东太太周围有五六个人和她一样喜欢文学艺术，一个因为能拉几下难听的小提琴，一个因为能用墨汁糟蹋纸张，一个仗着农学会会长的身份，还有一个会直着低嗓子，像猎场上吹号角似的，嚷几句“只要你还有

---

① 百合花是法国王朝的徽号。浪漫派文学家绝大多数是保王党。

② 夏朵勃里昂这句话是一八二〇年说的，雨果十八岁，夏朵勃里昂五十二岁。

③ 英国诗人查忒吞（1752—1770），十二岁上写的讽刺诗已有传世价值，以贫穷潦倒于十八岁时服毒自杀。

一口气”之类的歌；在这些荒唐古怪的角色中，特·巴日东太太赛过饿慌了肚子，眼睁睁地望着舞台上纸做的酒席。一听到杜·夏德莱的报告，她的快乐简直无法形容。她要见那个诗人，那个天使！她为之兴奋、激动，一谈就是几个小时。第三天，前任外交信使托中学校长接洽，把引见吕西安的事谈妥了。

你们倘是生在内地的小百姓，阶级的距离就比巴黎人更不容超越。巴黎人觉得这距离正在一天天缩短，你们始终受着铁栏阻隔，各个不同的社会阶层隔着铁栏诅咒，对骂“拉加”[①]；所以只有你们能体会，吕西安·夏同听见威严的校长说，他的名气替他打开了巴日东府的大门，他的心和头脑激动到什么地步。他平日夜晚同大卫在菩里欧溜达，望见巴日东家的旧山墙，常常说他们的名字恐怕永远传不到那儿，对于出身低微的人的学问，贵人们的耳朵特别迟钝。怎想到他会受到招待呢？这秘密，他只给妹妹一个人知道。夏娃会安排，又是体贴入微，拿出几个路易[②]的积蓄，为吕西安向安古兰末最高级的鞋店买了一双上等皮鞋，向最有名的成衣铺买了一套新衣服，替他最好的衬衫配上一条百裥绉领，她亲自洗过，熨过。夏娃看见吕西安穿扮好了，不知有多么高兴！她为着哥哥不知有多么得意！嘱咐的话不知说了多少！她想起无数的细节。吕西安经常出神，养成一种习惯，一坐下来就把胳膊肘子撑在桌上，有时竟拉过一张桌子来做靠手；夏娃要他在贵族的殿堂上检点行动，放肆不得。她陪着哥哥走到圣·比哀门，差不多直送到大教堂对面，看他穿入菩里欧街，拐进林荫道去和杜·夏德莱先生相会。可怜的姑娘站在那儿，激动不已，好像完成了一桩大事。吕西安踏进特·巴日东太太家，在夏娃看来是好运的开端。纯洁的女孩子哪里知道，一有野心就要丧失天真的感情！吕西安

---

① 古希伯来人的骂人话，见《新约·马太福音》第五章。

② 法国古金币，值二十四法郎。

走进麦市街，看到屋子的外表并不惊奇。在他想象中一再扩大的罗浮宫是用当地特产的软石盖的，年代久了，石头有点发黄。临街的门面相当阴沉，内部的构造也很简单：内地式的冷冰冰的院子，十分干净；朴素的建筑近乎修道院，保养得不错。吕西安走上古老的楼梯，栏杆是栗树做的，从二层楼起踏级就不是石头的了。他走过一间简陋的穿堂，一间光线不足的大客厅，方始在小客室里见到当地的王后。灰色的门窗框子，雕花都是上一世纪的款式；门楣顶上嵌着仿浮雕的单色画。板壁糊着大马士革旧红绸，镶边很简单。红白方格的布套遮着寒碜的老式家具。诗人瞧见特·巴日东太太坐在一张垫子用细针密缝的长沙发上，面前摆一张铺绿呢毯子的圆桌，点着一个老式双座烛台，围着罩子。王后并不站起来，只是怪可爱地在椅上扭了扭身子，笑吟吟地望着诗人；诗人看着她蛇一般扭曲的动作，心里直跳，觉得那姿势十分高雅。

吕西安的无比的美貌，羞怯的举动，还有他的声音，一切都使特·巴日东太太感到惊异。诗人本身已经是一首诗了。吕西安觉得这女人名不虚传，偷偷打量了一番：特·巴日东太太同他理想中的贵族太太完全符合。她按照时行的款式，戴一顶直条子黑丝绒拼成的平顶帽。这顶大有中世纪风味的帽子，在青年人眼中愈加抬高了对方的身份。帽子下面露出一大堆黄里带红的头发，照着亮光的部分完全金黄，鬈曲的部分红得厉害。据说女人长着这种颜色的头发，别的部分很不容易配合；那位高贵的太太却是皮色鲜明，弥补了那个缺点。一双灰色眼睛闪闪发光，雪白宽广，已经有皱裥的脑门儿，轮廓很显著；眼睛四周的色调像螺钿；鼻子两旁有两条蓝血管，细巧的眼圈因之显得更洁白。神采奕奕的长脸孔上长着一个鹰爪鼻，成为一个鲜明的标志，说明她容易激动，像公台[①]家的人。头

① 法国王室波旁家的旁系亲属。

发没有完全遮掉脖子。随便扣上的袍子露出雪白的胸脯，不难想见乳房丰满，位置恰当。特·巴日东太太伸出她保养很好而有些干枯的细长手指，很亲热地指着近边的椅子，要青年诗人坐下。杜·夏德莱坐在一把靠椅上。那时吕西安才发觉没有别人在座。

乌莫的诗人被特·巴日东太太的谈话陶醉了。在她身边消磨的三个钟点，对吕西安简直是个梦，恨不得永远坐下去。他发现那太太是消瘦而不是真正的瘦，渴望爱情而得不到爱情，身强力壮而带着病态。态度举动把她的缺点更加夸大了，吕西安却看着很中意；年轻人开头总喜欢夸张，只道是心地纯洁的表现。他完全不注意酒糟颧骨的面颊神态憔悴，被烦闷和痛苦染上一层土红色。他的幻想只管盯着那双热烈的眼睛，照着烛光的美丽的鬈发，白得耀眼的皮肤，像飞蛾见到亮光一样死盯不放。并且对方的话句句说到他心里，他再也不想去判断对方是怎样的女人。那种女性的激动，特·巴日东太太重复了多年而吕西安觉得很新鲜的滥调，都使吕西安入迷，尤其他存心把一切看得十全十美。他不曾带作品来，而且当时也谈不到这个问题；吕西安故意忘记带诗，好作为下次再来的借口；特·巴日东太太也绝口不提，以便改天再要他念自己的作品。这不是初次见面就有了默契吗？西克施德·杜·夏德莱先生对这次招待大不高兴。他发觉得晚了一步，这漂亮青年竟是他的情敌。他送吕西安从菩里欧走下乌莫的石扶梯，直到第一个拐角上，有心叫吕西安领教领教他的手段。间接税稽核所所长先自己夸了一阵引见的功劳，然后以介绍人身份给他一番劝告，叫吕西安听着很诧异。

杜·夏德莱先生说，总算吕西安运气，受到的待遇比他夏德莱好。这批蠢东西比宫廷还傲慢。他们扫尽你面子，叫你下不了台。他们要不改变作风，一七八九年的革命准会再来。至于他夏德莱，他所以还在那家走动，无非是对特·巴日东太太感到兴趣。安古兰末只有这个女人还像点样。他先是因为无聊，对特·巴日东太太献献殷勤，结果却发疯似的爱上了她。不久事情就好得手，处处看得出她爱着他。他只有收服这个骄傲的王后，才能对那批臭乡绅报仇泄恨。

夏德莱形容自己的痴情已经到了杀死情敌的地步，万一有情敌的话。帝政时代的老油子用尽全身之力扑在可怜的诗人身上，想用威势压倒他，叫他害怕。他讲到旅行埃及时的危险，大大夸张了一番，抬高自己；可是他只能刺激诗人的想象而并没有吓退情敌。

从那天晚上起，吕西安不管老风流如何威胁，如何装出小市民冒充打手的样子，照样去拜访特·巴日东太太；他先还保持乌莫人的身份，赔着小心；后来习惯了，不像早先那样觉得在那儿出入是莫大的荣幸，上门的次数愈来愈多。那个圈子里的人认为药房老板的儿子根本无足重轻。开始一个时期，某个贵族或者某些妇女去看娜依斯而碰到吕西安，对他都拿出上等人对待下级的态度，礼貌特别周到。吕西安先觉得他们和蔼可亲，后来也咂摸出那种虚假的客气是什么意思。有一些恩主面孔引起他的愤慨，加强他痛恨不平等的平民思想；许多未来的贵人开始对高等社会都有这种仇恨。可是无论怎样的痛苦，吕西安为了娜依斯都能忍受。娜依斯这个名字，他是从别人嘴里听来的。那个帮口跟西班牙的元老和维也纳的世家一样，熟朋友之间男男女女都用名字相称，他们想出这一点区别，表示他们在安古莫阿贵族里头也是与众不同的。

吕西安爱上娜依斯，正如年轻人爱上第一个奉承他的女子，因为娜依斯预言他前途无量，一定会享大名。她使尽手段要吕西安成为她家里的常客，不但过甚其词地赞美，还说吕西安是她有心提拔的一个穷孩子；她故意把他缩小，好把他留在身边；她要吕西安做秘书，念书给她听。其实她是爱吕西安，在当年那次惨痛的经历以后，她自己也想不到还能爱到这个程度。她暗暗责备自己，觉得爱一个二十岁的青年简直荒唐，单说身份，他就同自己离得多远！种种顾虑煽动起来的傲气，莫名其妙地在亲热的态度中流露出来。她一忽儿目无下尘，摆出一副保护人面孔；一忽儿慈爱温柔，满嘴甜言蜜语。吕西安开头震于她高贵的地位，尝遍了恐惧、希望、绝望的滋味；可是经过痛苦与快乐的交替，第一次的爱情也在他心里种得更深了。最初两个月，他把特·巴日东太太当作像慈母一般照顾他的恩人。一来二去，终于说起知心话来了。特·巴日东太太称诗人为亲爱的吕西安，然后干脆叫他亲爱的。诗人大着胆子也把尊贵的太太叫起娜依斯来。她听着大不高兴，发了一阵脾气，叫不通世故的孩子愈加神魂颠倒；她嗔怪吕西安不该用一个大家通用的称呼。又高傲又尊贵的特·奈葛柏里斯小姐，向俊美的天使提出一个簇新的名字，要他用路易士相称。这一下吕西安一跤跌进了爱情的天堂。一天夜晚，路易士正在瞧一张肖像，吕西安进去，她急忙收起，吕西安要求给他看。这是他第一次表示嫉妒，路易士怕他发急，给他看了年轻的刚德-克洛阿的肖像，淌着眼泪讲出那一段悲惨的爱情，多么纯洁，受到多么残酷的摧残的爱情。是不是她打算对已故的情人不忠实了？还是利用肖像暗示吕西安，还有一个男人同他竞争？吕西安太年轻，没有能力分析他的爱人，只是很天真地发急，因为娜依斯已经排开阵势挑战。在这种战斗中，女人总希望男人把她理由说得相当巧妙的顾虑彻底破除。她们关于责任、体统、宗教的争辩好比许多堡垒，但愿男人一起攻下。天真的吕西安用不着这些挑拨就冲过来了。

有天晚上，吕西安大着胆子说：“换了我才不肯死呢，我要为着你活下去。”他想把特·刚德-克洛阿先生彻底解决，望着路易士的目光表示他的热情已经到顶点。

路易士看着这股新生的爱情在她和诗人心中进展，暗暗吃惊。她故意找错，说吕西安答应题在她纪念册第一页上的诗不该老是拖延。等到诗写出来了，她当然觉得比贵族诗人卡那利斯最好的作品还要美，可是她念过以后又做何感想呢？

> 生花妙笔，虚幻的诗神，
> 并不经常来叩我的心魂，
> 点染我的花笺和薄薄的绢素。
> 倒是我美丽的情人在挥毫时分，
> 往往把她幽密的欢欣，
> 或是无声的悲苦，向我倾吐。
>
> 啊！等到她追寻我褪色的旧稿，
> 想得到一个分晓，
> 花团锦簇的前程从何处发轫；
> 那时但愿爱神呵，
> 将来回想起这次美妙的旅行，
> 像晴朗的天空没有一朵乌云！

她说："你的诗真是受了我的感应吗？"

这个疑问是喜欢玩火的女人有心挑逗，叫吕西安冒出一颗眼泪；她便安慰吕西安，破题第一遭亲了亲他的额角。真的，吕西安是个大人物，她要好好地栽培他，教他意大利文、德文，纠正他的态度举动；有了这些借口，她可以当着那般讨厌的清客，让吕西安经常留在身边了。她多关切吕西安的生活！为着吕西安重新弄音乐，引他进入音乐的天地，弹几支贝多芬的美妙的曲子，使他听着出神。吕西安快乐，路易士也跟着快乐；看见吕西安心醉神迷，快要晕过去的样子，她假惺惺地说："有了这样的幸福，我们不是该满足了吗？"可怜的诗人糊涂透顶，回答说："是的。"

形势逐渐发展，上星期路易士居然留吕西安在家和特·巴日东先生同桌吃饭。虽然有丈夫在场，事情还是弄得满城皆知，大家还认为过分离奇，难以相信。结果引起许多骇人听闻的谣言。有的人觉得社会马上要天翻地覆了；另外一些人大声疾呼地说："这就是高谈自由平等的后果!"醋意十足的杜·夏德莱打听出服侍产妇的夏洛德太太便是夏同太太，被他说作"乌莫夏朵勃里昂的母亲"。这句话变了一句有名的俏皮话。特·乡杜太太第一个赶往特·巴日东太太家，说道："亲爱的娜依斯，你可知道全安古兰末谈论的事吗？那起码诗人的娘，就是两个月以前服侍我嫂子生产的夏洛德太太!"

特·巴日东太太摆出一副十足地道的王后面孔，回答说："亲爱的，这有什么大惊小怪？她不是药剂师的寡妇吗？特·吕庞泼莱家的小姐落到这步田地也够可怜的了。假定你跟我穷得一个钱都没有……咱们靠什么过活？怎么养活你的孩子？"

特·巴日东太太的镇静压倒了贵族的怨叹。伟大的心胸最容易把苦难当作德行。做的好事受到指责而坚持下去，也更有意思；清白无辜和不正当的嗜好同样有刺激作用。晚上特·巴日东太太家高朋满座，都是来埋怨她的。她拿出冷嘲热讽的口才，说即使贵族成不了莫里哀、拉辛、卢梭、服尔德、玛西翁、菩玛希、狄德罗，至少也该接待生出大人物的家具商、钟表匠、铸刀匠[①]。她说天才永远是贵族。她责备那些绅士不懂得自己真正的利益。总而言之，她说了许多傻话，听的人要不那么蠢，早就心中有数；可是他们只以为她脾气古怪。一场雷雨被她用大炮轰散了。吕西安第一次被请来当众露面，四桌客人在褪色的旧客厅里打韦斯脱[②]；路易士满面春风地接待吕西安，摆着一副叫人非服从不可的王后气派向大众介绍。她把间接税稽核所所长叫作"夏德莱先生"，表示她知道夏德莱并无资

① 莫里哀的父亲是家具商；卢梭和菩玛希的父亲是钟表匠；狄德罗的父亲是铸刀匠。

② 纸牌戏的一种，桥牌的前身。

格在姓氏之前加上旧家的标志，夏德莱听着愣住了。从那天晚上起，吕西安算是硬挨进了特·巴日东太太的圈子；可是各个当他毒物看待，存心慢慢地用傲慢的态度做解毒剂，把他排除出去。娜依斯虽然胜利，却是大失人心；一部分反对派打算离开她了。阿美莉——就是特·乡杜太太——听着夏德莱的主意决定每星期三接待宾客，和特·巴日东太太唱对台。特·巴日东太太是每天晚上招待的，去的人早已养成习惯，老是坐在那几张绿呢牌桌前面，玩那几副脱里脱拉[①]；看惯屋子里的当差、烛台；在走道里挂大衣、帽子，放套鞋，都变了刻板文章；甚至对楼梯的踏级也像对女主人一样有感情。大家捺着性子忍受"御花园中的蓟鸟[②]"，这是亚历山大·特·布勒皮安想出来的俏皮话。最后，农学会会长还说出一番内行话来消除众人的怒气。

他说："大革命以前，便是王公大臣也接待跟这小诗人差不多的小角色，例如杜格洛、葛里姆、克莱皮翁等等；可是从来不接见收人头税的小官儿，像夏德莱这种人。"

杜·夏德莱做了夏同的替死鬼，各个对他冷淡。间接税稽核所所长自从被称为夏德莱先生起，发誓非征服特·巴日东太太不可；他一发觉受人攻击，反而站在女主人一边，替青年诗人撑腰，自称为吕西安的朋友。了不起的外交家当年手段笨拙，没有拍上拿破仑，如今却来笼络吕西安，跟他亲热了。他请了一次客，替诗人捧场，出席的有州长、税局局长、驻军司令、海军学校校长、法院院长，所有的行政首脑。可怜的诗人大受夸奖，要不是二十二岁的年轻人，听着那些要弄他的赞美准会疑心。上甜菜的时候，夏德莱要

---

① 用骰子和跳棋玩的一种游戏。

② 蓟鸟（以蓟草为食科的鸟）在法文中叫作"夏同纳莱"；吕西安姓夏同，原义为蓟草，是一种开淡紫花的多年生草。夏同纳莱前半与夏同相同，又可作小夏同解。

他的情敌朗诵他最近的杰作，《垂死的萨达那巴勒的颂歌》。素来不动感情的中学校长拍手说，便是约翰-巴蒂斯德·卢梭[1]也不能写得更好了。西克施德·夏德莱男爵断定这小诗人不是经不起夸奖，早晚在暖室里干瘪，便是为了未来的光荣得意忘形，闹出些狂妄的笑话来，仍旧缩回去做个无名小卒。在这个天才不曾夭折的时期，夏德莱的雄心似乎为特·巴日东太太牺牲了；其实他老奸巨猾，定好计划，要像刺探军情一样留意两个情人的行动，等候机会消灭吕西安。从那时起，城内城外隐隐然说到安古莫阿出了一个大人物。舆论一致赞美特·巴日东太太照顾青年才子。特·巴日东太太发现她的行事有人赞同，就想获得公众的批准。她在本州内逢人便说，要举行一次请吃冰淇淋和糕点的茶会；那时茶叶还作为消化药，归药房发售，请客喝茶是从来未有的创举。第一流的贵族都被请去听吕西安朗诵一件重要作品。

路易士把她暗中克服的困难瞒着吕西安，可也透露几句上流社会反对他的阴谋。她认为应当让吕西安知道天才一生中必然要经历的危险，有些难关需要过人的勇气才能冲破。她拿这种胜利当作教育。她伸着雪白的手，向吕西安指出要用不断的苦难去换取的光荣，提到殉道的志士非受不可的毒刑，她搬出她的最好听的空话，最浮夸的辞藻。那种信口开河的议论正是学了《高丽纳》小说中的缺点。她自以为雄辩滔滔，伟大之极，而她的口才又是受她的朋雅明的感应，也就更爱他了[2]。她劝吕西安放大胆子抛弃父亲的姓氏，改用吕庞泼莱那个高贵的姓，不用管群众起哄，反正将来王上会批准的。勃拉蒙-旭佛里家的小姐，特·埃斯巴侯爵夫人，跟路易士是至亲，在宫廷中很有势力，请求改姓的事由路易士负责就是了。听

① 约翰-巴蒂斯德·卢梭（1671—1741），是法国抒情诗人。

② 法国女作家斯塔埃夫人（1766—1817）写的小说《高丽纳》，反映她和朋雅明·公斯当的爱情，作者借女主人公高丽纳表现自己的思想感情。

到王上、宫廷、特·埃斯巴侯爵夫人这些字，吕西安好比看见一连串美丽的烟火，觉得大有改姓的必要。

“亲爱的孩子，”路易士带着又温柔又打趣的口吻说，“事情早一天做，公众就早一天承认。”

她把社会的阶层一一揭开，叫诗人明白这个巧妙的主意可以使他凭空跳过多少等级。吕西安听着她的劝告，立刻改变思想，不再相信一七九三那个年代的虚幻的平等；对于名位的饥渴本来被大卫用冷静的理智消解了，如今受到路易士的煽动，她说只有高等社会才是他活动的天地。愤懑不平的进步党人内心深处变了保王党。吕西安咬着荣华富贵的禁果，发誓要送一个胜利的花冠给他的王后，哪怕是染着鲜血的花冠，他也要弄到手，任何代价在所不惜。他要证明他的勇敢，说出眼前的痛苦。至此为止他瞒着路易士；年轻人初次恋爱都莫名其妙地怕羞，不敢炫耀自己崇高的品质，但愿不露出真正的精神面目就得到情人赏识。此刻他说出如何受贫穷压迫，自己如何高傲地忍受，提到在大卫那儿的工作，深夜的用功。这股青春的热诚使特·巴日东太太想起二十六岁的上校，眼神愈来愈柔和。吕西安看出他的尊贵的情人动了心，便抓着她的手（她也让他拿着），凭着诗人的、青年的、情人的冲动亲吻。路易士甚至允许药剂师的儿子把颤动的嘴唇贴在她的脑门上。

她从迷惘中醒来，说道：“孩子！孩子！给人撞见了，我要闹笑话了。”

那天晚上，特·巴日东太太的思想把她所谓吕西安的成见摧毁了不少。据她说来，天才是没有父母，没有兄弟，没有姊妹的；他们要建立伟大的事业，表面上不能不自私，为了他们的成就不能不牺牲一切。家属开始不免被巨人式的头脑蚕食，因为要帮助一股被压迫的力量奋斗而做种种牺牲，可是后来分享胜利的果实的时候，得到的报酬比付出的代价不知要超过多少倍。天才只向自己负责；

手段只能由他决定，因为目的只有他一个人知道；他超于法律之上，他的使命是重订法律；能控制时代的人，什么都可以取为己有，什么都可以拿去冒险，因为一切都是属于他的。路易士举出许多名人的少年时代做例子：裴那·特·巴利西、路易十一、福克斯、拿破仑、哥伦布、恺撒，以及一切有名的冒险家，开始都债台高筑或者潦倒不堪，被人误解，当作疯子，败子，品行不端的父兄，后来却为一家，一国增光，甚至为全人类增光。

这些议论正好迎合吕西安隐藏的邪念，进一步败坏他的心术。在强烈的欲望鼓动之下，他认为不择手段是理所当然的。不能成功不是对社会犯了大不敬的罪恶吗？失败的人不是等于把世俗的美德全部推翻吗？而那些美德正是社会的支柱，社会唾弃的便是坐在废墟上的玛里于斯[①]。吕西安不知道他所处的地位一方面是沉沦堕落，一方面是天才的胜利，他只管望着先知们逗留过的西乃山，没有看见山下的死海和峨摩拉的丑恶的尸体[②]。

诗人的思想感情被路易士从内地生活的襁褓中完全解放出来，他竟想试探特·巴日东太太，看自己是否能征服这个高贵的俘虏，不至于遭到拒绝，下不了台。最近宣布的诗歌晚会正好给他做这个尝试。他的爱情中间有野心羼入。他动了情，同时也想往上高升；这股双重的欲望，在既要满足感情，又要摆脱贫穷的青年身上，也是自然的。今日之下，社会把所有的孩子请去赴同一个宴会，叫他们年纪轻轻就有野心。社会使青年失去妩媚，做着自私的打算，破坏他们仁厚的心地。我们美妙的理想但愿情形不是这样，无奈事实

---

① 公元前二世纪至一世纪时罗马将军，做到执政，被政敌放逐国外，追捕的人看见他坐在迦太基的废墟上叹息。后世以此为英雄末路的比喻。

② 西乃山是摩西看见耶和华显形的地方，见《旧约·出埃及记》。阿拉伯半岛上的古城峨摩拉，以人民作恶多端，被耶和华用天火毁灭。作者引用这两个典故做上面两句的比喻，谓吕西安向往天才的荣誉，看不见脚下的万丈深渊。

往往破坏我们一厢情愿的幻景，叫人除了十九世纪的青年以外没法写出另外一种青年。吕西安还觉得自己的计划用意高尚，表示他对大卫友情深厚呢。

吕西安动笔比说话大胆，便写了一封长信给他的路易士。十二张信纸誊了三遍，叙述他父亲的才气，落空的希望，使他受尽折磨的贫穷。他把心爱的妹子写成天使，大卫·赛夏写成未来的居维埃，目前不但是吕西安的朋友，而且是他的兄长，他的父亲。如果他不要求路易士对待大卫像对待他一样，他就不配受路易士的爱，——不配受他生平第一次的光荣。他宁可放弃一切，不能辜负大卫，他要大卫亲眼看见他成功。在那种疯狂的信里，年轻人往往用自杀来威吓，关于良心问题发表许多幼稚的议论，搬出高尚的心灵的荒谬的逻辑；长篇累牍的废话说得怪有意思，还穿插一些天真的倾诉，在写的人是无心流露而女人看了最喜欢的。吕西安把信交给女佣，到印刷所去改校样，分派工作，打发一些零星杂务，对大卫只字不提。年轻人只有在童心未失的时候，才会这样稳重。说不定吕西安也怕大卫的不客气的批评，或者怕大卫目光犀利，窥破他的心事。念过希尼埃的作品，吕西安听到大卫埋怨，好像伤口被医生的手碰到了，他的秘密方始从心中浮到嘴边。

现在你们不难体会，吕西安从安古兰末走回乌莫，脑子里有些什么思想。那位高贵的太太要生气吗？会接待大卫吗？野心家不至于被撵出来，缩回乌莫的阁楼上去吧？不曾亲吻路易士的额角以前，吕西安还能估计一个王后和她宠臣的距离，现在可想不到他花了五个月才走完的路程，大卫不可能在一霎眼之间跨过。他不知道贵族排斥小百姓的禁令多么严格，特·巴日东太太再要敢触犯一次，非下台不可；路易士自甘堕落的罪名势必坐实，不能再在安古兰末住下去，本阶级的人对她都要远而避之，像中世纪的人躲避麻风病人一样。娜依斯要是失节的话，上层的贵族阶级，甚至连教会在内，都会替她辩护；和下等人往来可是罪大恶极，永远不能赦免；因为当权的人犯错误，可以得到大家原谅，下台以后就要受到谴责。而接待大卫不是等于自动逊位吗？吕西安即使看不见这方面的问题，他的贵族的本能也预感到另外一些困难，使他心里发慌。高尚的思想感情不一定产生高尚的举止。拉辛的风度固然不亚于身份极高的朝臣，高乃依却很像一个牛贩子。笛卡儿长得像老实的荷兰商人。孟德斯鸠肩上扛着铁耙，头上戴着睡帽，到拉·勃兰特去访问的外客往往以为他是粗俗的园丁。上流社会的风度是出身高贵的人的天赋，从吃奶的时候起就开始吸收，或者从血统带来的一门学问，否则就得靠教育培养，还需要某些偶然的因素帮忙，例如漂亮的外表，清秀的面目，特殊的音色。这些重要的小节在大卫身上完全没有，而他的朋友生来就具备。吕西安承继母系的贵族血统，连一双脚也是法兰克人的高脚背，不比大卫长的是韦尔希人的平脚背[①]，体格像他掌车的父亲。吕西安仿佛已经听到众人对大卫的讪笑，看见特·巴日东太太忍俊不禁的表情。总之，他虽不完全觉得他的好朋友丢他的脸，至少下着决心，以后不再凭冲动行事，先要经过一番考虑了。

因此，在充满诗意和友爱的时间以后，两个朋友念过作品，在一个新的太阳照耀之下看到另外一个文学天地以后，吕西安想起处世的手段和实际的利益来了。回到乌莫，他已经瞥见上流社会的无情的规律，后悔不该写那封信，恨不得收回才好。他完全体会到，交上好运对个人的抱负有怎样的帮助；他在猎取功名的阶梯上已经跨了第一步，再要退回来牺牲太大了。然后他又想起他的朴素安静的生活，高尚的感情；天才横溢的大卫多么慷慨地帮助他，必要时

---

① 韦尔希是德国人轻视外国人和一切外国事物的用语。相传法国的贵族是法兰克族的后代，平民是高卢人的后代。弓起的脚背被认为贵族血统的标志。

连为他献出生命都愿意；母亲受了屈辱仍旧那么高贵，认为儿子不但聪明，而且天性仁厚；乐天安命的妹子多么可爱，她的童年多么纯洁，良心上不曾有过斑点；他自己的希望也不曾受过狂风吹打；这些情形，他都回想起来。于是他觉得，用自己的成绩冲破贵族或者布尔乔亚的封锁，比靠一个女人的宠爱发迹更有面子。他的天才早晚会光芒四射，像那些征服社会的前辈一样；那个时候自然有女人爱他！拿破仑的榜样使多少平凡的人狂妄自大，成为十九世纪的致命伤；吕西安也想起拿破仑，丢开了钻营的念头，还为此责备自己。吕西安就是这样的性格，从恶到善，从善到恶，转变得一样容易。他不像学者那样爱好自己的小天地；一个月来看到铺子的绿地黄字的招牌，写着：

夏同药房——卜斯丹新记

好像对他是种耻辱。父亲的姓写在一个车马必经之处，他觉得刺眼。那天晚上要到菩里欧去，在上城最时髦的青年中间挽着特·巴日东太太露面的时候，跨过他家里的难看的铁栅门，他更抱怨这所屋子同他的好运气太不相称。

他从过弄走进小院子，一路想："爱上了特·巴日东太太，不久也许就能得手，偏偏住在这耗子窠里！"院子里靠墙放着几捆煮过的药草，学徒在洗刷配药间的锅子，卜斯丹先生系着围身，捧着一个曲颈瓶察看瓶里的药水，一边瞅着铺子，看药看得专心的时候，便耸起耳朵留意门铃。从院子到后面的破屋子，到处是一股甘菊、薄荷和煮过的草药味。后院的住屋要从笔直的楼梯走上去，扶手只有两根绳子，俗语叫作磨坊梯子。假三层上只有一间卧房，便是吕西安住的。

卜斯丹先生是个标准的内地老板，他招呼吕西安道："老弟，你好。身体怎么样？我才把植物糖水做了一次实验，我的问题只有你父亲能解决，他这个人真了不起！要是我知道他治痛风症的秘方，咱们俩今天还不高车大马，阔得很吗？”

又蠢又忠厚的药剂师每星期都要向吕西安提到他父亲不肯泄露秘方的话，叫吕西安听了刺心。

吕西安很简单地回答：“的确倒霉。”老实的卜斯丹对师母和她的儿女帮过好几次忙，吕西安常常感激他，近来却觉得父亲的学生俗不可耐。

“你怎么啦？”卜斯丹说着，把瓶子放在实验桌上。

“可有我的信吗？”

“有一封，像香膏一样好闻！就在账台上，我的写字架[①]旁边。”

特·巴日东太太的信同药房的瓶罐放在一起，还了得！吕西安赶紧冲进铺子。

一扇半开的窗子里传出一个好听的声音，温柔地叫着：“吕西安，快些！饭菜等了你一个钟点，快凉了。”可是吕西安没有听见。

卜斯丹抬起头来说：“小姐，你哥哥魂都没有了。”

这单身汉像一个小酒桶，被画家一时高兴描上了一张皮色通红的大麻脸。他望着夏娃装出又恭敬又讨好的神气，说明他很有意思娶老东家的女儿，只是没法叫利益和爱情在心中停止打架。吕西安走过他身边，他把平日堆着笑脸常说的话又说了一遍：“好漂亮啊，你妹妹！你也不错！只要经过你爸爸的手，没有一样不出色！”

夏娃个子高大，深色皮肤，黑头发，蓝眼睛。看上去性格刚强，其实她温柔和顺，待人非常热心。大卫准是看中她的率直，天真，心平气和地过着刻苦耐劳的生活，端庄稳重，从来没人说过她

---

① 面子倾斜的木架子，放在桌上写字用的。

一句坏话。从第一次见面起，两人之间就有一股隐藏而纯朴的感情，纯粹是德国式的，既没有骚动的表现，也不急于吐露真情。各人只是暗中想念，仿佛有个妒忌的丈夫会对他们的感情生气。两人都瞒着吕西安，也许认为他们相爱会损害吕西安。大卫唯恐夏娃不喜欢他；夏娃因为家境清苦，特别羞怯。真正的女工可能胆子很大，有教养的落难的姑娘只会适应她悲惨的命运。夏娃表面上谦虚，骨子里高傲，不愿追求一个公认为有钱的人的儿子。那时地产正在涨价，熟悉行市的人估计玛撒克的庄园值到八万法郎以上，老赛夏可能候着机会买进的田地还不算在内，他手头积蓄不少，年年丰收，出产都是高价脱手的。或许只有大卫一个人对老子的家业一无所知。在他看来，玛撒克不过是一八一〇年上花一万五六买下的一所破房子，每年他只在收割的季节去一回，让父亲带着在葡萄园里溜达，一路夸他的收成；大卫从来没看见收获的东西，也不放在心上。生活孤独的学者往往夸大感情方面的阻碍，因而感情愈加扩张；这等人的爱情需要对方鼓励才行；因为大卫心目中的夏娃比小职员心目中的贵夫人还要尊严。印刷商在他偶像身边心慌意乱，手足无措；他急急忙忙赶到，又急急忙忙离开，热情非但不表示出来，反而竭力抑制。他往往在晚上想出理由，要和吕西安商量事情，从桑树广场穿过巴莱门赶往乌莫；到了绿漆的铁栅门口，忽然又退回来，怕时间太晚，或者怕夏娃睡了，嫌他冒失。虽然这股强烈的爱只在小事情上透露，夏娃却心里明白；看见大卫的眼神，说话，举动，对她十分尊敬，她也很得意，可并不骄傲；而印刷商最动人的地方还是在于他盲目地崇拜吕西安；讨好夏娃最有效的办法，被他想出来了。这种爱情自有一些无声无息的乐趣，不同于骚乱紧张的热情，正如田野的花不同于园庭中富丽堂皇的花。温柔微妙的眼神好比浮在水上的蓝色的睡莲，飘忽的表情赛过野蔷薇的淡淡的清香；凄凉的情调同丝绒般的苔藓一样柔和；那是两颗高尚的心灵在一块富饶，肥沃，不会变质的土地上开出来的花。夏娃屡次体会到，在大卫软弱的外表之下，藏着一股力。凡是大卫不敢表达的情意，夏娃都很感激，所以只消一件小小的事故就能使他们俩的心进一步接近。

吕西安上楼，夏娃已经把门打开了。他和妹妹一句话不说就坐下。交叉的木架子撑着一张小桌，没有台布，摆着他的刀叉。可怜的小家庭只有三份银制的餐具，夏娃都给心爱的哥哥用了。

她从灶上拿下一盘菜，端上桌子，用铁板把灶火压熄了，说道："你看什么啊？"

吕西安不回答。夏娃又端出一只小碟子，有模有样的铺着葡萄叶，还有一小碗满满的奶油，一起放在桌上。

"喂，吕西安，我给你弄了草莓来啦。"

吕西安只顾聚精会神看信，不曾听见。夏娃过来坐在他身边，一句嘀咕都没有；妹子对哥哥感情太好了，哥哥越对她随便，她越快活。

她看见吕西安眼中亮晶晶的含着眼泪，便说："怎么啦？"

"没有什么，夏娃，没有什么。"吕西安搂着妹子的腰把她拉到身边，亲她的额角、头发、脖子，冲动得厉害。

"你有事瞒我呢。"

"告诉你，她真的爱我！"

可怜的妹妹红着脸，带着埋怨的口气说："我知道你不是拥抱我。"

"我们都要快活了。"吕西安说着，把一大匙一大匙的汤往嘴里送。

"我们？"夏娃问。她也有大卫那样的预感，便补上一句："你不会像以前那样爱我们了！"

"你不是了解我的吗？怎么有这个想法呢？"

夏娃握了握哥哥的手，撤去空盆和棕色陶器的汤钵，端上她做的菜。吕西安顾不得吃，又拿着特·巴日东太太的信看起来。识趣的夏娃尊重哥哥，并不要求看信；他要愿意让妹子过目，她就得等着；要是不愿意，也不能强求。所以她等着。来信是这样写的：

朋友，我怎会不帮助你研究学问的同道，像帮助你一样呢？在我看来，有才能的人都有同等权利。可是你不知道我周围的人的偏见。我们没法叫无知的贵族承认思想的高贵。倘若我的声望不能强迫他们接受大卫·赛夏先生，我愿意把他们为你牺牲，像古时候用牛羊祭神一样。不过，亲爱的朋友，你不见得要我同一个在思想或态度举动方面，可能使我不喜欢的人来往吧？你过分赞美我，足见一个人多么容易被友谊蒙蔽！我对你的要求提出一个条件，你不至于见怪吗？我要见见你的朋友，鉴定一下，为了你的前途我要亲自判断你是否看错了人。亲爱的诗人，既然我要像慈母一般照应你，这个做法不是我对你应尽的责任吗？

路易士·特·奈葛柏里斯

吕西安不知道上流社会的人有本领从是说到否，从否说到是。他觉得那封信是他的胜利。大卫可以到特·巴日东太太家里去，显露他天才的光辉了。吕西安看到事情顺利，自以为有了压倒众人的优势，不由得心神陶醉，得意扬扬，脸上反映出各式各样的希望，让妹子看着叫好，说他美极了。

她说："她要是个聪明人，怎么能不爱你呢！今晚她心里不见得会好过，所有的女人都要向你卖俏。你念起《圣·约翰在巴德摩斯》来，一定漂亮极了！我恨不得变作耗子，钻到那儿去看你！来吧，你的衣服我放在妈妈屋里了。”

妈妈的房间虽然寒素，还过得去。胡桃木的床上挂着白帐子，床前铺一方薄薄的绿地毯。木头面子的五斗柜，上面装着镜子。另外还有几把胡桃木的靠椅。壁炉架上的座钟叫人想起他们从前优裕的生活。窗上挂着白窗帘。壁上糊着暗花的灰色纸。地砖上过颜色，夏娃擦得很干净。中央一张独脚圆桌，放一个描金玫瑰花形的红盘，盘里摆三只茶杯，一只糖缸，都是利摩日的瓷器。夏娃睡在隔壁一个小房间里，只有一张小床，一只旧沙发，临窗一张女红台。房间小得像水手的房舱，只能经常开着玻璃门让空气流通。虽然处处地方显出境况艰难，却有一股勤劳朴素的气息。凡是认识那娘儿三个的人，都觉得室内的景象非常和谐，动人。

吕西安正在扣领带，听见小院子里响起大卫的脚步声；不一会儿印刷商进门了，动作和神气都说明他是性急慌忙赶来的。

野心勃勃的吕西安叫道：“喂！大卫，事情成功了！她真爱我！你可以去了。”

“不，”印刷商局促不安地说，“我专诚来谢谢你的友谊，我为此郑重考虑了一番。吕西安，我的身份早已确定。我是大卫·赛夏，领着王家执照在安古兰末开印刷所，墙上的招贴下面都有我的名字。在贵族看来，我是一个手艺人，说得好听些是商人，在靠近桑树广场的菩里欧街上有个铺子。我还没有格莱的家财，也没有台北兰的声望；便是这两种势力[①]，贵族还不肯承认呢。并且有了财产或者名气还不够，还要懂得绅士的规矩，有绅士的气派；在这一点上我同意贵族的意见。我凭什么一步登天呢？我不但要受贵族耻笑，也要受布尔乔亚耻笑。你啊，你处的地位不同。做印刷所的监工对你并没有束缚。你做工是为了求上进，学一些必要的知识，你可以

① 格莱是大银行家，台北兰是名医，都是《人间喜剧》中的假想人物。

用你的前程解释你眼前的职业。你以后尽可干别的事，读法律啊学外交啊，进衙门啊。反正你没有归入门类，贴上标签。你利用你的自由之身吧，你一个人向前，去追求功名吧！所有的乐趣，哪怕是满足虚荣的乐趣，你尽管高高兴兴地享受。但愿你快乐，我看到你成功就心中得意，你是我的化身。的确，你经历的生活，我都能够领会。宴会，应酬，交际场中的光彩，钻门路，找捷径，都是你的事。生意人的朴素勤恳的生活，长时期地研究学问，那是我的事。将来你是我们的贵族，”大卫说着望了望夏娃，“你身子摇晃的时候，我伸出胳膊来扶你。你要是受了欺骗，可以躲到我们心中来，我们有的是永远不变的爱。人家的照拂，恩惠，好意，分在两个人身上可不容易持久；咱们会互相妨碍；还是你一个人上前吧，必要的时候再拉我一把。我对你非但不嫉妒，还愿意为你牺牲。你因为不肯丢掉我，不肯否认我是你朋友，竟然冒着危险，不怕失掉你的靠山，也许还是你的情人；这桩多伟大的小事使我跟你，吕西安，就算过去还不曾像兄弟一般，这一下也成了生死之交。你用不着好像占了便宜而良心不安，有什么顾虑。我就赞成两弟兄分家，长兄独得大份的办法。即使你日后使我受到烦恼，谁敢说我不是永远欠着你的情分呢？”说到这两句，大卫怯生生地望着夏娃，夏娃噙着眼泪，完全了解他的意思。大卫还说出一番话来，叫吕西安听着诧异：“并且你长得一表人才，身腰多美，打扮起来多像样，穿着你的黄纽扣的蓝衣服，简简单单的南京缎裤子，活脱是个绅士；换了我，在那些人中间我像个工人，又窘，又僵，不是说些傻话，便是一句话都说不上来。你为了迁就大家对门第的偏见，不妨改用你母亲的姓，称为吕西安·特·吕庞泼莱；我永远是大卫·赛夏。在你来往的那个社会里，一切都对你有利，对我不利。你生来是交际场中的红人。女人见了你这张天使般的脸准定喜欢，夏娃，你说是不是？”

吕西安扑过去拥抱大卫。这番谦让替他把许多疑虑和困难一起解决了。大卫从友谊出发所想到的，和吕西安从野心出发想到的完全一样，他对大卫怎么能不加倍亲热呢？野心家和情人觉得前途平坦了，自然流露出青年和朋友的感情。精神奋发，所有的心弦一起振动，发出丰满的声音：这是人生少有的境界。不幸心胸高尚的人的明智，使吕西安唯我独尊的倾向越发加强。我们多多少少全有路易十四那种“朕即国家”的想法。母亲和妹子的爱集中在他一人身上，大卫对他爱护备至，他也看惯三个人为他暗中努力，不禁养成一种少爷习气，产生自我中心的思想，侵蚀他高尚的品质；特·巴日东太太还迎合他的自私，怂恿他忘记父母，妹子和大卫的情分。当时他还没有到这一步，可是等他把野心的范围在四周扩大起来，谁敢担保他不至于迫于形势，为了保持地位而只想着自己呢？

彼此激动了一番以后，大卫提醒吕西安，他那首题作《圣·约翰在巴德摩斯》的诗恐怕圣经气息太重，念给不熟悉寓意诗的人听不大合适。吕西安要同全夏朗德州最不容易讨好的群众见面，也不大放心。大卫劝他把安特莱·特·希尼埃的集子带去，拿稳受欢迎的东西代替不一定受欢迎的东西。吕西安擅长朗诵，必定讨人喜欢；不念自己的作品还显得谦虚，对他有好处。他们俩像多数年轻人一样，认为自己的智力和品德，上流人物同样具备，不曾犯过错误的青年既不原谅别人的过失，同时当作别人也有崇高的信仰。我们必须有了丰富的人生经验，才能理会拉斐尔的名言：所谓了解是彼此的程度相等。一般说来，法国领会诗歌的人很少，性灵一下子就被理性抑制，不能悠然神往，冒出圣洁的眼泪；也没有人肯费心去体味崇高的意境，发掘无穷的天地。浮华社会的无知同冷淡，在吕西安是第一次领教。他先往大卫家拿诗集。

等到只剩下两个情人的时候，大卫觉得生平从来没有这样局促过。他心慌得厉害，既要人称赞，又怕人称赞，竟想溜之大吉，原来怕羞的人也有欲迎故拒的心理！可怜的情人唯恐说出话来好像要人感激，一开口就犯嫌疑，只能不声不响，神气像罪犯。这种老实人的苦恼，夏娃完全理解，她很欣赏大卫的静默。大卫抓着帽子团来团去预备动身了，夏娃笑着说："大卫先生，既然你不上特·巴日东太太家，咱们不妨一块儿消磨黄昏。天气很好，你愿意到夏朗德河边去散散步吗？咱们可以谈谈吕西安。"

大卫恨不得扑在这个妙人儿脚下。夏娃的声调给了他意想不到的酬报；温柔的语气打开了僵局，她的提议不仅有赞美的意思，也是第一次表示她的情意。

大卫做了一个手势，夏娃接着说："请你在外面等一下，让我换衣服。"

大卫从来不会唱歌，出门的当口居然咿咿唔唔地哼起来；忠厚的卜斯丹听着奇怪，不禁对夏娃和印刷商的关系大起疑心。

三　客厅里的夜晚，河边的夜晚

吕西安由于性格关系，对第一个印象特别敏感，那天晚上便是极小的事情都对他很有作用。像没有经验的情人一样，他老早就去了；路易士还没进客厅，只有特·巴日东先生一个人在那里。爱一个有夫之妇需要在小地方用卑躬屈节的代价换取快乐，女人也凭这一点来估计她操纵情人的力量。这些手法，吕西安已经开始学习，只是还不曾和特·巴日东先生单独照面。

那位绅士思想狭窄，头脑空虚，浑浑噩噩地守着他的小天地：一方面是个与人无害的脓包而还算懂事，一方面愚蠢高傲，什么都不愿意受人家的，也什么都不愿意回敬人家。他一心一意想着待人接物的义务，竭力要讨人喜欢，唯一的语言是挂着舞女一般的笑脸。心中高兴也罢，不高兴也罢，始终是那副笑容。听到好消息是微笑，听到坏消息也微笑。特·巴日东先生另外加上一些表情，使他的笑容到处用得上。如果赞成的意思非直接表示不可，他便很殷勤地笑出声来，加强笑容的意义，真要迫不得已才肯开一声口。他只怕单独见客，扰乱他死水般的生活，逼他在一大片空白的脑子里找出些东西来。他多半用小时候的习惯来解救；他自言自语，告诉你一些生活琐事，说他需要什么，有什么琐琐碎碎的感觉，他认为这些感觉就近乎思想。他不谈天气好坏，不像普通的俗物用一套滥调来应付，他只谈他的私事。比如说："我怕特·巴日东太太扫兴，中午吃了她最喜欢的小牛肉，肚子胀得要命。我明明知道，却老是不由自主！你说是什么道理？"或者说："我要打铃叫人送一杯糖水来，你要不要也来一杯？"再不然："我明儿要骑马出门，去拜访岳父。"这些简短的话毫无讨论的余地，听的人只能回答一声是或否，话谈不下去了。于是特·巴日东先生朝西扬起鼻子，像气喘的老哈巴狗，要求客人帮忙；他向你睁着一双长着白翳的大眼睛，仿佛问："你说的是？……"凡是只谈自己的讨厌家伙，最配他脾胃，他们说话，他洗耳恭听，又诚恳又体贴，使安古兰末的一些话匣子对他十分重视，认为特·巴日东先生胸有城府，聪明得很，大家一向错看了他。那批家伙逢到没有听众的时候就来找他，把他们的故事或者大道理从头讲到尾，知道主人准会笑嘻嘻地表示赞许。特·巴日东太太的客厅经常高朋满座，特·巴日东先生待在那儿挺舒服。他管着零星琐事，留心观看，有人进来，他笑脸相迎，陪到太太跟前；有人动身，他起来相送，满面堆笑和客人告别。等到场面热闹，各个人都安顿好了，心情愉快的哑巴便挺着两条长腿像仙鹤般站着，似乎在听人谈论政治，或者在客人背后揣摩一副牌，其实他什么牌都不懂，看着莫名其妙；再不然他吸着鼻烟踱来踱去，帮助消化。阿娜依斯是他生命中最光彩的一面，从她那儿不知得了多少乐趣。太太招待宾客，特·巴日东先生靠在沙发上暗暗赞赏，先是他用不着开口了，而且喜欢听太太说话，揣摩其中的妙处，往往过了好久才恍然大悟，透出一丝会心的笑意，好比陷在地下的炮弹忽然炸起来。他对妻子敬重到崇拜的地步。一个人有个崇拜的对象，生活不就幸福了吗？阿娜依斯觉得丈夫脾气和善，像小孩，巴不得受人指挥；她聪明厚道，绝不因此滥用威权。她照料丈夫赛过照料一件大衣，把他收拾干净，洗刷、保藏、调理周到；特·巴日东先生受着调理、洗刷、照顾，对妻子养成了像狗对主人一样的感情。惠而不费地给人一点快乐真是太容易了！特·巴日东太太叫人把饭菜弄得很精致，知道丈夫除了讲究吃喝，没有别的乐趣。她可怜丈夫，对他从来没有一句怨言；她为了高傲，一声不出，有些人不了解，只道丈夫有什么大家不知道的美德。并且她把丈夫训练得极有纪律，唯命是听。她说一声："替我去拜访某先生或者某太太。"他立刻照办，好比小兵去站岗。他在太太面前一动不动，摆着立正的姿势。那个时期正在考虑替哑巴活动国会议员。吕西安在这户人家出入不久，还不曾揭开幕来看清这个难以想象的角色。特·巴日东先生埋在大沙发中，无所不见无所不知的神气，一声不响的尊严，在吕西安看来简直威严得不得了。富于幻想的人最会夸张，或者以为样样东西都有灵性；吕西安非但不把特·巴日东先生看作花岗石的柱子，反而当他是可怕的斯芬克斯[①]，非奉承不可，

"我第一个到了。"吕西安说着，行的礼比别人对这个老头更恭敬一些。

"那很自然。"特·巴日东先生回答。

吕西安只道丈夫吃醋，话中带刺，不禁满面通红，假装照镜子。

---

① 据埃及神话，人面狮身的巨兽斯芬克斯代表太阳；在希腊神话中，它是神秘的怪兽，蹲在大路上要行人猜谜，猜不中的就被它吞掉。

特·巴日东先生说："你住在乌莫，路远的人总比路近的先到。"

吕西安装着讨好的神气问："为什么呢？"

特·巴日东先生不动声色，恢复了老样子，回答说："不知道。"

吕西安说："那是你不愿意想罢了。一个人提得出意见，一定说得出理由。"

"啊！"特·巴日东先生说，"理由！嗳！嗳！……"

吕西安搜索枯肠，想把话接下去。

"特·巴日东太太大概在换衣服吧？"他说了又觉得这话问得无聊，暗暗发急。

"是的，她在换衣服。"丈夫的回答很自然。

吕西安抬起头来瞧着两根凸出的灰色梁木，梁木之间嵌着天花板，想不出话来接下去；他看见挂着旧水晶坠子的小型吊烛台卸去纱罩，插满蜡烛，又不由得害怕。家具上的套子都拿下了，露出大红织锦缎上褪色的花。这些排场说明今晚的局面非同小可。诗人因为穿着靴子，怕装束不合规矩。一张路易十五时代的半圆桌刻着花环的图案，上面供一个日本花瓶；吕西安担着心事，傻乎乎地走过去瞧花瓶；一忽儿又怕冷淡了丈夫，把他得罪了，决意探探口风，看他有什么嗜好，借此奉承一下。

吕西安回过身来朝特·巴日东先生走去，问道："先生，你难得出城吗？"

"难得出城。"

两人又无话可说了。特·巴日东先生被吕西安扰乱了安宁，暗暗留心吕西安的举动，像多疑的猫。他们俩互相害怕。

吕西安私下想："是不是我常常来，引起他疑心？看样子他对我大有反感！"

特·巴日东先生瞧着吕西安走来走去，猜疑的眼神使吕西安十分难受；幸亏穿着号衣的老当差通报杜·夏德莱先生到了。男爵神态自若地进来，向他的朋友巴日东行了礼，对吕西安略微点点头，那种招呼的方式当时很流行，诗人却觉得他是仗着财势瞧不起人。西克施德·杜·夏德莱的裤子白得耀眼，裤脚上两条带子套着鞋底，把裤子的折缝拉得笔直。他穿着讲究的皮鞋，苏格兰细纱袜子。手眼镜的黑丝带在白背心上飘荡。黑礼服的巴黎款式和巴黎做工特别令人注目。美男子的气派跟他过去的经历完全符合，只是多了一把年纪，滚圆的肚子不容易约束到合乎风流潇洒的标准。因为出过远门，饱经风霜，有股冷酷的神气，头发和鬓角也已花白，不能不染色了。原来很娇嫩的皮色同去过印度的人一样变成古铜色；举动态度保持自命不凡的功架，叫人看了好笑，可也显出他在帝政时代的一位公主身边当过讨人喜爱的首席秘书。他擎着手眼镜瞧了瞧吕西安的南京缎裤子、靴子、背心、安古兰末做的蓝色礼服，把情敌浑身上下打量了一番，然后冷冷地把手眼镜放进背心口袋，仿佛说："行！"吕西安被税务官的高雅大方压倒了，只想等会儿在众人面前动了诗兴，神采飞舞的时候吐一口气。刚才他以为特·巴日东对他没有好感而慌张，此刻又感到另外一种痛苦。男爵的财势仿佛全部压在吕西安身上，使他的寒酸相形之下越发难堪。特·巴日东先生只道从此不用说话了，谁知两个对头互相虎视眈眈，一声不出，叫他看了吃惊。幸而他逢到无计可施的时候，还有一句救急的话；当下他认为应当装着忙人的样子，拿出这个法宝来了。

"喂！先生，"他对杜·夏德莱说，"有什么新闻？外边谈论些什么呢？"

税务官不怀好意地回答："新闻？夏同先生是个新闻人物，应该请问他才对。——你可有什么得意之作带来吗？"男爵意气扬扬地问吕西安，同时他觉得一边鬓角上的头发卷乱了，整理了一下。

吕西安回答："诗好不好还得请教你呢，你是写诗的老前辈了。"

"噢！我为了应酬写过一些有趣的通俗诗，应景的歌曲，全靠音乐帮忙的罗曼斯[1]，还有写给波那帕脱一个姊妹（忘恩负义的家伙？）[2]的一首书信体的长诗，都不是什么传世之作。”

那时特·巴日东太太出场了，她花了一番心思，打扮得光彩夺目。犹太式的头巾扣着东方式的搭扣。脖子里很妩媚地围一块薄纱，底下挂一条宝石项链。短袖的印花纱衫露出一双白净美丽的胳膊，戴着一串手镯。这一派舞台式的装束把吕西安迷住了。杜·夏德莱先生对王后说了许多肉麻的恭维话，她笑盈盈地听着，在吕西安面前受人赞美，特别高兴。王后和她宠爱的诗人只交换一个眼风，对税务稽核所所长却礼数周到，不当他亲密的朋友，使他难堪。

请的客人开始上门了。先是主教和副主教，两人都道貌岸然，长相可截然不同：主教又高又瘦，副主教又矮又胖。两人都眼睛很亮，可是主教皮色苍白，副主教满面红光，身体十分健康。他们的手势和动作都很少，态度谨慎，难得开口，令人望而生畏，大家说他们俩智慧极高。

跟着来的是特·乡杜夫妇。这是两个怪物，说出来恐怕不熟悉内地的人不会相信。特·乡杜太太名叫阿美莉，就是想和特·巴日东太太对抗的角色。特·乡杜先生，大家称为斯大尼斯拉，是个过时的年轻人，年纪已经四十五，身段还苗条，脸孔像只筛子。打的领结老是翘起两只狠巴巴的尖角，一只角接近右面的耳朵，一只角往下倾斜，接近纽孔上的勋饰。衣摆翚头倔脑地翻在外面，背心领口很大，露出一件鼓起的上浆的衬衫，扣着好几支镶满珠宝的别针。浑身的装束都夸张过分，像漫画上的人物，叫外国人看着好

① 谈情说爱的歌曲。

② 拿破仑在位期间，国内外的政敌只称他的姓（波那帕脱），表示否认他称帝。下台以后，十九世纪中凡是恨他的人也都称他为波那帕脱。杜·夏德莱是以前受过他恩惠的人，到了王政复辟时代也不认他了。

笑。斯大尼斯拉一刻不停地打量自己，很得意地从头看到脚，查点背心上的纽扣，瞧着紧窄的裤子刻画出来的曲线，欣赏自己的大腿，恋恋不舍的眼睛直瞧到靴尖为止。他要不这样自我欣赏的话，便远远地照着屋子里的镜子，看卷好的头发是否牢固；眼睛喜滋滋地向女人们打问号，一个手指插在背心袋里，侧着大半个身子，微微往后仰着；这套卖俏的玩意儿在贵族圈子里很能叫座，他是他们中间的美男子。开出口来多半是十八世纪的风情话。他靠着这套恶俗的谈吐在女人堆里相当走红，同她们逗笑取乐。近来他对杜·夏德莱先生不大放心。因为狂妄的税官目空一切，引起女人们的好奇心；他假装消沉，对什么都不感兴趣，口气仿佛是一个享受过度而百无聊赖的苏丹；这些表现大有刺激作用，所以从特·巴日东太太迷上安古兰末的拜仑以后，一般妇女想接近夏德莱的心比他初来的时期更迫切了。阿美莉是白白胖胖的矮个子，头发乌黑，喜欢做作而手段极不高明：她样样夸张，说话高声大气，头上夏天插着成堆的鸟毛，冬天插着鲜花，摇来晃去的摆架子；她最爱讲话，每句话末了总得哼一阵，因为她闹着气喘病而不肯承认。

农学会会长特·桑多先生，名叫阿斯多弗，皮色鲜红，又高又胖，像一条拖船似的跟着太太到场。太太赛过干瘪的凤尾草，名叫埃丽莎，简称丽丽。这个带点孩子气的名字，同她的性格举动正好相反。她态度庄严，对宗教非常热心，打起牌来脾气挺坏，最会作难人。阿斯多弗被认为第一流的学者。他一窍不通，却翻遍了报纸和前人的著作，把有关糖和酒精的文字详细抄下来，为《农学辞典》写了两个条目。全州的人都以为他在准备一篇讨论新式种植的文章。他每天上午关在书房里，十二年工夫还没写上两页。客人上门，老是撞见他在纸堆中乱翻，寻找一条丢失的注解，或是修笔尖[①]。他在书房里

① 当时用鹅毛管写字，笔尖需要经常修削。

的时间就是做些无聊的事消磨的：看上大半天报纸，用小刀雕刻软木塞，在吸墨纸上画奇形怪状的图，翻翻西塞罗的文集，看有什么能够同时事结合起来的句子或者段落；然后到了晚上，想法把谈话引到他预定的题目，说道："西塞罗集子里有一段文字，好像就为今天这件事写的。"接着他背出原文，叫听的人大吃一惊，背后争着说："阿斯多弗真是无所不知！"这桩稀罕事在城里到处传扬，替特·桑多先生维持声誉。

这对夫妇之后，来了特·巴尔大先生，他名叫阿特里安，专唱次低音[①]的歌曲，在音乐方面自以为了不起。他最得意的是练习音阶；一边唱一边自我赞赏，然后谈论音乐，最后只关心音乐。他为着音乐犯了神经病，只有谈到音乐才有劲，晚会上没有人请他唱歌就苦闷。直要穷嘶极喊，唱了一支歌，他方始精神奋发，趾高气扬，提起脚跟接受恭维，同时还装作谦虚；可是照样往各处人堆里转一转，收集赞美的话；等到所有的话都说完了，他又回到音乐上来，解释刚才那支歌多么难唱，或者捧一阵作曲家。

陪特·巴尔大先生同来的是位水墨画大家，亚历山大·特·布勒皮安先生；他的古怪可笑的作品把朋友们的屋子和本州所有的纪念册都玷污了。他们俩各人搀着朋友的太太。据熟悉内部丑事的人说，这个交换很彻底。夏洛德·特·布勒皮安太太简称洛洛德，约瑟芬·特·巴尔大太太简称斐斐纳；两人对于围巾，绲边，搭配不调和的颜色，同样感兴趣，一心要学巴黎的时髦，不问正事，家里弄得一团糟。她们穿着精打细算做起来的衣衫，像小孩玩的娃娃，身上开着颜色刺目的展览会。两个丈夫又自命为艺术家，不修边幅，一派内地人的马虎叫人看了好玩。他们穿着破旧的礼服，活像小戏院的跑龙套扮着上流人物去参加婚礼。

---

① 介于男低音和男中音之间的声音，是以前歌唱音乐的分类法。

在客厅里出现的人中间，有个怪物叫作特·塞农希伯爵，在贵族圈子里称为雅各。他是打猎专家，高傲，古板，紫堂堂的脸色，脾气和善像野猪，多疑像威尼斯人，爱吃醋像摩尔人，跟一个同住的朋友相处极好。那位朋友名叫杜·奥多阿先生，简称法朗西斯。

特·塞农希太太名字叫柴斐莉纳，长得高大漂亮，可是脸上长满红斑，因为肝火很旺，出名的脾气难缠。她仗着腰肢细小，身段苗条，装出一副弱不禁风的样子，未免做作，可也看得出她有人疼爱，满足她的情欲，对她百依百顺。

法朗西斯相貌还不错，放弃了华朗斯领事的职位和外交界的前程，住到安古兰末来陪柴斐莉纳，一名齐齐纳。卸任的领事替她处理家务，管教孩子，教他们外国文，忠心耿耿地经营特·塞农希夫妇的产业。有过一个很长的时期，安古兰末的贵族圈子，官方人士和布尔乔亚，看着这三个人的家庭那么和睦，都议论纷纷，不以为然；可是日子久了，那三位一体的奇迹越看越难得，越看越可爱，万一杜·奥多阿先生再想结婚，反倒要受批评，说他太不道德了。特·塞农希太太还有一个干女儿做伴，叫作特·拉海小姐，外边看特·塞农希太太对干女儿过分钟爱，觉得事情蹊跷：虽则年代合不上，法朗梭阿士·特·拉海小姐的面貌和法朗西斯·杜·奥多阿长得一般无二。雅各出城打猎，各个人向他打听法朗西斯的近况，他便讲他义务总管的小小的病痛，把朋友的地位放在妻子之上。一个爱吃醋的人会这样糊涂，真是不可思议，连他最知己的朋友也喜欢逗他表现，告诉不知道内幕的人，引为笑谈。杜·奥多阿先生是个爱装腔的哥儿，那套保养身体的办法终于变了撒娇跟胡闹。他关心自己的咳嗽、睡眠、消化、饮食。柴斐莉纳把她的总管弄得娇生惯养；给他穿上棉衣，戴上风帽，叫他吃药，做些精致的饭菜，当他侯爵夫人的小哈巴狗看待；要他吃这样，忌那样；还替他绣背心、领带、手帕，经常把法朗西斯装扮得花花绿绿，好比日本的神像。两人心心相印，从来不曾闹过误会：柴斐莉纳时时刻刻望着法朗西斯，法朗西斯也看着柴斐莉纳的眼色行事。他们俩一同皱眉头，一同微笑，似乎最简单不过的动作也要彼此商量。

安古兰末四周最有钱的地主，大众看了眼红的特·比芒丹侯爵，夫妇俩有四万法朗收入，每年在巴黎过冬；他们从乡下坐着篷车，带着邻居特·拉斯蒂涅男爵和男爵夫人同来，车上还有男爵夫人的姑母和男爵的女儿。两个可爱的姑娘教养极好，虽然家境清寒，朴素的穿扮反而显出天生的美。这批人当然是全场的精华，一进屋子，大家立刻冷冰冰地静下来，尊敬中带着嫉妒，尤其因为特·巴日东太太接待他们的礼数与众不同。内地自有少数几户人家，像他们一样不听闲言闲语，不同外界往来，无声无息地过着隐居生活，保持他们的尊严。众人对特·比芒丹先生和特·拉斯蒂涅先生只用爵位相称；他们的妻子女儿跟安古兰末上层的小圈子也谈不上亲昵：他们的地位已经接近宫廷贵族，绝不有失身份，沾染荒唐的内地习气。

州长和将军最后到场。同来的有个乡绅，就是白天拿养蚕的稿子送往大卫那儿的人。大概他是什么镇长之类，靠一些良田美产抬高了身份，态度衣着却显出他完全不懂得应酬交际：他穿着礼服老大不自在，一双手没处安放，一面讲话一面在人家身边打转，对答的时候先站起来，又坐下去，好像准备替你当什么小差使；他忽而过分巴结，忽而心神不定，忽而一本正经；听到一句笑话，来不及地笑出来，人家和他攀谈，他毕恭毕敬地听着，有时以为受了讽刺，装出一副阴险的神气。那天晚上他想着那部论文，闷得发慌，几次三番提到养蚕；可是特·赛佛拉克先生运气不好，撞着特·巴尔大先生回答他音乐，又撞着特·桑多先生引证西塞罗。晚会过了一半，可怜的镇长好容易遇到一个寡妇杜·勃罗沙太太和她的女儿杜·勃罗沙小姐，谈得很投机。那母女两个在当夜的宾客里头也是挺有意思的人物。总括一句：她们的穷苦跟家世的高贵不相上下。她们竭力讲究衣着，可是遮盖不了寒酸。杜·勃罗沙太太手段笨拙，口口声声夸她身材高大的胖女儿，年纪二十七，说是弹的一手好钢琴。一知道某个单身汉爱好什么，杜·勃罗沙太太马上宣布她女儿也爱好什么。为了要嫁掉她亲爱的加米叶，她在同一个晚上说加米叶喜欢随着军队调动，过流浪生活，又说她喜欢经营田地，过安静的地主生活。娘儿俩故意装作尊严，半和气，半尖酸。遇到这等人物，谁都乐于同情，表示关切，借此抬高自己；能够安慰安慰可怜虫本是一种乐趣；不过听的人也把空口白舌的人情看透了。特·塞佛拉克先生五十九岁，老婆死了，无儿无女；他讲到蚕房的细节，杜·勃罗沙母女俩诚心诚意地听着，赞叹不止。

母亲说："小女向来爱动物。并且那些奇怪的小动物吐的丝，女人都感兴趣，所以请你允许我们到宝庄上去，让加米叶见识见识丝是怎么收获的。加米叶聪明极了，不管跟她说什么，她都一听就懂。有一回她把平方反比律也弄清楚了。"

在吕西安朗诵完毕以后，杜·勃罗沙太太和特·赛佛拉克先生的交谈就是用这句夸耀的话结束的。

几个熟客随随便便溜进场子，还有两三个大家子弟，怯生生的，一声不出，衣服穿得像供圣体的宝匣，因为被请来参加隆重的文学晚会，觉得很得意，胆子最大的一个还同特·拉海小姐谈了不少话。所有的太太一本正经团团坐着，男人站在后面。这批古怪的人物，离奇的服装，涂脂抹粉的脸孔，在吕西安心目中变得十分可怕。他发现所有的目光集中在他身上，不由得心惊肉跳。这个第一次考验实在不容易支持，不管他怎么勇敢，也不管情人怎样壮他的胆，为着他卖弄行礼的风度，拿出全身本领来应酬安古兰末的名流。吕西安本来就局促不安，此刻更有一桩意料之中的难堪事，使一个不懂交际手腕的年轻人大为惊慌。他的眼睛耳朵那时特别灵敏，听见路易士，特·巴日东先生，主教，和几个存心讨好女主人的来宾，叫他特·吕庞泼莱先生，而他见了害怕的大多数人都称他夏同先生。他被许多好奇的眼睛打量之下，心虚胆怯，看见人家嘴唇一动就知道是提他的本姓；他猜到大家事先就在批评他，用的又是内地人那种坦率的、近于无礼的话。这一类连续不断而意想不到的暗箭使吕西安越发心绪不宁。他只盼望时间快到，一开始朗诵，身心就有着落，不至于受罪了。无奈雅各还在跟特·比芒丹太太讲他最近一次的行猎；阿特里安和洛尔·特·拉斯蒂涅小姐谈着乐坛上的新明星洛西尼；阿斯多弗背熟了报上描写新式犁的一篇文字，正在告诉男爵。吕西安这可怜的诗人，不知道除了特·巴日东太太，这些人的头脑没有一个能理解诗。所有的客人都缺少刺激，弄错了晚会的性质才赶来的。有些字好比江湖艺人的喇叭、铙钹、大鼓，专会吸引群众。美啊，光荣啊，诗歌啊，这一类的字近乎咒语，便是最庸俗的人也会受到迷惑。

客人到齐了，特·巴日东先生受着妻子嘱咐，仿佛教堂的门丁拿棍子撞击地下的石板一样，不知通知了多少回才叫打扰的人静下来。吕西安坐在一张圆桌前面，靠近特·巴日东太太，心里非常震动。他声音慌慌张张地宣告，为了免得大家失望，他预备念一些新近发现的杰作，是个无名的大诗人写的。虽然安特莱·特·希尼埃的诗集在一八一九年上就印出了，安古兰末还没有一个人听见过作者的名字。各个人以为那声明是特·巴日东太太出的计策，既顾着吕西安的面子，也让听众的情绪松动一些。吕西安先念了《年轻的病人》，听见一阵轻轻的赞美声；又念了《盲人》，那些俗物就觉得作品太长了。吕西安一边朗诵一边感到剧烈的痛苦。那种痛苦，只有杰出的艺术家，或者凭着热情和高度的悟性和艺术家并肩的人，才能完全体会。你要不真诚严肃，全神贯注，休想用声音来表达诗，也休想领会诗。朗诵的人和听众必须密切结合，否则感情不可能像电流一般沟通。双方的心灵不打成一片，诗人就等于一个天使在地狱的诟谇声中唱天国的颂歌。而凡是聪明人，在他的器官特别发展的领域之内，都具有蜗牛般眼观四方的目力，狗一般的嗅觉，田鼠般的耳朵，能看到、感到、听到周围的一切。有人赏识还是无人了解，音乐家和诗人立刻能感觉到，同植物在适宜的气候中复苏，在不适宜的气候中枯萎一样快。当时那般男人只是为奉陪太太而来，来了又忙于谈彼此的私事，唧唧哝哝的声音，由于特殊的音响作用，传到吕西安耳边格外响亮；他还看见有些人张着大嘴打呵欠，对他恶狠狠地露着牙齿。等到他像洪水中的鸽子[①]，想找一个愉快的地方让眼睛停留一下，又发现一些不耐烦的眼神，表示他们只想利用当天的集会和朋友们商量实际问题。除了洛尔·特·拉斯蒂涅，两三个年轻人和主教以外，在场的人没有一个不闷得发慌。真正懂诗的人会把作者诗句中只透露一星半点的东西拿到自己心中去发展。而这般冷冰冰的听众非但对诗人的情绪毫无感受，连他的声调口吻都没听进去。吕西安灰心到极点，一身冷汗把衬衫湿透了。他转身望望路易士，看见她眼神热烈，才鼓足勇气把诗念完；可是诗人的心已经大受伤害。

“你觉得有趣吗，斐斐纳?”干瘪的丽丽问她邻座的朋友，也许丽丽是存心来看什么惊人的表演的。

“还是别问我的好，亲爱的；一听见读文章，我眼皮马上合拢来了。”

法朗西斯道：“但愿娜依斯不要常常叫我们夜晚听诗。吃过晚饭听朗诵，我要集中精神，妨碍消化。”

---

①《旧约·创世纪》载，洪水来了一百九十天，挪亚从方舟上放出一只乌鸦，一只鸽子，试探地上的水退了没有。

柴斐莉纳悄悄地说道："可怜的猫咪，去喝一杯糖水吧。"

亚历山大道："念得真好，不过我更喜欢韦斯脱。"

因为韦斯脱在英文中另外有个意思[①]，大家认为这话妙不可言。几个爱打牌的女客接着说，念诗的人也该歇歇了。一两对客人趁此溜进小客厅。吕西安不好推却路易士，主教，以及可爱的洛尔·特·拉斯蒂涅的央求，又念了几首讽刺诗；诗中的反革命热情引起了注意，好几个人被激昂的声调鼓动了，虽然不了解意义，也拍起手来。那种人只会受穷嘶极喊的影响，好比老粗的舌头只觉得烈酒才有刺激。吃冰淇淋的时候，柴斐莉纳打发法朗西斯去瞧了瞧诗集，告诉她邻座的阿美莉，说吕西安念的诗原来是印好的。

阿美莉听着很得意，回答说："那有什么奇怪？特·吕庞泼莱先生在印刷所做工，他印书就好比漂亮女人自己做衣衫。"她说的时候望着洛洛德。

女人们便争相传说："他的诗是自己印的。"

雅各问道："那么干吗他要称为特·吕庞泼莱先生呢？世家子弟做了手艺就应当改名换姓。"

齐齐纳道："他不是改了姓吗？不过原来是平民的姓，现在改了母亲的贵族的姓。"

阿斯多弗道："既然他的诗已经印出来，我们自己会念的。"

这种胡说八道的事情越弄越糊涂，临了杜·夏德莱只得耐着性子向那些无知的客人解释，刚才的开场白并非巧妙的托词，那些美妙的诗是一个保王党写的，作者的弟弟玛丽-约瑟·希尼埃倒是个革命党。听着这伟大的诗歌感动的只有主教、特·拉斯蒂涅太太和她的两个女儿；除此以外，安古兰末的上层社会都觉得上了当，大不

---

① 韦斯脱是一种纸牌戏的名字，在英国的方言中也是一个惊叹词，意思叫人静默。

高兴。客厅里隐隐然有一片抱怨的声音，可是吕西安没有听见。内心的音律使他陶醉了，他极力想表达那音律，眼前的俗物变得和他漠不相关，各人的面貌对他好像隔着一重云雾。他念了那首关于自杀的沉痛的诗，苍茫忧郁的情调纯粹是古风。接着又念了一首，其中有两句：

君诗隽永如甘泉，长日低吟苦不足。

最后朗诵的是一首隽永的牧歌，叫作《奈埃尔》。

特·巴日东太太心情欢畅，独自坐在客厅中央出神，一只手下垂，一只手扶着头，不知不觉把头发卷伸直了，眼睛神思恍惚。她生平第一次进入她的理想世界。阿美莉自告奋勇，过来代众人请愿的时候，我们不难想象，特·巴日东太太受到打扰多么不愉快。

阿美莉说："娜依斯，我们存心来听夏同先生的诗，刚才念的是印出来的作品，虽然很好，那些太太们为了乡土观念，更喜欢土产。"

阿斯多弗对税务官说："你不觉得法国语言不宜于作诗吗？我认为西塞罗的散文反而诗意浓得多。"

杜·夏德莱答道："真正的法国诗是轻松有趣的一类，是歌谣。"

阿特里安道："歌谣证明我们的语言音乐性很强。"

柴斐莉纳道："叫娜依斯神魂颠倒的诗，我真想领教一下；可惜她对阿美莉的态度表示她不愿意给我们看样品。"

法朗西斯回答说："娜依斯为她自己着想也应该要他念；只有证明这小子的天才，她的行为才说得过去。"

阿美莉对杜·夏德莱说："你办过外交，还是你去说吧。"

男爵说："那容易得很。"

前任的首席秘书惯会耍这一类花招，他过去撺掇主教。娜依斯碍着主教的情面，只得要吕西安挑一首记熟的诗来念。阿美莉看见杜·夏德莱男爵马到成功，向他脉脉含情地笑了笑。

“这位男爵真聪明。”她对洛洛德说。

洛洛德想起阿美莉话中带刺，说过女人自己做衣衫的话，便笑着回答：“帝政时代的男爵，你从什么时候起承认的呢？”

吕西安用一般初出校门的青年人想出来的题目，写过一首颂歌给情人，把她比作天上的仙女。满腔的热情使作品显得更美，他自己也更喜欢，觉得只有这一首才能和希尼埃的诗见个高下。他很得意地瞧了瞧特·巴日东太太。报告题目：《献给她》，躲在特·巴日东太太背后，作者的自尊心有了依傍，他昂昂然摆好姿势，预备念他的得意之作了。可是在女人们眼中，娜依斯露了马脚。她平日尽管恃才傲物，瞧不起周围的人，这一下也免不了替吕西安捏一把汗。她忽然态度拘束，眼睛似乎在向人求情，听着一节又一节的诗，她只能低下眼皮，唯恐人家看出她内心的快乐。

献 给 她

荣耀显赫，只看见万道霞光，
众天使屏息凝神，奏着玉瑟金琴，
在耶和华的宝座之下告禀：
大千世界在祈祷，呻吟；

一个金发的仙童
往往遮起额上的神光，
在天上卸掉银色的翅膀，
向人间缓缓下降。

上帝眼中的慈悲他悉心领会：

穷而无告的天才由他抚慰；
又化作受尽钟爱的女郎，
让老人重温如花似锦的旧梦；

罪人的忏悔他一一登记；
“希望吧！”他对焦急的母亲梦中鼓励；
众人对着苦难声声哀叹，
他怀着欢乐的心情倾听。

这些美丽的使者，我们身边只剩下一个，
私心企慕的大地把他中途留住；
他却嘤嘤啜泣，两眼凄凉而柔和，
望着他苍穹之上的乡土。

并非他洁白的前额
使我看出他高贵的出身，
也不是为了他双眸炯炯，
也不是为了他品德超凡入圣。

然而那么多的光华炫惑了我的心，
只想和他圣洁的本体交融，
谁知那威严的天使长
全身金甲，无隙可乘。

啊！ 留神！别让我的心
再见首座的天使飞向太空；
黄昏时奇妙的语言

不宜他早听！

那时但见他们像曙光一点
穿过夜幕，振翼高飞，
回翔于众星之间；

于是那仰窥天象，终宵不寐的水手，
指着他们辉煌的足迹，
当作指路的明灯永久不熄！

“这个哑谜你猜得出吗？”阿美莉做了一个媚眼问杜·夏德莱。

“这一类的诗，我们念完中学的时代多少做过一些。”男爵要充内行，对什么都看得平淡无奇，有心装作很腻烦的样子。“从前我们浸在奥喜安的浓雾里：什么玛维娜啊，芬尔啊，云端里的鬼影啊，战士们披星戴月爬出坟墓啊。诗坛上这些破衣服如今换了耶和华，古琴，天使长的翅膀，天堂上的服装；用伟大、无穷、寂寞、智慧一类的字把那些服装翻新。动起笔来就是湖啊，神的诏示啊，披着基督教外衣的泛神主义，押上冷僻的，好不容易才想出来的韵，拿‘绿玉’和‘吹竿’押韵，‘始祖’和‘菖蒲’押韵。我们的经纬度也改变了：过去我们住北方，现在住东方，不过望上去同样漆黑一团①。”

① 传说三世纪时苏格兰的武士兼行吟诗人奥喜安留下许多诗，其中有个女主角名叫玛维娜。英雄芬加尔是奥喜安之父。奥喜安的诗集于一七八三年出版，不久即译成各国文字，对十八世纪末至十九世纪初的法国文学影响极大，成为浪漫主义文学所吸收的外来因素之一。夏德莱在这段议论中做的“从前”与“现在”的比较，就是浪漫主义在一八〇〇年左右与一八一五年以后两个阶段中的变化。

柴斐莉纳道："诗固然暗晦，爱情倒是表白得再清楚没有。"

法朗西斯道："天使长的金甲其实不过是一件薄薄的纱衫。"

大家碍着特·巴日东太太的面子，表面上不能不称赞吕西安的颂歌；太太们因为没有诗人捧她们作天使，气恼得很，装作不胜厌烦的样子站起来，脸上冷冰冰的，咕哝着说：嗯，好，很好，妙极了。

洛洛德吩咐她亲爱的阿特里安："你要是爱我，就不能恭维作者，也不能恭维他的天使。"说话的神气挺专横，阿特里安只有服从的分儿。

柴斐莉纳对法朗西斯说："归根结底，全是空话，爱情的诗在乎行动。"

斯大尼斯拉眯着眼睛把自己从头到脚检查了一遍，接上来说："齐齐纳，我心里的话被你说出来了，我可不能形容得像你这样深刻。"

阿美莉对杜·夏德莱说："我真想叫娜依斯的骄傲收敛一些；她让人捧作天使长，好像她比我们高出一头。她还侮辱我们，招来一个药剂师的儿子，娘是看护病人的，妹子是个女工，他自己也在印刷所干活。"

雅各道："既然老子卖治虫的药饼，应该叫他儿子先吃[①]。"

斯大尼斯拉有心卖俏，摆着最动人的姿势说："他是承继他父亲的行业，他给我们喝的就是药水。就算吃药，我也不喜欢这一种。"

一刹那间，每个人说了几句贵族式的刻薄话羞辱吕西安。虔诚的丽丽觉得娜依斯快要干出糊涂事来，趁早点醒她也是一桩功德。那些小心眼儿的人都好像急于要看戏文的结局，恨不得安排一个诡

---

① 原文中虫与诗只差一个字母，读音毫无分别，虫字的复数，写法也和诗字完全一样。

计，作为第二天说笑的资料；外交官法朗西斯决心要把这个荒唐的阴谋策划成功。

青年诗人如果在情人面前受到一句侮辱，是绝不肯善罢甘休的；前任领事不想同一个年轻人决斗，觉得最好用一样神圣的，没法还手的武器致吕西安的死命。于是他便仿照狡猾的杜·夏德莱逼吕西安念自己作品的办法，走过去和主教谈天，假装同他大人一样对吕西安的颂歌感兴趣；然后故弄玄虚，说吕西安的母亲是个杰出的女人，而且极其谦虚，儿子写诗的题材都是她供给的。吕西安十分孝顺，最高兴人家称道他母亲的好处。法朗西斯把这个意思印进了主教的脑子，但等谈话之间有个机会，让主教漏出一句法朗西斯意想中的话，伤害吕西安。

法朗西斯和主教走向围着吕西安的小圈子，对吕西安放过不少冷箭的人看着格外留心。可怜的诗人完全不懂交际场中的把戏，只顾望着特·巴日东太太；人家问他一些傻里傻气的话，他也傻里傻气地回答。在场的人的姓名身份，他多半弄不清；也不知同那般妇女谈什么好；她们说的幼稚可笑的话，先就使他脸红耳赤。吕西安觉得自己同这些安古莫阿的贵族隔着十万八千里，只听见他们一忽儿称他夏同先生，一忽儿称他特·吕庞泼莱先生，而他们自己又叫作洛洛德，阿特里安，阿斯多弗，丽丽，斐斐纳。他最窘的是误认丽丽为男人，把粗暴的特·塞农希先生叫作丽丽先生。那宁录截住吕西安的话，说道："什么！吕吕先生？"羞得特·巴日东太太满面通红[①]。

特·塞农希低声说："让这个小子到这儿来，还介绍给我们，真是糊涂透了。"

---

① 那宁录是古代有名的猎人（见《旧约·创世纪》），在此是指雅各·特·塞农希。吕吕是一种云雀，与丽丽二字声音近似；塞农希专好打猎，故用禽鸟的名字讽刺吕西安。

柴斐莉纳问特·比芒丹太太："侯爵夫人，你不觉得夏同先生跟特·刚德-克洛阿先生非常相像吗？"柴斐莉纳故意把话说得很轻而照样听得见。

特·比芒丹太太笑着回答："也许是精神上相像吧。"

特·巴日东太太对侯爵夫人说："仰慕名流倒用不着忌讳。"又望着法朗西斯补上两句："有的女人喜欢平凡庸俗，有的女人喜欢崇高伟大。"

柴斐莉纳没有听懂，她觉得她的领事伟大得很呢。侯爵夫人却站在娜依斯一边，笑起来了。

"先生，你很幸运，"特·比芒丹先生叫了他夏同，又改口称他特·吕庞泼莱，"你从来不会感到无聊。"

洛洛德问道："你工作很快吗？"神气仿佛问木匠做个匣子是不是要很多时间。

吕西安挨了这一下闷棍，不禁垂头丧气，特·巴日东太太笑着回答："亲爱的，特·吕庞泼莱先生脑子里的诗意，不比我们院子里的野草。"吕西安听着又抬起头来。

主教对洛洛德道："太太，高贵的心灵照着上帝的光，我们再尊敬也不嫌过分。诗是圣洁的东西。所谓诗，就是痛苦。你刚才欣赏的作品，不知要花多少更深夜静的时间才写得出来！我们应当对诗人表示敬意，他的生活差不多永远是苦恼的，大概上帝在先知中间给他留着一个席位。"主教拿手按着吕西安的头，又说："这青年的确是个诗人，你不看见他清秀的脑门上就有命运的烙印吗？"

有人用这样庄严的话庇护吕西安，吕西安很快活，他用柔和的眼神望着主教表示感谢，没料到正直的教士会拿他开刀。特·巴日东太太得意扬扬，瞧着周围的敌人，目光像匕首一般直刺过去，惹得她们愈加气愤。

诗人有心利用主教的金杖打击那些蠢货，回答说："啊！大人，世界上的俗物既没有您的智慧，也没有您的慈悲。没有人知道我们的痛苦，我们的劳动。工人从矿井里开采黄金，也不像我们在最贫乏的语言中追求我们的意境那么艰苦。假如诗歌的目的在于把我们的思想表达得非常明确，让所有的人都能看到、感到，那么诗人对于人的高下不同的智力就该不断衡量，才能使各个人满足；必须把两种对立的力量、逻辑和感情，藏在最强烈的色彩之下；一个字要包含无数的思想，一个画面要概括整套的哲理；总之，诗句是一些种子，应当在别人心里开花，在每个人的感情刻画出来的沟槽中开花。要表达一切不是先得感受一切吗？而强烈的感受不就是痛苦吗？所以只有在社会和思想的广阔的天地中，千辛万苦跋涉过后，才能产生诗歌。创造一些比真人更真实的人物，的确是不朽的工作，例如理查孙的克拉立萨，希尼埃的加米叶，提巴拉斯的台莉，阿里欧斯托的安日丽葛，但丁的法朗采斯卡，莫里哀的阿赛斯德，菩玛希的斐迦罗，华尔特·司各特的利蓓卡，塞万提斯的堂吉诃德。”

杜·夏德莱问道：“那么你给我们创造些什么呢？”

吕西安回答：“我不敢自命为天才，预告这样的计划。而且这一类伟大的出品需要长期的社会经验，研究人的情欲和利害关系，我还没有这些准备；不过我正在开始，”他带着牢骚的口吻对周围的人狠狠地瞪了一眼，“头脑需要长期的酝酿……”

法朗西斯插了一句：“你生产的时候一定很辛苦。”

主教说：“你的了不起的母亲会帮助你的。”

这句安排得多巧妙的话，这一下人人渴望的报复，使每一双眼睛放出快乐的光彩，每个人嘴边浮起一副得意的笑容；特·巴日东先生还糊涂透顶，等了一忽儿笑起来，让他们更加高兴。

特·巴日东太太说：“大人，您这话对我们说来太微妙了些，这些太太们没有了解您的意思。”大家听着马上收起笑容，诧异地望着特·巴日东太太，“在圣经里找灵感的诗人，他的真正的母亲是教会。——特·吕庞泼莱先生，请你念《圣·约翰在巴德摩斯》或者《巴尔泰乍的宴会》，证明罗马始终是维琪尔的伟大的祖先[①]。”

太太们听见娜依斯说出几个拉丁字，彼此望着笑笑。

初出茅庐的人不管多么勇猛，灰心丧气总是免不了的。吕西安当头挨着一棒，沉到河底，一跺脚又浮上水面，发誓要控制这个社会。他像一头牛中了乱箭，怒不可遏地重新站起来，预备按照路易士的意思朗诵《圣·约翰在巴德摩斯》。多数客人却受着牌桌吸引，回到他们的老习惯中寻快活去了，那种乐趣在诗歌中是得不到的。何况那么多人的自尊心受了伤害，要不消极地轻视本地出品的诗，不拆特·巴日东太太的台，怎么能出尽恶气呢？每个人都好像心中有事：有的同州长讨论区里的一条公路，有的提议晚会的节目应该有些变化，不妨来点音乐。安古兰末的上层社会知道自己不懂诗，特别想探听拉斯蒂涅和比芒丹两家对吕西安的看法，当下就有好几个人围在他们身边。遇到重大事故，这两家在本州的声望是一致公认的；每个人嫉妒他们，同时也巴结他们，大家都防到有朝一日需要他们照应。

常在比芒丹家打猎的雅各问侯爵夫人：“我们的诗人和他的诗，你觉得怎么样？”

侯爵夫人笑道：“在内地，他的诗也不坏了，并且这样漂亮的诗人无论干什么不会不好的。”

各个人认为这评语精彩之极，拿去到处宣传，还超出侯爵夫人的本意，把话说得很刻薄。

杜·夏德莱被请去替特·巴尔大先生伴奏，《斐迦罗》[②] 的大段唱词在巴尔大嘴里变得面目全非。音乐节目开了场，就得听杜·夏

① 伟大的祖先几个字是用拉丁文说的。

② 洛西尼喜歌剧《塞维尔的理发匠》中的一段。

德莱唱几支骑士风格的罗曼斯，夏朵勃里昂在帝政时代写的作品。接着姑娘们表演两人合奏的钢琴曲，杜·勃罗沙太太提出这个节目，让她亲爱的加米叶在特·赛佛拉克先生面前显显本领。

特·巴日东太太看大家瞧不起她的诗人，心中有气，就照样回敬，趁他们弹琴唱歌的当口躲往小客厅。主教听见副主教解释，知道刚才一句无心的话竟是尖刻的讽刺，他有心补救，跟在女主人后面，特·拉斯蒂涅小姐受着诗歌吸引，不给母亲发觉，溜进小客厅。路易士挽着吕西安坐在垫子用细针密缝的长沙发上，不给人瞧见也不让人听见，凑着吕西安的耳朵说："亲爱的天使，他们不了解你！可是……

"君诗隽永如甘泉，长日低吟苦不足。"

吕西安受到夸奖，安慰了些，暂时忘记了痛苦。

特·巴日东太太抓着他的手紧紧握着，说道："世界上没有廉价的光荣。受苦吧，朋友，受苦吧，一个人受了苦才伟大；你的苦恼是换取不朽的声名的代价。我自己恨不得经过一场战斗，受一番磨炼。但愿上帝保佑你，不要过死气沉沉的、没有斗争的生活，使大鹏没有展翅的余地。我羡慕你的痛苦，因为你至少是活着！你可以发挥力量，有胜利的希望！你的斗争一定是轰轰烈烈的。一朝你进入大智大慧的人的国土，别忘了一班薄命的可怜虫。他们的智力在恶浊的气氛中化为乌有，明知道人生的境界而一辈子没有生活过，目光犀利而一无所见，灵敏的嗅觉只闻到腐烂的花，那时你应当歌咏在丛林深处枯萎的植物，压在蔓藤和贪馋茂密的草木底下，不曾得到阳光的抚爱，没有开花就夭折了！那不是一首伤心惨目的诗吗？不是充满奇思幻想的题材吗？再不然描写一个生在亚洲或荒漠中的少女，被人带到寒冷的西方，渴望她热爱的太阳，受着寒冷和爱情的折磨，在无人理解的痛苦中死去！这样的作品岂不悲壮？并且也代表许许多多人的生活。"

主教说："这样你就写出了我们的灵魂对天国的怀念，那是应当在古代出现的诗，我很高兴在《雅歌》中发现这样一个片段。"

洛尔·特·拉斯蒂涅说："你就来担任这个事业吧。"她表示很天真地相信吕西安的天才。

主教说："法国缺少一首伟大的宗教诗。我相信，有才能的人只有为宗教服务才能得到光荣和财富。"

"大人，他一定会接受这个使命，"特·巴日东太太用着夸大的语气说，"这种诗歌的意境不是已经像曙光一般在他眼中透露了吗？"

斐斐纳道："娜依斯太冷淡我们了。她在干什么啊？"

斯大尼斯拉道："你没听见吗？她在那里说一些没有头没有尾的大话。"

特·拉斯蒂涅太太过来找女儿，准备回去；阿美莉，斐斐纳，阿特里安，法朗西斯，陪着特·拉斯蒂涅太太在小客厅门口出现。

两个女人能够打扰小客厅里的密谈，非常高兴，说道："娜依斯，请你弹几个曲子给我们听。"

特·巴日东太太回答说："亲爱的，特·吕庞泼莱先生要给我们念他的《圣·约翰在巴德摩斯》，那首辉煌的诗用的是圣经的题材。"

斐斐纳诧异道："圣经的题材！"

阿美莉和斐斐纳把这句话带往客厅，当作取笑的资料。吕西安推说记性不行，谢绝了朗诵。等到他重新出场，已经没有人对他再感兴趣。大家谈天的谈天，打牌的打牌。诗人变得黯淡无光了，地主们觉得他一无所用，自命不凡的人忌他的才具，怕他瞧不起他们的无知。照副主教的说法，特·巴日东太太是新生的但丁的俾阿特利克斯；嫉妒特·巴日东太太的妇女用着冷冷的轻蔑的目光瞅着吕西安。

"这就是上流社会！"吕西安对自己说着，走下菩里欧的石梯回乌莫。我们有时喜欢挑最远的路走，用步行来刺激当时的思想，让自己浸在里头。野心家碰过钉子并不灰心，反而勇气勃勃。像他这种还没有力量在高等社会中站稳脚跟，光凭着本能闯进去的人，决意牺牲一切，保持已得的地位。他中的毒箭，他在路上一支一支拔掉；高声自言自语，把当晚遇到的一些蠢货痛骂一顿，对他们荒唐的问话想出许多俏皮的回答，只恨事过境迁，念头来得迟了一步。走到在山脚下沿着夏朗德河前进的波尔多公路上，吕西安趁着月光，好像看见一所工厂附近，夏娃和大卫两人坐在河边一根横木上，便抄着小路走过去。

吕西安赶往特·巴日东太太家去受罪的时候，他的妹子穿起一件粉红的条纹纱衫，戴上草帽，裹一条小小的丝围巾，这个朴素的穿扮在她身上等于盛装一样；有的人生来气派很大，能够使极平常的装饰显得很体面。所以她一脱下女工的衣衫，大卫见着格外胆怯。印刷商决心要谈谈自己，不料搀着美丽的夏娃穿过乌莫，一句话都想不出来。动了真情的人喜欢这种诚惶诚恐的感觉，仿佛信徒见到了神的光辉。两个情人一声不出走向圣·安纳桥，打算穿往夏朗德河的左岸。夏娃觉得一路静默很不自在，便在桥中央停下来欣赏河上的景致；从这里到正在建造火药厂的地方为止，一长条水面照着落日，放出绚烂的光彩。

夏娃想找个谈话的题目，说道："晚景多美啊！空气又温和又新鲜，到处是花香；天气好极了！"

大卫回答说："是啊，样样打动人的心。"他想借这个譬喻来谈到他的爱情，"多情的人最喜欢在景色的变化，明净的空气，泥土的香味中，体会他们心里的诗意。大自然代替他们把话说出来了。"

夏娃笑道："而且也逗他们开口了。刚才穿过乌莫的时候，你一句话不说，你可知道我多窘啊……"

大卫天真地回答："刚才你那么美，使我出神了。"

夏娃道："那么现在我就不好看了吗？"

“不是的，我能够陪你散步太快活了，所以……”

他心中一慌，停住了，眼睛望着圣者路从上面盘下来的一带山冈。

“你要觉得这次散步快乐，我很高兴。我认为你牺牲了晚会，应当给你补偿。你谢绝到特·巴日东太太家去，跟吕西安不怕得罪她，向她提出要求，一样慷慨。”

大卫道：“不是慷慨，是识时务。此刻除了夏朗德河两岸的芦苇和杂树，只有我们两个，请你允许我，亲爱的夏娃，说一说我为吕西安眼前的行动担的心事。既然我和他说了那番话，想必你能体会到，我的忧虑只是表示我进一步的友谊。你和你母亲想尽方法抬高他的地位，你们鼓动他的雄心，不是轻举妄动叫他将来更痛苦吗？在他一心向往的上流社会里，他怎么站得住呢？我是知道他的！他的脾气喜欢不劳而获。应酬交际势必吞掉他的时间，而除了聪明没有别的财产的人，时间是唯一的资本。他爱出风头，上流社会可能把他的欲望刺激得愈来愈大，无论多大家业也满足不了：将来他只会花钱，不会挣钱；总之，你们养成了他自命不凡的习惯，社会却先要看到辉煌的成绩，才肯承认你的本领。而文学的成就又只能靠孤独的生活和顽强的工作去争取。你哥哥在特·巴日东太太脚下消磨了多少光阴，特·巴日东太太拿什么来酬报他呢？吕西安太高傲了，绝不肯受她帮助；同时他还太穷，没法老是在特·巴日东太太的圈子中来往，花那么高的代价。那女人要使我们亲爱的兄弟不想再用功，叫他爱奢华，爱享受，瞧不起我们朴素的生活，加强他游手好闲的倾向，这是富于幻想的人最容易犯的毛病；然后她有朝一日把吕西安丢开完事。是的，我提心吊胆，生怕这位贵族太太玩弄吕西安：她或是真心地爱吕西安，使他忘掉一切，或是并不爱他而使他伤心绝望，因为他对特·巴日东太太简直爱得发疯。”

夏娃走到夏朗德河的水坝那儿停下来，说道：“我听着你的话心都凉了。不过只要母亲还能对付她辛苦的工作，只要我活着，我们挣的钱大概足够吕西安花，维持到他事业成功。我永远不会缺少勇气，”夏娃说着兴奋起来，“替一个心爱的人干活，不会觉得工作苦闷或者厌烦的。就算辛苦一点，一想到为谁辛苦，我也快乐了。因此你不必担心，我们一定能挣到足够的钱，供给吕西安去结交上流社会。那才是他的出路。”

“那也是断送他的地方，”大卫接着说，“告诉你，亲爱的夏娃，天才的作品不是短时期写得出来的，他需要一大笔现成的产业，或者是满不在乎地过苦日子。可是相信我的话！吕西安最恨穷苦，他已经挺得意地咂摸过酒席的香味，虚浮的名声；他的自尊心在特·巴日东太太的小客厅里不知扩大了多少，现在他什么都肯干，只要能维持他的地位。你们两人的收入永远不可能满足他的需要。”

夏娃发急了，叫道：“你叫我们泄气，你不是一个真正的朋友！”

大卫答道：“夏娃！夏娃！我存心要做吕西安的哥哥。只有你能给我这个身份，使他能接受我的一切，使我有权利替他尽心出力。我对他除了和你们一样忠心耿耿以外，还能帮他辨别利害。夏娃，亲爱的孩子，你可愿意让吕西安有一个拿了钱不用脸红的银库吗？哥哥的钱不是等于他自己的钱吗？你不知道吕西安目前的处境叫我想起多少念头！可怜的孩子要在特·巴日东太太家进出，就不能再做我的监工，不能再住在乌莫，你不能再干活，你妈妈那个行业也不能再干下去。你要肯嫁给我，一切都解决了：吕西安暂时住在我三楼上，等我在院子尽头的偏屋顶上替他盖起一个楼面来，除非我父亲肯把正屋添盖一个三层楼。这样他可以不用操心，独立过活。我因为存心帮衬吕西安，挣起家业来比单为我自己挣钱劲道更足。不过我的尽心出力先要得到你的准许。说不定他有一天要去巴黎，只有那儿才是他活动的天地，才有人赏识他的才具，给他报酬。巴黎开支浩大，我们三个人支持他也不嫌多。再说，你同你的母亲不是也需要有个依靠吗？亲爱的夏娃，你既然爱吕西安，你就嫁给我吧。以后你看到我为了帮助他，为了使你快活所花的心血，也许你会爱我的。我们两人都欲望不大，没有什么需要；我们的大事只是要吕西安幸福，我们的财富、感情、激动的情绪，一切都存放在他的心坎里！”

夏娃看见这股伟大的爱情谦卑到这个田地，很感动，她说：“我和你地位相差太远了。你富，我穷，真要十二分的爱才能破除这个顾虑。”

大卫丧气地说：“那么你还不大爱我吗？”

“说不定你父亲会反对……”

大卫答道：“行了，行了，假如只要跟我父亲商量，你我的婚姻一定成功。夏娃，亲爱的夏娃！这一下你使我觉得生活好过了。可怜我的满腔热情一向不能说，也不知道怎么说。只要你告诉我有点爱我，我就有勇气把其余的话一起说出来。”

夏娃说：“真的，你使我惭愧得很。不过我们既然吐露彼此的感情，我可以告诉你，我生平除了你，心上不曾有过别人。一个女人能嫁一个像你这样的丈夫，是值得骄傲的。我是个没有前途的可怜的女工，不敢指望这样的好福气。”

“别说了，别说了！”大卫说着坐在水坝的横木上。他们俩像疯子般老是在一个地方来回打转，那时又回到水坝旁边。

“你怎么啦？”夏娃第一次露出多情的关切。女人只有把你看作自己人的时候才会这样表示。

他道：“事情太圆满了。看到一生快乐的前景，我头脑迷糊了，心也沉下去了。为什么我比你更快活呢？”他带着怅惘的口气说：“反正我心中有数。”夏娃望着大卫，做出一副卖俏而不相信的样子，等大卫解释。

“亲爱的夏娃，我受的多，给的少。将来我对你的爱永远要超过你对我的爱，因为我有更多的理由爱你：你是天使，我是凡人。”

夏娃笑着回答：“我不像你这样博学。我只是很爱你。……”

大卫抢着问：“跟你爱吕西安一样吗？”

“爱到愿意做你的妻子，把我的生命交给你，在共同生活中尽量不给你一点烦恼，因为我们的生活开头必定有些困难的。”

“亲爱的夏娃，你可曾发觉我第一天见到你就爱你了？”

她反问道：“哪有女人不发觉人家爱她的？”

大卫道：“你以为我有钱，因此有顾虑，让我来替你解除。亲爱的夏娃，我是个穷光蛋。父亲有心剥削我，想从我的工作中榨出一笔钱来，他的作风像自命为做好事的人对待受他们帮助的人。假如我将来有钱，也是靠你的力量。这不是为了爱情故意把话说得好听，而是经过仔细考虑的。我要你知道我的缺点，在一个应当挣一份家业的人身上，那是很大的缺点。我的性格、习惯、喜欢的工作，都不适宜做买卖、做投机；而事实上我们又只能靠实业发财。我就算能发现一个金矿，可没有本领开采。可是你啊，为了爱你的哥哥，你会注意到最细微的事，你有理财的天赋，像真正的生意人一样肯耐心等待，将来我播的种子，你会去收获。咱们的处境——我说咱们，因为我久已把自己看作你们一家人，——咱们的处境压在我心上多么沉重，因此我日夜都在找发财的机会。我懂得化学，也看出商业上的需要，正在研究一样极有出息的东西。现在还什么都不能告诉你，事情绝对快不了。也许咱们要苦熬几年；可是我准能找出工业上的一些新技术；摸索的人不止我一个，要是我捷足先登，就好挣一笔极大的家私。我对吕西安一字不提；他容易冲动，可能弄糟事情；他会把我的希望当作现实，生活过得像王侯一样，说不定会背债。所以请你保守秘密。我做着长时期试验的时候，有你这个温柔可爱的人陪着，就是我唯一的安慰，正如要你跟吕西安有钱的愿望能给我恒心和毅力……”

夏娃插嘴道："我早猜到你是个发明家，跟我可怜的爸爸一样需要一个女人照顾。"

"那么你是爱我的了！啊！别害怕，说出来吧。我把你的名字看作我爱情的象征。夏娃原是世界上独一无二的女人，当初对亚当是如此，如今你在我精神上也是如此。噢！天哪！你爱我吗？"

"爱的。"夏娃拖长着声音，表示情意深长。

大卫挽着夏娃走到一家纸厂的机轮底下，指着一根长长的横木说："好，咱们在这儿坐一会儿。我要呼吸晚上的空气，听听青蛙的叫声，欣赏在水面上抖动的月光。没有一样东西不反映出我的幸福，我第一次发现自然界这样光华灿烂，它受着爱情照耀，被你点缀得更美了。我要把这些景致牢牢地记在心上。夏娃，亲爱的人儿！这是命运第一回赐给我纯粹的快乐！我怕吕西安没有我幸福！"

大卫握着夏娃的手，觉得有些汗湿，有些颤动，不禁掉了一滴眼泪在她手上。

夏娃娇声问道："我能知道你的秘密吗？"

大卫道："我应当给你知道，因为那是你父亲考虑过的，将来问题更要严重。让我告诉你为什么。从帝国崩溃以后，大家差不多全用棉织品，原因是比麻料便宜。目前造纸还用破旧的萱麻布和亚麻布；这种原料很贵，法国出版业必然会有的大发展因此延迟了。我们不能加速破布的生产，那是大众用旧的东西，数量受一国的人口限制。希望用布的数量增长，先要生育增长。而一个国家不经过二十五年的时间，不在风俗、商业或农业方面来一些大改革，人口不会有显著的变动。假如纸厂的需要超过法国破布的供应，或是超过一倍或是超过两倍，我们就得采用另外一种原料，才能有便宜的纸张。这个结论有本地的事实做根据。至今还用破麻布造纸的，安古兰末的纸厂是最后一批了，那些厂家发现棉料侵入纸浆的情形越来越惊人。”

年轻的女工不懂什么叫纸浆，问了一句，大卫便告诉她造纸的常识；这常识放在这儿叙述也不算越出范围，我这部作品要出版，除了印刷也得靠纸张。不过要了解两个情人之间的一大段插话，最好先来一个提要。

给印刷作基础而和印刷的产生同样奇妙的纸，在中国出现很久之后，方始由地下商业网传到小亚细亚；相传七五〇年左右，小亚细亚用棉料捣成的薄糊造纸。羊皮纸价值奇昂，不能不找代用品，于是有人仿照茧纸（当时称呼东方棉料纸的名字[①]），用破布造出一种纸来，有人说是一一七〇年时流亡瑞士的希腊人在巴尔创制的；也有人说是一个叫作巴克斯的意大利人一三〇一年在巴杜创制的。可见造纸工业进步极慢，经过情形也不大有人知道。可以肯定的是查理六世治下[②]，巴黎有人做纸牌用的纸浆。等到了不起的费斯德、高斯忒和加顿堡[③]发明书籍的时候，同当时许多大艺术家一样默默无闻的工匠改进了造纸技术，满足印刷的需要。十五世纪的人非常天真，精力非常充沛，尺寸不同的纸和大小铅字的名称都反映出那个时代的天真。葡萄纸、耶稣纸、鸽笼纸、水壶纸、银洋纸、贝壳纸、王冠纸，都是用纸中央水印上的葡萄、耶稣、王冠、钱币、水壶等的图像命名的；正如后来拿破仑时代用鹰做水印的纸叫作大鹰纸。同样，第一次排印宗教书、神学书、西塞罗文集等的字体，从此叫作西塞罗、圣奥古斯丁、大法规。斜体字是十七世纪威尼斯的印刷商阿尔特发明的，所以称为意大利体。在长度没有限制的机器

① 这是用特殊的一种中国纸概括了全部中国纸。

② 一三八〇至一四二二年。

③ 德国人费斯德于十五世纪时和加顿堡及才斐尔合办印刷厂，印的《玛扬斯版圣经》为第一部合乎近代标准的书。十五世纪的荷兰人高斯忒相传也是最早试用木刻活字印刷的人。

纸[1]出现之前，尺寸最大的纸是大耶稣或大鸽笼[2]；而大鸽笼只限于印地图或版画。纸的尺寸必须适应印刷车上的云石的大小。在大卫和夏娃谈论造纸问题的时候，连续不断的纸在法国还近于空想，虽然一七九九年时但尼·劳培已经在埃索纳发明造这种纸的机器，以后第多-圣-莱日又想法改良[3]。至于安布罗阿士·第多发明仿小牛皮纸，还不过是一七八〇年的事。从这段简短的叙述中可以很清楚地看出，实业界和知识界的一切重大收获都极其迟缓，有赖于不知不觉地积累，跟自然界化育万物的情形完全一样。书法，也许连文字在内，还有许多别的东西，都经过类似印刷和造纸的摸索，才逐渐完美的。

大卫结束的时候说："破布商在全欧洲搜罗破布、旧衣，买进各种破烂的纺织品。这些破烂东西分门别类清理之后，由批发破布，供应纸厂的商人送进仓库。要知道破布买卖有多大规模，我可以告诉你一件事，小姐。银行家加同是皮日和朗葛莱纸厂的主人，早在一七七六年，雷沃里埃·特·列尔就在那些厂里打算解决你父亲想到的问题；一八一四年加同跟一个姓普罗斯德的人打过一场官司，因为在一笔总数一千万斤，价值四百万法郎的破布交易中弄错了两百万斤！纸厂把破布洗净、捣碎，做成洁白的纸浆，再同厨娘用筛子过滤沙司[4]一般，浇在一块金属的网板上，四面围着铁框，中央嵌一个水印图案，根据图案定出各种纸张的名称。纸张的尺寸随网板的尺寸而定。我在第多厂工作的时代，已经有人研究原料问题，至

① 我们今日称为卷筒纸。

② 大耶稣纸的尺寸是76×56厘米，大鸽笼是90×63厘米。

③ 劳培（1761—1828），名字是尼古拉-路易，不是但尼，他于一七九九年发明造卷筒纸的机器，经第多改良后于一八一一年正式在法国使用。巴尔扎克说一八二〇年时造卷筒纸在法国还近于空想，不知何故。

④ 西菜中用肉汤和面粉做的作料，叫作沙司。

今还在研究。你父亲想要改进的技术原是现代最迫切的问题之一。原因是这样的。麻料虽则比棉料耐用，所以归根结底更经济；可是要穷人掏出钱来，多花一文总不如少花一文，不管从长远计算有多大损失，这也是吃了穷苦的亏！中等阶级和穷人一样作风。麻料织物因此大大地减少。英国五分之四的人口改用了棉织品，他们已经只造棉料纸了。这种纸性质太脆，折痕容易碎裂，入水容易化掉；一本棉料纸的书泡水一刻钟就成为纸糊，麻料纸的旧书浸两小时还不要紧，晾干之后尽管颜色发黄，墨色变淡，文字照样看得出，作品并没毁掉。我们这个时代，财产经过平均分配[①]，数目减少，大家都穷了，需要廉价的内衣、廉价的书籍，正如屋内没有地方挂大画，我们都在物色小画。结果是衬衫和书都不经用了。样样东西不再讲究坚固。因此，我们所要解决的造纸问题，对于文学、科学、政治，重要无比。有一次在我巴黎的办公室内，几个人为了中国造纸用的原料，展开一场热烈的争论。由于原料关系，中国纸一开始就胜过我们的纸。中国纸又薄又细洁，比我们的好多了，而且这些可贵的特点并不减少纸的韧性；不管怎么薄，还是不透明的。当年大家对中国纸极感兴趣。有位非常博学的校对，——巴黎的校对员中不少学者，傅立叶和比哀·勒罗此刻就在拉希华第埃那儿当校对！……我们正在讨论，那时正在做校对员的特·圣西门伯爵来看我们[②]。他说开普弗和杜·阿尔特[③]认为中国纸和我们的纸同样是用

---

① 法国大革命后，取消长子的特权，子女继承父母的遗产一律平均分配。

② 傅立叶（1772—1837）即十九世纪初叶有名的法国空想社会主义者。勒罗（1798—1871）是个印刷工人出身的圣西门信徒，办过不少报刊。圣西门（1760—1825）伯爵也是有名的空想社会主义者。

③ 德国医生兼博物学家开普弗（1651—1716）曾遍历亚洲各地考察植物。法国耶稣会教士杜·阿尔特（1674—1743）专攻地理，写过一部《中国散记》，内有一章专述中国的纸、墨、笔、印刷及装订。巴尔扎克很多地方采用他的说法。

植物做的，原料是楮[1]。另外一个校对认为中国纸主要用动物性的原料，就是中国大量生产的丝。他们在我面前打赌。第多厂平日承包学士院的印件，就把问题送交学士院，由前任帝国印刷所所长马赛尔先生作评判。马赛尔先生打发两个校对去见阿尔什那图书馆馆长葛罗齐埃神父。据葛罗齐埃神父的意见，两个打赌的人都输了。中国纸的原料既不是楮，也不是丝，而是用捣碎的竹子纤维做的纸浆[2]。葛罗齐埃神父藏着一部讲述造纸技术的中国书，附有不少图解，说明全部制造过程；他指给我们看纸坊里堆的大批竹竿，画得很精。我听吕西安说，你们的父亲凭着聪明人的直觉，想出破布的一种代用品，用极普通的，生长在本地而随手可得的植物做造纸的原料，像中国人利用纤维质的枝干一样。我听了这话把前人做过的试验整理了一下，开始研究。竹是一种芦苇，我自然想到我国的芦苇。中国人工便宜，一天只要三个铜子，所以他们的纸从网板上揭下以后，尽可一张一张压在白的瓷砖中间，用火烘烤；这么一来，纸就有光彩、韧性，又轻又薄，像缎子一般柔和，成为世界上最好的出品。我们要用机器来代替中国人的办法。便宜的成本在中国是依靠便宜的人工，我们可以依靠机器。如果能造出一种廉价的纸，和中国纸的品质差不多，书的重量和厚薄可以减去一半以上。用我们的仿小牛皮纸印一部精装的《服尔德全集》，重二百五十斤，用中国纸印不到五十斤。这一点不能不说是很大的成功。安放图书的地位越来越成问题。我们这个时代，不管是人是物，都在缩小规模，

① 楮是桑的一种，法国俗称为中国桑，又称造纸桑，今日已移植欧洲，造最高级的纸，就是他们所谓“中国纸”。日本及中国都用楮树的嫩枝皮造纸，作为纸伞的原料。

② 中国造纸用的原料有麻，有竹，有桑，有楮，有藤，有稻秆，有茧。两个打赌的校对和那位神父都各见一斑而未窥全豹，各人说出了中国许多造纸原料中的一种。

连房屋在内。巴黎的宏大的住宅早晚要拆掉，上代留下来的建筑，我们的财产快要配合不上了。印出来的书不能传久，真是这个时代的耻辱！再过十年，所谓荷兰纸，就是说破麻布做的纸，再也造不出来了。既然你慷慨的哥哥告诉我，你们的父亲想到用某种植物纤维造纸，将来我要成功的话，你们不是有权利……”

那时吕西安走到妹子身边，打断了大卫那句表示感激的话。

吕西安说：“不知道你们觉得今天晚上愉快不愉快，对我来说可着实难受。”

夏娃发现哥哥脸色紧张，便问：“可怜的吕西安，你碰到了什么事啊？”

气恼的诗人说出他的苦闷，把脑子里翻腾起伏的思想倾注在两个知己的心里。夏娃和大卫不声不响，听着吕西安在痛苦的浪潮中流露出他的伟大和渺小，很难过。

最后，吕西安说：“特·巴日东先生已经老了，不久准会闹一次消化不良，完事大吉。那时我就能压倒那些骄傲的家伙，我可以和特·巴日东太太结婚！今天晚上，看她眼睛就知道她的爱情跟我的爱情一样强烈。是的，她感觉到我受的伤害，安慰我的痛苦；她的高尚伟大不亚于她的美貌和风雅！她永远不会欺骗我的！”

大卫轻轻对夏娃说：“你看，不是得赶快让他生活安定吗？”

夏娃悄悄地把大卫的胳膊捏了一把。大卫懂得她的意思，立刻和吕西安说出他的计划。两个情人和吕西安同样只想着自己，急于要他赞成他们的婚事，没有发觉特·巴日东太太的情人听着做了一个惊讶的动作。吕西安梦想等自己发迹以后，叫妹子嫁给高门望族，让他靠着有势力的亲戚关系，多一个帮衬。夏娃和大卫结了亲，吕西安在上流社会出头的希望就多一重障碍，因之他心中懊恼。

“就算特·巴日东太太答应做特·吕庞泼莱太太，可绝不肯做大卫·赛夏的内嫂！”这句话把吕西安感到痛心的思想简单明了地包括尽了。他好不心酸地想道："路易士说的不错！有前程的人永远不会受到家属了解。"

如果换了一个时间，他没有想入非非叫特·巴日东先生离开世界的话，听到妹子攀这门亲事一定欢喜不尽。只要考虑到他当前的处境，考虑到夏娃这样一个穷苦的美人儿能有什么前途，他准会觉得妹子嫁给大卫是意想不到的幸运。无奈那时他做着年轻人的好梦，左一个假定，右一个假定，一厢情愿地闯过了所有的难关。诗人刚才在上流社会中露过锋芒，马上跌回到现实世界，自然感到痛苦。夏娃和大卫只道吕西安不说话是受了朋友的义气感动。在两个心地善良的人看来，吕西安悄没声儿地接受倒是显出真正的友谊。印刷商描写他们四个人将来的幸福，话说得亲切动听。不管夏娃插嘴反对，他要把二层楼布置得十分讲究，表示他情人的心意；他又一片好心要替吕西安盖三楼，在偏屋顶上为夏同太太造一个楼面，尽量孝顺她、照顾她。总而言之，大卫要家里的人完全快乐，要他的兄弟完全独立。吕西安被大卫的声音和妹妹的抚爱陶醉了；在路旁的树荫底下，沿着平静而明亮的夏朗德河走着，头上是明星灿烂的天空，夜间的空气十分暖和，他终究忘了上流社会给他戴上的荆冠。特·吕庞泼莱先生又承认大卫是他的朋友了。反复无常的性格很快地使他想起过去的纯洁、用功、平凡的生活，看到今后无忧无虑，更美满的生活。贵族社会的喧闹逐渐消失。等到走进乌莫镇，野心家居然握着他兄长的手，和两个快乐的情人语调一致了。

他对大卫说："但愿你父亲不反对这头亲事。"

"他要为我操心才怪呢！老头只顾他自己。可是明儿我还是要上玛撒克去；单单要求他替我们盖屋子也不能不走一遭。"

大卫送兄妹俩回家。他一刻都不能多等，马上向夏同太太求亲。母亲满心欢喜，拿女儿的手放在大卫手里；情人大着胆子亲了亲未婚妻的额角，夏娃红着脸向他微笑。

母亲说：“这是穷人的定亲。”她眼睛朝上望着，仿佛求上帝赐福。又对大卫说：“孩子，你勇气不小；我们遭着不幸，我真怕我们的背运连累人。”

大卫一本正经地回答：“我们会有钱的，会幸福的。先是你不用再服侍病人，跟你儿子女儿一同住到安古兰末去。”

于是三个孩子急不可待地说出他们美好的计划，母亲听了只是诧异。家庭中常有这一类疯疯癫癫的谈话，把播种当作收成，不等幸福实现，先快活起来。大卫恨不得那一夜不要天亮，他们只能逼他动身。吕西安陪着未来的妹夫走到巴莱门，已经半夜过后一点钟了。老实的卜斯丹听见闹哄哄的声音不大放心，站在百叶窗后面张望；他打开窗子，发现夏娃家那时还有灯火，私下想：“夏同家有什么事啊？”

他看见吕西安回来，问道：“老弟，你们有什么事啊？要不要我帮忙？”

诗人回答说：“用不着，先生。不过你是我们的朋友，我可以告诉你：大卫·赛夏向我妹子求婚，妈妈答应了。”

卜斯丹一言不答，霍地关上窗子，恨自己早先没有向夏同小姐提亲。

大卫不回安古兰末，直接上路去玛撒克，只当散步一般走往父亲家。太阳刚升起，他到了屋旁的园子外面。情人瞥见老熊站在一株杏树底下，头耸在篱笆上面。

大卫道：“爸爸，你好。”

“呦，是你，孩子？这个时候怎么会出门的？打这儿进来，”种葡萄的向儿子指着一扇小栅门，“我的葡萄藤都开花，一棵也没冻坏！今年一亩能出二十桶酒；不过肥料也不知加了多少！”

“爸爸，我来同你商量一件要紧事。”

“啊！咱们的印刷车怎么啦？你钱赚饱了吧？”

“慢慢会赚的，爸爸，眼前我可没有钱。”

父亲回答：“地方上都埋怨我，说我不该拼命上肥。那些大户，什么侯爵，伯爵，这位先生，那位先生，怪我弄坏了酒味。哼！教育有什么用？只能叫你头脑糊涂。你听着：他们一亩出七桶酒，有时八桶，每桶卖六十法郎，年成好的时候大不了一亩收入四百法郎。我一亩出二十桶，每桶卖三十法郎，一共六百法郎！到底谁傻谁聪明，你说吧！品质！品质！品质跟我有什么相干？让那些侯爵去关心品质吧！我只晓得钱就是品质。——你说什么？……”

“爸爸，我要成家了，我来要求你……”

“要求我？哼，什么都没有，孩子。你成家，我不反对；可是别向我开口，我一个子儿都没有。人工把我弄穷了。两年工夫下的本钱才大呢，又是人工，又是捐税，各种各样的开销；样样被政府拿去了，油水都归了政府！这两年种葡萄的什么都没捞到。今年年成不坏，谁知该死的酒桶已经涨到十一法郎！我们的收成还不是孝敬箍桶匠？干吗你不等收割完了再结婚？……”

“爸爸，我只是来征求你同意。”

“啊！那又是一回事了。对方是谁呢，告诉我行不行？”

“夏娃·夏同小姐。”

“她是谁？靠什么过活的？”

“她父亲死了，夏同先生从前在乌莫开药房。”

“你，堂堂一个生意人，娶一个乌莫的姑娘！你还是在安古兰末领着王家执照的印刷商呢！受了教育，结果这样！唉！这就是送孩子上学的报应！那么，我的儿，她一定非常有钱喽？”种葡萄的眉开眼笑挨近儿子：“你要肯娶一个乌莫的女孩子，她准有成千上万的家私！好，你可以付我房租了。孩子，你可知道，房租已经欠了两年零三个月，总数有两千七百法郎？付给我正是时候，我好拿来开发木桶账。你要不是我的儿子，我还有权利向你讨利息呢；归根到底，买卖总是买卖；不过我对你客气，不问你要了。话说回来，她手头有多少？”

“不多不少，跟我妈妈一样。”

老头险些没说出：“原来只有一万法郎！”他想起过去不肯向儿子交代他妈妈的遗产账，便叫道：“那么她竟一无所有了！”

“妈的财产是她的聪明和相貌。”

“你到集上去说给人家听听，看他们怎么说！该死！做老子的多倒霉！大卫，我娶亲的时候，赤手空拳，全部家私只有头上一顶纸帽子，我是个可怜的大熊。你啊，我给了你一个出色的印刷所，凭你的本领、学问，正应该娶一个城里的布尔乔亚，有三四万陪嫁的女人。你的痴情还是趁早撂开，让我来替你找一门亲事！离这儿三四里有个寡妇，三十二岁，开着磨坊，有十万法郎产业，这才配得上你。你可以把她的田产跟玛撒克的合起来，两块地本来连在一块儿。哎！这么一来，咱们的庄园可体面啦，你看我将来怎么经营！听说她要嫁给她的大伙计戈多阿，你比戈多阿强多了！我管理磨坊，让她到安古兰末去做你得力的助手。”

“爸爸，我已经订婚了……”

“大卫，你一点不懂生意经，我看你是弄穷人家。你要娶那乌莫姑娘，我就跟你算账，我要求法院叫你付清房租，因为我料你没有好结果。哎哟！我可怜的印刷车啊，我的印刷车啊！车子要上油，要保养，要开动，哪一样少得了钱？唉，除非来个大好的年成，我心里是不会快活的了。”

“爸爸，我到此为止并没给你多少烦恼……”

“也没付我多少房租。”种葡萄的老头回答。

“我除了来请你答应我结婚，还想请你在正屋上面盖一个三层楼，偏屋上加一个楼面。”

“呸！你明明知道我没有钱。再说那不是平白无故把钱扔在水里吗？那会给我生利吗？嘿！你大清早跑来要我盖新屋子，花一笔皇帝老子也吃不消的大本钱！你虽然名叫大卫，我可没有梭罗门的财富[①]。你不是疯了吗？我的孩子变作吃奶的娃娃了。这一棵一定结葡萄！”他把话岔开去，指着一棵葡萄藤叫大卫看，“这些孩子才不会叫父母失望，多少肥料下去，就是多少收成。我把你送进中学，花了多大本钱培植你成为学者，到第多厂去研究印刷，谁知全是没出息的事，临了给我弄一个乌莫姑娘来做媳妇，一个钱陪嫁都没有！要是你不读书，跟我在一起，你就由我安排，今天倒好娶一个磨坊的老板娘，不算磨坊，就有十万法郎产业。嘿！你真聪明，当我会赏识你的好主意，替你盖起宫殿来？……难道你现在的屋子两百年来都是养猪的，你的乌莫姑娘住不得吗？呦！难道她是法兰西的王后吗？”

“好吧，爸爸，盖三层楼的费用归我负担，就让儿子来替父亲挣家业吧。事情虽然颠倒，有时还看得见。”

“怎么，小家伙，你有钱盖屋子，没有钱付房租？你好调皮，耍弄你父亲！”这样一来，问题不容易解决了。老头能够做到一钱不花而不失其为慈爱的爸爸，非常得意。他同意大卫结婚，允许儿子按照他的需要自己出钱在老家添造房屋。大卫得到的不过是这些。老熊这个保守派父亲的模范，居然宽宏大量，不向儿子讨房租，不叫他把粗心大意露了口风的私蓄捧给老子。大卫怏怏不乐地回去，知道一朝遇到患难，绝不能指望父亲帮忙。

四　内地的爱情风波

安古兰末城里只听见谈论主教的话和特·巴日东太太的回答。

---

①《圣经》上的梭罗门是大卫的儿子。赛夏老人没有知识，乱用典故，颠倒身份。

晚会上每一桩小事都被添枝接叶，经过装饰，改头换面地传开去，诗人也就成为当时的红人。在上层社会中兴风作浪的谣言，也有几滴水星飘入中产阶级。吕西安穿过菩里欧去看特·巴日东太太，发觉好几个青年不胜羡慕地望着他，还听到一些话使他暗暗得意。

“这小伙子运气真好。”一个诉讼代理人的书记说。他名叫柏蒂-格劳，是吕西安的中学同学，长相难看，吕西安一向对他摆着老大哥面孔。

一个听过他朗诵的大家子弟回答说：“是啊，他长得漂亮，又有才气，特·巴日东太太被他迷上了！”

吕西安知道白天有段时间路易士一个人在家，他急煎煎地等候这个时间。如今这个女人变了他命运的主宰，妹子的婚事要她赞成才好。经过了前一天的晚会，路易士或许更加温柔，可以让他快乐一下。特·巴日东太太不出他所料，对他特别多情，没有经验的情人以为对方的爱又进了一步。隔天晚上诗人太痛苦了！路易士便听让吕西安在她美丽的金发上、手上、头上，热烈亲吻。

她说：“你念诗的表情，可惜你自己看不见。”上一天路易士在长沙发上拿雪白的手抹掉吕西安额上的汗珠，等于给他一个花冠的时节，他们俩已经亲热得你我相称了。“你美丽的眼睛发出闪光！我看着你唇间吐出金链，把我们的心拴在诗人的嘴边。希尼埃的作品，你得全部念给我听，他的诗最适合情人的心情。我不愿意你再痛苦了。是的，亲爱的天使，我要替你安排一块乐土，让你过纯粹的诗人生活，有时活跃，有时懒散，有时无精打采，有时用功，有时深思；可是你永远不能忘记：你的桂冠是靠我得来的，你的成功应当补偿我以后的痛苦。唉，亲爱的，这个社会对我不会比对你更宽容，他们因为分享不到幸福，要发泄他们的怨恨。是的，我永远有人嫉妒，昨天晚上你不是看见了吗？那些吸血的苍蝇不是刺伤了人的皮肉，急急忙忙扑到创口上来吗？可是我多快乐！我真正生活过了！我的心弦好久没有这样振动了！”

眼泪在路易士的腮帮上淌下来，吕西安一声不出，握着她的手吻了很久。诗人的虚荣心受着母亲、妹子和大卫奉承，如今又受到这女人奉承。他所站立的虚幻的台阶，周围的人都在继续替他加高。狂妄的信心不但有朋友支持，还有恼怒的敌人支持，使他在充满幻景的气氛中向前趱奔。青年人的幻想自然而然同那些赞美，那些观念，沆瀣一气，一切都在帮助一个风流俊美，前程远大的青年，真要经过几次冷酷无情的教训，这样的迷梦才会惊醒。

“亲爱的路易士，那么你愿意做我的俾阿特利克斯了，肯接受爱情的俾阿特利克斯了？”

她抬起她本来低垂的美丽的眼睛，天使般的笑容显然和她说话的意义不一致，她说：“要是将来……你值得人家爱的话！……现在你还不幸福吗？有一个知己，无论说什么都有把握得到了解，不是快乐吗？”

“是的。”吕西安噘着嘴回答，做出一副情人失意的样子。

她用取笑的口吻叫了声：“孩子！哦，你不是有话跟我说吗？我看你进来的时候心中有事。”

吕西安怯生生地向爱人说出大卫和夏娃彼此相爱，打算结婚的事。

她道：“可怜的吕西安，你怕挨打，挨骂，好像你自己要结婚似的！”她把手掠着吕西安的头发，又说，“那有什么大不了呢？你家里的人跟我有什么相干？你在他们之中是一个例外。倘若我父亲要娶他的女佣，你会不痛快吗？亲爱的孩子，情人是没有家庭的。难道除了我的吕西安，我在世界上还关心别人吗？要出人头地，要成名，这才是我们的正经！”

吕西安听着这种自私的回答，一变而为世界上最快乐的人。路易士正举出许多荒谬的理由，证明世界上只有他们两个人的时候，特·巴日东先生走进客厅。吕西安眉头一皱，怔住了；路易士向他递了个眼色，留他吃饭，饭后在打牌的人和别的常客未到之前，要他念安特莱·特·希尼埃的诗。

特·巴日东先生道："这样不但她高兴，我也高兴。吃过饭听朗诵，对我再合适没有。"

特·巴日东先生讨好他，路易士讨好他，仆役看主人宠他，侍候得特别恭敬；吕西安便在巴日东府上坐享现成，一样一样地受用过来。等到宾客满堂的时候，特·巴日东先生的愚蠢和路易士的爱情壮了他的胆子，不由得气焰高涨，而他美丽的情人还从旁鼓励。吕西安看着娜依斯在众人面前的威势，好不得意，娜依斯也只想把这威势分一些给他。总之，那天晚上他尽量充当小城市里的大人物的角色。有人看吕西安态度大变，以为他和特·巴日东太太，照旧时代的说法，有了深交。好些妒忌的人聚在客厅一角，跟杜·夏德莱先生同来的阿美莉一口咬定，说已经出事了。

夏德莱道："一个年轻小子想不到能踏进这个社会，不免得意忘形，这不能怪娜依斯。夏同听见一个上流社会的太太说了几句好话，就以为对他有意了。他还分辨不出真正的热情是不声不响的，此刻抬举他的话只是看在他美貌、年轻和才气的分儿上说的。如果我们的痴情都叫女人负责，也太冤枉女人了。他当然是动了心，可是娜依斯……"

恶毒的阿美莉接口说："噢！娜依斯！娜依斯看见人家这股痴情才快活呢！到了她的岁数，年轻人的爱情吸引力特别强。在青年人身边，一个女人会返老还童，装作小姑娘，像女孩子般心神不定、装腔作势，忘了什么叫可笑……你们没看见吗？药房老板的儿子竟敢在特·巴日东太太家拿出主人翁的架子来。"

阿特里安轻轻地哼了一句："爱情是不知道这些距离的。"

下一天，安古兰末没有一户人家不谈论夏同先生——一名特·

吕庞泼莱——和特·巴日东太太亲密的程度。仅仅有过几个亲吻，他们已经受到指摘，说是有了私情。特·巴日东太太吃了她的权势的亏。在社会的许多怪现象中，你们可曾注意到没有标准的批评和荒唐苛刻的要求吗？有些人可以无所不为，再胡闹也不要紧，他们样样合乎体统，老是有人争先恐后替他们的行为辩护。社会对另一些人却严格得不能相信：他们做事都要合乎规矩，永远不能有错误，犯过失，闹一点笑话都不行；人家把他们当作雕像欣赏，冬天冻坏一个手指或者断了鼻梁，立刻从座子上拿下；他们不能有人性，永远要像神道一般十全十美。特·巴日东太太瞧一眼吕西安，就等于齐齐纳和法朗西斯十二年的快乐。两个情人握一握手，就会叫夏朗德河上所有的霹雳打在他们头上。

大卫从巴黎带回一笔积蓄，此刻作为结婚的开支和在老家添造三楼的费用。扩充住屋不是为的自己吗？屋子早晚是他的，父亲已经七十八岁了。印刷商替吕西安用砖木结构盖了一套房间，因为原来的墙壁到处开裂，不能压得太重。他高高兴兴地把二楼装修齐整，配上讲究的家具，预备安顿美丽的夏娃。那一段时间，两个朋友过着轻松愉快、完全幸福的日子。吕西安虽然讨厌内地的寒酸俭省，连五法郎都看作一个大数目的习惯，可是精打细算的苦日子，他照样忍受，不哼一声。郁闷的情绪消散了，脸上精神焕发，表示他抱着希望。他看到自己福星高照，便一心向往美好的生活，把幸福建筑在特·巴日东先生的坟墓之上。这位先生不但有时候消化不良，而且还有个可喜的怪脾气，认为吃的中饭不消化，晚上再多吃一些就好了。

九月初，吕西安不再做印刷监工，而是堂堂特·吕庞泼莱先生了。无名的夏同在乌莫住一间只有天窗的破阁楼，相形之下，特·吕庞泼莱先生的屋子不知华丽多少。他不算乌莫人了，住在安古兰末上城，每星期在特·巴日东太太家差不多要吃四顿饭。主教大人对他很好，让他出入官邸。他凭着诗人的身份变为最高级的人物，将来还要成为法兰西的名流呢！他在漂亮的客室、精致的卧房和书室之间踱来踱去，觉得每月从母亲和妹子辛辛苦苦挣来的工钱中预支三十法郎，用不着于心不安；他的一部历史小说已经写了两年，题目叫《查理九世的弓箭手》，还有一本诗集叫作《长生菊》。这两部作品一朝使他在文坛上出了名，不怕没有钱偿还母亲、妹子和大卫。他既然感到自己的伟大，耳朵里只听见未来的声名，便泰然自若地接受别人的牺牲。吕西安对着清寒的生活微笑，觉得最后一个阶段的贫穷倒也很有意思。夏娃和大卫把吕西安的快乐看得比他们的更重要。工匠先得赶完吕西安的事，再替二楼做家具、油漆、糊纸等等的活；婚期因此耽搁下来。认识吕西安的人看他受到这样的爱护，都不以为奇：他多迷人！一举一动多可爱！欲望和急躁表现得多妩媚！他不用开口，人家已经迁就他了。（被这种优势断送的青年，比因之得益的青年多得多。）年少风流自然有人趋奉，上流社会从自私出发，也愿意照顾他们喜欢的人，好比看到乞丐，因为能引起他们同情，给他们一些刺激，而乐于施舍；可是许多大孩子受惯了奉承照顾，高兴非凡，只知道享受而不去利用。他们误解应酬交际的意义和动机，以为永远能看到虚假的笑容；想不到日后头发秃了，光彩褪尽，一无所有，既没有价值也没有产业的时候，被上流社会当作年老色衰的交际花和破烂的衣服一般，挡在客厅外面，扔在墙脚底下。夏娃巴不得婚礼延期，因为她要用俭省的办法置备小家庭的必需品。吕西安看见妹子做活，说道："我要能做针线就好了！"声调语气完全出于真心。对这样一个兄弟，两个情人怎么能不百依百顺呢？并且这种无微不至的爱护，还有严肃而细心的大卫参加。可是从吕西安在特·巴日东太太家大露锋芒以后，大卫也担心他改变，唯恐他瞧不起布尔乔亚的生活习惯，有时便故意试试兄弟，要他在淳朴的家庭乐趣和上流社会的乐趣之间选择一下。看见吕西安肯为着他们牺牲浮华的享受，大卫私下想："好，他是不怕人家引诱的!”三个朋友和夏同太太按照内地方式一同玩了几次：在安古兰末附近，夏朗德河边的树林中散步；大卫叫学徒带着食物在约定的时间送到一个地方，他们在草地上野餐，傍晚略微有些疲劳才回去，总共花不了三法郎。逢到重大的日子，他们在乡下饭店吃一顿，铺子介于内地酒馆和巴黎近郊的小酒店之间，花到五个法郎，由大卫和夏同一家分摊。下乡玩的时候，吕西安忘了特·巴日东太太府上的享用和上流社会的筵席，大卫看着心里感激不尽。那时大家都想款待安古兰末的大人物。

到这个阶段，新家庭需要的东西差不多备齐了，大卫到玛撒克去请父亲出来参加婚礼，希望老人看着新媳妇喜欢，自愿在装修房屋的大笔开支里头分担一部分。不料大卫出门期间发生一件事，在小城市里把整个局面改变了。

原来杜·夏德莱在吕西安和路易士身边做奸细，他的仇恨既有吃醋的成分，也有贪财的成分，所以等候机会要他们出丑。西克施德想逼特·巴日东太太对吕西安的态度表示得非常露骨，证明她已经像俗语所谓失身。他假装是特·巴日东太太的心腹，不作非分之想，在麦市街赞美吕西安，在别的地方拆吕西安的台。娜依斯已经不再提防过去崇拜她的男人，不知不觉地让夏德莱在她家随便进去了。他对两个情人的关系过分猜疑；事实上吕西安和路易士停留在柏拉图式的阶段，两人还因此大为懊恼呢。有些恋爱开场开得不好，或者说很好，反正你爱怎么说都可以。双方用感情来钩心斗角，没有行动，只管空谈，不去围城而在野外作战。欲望一再扑空，弄得两人都感到厌倦。在这种情形之下，他们有时间考虑了，能够互相批判了。往往有些热情开始大张旗鼓，浩浩荡荡地出发，似乎火气很大，要把一切关口都攻下来；临了却退回原处，没有胜利，倒反解除了武装，因为白闹一场而老大不好意思。有时候，这种失败是由于年轻人的胆小，由于初入情场的女子喜欢拖延；凡是风月场中的老手，耍惯手段的荡妇，倒不会这样互相愚弄的。

并且内地生活使爱情极不容易满足，只能引起精神上的冲突；另外还有许多阻碍，不允许情人称心惬意地来往，逼着一般性情急躁的人走上极端。内地有的是无孔不入的刺探，家里藏不住一点秘密，给你安慰而并不越轨的亲密简直不可能，最纯洁的友谊受到极荒谬的指摘，不少清白的妇女受到鞭挞。因此，很多这一类的女子恨自己不曾享尽失节的乐趣，白吃了许多苦。某些大张晓喻的事，是经过长时期内心的斗争才发生的，社会不加细察，只知道非难、抨击，其实促成丑事的原始因素不是别人，就是社会。批评的人多半只鞭挞无故受谤的妇女，指责莫须有的罪过，从来不去想逼她们公然下水的原因。不少女性是受了冤枉以后才失足的，特·巴日东太太不久就陷入这种古怪的局面。

热情刚开始的时候，没有经验的人碰到阻碍就惊慌；吕西安和路易士遭受的困难又极像小人国里的小人捆绑格利佛的绳子[①]，不知有多少琐碎的牵掣叫人动弹不得，便是最强烈的欲望也无法抬头。比如说，特·巴日东太太非经常见客不可。如果在吕西安上门的时间谢绝宾客，等于不打自招，还不如干脆同吕西安私奔。事实上她老是在小客厅中接待吕西安，吕西安在那儿已经非常习惯，当作自己家里一样；各处门户都堂而皇之地打开着。一切都按照规矩，不失体统。特·巴日东先生像金壳虫似的在家里来来往往，从来没想到太太要跟吕西安单独在一起。假如只碍着特·巴日东先生一个人，娜依斯倒不难打发他，或者安排他做些事情；无奈客人川流不息，而且外边越注意娜依斯，来的人越多。内地人天生爱捣乱，喜欢破坏人家初生的爱情。仆役不经使唤，在屋内随便走动，事先也

① 英国小说家斯威夫特在《格利佛游记》（1726）中提到格利佛乘船触礁，漂流到一个岛上，居民只有六英寸高。格利佛睡着的时候被小人用绳子浑身捆绑。

不让你知道，这是多年的习惯，女主人没有什么事要隐瞒，一向由着他们。改变家里的老例章程，不等于把全安古兰末还在将信将疑的爱情自己承认下来吗？特·巴日东太太也休想跨出大门不让人知道她往哪儿去。单独和吕西安出城散步，更是坐实人家的猜疑，宁可和他一同关在家中，还少一些危险。吕西安倘在特·巴日东太太家坐到半夜过后而没有别人在场，第二天准会引起批评。所以无论屋内屋外，特·巴日东太太始终过着公开的生活。这些细节说明内地的环境，男女的私情要不坦然承认，根本不可能。

路易士像一切堕入情网而没有经验的女子，发现一桩又一桩的困难，心中害怕。他们单独相对的时候，最愉快的是亲密的谈话，现在这谈话受了她的恐惧的影响。有些女子能造出巧妙的借口躲往乡下，特·巴日东太太没有庄园好带着心爱的诗人同去。她不耐烦老是在人前露面，恨环境给她戴上难堪的枷锁而并没给她快乐；种种无聊的牵掣使她气恼透了，不禁想起埃斯卡巴，打算去探望年老的父亲。

夏德莱不相信两人这样清白。他专等吕西安拜访特·巴日东太太的时间，过了一会儿闯上门去，还每次叫小圈子里的冒失鬼，特·乡杜先生陪着，进门让他走前几步，希望碰巧撞见什么。他要扮这个角色，实现他的计划，极不容易；他必须冒充中立，才能在他导演的戏剧中支配所有的人物。他要叫他假意奉承的吕西安麻痹大意，又要叫目光尖锐的特·巴日东太太不起疑心，便假装追求那个嫉妒路易士的阿美莉。为了进一步监视路易士和吕西安，他最近为两个情人的事故意和特·乡杜先生抬杠。照杜·夏德莱的说法，路易士是拿吕西安打哈哈，以她的傲气和出身而论，绝不会纡尊降贵，垂青一个药房老板的儿子。这个不信谣言的态度正好配合他的计划，因为他要装作站在特·巴日东太太一边。斯大尼斯拉却断定吕西安不是单相思。阿美莉巴不得知道真相，鼓动他们辩论。各人说出各人的理由。杜·夏德莱和斯大尼斯拉都有些精彩的见解，证明自己的看法正确。谈话之间，不免有些乡杜家的熟客临时闯来，那在内地是常事。论战双方都希望有人附和自己，争着问旁边的朋友：“那么你呢，你的意见怎么样？”这样的争论使特·巴日东太太和吕西安经常受人注意。有一天，杜·夏德莱说他和特·乡杜先生每次当吕西安在座的时候闯进去，从来看不出可疑的形迹：小客厅的门敞开着，用人们照常进出，没有一点鬼鬼祟祟的样子可以怀疑他们犯什么风流罪过。斯大尼斯拉不无捣鬼的本领，打算第二天蹑手蹑脚地进去，恶毒的阿美莉听了竭力怂恿。

像吕西安下一天的遭遇，无论哪个青年碰到了都会捶胸顿足，发誓再也不在女人面前干这种摇尾乞怜的傻事了。吕西安久已习惯自己的地位。当初踏进安古兰末王后神圣的小客厅，在椅子上怯生生地坐下来的诗人，现在变了贪心不足的情人。仅仅六个月的时间，他已经自以为和路易士一般身份，想占有她了。那天吕西安从家里出来，决意疯疯癫癫拼着性命干一下，他要尽量发挥口才，说出一番火辣辣的话，说他疯了，一个念头都想不出了，一句诗也写不成了。可是有些女子还相当高雅，最恨人家有心算计，要让步也得出于情不自禁而不落俗套。一般说来，强加于人的快乐总是不受欢迎的。特·巴日东太太发觉吕西安的脑门、眼神、脸色、举动，都很骚动，看出他志在必得；而她偏要推翻他的决心，一半是故意反抗，一半因为她把爱情看得极高。她本是爱夸张的女人，如今更夸大自身的价值。她自命为王后，是俾阿特利克斯，是洛尔[1]。她仿佛生活在中世纪，坐在帐幕底下看文坛上的角斗；吕西安要配得上她，先得打好几次胜仗，把才华盖世的孩子，把拉马丁，华尔特·

① 前者是但丁的恋人，后者是与但丁同样知名的意大利诗人彼特拉克（1304—1374）的恋人。

司各特，拜伦，一起比下去才行。这个高贵的女人认为她的爱情应当生出美丽的果实，吕西安对她的爱慕应当是他获得荣名的因素。这种女性的堂吉诃德精神肯定爱情的价值，从而发挥爱情的作用，把它抬高，推崇。特·巴日东太太执意要在吕西安生命中当七八年杜西奈[①]的角色，像许多内地妇女一样，要吕西安鞠躬尽瘁，用长期的忠诚换取她的恩爱，让她能充分考察她的朋友。

吕西安用怄气作为进攻的手段，这种态度只能叫已经委身的情妇伤心，身体还自由的女人看了只会发笑。路易士摆出尊严的神气，用浮夸的辞藻发表一大篇训话。

结束的时候她说："吕西安，难道你以前对我的保证就是这么回事？现在生活多么甜蜜，你别播下后悔的种子，使我以后的日子不得安宁。千万别糟蹋将来！并且我可以很骄傲地说，千万别糟蹋现在！我的心不是整个给了你吗？你还要什么？难道你的爱离不了肉欲吗？女子受人爱慕，她的最光荣的特权是克制对方的肉欲。你把我当什么人看待？我不再是你的俾阿特利克斯了吗？要是在你眼中，我同普通的女人没有分别，我就不配做一个女人。"

吕西安又气又急，说道："你对一个你不爱的男人，也不过说这样的话。"

"我思想中包含的真正的爱，你要不能全部感觉到，就永远不配得到我的爱。"

"你不肯回报我的爱，才怀疑我的爱。"吕西安说着，扑在她脚下哭了。

可怜的青年在天堂外面等得太久了，当真哭起来。这是诗人的眼泪，因为力量不足而感到羞辱；也是儿童的眼泪，因为要的玩具

① 堂吉诃德遇见一个乡下姑娘，幻想她是一个貌若天使的贵妇人，替她起了一个名字叫作杜西奈。

得不到而发急。

他说："你从来不曾爱我。"

路易士听着这气话，暗暗得意，说道："你心里并不这样想。"

吕西安发疯似的说道："那么我要你证明你是我的。"

那时斯大尼斯拉正好悄没声儿地走来，看见吕西安半仰着身子，噙着眼泪，头靠在路易士膝盖上。斯大尼斯拉见了这副可疑的情景满意了，反身便走，朝着等在大客厅门口的杜·夏德莱退回去。特·巴日东太太赶紧冲出来，没有追上两个暗探；他们像冒失的客人一般急急忙忙溜了。

特·巴日东太太问用人："谁来过了？"

老当差扬蒂回答："特·乡杜先生和杜·夏德莱先生。"

她回进小客厅，脸色发白，直打哆嗦。

她对吕西安说："要是他们看见你这副样子，我完啦。"

诗人叫道："那才好呢！"

特·巴日东太太听着这句自私而充满爱情的话，微微一笑。在内地，因为话说得难听，这一类的事情显得格外严重。一刹那间每个人都知道吕西安被人撞见坐在娜依斯膝上。特·乡杜先生为这件事变了要人，得意非凡，先上俱乐部去报告，然后挨门挨户地宣传。杜·夏德莱到处抢着声明，他什么都没看见；可是他置身事外，等于逗斯大尼斯拉说话，夸大细节；斯大尼斯拉还俏皮得很，每讲一次都添加一些。晚上大批客人赶往阿美莉家。那时安古兰末的贵族圈子把事情越说越夸张，每个传达的人都学着斯大尼斯拉的榜样添枝加叶。男男女女急于要打听事实。女人中间掩耳盗铃，骂无耻骂堕落，叫嚷最凶的，正是阿美莉、柴斐莉纳、斐斐纳、洛洛德，多多少少尝过私情的甜头的一帮。从这个题目上化出去，刻薄的话层出不穷。

一个女人说："喂！你知道没有，据说是那可怜的娜依斯！我吗，我不相信，她清白了一辈子；她多高傲，除了做夏同先生的保护人，绝不肯当别的角色的。万一实有其事，我倒真心替她可惜。”

“是啊，更糟的是她闹了一个大笑话；那个吕吕先生——用雅各的称呼——尽可以做她儿子！不入流的诗人至多二十二岁，而娜依斯，我们之间说句老实话，足足有四十了。”

夏德莱道：“我认为特・吕庞泼莱先生的姿势就可证明娜依斯的清白。一个人已经到手的东西，不会再跪下来央求。”

法朗西斯色眯眯地说道：“那也要看情形！”柴斐莉纳听着把他瞪了一眼，表示不高兴。

另外几个人偷偷地躲在客厅一角，问斯大尼斯拉：“喂，告诉我们，究竟是怎么回事？”

斯大尼斯拉最后编成一个小故事，夹着不少粗话，还指手画脚描摹动作和姿态，事情越发显得不堪了。

大家都说：“简直不能相信。”

另外一个说：“而且是中午。”

“万万想不到是娜依斯。”

“现在她怎么办呢？”

接下来便议论纷纷，各式各样的猜想不知有多少！……杜・夏德莱替特・巴日东太太辩护，可是手段极其笨拙，非但没有扑灭毁谤的火焰，反而挑拨得更旺。丽丽眼看安古兰末乐园中最美的天使堕落了，难过得很，流着眼泪赶往主教官邸报告新闻。等到谣言在城中传遍了，得意非凡的杜・夏德莱跑去见特・巴日东太太。可怜那边只有一桌客人玩韦斯脱。他装着莫测高深的样子要求娜依斯到小客厅去谈话。两人在小小的长沙发上一同坐下。

杜・夏德莱轻轻地说：“全个安古兰末关心的事，你大概知道了吧？……”

她说：“不知道。”

他接着说："凭我们的交情，我不能让你蒙在鼓里。你得有个准备，制止那些毁谤。事情准是出于阿美莉的捏造，她过分好强，要跟你竞争。今天早上，我同那捣蛋鬼斯大尼斯拉来看你，他比我走前几步，到了那儿，"夏德莱指着小客厅的门，"他说看见你和特·吕庞泼莱先生的情形不容许他走进屋子，慌慌张张回到我身边，不容我定一定神，把我拉着就跑；等到他说出退走的原因，我们已经到了菩里欧。如果我当场知道，我绝不离开府上，我要辨明真相，替你洗刷。可是出了门再回来，还能证明什么呢？事到如今，不管斯大尼斯拉看错没看错，反正他是不对的。亲爱的娜依斯，你的一生，你的荣誉，你的前途，绝不能让一个混账东西玩弄，应当立刻堵住他的嘴。你知道我在这里的地位吗？虽然我各方面都要敷衍，对你可是赤胆忠心。我的生命可以完全交给你，由你支配。尽管你不接受我的情意，我的心始终向着你；在无论什么情形之下，我都要证明我多么爱你。是的，我要像忠心的仆人一般保护你，不希望报酬；唯一的乐趣是为你效劳，即使你不知道也没关系。今天我到处声明，我到了客厅门口，什么都没看见。如果有人问你，谁把外边的话告诉你的，就说是我吧。能够公开为你辩护，是我莫大的荣幸；不过咱们之间老实说，可以质问斯大尼斯拉的只有特·巴日东先生一个人……吕庞泼莱可能胡闹，女人的声名却不能落在一个随便拜倒在她脚下的糊涂虫手中，我要说的就是这个。"娜依斯神思恍惚，向杜·夏德莱点点头表示感谢。她对内地生活感到厌倦，甚至于痛恨了。听着杜·夏德莱开头几句，她就想起巴黎。特·巴日东太太的沉默，使那个崇拜她的精明家伙感到为难。

他道："我再说一遍，有什么差遣，你尽管吩咐。"

她回答说："谢谢你。"

"你打算怎么办呢？"

"我会考虑的。"

两人半天没有话说。

“难道你对小家伙吕庞泼莱真是爱得很吗？”

她露出一副高傲的笑容，抱着手臂望着小客厅的窗帘。杜·夏德莱走了，猜不透这骄傲的女人的心。四个常来的老头不理会那些可疑的谣言，照样来打牌。他们和吕西安都走了，特·巴日东先生预备去睡觉，正想和妻子说再会，特·巴日东太太却拦着丈夫，郑重其事地说道：“亲爱的，到这儿来，我有话跟你说。”

特·巴日东先生跟着妻子走进小客厅。

她说：“先生，我提拔特·吕庞泼莱先生也许不该那么热情，不但地方上的糊涂虫误会了，连他本人也误会了。今天上午，吕西安在这儿向我跪下，说了一篇痴情话。我正在把孩子扶起来，斯大尼斯拉进来了。一个绅士在任何场合都应当尊重女性，斯大尼斯拉不守这规矩，竟说我和吕西安行动暧昧，事实上我应付得很得体。要是那冒失的青年知道他荒唐的举动引起了毁谤，我知道他的脾气，准会向斯大尼斯拉寻衅，逼他决斗。那就等于公开承认他的痴情。我无须跟你声明你的妻子是清白的；可是你该想到，让特·吕庞泼莱先生出头为你的妻子争回名誉，对你，对我，都是不体面的。你现在马上去找斯大尼斯拉，正式质问他为什么要说侮辱我的话。别忘了，千万不能和解，除非他当着许多有地位的见证把他说过的话收回。这么一来，所有正派的人都会敬重你；你要做得像个有头脑有血性的男子，你会得到我的尊重。我此刻叫扬蒂骑着马到埃斯卡巴去，请我父亲来做你的证人；别看他年纪大了，我知道他的性子，听到那油头粉脸的小子玷污奈葛柏里斯家小姐的名誉，准会砸破他的脑袋。你有权利挑选武器[①]，你就挑手枪吧，你打枪的本领一等。”

特·巴日东先生拿了手杖帽子，回答说：“我就去。”

---

① 决斗用哪一种武器，照例由受侮辱的一方挑选。

妻子看着大为感动，说道："行，朋友，我就喜欢这样的男人。你是名副其实的绅士。"

她把脑门凑过去给丈夫亲吻，老头又快活又得意地吻着。特·巴日东太太对这个大孩子一向抱着慈母般的心情，听见他出去关上大门的声音，不由得冒上一滴眼泪。

她心上想："啊，他多爱我！可怜的家伙把生命看得多宝贵，为着我竟心甘情愿地去送死。"

特·巴日东先生不怕第二天同人家交手，冷冷地望着对准他的枪口，只有一桩事情使他到乡杜家去一路慌张，心里为难。他想："叫我怎么说呢？娜依斯应该替我把话预备好才对！"他在脑子里尽量搜索，只想找出几句得体的话来，不要受人耻笑。

特·巴日东先生这样头脑狭窄，思想空虚，平时只能不声不响过日子的人，逢到重大关头，自然而然有股庄严的气派。不大开口，当然不大闹笑话；应当说些什么，事先考虑得很多；他们毫无自信，把话再三斟酌，所以表达出来非常精彩。这个现象同巴兰的驴子被逼开口[①]的情形相仿。特·巴日东先生那天的行动也就高人一等，证实某些人的意见，仿佛真是毕太哥拉派[②]的哲学家。晚上十一点，他走进斯大尼斯拉府上，发现客人很多。他不声不响，过去向阿美莉行了礼，对每个人都堆着他那副傻乎乎的笑脸，在当时的情形之下很像冷笑。屋内寂静无声，像自然界中雷雨将临的时候一样。夏德莱已经回来，他意味深长地望望特·巴日东，望望斯大尼斯拉，受了侮辱的丈夫斯斯文文向斯大尼斯拉走过去。

---

① 摩押王巴勒派巴兰去诅咒以色列人；巴兰骑的驴子中途看见耶和华的使者显形，三次避让，害主人受苦，因之三次挨打，便开口叫冤。见《旧约·民数记》第二十二章。这里是比喻一个人迫不得已而开口，说话必定中肯。

② 古希腊哲学家兼数学家毕太哥拉（公元前六世纪）提倡道德高尚，生活严肃的人生哲学。

杜·夏德莱懂得老头儿的来意，平素这个时候他早睡觉了；这个身体虚弱的家伙明明受着娜依斯指挥。杜·夏德莱仗着他在阿美莉身边的地位，尽可参与他们的家事，站起来把特·巴日东拉过一边，问道："你要和斯大尼斯拉说话吗？"

"是的。"老头很高兴有个中间人，也许还会代他说话。

"好吧。你到阿美莉屋里等着，"税务官回答，他对这场决斗暗暗欢喜：特·巴日东太太说不定就此守寡而没法嫁给吕西安，因为决斗是吕西安引起的。

杜·夏德莱对特·乡杜说："斯大尼斯拉，巴日东大概因为你说了娜依斯那些话，跑来向你问罪。来吧，到你太太屋里去，你们俩都得保持绅士风度。别高声大气，要很有礼貌，像英国人一样尊严、冷静。"

斯大尼斯拉和杜·夏德莱两人很快同巴日东见面了。

受了侮辱的丈夫说道："先生，你说你看见特·巴日东太太跟特·吕庞泼莱先生行动暧昧，是不是？"

"跟夏同先生。"斯大尼斯拉挖苦了一句，他不信巴日东是什么厉害角色。丈夫回答："好吧，你要不当着此刻在你府上的许多客人否认你说过的话，就请你指定一个证人。我的岳父特·奈葛柏里斯先生，清早四点来找你。我们各自去准备吧，事情只能照我提出的办法解决。我决定用手枪，我是受损害的一方。"

这番话是特·巴日东先生一路上反复推敲，才想出来的，他一生从来不曾说过那么多话；说的时候毫不激动。神气自然得不得了。斯大尼斯拉脸色发白，私下想："怎么！我莫非做梦不成？"可是当着所有的城里人，当着这个受了侮辱不肯甘休的哑巴，推翻自己说过的话，岂不是奇耻大辱？另一方面，想到决斗又非常恐怖，好像有一双火热的手掐着他的脖子；反正进退两难，他觉得还是把危险推迟一步的好。

他对特·巴日东先生说："好吧，明儿见。"他以为事情还可以调解。

三个人回进客厅，大家琢磨他们的表情：杜·夏德莱堆着笑容，特·巴日东先生完全像在自己家里，只有斯大尼斯拉面无人色。好几个女人一看这情景就知道谈判些什么。大家交头接耳地说："他们要决斗了！"在场的人有一半认为斯大尼斯拉理屈，看他苍白的脸色和神气，可知他的话是造谣；另外一半人佩服特·巴日东先生的风度。杜·夏德莱装着一副正经面孔，叫人莫测高深。特·巴日东先生把众人的脸端详了一会儿，告辞了。

夏德莱凑着斯大尼斯拉的耳朵问："你有没有手枪？"斯大尼斯拉听着从头到脚打了一个寒噤。

阿美莉心中有数，发起病来，妇女们赶紧扶她进房。大家七嘴八舌，乱哄哄地急着说话。男人们留在客厅里，一致认为特·巴日东先生的行动是他应有的权利。

特·桑多先生说："老头儿有这个气派，你们想得到吗？"

毫不留情的雅各说："哦，他年轻的时候是个打枪的好手。我父亲常常跟我提起特·巴日东的战绩。"

法朗西斯对夏德莱说："没关系！你把两人隔开二十步，用骑兵手枪，包你不会打中。"

客人散尽了，夏德莱安慰斯大尼斯拉夫妇，说事情必定顺利，三十六岁的人同六十岁的人决斗，总是年轻的便宜。

第二天上午，大卫没有请到父亲，从玛撒克回来，正和吕西安吃饭，夏同太太慌慌张张赶来说：

"喂！吕西安，你知道连菜场上都在谈论的新闻吗？今天早上五点钟，特·巴日东先生差点没把特·乡杜先生打死。场子叫作丢罗阿先生的草坪，人家常常拿这个地名说双关话[1]。昨天特·乡杜先生

① 原文"丢罗阿"和"杀王上"几个字声音相近。

说撞见你和特·巴日东太太有事。”

吕西安嚷道：“胡说！特·巴日东太太是清白的。”

“我听见一个乡下人讲得很详细，他在小车上全看到了。特·奈葛柏里斯先生清早三点赶到，替特·巴日东先生当助手；他告诉特·乡杜先生，万一他女婿遭了意外，他一定出来报仇。手枪是向骑兵团的一个军官借来的，特·奈葛柏里斯先生试了好几下。杜·夏德莱先生反对试枪，请来当公证人的军官说，事情既不是儿戏，武器应当正式管用。证人规定双方隔开二十五步。特·巴日东先生神气满不在乎，像散步一般，他先开火，一颗子弹打在特·乡杜先生脖子里，特·乡杜先生来不及还枪就倒下了。医院的外科医生刚才宣布，特·乡杜先生的脖子要歪一辈子了。我来通知你决斗的结果，要你别去看特·巴日东太太，也不要在安古兰末露面，或许特·乡杜先生的朋友们会跟你寻事。”

那时，印刷所的学徒带进特·巴日东先生的男当差扬蒂，把路易士的一封信交给吕西安。

> 朋友，我丈夫同特·乡杜先生决斗的结果，想必你知道了。今天我们不见客。希望你谨慎小心，不要露面；你既然待我好，就该听我的话。今天这个不愉快的日子，你不觉得最好还是来听听你的俾阿特利克斯谈话吗？她为这件事整个生活起了变化，而且有不少话要告诉你。

大卫道：“幸亏我后天结婚，你借此机会也好少看几次特·巴日东太太。”吕西安回答：“亲爱的大卫，她今天约我，我想应当去，在眼前的情形之下我该怎么办，她比我们懂得多。”

夏同太太问：“难道这儿一切都准备好了？”

大卫道：“去瞧瞧吧。”二楼几间屋子已经装修完毕，样样簇新；大卫很高兴叫人看到这个变化。

屋内有一股温暖的新房气息，好比青年夫妇的家庭保留着新娘的披纱和橘子花的痕迹，每样东西反映出美满的爱情，一切都洁白、干净、花团锦簇。

母亲道："夏娃住到这儿来还不像个公主吗？不过你钱花得太多了，太奢侈了！"

大卫笑着不回答。他被夏同太太碰到了伤口，可怜的情人正在为此苦恼：工程大大超过预算，他没有力量再盖偏屋上的楼面，岳母还有很长的时期住不到他早先答应的屋子。这一类的许愿可以说是感情方面的虚荣，不能兑现在热情豪爽的人是最痛苦的事。大卫瞒着他的困难，唯恐吕西安发现人家为他做了牺牲，心中不安。

夏同太太道："夏娃和她的朋友们也着实忙了一阵。被褥床单，桌布面巾，都预备好了。那些姑娘真喜欢她，瞒着她用白麻布做垫褥的面子，镶着粉红边，真漂亮！叫人看着也想结婚呢！"

凡是年轻的男人想不到的东西，母女俩拿出所有的积蓄给大卫置办了。知道大卫铺张，还向利摩日定烧一套瓷器，她们更要把嫁妆办得和大卫的东西相称。双方比爱情比阔气，结果弄得夫妇俩刚结婚就手头很紧，虽然表面上生活优裕，在一个像当时的安古兰末那样落后的地方已经近于奢华。卧房糊着蓝白两色的花纸，摆着漂亮的家具。那些东西吕西安早已见过，便趁着母亲和大卫走进卧室的当口，溜往特·巴日东太太家。娜依斯正在和丈夫吃饭，他清早出过门，胃口特别好，对刚才的事毫不在意。威风凛凛的老乡绅，法兰西旧贵族的残余，特·奈葛柏里斯先生，坐在女儿身旁。听见扬蒂报出特·吕庞泼莱先生的名字，白头发的老人急于要看看女儿抬举的是何等人物，眼睛带着察看的意味瞧了瞧吕西安。他看到吕西安相貌出众很惊异，不由得暗暗点头；但他似乎看出女儿只是调情而不是真正的爱，只是一时的冲动而不是持久的痴情。饭快要吃完了，路易士让巴日东陪着父亲，站起来做了一个手势，要吕西安跟着她走。

她声调又凄凉又快乐地说："朋友，我要上巴黎去了，父亲带巴日东去埃斯卡巴；我不在这儿的时期，他住在那边。特·奈葛柏里斯家的大房早已改姓埃斯巴，现在的特·埃斯巴太太是勃拉蒙-旭佛里家的小姐，她仗着她的才干和亲戚关系，在巴黎极有势力。只消她肯和我们认本家，我要好好地结交她，她能替巴日东谋个职位。经过我一番奔走，宫中可能愿意让巴日东做夏朗德州的议员，使他在本州的提名更容易通过。他当了议员，我在巴黎的活动可以方便不少。这样的改变生活，倒是你，亲爱的孩子，倒是你使我想起来的。为了今天早上的决斗，我暂时不能招待宾客，有些人会帮着乡杜跟我们作对。照眼前的形势，尤其在小城市里，必须出门避避风头，让人家的仇恨冷下来。我这次出去，或者成功了，永远不回安古兰末；或者失败了，在巴黎住一个时期，等有一天局势变化以后，我夏季住在乡下，冬天住在巴黎。有身份的女子只能过这样的生活，我已经发动得迟了。一切准备工作今天就好办妥，我明天夜里动身，你陪我去，是不是？你先走一步，我在芒勒和吕番克之间接你上车，咱们很快就到巴黎。亲爱的，优秀的人在巴黎才有生路。我们只有和旗鼓相当的人在一起才畅快，否则就痛苦。何况巴黎是文化界的首都，是你成功的舞台！早去一天好一天！别让你的思想在内地发霉，要赶快去接触一班代表十九世纪的大人物，想法接近宫廷跟政府。有才气的人待在小城市里只会干瘪，名誉和地位不会来光顾他们的。你说，哪几部杰作是在内地写出来的？相反，了不起的可怜的卢梭对巴黎多么向往！因为巴黎好比精神上的太阳，剧烈的竞争能鼓动人心，创造不朽的荣名。每个时代有每个时代的七星诗人，你不是应当赶快去取得你的地位吗？青年才子由上流社会捧出台可以占多少便宜，你才想不到呢。我能叫特·埃斯巴太太接待你；她的客厅很不容易进去，你在那儿可以遇到所有的大人物，部长、大使、国会议员、最有势力的贵族院议员，或是名流，或是富翁。一个又漂亮又年轻的天才，除非手段笨到极点，他们不会不感兴趣。他们才大量大，准会支持你。地位高了，你的作品便身价十倍。艺术家最需要解决的问题是叫人注目。进了上流社会，生财之道可多啦，比如弄一个领干薪的差事啊，得一笔王上的私人津贴啊！波旁家最喜欢提倡文学艺术，所以你的诗既要歌颂宗教，又要拥护王室。那不但本身是件好事，而且能使你飞黄腾达。难道反对派——进步党，会给你官职、报酬，帮助作家发迹不成？因此一定要走正路，走一切天才走的路。我把我的秘密告诉你了，可不能透露一点风声，你准备起来，跟我走。”特·巴日东太太看情人一声不出，觉得奇怪，便追问一句：“难道你不愿意吗？”吕西安听着这些迷人的话，一眼望到了巴黎，愣住了，仿佛他至此为止心窍只开了一半，现在眼界扩大了几倍，才打开另外一半的心窍。他觉得自己待在安古兰末等于井底之蛙。巴黎，繁华的巴黎，在一切内地人想象中好比一个理想的黄金国，如今披着黄金的袍褂，满头珠翠，向才能出众的人张着臂膀，在吕西安眼前出现了。有名的人物都要来当他兄弟一般拥抱。在巴黎，一切都对天才笑脸相迎。既没有嫉妒的穷贵族拿尖刻的话伤害作家，也没有不关心诗歌的傻瓜。在巴黎，诗人的作品像泉水般涌现，有人表扬，有人给你报酬。书店老板把《查理九世的弓箭手》念上几页，马上打开银箱，问：“你要多少？”吕西安也懂得，特·巴日东太太在这次旅行中一定和他结合，从此整个属于他了，他们可以同去了。

吕西安听见她说出“难道你不愿意吗？”不禁冒出一颗眼泪，搂着路易士贴着他的胸口，发疯似的吻她的脖子，然后他忽然停下，好像想起了一桩事情，叫道：“哎哟，天哪！我妹妹不是后天结婚吗？”

这声叫喊是高尚纯洁的孩子的最后一声叹息。年轻人对家庭，对生平第一个朋友，对一切早期的感情，总是结合得非常牢固的，现在要被无情的利斧斩断了。

骄傲的路易士·特·奈葛柏里斯叫道："嘿！你妹子出嫁跟我们爱情的进展怎么扯得到一处？难道你非要在布尔乔亚和工人的婚礼中出风头，不能为我牺牲你这些高雅的乐趣吗？哼，了不起的牺牲！"路易士带着一脸轻蔑的神气说，"今天早上我还打发丈夫为了你去决斗！先生，你去吧，算我看错了人！"

她有气无力地倒在长沙发上。吕西安跟过去讨饶求告，一边诅咒他家里的人，诅咒大卫和妹妹。

她说："以前我多么相信你！特·刚德-克洛阿先生多孝顺他母亲，可是单单为得到我一封信，看到一句：我满意，他在炮火中送了性命。而你，临到要和我一同出门，竟舍不得一顿喜酒！"

吕西安恨不得自杀，绝望的心情表现得那么真切、沉痛，总算得到了路易士的原谅，可是她要吕西安明白，这一回的过失将来非要补赎的。

末了她说："好，你去吧，诸事小心，明天半夜在芒勒过去一百多步的地方等我。"

吕西安觉得回去的路程缩短了，他回到大卫家，一路只想着他的希望，像奥兰斯德摆脱不了复仇之神的缠绕①；因为他知道困难重重，总括一句是：钱呢？他对着新局面脑子迷迷糊糊，又怕大卫眼光厉害，看出他的心事，只得躲在漂亮的小书房里定一定神。花了偌大代价盖起来的这套房间不能不放弃了，多少的牺牲完全白费了。可是转念一想，母亲可以住过来，省得大卫再花一大笔钱在院子尽头添造楼面。他一走，家里的问题倒解决了。他还想出无数批

---

① 希腊神话：迈西尼国王阿伽门农的儿子奥兰斯德，因父亲被母所弑，杀死母亲，为父报仇，事后被地狱中的复仇之神紧追不舍，要加以惩罚。

驳不倒的理由替自己的出走譬解，人的欲望本来最会掩饰。吕西安立刻赶往乌莫去看妹子，预备把他刚才决定的命运告诉她，和她商量。走到卜斯丹铺子前面，他想万一没有办法，不妨向父亲的后任借一笔款子，抵充巴黎的一年用度。

他私忖道："要是和路易士同居，一天有三法郎就绰绰有余了，一年只要一千法郎。况且不出六个月我就好发财！"

吕西安先要夏娃和母亲答应绝不泄露，才说出他的机密大事。两人听着野心家的话一起哭了。他问她们为什么伤心，她们说家里的钱通通花完了，买了桌布饭巾，办了夏娃的嫁妆，还有大卫没想到的许许多多东西；她们这样做是很高兴的，因为大卫拨一万法郎作为妻子的财产。吕西安说出借债的主意，夏同太太立即去向卡斯丹商量一千法郎，一年为期。

夏娃一阵心酸，说道："那么，吕西安，难道你不参加我的婚礼了吗？噢！想法回来一次吧。我推迟几天就是了！你陪她到了巴黎，半个月之内她一定肯让你回家一趟。我们替她把你培养长大，七八天的时间总该答应我们吧？你不在场，我们的婚姻恐怕不会吉利……"她忽然改变话题，说道："可是一千法郎够不够呢？你的礼服虽则挺漂亮，不过只有一套！细麻布衬衫只有两件，另外六件是粗布的。麻纱领只有三条，其余三条是极普通的棉布；再说，你的手帕也不好看：巴黎哪里有一个姊妹，在要紧要慢的时候替你把内衣当天洗好呢？你需要大大地添一批。你只有今年新做的一条南京缎裤子，去年的几条嫌小了。你要在巴黎做衣服，巴黎的价钱可不是安古兰末的价钱。还能将就的白背心只有两件，其余的我都补过了。喂！我劝你带两千法郎去。"

那时大卫走进来，不声不响地打量兄妹俩的脸色，似乎最后一句话被他听见了。

他说："有事不要瞒我。"

夏娃叫道："哎！他要跟她走啦。"

夏同太太回进屋子，不曾看见大卫，说道："卜斯丹答应借一千法郎，不过只肯借六个月，本票还要你妹夫作保，他说你一个人签的票据没有保障。"

母亲转身看见女婿，四个人都不出声了。夏同一家都觉得拖累了大卫，心中惭愧。大卫噙着眼泪说道："那么你不参加我的婚礼了？不同我们一块儿住下去了？我可是把所有的钱都花掉了！啊！吕西安，我特意来送几件不像样的小首饰给新娘，没想到我要后悔不该买这些东西。"

他说着抹了抹眼泪，从袋里掏出几只摩洛哥皮的小匣子放在桌上，摆在岳母面前。

"为什么你老是想到我呢？"夏娃说着，露出天使般的笑容，表示她的话不是她真正的意思。

大卫道："亲爱的妈妈，请你告诉卜斯丹先生，我愿意作保；因为，吕西安，看你的脸色，我知道你打定主意要走了。"

吕西安无精打采，快快不乐地点点头，过了一会儿说道："亲爱的天使们，别认为我没有良心。"他把夏娃和大卫拉到身边紧紧拥抱，"等我有了成绩。你们就知道我对你们的情意。社会的成规把无谓的仪式和感情混在一起，可是大卫，我们要不能摆脱这些俗套，光是思想超脱有什么用？尽管在外边，我的心不是照样在这儿吗？彼此的想念不等于我们常在一起吗？我是不是应当趱奔前程？我的《查理九世的弓箭手》和《长生菊》，出版商会到这里来收买吗？早一些也罢，晚一些也罢，我今天这样的行动反正是免不了的。我还能碰到更好的机会吗？在巴黎第一次出台就在特·埃斯巴侯爵夫人的客厅中露面，不是天大的运气吗？"

夏娃对大卫道："他说的不错。你不是也和我说过，他应当趁早到巴黎去吗？"

大卫挽着夏娃走进她住了七年的小房间，咬着她耳朵说："亲爱的，你说他需要两千法郎，现在只向卜斯丹借到一千。"

夏娃望着未婚夫，眼神凄惨，表示她不知有多么痛苦。

"告诉你，亲爱的夏娃，咱们一开始就难过日子。我的开支把我的钱都弄光了。此刻只剩两千法郎，其中一半要留下来维持印刷所。再拿一千法郎给你哥哥等于送掉我们的口粮，影响我们的生活。如果我是单身汉，我知道怎么办，如今可是两个人了。你决定吧。"

夏娃非常激动地扑在情人怀里，温柔地吻着他，一边流泪一边凑着他耳朵说："就算你是单身汉吧。我再去做工，挣回这笔钱来。"

虽然他们的亲吻可以说是未婚夫妇的最热烈的亲吻，夏娃仍不免垂头丧气。大卫走出小房间，对吕西安说：

"不用发愁，你的两千法郎都有了。"

夏同太太说："你们去找卜斯丹，票据上你们俩都要签字。"

两个朋友回到楼上，撞见夏娃和母亲跪在地下祷告。她们尽管知道许多希望将来都能实现，却也感到眼前的离别对她们损失重大。吕西安的出走拆散了家庭，还叫人为他的前途担惊受怕，用这个方式换取未来的幸福，她们觉得代价太高了。

大卫凑着吕西安的耳朵说："一朝你要忘了这个情景，你就算不得人。"

这两句分量很重的话，印刷商认为非说不可；他怕吕西安性格反复无常，走邪路和走正路一样容易，同时也担心特·巴日东太太的影响。吕西安的行装，夏娃很快就收拾好了。这位文坛上的斐尔南·科泰斯[①]带的东西很少。他的最好的外套，最好的背心，两件细麻布衬衫中的一件，都穿在身上了。全部内衣，连同那了不起的礼

---

① 科泰斯（1485—1547），西班牙的军人，最早侵入墨西哥的冒险家。

服，零星衣物和他的手稿，合起来只有一个小包裹；大卫劝他不要让特·巴日东太太看到，宁可托班车捎往巴黎，交给一家和大卫有往来的纸铺，由大卫去信通知，将来吕西安自己去领。

特·巴日东太太出门的事虽然瞒得很紧，还是被杜·夏德莱知道了。他要打听特·巴日东太太是一个人动身还是有吕西安做伴，派手下的当差上吕番克，注意所有在驿站上换马的车辆。

他想："只要她带着她的诗人一起走，就逃不出我的手掌了。"

吕西安第二天清早出发，大卫雇了一匹马，一辆车送他，只说去看父亲有事商量；这句谎话在当时的情形之下也说得过去。两个朋友赶到玛撒克，白天在老熊家待了一阵，晚上在芒勒镇外等候。特·巴日东太太清早才到。那辆六十多年的旧车平时停在车房里，吕西安不知看过多少回了，那天见了却十分紧张，感到从来未有的激动。他扑在大卫怀里。大卫道："但愿上帝保佑，你这一次去对你有好处！"印刷商踏上他的破车，走了，心里说不出的难受，因为他有种预感，怕吕西安到了巴黎凶多吉少。

第二部　内地大人物在巴黎

一　巴黎的第一批果实

吕西安，特·巴日东太太，男当差扬蒂，女佣阿倍蒂纳，一个人都没讲过那次路上的情形。可是不难想象，对一个想享受私奔的乐趣的情人，仆役不离左右的旅行是不会痛快的。吕西安还是生平第一回坐包车出门，打算做一年开销的钱在安古兰末到巴黎去的路上差不多全部花光，把吕西安看得呆住了。他可不应该像那种既有才华而又保持童年的妩媚的人一样，见了新鲜事大惊小怪，好不天真地表现出来。男人要在女人面前随便流露自己的感触和思想，非先把那女人彻底研究一番不可。唯有温柔同高贵不相上下的情妇才能了解一个男人的孩子气，觉得好玩；万一她有点虚荣，尽管是很少的一点，就不能原谅情人的幼稚、虚荣或者庸俗。很多妇女崇拜一个人的时候竭力夸大，要她们的偶像永远像个神道。如果女子爱一个男人是爱对方本人而不是为她自己，她对男人的渺小和伟大会同样喜欢。吕西安还没体会到特·巴日东太太的爱情是和骄傲连在一起的。他一路像小耗子出了洞穴似的活泼样非但没有抑制，反而尽情流露，叫路易士抿着嘴唇微笑，吕西安不去推敲那些笑容的意义也是失着。

天没有亮，一行旅客住进梯子街上的迦亚-布阿旅馆。两个情人都十分疲劳，路易士只想睡觉，便睡下了。她要吕西安在她套房的上面一层开一个房间。吕西安一觉睡到下午四点。特·巴日东太太叫人唤他起来吃饭；他一知道钟点，急忙穿好衣服去见路易士。巴黎尽管自命为处处讲究，还没有一家旅馆可以让有钱的人像在自己家里一样舒服。路易士住的那种怕人的房间简直是巴黎的耻辱。冷冰冰的屋子不见阳光，挂着褪色的窗帘，上蜡的地砖一派寒酸相，家具破烂，式样恶俗，不是过时的，就是买的旧货。吕西安虽是突然醒来，眼睛还有点迷糊，在那个房里也认不得他的路易士了。的确，有些人一离开他们周围的人物、家具、场所，他们的面相和身价便大不相同。人的外貌自有一种特殊的气氛配合，好比一定要有法兰德斯画派的明暗，艺术家凭着性灵安放在画面上的人物才有生气。内地人差不多全是这样。再说，此刻没有了障碍，圆满的幸福正好开始，特·巴日东太太也不该有这派矜持和担心事的神气。吕西安不便抱怨，扬蒂和阿倍蒂纳正在侍候他们吃饭。饭菜不像内地那么丰盛、实惠。只图赚钱而尽量克扣的菜，由近边的一家饭店供应，东西少得可怜，勉强够吃。对于财力不足，要在小事情上打算的人，巴黎不是一个愉快的地方。吕西安看着路易士的变化莫名其妙，但等吃过饭探问原因。他看得不错。他睡着的时候发生了一桩严重的事，因为人的思考的确是精神生活中的大事。

下午两点光景，西克施德·杜·夏德莱到旅馆来，着人叫醒阿倍蒂纳，说要见她主人。特·巴日东太太才梳洗完毕，他又上门了。阿娜依斯自以为隐藏得很好，没想到杜·夏德莱会撞来，好不诧异，在三点左右接见了他。

他一边行礼一边说："我不怕上司见怪，跟着你来，因为你的行动，我早料到了。不过就算我丢掉差事，至少保全了你的名声。"

特·巴日东太太嚷道："这话是什么意思？"

夏德莱用一副自愿退让的温柔的神气说："我看得很清楚，你爱上了吕西安；不是热烈地爱一个男人，绝不会不假思索，把体统忘得干干净净，而你是多懂得体统的人！亲爱的娜依斯，要是人家发觉你像逃走一般同一个青年离开安古兰末，尤其在特·巴日东先生跟特·乡杜先生决斗以后，你以为特·埃斯巴太太或者巴黎无论哪一家，还会招待你吗？你丈夫住到埃斯卡巴去，很像和你分居。遇到这一类的情形，有身份的男人往往先为妻子决斗，然后让她自由。你爱特·吕庞泼莱先生也好，提拔他也好，喜欢怎么处置他都可以，只是不能和他住在一起！如果这儿有人知道你们一路同车，你想结交的人准会把你挡在门外，娜依斯，你还不能为一个青年做这些牺牲，你还没有拿他同别人做过比较，不曾试过他的心，他可能碰上一个他认为对他的野心更有帮助的巴黎女子，把你忘掉。我不想损害你心爱的人，只请你允许我把你的利益放在他的利益之前，我劝你先研究他一番！要知道你的行动出入重大。万一人家对你闭门不纳，太太们不招待你，至少你得有把握将来不会懊悔，觉得对方始终值得你做这许多牺牲，而他也体会到你的牺牲。特·埃斯巴太太对人对事非常严格，看重体统，因为她自己就跟丈夫分居，谁也不知道为什么；可是拿伐兰家，勃拉蒙-旭佛里家，勒农古家，所有的亲戚都站在她一边，最古板的妇女也到她家里去，对她恭恭敬敬，仿佛过失是在特·埃斯巴侯爵方面。等你第一次去拜访她，便知道我所见不错。我熟悉巴黎，敢预先说一句：你一进侯爵夫人的大门就要提心吊胆，怕她知道你同一个药房老板的儿子，尽管他自称为特·吕庞泼莱先生，住在迦亚-布阿旅馆。你在这儿要遇到另外一些对手，比阿美莉更刁猾更阴险；她们少不得知道你是谁，住在哪儿，从哪儿来，干些什么。我看出你想瞒着人；可是像你这种人绝不能隐姓埋名。你不是到处能碰到安古兰末的人吗？国会正要开会，夏朗德州的议员在这里出席，将军在这里休假；只消有一个安古兰末人瞧见你，就能使你的前途莫名其妙地搁浅；那时你不过是吕西安的情妇。要是你用得着我，不论什么事，我都帮忙，我住在圣·奥诺雷城关街税务局长家里，同特·埃斯巴太太府上很近。加里里阿诺元帅夫人，特·赛里齐太太，国务总理，我都相熟，可以替你介绍；不过你在特·埃斯巴太太家见到的人多得很，用不着我引进。你不必自己想办法踏进这家那家的客厅，将来所有的人家都巴不得你光临呢。”

杜·夏德莱一口气讲着，特·巴日东太太没有插一句嘴；她觉得这些意见完全准确，心里很震动。安古兰末的王后的确打算不给人知道的。

她道：“亲爱的朋友，你说的很对；那么怎么办呢？”

夏德莱回答说：“让我替你找一个体面的，连家具出租的公寓；开销比旅馆省，而且是独门独户。你要是信托我，今晚就可搬过去。”

她说：“你怎么知道我住在这里？”

“你的车很容易认，而且我特意跟着你。送你来的马夫在赛佛把你的地址告诉我的马夫。你允许我替你当副官吗？等会儿我叫人送个信来，通知你住哪儿。”

她说：“行，就这样吧。”

这句话听来无关紧要，其实意义无穷。杜·夏德莱跟一个交际场中的妇女说的是交际场中的话。他的衣着是极漂亮的巴黎款式，坐着来的是一辆轻便轮车，套着体面的牲口。特·巴日东太太靠在窗上考虑自己的处境，无意中看到过时的花花公子出门。过了一会儿，吕西安突然醒来，匆匆穿起衣服，出现了；特·巴日东太太看他穿着隔年的南京缎裤子，紧窄的旧外套，长相固然美，可是打扮得多乡气。贝尔凡但尔的阿波罗或者安蒂奴斯[①]，穿

① 阿波罗是希腊后期的作品，安蒂奴斯是罗马时期的作品，都是最著名的雕像。

上担水工人的服装，谁还认得出希腊或罗马雕塑家的杰作？我们的眼睛先要做一个比较，来不及让感情来纠正这个匆忙的不由自主的判断。吕西安和杜·夏德莱的对比太强烈了，不能不使路易士感到刺目。六点左右，吃完晚饭，特·巴日东太太坐在一张破旧的长沙发上，面子是红地黄花的印花布；她做个手势要吕西安过去坐在她身边。

她说："我的吕西安，假定我们做了一桩糊涂事，使我们俩同归于尽，你不觉得应当想办法挽救吗？亲爱的孩子，我们在巴黎不能住在一起，也不能让人疑心我们一路同来。你的前程多半依靠我的地位，而我无论如何不应当破坏自己的地位。所以我今晚就要搬出去，离这儿很近。你照旧住这个旅馆。那我们尽可以天天见面，没有人好议论了。"

路易士向吕西安解释上流社会的规矩，吕西安听着，眼睛睁得很大。他不知道女人做了傻事后悔，便是爱情起了变化；他只懂得他已经不是安古兰末的吕西安了。路易士口口声声只讲她自己，她的利益，她的声名，还讲到上流社会；她要遮盖她的自私，竭力叫吕西安相信一切是为了他。吕西安对路易士谈不上任何权利，而路易士已经一下子恢复了特·巴日东太太的身份；更糟的是吕西安绝对做不了主。他不禁含着两颗眼泪在眼眶里打转。

吕西安说："在你眼中，我是你的光荣；可是对我来说，你更重要得多，你是我唯一的希望，是我整个的前途。我本以为你既然分享我的成功，一定也分担我的不幸；谁知我们现在就分手了。"

她说："你批评我的行为，可见你并不爱我。"她发现吕西安望着她的神气非常痛苦，便改口说："亲爱的孩子，你要愿意，我就留在这儿，就让我们无依无靠，一同倒霉吧。不过将来我们俩一起落难，到处碰壁的时候，等到一事无成，——我们样样都要预料到，——逼得我们退往埃斯卡巴去的时候，亲爱的人儿，你别忘了那结果是我早料到的，我也向你提议过按照上流社会的规矩，服从那些规矩来实现我们的目的。”

他拥抱着路易士回答说：“你考虑得这样周到，我看着害怕。别忘了我是个小孩，完全听从你的意志。我自己准备尽我的力量奋斗，出人头地。假如靠着你的帮助，比我单枪匹马成功更快，将来我的功名利禄都出于你的赏赐，那我再高兴没有。请你原谅！我一切都交给你了，不能不处处操心。我觉得分离是遗弃的先兆；而我受到遗弃是活不成的。”

她说：“可是，亲爱的孩子，社会并没要你做多大牺牲。你不过睡在这儿，可以整天待在我家里，没有人好批评。”

吕西安受了一番温存，平静下来，一小时以后，扬蒂送上夏德莱的一张字条，告诉特·巴日东太太在卢森堡新街找到一个公寓。她问了问街道的位置，原来离梯子街不十分远，便对吕西安说：“咱们是邻居呢。”过了两小时，特·巴日东太太坐上杜·夏德莱派来的车，往新屋去了。公寓华丽而并不舒服；家具商布置这一类的屋子，专门租给在巴黎短期做客的议员或大人物。十一点左右，吕西安回到他的小旅馆，对于巴黎只看到卢森堡新街和梯子街中间的一段圣·奥诺雷街。他在简陋的小房间里睡下，不免把自己的卧室跟路易士的漂亮公寓做了一番比较。吕西安离开特·巴日东太太的当口，夏德莱男爵来了，他刚从外交部长府上出来，穿着一身光彩夺目的跳舞衣衫。他来报告代特·巴日东太太订的各项条件。路易士暗暗发慌，眼前这个阔绰的排场使她害怕。她受着内地生活的影响，用钱谨慎，很有条理，她的作风在巴黎简直近乎吝啬了。她带着税务局的一张汇票，将近两万法郎，打算贴补四年的额外开销；此刻她已经担心资金不足，要欠债了。夏德莱告诉她公寓只花她六百法郎一月。

杜·夏德莱看见娜依斯浑身一震，便说：“呃，小意思。——你还有一辆包车，每月五百法郎，连房租统共是五十路易[①]。除此以外，你只消管衣着了。要同阔人来往的妇女只能这样。如果你有心替特·巴日东先生谋一个税务局长或者宫廷的职位，万万不能露出寒酸样。在这里，好处只给有钱的人。你有扬蒂做跟班，有阿倍蒂纳服侍，已经很运气了，巴黎的仆役是个大漏洞。至于伙食，像你这样不久就要走红的人是难得在家吃饭的。”

特·巴日东太太和男爵两人谈着巴黎，杜·夏德莱报告当天的新闻，许许多多的无聊事，你不知道就不称其为巴黎人。他又告诉娜依斯买东西应该上哪些铺子：头巾是埃尔布做的好，帽子和睡帽要向于里埃德买；又给她一个女裁缝的地址，代替维多莉纳；总之他让特·巴日东太太明白，安古兰末的乡气必须去掉。临走他又想出一个好主意。

“明儿我可以在戏院里弄到一个包厢，”他很随便地说，“我来接你和特·吕庞泼莱先生同去。让我在巴黎替你们当个向导。”

特·巴日东太太看他邀请吕西安，私忖道：“他有这点气量，我倒没想到。”

六月里，部长们的包厢无处安排：政府党的议员和他们的后台老板收割葡萄或者监督收成去了，平日请托最多的熟人不是下乡就是出门旅行；那时巴黎各戏院最好的包厢便出现一批古怪的客人，只露一次面，给人的印象赛过一张旧地毯。杜·夏德莱有心利用机会，不用破费什么，请请娜依斯，那些娱乐也最配内地人的胃口。第二天，吕西安第一次上门，没有遇到路易士。特·巴日东太太在外面买几样必需品。她听着夏德莱的指点，同那些大名鼎鼎、神气俨然的时装专家商量去了。她已经写信给特·埃斯巴侯爵夫人，报告她到了巴黎。尽管在内地当过长时期的领袖，自信很强，这时照

① 一个路易值二十四或二十法郎，按时代而异。

样提心吊胆，怕自己乡气。她相当聪明，知道女人之间的交际全靠第一面的印象，虽然她自以为很快就能和特·埃斯巴太太那样高级的妇女并驾齐驱，觉得开头还是需要人家包涵，讨人喜欢的因素一个都不能放过。因此她很感激夏德莱给她门道，让她能够配合巴黎的时髦社会。碰巧当时侯爵夫人的处境使她很乐意帮助丈夫的亲属。特·埃斯巴侯爵不知为什么过着隐居生活，对产业、政治、家属、妻子，不闻不问。侯爵夫人在可以自由行动的情形之下，需要舆论支持；有机会代替侯爵照顾他的家属，再高兴没有。她有心把这件事做得人人知道，格外显出丈夫的不是。她当天回了一封亲热的信给特·奈葛柏里斯家的小姐，特·巴日东太太。信里的话说得非常好听，你真要在社会上混了相当时间才会发觉内容空虚。

> 久闻大名，不胜仰慕；有机会同家属相聚，更其高兴。巴黎的友谊并不可靠，所以很想在世界上多一个知己；否则长此与外人往还，未免过于虚妄。大姑倘有差遣，无不效劳，实因小恙，不能趋前拜访。辱承垂念，先布谢忱。

吕西安第一次在几条大街跟和平街之间溜达，像初到巴黎的人一样只顾看景致，来不及注意人物。在巴黎，首先引起注意的是规模宏大：铺子的华丽，房屋的高度，车马的拥挤，随处可见的极度奢华与极度贫穷的对比，先就使你吃惊。富于想象的吕西安想不到有这些同他不相干的群众，觉得自己大大的缩小了。在内地有些名气，无论到哪儿都感到自己重要的人，突然之间变得毫无身价是很不习惯的。在本乡是个角色，在巴黎谁都不拿你当人，这两个身份需要有一段过渡才行；太剧烈的转变会使你失魂落魄。青年诗人平素有什么感情、思想，总有人和他交流、听他倾诉，便是极小的感触也能找到共鸣的心灵；这样的人势必觉得巴黎一片荒凉，可怕得很。吕西安漂亮的蓝色礼服还不曾拿来，身上穿的即使不算破烂，至少很寒酸，因此他等特·巴日东太太回家的当口再去的时候，不免感到拘束。杜·夏德莱男爵比他先到，随即带他们到仙岩饭店吃饭。吕西安被巴黎天旋地转的速度搅昏了，对路易士又不能说什么话，车上有第三者在场；他只能捏捏路易士的手，路易士态度和蔼，表示了解他的意思。吃过晚饭，夏德莱带两个客人上杂剧院。吕西安见到夏德莱便心中不快，恨天下竟有这种巧事，他也会到巴黎来。税务稽核所所长说他此番出门是为了施展抱负：希望进随便哪个衙门当个秘书长，在参事院兼一个评议官；他特意来要求人家履行诺言，像他这样的人才总不能老是做稽核所所长；他宁可闲着，不是当国会议员便是再进外交界。说话之间。他身价越来越高了。吕西安隐隐然承认，过时的花花公子的确熟悉巴黎，是一个高明的交际家；更难堪的是吕西安吃饭看戏都沾了他的光。凡是诗人慌张失措的场合，前任的首席秘书都如鱼得水。吕西安的迟疑、惊奇、问话，未经世面而闹的笑柄，叫他的情敌杜·夏德莱看着微笑，好比老水手笑新水手立脚不稳。吕西安第一次在巴黎看戏，很有兴趣，心慌意乱的不愉快总算有所补偿。那个晚上很值得纪念，因为他对内地生活的观念不知不觉去掉了一大半。眼界扩大了，社会的规模不同了。邻座几个漂亮的巴黎女人打扮得多时髦，多娇嫩，吕西安觉得相形之下，特·巴日东太太虽然穿得还讲究，到底陈旧了：料子、式样、颜色，没有一样不过时。头发的款式，吕西安早先在安古兰末赞叹不止，此刻同那些妇女的细巧的花样一比，简直恶俗。他心上想："是不是她就这样保持下去呢？"不知道特·巴日东太太白天就在做脱胎换骨的准备。内地没有选择，没有比较；天天看惯的面孔自有一种大家公认的美。在内地被认为好看的女子，一到巴黎便没人注意，原来她的美只像老话说的：独眼龙在瞎子国里称王。吕西安拿戏院里的女人同特·巴日东太太做了一个比较，也就是前一天晚上特·巴日东太太把他和杜·夏德莱做的比较。在特·巴日东太太方面，她对情人也有许多异样的感想。虽然长相极美，可怜的诗人一点风度都没有。袖子太短的外套，内地的蹩脚手套，紧窄的背心，和花楼上的青年比起来，可笑得不像话；特·巴日东太太只觉得他一副可怜样。夏德莱却是很知趣地照顾她，无微不至的关切显得他情意深厚，穿扮大方，举止潇洒，好比一个演员回到了他原来的舞台；他六个月中失去的阵地两天工夫都收复了。俗人不相信感情会突然变化，事实上两个情人的分离往往比订交更快。吕西安和特·巴日东太太相互之间的迷梦正在逐渐消失，而这是巴黎促成的。在诗人眼中，人生扩大了；在路易士眼中，社会有了新的面目。只要出一桩事故，双方都会斩断联系。这个对吕西安极可怕的打击不久就要来到。特·巴日东太太先送诗人回旅馆，然后由杜·夏德莱陪着回家，可怜的情人看了大不高兴。

他上楼回到凄凉的卧室，一边想："不知他们俩议论我什么。"

车门关上了，杜·夏德莱微笑着说："这可怜的青年乏味透了。"

"凡是胸中和脑子里有一个幻想世界的人都是这样。他们长时期酝酿一些美丽的作品，有许许多多思想要表达；他们不大重视谈话，因为聪明才智做了零星交易，会降低价值的。"高傲的奈葛柏里斯这么说着，还算有勇气替吕西安辩护，但多半是为她自己而不是为吕西安。

男爵道："我承认你说得有理，可是我们是跟人过生活，不是跟书本过生活。亲爱的娜依斯，我看出你们之间还没有什么，我很高兴。就算你因为以前生活缺少兴趣，有心找点补偿，可千万别把这个自封的才子做对象。你要是看错了人怎么办呢？万一几天之内，亲爱的美人儿，你遇到一班真有才具、真正杰出的人物，跟他一比较，发觉你驮在凝脂般肩头上捧出山的，并非有什么生花妙笔的诗人，而是一个小猢狲，没有风度，没有见识，愚蠢，狂妄，在乌莫或许还算得上聪明，在巴黎只是一个平凡之极的青年，那你岂不糟糕？这儿每星期都有诗集出版，便是最不行的也比夏同先生写的高明。我劝你等一等，比较一下！”夏德莱看见车子拐进卢森堡新街，又说：“明天是星期五，歌剧院有演出；特·埃斯巴太太可以占用内廷总管的包厢，准会带你同去。我到特·赛里齐太太的包厢去瞻仰你的风采。明儿演的是《达娜依特》。”

她说：“好吧，再见了。”

第二天，特·巴日东太太想凑起一套像样的晨装去见她远房的弟媳妇，特·埃斯巴太太。天气稍微凉一些，她在安古兰末的旧衣服里找来找去，勉强挑出一件绿丝绒袍子，绲边相当土气。在吕西安方面，他觉得应当把那件贵重的蓝色礼服拿回来，他也讨厌身上穿的单薄的外套，又想到说不定会碰上特·埃斯巴太太，或者出其不意地到她家里去，不能不经常衣冠楚楚。他急于取回包裹，跳上一辆出租马车，不出两小时花了三四个法郎，使他对巴黎的开支大有感触。他穿上他最讲究的服装，走往卢森堡新街，在门口遇到扬蒂从屋内出来，陪着一个跟班小厮，小厮帽子上插着鲜艳的羽毛。

扬蒂说：“先生，我正要上你那儿去，太太叫我送个字条给你。”扬蒂在内地随便惯了，不懂巴黎的规矩和客套。

小厮只道诗人是个当差。吕西安拆开信来看了：特·巴日东太太整天都在侯爵夫人家，夜晚到歌剧院去，约吕西安在那儿相会；她弟媳妇很乐意请青年诗人看戏，在包厢中给他一个位置。

吕西安私下想：“她是爱我的！我提心吊胆根本是荒唐。今天晚上她就介绍我去见她弟媳妇了。”

他心花怒放，直跳起来。那时离快乐的夜晚还有一段时间，他想痛痛快快地消磨，便直奔蒂勒黎公园，打算散步到傍晚，再上万利酒家吃一顿。他蹦蹦跳跳，快乐得飘飘然，跨上修院平台，一边走一边打量游人，但见俊俏的妇女由她们的爱人和漂亮哥儿陪着，成双作对，手挽着手，跟熟人眉来眼去地打招呼。这个平台和菩里欧大不相同！蹲在这华丽的架子上的鸟比安古兰末的不知好看多少！这里的是五色斑斓的印度鸟美洲鸟，安古兰末的只是灰溜溜的欧洲鸟。吕西安在蒂勒黎待了两小时，简直是受罪。他把自己严格检查了一下，批判了一下。先是那些漂亮哥儿没有一个穿礼服的。偶尔看到一个穿礼服的人，只是没人理会的老头儿，穷苦的可怜虫，或是住在玛莱区靠利息过活的人，或是机关里的当差。容易激动、目光尖锐的诗人，发现除了晚上的装束还有白天的装束，便觉得自己的旧衣衫丑陋不堪：礼服的式样早已过时，蓝也蓝得不登大雅，领子特别难看，前面的衣摆因为穿久了，老是挤在中央；纽扣发红；有折痕的地方褪了颜色；总而言之毛病百出，十分可笑。背心太短了，内地的裁剪更是不堪入目，吕西安急忙扣上礼服的纽子，遮住背心。最后他发觉只有普通人才穿南京缎裤子，有身份的人穿的不是上等花色细呢，便是一尘不染的雪白的料子。并且裤脚管都有带子扣在鞋底上；吕西安的裤脚偏偏和靴跟不合作，往上翻卷，似乎对靴子大有反感。他戴着角上绣花的白领带，当初妹子看见杜·奥多阿先生和特·乡杜先生系着这种领带，赶紧替哥哥照样做了几条。可是巴黎人白天不用白领带，除非是老古板，上了年纪的金融家，或是一本正经的官吏。不但如此，可怜的吕西安从公园的铁栅望出去，看见李伏里街的人行道上走过一个杂货店的伙计，头上顶着一只篮，领带两头有他心爱的女工绣的花！那时仿佛一棍打着吕西安的胸口，这是我们感觉的中心，说不出是哪个器官的部位；人类自从有了感情以后，遇到强烈的快乐或痛苦，总要拿手去按那个地方的。读者认为以上的叙述幼稚可笑吗？有钱的人从来没尝到这一类的痛苦，当然觉得我说的情形恶俗，荒唐。可是不见得只有幸运儿和有权有势的人遭到困难，生活大起变化，才值得注意，可怜虫的苦恼就不值得注意。小百姓受的痛苦不是和大人物一样多吗？痛苦能使一切变得伟大。如果改动一下名词，谈的不是服装的美丑，而是什么勋章、荣誉、头衔，这些看上去很小的事情，不是也叫功业彪炳的生涯大起风波吗？况且对一般想冒充阔佬的人，服装问题的确关系重大；因为往往先要摆了空场面，以后才能撑起真场面。特·埃斯巴侯爵夫人是内廷总管的亲戚；各方面的名流，经过特别挑选的闻人，都在她府上出入；吕西安想起晚上要穿着这套衣服在她面前出现，不禁冷汗直流。

他看见圣·日耳曼区的青年子弟个个风流，漂亮，搔首弄姿，便恨恨地想道："我可真像药房老板的儿子，铺子里的小伙计！"那些哥儿们自有一种风度：清秀的外貌，高贵的气派，脸上的神态，显得他们彼此相像；可是又有各个不同的格局，显出每个人的特色。他们像台上的演员，会烘托自己的长处，这是巴黎的男人和女人同样精通的诀窍。吕西安沾着母亲的光，长得非常体面，这一点能给他多少便宜，他已经看清楚了；可惜他这块金子只是一块原料，不曾经过琢磨。他的头发剪得很难看。脖子里没有柔软的鲸鱼骨使他能高高地扬着脸，他觉得自己的尊容陷在衬衫的蹩脚领子里头；软绵绵的领带毫无支撑的力量，只得可怜巴巴地耷拉着脑袋。从安古兰末带来的靴子奇丑无比，哪个女人想得到里面的一双脚多么有样呢？他的所谓礼服只能算一个蓝布套，把他苗条的身段改了样，哪个青年会羡慕他呢？人家雪白的衬衫上纽扣多漂亮，哪像他的纽扣黄里泛红！所有时髦贵族的手套都极其讲究，吕西安的手套却和警察戴的一样！有的拿着精工镶嵌的手杖挥舞，有的衬衫装着硬套袖，配着小巧玲珑的金纽扣。一个男的一边和女人谈天，一边扭着手里的马鞭子，穿着细腰身的外套，钉绉边的裤脚管上溅着几点泥浆，踢马刺在地上叮叮当当，表示他快要上马，一个拳头大的小厮牵着两头牲口在一边等着呢。另外一个男人从背心袋里掏出一只表，像五法郎的银圆一样薄，看钟点的神气仿佛到这儿来赴约早了一步，或者迟了一步。吕西安从来没想到这些美丽的小玩意儿，真要看见了才知道有这么一大堆必不可少的无用之物，才明白没有大笔资金休想当一个漂亮哥儿！想到这里他直打寒噤。他越欣赏那般得意而潇洒的青年，越感到自己怪模怪样，走在街上不知前面通到什么地方，到了王宫市场还不晓得王宫市场在哪儿。向人打听罗浮宫，人家回答说："就是这里。"吕西安发现自己和眼前的世界隔着一条鸿沟，不知怎么跳过去，心里只想变得和苗条文雅的巴黎青年一样。所有的贵公子遇到打扮和相貌都像天仙似的妇女，没有一个不打招呼；如果这些女子肯给他一个亲吻，便是像高尼斯玛克伯爵夫人的侍从[①]一般头颅落地，吕西安也心甘情愿。同这般王后相比，路易士在他模糊的记忆中只能算一个老婆子。他遇到好几个妇女，后来全是十九世纪的历史人物，以才情、美貌、爱情而论，名气不会在前朝的后妃之下。吕西安看见一个才华绝世的姑娘，杰出的女作家台·都希小姐，她的笔名加米叶·莫班没有一个人不知道，她不但容貌出众，思想也高人一等；公园里男女游客都轻轻地提着她的名字。

吕西安心上想："啊！多有诗意！"

那个天使浑身都是青春和希望的光彩，前程远大，堆着温柔的笑容，漆黑的眼睛像天空一般广阔，像太阳一般热烈；相形之下，特·巴日东太太算得什么呢！台·都希小姐和斐尔弥阿尼太太有说有笑；斐尔弥阿尼太太也是巴黎最有风趣的一个女人。吕西安明明听见有个声音说："聪明才智是拨动社会的杠杆。"另外一个声音接着说："聪明才智要靠金钱做支点。"他眼看自己在公园里当场出

---

① 高尼斯玛克伯爵夫人（1668—1728），波兰王奥古斯德二世的情妇，有一个贵族为了爱她而送命。

丑，打了败仗，不愿意待下去了。他对本区的地形还没弄清，便问了路由，向王宫市场出发。他走进万利酒家点了几样菜，尝尝巴黎的乐趣，同时排遣他的苦闷。一瓶波尔多红酒，一盘奥斯当特牡蛎，一盘鱼，一盘鹧鸪，一盘意大利面条，几样水果，便是他最大的欲望。他一边享受这顿小规模的酒席，一边打算晚上在特·埃斯巴太太面前卖弄才情，拿丰富的学识来补救他不伦不类的猥琐的装束。饭店开出账单，总数是五十法郎，把他的梦惊醒了。他本以为五十法郎在巴黎可以过不少日子，谁知一顿晚饭就花掉他安古兰末一个月的用度。他走出豪华的饭店，恭恭敬敬带上门，决意从此不来了。

他穿过石廊回旅馆去拿钱，心上想："夏娃说的不错，巴黎的物价不是安古兰末的物价。"

他一路走一路欣赏时装铺子，想着白天看见的装束。"我这副不三不四的打扮绝不能去见特·埃斯巴太太。"他想罢，一阵风似的赶回迦亚-布阿旅馆，奔进房间，拿了三百法郎回王宫市场，预备从头到脚置办新装。他刚才看到有专门做靴子的，做内衣的，做背心的，理发的；体面的衣着穿戴，在王宫市场分散在十来家铺子里。他随便闯进一家时装店，老板拿出大批礼服，让他尽量试穿，保证每件都是最新的式样。等他走出铺子，已经买下一件绿色的礼服，一条白裤子，一件花色背心，总共花掉两百法郎。一会儿又觅到一双非常漂亮而合脚的靴子。各式各样的必需品买齐了，他叫一个理发师到旅馆去；各家铺子的东西也陆续送到。晚上七点，他跳上一辆出租马车赶往歌剧院，头发烫得像迎神赛会中的圣·约翰，背心，领带，无一不好看，只是第一次穿在身上，赛过背了一个硬壳，有点发僵。他按照特·巴日东太太的嘱咐，说要进内廷总管的包厢。检票员看他的漂亮衣衫好像借来的，神气活脱是个男傧相，便问他要票子。

“我没有票子。”

“那就不能进去。”检票员冷冷地回答。

吕西安说：“我是特·埃斯巴太太的客人。”

“这个用不着告诉我们。”检票员说着，和同事们不动声色地笑了笑。

那时门口回廊下面来了一辆轿车。跟班的小厮，吕西安已经认不得了，放下踏板，车上走出两个盛装的女人。吕西安唯恐检票员出言不逊叫他让路，自动闪在一旁。

检票员带着挖苦的口气对吕西安道：“先生，你说你认识特·埃斯巴侯爵夫人，她不是来了吗？”

吕西安狼狈得很，尤其换了新装，特·巴日东太太似乎认不得他了；直到吕西安走近，她才微笑着说：“你这打扮妙极了，来吧！”

检票处的职员又变得正经起来。吕西安跟在特·巴日东太太后面。她一边走上歌剧院的大楼梯，一边把吕西安介绍给弟媳妇。内廷总管的包厢在正厅和侧厅的拐角上，望得见全场；全场也望得见这个包厢。吕西安坐在特·巴日东太太的弟媳妇背后，很高兴躲在黑影里。

侯爵夫人口气怪亲热地说：“特·吕庞泼莱先生，你第一回上歌剧院，还是坐到前面这个位置上来，看得清楚些，不要客气。”

吕西安只得从命。歌剧第一幕快完了。

路易士看到吕西安改了样子，诧异之下凑着他耳朵说：“你很会利用时间。”

路易士还是原来的路易士。不幸她和一个时髦女子，特·埃斯巴侯爵夫人，巴黎的特·巴日东太太坐在一起，大大地吃了亏。光芒四射的巴黎女子使内地妇女的缺点格外显著。吕西安见识了这个豪华戏院中的风流人物，又看到身边这位大家闺秀，眼界大开，认清了可怜的阿娜依斯·特·奈葛柏里斯的真面目，同巴黎人眼中看出来的一模一样，只觉得她高大、干瘪、憔悴，皮肤长着红斑，头发也红得厉害，脸上到处是骨头，拿腔作势，自命不凡，说话酸溜溜的，土气十足，装束尤其难看！巴黎人的旧衣衫连褶裥都还有个款式，说得出名目，看得出原来的样子；内地人的旧衣衫却不知所云，只能叫人发笑。特·巴日东太太的相貌和衣服既不高雅，也不新鲜，丝绒和皮色同样斑驳。吕西安因为爱过这副乌贼鱼骨，暗暗惭愧，他想只要路易士再装出贞节的样子来，就跟她分手。吕西安眼力挺好，发现所有的手眼镜都向他这个标准贵族的包厢瞄准。一班最时髦的妇女边说边笑，准是在打量特·巴日东太太。看着人家的笑容和手势，特·埃斯巴太太知道她们为什么嘲笑，可是她满不在乎。第一，谁都看得出她的女客是内地来的穷亲戚，这是巴黎无论哪一家都有的。其次，大姑曾经提到自己的装束，表示担心：她安慰大姑，认为阿娜依斯打扮好了，巴黎人的举动态度很快就能学会。特·巴日东太太即使不懂交际场中的习惯，天生有种贵妇人的高傲，一股形容不出的气息，可以说是种族的标记。下星期一她就能扬眉吐气了。况且侯爵夫人很有把握，只要大家知道这女的是她的大姑，就会把冷嘲热讽暂且收起，等重新考察过后再下断语。吕西安万万想不到，脖子里裹上一条围巾，穿上一件美丽的衣衫，戴上一顶时行的帽子，再加特·埃斯巴太太的指导，路易士会有怎样的变化。刚才侯爵夫人已经在楼梯上嘱咐大姑别扬着手帕走路。雅俗之分就在这一类数不清的小地方，聪明的女子一来就懂，某些女人永远不能领会。特·巴日东太太一心向上，绝顶机灵，完全知道自己的毛病出在哪里。特·埃斯巴太太深信收下这个徒弟准有面子，也就乐于栽培。总之，两人之间有了联盟，彼此的关心使联盟更加巩固。特·巴日东太太忽然对当今的偶像崇拜得五体投地，被她的风度，才情，周围的人物，诱惑了，迷住了，为之神魂颠倒。特·埃斯巴太太有的是野心勃勃的贵妇人的神通，特·巴日东太太看出这一点，决意做她的卫星，利用她达到自己的目的，所以她毫不含糊地佩服弟媳妇。侯爵夫人看见有人一片天真地归附，当然高兴，觉得大姑无财无势，应当关切；并且她已经安排妥当，尽可以收个门徒，自成一派，巴不得叫特·巴日东太太做一个亲随，做一个奴隶，死心塌地地歌颂她；在巴黎妇女界中要觅这种角色，比在文坛上找一个始终回护你的批评家还要不容易。可是大众的好奇心表现得太明显了，初次露面的太太也不能不发觉：特·埃斯巴太太免得大姑难堪，故意把众人骚动的原因扯开去。

她说："只要有客人来，就好知道我们为什么引起那些太太们的注意……"

特·巴日东太太笑道："我疑心巴黎的太太们是笑我的旧丝绒衫和我的安古兰末脸孔。"

"不，不是你；事情有点蹊跷，我弄不明白。"特·埃斯巴太太说着，望了望诗人。她这是第一次瞧吕西安，觉得他衣服穿得古怪。

返老还童的老风流走进特·赛里齐太太的包厢，吕西安伸出手来指着说："那不是杜·夏德莱先生吗？"

吕西安一做这个手势，特·巴日东太太便恨恨地咬咬嘴唇；因为侯爵夫人诧异地瞪了一眼，微微一笑，仿佛很轻蔑地说："这年轻人这样不懂规矩！"特·巴日东太太感到自己的爱情受了屈辱，对一个法国女人来说，这是最难堪的刺激，她不能原谅情人丢她的脸。在那个社会里，小事情都变成大事情，一个手势，一句话，可以断送一个初出道的角色。上流人物的文雅的举动，谈吐，主要的优点是构成一个和谐的整体，样样都很融洽，没有一点棱角。即使为了无知或者思想一时冲动，不遵守这门学问的规律的人，也懂得社交和音乐一样，一个不谐和音就能毁掉整个艺术，不在细节方面履行所有的条件，艺术根本不能成立。

侯爵夫人指着夏德莱问："那一位是谁？难道你们已经认识特·

赛里齐太太了?”

“哦!原来她就是大名鼎鼎的特·赛里齐太太?事情闹了一大堆,还是到处有人招待!”

侯爵夫人回答说:“这种情形从来没听见过,我看不是没有原因,只是没人肯说!最有势力的男人都是她的朋友,为什么?谁也不敢追根究底。——那位先生难道是安古兰末的时髦人物吗?”

“杜·夏德莱男爵是大家谈论最多的人物,”阿娜依斯过去不承认崇拜她的人的爵位,到了巴黎,为着争自己的面子又承认了,“他曾经和特·蒙脱里伏将军出过远门。”

侯爵夫人道:“我每次听见蒙脱里伏的名字,都要想到特·朗日公爵夫人,可怜她像流星一般消灭了。”她又朝着一个包厢说:“那是特·拉斯蒂涅先生和纽沁根太太。她丈夫是个生意人,又开银行,又办企业,大规模地买进卖出,仗着财力挨进巴黎社会,听说纽沁根只要能扩充家业,不大考虑手段。他千方百计表示对波旁家忠心。他想到我家里来,已经试探过了。他的女人只道继承了特·朗日太太的包厢,就能继承特·朗日太太的风度、才情、声望!还不是喜鹊戴孔雀毛的老笑话!”

拉斯蒂涅在衣着上显出的高雅和奢华,叫吕西安看着奇怪,对特·巴日东太太说:“我们都知道,特·拉斯蒂涅老夫妇的收入不到三千法郎一年,怎么能供给儿子在巴黎的花费呢?”

侯爵夫人拿着手眼镜眺望,含讥带讽地说道:“听你的话就知道你是从安古兰末来的。”

吕西安没有听懂,只顾聚精会神望着几个包厢,料定对特·巴日东太太的评论和对他的注意都是从那里来的。另一方面,路易士因为侯爵夫人不把吕西安的相貌放在眼里,心中懊恼,私下想:“我本来以为他很美,原来也不见得!”一发觉他不怎么美,再进一步就会嫌他并不怎么风雅。台上刚好演完第一幕。杜·夏德莱过来问候特·加里里阿诺公爵夫人，她的包厢就在特·埃斯巴太太的隔壁；夏德莱向特·巴日东太太行礼，她也点头还礼。上流社会的妇女对什么都看得清清楚楚，侯爵夫人觉得杜·夏德莱落落大方。那时她包厢里陆续进来四个客人，——四个巴黎的名流。

第一个是特·玛赛先生，出名的会颠倒女性，长得像少女一般，是一种柔媚的、女性的美；可是目光炯炯，沉着，严厉，带点杀气，像老虎眼睛，叫人对他又爱又怕。吕西安也很美，但眼神那么温柔，蓝眼睛那么明净；一望而知不可能有女性所喜爱的那种力量和气魄。况且我们的诗人还没有显出他的长处；不像特·玛赛才气横溢，信心十足，不怕没人喜欢，衣着打扮和他的身材面貌非常合适，把周围的对手都比下去了。你们不难想象，在特·玛赛旁边，那矜持，拘束，窘相毕露，像身上的衣服一样新簇簇硬绷绷的吕西安，还成什么模样！特·玛赛说话尽可肆无忌惮，因为他口角俏皮，而说话的态度又妩媚动人。特·巴日东太太看侯爵夫人接待他的神气，便知道这个人势力不小。第二个是王特奈斯两兄弟中的一个，达德利爵士夫人曾经被他弄得声名狼藉。这青年性情和顺、风雅、谦虚，他的特点跟特·玛赛引以自豪的那一套恰好相反；当初他是侯爵夫人的表姊特·莫苏太太热烈介绍的。第三个，蒙脱里伏将军，便是断送特·朗日公爵夫人的人物。第四个是特·卡那利斯先生，当时最有名的诗人之一，年纪很轻，已开始走红；他对自己的贵族身份比对自己的才气更得意，故意向特·埃斯巴太太献殷勤，遮盖他对特·旭里欧公爵夫人的痴情。他尽管装腔作势，做得温文尔雅，照样看得出他热衷得厉害，后来果然卷入几次政治上的风暴。近于甜俗的漂亮，一味讨好的笑容，并不能掩饰他极端的自私和一刻不停的心计，因为他那时前途还有问题，不过从他看中四十开外的特·旭里欧太太以后，居然得到宫廷的宠幸和圣·日耳曼区的捧场，同时招来进步党的侮辱，被称为御用诗人。

特·巴日东太太见了这四个特别出众的人物，才明白为什么侯爵夫人不把吕西安放在眼里。听他们的谈话，每个人的思想都那么微妙、细腻，警句妙语比阿娜依斯在内地一个月中听到的内容更丰富，意义更深刻；大诗人还说了一句动人的话提到当时的科学成就，说得富有诗意；路易士这才懂得杜·夏德莱上一天说过的话，吕西安变得一文不值了。各个人望着可怜的生客不理不睬，冷淡得可怕；他坐在那里像一个不通言语的外国人，侯爵夫人也看着过意不去了。她对卡那利斯说："先生，允许我替你介绍特·吕庞泼莱先生，你在文坛上太有地位了，不会不照顾一个初出道的人。特·吕庞泼莱先生才从安古兰末来，需要你在那些表扬天才的人面前多多吹嘘。他还没有敌人攻击，没法借此成名。你们靠人家的仇恨得到的东西，他要靠友谊来得到，这不是很别致的事，值得一试吗？"

侯爵夫人说话的时候，四个客人才正眼望着吕西安。明明近在咫尺，特·玛赛却拿起手眼镜来瞧他；眼睛在吕西安和特·巴日东太太之间来回打转，神气很刻薄，特意把他们俩放在一起，使两人又羞又恨。特·玛赛打量他们像打量两个古怪的动物，脸上堆着笑容。这笑容等于把内地的大人物刺了一刀。法列克斯·特·王特奈斯带着怜悯的神气。蒙脱里伏瞪着吕西安，想看出他的底细。

特·卡那利斯先生弯了弯腰，说道："太太，我一定遵命，虽然我们为了个人的利益素来不帮助同行；可是您即使要求奇迹，也不难实现。"

"好吧，那就请你赏光，下星期一到我家里去和特·吕庞泼莱先生一同吃饭，你们可以谈谈文学，比这里谈得痛快一些。我再邀几个文坛上的霸主，提倡风雅的名流，把《乌里卡》的作者[①]和一班思

---

① 即特·丢拉斯公爵夫人（1777—1828），她的小说《乌里卡》写一个黑人女子乌里卡，也就是女主人公的名字。

想正确的青年诗人一起请来。”

特·玛赛道：“侯爵夫人是推荐先生的才气，我倒看中他的相貌，愿意做他的参谋，使他成为巴黎最得意的漂亮哥儿。那个时候再做诗人还来得及。”特·巴日东太太向弟媳妇望了一眼，表示感激。

蒙脱里伏和特·玛赛说：“没想到你还妒忌才子。有了幸福，诗人可完啦。”

“难道就为这个缘故，阁下想结婚吗？”特·玛赛问卡那利斯，借此试试特·埃斯巴太太听了是否动心。

卡那利斯耸耸肩膀；特·埃斯巴太太是特·旭里欧太太的朋友，听着笑了。

吕西安穿着新装觉得自己像放在匣子里的埃及雕像，又因为一句话都说不出，暗暗惭愧。终于他用柔和的声调对侯爵夫人说：“太太这样抬举我，那我非成功不可了。”

那时杜·夏德莱走进包厢。他急于抓住机会，要巴黎最得势的一个人，蒙脱里伏，在侯爵夫人面前撑他的腰。他向特·巴日东太太行了礼，请特·埃斯巴太太原谅他冒昧，说他和旅行的同伴分别太久了；蒙脱里伏和他在沙漠中分手以后，今天还是初次见到。

吕西安道：“啊，在沙漠中分别，在歌剧院相会！”

卡那利斯道：“真是戏剧式的团圆！”

蒙脱里伏把杜·夏德莱男爵介绍给侯爵夫人，侯爵夫人看见前任帝国公主的秘书在三个包厢中受到招待，便对他特别客气：特·赛里齐太太一向只接待有地位的人，何况杜·夏德莱还是蒙脱里伏的同伴。这个资格的确大有作用，特·巴日东太太发觉四个客人的语气、眼神、态度，把杜·夏德莱毫不考虑地当作自己人。他为什么在内地摆出那副不可一世的架势，娜依斯忽然弄明白了。最后杜·夏德莱看到了吕西安，冷冷地点点头。那种招呼的方式往往用来压低对方的身份，借此告诉上流人物他是个地位低微的家伙。夏德莱还露出冷笑的神气，仿佛说："他怎么会在这里的?"这个意思立刻有人领会了，特·玛赛凑着蒙脱里伏的耳朵说："你问问他这个古怪的青年是谁，穿得像时装店门口的木头模型。"说话的声音有心要夏德莱听见。

杜·夏德莱在蒙脱里伏耳边说了一会儿话，仿佛在那里叙旧，其实是把他的情敌攻击得体无完肤。吕西安想不到那些人才思维敏捷，对答中肯，他佩服他们的警句、妙语，而对于谈吐的诙谐，态度的自然，尤其感到惊异。白天他看到衣着的豪华大吃一惊，此刻又见识到思想的光彩。那些针锋相对的谈话、辛辣的议论，吕西安要思索半天才想出来，不懂他们有什么诀窍能脱口而出。五位交际家不仅言辞从容，穿着礼服也潇洒自如，衣服无所谓新，无所谓旧。身上没有一点耀眼的东西，可是样样引人注目。豪华的装束是今天的款式，也是昨天的、明天的款式。吕西安心下明白，自己的神气好像生平第一次穿礼服。特·玛赛和法列克斯·特·王特奈斯说："朋友，你瞧，小家伙拉斯蒂涅扶摇直上，像风筝一般！现在进了特·李斯多曼侯爵夫人的包厢，越爬越高了。噢！他架着手眼镜瞧我们来着！"然后时髦哥儿眼睛望着别处，对吕西安道："他大概认得阁下吧?"

特·巴日东太太道："他不会不知道特·吕庞泼莱先生的名字，我们都为了这样一个大人物感到骄傲；最近他给我们念几首极精彩的诗，特·拉斯蒂涅先生的妹子也在场。"

法列克斯·特·王特奈斯和特·玛赛向侯爵夫人告辞，到王特奈斯的姊姊，特·李斯多曼太太的包厢去了。第二幕正开始，包厢中只剩下特·埃斯巴太太，她的大姑和吕西安，客人都走了。有的去把特·巴日东太太的来历告诉一般妇女，她们正在为着她大惊小怪；有的去报告说来了一个诗人，嘲笑他的装束。卡那利斯回到特·旭里欧公爵夫人身边，不再来了。吕西安看着台上赏心悦目的表演很快活。特·巴日东太太为吕西安担的心事越发沉重，看出弟媳妇对吕西安的客气有上下之分，对待杜·夏德莱男爵的殷勤，性质完全两样。台上演第二幕的时候，特·李斯多曼太太的包厢始终挤满着人，似乎为了议论特·巴日东太太和吕西安，兴奋得很。年轻的拉斯蒂涅明明在那里逗笑，叫人开心。巴黎的风气每天都需要新鲜的材料取乐，急于把眼前的题目谈个痛快，一下子谈到腻烦为止。特·埃斯巴太太心绪不宁，料定说长道短的话很快会传到她得罪过的人耳里。她只等休息时间来到。像吕西安和特·巴日东太太那样对自己的感情开始反省，一下子就有意想不到的情形发生：内心的突变是按照一套后果迅速的规律进行的。杜·夏德莱从杂剧院回去，批评吕西安的那番又世故又巧妙的话，路易士始终记着。他的话句句是预言，而吕西安还竭力证实每一句话。先是吕西安对特·巴日东太太的幻想，跟特·巴日东太太对吕西安的幻想同样破灭了；其次，可怜的青年命运有点像约翰-雅各·卢梭，并且学卢梭的样，迷上特·埃斯巴太太，对她一见生情。凡是青年人或者能回想到自己青春时期的成年人，都不难理解这一类的痴情是完全可能的、自然的。那身段苗条的女子，多么气派，多么有地位，人人艳羡，王后一般，小动作十分可爱，谈吐高雅，声音又那么细气，在诗人心目中等于在安古兰末见到的特·巴日东太太。吕西安逞着反复无常的性子，马上想投靠这个有权有势的后台，觉得最好是占有她，那么功名富贵，样样到手了！在安古兰末做得到的事为什么在巴黎就做不到呢？尽管歌剧院中的幻景对他非常新鲜，他的眼睛却受着雍容华贵的赛里曼纳[1]吸引，老是情不自禁地往她那边溜过去，而且越看越想看！特·巴日东太太撞见吕西安的火辣辣的眼风，便

---

① 莫里哀喜剧《厌世者》中的人物，已成为弄情卖俏的女人典型。

暗暗留神，发觉他对台上远不如对侯爵夫人关切。吕西安若是为了达诺斯的五十个女儿[1]变心，她倒还能忍受；可是有一回吕西安的目光特别放肆，特别热烈，意义特别明显，让特·巴日东太太看破了心事，她可不能不嫉妒了，虽然她的嫉妒不是为了将来，而是为了过去。她心上想："他从来没有这样瞧过我。天哪！夏德莱说得不错！"于是她承认自己爱错了人。女人一朝后悔她不该心肠太软，就好比手里拿着海绵，非要把印在心上的痕迹一起抹掉不可。吕西安瞧一眼侯爵夫人，特·巴日东太太便多一番气恼，可是面上仍旧若无其事。

休息时间，特·玛赛又来了，还带着特·李斯多曼先生。老成持重的人物和自命不凡的公子哥儿，不一会儿都告诉骄傲的侯爵夫人，说她不幸得很，带在包厢里的那个穿着新衣服像傧相一般的家伙，根本不叫什么特·吕庞泼莱先生，正如犹太人根本没有受洗的名字。吕西安是个药房老板的儿子，姓夏同。特·拉斯蒂涅先生熟悉安古兰末的情形，嘲笑侯爵夫人称为大姑的那个木乃伊似的女人，说她大概要经常吃药才能维持她虚假的生命，所以很小心，随身带着药剂师。两个包厢的人听着乐死了。巴黎人为了一时痛快说的许多事过即忘的刻薄话，特·玛赛也搬了几句给侯爵夫人听；其实那些话背后躲着一个夏德莱，出卖朋友的勾当就是他干的。

特·埃斯巴太太用扇子遮着脸对特·巴日东太太说："亲爱的，请你告诉我，你提拔的那个青年是不是真的叫作特·吕庞泼莱？"

阿娜依斯不好意思地回答说："他是用他母亲的姓。"

"他父亲姓什么呢？"

"夏同。"

---

① 当晚演的歌剧叫作《达娜依特》，原是古希腊神话中达诺斯的女儿。共有五十个。

“夏同是干什么的?”

“是个药剂师。”

“好朋友，我早知道，你是我正式承认的亲属，巴黎没有人能开你玩笑。我可不愿意同一个药房老板的儿子在一起，让那些轻薄的家伙跑来看着开心。你要是相信我的话，咱们俩一块儿走吧，马上就走。”

特·埃斯巴太太忽然神态傲慢，吕西安猜不透自己在哪一点上使她变了脸色。他只道他的背心花色恶俗，那倒是事实；又道是礼服的式样过火，那也是事实。他暗暗懊恼，认为他的服装非另请高明不可，决意明天去找一个最出名的裁缝，下星期一才能在侯爵夫人家跟碰到的男人见个高下。他虽然想得出神，眼睛可始终盯在台上，留心第三幕。他一边看着华丽无比的场面，一边想入非非，在特·埃斯巴太太身上打主意。他正热乎乎地想着新生的爱情，明知困难极大也不放在心上，以为必定能克服；不料对方突然冷淡，大大挫折了他的锐气，他定了定神，想再瞧瞧他崇拜的新人；不料回过头去，一个人都没有了。他刚才听见一些轻微的响动，原来是关包厢的门；特·埃斯巴太太带着她的大姑走了。吕西安被她们突然之间丢下，诧异得了不得；可是因为无法解释，也就不去多想。

两个女人上了车，在黎希留街上往圣·奥诺雷城关进发，侯爵夫人发起话来，隐隐然带着怒意。她说：“亲爱的朋友，你打的什么主意？要关切一个药房老板的儿子，也得等他真正出了名。特·旭里欧公爵夫人至今没有承认卡那利斯是她的知心朋友，而卡那利斯已经赫赫有名，还是个世家子弟。这个青年既不是你的儿子，也不是你的情人，是不是?”那骄傲的女子说着，明亮的眼睛把大姑追根究底地瞧了一眼。

特·巴日东太太心上想：“还算运气，不曾让那小子过分接近，什么也没有给他。”

侯爵夫人认为大姑的眼神等于回答了她的话，便接着说：“那么，好，我劝你就此放手吧。哼！冒用一个旧家的姓？……这样胆大妄为的举动，社会绝不轻易饶恕。我相信那的确是他母亲的姓；不过，亲爱的，你该想到只有王上有权下一道上谕，把吕庞泼莱的姓赐给他们族里的外孙。倘若那小姐嫁的是个身份低微的丈夫，王上的特许便是极大的恩典，要有巨万的家私，不小的功劳，还得大人物保举。他的打扮完全像小商人穿了新衣衫，可见他没有钱，也不是绅士；长相固然好看，可是傻得厉害，既没有风度，也没有口才，总之是没有教养，你怎么会提拔他的？”

特·巴日东太太已经不认吕西安，正如吕西安暗暗否认她一样，她心惊胆战，唯恐弟媳妇知道她旅行的真相。

“唉，亲爱的弟媳妇，我连累了你，真过意不去。”

“我不会受连累，”特·埃斯巴太太微笑道，“我是为你着想。”

“可是你约他星期一吃饭呢。”

侯爵夫人气冲冲地回答：“到时我推说不舒服就完了。你不妨通知他一声。我会吩咐当差，不管他报出哪一个姓来，一律挡驾。”

吕西安在戏院里看大家在休息时间上大客厅散步，也想去走走。先头来过特·埃斯巴太太包厢的人没有一个跟他打招呼，好像根本没看见他，叫内地诗人大为奇怪。接着，他想接近杜·夏德莱，杜·夏德莱却冷眼觑着他，老是回避。最后吕西安看着在休息室中踱来踱去的人物，觉得自己的装束太可笑了，便回去躲在包厢的一角，不再露面。下半场他一忽儿聚精会神，欣赏第五幕中场面伟大的芭蕾舞，其中“地狱”一场尤其出名；一忽儿专心望着池子，把一个一个包厢瞧过去；再不然对着巴黎的上流社会沉思默想。

他对自己说：“这就是我的天下！就是要我去征服的社会！”

他走回旅馆，一路想着那些跑来奉承特·埃斯巴太太的人说的话；他们的态度、举动，进来出去的功架，都回到他脑子里来，印象非常清楚。第二天中午，他第一桩正经事是去找当年最出名的裁缝斯多勃。一半靠央求，一半靠现钱，讲妥衣服下星期一交货。斯多勃居然答应做一件绝顶漂亮的外套、一件背心、一条长裤，赶上他那个重要的日子。吕西安在专做内衣的铺子里定了衬衫，手帕，小小的一套行头；叫一个有名的鞋匠量了脚寸做鞋子靴子，向凡尼埃买了一根精致的手杖，向伊朗特太太买了手套，衬衫上的纽扣。总之，他要和花花公子装扮得一模一样。等到一心向往的东西备齐了，他就上卢森堡新街，可是路易士出去了。

阿倍蒂纳说："她在特·埃斯巴太太家吃饭，要很晚才回来。"

吕西安在王宫市场一家小饭店里吃了两法郎一顿的晚饭，很早睡了。星期日上午十一点，他去看路易士，路易士还没起床。下午两点，他又去了。

阿倍蒂纳和他说："太太还不见客呢，不过她有个字条给你。"

"她还不见客呢，"吕西安重复了一句，"我可不是外人……"

"那我不知道。"阿倍蒂纳说话的态度很不客气。

吕西安觉得诧异的还不是阿倍蒂纳的回答，而是特·巴日东太太有信给他。他接过来在街上念了，没想到是一封使他绝望的短信：

> 特·埃斯巴太太身体违和，星期一不能招待你了。我也不大舒服，可是还得换了衣衫，到她府上去陪她。我为这个小小的波折很抱歉；但是想到你的才具，我很放心，你将来一定能凭着真才实学在社会上成名。

"连签名都没有！"吕西安这么说着，到了蒂勒黎，根本不觉得自己在走路。有才能的人都有预感，吕西安疑心这封冷淡的信是大祸临头的预兆。他神思恍惚，只管向前走着，望着路易十五广场上的纪念像。那日天气很好，漂亮的车子络绎不绝，往天野大道进发。吕西安跟在大批散步的人后面，只见那一带和每个晴朗的星期日一样，挤满了三四千辆车，好比龙乡赛马场。马匹、服装、号衣，一派奢华的场面看得吕西安头晕眼花；他一路行来，到了正在动工的凯旋门前面。回来的时候，迎面瞥见特·埃斯巴太太和特·巴日东太太坐着一辆敞篷车，套着精壮的牲口，车后站着跟班的小厮，小厮头上羽毛招展，吕西安还认得他金线绲边的绿号衣。他愣了一愣。前面交通阻塞，车辆一起停下。吕西安这才发觉路易士改头换面，认不得了：衣衫的颜色正好衬托她的皮肤；袍子美极了；头发梳得挺有样子，完全配合她的脸蛋；大方的帽子便是在时装领袖特·埃斯巴太太的帽子旁边也还显得别致。戴帽子本来有一种说不出的诀窍：过分往后显得放肆，过分往前近乎阴险，偏在一旁又透着轻佻；可是大家闺秀随心所欲地戴上去就很得体。这个难题，特·巴日东太太一下子就解决了。美丽的腰带勾勒出她苗条的身段。她学会了弟媳妇的举动、功架；坐也坐得跟她一样，右手的手指上绕着一根绝细的链子，系着一个玲珑可爱的小香炉，捏着玩儿，借此露出她细气的手和讲究的手套，而不像故意卖弄。总之，她一举一动都和特·埃斯巴太太差不多，而不是依样画葫芦的模仿，她不愧为侯爵夫人的大姑，侯爵夫人对她的学生也很得意。在人行道上散步的男男女女都注意这辆华丽的车子，背对背竖的两块盾牌画着特·埃斯巴和勃拉蒙-旭佛里两家的纹章。吕西安看见招呼姑嫂俩的人那么多，好不诧异；他想不到巴黎二十来个沙龙组成的上流社会，都已知道特·巴日东太太和特·埃斯巴太太的亲属关系。骑在马上兜风的青年过来簇拥着车子，陪姑嫂俩向蒲洛涅森林进发，吕西安认出特·玛赛和拉斯蒂涅也在其内。看他们的手势，不难猜想两个臭得意的哥儿正在恭维特·巴日东太太的变化。特·埃斯巴太太风度十足，精神饱满；可见她的不舒服是假的，不愿招待吕西安是真的，因为她并不另约一个日子请他吃饭。诗人又气又恨，慢慢地朝着车子走过去，等两个女人瞧见他了，向她们行了一个礼，特·巴日东太太只作不看见，侯爵夫人拿手眼镜把他照了一下，根本不睬。巴黎贵族糟蹋人的方式，和安古兰末的贵族不一样：乡下绅士伤害吕西安，至少还承认他的力量，把他当作一个人；在特·埃斯巴太太眼中，他压根儿不存在。这不是宣判，干脆是不受理。特·玛赛架起手眼镜打量他的时候，可怜的诗人身子凉了半截；时髦哥儿放下手眼镜的姿势古怪透了，给吕西安的感觉仿佛断头台上的铡刀直砍下来。车子过去了。诗人遭了轻蔑，怒不可遏，心里只想报仇：要是他能抓住特·巴日东太太，准会把她当场勒死；他恨不得变作夫几埃-丹维尔[①]，把特·埃斯巴太太送上断头台；还要叫特·玛赛尝尝野蛮人想出来的稀奇古怪的毒刑。他瞧见卡那利斯骑着马走过，风流潇洒，俨然是个最会趋奉的诗人，一路上向最漂亮的妇女打招呼。

吕西安心里想："天哪！无论如何要有钱！这个社会只有见了黄金才下跪。"接着又听见良心的呼声对他嚷着："不！还是成名要紧，要成名就得用功。对，用功！大卫说的就是这句话。天哪！为什么我要到这里来？可是我一定成功！一定能坐着敞篷车，带着跟班，在这条林荫道上兜风！一定能把特·埃斯巴侯爵夫人一流的妇女弄到手！"

吕西安说着这些气话，在于朋饭店吃了一顿两法郎的晚饭。第二天早上九点，他上路易士家，打算去埋怨她不该那么冷酷，谁知非但特·巴日东太太不接见，门房还不准他上楼。他在街上张望，一直守到中午。中午，杜·夏德莱从特·巴日东太太家出来，眼梢里瞥见吕西安，立刻躲开。吕西安气坏了，紧紧跟着他的情敌。杜·夏德莱眼看他快追上了，只得掉过身来点点头，想打了招呼溜

① 夫几埃-丹维尔（1746—1795），法国大革命时代控诉贵族的检察长。

之大吉。

吕西安道："对不起，先生，请你慢走一步，让我说几句话。你一向待我很好，希望看在过去的友谊分儿上，帮我一点小小的忙。你从特·巴日东太太家出来，请你告诉我为什么她和特·埃斯巴太太忽然对我冷淡？"

杜·夏德莱装着忠厚的样子回答说："夏同先生，两位太太把你丢在歌剧院，你知道为什么？"

"不知道。"可怜的诗人说。

"告诉你，你一开始就吃了特·拉斯蒂涅先生的亏。人家向他打听你的来历，他老老实实说你姓夏同，不是姓吕庞泼莱；说你母亲服侍产妇；你父亲生前在安古兰末的乌莫镇上开药房；你妹子是个挺可爱的姑娘，衬衫烫得再好没有，快要嫁给安古兰末的印刷商赛夏。上流社会就是这样。你想出头吗？他们要查究你的出身。特·玛赛先生在特·埃斯巴太太面前把你挖苦了一阵；两位太太生怕在你旁边受累，赶紧溜了。你不用想再上她们家去。特·巴日东太太如果再和你来往，她的弟媳妇便不理她了。你有的是天才，想法报复吧。社会瞧不起你，你也瞧不起社会就是了。躲到阁楼上去，写出伟大的作品来，想办法培养一种势力，大家便对你俯首帖耳；那时你受的羞辱可以照样回敬。特·巴日东太太以前对你越好，以后越要躲开你。这是女人的心理。目前问题不在于争回阿娜依斯的友谊，倒是别让她变作你的敌人，我告诉你一个方法。她给你写的信，你通通还给她，这种君子作风她一定领情；以后你要是用得着她，她不至于和你作对。至于我，我相信你前程远大，到处替你辩护；便是现在，只要有什么地方能替你效劳，我没有不乐意的。"

过时的美男子在巴黎的气氛中返老还童了，他向吕西安冷冷地客客气气地告别；吕西安垂头丧气，脸色那么苍白，精神那么涣散，竟顾不得还礼。他回到旅馆，看见斯多勃等着。裁缝亲自上门，与其说替他试新装，——事实上也替他试了，不如说向迦亚-布阿旅馆的老板娘打听陌生主顾的经济情形。吕西安来的时候坐着包车，上星期四特·巴日东太太用马车把他从杂剧院送回旅馆。斯多勃觉得情形不坏，称吕西安为伯爵，又夸耀自己的手艺，说是把吕西安的漂亮身段完全显出来了。

他说："年轻人穿了这样的衣衫，尽可上蒂勒黎散步，要不了半个月，准会娶到一个有钱的英国小姐。"

德国裁缝[①]的笑话，高雅大方的衣服，细洁的料子，在镜子里看到自己的风度，这许多小事情减少了一些吕西安的愁闷。他隐隐约约觉得巴黎有的是机会，相信自己不难碰到，他不是有一部诗稿，一部精彩的小说，《查理九世的弓箭手》吗？前途大有希望。斯多勃答应第二天送外套和别的衣衫来。

第二天，做靴子的、做内衣的、做礼服的，一起带着发票来了。吕西安既不知道怎样打发他们，也没有忘掉内地的习惯，通通付了现款。付清了账，带来的两千法郎只剩三百六了，而他还不过来了一星期！可是他照样穿起衣衫，到修院平台走了一转。他出了一口气。他穿得那么体面、那么漂亮、那么风流，好些妇女望着他，有两三个受着他美丽的相貌吸引，还回过头来瞧他。吕西安揣摩青年们走路的姿势、动作，一边想着他的三百六十法郎，一边学那些高雅的姿态。

晚上他独自待在房内，想把住在迦亚-布阿旅馆的生活问题弄弄清楚。平日他自以为省钱，在旅馆里吃最简单的早饭。他仿佛要搬走的样子，叫旅馆开账，发现他欠了上百法郎。下一天，想起大卫说过拉丁区物价便宜，就赶往那儿，找了半天，终于在格吕尼街，

① 德国人斯多勃当时是巴黎最有名的裁缝，一八二一年时铺子开在黎希留街。

靠近索蓬纳[1]，找到一家破烂的旅馆，租下一个房间，租金正合乎他预定的数目。他马上付清迦亚-布阿旅馆的账，当天搬往格吕尼街。除了雇一辆街车，没有花别的搬家费。

吕西安在他寒碜的房间里安顿定当，把特·巴日东太太的信集中一处，包起来放在桌上，没有动笔之前，先对这一个倒霉的星期思索了一番。他不承认，在没有想到路易士在巴黎会发生变化的时候，自己先糊里糊涂地变了心；他看不见自己的过失，只看见眼前的处境；责备特·巴日东太太非但不指引他，反而断送他。他愤恨交加，傲气十足，逞着一腔怒火写了一封信。

> 太太，有这么一个女人，不知你对她怎么看法：她看中一个可怜的胆怯的孩子，这孩子抱着许多高尚的，后来被人叫作幻想的信念；那女人卖弄风情，拿她的聪明机智和假装的母爱，引诱孩子走上歧路。甜言蜜语的许愿，叫孩子听得出神的空中楼阁，在她嘴里都不算一回事。她抓住孩子，带在身边，一忽儿埋怨他信心不足，一忽儿把他奉承夸奖。等到孩子抛弃了家族，闭着眼睛跟那女人走了，那女人却带他到汪洋大海边上，笑盈盈地叫他登上一条单薄的小艇，逼他孤苦伶仃，无依无靠地在暴风雨中漂出去；她站在岩石上笑着，祝他一路顺风。那女人就是你，那孩子就是我。孩子手中有一样纪念品，可能暴露你施舍的罪过和遗弃的恩典。一旦你碰见孩子在波涛中苦苦挣扎，而如果你想到你曾经把他抱在怀中的话，恐怕你也免不了脸红。可是你看到这封信的时候，那纪念品已经在

① 巴黎大学文科理科的校址，十三世纪时路易九世的忏悔师索蓬在此创办神学院，至今沿用其名，称为索蓬纳。

你手上了。你尽可忘掉一切。当初你指着天上，叫我看着美丽的希望，如今我在巴黎的泥淖中只看见悲惨的现实。将来你在显赫的社会里光芒四射，受人敬爱；而我，被你带到了那个社会的门口，又被你丢在破烂的阁楼上直打哆嗦。你在欢乐场中说不定会受到良心责备，想到被你投入深渊的孩子。可是，太太，你不必内疚。那孩子尽管穷愁潦倒，还愿意把他仅有的一样东西奉送，就是在最后瞧你一眼的时候宽恕你。是的，太太，为着你，我弄得一无所有了。可是世界不就是无中生有造出来的吗？天才应当效法上帝，我学了他的宽容，不知是否能具备他的力量。只要我不走上邪路，你无须担心；万一我堕落，你可逃不了责任。我要用工作去猎取荣名，可惜那荣名绝对没有你的份了。

这封浮夸的信充满着沉痛的傲气，那是二十一岁的艺术家往往表现得过分的。吕西安写完了信，一颗心飞回老家，看到大卫牺牲了一部分积蓄替他装修的美丽的房间；他曾经体味过的安静、朴素、小康的乐趣，历历如在眼前；周围全是母亲、妹子、大卫的形象；他们临别的哭声又听见了，他自己也不由得哭了，因为他一个人在巴黎，没有朋友，没有依傍。

过了几天，吕西安写信给妹妹。

亲爱的夏娃，做姊妹的特别不幸，只要听到献身于艺术的弟兄报告生活，心里总是苦多乐少，现在我就怕加重你的心事。你们不是都为我做了牺牲吗？我不是把你们每个人都拖累了吗？我想着过去的日子，家庭中的快乐，才能忍受眼前的孤独。在巴黎尝到了初步的苦难和初步的幻灭以后，我怎么能不超越我们之间的距离，像老鹰一般快快地飞回老巢，到真正爱我的环境中来呢？你们的灯光有没有闪动？灶肚里的木柴有没有滚下来？耳朵里有没有嗡嗡的响声？母亲可曾说：——吕西安想念我们？大卫可曾回答：——他在人海中挣扎？亲爱的夏娃，这封信我只写给你一个人。将来我遇到的善恶祸福也只敢告诉你一个人。说到善恶也真可叹：世界上应当善多恶少，而这里偏偏相反。你只要听我几句话就能知道许多事情：特·巴日东太太觉得我丢了她的脸，到这儿第九天就翻脸不认人，把我打发了，赶走了。她见了我掉过头去；而我因为她要捧我出台，因为要跟着她踏进上流社会，在安古兰末好不容易张罗的两千法郎已经花了一千七百六。你不是要问怎么花的吗？唉！可怜的妹妹，巴黎真是一个怪地方：十八个铜子可以吃顿饭，上等酒家最普通的一餐要五十法郎；有四法郎的背心，有两法郎的裤子，时髦裁缝少了一百法郎不给你做，雨天街上积水，过街要付一个铜子。不管路程多近，雇一辆车至少一法郎六十生丁。我住过了繁华地段，如今搬在格吕尼街，巴黎最破落最黑的一条小街，挤在三座教堂和索蓬纳的古老建筑之间。我在格吕尼旅馆住着五层楼上的一个房间，空无所有，脏得厉害，房租还得十五法郎一月。中午吃一块两个铜子[①]的小面包，一个铜子牛奶；晚饭在弗利谷多饭店吃，二十二个铜子一顿，吃得挺好，铺子就在索蓬纳广场，到冬天为止，每月开销不至于超过六十法郎，至少我这么希望。开头四个月，我的二百四十法郎可以对付了。四个月内，《查理九世的弓箭手》

① 一法郎合二十铜子，也等于一百生丁。

和《长生菊》大概能卖出去。因此你绝对不用为我担忧。目前固然冷冰冰的，又清苦又寒碜，前途却是美妙的，富裕的，灿烂的。最近的变故使我受了伤害，可没有把我压倒。多数大人物全受过这一类的挫折。伟大的喜剧诗人普劳德做过磨坊伙计。马基雅弗利的《论霸主》是夜晚写的，白天还不是和工人们在一起？了不起的塞万提斯在来邦德战役出过力，丢了一条胳膊，被当时一般不入流的文人叫作下贱的独臂老头；不朽的《堂吉诃德》写了第一部，隔了十年才完成第二部，因为没有人肯印。现在的局面不至于到这一步。只有怀才不遇的人才苦闷潦倒；作家出了名就有钱，将来我一定有钱。我此刻完全靠思想过日子，大半天的时间在圣·日内维埃佛图书馆补足我缺少的学识，不下这番苦功绝不能有大发展。所以我差不多快乐了。仅仅几天工夫，我已经高高兴兴地适应我的处境。天一亮我就做我喜欢做的工作，不用担心生活；我想得很多，我研究学问，退出了上流社会，虚荣心不再时时刻刻受委屈以后，还有什么能伤害我呢？一个时代的伟人应该离群索居。他们不是森林中的鸟吗？只管歌唱，让自然界听着出神，不叫一个人看见。我预备这样做，只要能实现我宏伟的计划。我失去特·巴日东太太毫不惋惜。这种作风的女人根本不值得想念。我也不懊悔离开安古兰末。那女的把我扔在巴黎独自打天下，倒是对的。巴黎是作家、思想家、诗人的乡土。唯有这儿能培养一个人的声名；而声名所产生的美丽的果实，我已经看到了。唯有这儿，在博物馆中和私人的收藏中，作家能看到以往的天才的不朽的作品，使我们的想象受到鼓舞和刺激。唯有这儿，在规模宏大、终年开放的图书馆中，能找到知识和精神食粮。

总之，巴黎的空气和一切极细微的事情都有一种精神，文艺作品受到感染而反映出来的也就是这种精神。在咖啡馆或者戏院里谈半小时话，比在内地住上十年学到更多的东西。的确，这儿样样值得你观看、比较，样样能提供你知识。物价贵到极点，也便宜到极点，这就是巴黎。每只蜜蜂能在这里找到它的蜂房，每颗心灵都有适合它的养料可以吸收。即使眼前苦一些，我并不后悔，美丽的远景摆在面前，我的心虽然痛苦了一个时候，看到前途也快慰了，再见了，亲爱的妹妹，别希望我经常写信，巴黎有一个特点，就是你不知道时间是怎么过的。生活的速度快得惊人。我热烈拥抱母亲，大卫和你。

二　弗利谷多

许多人都记得弗利谷多的名字，他的铺子可以说是解决饥饿，救济贫穷的庙堂。王政复辟最初十二年间住过拉丁区的大学生，很少不是弗利谷多的老主顾。晚饭一共三道菜，加上一壶葡萄酒或者一瓶啤酒，定价十八铜子，多付四个铜子就能有整瓶的酒。同行的招贴上印着“面包尽量”几个大字，就是说不怕客人“过量”；这种营业方针使那位照顾青年的老板不曾发大财。好些显赫的要人都经过弗利谷多哺育。在索蓬纳广场和黎希留新街的拐角上，不少名流一看见装着小格子的玻璃门面，心中便浮起许许多多无法形容的回忆，觉得意味深长。七月革命[①]以前，弗利谷多的儿子孙子从来没改动门面，玻璃老是那暗黄的色调，一派古老稳重的气息表示他们不喜欢招揽顾客的外表。现在的饭店老板几乎都拿中看不中吃的玩意

① 指一八三〇年七月推翻工政复辟的法国资产阶级革命。

儿做广告，橱窗里陈列的有扎成标本一般，根本不预备烧烤的野味；有稀奇古怪的鱼，正如唱滑稽的说的“我瞧见一条出色的鲤鱼，要买也不妨等上十天八天”；还有名为时鲜而早已落市的蔬果，摆得五花八门，给士兵和他们的乡亲看着取乐。老实的弗利谷多不来这一套，只用一再修补的生菜盆装满煮熟的李子，叫顾客看了眼睛舒服，知道别家饭店在招贴上大吹特吹的“饭后点心”，在这儿不是一句空话。六斤重的面包切成四段，保证“面包尽量”的诺言。这就算铺子的排场了。主人的姓大有文章可做①，如果早生两百年，莫里哀准会替他扬名。弗利谷多饭店至今犹存，只要大学生想活下去，那铺子一定能开下去。大家在那儿照常吃饭，东西既不多，也不少；吃的时候也像工作的时候一样，心情或者阴沉，或者开朗，看各人的性格和情形而定。那有名的铺子当时有两间又长、又窄、又矮的餐厅，凑成一个直角，一间面对索蓬纳广场，一间面对黎希留新街。桌子特别长，颇有修道院风味，不知从哪个修院饭厅搬来的，刀叉旁边的饭巾套着湛亮的白铁箍，刻着号码。在老弗利谷多手里，桌布每逢星期日更换一次，据说后来弗利谷多的儿子改作一星期换两次，因为同行竞争，老店受到威胁。这铺子好比一个工具齐备的工场，而不是豪华富丽，大开筵席的礼厅，客人吃完就走。店里忙得很，侍应的人来来去去，从来不闲着，大伙都在干活，没有一个多余的人。菜的品种不多。马铃薯终年不断，爱尔兰一个马铃薯没有了，到处绝迹了，弗利谷多照样供应：三十年来始终煎得黄黄的，像提香②喜欢用的那个色调，上面散着细末子的菜叶，面目不变，叫唯恐衰老的妇女看了眼红，一八一四年看到的马铃薯，你到一八四〇年再去看，保证没有分别。店里的羊排和里脊牛排，相

① 与弗利谷多读音相近的一个字，叫作弗利谷端，意思是好吃的人，或是专图非法利益的人，正好和开饭店的弗利谷多性格相反。

② 提香（1477—1576），意大利文艺复兴时期威尼斯派大画家。

当于万利酒家的松鸡和鲟鱼片，算是了不起的名菜，需要早上预定。母牛肉不少，小牛肉很多，做成各种新鲜花样。大批的鳕鱼和青花鱼在大西洋沿岸一出现，弗利谷多铺子就大批涌到。一切都跟蔬菜的交替和法国时令的变化息息相关，你在那里知道的事都是有钱的、有闲的、不关心自然界顺序的人从来想不到的。拉丁区的大学生在弗利谷多饭店里知道的季节最正确：他知道什么时候大豆和豌豆丰收，什么时候白菜在中央菜场泛滥，哪种生菜货源充足，萝卜是不是歉收。民间向来有种无稽之谈，说牛排的供应和马的死亡率有关[①]；吕西安住进拉丁区的时节又在流行这样的话。像弗利谷多铺子里那种动人的景象，巴黎很少饭店看得见。那儿有的是青年人的朝气、信心，不怕穷苦的自得其乐的精神；当然，表情激烈，严肃，又阴沉又骚动的脸不是没有。大家穿着很随便。熟客一朝衣冠端整地上门，立刻有人注意。谁都知道那不是去会情人，便是上戏院或者到上流社会去交际。据说后来成为名流的几个大学生，当初就在那饭店里订交的，你们看下文就知道。除了一般为着同乡关系，在桌子尽头坐在一处的青年之外，吃饭的人大都一本正经，难得眉开眼笑，或许因为喝的是淡酒，兴致不高。弗利谷多的老主顾可能还记得某些神态抑郁、莫测高深的人，身上仿佛裹着贫穷的冷雾，吃了两年饭，忽然像幽灵似的不见了，便是最爱管闲事的熟客也摸不清他们的底细。至于在弗利谷多铺子交了朋友的人，往往到邻近的咖啡馆去喝一杯又浓又甜的杂合酒，或者来一盅掺烈酒的咖啡，借着暖烘烘的酒意巩固他们的友谊。

吕西安搬进格吕尼旅馆的初期，像进教不久的人一样，行动拘谨，很有规律。他对高雅的生活有过惨痛的经验，把活命之本送掉以后，拼命用起功来。可是这股第一阵的劲道很快要被巴黎的艰难

① 法国肉类中以马肉价为最贱，故常有人疑心某些牛肉是马肉冒充的。

困苦和繁华的诱惑打消的，无论过的是最奢侈的还是最清苦的生活；除非你真有才能而拿得出顽强的毅力，或者为了雄心壮志下着破釜沉舟的决心。吕西安下午四点半就上弗利谷多铺子，他发觉早去有好处，饭店里花色比较多，爱吃的菜还能叫到。他像一切富于想象的人一样，特别喜欢某一个位置，他挑的座证明他眼光不错。吕西安第一天走进饭店，从座客的相貌和偶尔听到的谈话上面，发现靠近账台的一张桌子坐的是文艺界朋友。其次，他自然而然感觉到坐在账台附近可以同饭店主人攀谈，日久相熟了，手头不宽的时候也许能通融欠账。因此他拣了账台旁边的一张小方桌，桌上只放两份刀叉，两条白饭巾不用箍，大概是招待随来随去的客人的，同桌的是个又瘦又苍白的青年。似乎跟吕西安一样穷，清秀的脸已经有些憔悴，破灭的希望使他脑门显得疲倦，在他心上留下许多沟槽，而播的种子没有长出芽来。由于这些残余的诗意，无法抑制的同情，吕西安很想接近那个陌生人。

他姓罗斯多，名叫埃蒂安纳。安古兰末诗人花了一星期工夫，殷勤凑趣，跟他攀谈，交换一些感想，把他当作第一个谈话的对手。两年以前，埃蒂安纳像吕西安一样离开本乡，贝里地区的一个城市。他的指手画脚的动作，明亮的眼睛，有时很简短的说话，流露出他对文艺生涯有些辛酸的经验。他从桑赛尔来的时候，带着他的一部悲剧，和吕西安同样受着光荣、权势、金钱的吸引。这年轻人先是接连几日在弗利谷多铺子吃饭，过后却难得露面。吕西安隔了五六日重新见到他的诗人，希望他下一天再来，不料第二天他的位置上换了一个新人。在青年人中间，第一天见过面，谈话的兴致第二天还接得上；有了间断，吕西安只能每次想法打破沉默，而且最初几星期两人的关系没有多大发展，所以更不容易亲密。吕西安打听管账的太太，知道他那未来的朋友在一家小报馆当编辑，写新书评论，报道滑稽剧场、快乐剧场、全景剧场的戏。吕西安立刻觉得那青年是个人物，有心同他谈得亲切一些，不惜做些牺牲去换取一个初出道的人最需要的友谊。记者半个月不来吃饭。吕西安不知道埃蒂安纳只在没有钱的时候才上弗利谷多饭店，因此老是沉着脸，没精打采；吕西安看他冷淡，便竭力赔笑，拣好话来说。其实应不应该交这个朋友还值得郑重考虑；看来那无名的记者过着挥霍的生活：既要烧酒，又要咖啡，又要杂合酒，还得看戏，吃夜宵。而吕西安住进拉丁区的初期，行事像一个可怜的孩子，被第一次巴黎生活的经验吓坏了。他研究一下饮料的价钱，摸摸钱袋，不敢学埃蒂安纳的样；他还在后悔过去的荒唐，唯恐再出乱子。他还没摆脱内地教育的影响，一有邪念，他的两个护身神，夏娃和大卫，立刻出现，使他想起大家对他的期望：他不但要使老母幸福，也不能辜负自己的天才。白天他在圣·日内维埃佛图书馆钻研历史。经过初步研究，发觉他的小说《查理九世的弓箭手》有些荒谬的错误。图书馆关了门，他回到又冷又潮湿的房间把他的作品修改、整理、重写，整章地删掉。在弗利谷多铺子吃过晚饭，他往下走到商业巷，在布洛斯办的文艺阅览室中读当代的文学作品，日报、期刊、诗集，了解流行的思潮；半夜前后回到破烂的旅馆，灯火和取暖的木柴都省掉了。那些读物大大改变了他的观念，他重新校阅歌咏花卉的十四行诗集，他一向看重的《长生菊》，大改特改，保留的原诗不满一百行。可见吕西安最初过的是一般内地穷小子的生活，纯洁、无邪，觉得弗利谷多的饭菜比起老家的伙食已经是奢侈的享受了；所谓消遣只是在卢森堡公园的走道上慢悠悠地散步，心里热乎乎的，斜着眼睛望望漂亮女人；从来不走出本区，只管想着前途，一本正经地用功。无奈吕西安天生是个诗人，欲望极大，看到戏院的招贴心痒难熬，忍耐不住。他买楼下的后座，在法兰西剧院、杂剧院、大千剧院、喜歌剧院，花了五六十法郎。看塔尔玛演他最出名的几个角色，这样的乐趣哪个大学生肯放弃呢？富于诗意的人一开始就爱戏剧，吕西安被戏剧迷上了。他觉得男女演员全是重要人物，不可能跨过脚灯去对他们随便张望。在吕西安心目中，那些使他快乐的名角儿简直像神仙一般，报纸上提到他们，口气不亚于谈论国家大事。他渴望做一个戏剧作家，编出戏来叫人上演！有些大胆的人，例如卡西米·特拉维涅，居然实现了这样的美梦！吕西安转着这些创作的念头，忽而信心十足，忽而悲观绝望，精神上骚动不已，可是他继续过着用功和俭省的日子，不管有多少顽强的欲望在暗中激荡。他甚至过分谨慎，不敢走进王宫市场那样的销金窟，他不是一天之内在万利酒家花掉五十法郎，做衣服花掉将近五百吗？即使打熬不住，要去看福洛利、塔尔玛、米旭，或者巴蒂斯德弟兄[①]演出，他也只敢买楼上黑洞洞的散座，五点半就去排队，迟到的人只好花十个铜子买一个靠近售票房的地盘。不少大学生往往等了两小时，最后听见一声票子完啦！大失所望。散了戏，吕西安低着头走回去，不敢望街上的神女。或许他有过几回极简单的艳遇，在他年轻胆小的想象中显得重要无比。有一天吕西安把钱数了一下，发觉所剩无几，大吃一惊；而想到要去找一个出版商，弄些工作来糊口，他又冷汗直流。他一厢情愿当作朋友的那个青年记者，不再上弗利谷多饭店。吕西安等着机会，机会始终不来，巴黎只有交游广阔的人才能碰到巧事；熟人越多，各式各样成功的可能性越多，所谓幸运本来是趋炎附势的东西。吕西安还保持内地人未雨绸缪的脾气，不愿意等到只剩几个法郎的时候，他决意大着胆子去找书店老板。

三　两种不同的书店老板

九月里有一天上午，天气相当冷，吕西安夹着两部手稿，从竖

---

① 福洛利和塔尔玛都是有名的悲剧演员。米旭和巴蒂斯德弟兄是喜剧演员。

琴街往下走到奥古斯丁河滨道，沿着人行道踱过去，瞧瞧塞纳河，瞧瞧书店，仿佛有个好心的神道在劝告他，与其投入文坛，还不如投河。从玻璃窗或店门口望到的脸相各个不等，有的和善，有的好玩，有的快活，有的抑郁。吕西安先是迟疑不决，苦恼得厉害，把那些脸孔仔细打量了一番。最后发现一家铺子，好些伙计在门口忙着打包，准备发货；墙上全是招贴，写着：本店发售——特·阿兰戈子爵著：《孤独者》，第三版；——维克多·丢冈日著：《雷奥尼特》，全五卷，上等纸精印，十二开本，定价十二法郎；——盖拉德里著：《道德综论》。

“这些人可运气啊！”吕西安叫道。

招贴是有名的拉伏卡[①]想出来的新花样，那时初次在墙上大批出现。不久群起效尤，巴黎城内花花绿绿贴满了这种广告，国家也增加了一项税源。在安古兰末那么威风，在巴黎那么渺小的吕西安，心里又激动又慌张，沿着屋子溜过去，鼓足勇气踏进那书店，里头挤满着伙计、顾客和书店老板——“说不定还有作家在内。”吕西安私下想。

他对一个伙计说：“我要见维大先生或者包熏先生。”

他看见招牌上写着几个大字：维大-包熏合营书店，专营国内外图书发行及经销业务。

忙碌的伙计回答：“他们两位都有事。”

“我等着就是了。”

诗人在铺子里待了两小时，打量整包整捆的图书，看看题目，打开书来东翻几页，西翻几页。最后他肩膀靠着一个用玻璃围起来的小房间，挂着绿色的短窗帘；吕西安疑心维大或者包熏就在小房间内，他听见谈话的声音。

---

① 法国十九世纪初期的出版商。夏朵勃里昂及浪漫派作家的作品大多由他高价收买。

“你要愿意批五百部，就算五法郎一部，每十二部奉送两部。”

“那么每部实价多少呢？”

“照原价减去八十生丁。”

“那就是四法郎二十生丁。”说话的大概是维大或者包熏，对方是来兜销书的。

“对。”兜销的人回答。

“是不是记账呢？”进货的人问。

“好家伙！难道你打算十八个月结账，付我一年的期票不成？”

“不，马上结清。”不知是维大还是包熏回答。

“什么期头？九个月吗？”说话的不是来兜销的出版商便是作者。

“不，朋友，一年。”两个经销人中的一个回答。

双方不出声了。一会儿，陌生人叫道：“你太棘手了。”

“怎么，我们一年销得掉五百部《雷奥尼特》吗？”经销人对丢冈日的出版商说，“销路要能按照出版商的心思，我们都是百万富翁了，亲爱的先生！无奈销路操在大众手里。华尔特·司各特的小说只卖九十生丁一卷，三法郎六十生丁一部；你想叫我把你的书卖得更贵吗？要我帮你推广这部小说，得给我好处才行。——维大！”

一个胖子耳朵上夹着一支笔，离开账台走过来。

包熏问：“你上回出门，发了多少丢冈日的作品？”

“《加莱的小老头》销去两百部，为此不能不把两部回扣小一些的书跌价，现在都变了夜莺。”

吕西安后来才知道，凡是搁在货栈的架子上，冷清清无人过问的作品，书业中称为夜莺。

维大接着说：“而且你知道，比卡正在写小说[①]；他的出版商向

① 比卡（1769—1828）原是演员，戏剧作家，当过歌剧院经理，从一八二一年起正式写小说。

我们兜生意，为了要畅销，答应比一般的批价多给两成回佣。”

丢冈日的出版商听着维大告诉包熏的内幕消息，着了慌，可怜巴巴地回答说：“那么，一年就一年吧。”

包熏毫不含糊地追问一句：“这话算数吗?”

“算数。”

出版商走了。吕西安听见包熏对维大说：“客户已经定下三百部；咱们给他远期票子，把《雷奥尼特》五法郎一部卖出去，要人家付我们六个月的期票，那……”“那就净赚一千五。”维大说。

“嘿！我看出他手头很紧。”

“他糟糕得很！印两千部，给了丢冈日四千法郎。”

吕西安走到小房间门口，打断了维大的话。

他对两个合伙人说：“对不起，打搅你们……”

两个老板对他似理非理。

“我写了一部法国的历史小说，近于华尔特·司各特一路，题目叫《查理九世的弓箭手》，我想请你们收买。”

包熏把手里的笔放在桌上，朝吕西安冷冷地瞅了一眼。维大虎着脸瞧着作者，回答说：“先生，我们不出版，只经销。我们自己出书的话，做的是知名作家的生意；并且只收买正经书，像历史和什么概论之类。”

“我的书非常正经，目的是把拥护专制政体的天主教徒，和想建立共和政体的新教徒的斗争，写出一个真面目来。”

一个伙计在外面叫：“维大先生！”

维大走出去了。

包熏不客气地挥了挥手，说道：“我不说你的小说不是杰作，可是我们只销现成的书。你去找买稿子的人吧，比如卢佛附近公鸡街上的道格罗老头儿，便是出版小说的。你要是早一些开口，刚才就好见到包莱，他跟道格罗和一些木廊书店是同行。”

“先生，我还有一部诗集……”

“包熏先生！”外面有人叫。

“诗集？”包熏气冲冲地嚷道了，“你当我什么人！”他朝吕西安冷笑一声，往铺子的后间去了。

吕西安穿过新桥，想着许许多多念头。刚才那些生意上的行话，他听懂了一些，知道在书店老板的眼里，书不过是低价收进，高价售出的商品，同头巾店老板看待头巾一样。

他想：“我找错了门路。”可是发觉文学有这样一副恶俗的生意面孔，暗暗吃惊。

他在公鸡街上找到一家外表挺老实的铺子，原来是刚才走过的，绿色的店面漆着几个黄字：道格罗书店。他记得在布洛斯阅览室中念过的小说，好几部的封面插图底下有这个名字。吕西安忐忑不安地走进铺子，富于幻想的人遇到斗争总是这样。他看见一个很特别的老头儿，帝政时代出版界中的一个怪物。道格罗穿着古老款式的黑礼服，前面是大方摆，后面是鳌鱼尾。背心的料子很普通，织成颜色不同的方格，口袋外面吊着一根链子，一个铜钥匙，在宽大的黑扎脚裤上晃来晃去。表的厚薄大概同玉葱差不多。底下是深灰的羊毛袜和银搭扣的皮鞋。他光着头，花白的头发乱七八糟，颇有诗意。包熏称为道格罗老头儿的家伙，从他的礼服、扎脚裤和鞋子来看，像文学教授；看他的背心、表和袜子，又是个做买卖的。他的相貌也有这股奇怪的混合味：威严而霸道的神气，凹下去的脸孔，俨然是个修辞学教师；尖利的眼睛，多疑的嘴巴，心绪不宁的表情，明明是个书店老板。

吕西安问道：“这位可是道格罗先生？”

“是的，先生……”

吕西安道：“我写了一部小说。”

出版商道："你年轻得很啊！"

"先生，我的年纪跟写作无关。"

"对，"老出版商说着，接过稿子，"啊！《查理九世的弓箭手》，题目不坏。好吧，先生，你把内容简单地说一说。"

"先生，这是一部华尔特·司各特式的历史小说。我把新教徒和天主教徒斗争的性质，写成两种政体的斗争，王权在斗争中受到严重的威胁。我是赞成天主教徒的。"

"嗯，嗯，倒是异想天开。好吧，我可以念一念你的作品，我答应你。我更喜欢拉德克利夫太太①一路的小说，不过你倘若工作认真，稍微有些风格、意境、思想，安排情节的能力，我很乐意帮忙。我们要求什么？……不是优秀的稿子吗？"

"什么时候听回音？"

"我今晚下乡，后天回来，那时作品可以看完了，我要认为合适的话，后天就好谈判。"

吕西安看他这样和气，转错了念头，掏出《长生菊》来。

"先生，我还有一部诗集……"

"哦！你是诗人，那我不要你的小说了，"老人把稿子还给吕西安，"起码诗人写散文总是不行的。散文不能拿废话充数，一定要说出些东西来。"

"可是华尔特·司各特也写诗啊……"

"不错，"道格罗又变得软和了。他看出这个青年很穷，便留下稿子，说道："你住哪儿？我过一天去看你。"

吕西安写了地址，没想到老人别有用心，也不知道他是老派的出版商，恨不得把饿肚子的服尔德和孟德斯鸠锁在顶楼上。

① 拉德克利夫（1764—1823），英国女作家，专写神怪和恐怖小说，十九世纪初期在法国很受欢迎。

出版商看了地址，说道："我才从拉丁区回来。"

吕西安告别的时候心上想："这个人真好！对年轻人多热心，而且是个识货的行家。不是吗？我早就告诉大卫：只要有本领，在巴黎是容易出头的。"

吕西安又快活又轻松地回去，做着功成名就的好梦。他忘了在维大和包熏的账桌上听到的可怕的话，只道至少有一千二百法郎到手。一千二百法郎能在巴黎住一年，让他准备新作品。他从这个希望出发，定下不知多少计划！发愤用功的生活引起他不知多少甜蜜的幻想！他把屋子安排了一下，整理了一下，差点没置办东西。他在布洛斯阅览室成天看书，耐着性子等回音，过了两天，道格罗对于吕西安在第一部作品中表现的风格感到惊异，赏识他的人物写得夸张，那在故事发生的时代也说得过去；也注意到他的想象力非常奔放，青年作家勾勒近景的时候往往有这种气魄；道格罗居然不拿架子，亲自上旅馆访问他未来的华尔特·司各特。他决意花一千法郎买下《查理九世的弓箭手》的版权，另外订一份合同要吕西安再写几部。一看见旅馆，老狐狸马上改变主意。——"住这种地方的青年欲望不大，一定是个用功的读书人；给他八百法郎就行了。"旅馆的老板娘听道格罗问到吕西安·特·吕庞泼莱，回答说："五楼！"道格罗仰起头来，看见五楼以上就是天空，心上想："这个年轻人长得漂亮，简直是个美男子，钱太多了会心猿意马，不用功的，为了咱们的共同利益，给他六百法郎吧，不过是现金，不是期票。"他爬上楼去，在吕西安的房门上敲了三下，吕西安开了门。屋子里空无所有。桌上摆着一碗牛奶，一小块两个铜子的面包。天才的穷苦使道格罗老头儿看了心中一动。

他私忖道："这种朴素的习惯，菲薄的饮食，简单的欲望，但愿他保持下去。"随即对吕西安说："看到你我很高兴。先生，你同约翰-雅各[1]有好几点相像，他便是过的这样的生活。天才在这等地方爆出火花，写出好作品来。文人的生活正该如此，万万不能再进咖啡馆，上饭店，大吃大喝，糟蹋他们的光阴和才具，浪费我们的金钱。”说着他坐下了，“小朋友，你的小说不坏。我当过修辞学教师，熟悉法国史；你的作品颇有些出色的地方。你是有前途的。”

“啊！先生。”

“是的，你是有前途的。咱们可以合作。我愿意收买你的小说……”

吕西安心花怒放，高兴得胸坎里扑通扑通直跳，他要登上文坛了，终究能出书了。

“我给你四百法郎。”道格罗说话的声音特别甜，望着吕西安的神气仿佛他是大发慈悲。

“四百法郎买这部稿子？”吕西安问。

“对，买这部小说。”道格罗看着吕西安诧异并不奇怪，接着说：“可是付你现款。你还得答应六年中间每年写两部。如果第一部在六个月之内销完，以后我给你六百法郎一部。一年两部，每月一百法郎收入，你生活有了保障，应该快活了。有些作家的小说，我每部只给三百法郎。英国小说的译本，我只出两百。这个价钱在从前是惊人的了。”

吕西安浑身冰冷，说道：“先生，我们谈不成了，请你把稿子还我。”

出版商回答说：“稿子在这里。先生，你不懂生意经。出版一个作家的第一部小说，要担一千六百法郎印刷费和纸张费的风险。写一部小说比张罗这样一笔款子容易得多。我店里存着一百部稿子，可拿不出十六万法郎。唉！我开了二十年书店，还没赚到这个数目

① 指卢梭。

呢。可见出版小说发不了财。维大和包熏经销的条件一天比一天苛刻。你大不了白费时间，我却要掏出两千法郎。书的命运各个不同[①]，我要是眼光看得不准，就得赔两千法郎；至于你，你只消写一首诗骂一通愚蠢的群众。你把我的话细细想过以后，会再来找我的。”吕西安不胜轻蔑地挥了挥手，道格罗正色重复了一句：“是的，你会再来找我的。你瞧着吧，不但没有一个出版家肯为一个无名的青年人担两千法郎风险，也没有一个书店伙计肯看你乱七八糟的稿子。我倒是看完的，能指出好几处文字的错误。应该说提醒的地方，你写着提到，尽管后面应当用直接被动词，你却加了一个介词。”两句话说得吕西安好不惭愧。道格罗又道：“你下次再来看我，可要损失一百法郎，我只给三百了。”他说罢起身告辞，走到房门口又道：“你要没有才能，没有前途，我要不关心用功的年轻人，我也不会给你这样好的条件。每月一百法郎！你考虑考虑吧。一部小说丢在抽斗里，当然不比一匹马关在马房里，不用吃饭；可是老实说，也不会给你饭吃！”

吕西安抓起稿子扔在地下，嚷道：“我宁可烧掉的，先生！”

“你真是诗人脾气。”老头说。

吕西安吞下面包，喝完牛奶，走下楼去。房间太小了，不出去的话，他只能团团打转，像关在植物园铁笼里的狮子[②]。

四　第一个朋友

吕西安准备上圣·日内维埃佛图书馆。平时他在那儿看见一个二十五岁左右的年轻人，每次坐着老位置，埋头工作，从来不分

---

① 这是引的一句拉丁诗，原作者是公元一世纪时文法学家丹朗蒂阿奴斯·莫吕斯。

② 巴黎的动物园设在植物园内。

心，不怕扰乱，一望而知是真正好学的人。他大概在图书馆出入久了，从馆员到馆长都对他很客气；馆长让他带书回去，吕西安看着用功的陌生人第二天把书送回。诗人认为他也是在穷苦和希望中挣扎的弟兄。身材矮小、瘦弱，没有血色，英气勃勃的额角盖着又黑又浓而不大梳理的头发，一双手长得很美，使人注目的是他相貌有点像翻刻劳贝·勒番佛原作的拿破仑像。那幅版画把抑郁的热情、抑制的野心、内在的活动，表现得极有诗意。你细看之下，准会发觉画上的人物天分极高而谨慎无比，心思很深而又气概不凡。眼睛像女人的一样机灵。目光好像只嫌视野不够，竭力想找困难来克服。就算版画下面不写明波那帕脱，你也会望上半天。那青年好比画像的化身，平日穿着长裤，厚底皮鞋，料子很普通的外套，有白点子的灰呢背心，纽子一直扣到上面，打着黑领结，戴一顶廉价的帽子。他显然不喜欢多余的装饰。神秘的陌生人额上印着天才的标记。吕西安发觉他是弗利谷多铺子最有规律的常客，不喝酒，吃饭只为充饥，不在乎吃什么，店里的菜他似乎都熟悉。大概他是有意识地关心一些伟大的事业，所以无论在饭店或者图书馆，处处表现出一种尊严，叫人不敢接近。目光带着深思的意味。长相高贵而俊美的脑门，显得他经常在静观默想。炯炯有神的黑眼睛看起东西来又深刻又迅速，表示他对事物有追根究底的习惯。他动作简单，态度庄重。吕西安不由自主地对他有种敬意。两人在图书馆和饭店进进出出，彼此瞧过好几回，好像预备说话，可是谁都不敢开口。沉默的青年坐在餐厅的尽头，靠索蓬纳广场的一面。因此吕西安没法和他结交，虽然对这个用功朋友很向往，觉得他有些说不出的高人一等的迹象。后来两人都承认，他们生来纯朴、胆小，动不动害怕，而孤独的人还喜欢这种羞怯的情绪。要不是吕西安碰了钉子忽然和他相遇，或许两人永远不会发生关系。吕西安走进砂石街，看见那青年从圣·日内维埃佛回来。

他说："先生，图书馆没有开门，不知道为什么。"

吕西安那时含着眼泪，他对陌生人做了一个手势表示感谢；那种手势比说话更有力量，能沟通青年人的心。两人从砂石街一同走向竖琴街。

吕西安道："那我就上卢森堡公园去散步。已经出了门，不大能够再回去用功。"那青年接口道："是啊，思想给打断了。先生，你好像心里不快活。"

吕西安道："我才碰到一桩古怪事。"

他说出怎样到河滨道，怎样去见道格罗老头儿，刚才听到怎样的条件，又报出自己的姓名，大致讲了讲处境。他一个月来吃饭花掉六十法郎，旅馆三十法郎，看戏二十法郎，阅览室十法郎，总共一百二；此刻只剩一百二了。

陌生人回答："先生。你的经历就是我的经历，也是一般年轻人的经历；他们每年从内地到巴黎来，数目有一千到一千二。咱们还不算最苦的呢。这所戏院，你瞧见没有？"他指着奥台翁①的屋顶说，"有一天，广场上一所屋子里住进一个人，很有才气，穷得不堪设想，结了婚，这一桩额外的苦难还没临到你我身上；他和老婆感情很好，有两个孩子，——是祸是福，我也说不上来；他背了一身债，可是对写作颇有信心。他把一部五幕喜剧送往奥台翁，人家不但接受了，还另眼相看，演员开始排练，经理热心督促。这五项运气等于五出戏，比写五幕喜剧更不容易。可怜的作者住在一个阁楼上，你从这儿望得见；他在排戏的时期想尽方法活下去，老婆的衣服全进了当铺，一家人光吃面包过日子。上演前夜，彩排那天，夫妻俩欠着面包店、牛奶房、门房五十法郎。作家只留着必不可少的

---

① 法国四大国家剧院之一，建于一七八二年；一七九九年，一八一八年，两次毁于火。一八一八年毁后，临时迁往卢伏阿剧院。

衣着：一件礼服，一件衬衫，一件背心，一双靴子。他只道成功在望，拥抱着妻子，告诉她苦难快完了，说道：现在再没有什么事跟我们捣乱了！老婆说：还有火呢，你瞧，奥台翁起火啦！——先生，奥台翁起火啦。因此你别抱怨。你还有衣服，没有妻儿子女，袋里还剩一百二十法郎，一个钱都不欠人家。后来那出戏在卢伏阿剧院演到一百五十场。王上给了作者一笔年俸。蒲丰说得好：所谓天才就是耐性。的确，人的耐性同自然界化育万物的办法最相近。我问你，先生，什么叫作艺术？还不是经过凝练的自然！”

两个青年在卢森堡公园大踏步走着。陌生人竭力安慰吕西安。吕西安不久就知道他姓大丹士，名叫大尼埃，后来声名显赫，成为当代最杰出的作家之一，而且也是个少有的人物，因为在他身上，借用某诗人的一句精彩的话来说：“卓越的才能和卓越的性格完全一致。”

大尼埃声音柔和地对吕西安说：“一个人要伟大，不能不付代价。天才的作品是用眼泪灌溉的。才具是有生命的东西，同一切生物一样有它多灾多病的童年。社会排斥残缺不全的才具，正如自然界淘汰衰弱或畸形的生物。要出人头地，必须准备斗争，遇到任何困难绝不退缩。一个伟大的作家是个殉道者，只是不死罢了。你脑门上印着天才的标记，”大丹士对吕西安一览无余地瞧了一眼，“要是你没有天才的意志，没有那种超人的耐性，在命运的拨弄使你同目的隔着一段距离的时候，你不能继续向无限的前程趱奔，像乌龟无论在什么地方都爬向海洋一样，那就不如趁早放弃。”

“难道你准备受尽折磨吗？”吕西安问。

“准备受各式各样的考验：同道的毁谤、出卖、徧枉不公；生意场中的无耻、奸诈、残酷，”大尼埃用逆来顺受的口气回答，“只要你作品写得好，第一次碰个钉子有什么关系……”

吕西安道：“你愿意念一念我的作品，审定一下吗？”

大丹士回答："行。我住在四府街。我的屋子里住过一个非常有名的人物，当代最了不起的一个天才，科学界的巨人，最伟大的外科医生，台北兰。他最初就在那儿受难，跟艰苦的巴黎生活和荣名作挣扎。我每天晚上想着他，第二天就有了勇气。在我那个房间里，他常常只吃面包和樱桃过日子，像卢梭一样，可是没有丹兰士①。你过一小时去，我等你就是。"

两个诗人握了握手走开了，心里都有种说不出的伤感和同情。吕西安回去拿稿子。因为天冷，大尼埃·大丹士把表送往当铺，买了两捆木柴，在房里生起火来招待新朋友。吕西安准时前往，发觉大尼埃的屋子比他的旅馆更糟，走完一条黑洞洞的小弄才是不见天日的楼梯。大尼埃的房间在六层楼上，两个破落的窗洞之间有一个颜色发黑的木书架，插着贴满标签的文件夹。房间尽头摆一张油漆的小木床，像中学生睡的；床几是买的旧货，还有两把马鬃垫子的靠椅。方格的糊壁纸年深月久受着烟熏，像涂了一层油。一个窗洞和壁炉架之间，放一张堆满纸张的长桌。壁炉架对面，有一口桃花心木的蹩脚五斗柜。一条旧地毯把地砖全部铺满，有了这样奢侈品，屋内可以不用生火。桌子前面摆一张普通的写字椅，红羊皮面子用久了，颜色已经泛白；另外还有六把旧椅子。吕西安看见壁炉架上有一个带罩子的旧烛台，插着四支蜡烛，跟别的东西的寒碜大不相称，他问了一下，原来大丹士受不了油烛②的气味。可见他知觉特别灵，是个极敏感的人。

吕西安的小说念了七小时才完毕。大尼埃诚心诚意地听着，一声不出，不插一句嘴；这样的体贴在作家中是极少有的。

吕西安在壁炉架上放下稿子，问大尼埃："怎么样？"

---

① 卢梭的情妇，到晚年才和她正式结婚。

② 油烛是用牛羊油做的，比蜡烛便宜得多。

大尼埃郑重其事地回答："你走的是正路，是大路，不过作品需要修改。你要不想照抄华尔特·司各特，就得另外创造一种手法；现在你是模仿他。你和他一样开场用长篇的谈话引进人物，谈话完了才有描写和情节。这两个对立的因素，一切激动人心的作品都少不了，你偏偏放在最后。为什么不颠倒一下呢？散漫的对话在华尔特·司各特笔下非常精彩，你却写得黯淡无光，我看还是干脆不用，拿描写来代替，我们的语言本来最宜于描写。但愿你的对话是读者预期的后果，替你的上文做总结。最好先写情节。或者从侧面对付你的题材，或者从结尾入手；各个场面要有变化，避免千篇一律。就算拿苏格兰作家对话式的戏剧应用到法国历史上来，你仍旧可以显得新颖。华尔特·司各特笔下没有情欲，他缺少这样东西，或许是他国内伪善的风俗不允许他提到。在他心目中，女人总是恪守妇道的。除了极少数的例外，他的一些女主人翁简直一模一样，照画家的说法，用的是一个粉本；个个都是从克拉立萨·哈罗脱胎的。他把所有的女人都归结到一个观念，你只拿同一个模子来翻印，不过着色浓淡有些参差罢了。可是女人就因为有了情欲才扰乱社会。情欲变化无穷。你一描写情欲，办法就多了；伟大的司各特因为要古板的英国家家户户看他的小说，不能不放弃这些手法。在法国，在我们历史上情绪最骚动的时代，天主教的风流的罪过，豪华的风气，同加尔文教的阴沉严厉的人物相比，正好是个极端。从查理曼起，每个名副其实的朝代至少需要一部作品来描写，有的还需要四五部，例如路易十四，亨利四世，法朗梭阿一世。你可以写出一部生动的法国史，描写各个时期的服装、家具、屋子、室内景象、私人生活，同时刻画出时代的精神，而不必吃力不讨好，讲一些人尽皆知的事实。我们多数的国王在民间被歪曲了，你正好纠正这种错误，成为你的特色。在你第一部作品中，应当大胆把凯塞琳那样一个了不起的人物还她一个本来面目；一般人至今对她存着偏见，而你现在是迁就他们，牺牲了凯塞琳。至于查理九世，也该如实描写，不能同新教作家一鼻孔出气。你只要坚持十年，不难名利双收。”

时间已经到九点。吕西安并不知道新朋友为着他在房内生火，却是无意中学他的样，请他上埃同饭店吃饭，花了十二法郎。大尼埃在饭桌上说出他的希望和做的学问。大丹士认为不精通形而上学，一个人不可能出类拔萃。那时他正在挖掘古往今来的哲学宝藏，预备融化吸收，他要像莫里哀那样，先成为深刻的哲学家，再写喜剧。思想和事实，书本上的世界和活生生的世界，他都研究。交的朋友有自然科学家，有青年医生，有政论家，艺术家，全是好学、严肃、有前途的人。他的糊口之计是替人名辞典、百科辞典、自然科学辞典，写些认真而报酬微薄的稿子。他写得不多不少，仅仅为满足生活和发展思想的需要。大丹士也在写一部小说，专为研究语言的变化；这部还没有完成的书时断时续，完全趁他高兴，主要是在情绪低落的时候动笔；他用小说的形式研究心理，内容很有分量。虽然大丹士谈到自己很谦虚，吕西安已经觉得他近乎巨人了。十点钟走出饭店的时候，吕西安对这个朴实的君子，超群绝伦而并不以此自居的人物，十分钦慕。他听着大尼埃的劝告毫无异议，全盘接受。大尼埃优秀的才具已经成熟，一方面靠他的思想，一方面靠他在孤独生活中养成的批评精神；而那些从未发表的批评只供他自己思考，不是说给别人听的。他替吕西安突然打开了一个美丽的幻想的宫殿。内地人好像被炭火烫了舌头，大吃一惊；巴黎的用功朋友说的话，在安古兰末诗人的头脑中碰到一块早已垦熟的土地。吕西安开始把作品彻底修改。

五　小团体

在举目无亲的巴黎，内地大人物遇到一个和他感情同样热烈的人，太高兴了，就跟缺少温暖的青年一样，盯着大丹士寸步不离：他接大丹士一同上图书馆，晴天陪他在卢森堡散步，每天晚上和他在弗利谷多饭店同桌吃饭，吃过饭送他回那个寒碜的房间，总而言之，吕西安仿佛一个小兵在俄罗斯冰天雪地的平原上紧挨着身边的弟兄。他结识大尼埃的初期，注意到大尼埃的一班亲密的朋友碰在一起，见了他都有点拘束，不免心中怏怏。大丹士和吕西安提到那班杰出的人，口气之间隐隐然有一股热情；他们的谈话却有所保留，同他们明明很强烈的友谊不大相称。吕西安觉得这些陌生人（因为他们彼此都用名字相称）很奇怪，受到他们排斥又感到苦闷，只得悄悄地走开。他们和大丹士一样脑门上有个标识，可以看出各有各的天才。直到经过大尼埃私下劝说，众人的异议平息之后，吕西安才被认为有资格加入这个优秀人物的集团。从那时起，吕西安才认识他们。浓厚的感情和严肃的精神生活把他们结合在一起，几乎每天晚上在大丹士家聚会。他们有种预感，认为大丹士是个伟大的作家，奉他为领袖。在他以前的第一个领袖是当代最了不起的一个思想家，神秘气息极浓的天才，那时回了本乡，原因不必在此多叙；吕西安听见他们常常提到他，名字叫路易。后来他们之中有几个半途夭折，另外一些和大丹士一样声誉卓著。单看成功的几个，就不难了解为什么那些人会引起诗人的兴趣和注意。

至今在世的人中有荷拉斯·皮安训，那时在市立医院当住院医生，后来是巴黎医学院的名教授，早已大众皆知，不必再描写他的为人、说明他的性格和思想的性质了。其次是雷翁·奚罗，是个深刻的哲学家，大胆的理论家；所有的学说他都要探讨、检定、发挥、阐明，最后奉献给他崇拜的偶像——人类。他始终伟大，便是犯的错误也因为动机纯正而显得高尚。这位态度认真、孜孜不倦的学者，如今是某个伦理和政治学派的领袖，学派的价值只有让时间来判断。他的信念使他和小团体的同伴分道扬镳，在另一方面活动，但仍然是他们忠实的朋友。在团体中代表艺术的是青年画派中最优秀的一个画家，叫作约瑟·勃里杜，他兼有罗马派的素描和威尼斯派的色彩，要不是过于敏感，无形中吃了亏，可能成为意大利画派的继承人，——当然，他还没有停止发展。爱情是他的致命伤，不仅影响他的心情，也影响他的头脑，扰乱他的生活，使他走着意想不到的弯路。如果约瑟为着短时期的情妇太快乐了或者太苦恼了，送去展览的作品就失败，不是颜色厚重，湮没素描，只能算稿本，便是在假想的痛苦中完成的图画，只注重素描而看不见他擅长的色彩。一般的观众，包括他的朋友在内，对他经常失望。霍夫曼[①]准会喜欢他的任性，他的离奇的幻想，艺术上大胆的创新。他的完美的作品的确令人钦佩，他受到钦佩也很高兴；可是一朝作品失败，他在自己的想象中看到的特色，在群众眼里并不存在，因而得不到赞美的时候，他就不胜骇怪。脾气怪到极点，朋友们有一天眼看他毁掉一件完成的作品，认为画得过头了，他说："功夫太到家，太像小学生的作业了。"他性格与众不同，有时竟崇高之极；凡是神经质的人的长处短处，他无不具备；而十足地道的神经质往往近于病态。他的头脑和斯忒恩[②]相似，而不像斯忒恩对文学下过功夫。他的谈吐，他的思想的闪光，隽永无比。口齿伶俐，待人体贴，可是变化无常，在感情方面和绘画制作方面同样任性。俗人可能指摘他的一些缺点，正是使他在小团体中受到喜爱的原因。还有一个叫作费尔扬斯·里达，在当代作家中最富于诙谐滑稽的想象。他不在乎名气，只拿极通俗的作品交给戏院，最精彩的戏剧都藏在脑子里留给自己和朋友取乐。他但求温饱，有了生活费就不愿再写作。生性

① 霍夫曼（1776—1812），德国浪漫派作家兼音乐家，富于奇思幻想，观察细致，写的神怪故事尤其著名。

② 英国小说家斯忒恩（1713—1768）在作品中常有尖锐的批评、辛辣的讽刺、细腻的感情。

懒惰，提起笔来却洋洋洒洒，像洛西尼；对任何事情都从正反两面考虑，这一点像所有伟大的喜剧诗人，例如莫里哀和拉伯雷；他是怀疑派，觉得样样可笑，事实上他就是嘲笑一切。费尔扬斯·里达精通人生哲学，世故极深，有观察的天赋，瞧不起他认为虚空的荣誉；他的心可并没因之冷下来。他对自己的利益满不在乎，对人却非常热心，要有什么活动，总是为了朋友，他外表像拉伯雷，也不讨厌好酒好菜[①]，可绝不追求。他心情又忧郁又快活。朋友们叫他联队里的看家狗，这个绰号[②]形容他的为人再恰当没有。其余三个，至少和以上侧面介绍的四个朋友同样卓越，不幸陆续夭折。第一是梅罗。居维哀和姚弗洛阿·圣·伊兰尔那场有名的论战，便是他在去世之前引起的[③]。居维哀提倡一种狭义的着重分析的科学，至今在世而在德国受到尊重[④]的姚弗洛阿·圣·伊兰尔却是泛神主义者；事实上两人都是了不起的天才。他们所争论的大问题，在居维哀过世前几个月[⑤]使科学界分成两派。梅罗是路易的朋友，而路易不久就被死神从知识界中带走。这两个短命的人虽然学识和天才浩瀚无涯，今日都无人知道。此外还得加上一个雄才大略的共和党人，米希尔·克雷斯蒂安，抱着欧罗巴联邦的梦想，为一八三〇年的圣·西门运动出过不少力。政治才具不亚于圣·于斯德和丹东，为人像少女一

---

① 拉伯雷便是讲究饮食的人。

② 这句俗语原是指军队中的班长或排长。

③ 梅罗在历史上实有其人，名叫梅朗。他是医生，卒于一八三二年六月，四十二岁。一八三〇年二月，法国著名生物学家姚弗洛阿·圣·伊兰尔（1772—1844）在法兰西科学院对梅朗与洛朗赛合写的《论软体动物的组织》一文作了报告，加以肯定，著名的动物学家居维哀（1769—1832）表示异议，在报刊上展开一场剧烈的论战。

④ 歌德于一八三二年三月逝世前写的最后一篇文字，赞成姚弗洛阿·圣·伊兰尔的主张，所以巴尔扎克说圣·伊兰尔在德国受到尊重。

⑤ 论战始于一八三〇年，居维哀卒于一八三二年，巴尔扎克所谓过世前几个月，实际是过世前两年。

般和顺，朴实；富于热情和幻想；优美的声音可能使莫扎尔德，韦白，洛西尼倾倒；唱起贝朗瑞的某些歌曲来能唤起人的诗意、爱情或者希望。米希尔·克雷斯蒂安穷得像吕西安，像大尼埃，像他所有的朋友，对于谋生之道看得和代俄哲尼斯[1]一样旷达。他替大部头的著作编目，代出版商写说明书，绝口不提自己的主张，正如坟墓绝不泄露死后的秘密。这个快活而落拓的知识分子，或许还是一个会改变世界面目的大政治家，后来像小兵一般死在圣·曼里修院[2]。不知哪个商人的子弹打中了法兰西最高尚的一个人物。并且米希尔·克雷斯蒂安的性命不是为他自己的主张牺牲的。他的欧罗巴联邦其实比共和党的宣传对欧洲的贵族威胁更大。一般疯狂的青年自命为国民议会的继承人，提倡那种观念模糊的要不得的自由；克雷斯蒂安的理想可不像他们的荒唐，要合理得多。认识他的人莫不惋惜这个高贵的平民，时常想起这个无名的大政治家。

这九个人组成一个小团体，相互的尊重和友情使他们各走极端的思想和主义从来不起冲突。大尼埃·大丹士是比卡提的乡绅人家出身，对君主政体的信念同米希尔·克雷斯蒂安对欧罗巴联邦的信念一样坚定。费尔扬斯·里达嘲笑雷翁·奚罗的哲学思想，奚罗向大丹士预言基督教和家庭组织必然要消灭。米希尔·克雷斯蒂安笃信基督教，认为基督是平等的奠基人；他在皮安训的解剖刀前面坚持灵魂不死，而皮安训是最会分析的学者。大家辩论而不争吵；除了几个自己人没有别的听众，所以不计较面子。他们彼此说出工作

---

① 公元前四世纪希腊行学家，厌恶财富，轻视享受，无家无室，经常睡于空桶内。

② 一八一三年六月四日，共和党人不满路易-腓列普的立宪政治，掀起群众性的事变，在巴黎发生巷战；六月六日被政府军队镇压平息，圣·曼里修院街是群众牺牲最惨的地方。当时拥护政府的以资产阶级及中产阶级为主，镇压群众的民团即以中小商人组成，故下文提到商人的子弹。

的成绩，以青年人的可爱的坦白征求意见。遇到重大事故，思想对立的人会放弃自己的主张，拥护朋友的见解；凡是涉及本人思想以外的问题或作品，他们都大公无私，所以更乐于帮助朋友。几乎每个人都秉性温和，能够容忍，这两个优点说明他们高人一等。我们的破灭的希望，流产的才能，失败的事业，受了挫折的雄心，往往积聚起来变为嫉妒；他们却不知嫉妒为何物。并且他们走的是不同的道路。因此凡是像吕西安那样被他们接受的人，都觉得和他们相处很舒泰。真有才能的人总是善良的、坦白的、爽直的、绝不矜持；他们的讥讽只是一种精神游戏，并不针对别人的自尊心。最初你因为佩服他们而不免心情激动，过了这个阶段就觉得处在这批优秀的青年中间不知有多少乐趣。他们尽管彼此很亲热，仍旧感到各有各的价值，非常尊重朋友；每个人都觉得可以与，可以受，坦然不以为意。谈话极有风趣，毫不勉强，题材无所不包。用的字像箭一般轻灵，不仅脱口而出，而且一针见血。物质方面的极端穷苦和精神方面的巨大财富成为奇怪的对比。他们想到现实生活，只作为朋友之间戏谑的资料。有一天，天气早寒，大丹士家来了五个朋友，不约而同在大衣底下夹着木柴，仿佛举行野餐的时候，每个客人带一样菜，结果全带了肉饼。他们都有一种内心的美反映在他们的外表上面，跟用功和熬夜一样使年轻的脸上发出黄澄澄的奇妙的光彩；某些骚动线条被纯洁的生活和思想的火焰净化了，变得端正了。脑门像诗人的一样宽广。眼睛又亮又精神，证明他们生活毫无污点。逢到特别艰苦的时候，大家还是快快活活地忍受，兴致不减，脸上照旧清明恬静。年轻人要有这种气色，必须没犯有重大的过失，不曾为了打熬不住穷苦，只想不择手段地成功，像一般文人那样对叛变的行为肯宽恕或纵容，因而自暴自弃，干出下流的勾当。他们的友谊所以牢不可破、格外动人，是由于彼此深信不疑，这一点是爱情所没有的。那些青年完全信得过自己：一个人的仇敌便是众人的公敌，为了休戚相关的义气，不惜损害自己最迫切的利益。没有一个人胆怯畏缩，谁在受到指控，个个敢出来替朋友否认，信心十足地为朋友辩护。心胸同样高尚，感情同样强烈，他们在学术和知识的园地中能够自由思索，互相倾诉，所以他们的关系才那么纯洁，谈话那么畅快。因为相信对方必定了解，各人的脑子才能够称心惬意地活动；他们相互之间绝对不用客套，他们会说出自己的痛苦和快乐，思想也罢，烦恼也罢，都可以尽情流露。一般心胸伟大的人重视两个朋友的寓言[①]，就是为了那种无微不至的体贴，而这种体贴在他们中间是常事。怪不得他们对新加入的人挑选极严。他们深深体会到自己的伟大和幸福，不愿意让陌生人闯进来扰乱。

这个以感情和兴趣结合的同盟持续了二十年，没有冲突，没有误会。只有死神才能削减这个“七星”社[②]的成员，带走了路易·朗倍，梅罗和米希尔·克雷斯蒂安。一八三二年米希尔·克雷斯蒂安殒命的时候，荷拉斯·皮安训、大尼埃·大丹士、雷翁·奚罗、约瑟·勃里杜、费尔扬斯·里达，冒着危险到圣·曼里去收尸，不怕政治上的暴力，尽他们最后一些义务。他们在夜里把心爱的朋友送往拉希士公墓。皮安训为这件事不避艰险，克服所有的困难，告诉部长们他和过世的联盟论者友谊深厚，要求他们帮助。替五位名人出过力的几个朋友，看着他们的行事大为感动，始终忘记不了。你在那幽雅的坟场中散步的时候，可以看到有一块永久墓地，铺着草皮，立着一个黑木的十字架，刻着一行红字：米希尔·克雷斯蒂安。这种格式的墓碑只此一个。五位朋友觉得这个朴素的人应当用朴素的形式纪念。

---

① 拉封丹寓言第八卷第一一则，描写两个知己，便是梦中也互相关切。

② 公元前三世纪时的希腊，十五及十七世纪时的法国，都有一批著名的诗人称为七星诗人。

可见那寒冷的阁楼上就有最理想的友谊。弟兄们在不同的学科中有同样卓越的成就，诚诚恳恳地互相指点，无所不谈，便是不正当的念头也直言不讳。没有一个不是学识渊博，没有一个不经过贫穷的考验。吕西安被这些优秀人物接受而且平等相待之后，在他们中间代表诗歌，代表美。他念他的十四行诗，很受欣赏。人家有时要他朗诵一首诗，正如他要求米希尔·克雷斯蒂安唱一支歌。在荒凉的巴黎，吕西安终于在四府街上遇到了一片水草。

六　贫穷的花朵

十月初，吕西安正在鼓足精神修改作品，把剩下的钱买了一些木柴，生活成了问题。大尼埃·大丹士只烧泥炭，不屈不挠地熬着穷苦，没有一句怨言，他像老处女一般安分，像守财奴一般有规律。这股勇气鼓舞着吕西安，他在小团体中是新人，极不愿意提到自己的窘迫。有一天他往公鸡街想卖掉《查理九世的弓箭手》，没有遇到道格罗。吕西安还不知道头脑出众的人多么宽容。他的朋友们都体会到诗人特别有些弱点，为了要表达外界而静观默想，精神过分紧张以后，往往会意志消沉。自己不怕吃苦的人对于吕西安的痛苦却心肠很软。他们猜到他没有钱了。所以小团体的成员除了交换深刻的感想、丰富的诗意、知心的谈话，大家在知识领域中，各个民族的远景中，上下古今，自由翱翔，度过愉快的黄昏之外，还做出一桩事来，说明吕西安太不了解他的一班新朋友。

大尼埃道："吕西安，昨天你没有在弗利谷多铺子吃饭，我们知道为什么。"

吕西安忍不住冒出两颗眼泪，沿着腮帮淌下来。

米希尔·克雷斯蒂安道："你不信任我们；我看你还是老毛病……"

皮安训道：“我们都弄到一些额外的工作：我替台北兰看护一个有钱的病人；大丹士给《百科杂志》写了一篇文章；克雷斯蒂安本想晚上拿着一块手帕，四支油烛，到天野大道上去卖唱，后来他接到一笔生意，替一个想当政客的人写一本小册子，指点他成功的秘诀，好到手六百法郎；雷翁·奚罗向他的出版商借了五十法郎，约瑟·勃里杜卖出几幅速写；费尔扬斯的戏星期日上演，卖了满座。”

大尼埃道：“这儿是两百法郎，你拿去，不用还。”

克雷斯蒂安道：“哎哟，他要来拥抱我们，仿佛我们做了什么了不起的事了！”

那些心地纯洁，头脑像百科全书一般，各人在专业中养成一些特色的青年，吕西安和他们相处有多么快乐，可以从他第二天接到的两封信中看出来。他给家里写过一封动人的信，充满感情，意志，被苦难逼出来的惨痛的呼号；随后来了回信。

大卫·赛夏致吕西安

亲爱的吕西安，兹附上三个月期的本票一纸，票面两百法郎，你可以向塞邦德街上的纸商梅蒂维埃先生兑现，他和我们有买卖来往。亲爱的吕西安，我们实在一无所有了。夏娃管着印刷所，她的热诚、耐性、勤谨，我看了只有感谢上天给我这样一个天使做妻子。她也觉得没法帮你的忙。可是朋友，你跟那样高尚伟大的人在一起，我相信你走的路太好了。既有大尼埃·大丹士，米希尔·克雷斯蒂安，雷翁·奚罗几位先生的卓越的才智帮助你，又有梅罗，皮安训，里达几位先生指导，——你的朋友，我从你来信中都认识了，——你绝不会耽误你美好的前程。所以我瞒着夏娃签了这张期票，到时我一定设法付款。千万别离开你眼前的道路，那当然很艰苦，将来可是光荣的。我宁可受尽苦楚，不愿意你掉入巴黎的泥淖，这些陷坑我见得多了。但望你有勇气，像现在一样继续避开下流场所，避开小人，糊涂虫，以及某些文人；他们的底细我从前在巴黎看得很透。总之，希望你力求上进，不要辜负那些高尚的朋友。你已经使我对他们不胜敬爱了。你的行为很快会得到酬报的。再见了，亲爱的兄弟，我真高兴，我想不到你会这样勇敢。

大卫

夏娃·赛夏致吕西安

哥哥，我们读了你的信都哭了。你靠善神指点，居然交上了那些高尚的人物；请你告诉他们：一个母亲和一个可怜的少妇将要为他们早晚祈祷，如果热烈的祷告能上达天听，将来对你们必有些好处。真的，哥哥，他们的名字刻在我心上了。有一天我准会见到他们。他们对你的友爱仿佛替我的伤口涂了油膏，为了这一点，哪怕要走到巴黎，我也会去向他们道谢。我们在家像可怜的工人一样做活。我时时刻刻发现大卫的新的品德，愈来愈爱这个无名英雄了。他放下了印刷所，原因我知道：你的穷，我们的穷，母亲的穷，使他难过到极点，咱们的大卫受着苦恼侵蚀，好比被老鹰啄食的普罗密修斯。这个了不起的人把自己完全忘了，他认为有希望挣一笔家业，每天都在试验造纸，要我照顾买卖，他一有空闲就来帮助我。不幸我怀了身孕。明明是一桩极快活的事，在眼前的情形之下只能使我发愁。可怜的母亲返老还童了，居然还有精力服侍病人，干那种辛苦的工作。要不是为家业操心，我们可以算幸福了。赛夏老人一个小钱都不肯给儿子。大卫看着你的信急得没有办法，去向他借钱，预备接济你。老人说：我知道吕西安的脾气，他会糊涂的，会荒唐的。——我老实不客气把他顶回去，回答说：怎么！难道我哥哥会做出不光彩的事来吗？……吕西安知道那要使我痛苦死的。——母亲和我瞒着大卫，典押了一些东西，等母亲一有钱就赎回。我们凑起一百法郎，托驿车公司带给你。我没有复你第一封信，请你不要见怪。我们忙得连晚上都不得休息，我干的活抵得上一个男人，唉……想不到我有这样的精力。特·巴日东太太没有灵魂，没有心肝；她既然从我们手中把你抢走，送进巴黎那样险恶的海洋，就算她不再爱你，也该支持你帮助你才对。幸亏吉人天相，在茫茫人海和利欲熏心的浪潮中，你遇到一班真正的朋友。她不值得惋惜。我只盼望你身边有个忠心耿耿的女子做我的替身；不过知道你那些朋友像我们一样爱你，我也放心了。亲爱的哥哥，把你美妙的天才施展出来吧。现在我们的爱都在你身上，将来我们的光荣也在你身上。

夏娃

亲爱的孩子，你妹妹把话说完了；我只有祝福你，并且告诉你：我的祈祷，我的心思，都被你一个人占去了，来不及再顾到我身边的人。在某些人心中，不在眼前的人总占着第一位。在我心里就是这样。

你的母亲

因此，朋友们多么体贴地借给吕西安的钱，过了两天就还掉了。也许在他看来，人生从来没有这样美好；可是他的自尊心的波动逃不过朋友们尖锐的目光和灵敏的感觉。

费尔扬斯道："仿佛你只怕欠我们情分。"

米希尔·克雷斯蒂安道："噢！他这种得意的表示，我认为很严重；本来我觉得吕西安虚荣，现在证实了。"

大丹士道："他是诗人啊！"

吕西安道："我这种心情自然得很，难道你们为此责备我吗？"

雷翁·奚罗道："他不瞒我们还是可取的，他还坦白；可是我担心他将来会提防我们。"

"为什么？"吕西安问。

"因为我们看到你的心。"约瑟·勃里杜回答。

米希尔·克雷斯蒂安道："有些事你明知道和我们的原则抵触，可是你心中有鬼，会替你把那些事说作正当的。你将来并非在思想上强词夺理，而是在行动上以曲为直。"

大丹士道："啊！吕西安，我就怕这一点。你思考问题的时候冠冕堂皇，表现你很高尚，做出事来偏偏不大正当……你永远不能跟你自己一致。"

吕西安道："你们的责难有什么根据呢？"

费尔扬斯道："亲爱的诗人，你爱面子的心难道那么强，便是在朋友之间也摆脱不了吗？这一类的虚荣说明一个人自私得可怕，而自私就会毒害友谊。"

"噢！天哪，"吕西安叫道，"我多么爱你们，难道你们不知道吗？"

"如果你的爱和我们之间的相爱一样，你会把我们多么乐意给你的东西，这样急不可待，这样郑重其事地还我们吗？"

"我们这儿绝对不借贷，只有互相赠送。"约瑟·勃里杜不客气地说。

"亲爱的朋友，"米希尔·克雷斯蒂安说，"我们不是对你严厉，而是为了预防，怕你有一天贪图痛快，宁可来一下小小的报复，不珍重我们纯洁的友谊。我劝你念一念歌德的《塔索》，了不起的天才写的最伟大的作品；塔索喜欢华丽的衣着，盛大的宴会，爱声名，爱炫耀。唉！但愿你成为塔索而不像他那样放荡。万一受到世俗的繁华诱惑，希望你不要动摇，仍旧留在这里……你对虚荣的要求，不致转移到思想方面。就算荒唐，宁可思想荒唐，行为还是要正派；千万别像大丹士说的，想的是好主意，做的是坏事情。”

吕西安低下头去：朋友们说得不错。

他眼神挺妩媚地望着大家，说道：“我承认不及你们刚强，我的筋骨受不住巴黎的压力，没有勇气奋斗。各人的气质、能力，生来就有参差，而善和恶的另外一面，你们比谁都清楚。老实说，我已经很累了。”

大丹士说：“我们会支持你的，这种地方正用得着忠实的朋友。”

“我最近得到的接济只能应付一时，咱们彼此都一样的穷，我不久又要遭到困难的。克雷斯蒂安全靠临时的主顾，在出版界中一点办法都没有。皮安训不在这个圈子里。大丹士只认识发行科学书和专门著作的书商，他们对专印新文艺的出版家毫无力量。荷拉斯，费尔扬斯·里达，勃里杜，在另一方面工作，同出版社隔着十万八千里。我非挑一条路走不可。”

皮安训说：“还是走我们的路吧，不要怕吃苦！拿出勇气来，相信你的工作！”

吕西安很激动地回答：“在你们不过是吃苦，在我是死亡。”

雷翁·奚罗微笑着说：“鸡还没啼到三遍[①]，这个人就要背弃工作，向懒惰和巴黎的糜烂生活投降。”

吕西安笑着问：“你们这样用功又有什么出路呢？”

---

① 耶稣被捕前夕，告诉他的门徒彼得，说第二日鸡鸣以前，彼得要三次否认他。

约瑟·勃里杜说："从巴黎出发到意大利，绝不能在半路上见到罗马。在你心目中，小豌豆长出来就该拌着牛油，现成炒好才行。"

米希尔·克雷斯蒂安说："这种小豌豆只是替贵族院议员的长子预备的。我们可是自己种，自己浇水，味道反而更好。"

大家说着笑话，扯到别的题目上去了。这些目光犀利而心思细密的人，有意让吕西安忘掉那场小小的争执。从此以后，吕西安知道要蒙蔽他们极不容易。不久他又悲观绝望了，只是竭力隐藏，不给朋友们发觉，认为他们是绝不妥协的导师。他的南方人脾气最容易在感情方面忽上忽下地波动，打的主意自相矛盾。

他好几次说要投入新闻界，朋友们始终警告他："万万使不得！"

大丹士说："我们所认识的，喜爱的，又美又文雅的吕西安，进了那个地方就完啦。"

"新闻记者的生活，作乐和用功经常冲突，你决计抵抗不了，而抵抗是德行的根本。能够运用自己的势力，操着作品的生杀之权，会使你欣喜欲狂，不消两个月就变为一个十足地道的记者。当上记者好比在文艺界中当上执政。什么都说得出的人，结果什么都做得出！这句名言是拿破仑说的，而且不难理解。"

吕西安道："不是有你们在我身边吗？"

费尔扬斯道："那时可不在你身边了。一朝当了记者，你怎么还会想到我们？歌剧院的红角儿，受人崇拜，坐着绸里子的车厢，还会想到她的村子、母牛、木屐吗？记者的思想要有光彩，念头要转得快，这些长处你只多不少。你想到一句俏皮话就觉得非说不可，便是叫你的朋友伤心也顾不得。我在戏院后台碰到一般记者，只觉得恶心。报界是一个地狱，干的全是不正当的、骗人的、诈欺的勾当，除非像但丁那样有维琪尔保护[①]，你闯了进去休想清清白白地走出来。"

---

① 但丁在《神曲》中说他游历地狱是由拉丁诗人维琪尔指引的。

小团体中的朋友愈阻止吕西安走这条路，吕西安愈想去冒险，尝尝危险的味道。他心中盘算：毫不反抗而再受二次贫穷的袭击，不是荒唐吗？第一部小说卖不出去，吕西安没有兴致再写第二部。况且写作的时候靠什么过活呢？他那点耐性已经被一个月艰苦的生活消磨完了。一般记者人格扫地，昧尽天良干的事，难道他不能正正当当地干吗？朋友们的戒心明明是小看他，他偏要向朋友们证明他坚强。或许有一天还能帮助他们，替他们的荣名当宣传员呢！

一天晚上他和雷翁·奚罗送米希尔·克雷斯蒂安回家，对克雷斯蒂安说："不敢和你一同犯罪的人算得上朋友吗？"

米希尔·克雷斯蒂安回答："我们什么都不怕。你要一时糊涂，杀了情妇，我会帮你隐瞒，对你照样敬重；不过你要是做了奸细，我就痛心疾首，跟你断绝，因为那种卑鄙无耻是有计划的。新闻事业就是这么回事。为了感情犯的错误，不假思索的冲动，做朋友的可以原谅；可是有心拿灵魂、才气、思想做交易，我们绝对不能容忍。"

"我不是可以当了记者，把我的诗集和小说卖掉以后，立刻脱离报纸吗？"

雷翁·奚罗道："马基雅弗利做得到，吕西安·特·吕庞泼莱做不到。"

吕西安道："好吧，让我来证明我比得上马基雅弗利。"

米希尔一边跟雷翁握手一边说："啊！你这句话害了他了。"又对吕西安道："你此刻有三百法郎，可以舒舒服服过三个月；还是用起功来，再写一部小说吧；大丹士和费尔扬斯帮你计划，你会慢慢成熟，做一个小说家。让我去踏进那些贩卖思想的妓院，当三个月记者，攻击某个书商的出版物，替你卖掉稿子，我再写文章宣传，叫别人也写，想办法捧你出台；这样你可以成名而始终是我们的吕西安。"

吕西安道："原来你这样瞧不起我，认为在那个圈子里你能够脱险，而我非送命不可！”

米希尔·克雷斯蒂安叫道：“噢！天哪，原谅他吧，他真是个孩子！”

七　报馆的外表

吕西安除了晚上在大丹士家谈天，活动活动思想以外，也把小报上的文章和笑料做了一番研究，相信自己的笔墨至少抵得上最俏皮的记者，偷偷地试了几回那一类的文字游戏。一天早上他兴冲冲地出门，决意去找新闻界的轻装部队的将领，申请入伍。他穿着最入时的装束过桥[①]，以为作家，记者，所有未来的同道，一定比给他碰过钉子的两种书店老板心肠软一些，不至于那样利欲熏心。他会遇到同情、善意、殷勤，和四府街上小团体中的情形差不多。他一路对自己的预感忽而深信，忽而否定，心情很紧张，富于幻想的人往往如此。他到了蒙玛脱大街附近的圣·菲阿克街，找到那小报馆的屋子，一看就心直跳，好比年轻人踏进下流场所。他走进中层楼[②]上的办公室：第一间屋子用板壁一分为二，大小相等，下半截是木板，上面一直到天花板全是木栅。吕西安看见一个独臂的残废军人，头上顶着好几令纸，用他独一无二的手扶着，嘴里衔着一本缴纳印花税用的小册子。可怜的家伙脸色蜡黄，长着红红的肉疱，因此外号叫苦葫芦；他向吕西安指了指柜台。柜台后面站着报馆的门神，一个戴勋章的老军官，花白胡子盖住鼻尖，头上戴一顶黑绸小帽，身上裹一件宽大的蓝外套，赛过乌龟背着硬壳。

“先生订报从哪一天开始？”帝政时代的老军官问。

---

① 指从塞纳河左岸（拉丁区所在地）到右岸（蒙玛脱区所在地）。

② 巴黎的旧式房屋在底层与二楼之间往往另有一层，比较低矮，但仍是正式房屋。

“我不是来订报的，”吕西安回答，望了望和他进来的门相对的一扇门，看见有块牌子写着：编辑部，底下还有一行：闲人莫入。

拿破仑手下的老兵接着说：“那么是来评理了。啊！不错：我们对玛丽埃德不大客气。那有什么办法？我也不知道为什么。不过你要是来抗议，我随时奉陪。”说着向屋角瞟了一眼，那儿有手枪，有技击用的棍棒，交叉着挂在一起。

“更其不是了，先生。我是来拜访你们总编辑的。”

“四点以前，这儿从没有人。”

“一点不错，奚罗多，我数过了，一共十一栏，每栏五法郎，应该是五十五法郎；我只收到四十，你还欠我十五法郎，就像我刚才说的……”

说话的是个瘦瘦的年轻人，被退伍军人的厚墩墩的身体遮掉了；他长得小头小脸，神气狡猾，皮色像没有煮熟的蛋白；一双浅蓝眼睛阴险可怕；声音像猫叫，又像害气喘病的斑条狗，喉咙嘶哑，叫吕西安听着毛骨悚然。

退伍军官回答说：“不错，老弟；你连小标题和空白一起算进了；斐诺却要我把行数加起来，用每栏规定的行数去除。我这样一开刀，你那篇文章就少了三栏。”

“他扣除空白，犹大！他跟合伙老板算账，稿费明明是按整版算的。我去找埃蒂安纳·罗斯多，凡尔奴……”

军官道：“老弟，我不能违反命令。怎么，你写文章跟我抽一支雪茄一样容易，难道为了十五法郎跟你奶妈吵架不成？少请朋友们喝一杯杂合酒，或者在弹子台上赢一局，不就得了吗？”

“好，斐诺利皮，要不因小失大才怪！”作者说着，站起身来走了。

“他这副气派倒像服尔德跟卢梭！”出纳员眼睛望着内地诗人，自言自语。

吕西安说："先生，我四点钟再来。"

吕西安趁两人办交涉的时候看了看壁上贴的人像，有朋雅明·公斯当，有福阿将军，还有十七位出名的进步党议员，另外还有攻击政府的漫画。他特别望了一下编辑室的门，在他心目中，编辑室简直是一座圣殿：诙谐滑稽，给他每天取乐的小报，有权嘲笑帝皇，拿最正经的事打哈哈，一句俏皮话把什么都翻案的刊物，准是在那屋内编的。接着吕西安到大街上去闲荡，逛马路对他也是一种新鲜的消遣，而且吸引力挺大，钟表店钟上的针指着四点，他还不发觉没有吃过中饭。诗人急忙回到圣·菲阿克街，爬上楼梯，推门进去。老军人不见了，只有那残废的汉子坐在盖过印花税章的纸上啃一段面包，死心塌地守着岗位。他替报馆当差，像过去在军队里做勤务一样，以前不懂拿破仑急行军的命令，现在也不知道报纸是怎么回事。吕西安要骗过严厉的职员，想出一个大胆的办法，不脱帽子，过去推开圣殿的门，仿佛他是报馆内部的人。他的馋伤的眼睛只看见编辑室里摆着一张铺绿呢的圆桌，六把樱桃木椅子，草编的坐垫还新簇簇的。上过颜色的小方砖没有擦过，倒也干净，可见很少人出入。壁炉架上挂一面镜子，恶俗的座钟积满灰尘，一对烛台横七竖八插着两支油烛，旁边扔着一些名片。桌上有个墨水缸，墨水干了，像漆，笔尖弯成月牙形，周围堆着愁眉苦脸的旧报纸。写在蹩脚纸上的文稿没法辨认，近乎象形文字，被排字工人撕掉一角，表示稿子已经排过了。桌上东一张西一张的灰色纸，画着有趣的漫画，大概客人在此枯坐，一双手闲得发慌，不能不糟蹋一些东西，消磨时间；吕西安把漫画欣赏一会儿。浅蓝的糊壁纸上用别针扣着九幅钢笔画，都是攻击《孤独者》[①]的；那部书当时轰动欧洲，

---

① 这是特·阿兰戈子爵写的一部历史小说，内容荒谬，文体可笑，几乎全用倒装句。当时为进步党报纸和一部分保王党报纸剧烈抨击。

惹得新闻记者厌烦透了。每幅画都标着题目：

——《孤独者》，出现在内地，感到惊奇，女人们。——在古堡中，《孤独者》，有人看。——《孤独者》的作用，对家畜。——在野蛮人中，《孤独者》经过解释，极大的成功获得。——《孤独者》译成中文，介绍由原作者，在北京，向皇帝。——被野山，埃洛蒂强奸。[①]

吕西安觉得这幅漫画非常猥亵，可是也忍不住发笑。

——被报馆，《孤独者》放在华盖之下游行。——《孤独者》压坏了印刷机，大熊们[②]伤了。——《孤独者》，倒读之下大感惊异，一般学士院会员认为妙不可言。

吕西安还看见从报上撕下的一片纸条。画一个编辑拿着帽子伸出手，底下批了一句：斐诺，我的一百法郎呢？署名的人后来居然有了名气，可不是大名家。壁炉架和窗洞之间有一张斜面的书桌，一把桃花心木靠椅，一个字纸篓，地上铺一条长方地毯，俗话叫炉前毯。到处都是灰土，窗上只挂小窗帘。书桌上堆着一二十本当天送到的书，画片，乐谱，盖子上刻着宪章的烟草匣[③]，《孤独者》第九版的样书，——当时大家取笑的对象，还有十来封未拆的信。吕西安把这些古怪的家具一样一样看过来，胡思乱想了一阵，已经敲五点了。他出去想盘问残废军人。苦葫芦面包吃完了，像门岗一般耐着性子等那戴勋章的军官回来，军官也许正在大街上散步。那时楼梯上传来一阵衣衫窸窣的声音和轻巧的脚声，一听就知道是个女的。果然，一个女人在门口出现了，长得还好看。

“先生，”她对吕西安说，“我知道为什么你们称赞维奚尼小姐的帽子。现在我先来订一年报，请你告诉我，她跟你们有什么条

① 全部题目都是仿《孤独者》原文体裁，用倒装句。

② 印刷业中称掌车工人为大熊。

③ 当时有种廉价的烟草匣，盖上用极小的字刻着路易十八颁发的宪章。

件……”

“太太，我不是报馆里的。”

“啊！”

“从十月份开始吗？”残废军人问。

老军人忽然出现了，说道：“太太要什么？”

老军官和漂亮的帽子店老板娘开始谈判。过了一会儿，吕西安等得不耐烦，又走到前间来，听见最后几句：“好啊，先生，欢迎得很。佛洛朗蒂纳小姐尽管请过来，爱什么挑什么。缎带我们有的是。那么事情讲定了：你们再也别提维奚尼，她只会粗制滥造，又翻不出花样，我可是有新发明！”

吕西安听见柜子里掉进几块钱。随后老军人结算当天的账。

诗人神气很不高兴地说：“先生，我等了一个钟点了。”

“他们没有来，”老军人装作懊恼的样子敷衍吕西安，“那也不稀奇。我几天没看到他们了。你知道，现在是月中。他们要拿钱才来，不是二十九，便是三十。”

吕西安记得经理的名字，问道：“那么斐诺先生呢？”

“他在番杜街，在他家里。——苦葫芦，你送纸到印刷所去的时候，顺便把今天收到的东西一起带给他。”

吕西安自言自语地说：“那么报纸在哪儿编的呢？”

苦葫芦把印花税的余款交还出纳员，出纳员一边收钱一边说：“报纸吗？……勃罗！勃罗[①]——喂，苦葫芦，别忘了，明儿六点上印刷所帮着发报。——编报纸吗，先生，街上也行，作者家里也行，印刷所也行，在十一点和半夜之间。当初皇帝在的时候，没有这种专门糟蹋纸张的铺子。他只要派一个班长带四个弟兄来就解决了，他才不让这般人胡说八道跟他捣乱呢。得啦，废话少说。只要

① 酒徒喉头多痰的声音。

我外甥有利可图，只要大家写文章是为那个人的儿子[1]，勃罗！——勃罗！——老实讲，那也不坏。哎，看样子今天没有大队人马来订报；我要下班了。”

“先生，你好像对编辑的事很熟悉。”

“我只知道有关经济的部分，勃罗！勃罗！”军人说着，打扫喉咙里的痰，“三法郎或五法郎一栏稿费，看你的本领；每栏五十行，每行四十字，空白不算。说到编辑，那些家伙可古怪呢，年纪轻轻的小子，做我勤务兵都不配，自以为能够在白纸上拉苍蝇屎，胆敢瞧不起帝国禁卫军的骑兵老上尉，退伍的营长，跟着拿破仑欧洲每个京城都到过……”

拿破仑的旧部刷着身上的蓝外套，预备走了，把吕西安推往门口；吕西安鼓着勇气拦住去路，说道：

“我是想来当记者的。我向你担保，我最敬重帝国禁卫军的上尉，钢筋铁骨的好汉……”

“说得好，老乡，”军官拍拍吕西安的肚子，“可是你打算做哪一等记者呢？”酒鬼反问一句，绕过吕西安走下楼梯，在看门的屋子里停下来点雪茄，说道：“旭莱妈妈，有人来订报，你招呼一下，把姓名地址记下来。”又回头告诉跟在背后的吕西安：“订户订户，我只晓得订户。斐诺是我外甥，家属里头只有他一个人照顾我生活。所以谁要跟斐诺过不去，我奚罗多上尉立刻出场，我先是桑勃-牟士部队的骑兵，后来在意大利方面军第一骑兵师做过五年剑术教官。谁要找上门来，我一，二，马上叫他一命归阴！”奚罗多说着，摆了个击剑的架势。“不错，老弟，我们的记者有好几种：有写稿子拿钱的，有一个钱不拿，白写的，我们叫作志愿军；有的一字不写，那才是聪明人：第一不会写出不通的文章，照样装着作家的幌子，算

① 王政复辟时期，拿破仑旧部用此隐语指拿破仑的未成年的儿子。

是报馆的人，请我们吃饭，在各处戏院闲逛，养着女戏子，好不快活。你打算做哪一种呢？”

“当然是认真写稿，拿足稿费喽。”

“你像所有的新兵，一开场就想当法兰西元帅！我奚罗多劝你一句话，还是向左转，快步走，像那个好汉一样到阳沟里去捡烂钉子吧，你看他样子就知道是当过兵的。唉，在炮口底下拼过上千回性命的老兵，只落得在巴黎街上捡钉子，你说惨不惨！我的天哪，这个花子难道当年没替皇帝出过力吗？再说，老弟，今天早上你见到的那个家伙，只挣四千法郎一月。你能挣得更多吗？斐诺还说是他手下文笔最俏皮的记者呢。”

“你从前到桑勃-牟士去投这军，不是也有人说你冒险吗？”

“当然！”

“那么？”

“那么你去找我的外甥斐诺，只要你有本事找得到，因为他游来游去，像条鱼。他是个好小子，你再也碰不到像他这样有义气的人。干他那一行不在于自己动笔，而是要叫别人动笔。看样子，大家宁可跟女戏子寻欢乐，不愿意糟蹋稿纸。噢！他们真是怪东西，再见。”

出纳员走开了，一路挥着装铅的手杖，——替《日尔玛尼古斯》[①] 保过驾的武器，让吕西安独自在大街上发愣。他看了编辑部的景象，和他在维大-包熏店里看见文学变成商品的情形，同样诧异。吕西安上番杜街拜访报馆经理安杜希·斐诺，去了十来次都没有碰到。一清早，斐诺没回家。中午，斐诺上街了，据说在某某咖啡馆吃饭。吕西安赶到咖啡馆，忍着许多说不尽的难堪打听老板

---

① 戏剧家阿尔诺（1766—1834）的悲剧，《日尔玛尼古斯》于一八一七年三月在巴黎上演，引起保王党和进步党剧烈冲突。

娘，说是斐诺才走。最后，吕西安灰心了，觉得斐诺竟是一个莫须有的，虚构的人物，还不如在弗利谷多铺子等埃蒂安纳·罗斯多来得简单。青年记者是那个报馆里的人，准会把内部的秘密说给他听。

八　十四行诗

吕西安自从交了好运，和大尼埃·大丹士订交的那一天起，在弗利谷多铺子换了座；两个朋友并排坐在一起吃饭，低声谈着文学，写作的题材，讨论如何处理，如何开场，如何结束。那时大尼埃·大丹士正在替吕西安修改《查理九世的弓箭手》，某几章重新写过，加入一些美妙的段落，写了一篇出色的序，把新兴文学说得非常透彻，差不多成为全书的重点。有一天，大尼埃在饭店里等着，吕西安随后赶到，握着朋友的手正要坐下，忽然瞧见埃蒂安纳·罗斯多抓着门上的拉手走进铺子，便立刻放下大尼埃的手，告诉茶房，他要搬到账台前面的老位置上吃饭。大尼埃挺温柔地向吕西安瞟了一眼，埋怨中带着原谅的意味，诗人看了心中一动，又拿起大尼埃的手握着，说道："我有要紧事，等会儿告诉你。"

罗斯多才坐下，吕西安也到了老位置上，他先招呼罗斯多，谈起话来，两人谈得非常有劲，吕西安趁罗斯多饭没有吃完，赶去拿《长生菊》的诗稿。那记者答应看看他的十四行诗，给它一个评价。吕西安看罗斯多表面上很殷勤，想托他介绍一个出版商或者引进报馆。他回到饭店，发觉大尼埃闷闷不乐坐在一边，肘子靠在桌上，神态忧郁地望着吕西安。吕西安受着贫穷的煎熬和野心的煽动，只做没看见小团体里的弟兄，跟着罗斯多走了。太阳还没下山，新闻记者和新学生一同到卢森堡公园的树荫下坐定，地段在天文台街和西街之间。那条西街当时等于一条狭长的泥坑，旁边全是菜园，直要靠近伏奚拉街才有住家。公园中那个区域游人稀少，大家吃晚饭的时间，两个情人尽管在此吵架，讲和，不怕被人撞见。唯一可能的打扰是在西街小铁门口站岗的老兵，可敬的军人来回踱步说不定有些变化，多走一段路。埃蒂安纳就在这走道旁边，两株菩提树中间的凳上坐下，让吕西安从《长生菊》中挑出几首十四行诗，作为样品念给他听。埃蒂安纳·罗斯多实习过两年，已经闯进新闻界，和当时的几个名流有些交情，在吕西安眼里俨然是个要人了。因此内地诗人翻开诗稿的时候，认为需要来几句开场白。

"先生，十四行诗是诗歌中最难的一种体裁。这个短诗的形式，大家已经放弃了。法国没有一个诗人比得上彼特拉克，因为意大利文比法文伸缩性大得多，允许思想纵横驰骋，不受我们的实证主义束缚，（原谅我用这个名词。）因此我觉得用一部十四行诗集做处女作，比较别致。维克多·雨果采用颂歌，卡那利斯擅长短诗，贝朗瑞独霸歌谣，卡西米·特拉维涅专写悲剧，拉马丁专作默想[①]。"

"你是古典派还是浪漫派？"罗斯多问。

吕西安一脸惊愕的神气说明他完全不知道文坛的情形，罗斯多认为不能不指点他一番。

"朋友，文坛上正在展开一场恶战，你要加入，应当立刻打定主意。第一，文学有好几个区域；我们的大人物却分为两个阵营。保王党是浪漫派，进步党是古典派。文艺意见的分歧加上政见的分歧，在刚出头的名人和失势的名人之间引起一场大战，各种武器都用到了：浪潮似的墨水，尖刀般的讽刺，凶狠的毁谤，恶毒的绰号。奇怪的是保王党要求文艺自由，推翻我们文体的规律；进步党

---

① 拉马丁有两部诗集都以《诗的默想》为书题。

倒要保持古典的题材，戏剧的三一律[①]，十二音节诗的气势。可见每个阵营的文学主张是同它的政治主张矛盾的。如果你是折中派，就没有一个人支持你。你打算站在哪一方面呢？”

“哪一方面势力更大？”

埃蒂安纳回答说：“进步党的报纸比保王党和政府党[②]的报纸订户多得多；不过像卡那利斯那样，尽管拥护君主专制，拥护宗教，受宫廷和教会提拔，他还是冒出来了。”埃蒂安纳看见吕西安觉得要在两面旗帜中挑选很惊慌，便道：“呃！十四行诗是鲍阿罗以前的体裁，你还是做浪漫派吧[③]。浪漫派都是年轻人，古典派是老顽固：将来准是浪漫派得胜。”

老顽固是浪漫派报纸想出来丑化古典派的名词。

吕西安在开宗明义，最是切题的两首十四行诗中挑了第一首，念道：《雏菊》！

田间的雏菊，你的色彩种类繁多，
不只为悦人眼目而开放，
还道破我们心中的愿望，
指出人心的趋向，用你的诗歌；

白银的边框镶着你黄金的花心，
暗示世间的珍宝，人人着魔；

---

① 法国十七世纪的古典派戏剧规定时间、场所、情节三者必须一致，称为三一律。

② 保王党与政府党意义并不相同：前者指右派的保王党和真正的贵族，往往反对路易十八的政策，认为他迁就进步党；后者是完全拥护政府的一派。

③ 十七世纪鲍阿罗所著的《诗学》，古典派奉为作诗的规范。浪漫派主张打破鲍阿罗的规律，欢迎鲍氏以前的诗文体裁及民族形式。

花丝上的血迹不知是何缘故，
岂不是要成功，先得尝遍苦辛！

难道你为了要等开放那天，[1]
复活的耶稣在更美好的世界上重现，
崇高的德行布满尘寰，

所以秋天又看到你又短又白的花瓣，
向我们的眼睛揭露欢乐的虚幻，
或者叫我们想起少年的荣华一去不返？

罗斯多不动声色，若无其事地听着，吕西安看了心中有气；他还没领教过这种难堪的冷淡，不知道这是批评家的职业养成的，新闻记者对散文、韵文、戏剧腻烦透了，都有这种表现。听惯掌声的诗人只得把失意的心情藏起，又念了特·巴日东太太和小团体中某几个朋友最喜欢的一首。

“他听了这一首或许会开口了。”吕西安心上想。

长 生 菊

诗集第二首

满目芳菲，野花铺满了草坪，
我长生菊本是田野的花魁，
只凭我的秀丽博人喜爱，
我的生命好像永远的黎明。

---

① 雏菊与长生菊同科，自春初至秋末花期不断；最早开放是复活节前后，即四月上旬。

不幸我新添了一样本领，
摆明在脸上惹祸招殃；
命运教我吐露事情的真相，
我便受难身亡，为了知识而丧命。

从此不得清净，不得安宁，
情人逼我说出未来的究竟，
揉碎我的心，要知道对方的情分[①]。

等我泄露了秘密，立即被人遗弃，
摘下我洁白的冠冕任意作践；
唯有我此花受尽摧残无人怜惜。

诗人念完了，瞧瞧严厉的批评家。埃蒂安纳·罗斯多只管朝着苗圃中的树木出神。

“怎么样？”吕西安问。

“怎么样？朋友，你念吧！我不是听着吗？在巴黎，一声不出地听着就等于赞美。”

吕西安道：“你不要再听了吗？”

“往下念吧。”新闻记者的口气有些生硬。

吕西安念了下面一首，心里可是说不出的难过；罗斯多的莫测高深的镇静使他口齿迟钝。要是他在文坛上多一些经验，就会懂得一个作家在这种场合的沉默和说话生硬，是表示妒忌好作品，赞美

① 西俗男女青年有种游戏，将长生菊花瓣逐片摘下，随摘随念，“她（或他）爱我，少许，甚多，若狂，绝不”；视花瓣摘尽时念至何字，以卜对方是否爱己。

倒是说明作品平庸，叫同行放心。

山　茶

诗集第三十首

天地的奇妙，每种花里都有消息可听：
蔷薇诉说爱情，歌颂美，
紫罗兰逗引多情而纯洁的心，
百合花凭着素雅独放光辉。

唯有山茶这古怪的花卉，
独独在寒冷的季节盛开，
也许是为了处女的情怀难遣。

可是在戏院的包厢中间，
雪白的山茶仪态万千，
凝脂似的花瓣为贞洁加冕，

簪在黑发蓬松的少妇头上，
有如菲狄阿斯的白石雕像，
在纯洁的心中引起一缕深情。

吕西安直截了当地问道：“对我这些不高明的诗，你有什么意见？”

罗斯多道：“你愿意听老实话吗？”

吕西安回答：“我还年轻，当然喜欢听老实话，我也极希望成功，不至于听了生气，不过失望是难免的。”

“朋友，第一首有些做作，显而易见在安古兰末写的，大概你花了很多工夫，不肯割爱。第二首第三首已经有巴黎气息了；你再念一首好不好?”罗斯多说着，做了一个手势，外省大人物觉得妩媚得很。

吕西安受着鼓励，念起来也就更有信心，大丹士和勃里杜最爱这一首，也许是为了诗中的色彩。

郁金香

诗集第五十首

我吗，我是郁金香，在荷兰是花中极品[①]，
我的艳丽克服了法兰德斯人吝啬的脾气，
买我一个球根，出到比钻石更高的价钱，
只要品种优良，枝干高挺。

我外貌封建，像西西利的王后，
曳着宽大的长裙，叠着无数的绉裥；
我身上画着贵族的纹章，五色斑斓，
红地银条，金星点点，还有深紫的斜纹。[②]

天上的园丁用他的神手编织，
织出太阳的光轮，帝皇御用的紫色，
做成我这件锦绣的衣衫。

园林中谁也比不上我的华丽，
只可惜造物不给我香味，
古瓶似的花萼没有芬芳可散。

---

① 荷兰人最爱郁金香，种植技巧闻名世界。

② 此句原文用的是纹章学的术语。

罗斯多一声不响，吕西安觉得那段静默的时间长得可怕，终于问道：“你怎么说啊？”

九 忠 告

吕西安从安古兰末带来的靴子已经穿旧，罗斯多瞧着他的靴尖，一本正经说道：

“我劝你还是用墨水涂靴子，省点鞋油；写字的笔不妨改作牙签[①]咬在嘴里，让你走出弗利谷多饭店，到这个公园的幽雅的走道上散步的时候，人家知道你吃过饭。我还劝你好歹找一个职业，有勇气的话，不妨做执达员的助手，腰背扎实的话，就做铺子里的伙计，倘若喜欢听军乐，就去当兵。你这块料做三个诗人也绰绰有余；可是要靠写诗吃饭，你没有出头先得饿死六次。听你没有经验的话，你是有心把墨水瓶当摇钱树。我不批评你的诗，那比所有堆在书店仓库里的作品高明多了。那些漂亮的夜莺[②]因为用了仿小牛皮纸，定价特别贵，几乎全部集中在塞纳河边。你不妨去听听他们唱些什么，要是你愿意长长见识，在河滨道上巡视一番，从圣母寺大桥奚罗姆老头儿的书摊起，到王宫大桥为止。你可以看到各种各样的诗，什么《灵感集》啊，《超越集》啊，《赞歌》啊，《歌谣》啊，《叙事曲》啊，《颂歌》啊，反正七年来的出品应有尽有。诗神身上盖满灰土，溅着街车的泥浆，受所有的过路人亵渎，因为他们都要看看里封面的铜版。你一个熟人都没有，一家报馆都走不进，你的长生菊只好保持清高，把花瓣闭起来，像你现在拿在手里一样，休想在天地头宽敞的印刷世界中开放，像木廊商场的大王，专收名家

① 当时的笔是用鹅毛管做的，见本书第一部注。

② 指无人过问的作品。

著作的书店老板，鼎鼎大名的道利阿那样加上大批花饰。可怜的朋友，我到巴黎的时候和你一样抱着许多幻想，爱艺术的心和追求光荣的热诚鼓动着我；结果是看到了这一行的真相，出版界的困难，千真万确的贫穷。当时的狂热（此刻压下去了），初期的兴奋，使我看不见社会的机构；可是非看见不可，一定要撞到每个齿轮，碰到每根轴梗，身上弄满机油，听见链子和操纵盘的声音。你将来要像我一样的发觉，在你梦想的美好的东西之下，都有人，有情欲，有生活的逼迫，在暗中兴风作浪。你不能不卷入丑恶的斗争，作品跟作品的斗争，人跟人的斗争，党派跟党派的斗争；你必须有计划地厮杀，才不至被自己人遗弃。这些卑鄙的战斗叫你看破一切，使你良心败坏，弄到精疲力竭而一无所得；你花的气力往往帮助别人成功，而那个人正是你痛恨的，你明明不愿意而不能不称之为天才的二等角色。文坛有文坛的内幕。池子里的观众看见有人成功只晓得拍手叫好，不问那成功是盗窃得来的还是凭真功夫得来的。藏在幕后的是卑鄙龌龊的手段，涂脂抹粉的龙套，鼓掌队和打杂的工役。你此刻还在池子里，还来得及悬崖勒马，千万别踏上台阶，抢那群雄逐鹿的宝座，别像我这样为了生活而丧尽人格，”罗斯多说到这儿眼泪汪汪，“我靠什么生活，你知道没有？”他又恨恨地往下说：“家里所能供给我的一点钱，很快就吃完了。法兰西剧院收了我一个剧本，可是我已经到了山穷水尽的地步。就算有什么亲王或者内廷大臣撑腰，你还不能叫法兰西剧院对你另眼相看，演员只怕能伤害他们面子的人。如果你有势力，能散布谣言说某个男主角害气喘病，某个女主角身上长着瘘管，扮侍女的配角口臭难当，那么你的戏明天就好上演。我现在和你说这些话，不知道再过两年能不能有这样的力量，那不知要交上多少朋友才行。肚子饿起来，我只想着怎么挣口饭吃，到哪儿去挣。这样那样的尝试做了不少，也写过一部不署名的小说，卖给道格罗，得了两百法郎，道格罗也没赚到多少钱；后来我觉得只有当新闻记者可以活命。可是怎么混进去呢？我不再告诉你那些白费气力地奔走，钻营；也不想提我做六个月候补记者的经过，我尽量讨好读者，人家还说我吓了他们。这些羞辱也不必谈了。如今我替斐诺的报纸跑大街上的戏院[①]，写的剧评几乎不拿稿费。斐诺是报纸的主编，那浑蛋每个月还在服尔德咖啡馆吃两三顿中饭，那地方可不是你去的！戏院经理要我在报上帮点小忙，送我戏票，出版商送我新书，要我写评论；我就靠出卖戏票和赠书过活。换句话说，等斐诺的欲望满足了，我可以拿各行各业进贡的货色做交易，写的文章是捧是骂，全听斐诺指挥。祛风药水，女苏丹油膏，护发油，巴西混合膏，都肯出二三十法郎买一篇替它们吹捧的稿子。书店送的书少了，我便盯着书店老板汪汪大叫，因为报馆要两份，归斐诺出卖；我还要两份。要是出了一部好作品，舍不得送书的老板就得挨骂。这当然卑鄙，可是我靠此活命，像多少人一样！不要以为政界比文坛干净，这两个世界都贿赂盛行：每个人不是行贿，便是受贿。有什么规模大一些的出版计划，出版商便送钱给我，怕我攻击。因此我的进款跟出版物的说明书有关。说明书大批出现，黄金就潮水般滚进我腰包，我便请客作乐。书店不做新买卖，我只能在弗利谷多铺子吃饭。女演员也出钱买捧场的文章，最精明的一批还出钱买批评，她们最怕人家一字不提。你写一篇攻击的稿子，比干巴巴的、看过即忘的赞美效果更好，你得到的报酬也更多，因为一份报有了批评，别的报就好反驳。朋友，你该知道，报刊上的论战是名人的垫脚石。我替工商界、文艺界、戏剧界，做宣传工作，做争名夺利的打手，挣到一百五十法郎一月，我的小说可以卖到五百法郎一部了，也有人忌惮我了。等到有朝一

---

①“大街上的戏院”是一百多年来巴黎流行的名称，指国立四大剧院以外的一部分民营戏院，多半开设在意大利大街、鱼锅大街一带的闹市上。

日，我不需要住在佛洛丽纳家里，间接靠一个暴发的药材商供养，等到我有了自己的屋子，进了一家大报，手中有份副刊的时候，告诉你，朋友，佛洛丽纳马上走红；至于我自己，那时可不知道变成什么：或者当部长，或者做一个诚实君子，都可能。（罗斯多满脸屈辱地抬起头来，眼神又绝望又愤慨，恶狠狠地望着树上的叶子。）我却写过一部出色的悲剧，戏院也接受了！旧纸堆里还有一部永远不会出世的诗稿！我本是个好人！心地纯洁。当初梦想美妙的爱情，交攀上流社会的最高雅的妇女，如今只弄到一个全景剧场的女戏子做情妇！并且我明明认为出色的作品，为了书店不肯送我一部，把它说得一文不值！”

吕西安感动之下，含着眼泪紧紧握着罗斯多的手。

记者站起身子，走往通向天文台的大路；两人一块儿踱过去，似乎要痛痛快快呼吸一下。

罗斯多又道：“称呼各种才具的话，所谓时行、走运、得势、声望、成名、群众的拥护，只是达到荣誉的各个踏级，还算不得真正的荣誉；可是要爬到任何一级所做的残酷的斗争，在文艺界以外没有一个人知道。显赫的声名总是无数的机缘凑成的，机缘的变化极其迅速，从来没有两个人走同样的路子成功的。卡那利斯和拿当的经历完全不同，以后也不会重现。埋头苦干的大丹士将来也要靠另一种机会出名。人人渴望的名气差不多永远是个走红的娼妓。低级的文艺好比在街头挨冻的神女；第二流的文艺是受人豢养的情妇，刚刚脱离新闻界，由我做保镖的那个下流地方；交运的文艺仿佛风头十足，态度狂妄的交际花，有住宅，有家具，有穿号衣的仆役，有车马，向国家纳税，交接王公贵人，对他们或者款待，或者冷淡，尽可以怠慢急迫的债主，啊！从前的我，现在的你，还有许多别人，都把声名当作天使，长着五色的翅膀，戴着雪白的头巾，一手握着青枝绿叶的棕榈，一手亮着宝剑；既像神话中虚幻的人物，住在井底里，又像清白穷苦的姑娘，隐居在郊区，除了贞洁和勇气，没有别的财产，将来会白璧无瑕地飞回天上，假定她没有在贫民窟中受着污辱而死，遭着强暴而死，永远没人知道的话！抱着这种信念的人脑壳有铜箍保护，尽管残酷的经验像大风雪般打在他们身上，一颗心照样热乎乎的，这等人在这个地方可少得很了。”罗斯多一边说，一边拿手往下指着[1]在暮色苍茫中冒烟的巴黎。

吕西安眼中闪过小团体的形象，心中一动；罗斯多却继续大发牢骚，使吕西安听着出神。

“在这个发酵的大酒桶里，我说的那种人寥寥无几，和真正的情人一样少，和金融界中来路清白的财产一样少，和新闻界中洁身自爱的人一样少。我今天告诉你的经验，从前也有人告诉过我，可是没用，正如我的经验对你也不会有用。内地每年有一批年轻的野心家，受着同样的热忱鼓动，扬着脸，逞着傲气，赶到这儿来，就算不是愈来愈多，至少每年相仿；来干什么？来向时行的风气进攻。时行的风气好似《一千零一日》中的多朗铎德公主，个个青年想做卡拉夫王子！可是一个都猜不中她的谜[2]。大家掉入苦难的沟壑，报界的泥坑，书业的沼泽。这些要饭的花子，替报纸写写小品，社会新闻，传记性质的稿子，或者受精明的字纸商委托，写一些小册子，——出版商都喜欢半个月内销完的无聊东西，不欢迎要相当时间才能出售的杰作。这批小青虫没有变成蝴蝶就被踩死了，他们只求活命，顾不得什么羞耻、下贱，对一个新出台的人才咬一口也好，捧一阵也好，但凭《立宪报》《日报》《辩论报》的大老板吩

---

① 巴黎城中岗峦起伏，卢森堡公园坐落在高地上，十九世纪中叶建筑物不多，尚可俯瞰全城。

② 阿拉伯故事《一千零一日》中有一篇讲一个美丽而残忍的中国公主，名叫多朗铎德。向她求婚的人必须猜她的谜语，不中即请皇帝将求婚者斩首；因之丧命的男人不计其数。最后被卡拉夫王子把她的谜语全部猜中，两人结为夫妇。

咐，只听出版商的号令，或者受一个嫉妒的同道请托，为的什么呢？往往为了吃一顿。一朝过了关，早先的苦处全忘了。我替一个浑蛋做了六个月的枪手，写出我最有才气的文字，算是他写的；他凭着这批样品当上一份副刊的主编，非但不请我合作，连五个法郎也没给我，而我见了他还不能不伸出手去，跟他握手。”

吕西安傲气十足地说道：“为什么呢？”

罗斯多冷冷地回答：“因为说不定有一天要他的副刊发表我一两篇稿子。总而言之，朋友，在文坛上飞黄腾达的秘诀不在于自己工作，在于利用别人的工作。报纸的老板是承包商，我们是泥水木工。一个人越平庸，越成功得快；因为他唾面自干，样样受得了，看见文坛上的霸主有什么卑鄙龌龊的欲望，尽量迎合；比如那个刚从利摩日来的埃克多·曼兰，已经在一家中间偏右的报馆里当政治编辑，也替我们的小报写稿；我亲眼看见他替一个总编辑捡帽子，这家伙只要不得罪人，趁一般野心家争名夺利，扭作一团的当口，自会钻空子溜过去。你叫我看了可怜。在你身上，我见到我从前的影子，而且我敢说一句，一两年之内你会变得像我现在一样。我的沉痛的劝告，说不定你认为出于暗中嫉妒，或者从个人的利益出发；其实是绝望的表现，因为我堕入了地狱；脱不了身。我向你吐露的痛苦，没有一个人敢说出来。我却伤透了心，像坐在灰堆上的约伯那样叫着：瞧我的伤口！[①]”

吕西安说：“我一定要奋斗，不管在哪个阵地上。”

罗斯多接着说：“你该记住！这场斗争是无休无歇的，如果你有些才具的话；没有才具才算你运气。如今你心地纯洁，可是碰到一批支配你前途的人，只消一句话就能给你生路而偏不肯说，那时你

① 这是引用《旧约·约伯记》的故事。古代善人约伯受到神的考验，历尽艰苦，约伯心中不平，向人诉说他的种种痛楚。

的一丝不苟的良心就要动摇。你可以相信我的话，当今的作家对待新人比最粗暴的出版商更蛮横、更冷酷。出版商只愁赔本，作家更怕同业竞争；出版商不过打发你走路，作家要把你踩死才罢。可怜的朋友，你为了创作优秀的作品，尽量挤出你的温情、元气、精力，在情欲、感情、字句上表现出来！你只管写作，不去活动；只管歌唱，不去斗争；你在书中发泄你的爱、你的恨，你整个生活在作品里；等到你把财富给了你的风格，把金银绯紫给了你的人物，然后你衣衫褴褛，在巴黎街上溜达，满心欢喜，自以为和出生登记簿一样创造了一个人物，叫作什么阿道夫，高丽纳，克拉列萨，玛侬，[①] 为了哺育那个人物，你生活七颠八倒，把胃口都弄坏了；临了你却发觉他或她受到新闻记者毁谤、欺骗、出卖，流放在孤岛上叫人遗忘，被你最知己的朋友们埋葬。也许你的人物以后会醒过来，在社会上走红，可是谁去唤醒他呢？什么时候呢？用什么方法呢？你能等到那一天吗？我们有一部出色的书，怀疑派的哀歌，叫作《奥倍曼》[②]，孤苦伶仃地待在荒凉的仓库里，被出版商用挖苦的口吻叫作夜莺；哪一天这部书才能复活呢？谁也说不上。别的不谈，你先试试给你的《长生菊》找一个出版家，看谁有那么大的胆子承印？问题还不是拿到稿费，只是把书印出来。你去试一下，稀奇古怪的戏才够你瞧呢。”

这番尖刻的议论，说的口吻表现出各种不同的情绪，像大风雪般打在吕西安心上，冷不可当。他不声不响站了一会儿，然后那些淋漓尽致、骇人听闻的苦难的描写，似乎鼓动了吕西安，突然振作起来，他握着罗斯多的手嚷道：“我非打胜仗不可！”

---

① 以上是朋雅明·公斯当，斯塔埃夫人，理查孙，普累伏神父小说中的男女主人公。

② 法国作家色南古（1770—1846）写的一部悲观气息极浓的小说，一八〇四年初版，一八三〇年后方始盛行。

罗斯多道："好！斗兽场中又来了一个舍身的基督徒。朋友，今晚全景剧场上演新戏，八点开幕，此刻六点；你把你最好的衣衫穿起来，收拾得像个样子，到我家里去跟我一块儿走。我住在竖琴街，赛尔凡咖啡馆上面，五层楼上。等会儿咱们先上道利阿那儿走一走。你决心干这一行，是不是？我今晚介绍你见一个出版界中的巨头。还有几个新闻记者。看完戏，有些朋友在我情妇家吃夜宵；刚才的一顿算不得晚饭。你可以碰到斐诺，我报纸的老板兼总编辑。你知道吗？杂剧院的弥纳德说时间是个瘦长子[①]，对我们来说，机会也是个瘦长子，要到处去碰的。"

吕西安说："我永远忘不了今天这个日子。"

"你的手稿随身带着，穿得体面一些，不是为佛洛丽纳，而是为那个书店老板。"

罗斯多大声疾呼描写了文坛上的斗争，接下来这样爽直亲热，使吕西安感动的程度不亚于以前大丹士在同一场所说的那番严肃真诚的话。毫无经验的青年看到立刻要投入战斗，十分兴奋，对于罗斯多揭露的堕落腐化的实质根本不曾体会。他不知道面前摆着小团体和新闻界所代表的两条不同的道路，两种不同的方法：一条路是漫长的、清白的、可靠的；一条路是危险的，布满暗礁、臭沟，会玷污他的良心的。他的天性使他挑了最近的，表面上最舒服的路，采用了效果迅速，立见分晓的手段。吕西安这时完全看不出大丹士的高尚的友谊和罗斯多的轻易的亲热有什么不同。他的轻浮的头脑认为新闻事业是一件对他挺适合的武器，自己很会运用，恨不得马上拿在手里。新朋友懒洋洋地跟他拉手的神气，他觉得亲切极了；那些建议更使他入迷；哪里知道新闻界中各个人需要朋友，像将军

---

① 法国有句成语：时间是个了不起的老师。此处利用"瘦长子"和"了不起的老师"谐音（只差一个音）改成笑话。

需要小兵一样！罗斯多看他决意投身报界，便有心拉拢，希望把他留在身旁。那记者是交上第一个朋友，吕西安也是遇到第一个保护人：一个想做班长，一个只想当兵。

十　第三种书店老板

新学生高高兴兴回到旅馆打扮起来，周到细致，和他倒霉那天，预备上歌剧院进特·埃斯巴太太的包厢一样，不过这一回衣服合身多了，他已经适应了，上面是夜礼服，底下穿一贴肉的浅色长裤，一双有穗子的漂亮靴子，当初花四十法郎买的。又浓又细的淡黄头发叫人烫了一下，洒了香水，亮晶晶的头发卷儿梳成波浪式。他自以为有本事，有前途，昂昂然扬着脸。一双细气的手保养很好，杏仁般的指甲显得干净、红润。黑缎子的衣领衬托着雪白滚圆的下巴，光彩奕奕。从拉丁区出来的青年没有一个比他更好看的了。

吕西安像希腊的神道一样俊美，雇了一辆街车，七点前一刻赶到赛尔凡咖啡馆门口。看门女人叫他爬上五楼，把复杂的地形说了一遍。他一一记着，好容易在一条又长又黑的走道尽头发现一扇门打开着，一望而知是拉丁区最常见的房间。不管是这里，是格吕尼街，是大丹士家还是克雷斯蒂安家，吕西安到处只看见青年人的穷苦。可是到处有一股特殊的气氛反映各种穷人的性格。这里的穷是穷得阴森森的可怕。一张没有帐幔的胡桃木床，床前铺一条旧货店买来的愁眉苦脸的毯子；不大通气的壁炉的烟和雪茄的烟把窗帘熏黄了；壁炉架上一盏卡珊尔牌子的煤油灯是佛洛丽纳送的，还不曾进当铺；一口桃花心木的五斗柜黯淡无光；桌上堆着纸张，扔着两三支羽毛翻卷的笔，图书只有前一天或当天带回的几本。所谓家具就是这些。房内没有一样值钱的东西；几双旧靴子在一个屋角张着嘴打呵欠，破袜子像镂空的花边；另外一角是压扁的雪茄，肮脏的手帕，一件变作两件的衬衫，颜色模糊的领带。总而言之是一个文人的帐篷，摆的东西有名无实，简直是四壁皆空。床头的小几上放着几本白天看过的书，一个费玛特圆筒打火机。壁炉架上横七竖八放着一把剃刀、两支手枪、一只雪茄烟匣。一块木板上吊着一个击剑用的面罩，底下挂几根交叉的铁棍。此外还有三把单靠、两把椅子，便是放在那条街上最下等的旅馆里也还不大够格。房间又脏又凄凉，说明住的人过着不安静、不严肃的生活：只是为了睡觉，急急忙忙工作，迫不得已才住的，巴不得快快离开。这种不要面子的，乱七八糟的景象，跟大丹士的清洁整齐，不失体统的贫穷比起来，不知有多少差别！……吕西安隐隐然想起大丹士的劝告，可是他不加理会，因为埃蒂安纳嘻嘻哈哈地拉扯一阵，遮盖他堕落生活的丑恶。

他说："这是我的狗窠，我的大场面在蓬提街。我们的药材商替佛洛丽纳布置了一所新屋子，今晚开幕。"

埃蒂安纳·罗斯多穿着黑裤子，擦过鞋油的皮靴，上衣的纽扣一直扣到颈窝；衬衫给丝绒领遮掉了，大概要等佛洛丽纳替他更换；他刷着帽子，想出新一下。

吕西安道："咱们走吧。"

"别忙，我还等一个书店老板，要弄几个钱。等会儿或许要打牌，我一个子儿都没有；另外还得买手套。"

那时两个新朋友听见走道里响起脚步声。

罗斯多道："他来了。全知全能的上帝用什么姿态在诗人面前出现，你等着瞧吧。你还没领教时髦出版商道利阿的威风，先来见识见识奥古斯丁河滨道上的老板。他又开书店，又做银钱生意，贩卖文学界的废铜烂铁，这个诺曼底人原来是卖生菜出身。"罗斯多随即高声叫道："进来吧，鞑子？"

"来了。"对方哑着嗓子回答，声音像破钟。

“带了钱吗？”

“钱？铺子里没有钱了。”一个年轻人说着，走进屋子，用好奇的神气望着吕西安。

罗斯多接着说：“你早先欠我五十法郎。这儿有两部《埃及游记》，大家说妙极了，插图很多，包你好销；斐诺已经收下钱，要我写两篇稿子。还有玛莱区的红人，维克多·丢冈日新出的两部小说。还有初出道的保尔·特·高克写的第二部作品，也是两部，跟丢冈日是一派的。还有两部《陶尔的伊索尔德》，内地生活写得挺好。定价总共一百法郎。所以，巴贝，你得给我一百法郎。[①]”巴贝瞧着书，检查书边和封面。

罗斯多道：“噢！放心，书都保存着挺好。《埃及游记》没有裁开[②]，保尔·特·高克，丢冈日，还有壁炉架上的《论象征》，都没有裁。那本讲象征的书免费奉送，神话最讨厌，我要趁早送掉，免得跑出蛀虫来。”

吕西安道：“那你怎么写书评呢？”

巴贝好不诧异地望了望吕西安，回头对罗斯多冷笑道：“一听就知道这位先生运气好，不是文人。”

“告诉你，巴贝，他是诗人，而且是大诗人，准会压倒卡那利斯，贝朗瑞，特拉维涅。他不飞则已，一飞冲天！除非他投河自尽，那也要漂到圣·格罗[③]呢。”

巴贝道：“我劝先生丢开诗歌，写散文吧。河滨道上根本没人要诗集了。”巴贝穿一件粗呢大氅，只有一个钮子；领口全是油腻；在室内不脱帽子，脚下穿着皮鞋，背心敞开一半，露出一件料子结实

① 新书卖给旧书商，照定价对折；第二句所谓一百法郎是包括前欠的五十法郎。

② 法国出版传统，新书一律不切书边，让读者随裁随读。

③ 圣·格罗是塞纳河下游的风景胜地，离巴黎二十六公里。

的粗布衬衫。滚圆的脸还和气，嵌着一双贪财的眼睛，看起人来有些慌张，凡是有钱而经常有人向他要钱的人都有这副神气。一身肥肉遮盖了他的精明，你还以为他爽直呢。巴贝当过伙计，两年以前在河滨道上盘下一家破烂的小店，老盯着新闻记者，作家，印刷商，把书店送他们的样书低价收进，每天赚一二十法郎。他既有积蓄，又猜得到每个人的困难，专找赚钱的机会。手头不宽的作家拿着出版商的期票，巴贝给他们贴现，收一分半到两分利息；第二天他到那家书店去挑一批好销的书，照现款交易讲好价钱，然后把那书店开的期票付账。巴贝念过书，有些知识，尽量不收诗歌和现代小说。他喜欢做小买卖，全部版权只要上千法郎，销路很有把握的实用书，例如《儿童适用的法国史》《簿记二十讲》《青年妇女适用的植物学》，等等。他曾经错过两三部好书，叫作者到他店里跑了几十回，始终不敢收买稿子。你埋怨他胆小，他却给你看一本他出版的书，叙述一桩有名的案子，材料全是报上的，不花一个钱稿费，赚到两三千法郎。

巴贝做生意胆小如鼠，平日只吃面包和核桃；很少出票据，尽量在发票上打主意，克扣应付的款子；他印的书都自己送去，不知道送哪儿，倒也照样能分发、收账。印刷所老板见了他最害怕，不知怎么对付；他看准他们急于周转，付款硬要七折八扣，把人家开的账除去一部分；他占了你一回便宜，下回绝不和你再打交道，怕受暗算。

罗斯多道："怎么样，咱们的交易还做下去吗？"

"唉！老弟，"巴贝用亲昵的口气回答，"我铺子里存着六千部书。书业界有个老辈说得好：存的书不等于存的钱。生意清淡啊！"

埃蒂安纳道："亲爱的吕西安，别听他胡说。你上他铺子去瞧瞧就知道。他的橡木柜台是一家破产的酒店拍卖出来的；他要节省，点的油烛从来不剪烛芯。在那种若有若无的亮光底下，架子上一无所有。一个穿蓝布上装的学徒守着空荡荡的屋子，拿嘴巴凑着手掌呵气，不是拍鞋底，便是摩拳擦掌取暖，像坐在街车顶上的马夫。哼！他的书就不比我这儿多，天知道他做的什么买卖！”

巴贝听着微微一笑，从口袋里掏出一张盖过印花税章的纸，说道：“这是一百法郎本票，三个月期头，你的书我带走了。我拿不出现款，销路不好。想到你要派用场，我又没有钱，才签了这张期票帮帮你忙，我可是不喜欢出票据的。”

罗斯多道：“这样，你还要我尊重你感谢你吗？”

巴贝回答说：“尽管感情当不得现钱，你的敬意我照样接受。”

罗斯多道：“我要买手套，花粉店老板才不那么大方，肯收你的票据呢。喂，五斗柜第一个抽屉里有一幅挺好的版画，值到八十法郎，是初印，我还为那版画写过一篇滑稽的稿子。真的，《希波克拉提斯拒绝阿塔克瑟克西斯的聘礼》[①]大有文章可做。巴黎的阔佬往往拿出惊人的聘金来，有些不稀罕聘金的医生正好引用画上的典故。版画下面还有二三十份流行歌曲的谱子。你一起拿去，给我四十法郎。”

“四十法郎！”书店老板叫起来，声音像受惊的母鸡。接着说：“至多二十法郎，没准我还要赔本呢。”

罗斯多说：“二十法郎在哪儿呢？”

“还不一定凑得起来，”巴贝说着在身上掏了一阵，“啊，有了。你把我挤干了，碰到你真没办法……”

“好，咱们走吧。”罗斯多招呼吕西安，随手拿起吕西安的诗稿，用墨水在绳子底下画了一条线，带着出门。

“还有别的东西吗？”巴贝问。

---

① 波斯王阿塔克瑟克西斯（公元前五至四世纪）以国内大疫，重金礼聘希腊名医希波克拉提斯。希氏以波斯为希腊世仇，拒不受聘。法国十八世纪画家奚罗台-蒂松以此为题绘成油画，十九世纪时又由人镌成铜版。

“没有了，小夏埃洛克[1]，改天再让你做笔好买卖……（叫你蚀掉三千法郎，你这样剥削人，得教训教训你才好。）”罗斯多最后几句是轻轻地对吕西安说的。

两人坐着街车向王宫市场进发，吕西安问：“那么你的书评呢？”

“嘿！怎么写书评，你才不知道呢。拿《埃及游记》来说，我不裁书边，从隙缝里东零西碎看上几段，发现十一处文字的错误。这就好写上一栏，说作者也许懂得刻在华表上的怪文字，却不懂他祖国的语言；我可以提出证据来。然后，我说与其谈博物学考古学，不如讨论埃及的前途，文明的发展，怎样使埃及回到法国怀抱，等等；埃及虽则在我们手中得而复失，还可能在精神上受我们的影响，归附我们。然后来一套爱国主义的滥调，什么马赛啊，近东啊，我们的贸易啊，扯上一通。”

“如果作者在书里就是这样写的，你又怎么说呢？”

“那就说他不该哓哓不休地谈论政治，应当关心艺术，描写当地的形势、风景。批评家借此感慨一番。他可以说：我们被政治包围了，腻烦死了，到处只听政治。我真想读读有趣的游记，叙述航海的艰苦，土峡的风光，赤道上奇妙的景致，从来不出门的人需要知道的事情。我一边赞美这一类的游记，一边取笑有些旅行家的大惊小怪，把掠过的鸟、飞鱼、桃子、高地，经过勘测的海湾，当作大事一般夸说。批评家还责备作者不曾提到和一切艰深、神秘，不可解的事同样引人入胜的，莫名其妙的科学问题。读者看看评论笑了，我们的责任也就完了。至于小说，佛洛丽纳是世界上少有的小说迷，她替我分析内容，我照她的意见写评论。直要她嫌作者絮烦，觉得讨厌，我才考虑作品，向出版商再讨一部样书，出版商当

---

① 莎士比亚喜剧《威尼斯商人》中的犹太人，今用以指一切重利盘剥的债主。

然照送，有希望得到一篇好书评，他还有不高兴的吗？”吕西安脑子里装满了小团体的朋友们的观念，说道：“天哪！可是真正的批评，神圣的批评在哪里呢？”

罗斯多道：“亲爱的朋友，批评这把刷子不能刷单薄的料子，那会一扫而光的。得啦，写作的内幕不谈了。这记号你瞧见没有？”罗斯多指着《长生菊》的原稿问，“我用墨水沿着绳子在包皮纸上画了一道线，如果道利阿打开来看了，绳子不可能扣在老地方。所以你的原稿等于密封了一样。你要实地试验，这办法不无用处。还得提醒你一句，你没人撑腰，甭想单枪匹马闯进道利阿的铺子，多少青年跑上十来家书店，连一声请坐都听不到……”

这一点吕西安有过经验，知道是事实。罗斯多下车给马夫三法郎。吕西安看罗斯多刚才穷得要命，此刻这样摆阔，好不诧异。两个朋友走进木廊商场，专出所谓时髦书的书店当时就是气派十足地设在那儿。

十一　木廊商场

那个时期，木廊商场在巴黎赫赫有名，是个挺好玩的地方。那藏垢纳污的集市值得描写一番，因为它三十六年之间对巴黎生活影响极大，四十岁左右的人看了我的叙述很少不感兴趣，虽则年轻人觉得难以相信。原来的场子今天变了开阔的奥莱昂回廊，又高又冷，赛过没有花草的花房。当初盖着一些木屋，说准确些只是薄板搭的棚子，胡乱盖上一个顶，开间很小，朝着院子和花园[1]，有些钉死的玻璃窗，像城门口的小酒店最脏的窗子，略微透进一些日光。三排铺子留出两条走廊，大约有十一尺高。中间一排夹在两条走廊

① 木廊商场一面正对旧王宫，一面正对旧王宫附属的园子。

之间，空气恶浊；走廊顶上的玻璃老是乌七八糟，底下更没有多少光线。蜂房似的铺面尽管小得可怜，有几间不过六尺宽，八尺到十尺深，可是供不应求，租金要三千法郎一年。靠院子和花园取光的棚屋都有绿漆的矮木栅保护，大概怕群众走近，把破落的后壁撞倒。木栅之内有二三尺[①]空地，长着奇形怪状，科学家认不得的植物，跟同样茂盛的各色工艺品混在一起。印刷车上试过大样的字纸，盖在一株蔷薇上，修辞学的华彩沾着流产的鲜花的香味。无人照料的小园灌饱臭水。植物枝条上挂着五颜六色的缎带、各种商品的传单。帽子店的零料和废品压得植物喘不过气来：一簇绿叶托着一个缎子的结，扎成大丽菊的样子，叫人看了把花的观念弄糊涂了。不论在院子这边还是花园那边，这座古怪的宫殿让你见识到巴黎最龌龊最奇怪的面目：雨水淋坏的粉刷，补过的土墙，陈旧的油漆，想入非非的招牌。面朝院子和花园的木栅也被巴黎的群众糟蹋得污秽不堪，似乎替铺子镶了一条难看而又难闻的边，叫感觉灵敏的人不要走近；谁知感觉灵敏的人并没被这些丑恶的景象吓退，正如童话中的王子不怕恶魔放在公主身旁的毒龙和危险的障碍。那时的木廊像现在的奥莱昂回廊一样，中央有一条过道；也像现在一样，可以穿过两座有成行柱子的游廊进去。那游廊是大革命以前动工的，后来缺乏经费，没有完成。如今通往法兰西剧院的壮丽的石廊，当年是一条狭窄的甬道，高得异乎寻常，屋顶盖得极马虎，雨天常常漏水。大家把那走道叫作玻璃廊，免得和木廊混淆。所有破烂店房的屋顶都非常糟糕；有一个经营开司棉和呢绒的出名的商人，一夜之间货物淋了雨，损失浩大，把业主奥莱昂王室告了一状，打赢了官司。有些地方，顶上只盖两重柏油布。不论是木廊，还是希凡饭店在那儿起家的玻璃廊，底下都是天然的泥地，加上过

① 以上都是法国旧尺，每尺合0.3248公尺。

路人的靴子鞋子带来一层人造泥土。愈踩愈硬的泥地经过商人们不断打扫，变成许多岗峦陵谷，一年四季绊你的脚，初去的人很不容易走路。

地上是一堆堆可怕的泥巴，玻璃窗风吹雨打，沾着灰土，平顶的棚屋披着褴褛的衣衫，砌了一半的围墙肮脏无比；整个景象叫人想起波希米人的帐幕，集市上的木棚，围在巴黎大建筑四周的临时工程，——那些大建筑始终没有盖起来。奇丑的外貌同内容非常相称：藏垢纳污的廊子底下，热闹、嘈杂，各种行业鳞次栉比，从一七八九年的革命到一八三〇年的革命为止，做的买卖为数惊人。交易所设在对面的王宫市场的底层，有二十年之久，舆论的趋向，声名的显晦，政治和金融的波动，都在这个地方酝酿。交易所开市以前，收市以后，许多人约在廊下见面。巴黎的银行家和商人往往挤在王宫市场的院子里，雨天便拥进木廊。不知怎么会出现在这个地方的建筑物，回声特别响亮，到处听得见哄笑的声音。这一头有人口角，那一头就知道为什么口角。商场中只看见书店：诗集、政论、散文，帽子店，以及夜晚才来的马路天使。这儿有的是新闻，图书，新老牌子的名人，议会的阴谋，书店的谎话。新书在这儿发卖，群众也固执得很，新书一定要上这儿来买。保尔-路易·戈里埃写的政论小册，或是奥莱昂一房向路易十八的宪章放的第一炮，《一个公主的奇遇》一个黄昏在这里销掉几千部。吕西安在那儿露面的时代，有些铺子已经装上漂亮的玻璃橱窗，不过只限于靠院子和花园的两排商店。在建筑师封丹纳动工拆造，把这个古怪的居留地消灭之前，两条走廊之间的店铺门户洞开，像内地集市上的临时摊子，只靠木柱支撑；从商品或者玻璃门中望出去，两旁的走廊一目了然。室内不能生火，商人都用脚炉取暖，消防也由他们自己负责；一不小心，这个木板搭成的小天地一刻钟内就能化成灰烬：板屋在太阳底下晒干了，还有卖淫业的欲火烘烤，堆着满坑满谷的纱罗，纸张，有时再加上过堂风助威。帽子店摆满奇怪的帽子，似乎专为陈列，不是出卖的，上百顶的挂在香菌式的铁钩上，花花绿绿，把几条走廊都点缀到了。二十年来的游人都暗暗纳闷，想不透这些吃饱灰尘的帽子到哪些人的头上去找归宿。做帽子的女工多半又丑又放荡，按照中央菜场的习惯和谈吐，用俏皮话兜搭来往的妇女。一个伶牙俐齿，眼睛骨碌碌的姑娘，站在圆凳上招揽顾客："太太，为什么不来买一顶漂亮的帽子啊？"——"先生，照顾一笔买卖好不好？"高低不同的声调、眼神，对过路人的评头论足，使她们的丰富生动的词汇更有变化。书店老板和开帽子店的妇女相处很好。在那个名字堂皇，叫作玻璃廊的商场里，有的是稀奇古怪的行业。有讲腹语的[①]，有各式各样的走江湖的，有拿新奇的景致逗人看的，或者叫你花了钱一无所见，或者给你看到全世界。一个到处赶集，发了七八十万家财的人，当初就是在这儿开场的。他的招牌是一个太阳在黑圈子里打转，周围写着红字：这里你能看到上帝看不见的东西，收费两个铜子。招揽生意的伙计从来不让你单独进去，也不让两个以上的人进去。到了里面，你劈面看到一面大镜子，忽然有个连霍夫曼[②]听了也要吓一跳的怪声，像机器开了发条一般直叫："你们两位看见了上帝永远看不见的东西，就是说你们看见了同胞。上帝却只有一个，没有第二个的。"你只能暗暗惭愧地走开，不好意思给人知道你做了傻瓜。每扇小门旁边都有与此相仿的声音叫叫嚷嚷，请你去看高斯摩喇嘛[③]，君士坦丁堡风景，木偶戏，机器人下棋，会辨别美女的狗。腹语大王菲兹-詹姆斯在跟着多艺学校学生到

① 口技的一种，说话的声音好像从肚子里发出来。欧洲从十六世纪起即有专长腹语的人。

② 霍夫曼是写神怪故事的作家。

③ 当时新发明的一种玩意儿，把大幅风景画、风俗画放在大玻璃镜片之后，画面即具备深度和透视。

蒙玛脱去送命[1]之前，在这里鲍兰咖啡馆表演，生意兴隆。商场中还有卖水果的女人，卖花的女人，一家著名的成衣铺，军装上盘的花边夜晚金光闪闪，像太阳。下午两点以前，木廊商场静悄悄的，黑洞洞的，不见人影。商人们谈谈说说，像在家里一样。巴黎人在这个地方的约会要三点左右才开始，正当交易所开市的时间。等到大批的人涌到，就有酷爱文艺而身无分文的青年在陈列新书的摊子上看“白书”。守摊子的伙计心地慈悲，听凭穷小子一页一页地翻阅。像《斯玛拉》《比哀·希莱米》《约翰·斯布迦》《约谷》[2]，一类十二开本[3]的两百面的书，两次就狼吞虎咽地读完了。当年没有阅览室，要看书不能不花钱去买；所以那时小说的销数在今天看来简直不可思议。对求知欲旺盛的穷青年施舍精神食粮，纯粹是法国作风。一到傍晚，邪气十足的商场便充满淫荡的诗意。大批的马路天使在近边的大街小巷和商场之间来来往往，多半是没有报酬的闲荡。巴黎各个地段的娼妓都得跑王宫。石廊商场属于领照妓院的范围，老板们付了捐税，把装成公主般的女人陈列在某个拱廊之下，或是花园中正对某个拱廊的地方。木廊是卖淫业的公共地盘，俗语用王宫市场作为妓院的代名词，主要是指木廊部分。一个妓女可以跑来带走她的俘虏，高兴带哪儿就哪儿。因为有这般妇女吸引，木廊里人山人海，只能一步一步挨着走，好比参加迎神赛会或者假面舞会。这样慢吞吞地走路既不妨碍别人，又可从容细看。那些女人穿的服装现在早已绝迹：前胸后背特别袒露；头发有心梳得奇形怪状，引人注目：有诺曼底乡姑式，有西班牙式，有的卷得像哈巴狗，有的一绺绺挂下来；一双大腿穿着长筒白袜，不知怎么会露出来叫人看

---

① 指一八一四年联军攻入巴黎时，巴黎市民的守卫战。

② 前三种是当时流行的神怪小说，最后一种是写的猴子故事。

③ 照我国出版业的习惯，大约是二十四开而较为狭长。欧洲书业一般不用白报纸印书，故开本标准和我们不同。

见，而且露得正是时候。这一类妖艳的诗意如今一去不复返了。粗野的问答，同环境很调和的无耻的表现，在时下的假面舞会和非常出名的舞会中，再也听不见看不到了。当时那个地方的确又丑恶又热闹。男人几乎老是穿的深色衣服，女人肩头和胸部的肉便格外耀眼，成为鲜艳的对比。嘈杂的人声脚声，在花园中央就听得见，好似一片连续不断的低音伴奏，穿插着娼妓的狂笑或者偶尔发生的争吵。上等人和最有身份的人，照样被满脸横肉的汉子推推搡搡。这些牛鬼蛇神的集会自有一种莫名其妙的刺激，再冷静的人也不能不动心。所以直到最后一个时期，上下三等的巴黎人源源而来；建筑师要造新屋子的地窖，在路面上铺了木板，游人就在木板上熙来攘往。那批可怕的木屋拆毁的时候，大家还异口同声，惋惜不止呢。

几条走廊的半中腰有一条过道，拉伏卡新近在过道和走廊的拐角上开了一家书店，面对道利阿的铺子。如今没人知道的道利阿原是很有气魄的青年，以后同行做得很发达的事业是他首创的。道利阿的铺子坐落在靠花园的一排上，拉伏卡书店靠着院子。道利阿的店房一分为二：很大的一间做铺面，另外一间是他的办公室。吕西安还是第一次在晚上来，跟内地人和年轻人一样，看着眼前的形形色色目瞪口呆，一转眼就和同伴走失了。

一个妓女指着吕西安对一个老头说：“你要长得跟这个小伙子一样漂亮，我就掏出心来给你。”

吕西安听着，羞得像瞎子养的狗。逛市场的人像潮水一般，他跟在后面，愣头傻脑的神气和紧张的心情简直难以形容。女人的目光盯着他，白白胖胖的肉引诱他，袒露的胸部看得他眼花缭乱；他拼命夹着稿子，唯恐被人抢走。这天真的孩子！

吕西安忽然觉得有人抓他的胳膊，只道他的诗集被什么作家看中了，不由得叫起来：“哎！怎么啦，先生？”

他一看原来是他的朋友罗斯多，和他说：“我知道你要打这儿过的！”

十二　一家木廊书店的外表

诗人正走在书店门口，被罗斯多一把拉了进去。铺子里挤满了人，等着要见书业大王。开印刷所的，开纸铺的，画插图的，一起围着店里的伙计，打听正在进行或正在计划的业务。

罗斯多对吕西安说："你瞧，那个就是斐诺，我报纸的经理。同他谈话的青年很有才能，叫作番利西安·凡尔奴，心思的恶毒像隐藏的疾病一样。"

斐诺和凡尔奴一同走过来，对罗斯多说："喂！朋友，有一出新戏要你报道。可是我的包厢让出去了。"

"卖给勃劳拉吗？"

"卖给他又怎么样？反正他们会安插你的。你来找道利阿干吗？啊！对了，我们讲好替保尔·特·高克捧场。道利阿批进他两百部作品。维克多·丢冈日不让道利阿印他一部小说。道利阿要捧出一个路子差不多的作家来。你一定要把保尔·特·高克说成比丢冈日高明。"

罗斯多道："可是我和丢冈日合编一个剧本，预备在快乐剧场上演呢！"

"告诉他文章是我写的，你说我原来的评论很凶，你已经改得缓和了，这样他还见你的情呢。"

罗斯多道："这张一百法郎本票，你能不能叫道利阿的出纳员给我贴现？你知道，等会儿咱们一块儿吃夜宵，庆祝佛洛丽纳搬新屋子。"

"啊！不错，你请客。"斐诺似乎好容易才想起来。他接过巴贝的票子递给出纳员，说道："迦皮松，替我拿九十法郎给他。——老兄，来，票子背后签个字。"

出纳员数钱的时候，罗斯多拿起出纳员的笔签了字。吕西安睁着眼睛，伸着耳朵，把他们的话一字不漏地听了进去。

埃蒂安纳说："亲爱的朋友，咱们是生死之交，我不谢你了。还有一件事：我要介绍这位先生见道利阿，你得帮帮忙。"

"什么事啊？"斐诺问。

"为了一部诗稿。"吕西安回答。

斐诺做了个诧异的姿势，叫了声："啊！"

凡尔奴望着吕西安道："大概这位先生才开始同书店打交道，要不然早已把他的诗集束之高阁了。"

那时走进一个漂亮的年轻人，爱弥尔·勃龙台，才加入《辩论报》，发表了几篇极有分量的文章。他向斐诺和罗斯多伸出手来，对凡尔奴略微点点头。

罗斯多说："等会儿请你吃夜宵，半夜在佛洛丽纳家。"

那青年回答："一定到。还有谁呢？"

罗斯多说："有佛洛丽纳，药材商玛蒂法，编剧杜·勃吕埃，佛洛丽纳在他的戏里第一次弄到一个角色，还有小老头加陶，他的女婿加缪索；另外是斐诺……"

"你那药材商招待周到吗？"

"不给我们吃药就是了。"吕西安插了一句。

勃龙台望着吕西安一本正经地说："先生很有风趣。消夜有他吗，罗斯多？"

"有他。"

"那咱们好大大地乐一下了。"

吕西安听着面红耳赤。

勃龙台敲敲道利阿办公室的玻璃槅子，说道："道利阿，一下子还不得空吗？"

"马上就来，朋友。"

罗斯多对吕西安说："有希望了。这青年差不多和你一样年轻，进了《辩论报》，是批评界的一个权威：大家都怕他三分，等会道利阿要来巴结他的。咱们借此机会跟镂版业和印刷业的总督谈谈你的诗集。要不然等到十一点还轮不到咱们。找他的人只会愈来愈多。"

吕西安和罗斯多走近勃龙台，斐诺，凡尔奴，一块儿到铺子的另外一头去谈天。

领班伙计站起来招呼勃龙台，勃龙台问道："迦皮松，老板有什么事？"

"他想盘进一份周刊，改组一下，跟只捧埃曼利的《弥纳佛报》和浪漫派气息太浓的《保守党人》对抗。"

"他稿费出得多不多？"

"同平常一样……总是太高！"出纳员回答。

那时走进一个青年，新近出版一部精彩的小说，轰动一时，很快就销完了，道利阿正在印第二版。那青年举动态度很古怪，完全是艺术家气息，吕西安对他很注意。

罗斯多咬着内地诗人的耳朵说："这个就是拿当。"

年富力强的拿当虽则骄气十足，在记者面前却也脱下帽子，对勃龙台可以说毕恭毕敬，以前他还不曾和这个批评家会过面。勃龙台和斐诺照样戴着帽子。

"先生，我很高兴，碰巧有机会……"

番利西安·凡尔奴对罗斯多说："你看他多慌张，说出话来叠床架屋。"

"……向你先生表示感激。先生在《辩论报》上对我的评论太好了。我的成功一半就靠先生的力量。"

"哪里，朋友，哪里，"勃龙台面上和气，骨子里以保护人自居，"你的确有才气，我能够认识你，太高兴了。"

"先生的评论已经发表，我不至于再犯趋炎附势的嫌疑；咱们尽可自由来往。他能赏脸明天和我一同吃饭吗？请斐诺作陪。罗斯多，你也不会推辞吧？”拿当说着，和埃蒂安纳握握手；又回头对勃龙台说：“啊！先生，你走的路子太好了，继承了丢索、菲埃回、姚弗洛阿的传统！霍夫曼[1]对他的学生（也是我的朋友）格劳特·维浓提到你，说只要《辩论报》永世不朽，他死也瞑目了。他们给你的稿费很高吧？”

勃龙台回答说：“每栏一百法郎。不过也算不得什么，我要看许多书，看到上百部才遇到一部像你这样的大作，值得我动笔。说句良心话，你的作品我看了很愉快。”

“还给他一千五百法郎收入。”罗斯多对吕西安说。

拿当接着说：“你也写政论文章吧？”

勃龙台回答：“东零西碎写一些。”

吕西安在这里好像一个小娃娃，他早就佩服拿当的书，把作者当作神道一般崇拜；谁知拿当见了一个吕西安没听见过名字，也不知有多大势力的批评家，竟然奴颜婢膝到这个田地，吕西安看着呆住了。他心上想：“难道我将来也得这样吗？非放下自己的尊严不可吗？——喂，拿当，干吗连帽子都不敢戴上呢？你写了一部出色的书，批评家只写了一篇文章。”吕西安转着这些念头，浑身发热。他时时刻刻看见一班怯生生的青年，穷苦的作家，跑进铺子求见道利阿，发现满屋子的人，觉得没有希望，说一声“下回再来”，走了。有些政界名流围在一处，其中两三个政客谈着国家大事和召开国会的问题。道利阿准备买进的周报可以议论政治[2]。这一类的报刊那时已经为数不多。办报的特权和开戏院的特权同样是大家争的目标。那群政客中间有一个是《立宪报》的最有势力的股东。罗斯多做向

① 以上四人都是法国十九世纪初期有名的批评家。

② 当时政府压制言论，大型日报以外的期刊，非经特许不得议论政治。

导做得很到家。吕西安一句一句听着，觉得道利阿的地位愈来愈高，文学和政治也在这个铺子里合流了。一个优秀的诗人拍一个记者马屁，亵渎艺术，正如娼妓在丑恶的木廊底下卖淫，侮辱女性；外省大人物受着这些教训毛骨悚然。整个的谜只要一个字就可道破，就是钱！吕西安感到自己孤独，谁也不认得他，只凭着一些毫无把握的交情，同功名利禄拉上一点关系。他怪怨小团体中一班多情的真正的朋友，给他看到一个不现实的世界，不让他拿着笔杆冲进这个战场。——“否则我早成了勃龙台了。”他私下想。罗斯多刚才在卢森堡高岗上像受伤的鹰隼一般哀号，吕西安觉得他非常伟大，现在可变得渺小了。在这里，吕西安认为唯有时髦的出版商，掌握作家生活的书店老板，才是重要人物。诗人夹着稿子有种不寒而栗的感觉，好像心里害怕。他看见铺子中央，漆成云石色的木座子上供着几个半身像，有拜伦，有歌德，还有卡那利斯。道利阿希望出版卡那利斯的一部诗集，有心要他到这里来的时候看看出版家把他抬得多高。吕西安不知不觉贬低了自己的价值，勇气逐渐消失，只感到他的命运操在道利阿手中，急于等道利阿出现。

十三　第四种书店老板

“喂，朋友们，我盘进了一份周报，眼前能够花钱买下的只有这一份，一共有两千订户。”说话的是个矮胖子，脸孔像当年罗马帝国的总督，假装和气很容易叫浅薄的人上当。

“别胡扯!”勃龙台说，“印花税证明只有七百订户，那已经很不差了。”

“天地良心，足足有一千二。”他向勃龙台轻轻补上两句，“我说两千，因为有纸店和印刷所老板在场。”随后又高声说：“没想到你这样冒失，老弟。”

斐诺问：“要不要招人合伙啊?”

道利阿说："看条件。三分之一的股份作四万法郎，你要不要？"

"行，只要您接受我编辑部的名单：爱弥尔·勃龙台，格劳特·维浓，斯克利勃，丹沃陶·勒格兰，番利西安·凡尔奴，奚埃，儒依，罗斯多……"

"干吗不加上吕西安·特·吕庞泼莱？"内地诗人大胆插进一句。

"还有拿当。"斐诺结束的时候说。

"干吗不把这儿的游人一起请来呢？"出版商掉过身子，拧着眉毛向《长生菊》的作者说，"这一位是谁？"他很不客气地望着吕西安问。

罗斯多回答说："道利阿，他是我介绍来的。趁斐诺考虑他的合伙问题，让我先来谈一谈。"

威风凛凛的书业大王对斐诺直呼为你，虽然斐诺对他称您；他把人人忌惮的勃龙台叫作老弟，向拿当伸出手去气概像王爷，还做着亲昵的姿势，吕西安看他冷冰冰的一副生气面孔，吓得连衬衫都湿透了。

道利阿嚷道："啊！老弟，又来一笔交易。你该知道，我手头有一千一百部稿子。诸位先生听见没有？作家们送来一千一百部原稿，不信问迎皮松！不久我竟要另外设一科专管稿件了，辟一个审稿室负责审查，开会讨论，投票表决，审稿的人每次都得签到；还要有一个常任秘书向我提出报告。那等于法兰西学士院的分院，而学士们出席木廊商场的报酬比出席学士院还要高。"

勃龙台道："倒是个主意。"

道利阿道："坏主意！你们之中凡是当不了资本家，做不成靴匠，不会当兵，不会做跟班，既不做官，也不做吏的人，都想当作家，搜索枯肠硬要写文章；我才不替他们做清理工作呢。无名小卒不必光临！你们打定了天下，自有大把黄金捧给你们。两年工夫我一手捧出三个，结果三个都是没良心的！拿当的书再版，要我六千法郎版税；我请人写书评花掉三千，此刻一千都不曾收回。勃龙台的两篇稿子花了我一千法郎，请一次客，又是五百……”

吕西安听说道利阿为《辩论报》上的评论花到那个数目，对勃龙台的估价马上一落千丈。他道：“可是先生，如果所有的出版家说话都像你先生一样，作家的第一部书怎么印出来？”

吕西安向道利阿赔着笑脸，道利阿却恶狠狠地瞪着他说：“那跟我不相干。我才不高兴随便印一部书，为了赚两千法郎冒两千法郎的险呢。我拿文学做投机，宁可挑四十卷的大书印一万部，像邦戈克和布杜昂弟兄的做法。我有势力，又能收买评论，尽可经营一笔三十万法郎的买卖，干吗要推销一部两千法郎的小书呢？捧出一个新人，一部新作品，跟推销挣大钱的《外国戏剧选》《胜利实录》《大革命回忆录》[①] 比起来，并不少费气力。我开铺子不是替未来的大人物做垫脚石的，而是为赚钱，赚了钱送给出名的人。我花十万法郎买的稿子，实际上比出六百法郎买无名作家的稿子便宜！就算我不是提倡文艺的贵人，文艺界至少得谢谢我，稿费被我提高了一倍以上。老弟，我告诉你这些道理，因为你是罗斯多的朋友，”道利阿说着，拍拍诗人的肩膀，狎昵的态度叫人受不了，“要是我同所有上门兜稿子的作家谈谈说说，我只好关门大吉，把全部时间花在怪有意思的谈话上面，可惜代价太高了。我还不那么富裕，没法听每个人自吹自擂的独白。那只能搬上舞台，放在古典悲剧里。”

这些正确得可怕的话，加上道利阿的奢华的装束，给内地诗人的印象越发深刻。

“什么稿子？”道利阿问罗斯多。

“一部极精彩的诗集。”

道利阿做了一个名演员塔尔玛式的姿势，转身向迦皮松说：“迦

---

① 邦戈克于一八一七至一八二一年间出版的《胜利实录》共有二十四卷；拉伏卡于一八二二至一八二三年出版的《外国戏剧选》共有二十三卷；贝尔维和巴里哀合出的《大革命回忆录》（一八二二年起印行）共有四十卷。

皮松，从今天起，谁要来兜稿子……喂，你们几个听见没有？”他又对另外三个伙计说；三个伙计听见东家冒火的声音，从书堆里探出头来。老板瞧着他漂亮的手和手指甲，往下说：“谁要送稿子来，先问清楚是诗是散文。是诗，马上打发掉，免得把书店蛀空了！”

新闻记者都嚷起来：“好啊！道利阿说得妙啊！”

出版商手里拿着吕西安的原稿，在铺子里踱来踱去，嚷道：“我说的是事实，诸位先生，你们不知道，拜伦、拉马丁、维克多·雨果、加西米·特拉维涅、卡那利斯、贝朗瑞的走红，真是害人不浅。他们出了名，给我们招来一大批蛮子。我相信此刻送到书店去要求出版的诗稿有上千部，开场总是断断续续的故事，没有头，没有尾，模仿拜伦的《海盗》和《拉拉》。年轻人借新奇为名，来一些莫名其妙的章节，叙事诗明明是台利尔的老调，新派作家居然自命为创新！这两年诗人多得像金壳虫。去年我为着诗歌亏本亏了两万！不信问迎皮松！可能世界上真有不朽的诗人，我也看见过，脸孔白白嫩嫩，还没长胡子呢，”道利阿朝着吕西安说，“可是小朋友，对出版界来说，只有四个诗人：贝朗瑞，加西米·特拉维涅，拉马丁，维克多·雨果；还轮不到卡那利斯……他是靠报上一篇又一篇的文章捧出来的。”

在场的那些有势力的人听着哈哈大笑，吕西安不敢在他们面前挺起腰来表示傲气。唯恐受人奚落，下不了台。可是他心痒难熬，恨不得扑上道利阿的脖子，撕下他那个整齐得可恶的领结，扯断他挂在胸口发亮的金链，把他的表踩在脚下，把他的人撕作两半。一个人伤了面子没有不想报复的，吕西安对出版商装着笑脸，心里把他恨得要死。

勃龙台说：“诗歌好比太阳，能够帮助万古长青的森林成长，也能产生蚊虫和苍蝇。世界上没有一桩好事不带来一桩坏事。文学产生了出版家。”

“还有新闻记者，”罗斯多说。

道利阿听着大笑。

他指着稿子问：“到底是什么东西？”

罗斯多回答：“一部十四行诗的集子，会叫彼特拉克脸红的。”

“你这话怎么解释？”道利阿问。

“还不是跟大家一样？”罗斯多回答，他发现众人脸上都挂着俏皮的笑意。吕西安没法生气，只是暗暗的出汗。

“好吧！我看一遍就是了，”道利阿做了一个气概不凡的手势，仿佛他的让步是天大的情面，“小朋友，如果你的十四行诗够得上十九世纪的标准，我一定叫你成为一个大诗人。”

国会里最有名的一个演说家正在同《立宪报》的编辑兼《弥纳佛报》的经理谈话，插进来说：“只要他的才气比得上他的相貌，你也担不了多大风险。”道利阿回答说：“将军，叫一个人出名，报刊的评论要花一万二，请客花三千，不信你问《孤独者》的作者。假如朋雅明·公斯当先生肯为这个青年诗人写一篇书评，这笔交易我绝不犹豫。”

内地大人物听见又是将军，又是大名鼎鼎的朋雅明·公斯当，觉得这铺子的气派简直同奥林匹斯[1]差不多。

斐诺道：“罗斯多，我有事和你商量，等会儿咱们在戏院见面。——道利阿，这笔买卖我可以做，不过有条件。咱们上办公室去谈吧。”

“来吗，老弟！”道利阿让斐诺走在前面，向十多个等着他的人挥了挥手，表示他忙得不可开交。他正要进办公室，吕西安急起来，拦着他问。

“先生留下我的稿子，什么时候来听回音？”

① 希腊半岛北部的山，古希腊人认为那座山上是神明住的。

“哎！我的小诗人，过三四天再来。咱们瞧着办。”

吕西安被罗斯多拉着就走，来不及向凡尔奴，勃龙台，拉乌·拿当，福阿将军，朋雅明·公斯当等告辞。那时公斯当刚刚发表他关于百日时期的著作，他做了二十年特·斯塔埃夫人的情人，先攻击拿破仑，又攻击波旁家，等到胜利的时候，他筋疲力尽地死了①。吕西安只对他匆匆一瞥，印象不过是一头淡黄头发，眉清目秀，长方脸上，长着一张样子可爱的嘴巴。

十四　后　台

吕西安踏上街车，挨着罗斯多坐下，说道：“没想到是一个鬼地方！”

罗斯多吩咐赶车的：“全景剧场，越快越好，给你一法郎半。”然后他在吕西安面前摆着前辈的架子，很得意地说道：“道利阿这浑蛋一年做十五六万法郎生意，好比当着文艺部部长。他和巴贝一样贪心不足，可是专门捞大笔头的油水。道利阿有气派，很豪爽，也很虚荣；他那点风趣是拿别人的话凑起来的。他的铺子是个好地方，值得走动，你可以同当代的优秀人物攀谈。告诉你，一个青年在那儿待一小时，比着读十年书，弄得面黄肌瘦，学到更多东西。大家在那边讨论报刊上的文章，找题材，交攀名流或者有势力的人物，将来好派用场。今日之下，要成功全靠交游广阔。一切要靠机会，你不是看见了吗？最要不得是有了聪明才智，孤零零地守在冷角落里。”

吕西安说：“他狂妄极了！”

① 朋雅明·公斯当死于一八三〇年十二月，正当查理十世下台以后五个月。一八一九年时他曾发表关于百日时期（指拿破仑从厄尔巴岛逃回至滑铁卢战败为止的时期）的书信集。

埃蒂安纳回答说："哼，我们都拿道利阿打哈哈。你有求于他，他踩在你肚子上；他要用得着《辩论报》，勃龙台要他怎么就怎么，好比转陀螺。唉，你进了文艺界，这种角色有的看呢！我刚才不是告诉过你吗？"

吕西安道："是啊，你说的不错。可是尽管听过你的预告，我在铺子里受的气还是出乎我意料。"

"干吗要痛苦呢？凡是我们消耗了生命，为之坐到深更半夜，绞尽脑汁的题材，我们在精神世界中的漫游，用足心血造起来的大建筑，在出版商眼里不过是一桩赚钱生意或者蚀本生意。书店老板只晓着你的书好销不好销。他们只操心这一点。对他们说来，印一部书是拿一笔资本去冒险。作品越好，卖出的机会越少。优秀的人总是比群众高一等，他的作品要过相当时间受人赏识以后，才能风行。哪个出版商愿意等呢？最好今天印的书明天就卖完，既然是这种制度，真有分量，要慢慢地受到推崇的作品，出版商绝不接受。"

吕西安嚷道："大丹士说得不错。"

罗斯多道："你认识大丹士吗？像他那种生活孤独，自以为能叫群众迁就他们的人，我认为最危险。这些要到身后才出名的人，用信心把青年的幻想鼓动得如醉若狂，因为我们开始都自以为力量大得不得了，听了他们的话很投机，就不去利用还能行动，还能有所收获的年纪打天下。我可赞成穆罕默德的办法，他叫山走过来，说道：你不过来，我来！"

这个警句把论点提得非常尖锐，使吕西安在两种办法之间打不定主意：一个办法是小团体的朋友们提倡的安贫乐道的生活，另外一个是罗斯多提出的战斗生活。直到修院大街，安古兰末的诗人一声不出。

现在全景剧场经过拆造，变了民房；当初是一所漂亮的戏院，坐落修院大街，正对夏洛街。两任经理都失败了，不曾做过一笔好买卖。继承滑稽名角卜蒂埃的维诺，五年以后大红特红的佛洛丽纳，最初倒是在全景剧场登台的。剧院和人一样逃不过命运的安排。全景剧场要同滑稽剧场、快乐剧场、圣·马丁门戏院，以及专演歌舞剧的一些戏院竞争；它经不起同业的倾轧，营业执照的限制[①]，又缺少精彩的剧本。剧作家不肯为了一家前途渺茫的戏院把别的戏院得罪了。那时经理室正想靠一出带点滑稽的杂剧卖座，作者是个青年，叫作杜·勃吕埃，曾经同几个名人合作过，这次他自称是一个人执笔专为佛洛丽纳初次登台编的。佛洛丽纳一向在快乐剧场做跑龙套，最近一年担任一些小角色，稍稍有人注意，可始终没当上主角；全景剧场便要她跳槽。另外一个女演员高拉莉也在这出戏里第一次露面。两个朋友来到戏院，吕西安发觉报纸有那么大的势力，先自吃了一惊。

“这位先生是我带来的。”埃蒂安纳告诉检票处，检票处的职员都弯了弯腰。

“今晚不容易腾出位置，”检票处的头目说，“只有经理的包厢还能安插。”埃蒂安纳和吕西安在游廊里走了一转，和女招待办了几次交涉，没有结果。

“咱们进场找经理去，他会请我们坐他的包厢。另外我还要介绍你见见今晚的女主角佛洛丽纳。”

罗斯多做了个手势，管乐队池子的人掏出小钥匙，在厚实的墙上开了门。吕西安跟着朋友，从灯火通明的游廊忽然进入一个漆黑的窟窿。在剧场和后台之间，差不多每家戏院都有这样一条过道。内地诗人跨上几步潮湿的踏级，走进后台，看见许多意想不到的景象：狭窄的支柱，高耸的天顶，挂油灯的柱子，近看挺可怕的舞台

① 当时官方对戏院多方限制，甚至规定在舞台上同时开口的演员不得超过两个人。

装置，满脸白粉的演员，式样古怪、料子粗糙的服装，上衣沾满油迹的工人，挂在空中的绳索，高高吊起的布景，戴着帽子踱来踱去的后台监督，随便坐着的跑龙套，还有消防人员，总之是一大堆滑稽、凄惨、肮脏、丑恶、刺眼的东西，和吕西安坐在台下看到的大不相同，使他诧异不止，台上快要演完一出歌舞剧，叫作《贝脱朗》，仿照玛丢兰的悲剧编的。诺第埃，拜伦，华尔特·司各特都很重视玛丢兰的原作，可是在巴黎不受欢迎。

埃蒂安纳嘱咐吕西安："仔细搀着我的胳膊，要不你不是踩着活门掉下去，就是一座森林从天而降，套在你头上，再不然你会撞翻宫殿，拖倒茅屋。"

一个女演员听着台上的对白准备出场，埃蒂安纳问她："小宝贝，佛洛丽纳可是在更衣室里？"

"是的，亲爱的。谢谢你在报上说我好话。佛洛丽纳到这里以后，你更和气了。"

罗斯多道："小家伙，别误了你的事。快点上台，好好念你的两句台词：住手，浑蛋！今天卖座卖到两千法郎呢。"

女演员脸上换了一副表情，嚷道：住手，浑蛋！吕西安看着愣住了，那声音吓得他全身发冷。她的确变了一个人。

吕西安对罗斯多说："这就叫戏院。"

罗斯多回答："戏院同木廊书店和报纸一样，是文学的装配工场。"

拿当出现了。

罗斯多问道："你是为谁来的？"

拿当说："替《法兰西新闻》跑跑小戏院，聊胜于无。"

罗斯多说："今晚跟我们一同去吃宵夜，希望你对佛洛丽纳多多照应，以后回敬你就是了。"

"一定帮忙。"拿当回答。

“你知道，她搬到蓬提街去了。”

刚才的女演员从台上回进后台，问道：“小罗斯多，你同来的漂亮青年是谁？”

“啊！亲爱的，他是个大诗人，将来要出名的。——拿当先生，你们今晚同席，让我来介绍一下，这位是吕西安·特·吕庞泼莱先生。”

拿当说：“先生，你的姓漂亮得很。”

埃蒂安纳招呼他的新朋友：“吕西安，这位是拉乌·拿当先生。”

吕西安道：“真的，先生，我两天以前拜读了大作，没想到你写了那样的书，那样的诗集，对一个新闻记者会那么恭敬。”

“等你第一部书出版了，看你的吧。”拿当很含蓄地笑了笑。

凡尔奴瞧见他们三个在一起，嚷道：“呦！呦！极端派[①]同进步党握手了。”

拿当回答：“白天我代表我的报纸说话，晚上我爱怎么想就怎么想；天黑了，个个记者都是灰色的。[②]”

凡尔奴对罗斯多说：“埃蒂安纳，斐诺和我同来，正在找你呢……噢……他来了。”

斐诺说：“嗳，嗳，咱们没有位置吗？”

女演员满面春风地笑着说：“我们心坎里永远有你的位置。”

“哦，佛洛维尔，你的爱情倒结束得快。听说你被一个俄国亲王拐走了。”佛洛维尔便是那个大叫“住手，浑蛋”的女演员，她回答说：“这个年月还能拐走女人吗？我们在圣-芒台住了十天，亲王给了经理室一笔钱。”她又笑着说：“我看经理但愿上帝多派几个俄国亲王来，让他拿些补偿费，只有收入，没有支出。”

---

① 这是极端派保王党的简称。

② 法国有句俗语：“天黑了，只只猫儿都是灰色的。”

一个漂亮的乡下姑娘在旁听着，斐诺问她："那么你呢，小妹妹，耳朵上两颗金刚钻哪里来的？可是搭上了什么印度亲王？"

"没有。不过是个做鞋油生意的英国人，已经走了！觉得家里无聊，资财上百万的生意人，不是随便碰得到的，像佛洛丽纳和高拉莉那样才福气呢！"

罗斯多道："佛洛维尔，你要误场了，你被你朋友的鞋油迷了心了。"

拿当道："你要台下叫好，别像疯子般直嚷：他得救了！最好安安静静地进去，走到台边，用丹田的声音说：他得救了，像拉巴斯达在《当克兰特》里念'噢！祖国'一样。好，去吧！"拿当说着推了她一下。

凡尔奴道："来不及了，她误场了！"

罗斯多道："场子里拼命拍手，她怎么啦？"

跟过鞋油商的女演员道："她拿出她的看家本领，跪下去露出胸脯来了。"斐诺告诉埃蒂安纳："经理请我们上他的包厢去，我在那儿等你。"

罗斯多带着吕西安在舞台背后绕来绕去，穿过迷魂阵似的甬道和楼梯，走到四楼上的一个小房间，拿当和番利西安·凡尔奴跟着他们。

佛洛丽纳道："诸位先生好。"又转身对一个坐在一边的矮胖子说："先生，这几位都是我命运的主宰，我的前程操在他们掌心里；可是我希望明儿早上他们一起躺在我们的饭桌底下，只要罗斯多先生样样安排好……"

埃蒂安纳说："当然安排好！《辩论报》的勃龙台，货真价实的勃龙台，也给请来了。"

"噢！小罗斯多，那我非拥抱你不可。"佛洛丽纳上前搂着罗斯多的脖子。胖子玛蒂法看着沉下脸来。佛洛丽纳十六岁，身材瘦削。她的美像一个含苞未放的花蕾，只有喜欢稿本胜过完工的图画的艺术家才赏识。这个迷人的女演员相貌之间处处流露出秀气，很像歌德笔下的弥浓。玛蒂法是龙巴街上有钱的药材商，以为大街上一个年轻的女戏子不需要多少钱，不料十一个月中间，佛洛丽纳已经花了他六万法郎。老实的商人坐在一角，像看守田园的丹末神[①]，叫吕西安看着好不奇怪。十尺见方的更衣室糊着美丽的花纸，摆一个帕西希女神的像，一张半榻，两把椅子，一条地毯，一个壁炉架，好几口衣柜。女佣正好替佛洛丽纳穿扮完毕，一身西班牙装束，佛洛丽纳在那出情节复杂的戏里扮一个伯爵夫人。

拿当对番利西安说："再过五年，这姑娘准是巴黎最美的女演员。"

佛洛丽纳转身对三个记者说："啊！你们这些心肝宝贝，明天要好好捧我一阵才对。今夜你们都要醉得人事不知，我包好车子预备送你们回去。玛蒂法弄了好酒，同路易十八喝的不相上下；他还找了普鲁士公使的厨子。"

拿当说："我们一看见先生，就知道有好东西请我们。"

佛洛丽纳说："他知道请的客是巴黎最危险的人物。"

玛蒂法神色不安地瞧着吕西安，看他长得这样美，不免暗暗嫉妒。

佛洛丽纳也发现了吕西安，说道："这一位我不认识。你们哪一个把贝尔凡台的阿波罗[②]从佛罗棱斯带来的？他长得和奚罗台画的人物一样漂亮。"

罗斯多道："小姐，我忘了介绍，这位是内地来的诗人。你今晚太美了，我连最起码的礼数都想不起来……"

---

① 古代拉丁民族崇拜的神，雕像往往只有上半身，下半身是一块界石。

② 古希腊有名的雕像，此处是指罗马时代的仿制品。

佛洛丽纳道："他能做诗人，大概很有钱吧？"

"穷得像约伯一样。"吕西安回答。

"真有意思。"佛洛丽纳说。

剧本的作者，年轻的杜·勃吕埃忽然闯进来，穿着常礼服，个子矮小，身体灵活，看上去像公务人员，又像业主，又像经纪人。

他说："小佛洛丽纳，台词记熟了吧？嗯，别临时忘了。特别注意第二幕，要泼辣，要尖刻！我不爱你那一句要说得好，跟我们排练的一样。"

玛蒂法对佛洛丽纳说："干吗你要扮这个角色，说这种话呢？"

大家听着药材商的话哈哈大笑。

她道："那跟你有什么相干？又不是对你说的，傻瓜！"佛洛丽纳又望着记者们说："听他的胡说八道真好玩。我要不怕破产，还愿意花钱收买，他说一句糊涂话给他多少钱。"

药材商回答："可是你说这句话把眼睛瞪着我，像你背台词的时候一样，我看着害怕。"

她道："那容易，下回我望罗斯多就是了。"

过道里响起一阵铃声。

佛洛丽纳道："你们一起请出去，我要温温台词，把意思弄清楚。"

吕西安和罗斯多最后走出。罗斯多亲了亲佛洛丽纳的肩膀，吕西安听见佛洛丽纳说："今晚不行。老头儿告诉他女人，说他下乡去了。"

埃蒂安纳问吕西安："你看她可爱不可爱？"

吕西安道："可是，朋友，那个玛蒂法……"

罗斯多回答说："呃，孩子，你还一点不了解巴黎生活。有些无可奈何的事只能忍受！比如你爱一个有夫之妇，不是一样吗？人总得设法譬解。"

十五　药材商的用处

埃蒂安纳和吕西安走进楼下紧靠前台的包厢，戏院经理和斐诺都在里头。对面的包厢坐着玛蒂法和他的朋友，高拉莉的后台老板，做丝绸生意的加缪索，另外一个小老头是加缪索的丈人。正厅里乱哄哄的，三个做买卖的不大放心，正擦着手眼镜张望。上演新戏的第一晚，包厢里的看客总是无奇不有：新闻记者带着情妇，外室带着情夫，有爱看新戏的老观众，有喜欢找这种刺激的上流人物。一位司长和他的家属占着一个最好的包厢；剧作家杜·勃吕埃靠那司长的力量，在财政部门弄到一个领干薪的差事。吕西安自从吃过晚饭以后，到一处诧异一处。两个月来他看到文艺生涯那么穷困，在罗斯多屋子里那么丑恶，在木廊商场那么低微同时又那么威风，总之是一副意想不到的豪华和奇奇怪怪的面目。得意和失意，昧着良心的妥协，权势和吹拍，欺骗和享乐，光荣和屈辱，全都混在一起，弄得吕西安目瞪口呆，好似看一幕从来未有的活剧。

斐诺问经理："你以为杜·勃吕埃的戏能赚钱吗?"

"情节很曲折，杜·勃吕埃有心模仿菩玛希。大街上的观众但求刺激，不喜欢这一套。他们不懂风趣。今晚全靠佛洛丽纳和高拉莉，她们俩长得漂亮，极有风情；穿着短裙跳起西班牙舞来，准会抓住观众。这次演出是碰运气。如果报上来几篇有趣的评论，一炮打响了，我可以赚到三万法郎。"

斐诺说："我懂了，这出戏要内行才会赏识。"

"近边的三家戏院打发一批人来捣乱，少不得大喝倒彩；我安排好对付的办法，把对方雇的人收买了，要他们无的放矢，乱嘘一阵。对面包厢的三个老板要佛洛丽纳和高拉莉成功，各人买了一百张戏票送给熟人，他们能把捣乱分子轰走。捣乱分子收了双份的钱，也会听让我们轰走。这个办法可以博得群众的好感。”

斐诺道：“两百张戏票，这些人才宝贵呢！”

“对！再多两个漂亮的女演员，像佛洛丽纳和高拉莉一样有阔人供养，我就过关啦。”

两小时以来，吕西安听见样样要靠金钱决定。无论在戏院里，书店里，报馆里，从来不提艺术和荣誉。造币厂的大锤子连续不断地砸在吕西安的头上心上。乐队奏着序曲，他不禁把池子里乱哄哄的掌声和嘘叫声，跟他在大卫的印刷所里体会的，恬静纯洁，诗意盎然的境界，做一个对比：那时他和大卫只看到艺术的神奇，天才的光辉的胜利，翅膀洁白的荣誉女神。他回想到小团体中的晚会，亮出一颗眼泪。

埃蒂安纳·罗斯多问道：“你怎么啦？”

吕西安回答说：“我看见诗歌掉在泥坑里。”

“唉！朋友，你还有幻想。”

“难道非得在这儿卑躬屈膝，侍候大腹便便的玛蒂法和加缪索，像女演员侍候新闻记者，我们侍候出版商一样吗？”

“小朋友，”埃蒂安纳咬着吕西安耳朵，指着斐诺说：“你瞧这个蠢家伙，既没思想，也没才气，可是贪得无厌，只想不择手段地发财，做买卖精明厉害，在道利阿铺子里要我四分利，还好像帮了我的忙……他收到一些有才气的青年写的信，为了一百法郎不惜向他下跪。”

吕西安厌恶透了，心里一阵抽搐，想起留在编辑室绿呢桌毯上的那幅漫画：斐诺，我的一百法郎呢？

“还是死的好！”他说。

“还是活的好！”埃蒂安纳回答。

幕启的时候，经理站起身来，往后台吩咐事情去了。

于是斐诺对埃蒂安纳说：“道利阿答应了，周报三分之一的股份归我，付他三万法郎现款，条件是我担任经理兼总编辑。这桩买卖好极了。勃龙台告诉我，上面正在起草限制新闻事业的法案，只允许现有的报纸维持下去。半年之内，要花一百万才能办一份新的报刊。所以我马上决定了，虽然手头只有一万法郎。要是你能叫玛蒂法拿出三万来买我一半股份，就是说认六分之一的股份，我让你当我小报的主编，两百五十法郎一月薪水。对外由你出面。编辑部的权我是始终不放弃的，我利益也全部保留，只是表面上脱离关系。稿费作五法郎一栏算给你；你只付三法郎，再加上一些不要报酬的稿子，你每天有十五法郎外快，一个月就是四百五。报纸对人对事或者攻击，或者保护，都由我决定；你要放交情，出怨气，也可以，只消不妨碍我的策略。我或许加入政府党，或许加入极端派，此刻还不知道；可是我同进步党的关系暗地里仍要维持。因为你直心直肠，我什么话都告诉你了。我替另外一份报纸跑的国会新闻，说不定将来要让给你，我怕兼顾不了。所以你得利用佛洛丽纳做牵线工作，要她狠狠地逼一逼药材商；万一我凑不足款子，必须在四十八小时以内退股。道利阿把另外三分之一让给他的印刷所老板和纸店老板，作价三万。他白到手三分之一股份，还赚进一万，因为他统共只付出五万。可是一年之内，这份周报卖给宫廷好值二十万，假如宫廷真像外面说的那么聪明，想削弱新闻界的力量的话。”

罗斯多道：“你运气真好。”

“要是你尝过我从前的苦处，就不会说这句话了。在这个时代，我倒的霉简直无法挽回：我是一个帽子师傅的儿子，我爹至今还在公鸡街上开店。要我出头，只有来一次革命，否则就得挣上几百万家私。不知道这两桩事情比起来，是不是革命还容易一些。如果我姓了你那朋友的姓，事情就好办了。嘘！经理来了，再见。”斐诺说着站起身子，“我要上歌剧院，明天要跟人决斗也难说：我写了一篇稿子，签上一个F，把两个舞女大大攻击了一阵。她们都有将军撑腰。我向歌剧院老实不客气开火了。”

“啊！为什么？”经理问。

“是吗，各个人都同我斤斤较量，”斐诺回答，“这个减少我的包厢，那个不肯订五十份报纸。我给歌剧院送了最后通牒，要他们付一百份订报费，每月给我四个包厢。要是成功了，我就有八百订户，一千份报纸的收入[①]。我有办法再找两百订户，明年正月就有一千二了……”

经理说：“这样下去，你要叫我们破产了。”

“你订了十份报就叫苦吗？我已经要《立宪报》替你登出两篇捧场文章。”

经理说：“我不怨你啊。”

斐诺接着说：“罗斯多，明儿晚上在法兰西剧院听你回音。那边有新戏上演；我没空写稿，报馆的包厢给你吧。我有心做成你，你为我累得满头大汗，我很感激。番利西安·凡尔奴愿意放弃一年薪水，出两万法郎买我报纸三分之一的股份；我可喜欢一个人做主。再会了。”

吕西安对罗斯多说：“这个人姓斐诺倒也名副其实[②]。”

“噢！这该死的家伙一定出头。”埃蒂安纳说，不管那正在关包厢门的精明角色听见不听见。

经理道：“他吗？……将来准是百万富翁，到处有人尊重，说不定还有朋友……”

吕西安道：“我的天哪！简直是强盗世界！你真的为这件事叫这个甜姐儿做说客吗？”他指着佛洛丽纳说。佛洛丽纳正在向他们飞眼风。

---

① 一千订户中有两百个是白送钱不要报纸的。

② 与斐诺谐音的另一个字，意思是刁猾。

罗斯多回答："并且她准成功。你才不知道这些可爱的姑娘多忠心、多聪明呢!"

经理接着说："她们爱起人来，那种爱情简直没有穷尽，没有边际，把她们所有的缺点、过失都抵消了。女演员的热情同她的环境是个极强烈的对比，所以更动人。"

罗斯多说："那好比在污泥之中找到一颗钻石，有资格镶在最尊严的王冠上。"

经理说："哎，不好了，高拉莉在台上心不在焉。我们的朋友被高拉莉看上了，他自己不觉得。她的花招使不出来了，已经忘了对答，两次提示都没听见。先生，坐这边来。要是高拉莉爱上了你，我叫人告诉她说你走了。"

罗斯多说："不！还是告诉她这位先生等会参加消夜，听凭她支配，那她就演得同玛斯小姐[①]一样了。"

经理走了。

吕西安对罗斯多说："朋友，斐诺花三万法郎买来的股份，你怎么下得了手，要佛洛丽纳小姐劝药材商拿出三万来买一半呢?"

吕西安来不及说完理由，被罗斯多拦住了。

"亲爱的孩子，你真是乡下佬！那药材商又不是人，不过是爱情送来的一口银箱!"

"你的良心呢?"

"朋友，良心这根棍子，我们用来专打别人，不打自己的。哎哟！你闹什么别扭啊？我等上两年的奇迹，你运气好，一天之中就碰上了，倒讲起手段了！我只道你是聪明人，在这个社会里准会像闯江湖的知识分子一样，思想很洒脱；谁知你牵出良心问题，仿佛修女埋怨自己吃鸡子的时候动了贪欲……佛洛丽纳把事情办成了，

① 法国十九世纪有名的喜剧演员。

我就是总编辑，按月有二百五十法郎收入，专跑大戏院，把一些歌舞剧院让给凡尔奴，大街上这几家戏院交给你，你不是上了路吗？三法郎一栏稿费，你每天写一栏，一个月三十栏，便是九十法郎；还有六十法郎样书卖给巴贝；再向戏院按月要十张送票，一共四十张，卖给戏剧界的巴贝收进四十法郎，做戏票买卖的人我自会替你介绍。这样你每月有两百法郎了，再帮衬一下斐诺，还能在他新买的周报上发表一篇一百法郎的稿子，如果你才能出众的话；因为那儿要正式署名，不比在小报上写稿好胡扯。那时你每月就有三百法郎。亲爱的朋友，便是一般真有才能的人，比如天天在弗利谷多铺子吃饭的可怜的大丹士，也要熬上十年才能挣到这个数目。凭你一支笔，一年稳收四千法郎；倘若再替书店写稿，还有别的进款。一个县长只拿三千法郎年俸，待在县里不死不活。我不谈看白戏的乐趣，那是你很快就要厌倦的；可是四家戏院的后台让你自由进出。开头一两个月，不妨态度严厉，口角俏皮，人家便争着请你吃饭，和女戏子们一同玩；她们的情人都要来巴结你；你只有袋里空空如也，连三十铜子都掏不出，外边也没有饭局的时候，才上弗利谷多铺子。今天下午五点，你在卢森堡公园无聊得要死，明儿就有希望变作特权阶级，上百个统治法国舆论的人中间有你一个。要是我们的事情成功了，不出三天，你就能用三十句刻薄话，每天发表两三句，叫一个人坐立不安，过不了日子；你的吃喝玩乐全在你跑的几家戏院的女演员身上。你能把一出好戏打入冷宫，叫一出坏戏轰动巴黎。如果道利阿不肯印你的《长生菊》，也不送你一笔钱，你可以叫他低声下气地上你那儿，出两千法郎买去。只消你有才能，在三家不同的报纸上登出三篇稿子，拿道利阿的几笔大生意或者他打算畅销的一部书开刀，他要不爬上你的阁楼，像藤萝般缠着你不放才怪！还有你的小说，此刻个个出版商把你敷衍两句送走，将来他们会到你府上去排队，把道格罗老头儿只估四百法郎的原稿抬价到四千！这是当新闻记者的好处。因此我们不让新人接近报馆。要进新闻界，不但要有才能，还得运气好。没想到你跟你的好运闹别扭！……不是吗？咱们俩今天要不在弗利谷多铺子见面，你还得像大丹士那样在阁楼上待三年，或者干脆饿死。等到大丹士像斐尔[①]一样博学，成了卢梭那样的大作家，我们早已挣了家业，能支配他的家业和声名了。那时斐诺当了议员，做了一家大报馆的老板，而我们也都称心如意了；不是进贵族院，便是背了债进圣德-贝拉奚[②]。”

“那时，斐诺把他的报纸卖给出价最高的部长，正如他此刻把吹捧的话卖给巴斯蒂安纳太太，阴损几句维奚尼小姐，告诉读者，巴斯蒂安纳的帽子比报上早先称赞过的维奚尼做得高明！”吕西安这么说着，想起他亲眼看见的一件事。

“朋友，你是个傻瓜，”罗斯多冷冷地回答，“三年以前，斐诺走在街上只有靴筒，没有靴底，在塔巴饭店吃十八铜子一顿的饭，为了挣十八个法郎替人写商品的仿单；他的礼服怎么还能穿在身上，竟像圣灵感应的怀胎[③]一样，是个猜不透的秘密。如今斐诺有一份独资的小报，值到十万；有白送报费不要报纸的订户；除了正式的订报收入，还有他舅舅代抽的间接税：这两项给斐诺两万法郎一年收入，天天吃着山珍海味的酒席，从上个月起有了自备马车；明儿又要当一份周报的经理，白到手六分之一的股权，每月五百法郎薪水，还能揩油上千法郎稿费，人家尽义务写的文章，他叫股东们照样付钱。倘若斐诺答应给你五十法郎一页[④]，你第一个会高高兴兴替他白写三篇稿子。等你爬到差不多的地位，你再来衡量斐诺吧，一个人只能受同等地位的人衡量。如果闭着眼睛跟你的帮口走，斐诺

---

① 斐尔（1647—1706）：法国作家，写过一部百科辞典。

② 一七九二至一八九九年间巴黎有名的监狱，主要幽禁政治犯与文人。

③ 基督教传说，圣母生耶稣不是凡人的怀胎，而是受了圣灵感应怀的胎。

④ 指双折的一张，等于四面；法国人写稿很少用单张（即两面）的纸。

喝一声打，你就打，喝一声捧，你就捧，包你前途无量！你要报仇出气，只消和我说一句：罗斯多，揍死这家伙！咱们就在报上每天登一句两句，叫你的敌人或者朋友不得超生。你还能在周报上发表一篇长文章拿他再开一次刀。万一事情对你关系重大，而斐诺觉得少不了你的话，他会让你利用一家有一万到一万二订户的大报，把你的敌人一棍子打死。”

吕西安听得入迷了，说道：“那么你认为佛洛丽纳一定能叫药材商做这笔交易了？”

“当然喽。现在正是休息时间，我先去嘱咐她两句，事情今夜就好决定。经过我指点，佛洛丽纳除了她自己的聪明，还会把我的聪明一起用上去。”

“嗳，这老实的商人在那里张着嘴欣赏佛洛丽纳，做梦也没想到人家要算计他三万法郎！……”

罗斯多道：“你又说傻话了！为什么不干脆说我们抢劫呢？可是，亲爱的，如果政府收买报纸，药材商的三万本钱十个月之内可能变成五万。何况玛蒂法目的不在于报纸，他只为佛洛丽纳着想。外边一知道玛蒂法和加缪索做了某某杂志的老板，因为这笔交易他们俩要合作的，所有的报刊都会说佛洛丽纳和高拉莉的好话。佛洛丽纳马上出名，说不定别的戏院会出一万两千包银和她订合同。玛蒂法也不必再请客、送礼，每个月在记者身上好省掉千把法郎。你不了解人，也不懂生意经。”

吕西安道：“可怜的家伙！他原是想快快活活过一夜的呢。”

罗斯多接口说：“佛洛丽纳却要搬出一大堆理由来跟他缠绕不休，直到他买下斐诺的股份，给佛洛丽纳看到收据为止。这么一来，我第二天便当上总编辑，一个月挣到上千法郎了。我的苦日子过完啦！”佛洛丽纳的情人叫起来。罗斯多离开包厢，丢下神思恍惚的吕西安，让他去胡思乱想，在现实世界的上空飘飘荡荡。内地诗人见识了出版界在木廊商场的把戏和猎取声名的手段；又在戏院后台走了一遭，看到漆黑的良心，巴黎生活的关键，各种事情的内幕。他眼睛欣赏台上的佛洛丽纳，心里羡慕罗斯多的艳福，一忽儿已经把玛蒂法忘了。他愣在那里说不出有多久，也许只有五分钟，他却觉得长得无穷无尽。火热的念头烧着他的心，女演员的形象挑起他的欲火：淫荡的眼睛四周涂着胭脂，白得耀眼的胸脯，妖艳的短裙，肉感的绉裥，裙子底下露出大腿，穿着绿头绿跟的红袜子，有意刺激台下的观众。两股腐蚀的力量齐头并进，向吕西安直扑过来，仿佛两条瀑布要在洪水中汇合；诗人坐在包厢的一角，胳膊放在包红丝绒的栏杆上，耷拉着手，定睛望着台上的幕，听凭那两股力量吞噬；因为以前过着用功、单调、隐晦的生活，像一片深沉的黑夜，此刻受着又有闪光，又有乌云，像烟火般灿烂的生活照耀，他愈加支持不住了。

十六　高拉莉

忽然幕上露出一个隙缝，一只多情的眼睛光芒闪闪，射在吕西安的漫不经意的眼睛上。诗人从迷惘中醒来，认出是高拉莉的眼睛，不由得浑身发热，低下头去，望着加缪索，加缪索正好回进对面的包厢。

那位女性鉴赏家是个大胖子，蒲陶南街上的丝绸商，还担任商务法庭裁判；家里有四个孩子，老婆是续弦，一年有八万法郎进款；年纪已经五十六，满头花白，像戴着一顶帽子，是一个假作正经而及时行乐的人；他一生在生意场中受过不少委屈，离开世界之前一定要快活一阵。颜色像新鲜牛油般的额角，像修士般红润的脸颊，似乎还不够容纳他心花怒放的快乐。加缪索趁老婆不在身边，准备拼命鼓掌，捧高拉莉，富商的虚荣心集中在高拉莉身上，他在小公馆里撑的场面不亚于从前的王侯。他认为女演员的成功一半是他的功劳，因为他是出钱的老板。既然有岳父在场，加缪索的行动等于得到批准。岳父是个矮小的老头，头发扑着粉，眼睛色眯眯的，可是神态庄严。吕西安看着不胜厌恶，想起自己一年来对巴日东太太的爱情何等纯洁、热烈。于是那种诗人式的爱情展开雪白的翅膀，无数的回忆像浅蓝的天色一般围绕着安古兰末的大人物。他又沉入幻想中去了。第二幕正开始。高拉莉和佛洛丽纳都在台上。

高拉莉对答的时候，佛洛丽纳和她轻轻地说："亲爱的，他脑子里才没有你呢。"

吕西安忍不住笑了，望着高拉莉。她是巴黎女演员中最可爱最有趣的一个，可以同班冷太太和佛勒里埃小姐①相比，不但面貌相像，命运也差不多。这一类的姑娘有本事随心所欲地迷惑男人。高拉莉在犹太女人中是最杰出的典型，一张长长的鹅蛋脸，淡黄皮肤带着象牙色，鲜红的嘴巴赛过石榴，细腻的下巴像杯子的边。眼皮包着火辣辣的黑玉般的瞳子，睫毛往上翻卷。从眼皮和睫毛底下，不难想象那副懒洋洋的眼神，必要时会闪出沙漠中的火焰。橄榄色的眼圈上面，弯弯的眉毛很浓。两股紫檀色的头发从中间对分，照着灯火，光艳如漆；棕色的脑门藏着卓越的思想，仿佛很有才气。其实高拉莉同多数女演员一样，虽则会讲一套后台的俏皮话，人并不聪明；虽有应酬的经验，却谈不上什么知识；她的聪明是凭直觉，心肠好是因为她多情。可是她的滚圆光滑的胳膊，像纺纱的锭子般的手指，黄澄澄的肩膀，像《雅歌》中咏叹的那种胸脯，曲线优美，动作灵活的脖子，穿着红丝袜，长得多漂亮的大腿，叫人看了目眩神迷，怎么还会追究她的精神生活？这些富于东方诗意的美，被舞台上流行的西班牙的装束衬托之下，越发显著了。她系着

① 十九世纪初期两个美丽的女演员，都是年轻时去世的。

短裙扭来扭去，把裙子扭出许多淫荡的皱痕，观众的眼睛紧盯着她的腰部臀部，乐不可支。吕西安发觉这女的只为他一个人表演，再也想不起加缪索，正如楼厅上的野孩子再也不想苹果皮；他把肉欲的爱放在纯洁的爱情之上，把享受放在爱慕之上，恶魔似的淫欲引起他许多邪念。

吕西安暗暗想道："花天酒地，穷奢极侈的爱情，我一点都不知道。我多半在思想中过活，很少过现实生活。一个人要描绘一切，就应当认识一切。今晚我第一回参加大场面的消夜，同一班奇奇怪怪的人作乐。上一世纪的大贵族沉湎酒色，留下许多佳话；我为什么不尝尝那种乐趣呢？就是要移用到真正的爱情中去，也该领教一下交际花和女戏子的爱情，看看其中有什么快乐、妙处、激动、技巧、奥妙。归根结底，这不是销魂荡魄的诗意吗？两个月之前这些女人在我眼中好比有毒龙看守的女神，刚才我还为着佛洛丽纳羡慕罗斯多；眼前这个比佛洛丽纳更美；她既然有意，我为什么不顺水推舟接受呢？达官贵人不惜拿最珍贵的东西孝敬她们，博一夕之欢。大使们一进那些魔窟，把昨天明天都忘了。我还没有爱上什么人，倒比一般王侯还多所顾虑，岂不是傻瓜！"

吕西安再也不想到加缪索了。对于最可耻的合伙，他曾经向罗斯多表示深恶痛绝，此刻他也跌进了这个臭沟。吕西安受着热情煽动，听凭自欺欺人的理由勾引，在一片欲海中浮沉。

罗斯多回进包厢，说道："高拉莉爱你爱得发疯了。你的相貌比得上希腊最有名的雕塑，弄得后台各个人神魂颠倒。朋友，你真运气。高拉莉才十八岁，凭她的姿色不久就能挣到六万法郎包银。她还挺安分。三年以前被母亲卖了六万法郎，一向很痛苦，只想求幸福。她进戏院是迫不得已。她恨死她的第一个主子特·玛赛。不久她被花花太岁丢了，总算脱离苦海，碰上这个忠厚的加缪索；高拉莉心里并不喜欢，可是加缪索像父亲对女儿一般对她，她也就容忍了，接受他的爱。有人用大笔财产引诱她，她拒绝了，宁可跟着加缪索，至少不受折磨。所以她对你还是初恋。噢！她一看见你，心上好像中了一颗子弹；她因为你冷淡，在更衣室里哭起来，佛洛丽纳才劝她来着。这出戏眼看要砸了，高拉莉把台词都忘啦；加缪索替她谋的竞技剧场的合同没有希望了！……”

吕西安听着这些话，虚荣心满足了，十分得意，说道：“唔？……可怜的姑娘！……真的，朋友，我一生十八年中遇到的事，还没有一个黄昏遇到的多。”接着吕西安说出他和特·巴日东太太的恋爱和对夏德莱男爵的仇恨。

“好啊，眼前报纸就缺少一个对头，正好揪住他。这男爵是帝政时代的美男子，此刻又是政府党，对我们很合适，我在歌剧院常常见到的。至于你那个贵族太太，我也面熟得很，她常在特·埃斯巴太太包厢出现。你的旧情人活像一块乌贼鱼骨，男爵还在追求她。事情真巧，斐诺才送信来说，报纸连一份抄本都没有；我们的一个记者，小坏蛋埃克多·曼兰，因为人家扣除了他稿子上的空白，跟斐诺捣乱。斐诺急坏了，正在赶写一篇攻击歌剧院的稿子。朋友，这里的剧评你来写，你先听一听，想一想。我到经理室去准备三栏文章，对付你的冤家和瞧你不起的美人儿，叫他们明天不得安宁！……”

吕西安道：“原来报纸是在这种地方这样编出来的？”

罗斯多回答说：“老是这么回事。我在报馆里十个月，总是晚上八点连一份抄本都没有。”

印刷业的行话把发排的手稿叫作抄本，大概假定作者只交作品的副稿。也许是拿拉丁文的Copia（意义是丰富）[①] 译作反话，因为

① 法文中的“抄本”叫作capia，语源便是拉丁文中的copia，意思是丰富、充沛。

报馆里老是闹稿荒！……

罗斯多又道："最理想是预先编好几期，可是这计划永远实现不了。此刻已经十点，还一个字都没有。为了把这一期编得精彩，我要去通知凡尔奴和拿当，叫他们写一二十条小品，挖苦一阵议员，部长，枢密大臣克吕索，必要的话把朋友都放进去。遇到这种情形，便是糟蹋自己的老子也顾不得了，比如海盗要活命，连抢来的金洋也不能不当作弹药装进大炮。你的稿子要是写得风趣，就能在斐诺面前站稳脚跟；他给人的情分都从利害关系出发。除了当铺的收据，根据利害关系的情分也是最好最靠得住的东西。[①]"

吕西安道："新闻记者到底是怎么样的人呢？……难道一坐到桌子前面，文思就会源源不绝地来吗？……"

"完全像点灯一般……点到灯尽油干为止。"

罗斯多正推开包厢的门，戏院经理和杜·勃吕埃来了。

剧作者对吕西安说："先生，让我去代你通知高拉莉，说你吃过消夜和她同走；要不然我的戏完啦。可怜的姑娘不知道她做些什么，说些什么，这样下去，应当笑的时候她会哭，应当哭的时候她会笑。台下已经喝倒彩了。你还能挽回局面。反正是叫你快活，不是受罪。"

吕西安道："我不习惯同人家平分秋色。"

经理望着杜·勃吕埃说："这话别告诉她。高拉莉这孩子的脾气，会把加缪索轰走的。金茧号的老板很厚道，每月给高拉莉两千法郎，还负担全部衣着和鼓掌队的费用。"

吕西安神气俨然地说："好在你许的愿约束不了我，你先挽回了戏再说吧。"

---

① 原文中收据和情分（感激一字的转义）是同一个字，故此处用作双关语。

杜·勃吕埃央告道："你可千万别冷淡这个可爱的姑娘。"

诗人说："我懂了，我又要为你的戏写评论，又要对你年轻的女主角装笑脸，行，就这样吧！"

作者向高拉莉递了一个暗号，出去了。高拉莉从此演戏演得很精彩。蒲费那天扮一个西班牙老法官，第一回显出他演老头儿的本领；他在掌声雷动中出台宣布，道："诸位先生，我们演的这出戏是拉乌同特·居尔西[①]两位先生合编的。"

罗斯多说："呦！原来拿当也是作者，怪不得他在这里。"

"高拉莉！高拉莉！"正厅的观众发狂似的叫喊。

两个商人的包厢中发出打雷般的声音，叫道："佛洛丽纳！"

接着好几个人喊起来："佛洛丽纳！高拉莉！"

幕重新升起，蒲费陪两个女演员出来谢幕。玛蒂法和加缪索各自向台上丢了一个花圈，高拉莉捡起她的花圈伸向吕西安。在戏院里的两个钟点，吕西安等于做了一个梦。他一进后台就开始迷迷糊糊，虽然后台那么丑恶。心地还纯洁的诗人呼吸到一片混乱和肉欲的气息。肮脏的走道中堆满机关布景，油灯冒着黑烟，似乎有一种腐蚀心灵的瘟疫。那儿的生活既不清白，也不现实。所有的正经事都变了玩笑，所有的荒唐事倒像是真的。吕西安好像吃了麻醉品，最后高拉莉又使他快活得神魂颠倒。吊灯熄了，只有女招待在场子里搬开小凳，关上包厢，闹出一片古怪的响声。几十盏脚灯一下子给吹熄了，臭气触鼻。台前的幕高高卷起，屋梁上放下一盏灯笼。消防队和戏院的工友开始巡查。台上的神仙世界，美女充斥的包厢，炫目的灯光，富丽堂皇的布景和新装，完全不见了，只剩下寒冷、丑恶、阴暗、空虚，叫人不堪忍受。

吕西安的惊愕诧异简直无法形容。

---

① 前者是拿当的名字，后者是杜·勃吕埃的笔名。

罗斯多在台上叫道："喂：你来吗，老弟？——从包厢里跳上来吧。"

吕西安身子一纵，上了舞台。佛洛丽纳和高拉莉卸下戏装，裹着大衣，里面穿着普通的棉袍，帽子上罩着黑纱，好比蝴蝶又变了幼虫。吕西安几乎认不得她们了。

"请你搀着我好不好？"高拉莉打着哆嗦问。

"好啊。"吕西安回答。他扶着高拉莉的胳膊，觉得她的心像小鸟一般乱跳。

高拉莉偎傍着诗人，好比一只猫又热烈又温柔地靠着主人的腿厮磨，说不出有多么舒服。

她对吕西安说："啊，我们一同去吃夜宵了！"

四个人走出去，看见戏院后门口，修院壕沟街上停着两辆街车。加缪索和他的老丈加陶已经在一辆车上等着；高拉莉请吕西安上去，也让杜·勃吕埃占了一个位置。戏院经理和佛洛丽纳，玛蒂法，罗斯多同车。

高拉莉说："这些街车真要不得！"

杜·勃吕埃说："为什么你不自备一辆呢？"

"为什么？"高拉莉口气不大高兴，"我不好意思当着加陶先生说出来，他的女婿准是他一手教导的。你想得到吗，加陶先生人这么矮，年纪这么大，只给佛洛朗蒂纳五百法郎一月，刚好够她吃饭、住房子、买木屐。特·洛希居特老侯爵一年有六十万进款，两个月来口口声声说要送我一辆轿车。我可是演员，不是低三下四的姑娘。"

加缪索一本正经地说："小姐，你的车后天就有；只是你从来没向我开口。"

"这也要人家开口吗？怎么，一个人爱一个女人，会让她踩着街上的垃圾，不怕她扭断腿吗？只有卖衣料的老板才喜欢女人衣角上沾上泥浆。”

这些牢骚叫加缪索听着好不难受。高拉莉一边说一边碰到吕西安的腿，趁势把自己的腿靠上去，还抓起他的手握着。她不出声了，好像一心一意体味着无穷的快乐。对于这一类可怜虫，这种快乐等于把一切过去的悲伤和不幸都补偿了，在心中引起一股诗意，那是别的妇女体会不到的，因为她们运气好，不曾有过这些强烈的对比。

杜·勃吕埃对高拉莉说：“最后你演得和玛斯小姐一样好。”

加缪索说：“是啊，小姐开场好像心里有疙瘩；可是从第二幕后半段起，她把人迷住了。你的戏成功一半是靠小姐。”

杜·勃吕埃说：“小姐的成功一半也靠我。”

“你们都在抢别人的功劳。”高拉莉说话的声音不大自然。

车子经过一段黑洞洞的街道，高拉莉把嘴唇凑着吕西安的手亲了一下，掉了几滴眼泪在他手上。吕西安感动得不得了。交际花动了感情会这样谦卑，精神的伟大可以说胜过天使。

杜·勃吕埃对吕西安说：“先生写起剧评来，正好为我们的高拉莉写一段好文章。”

加缪索道：“噢！请你帮帮忙，我永远感激不尽。”他的声音完全是恳求吕西安。

气恼的高拉莉说道：“别干涉先生的自由，他爱怎么写就怎么写。加缪索，我要你买车，不要你买人家的夸奖。”

吕西安客客气气回答：“我的赞美用不着你破费。我从来没有在报上写过一个字，不知道报界的作风，我为你破题儿第一遭动笔……”

杜·勃吕埃道：“那才妙呢。”

小老头儿加陶说：“蓬提街到了。”他被高拉莉抢白了几句，狼狈得很。

高拉莉趁大家下去，车厢里只有她和吕西安两个人的时候，说道：“你为我第一次动笔，我为你第一次动情。”

十七　小报是怎么编的

高拉莉到佛洛丽纳房中穿扮，她的衣衫早就派人送来。商人有了钱要享福，在女戏子或情妇家摆阔的场面，吕西安还没见识过。虽然玛蒂法的家业比不上他的朋友加缪索，气派不大，已经使吕西安看着惊奇。饭间的装修很精致，糊壁的绿呢嵌着黄澄澄的帽钉，点着漂亮的灯，花架上供满鲜花。客厅糊的是棕色镶边的黄绸，摆着时行的家具，有托米尔出品的吊灯，有波斯图案的地毯。座钟，烛台，壁炉用具，没有一样不美观大方。屋内的装修，玛蒂法都托青年建筑师葛兰杜代办；他正在替玛蒂法盖住宅，知道这套房间的用途，也就格外用心。玛蒂法到底是做买卖的，动用每样东西都小心翼翼，仿佛账单上的数字老在眼前，他看待奢华的陈设有如珍贵的首饰拿到了匣子外面，多少有点冒险。

加陶老头儿的眼神表示他心里想：“看来我也不能不替佛洛朗蒂纳布置这样一所屋子。”

吕西安忽然明白，为什么罗斯多不在乎平时住的破烂房间。这些宴会和这些漂亮东西，事实上都归埃蒂安纳享受。无怪他摆着一副主人翁面孔，站在壁炉架前面和戏院经理交谈，经理正在恭维杜·勃吕埃。

斐诺进来嚷道：“稿子！稿子！报馆里一个字都没有。我的文章已经在排字工人手里，马上排完啦。”

埃蒂安纳道：“我们才到，佛洛丽纳的小客厅里有桌子，有火；只要玛蒂法先生给我们纸张墨水，趁佛洛丽纳和高拉莉穿扮的时候，我们的文章就好赶出来。”

加陶，加缪索，玛蒂法，一起离开客厅去拿笔和小刀[①]，替两位作家张罗文房用具。当年最漂亮的一个舞女多丽阿，急急忙忙走进来对斐诺说：

“亲爱的，你要他们订一百份报，他们同意了；不用经理室开支，全部由歌唱队、乐队、舞蹈队分摊。你的报真有趣，各个人爱看。你要的包厢也给你了；这是第一季的订报费，”多丽阿递给斐诺两张钞票，“你可别跟我捣蛋啦！”

斐诺嚷道：“糟糕。我骂歌剧院的稿子不能不抽掉，这一期的头条文章又落空了……”

勃龙台带着格劳特·维浓，后面还有拿当和凡尔奴，跟着多丽阿进来。勃龙台说道：“拉依斯[②]，你这个身段美极了！小宝贝，你非得和我们一块儿吃夜宵，要不我掐死你这个花蝴蝶。你是跳舞的，这儿没有人和你竞争。至于漂亮，你们都聪明得很，不会当众吃醋的。”

斐诺叫道：“喂，朋友们，杜·勃吕埃，拿当，勃龙台，救救我吧，我还缺五栏稿子。”

吕西安道：“我的剧评可以写两栏。”

罗斯多道：“我的题材占一栏。”

“那么，拿当，凡尔奴，杜·勃吕埃，还剩两栏俏皮文章归你们负责。勃龙台替我第一版写两小栏。我马上赶往印刷所。多丽阿，幸亏你是坐自己的车来的。”

多丽阿说：“对，可是车上还有雷多雷公爵和德国公使。”

拿当说：“就请公使和公爵一起来吃夜宵吧。”

勃龙台说：“德国人酒量都不错，也喜欢听人议论，咱们尽量和

---

① 鹅毛管的笔需要用小刀常常修削。

② 公元前五世纪时希腊名妓。

他说些放肆的话，让他去报告他的宫廷。”

斐诺说：“你们中间哪一个正经一些，能下去跟德国公使打交道？杜·勃吕埃，你是个小官儿，你搀着多丽阿一块儿下楼，去请特·雷多雷公爵和公使。呃，我的天！多丽阿今晚多漂亮！……”

“咱们一共是十三个了！”玛蒂法说着，脸色都变了[①]。

“不是十三，是十四，”佛洛朗蒂纳闯进来说，“我要求监视加陶大爷。”

罗斯多道：“再说，勃龙台还带着格劳特·维浓呢。”

勃龙台端起一个墨水缸说：“我是带他来喝酒的。”又对拿当和凡尔奴道：“今晚有五十六瓶酒，咱们非卖力不可。别忘了鼓动杜·勃吕埃，他专写轻松的喜剧，嘴皮刻薄，一定要他来些俏皮话。”

吕西安极想在这些出众的人物面前显显本领，伏在佛洛丽纳小客室内一张圆桌上，凑着玛蒂法点的几支粉红蜡烛，写出他的第一篇稿子。

全景剧场

三幕杂剧《法官受窘记》第一次上演——佛洛丽纳小姐和高拉莉小姐初次登台——蒲费。

台上的人进来，出去，七嘴八舌，来来往往，东寻西找，一无所得，乱哄哄闹成一片。法官不见了女儿，找到了小帽子；小帽子戴在法官头上不合适，大概是贼的。贼在哪儿？大家进来，出去，七嘴八舌，来来往往，上天下地地找。临了法官找到一个男人，却没有女儿；找到了女

① 耶稣被捕前夕，和十二门徒一同吃晚饭（所谓“最后的晚餐”）；故西俗迷信忌十三人同桌。

儿，却没有男人。法官满意了，观众不满意。台上静下来，法官打算盘问男人，坐在法官的大靠椅上，整理他法官的衣袖。世界上只有西班牙法官才有那种大袖子，脖子里裹着羊肠领。在巴黎的舞台上，光是羊肠领就代表半个西班牙法官。踅着小步，害肺气肿的老法官，原来是青年演员蒲费，卜蒂埃的继承人，扮老人惟妙惟肖，连最老的老头看了也笑痛肚子。光秃的脑袋，发抖的声音，奚隆德[①]式的身体，瘦小的大腿：扮一百个老人也绰绰有余。这青年演员老得厉害，老得可怕，大家唯恐他的老态像瘟疫一般传染。他演的法官可真妙！笑容慌张得可爱！做的糊涂事重要无比！庄严的态度愚蠢透顶！迟疑得真有道理！这家伙知道很清楚，天下事都可真可假。他有资格在立宪政体之下做一个大臣！法官问一句，陌生人反问一句；蒲费的审问变了回答，法官的问话说明了剧情。这一幕滑稽突梯，大有莫里哀风味，满场的观众都乐开了。剧中人好像意见一致了；我可没法告诉你们哪些事分明，哪些事糊涂。法官的女儿站在面前，是个地道的安达卢齐女子，西班牙女子，长着西班牙眼睛，西班牙皮色，西班牙腰身，走路是西班牙式，从头到脚都是西班牙味：吊袜带上拴着短刀，心中充满爱情，胸口的缎带上挂着十字架。一幕完了，有人问我戏怎么样，我回答说：——我只看见绿头绿跟的红袜子，脚只有这么一点，套着漆皮鞋，美丽的大腿在安达卢齐找不出第二双！啊！这个法官的小姐叫你看了馋涎欲滴，恨不得跳上台去把你穷小子的茅屋和热乎乎的心献给她，或者送她三万法郎进款，写文章歌颂。这安达

① 古典喜剧中凡是年老庄严的角色大都取这个名字。

卢齐姑娘是巴黎最漂亮的女演员，芳名高拉莉，能做伯爵夫人，也能做风骚的女工。到底扮哪个角色更好，我也说不上。反正她演什么像什么，天生的全才，对一个大街上的女演员，还有什么更好的话可赞美？

第二幕出现一个巴黎的西班牙女人，脸蛋像宝石上的浮雕，眼睛杀气腾腾。这一下轮到我来打听她的来历了。据说她是从后台来的，名叫佛洛丽纳小姐；我可不信，看她动作多泼辣，爱情多热烈！正好同法官的女儿见个高下。丈夫是阿尔玛维华①式的贵族，他那块料，扮大街上几百个贵人都行。佛洛丽纳没有绿头绿跟的红袜子，没有漆皮鞋，可是有西班牙式的披肩，一块轻纱裹在身上多有样，她本来是贵夫人嘛！她叫你看到母老虎能变作猫咪。两个西班牙妇女舌剑唇枪，你一句，我一句，一听就知道是争风吃醋。一切快解决了，不料法官糊涂，又把事情弄得一团糟。拿火把的，跟班的，狡猾的仆役，财主，绅士，法官，小姐，太太，再开始寻找，来来往往，到处乱转。剧情又复杂起来；我管不了剧情，只是被两个女的，嫉妒的佛洛丽纳和得意的高拉莉，把我卷进她们的裙子，披肩，用她们的小脚踩着我的眼睛。

好容易挨到第三幕，我没有闹出事来惹警察长干涉，也不曾叫看客觉得我伤风败俗，足见公众的和宗教的道德很有力量。可笑我们的国会对这些问题操心得厉害，仿佛法国到了人心不古，世风日下的地步。我终于弄明白了，原来有个男人爱上两个女人，而两个女人并不爱他，或者

① 菩玛希喜剧《塞维尔的理发匠》和《斐迦罗婚礼》中的主要角色之一，是个荒唐淫逸的贵族。

是两个女的爱他，而他并不爱两个女的；那男人不喜欢法官，或者是法官不喜欢那男人。那男的可是恪守本分的贵族，的确心有所爱，不是爱他自己就是爱上帝，因为他后来出家做了修士。诸位欲知详情，快去全景剧场。你们看了上文已经知道，第一回去应当见识一下绿头绿跟的红袜子，前程远大的小脚，眼睛露出来的光像一道阳光；乔装安达卢齐姑娘的巴黎女子，乔装巴黎女子的安达卢齐姑娘，多么聪明伶俐，也该领教一番。第二回去应当欣赏戏文，那老头儿会把你笑死，那多情的贵人会叫你痛哭流涕。戏剧在这两点上都成功了。作者编这戏听说还请一个大诗人合作，利用两位动了爱情的姑娘使作品成功。池子里的看客如醉若狂，差点乐死了。两个姑娘的大腿似乎比作者更有魔力。不过两个争风的妇女走开了，剧中的对话照样风趣十足，可见戏文着实精彩。台上报出作者姓名，鼓掌的声音害得戏院的建筑师提心吊胆，唯恐屋子震倒；作者特·居尔西先生却若无其事，他听惯维苏威火山在大吊灯底下沸腾。两个女主角还跳一支塞维尔的鲍莱罗舞，当年参加宗教会议的神父们——最爱看，今日的检察官也批准了，虽则姿势淫荡，不无危险。仅仅这场舞蹈就能吸引一切人老心不老的老人；我有句话奉劝他们，就是手眼镜务必擦得干净。

吕西安写出这篇手法新颖，风格独特，在报刊文字中别开生面的稿子，同时罗斯多也写了一篇所谓风俗小品，题目叫《过时的美男子》，开头是这样的：

帝政时代的美男子总是细挑身材，筋骨很好，经常束

> 腰，得过荣誉团勋章，姓什么包德莱之类。帝国的男爵现在为了讨好王室，在姓氏之前加上一个杜字，叫作杜·包德莱；万一遇到革命，仍旧可以回复本姓，叫作包德莱。他的姓是骑墙派，做人也是骑墙派；早年在某公主的闺房中当过风流的听差，又得宠，又得力，公主的兄长我不便道出姓名来；如今男爵又在圣·日耳曼区结交权贵。杜·包德莱一方面否认替帝国的公主出过力，一方面向他亲密的女施主高唱情歌……

这种人身攻击的小品当时很流行，内容荒谬，以后却大有进步，特别是《斐迦罗报》贡献最大。夏德莱男爵正在追求特·巴日东太太；作者用乌贼鱼骨跟特·巴日东太太作了一个滑稽的比较，读者用不着认识讽刺的对象也觉得好玩。夏德莱被罗斯多比作鸬鹚，说他衔着乌贼鱼骨吞不下去，掉在地上碎作三段，叫人看了忍俊不禁。这场玩笑写成几篇稿子登出来，在圣·日耳曼区闹得沸沸扬扬，也是促成取缔新闻法案的原因之一。过了一小时，勃龙台，罗斯多，吕西安，回进客厅。特·雷多雷公爵，德国公使，四个女的，三个商人，戏院经理，斐诺，三位作家，都在客厅里谈天。一个头戴纸帽的学徒跑来催稿。

他说："稿子再不送去，工人要走了。"

斐诺说："我给你十法郎，你拿去给他们，要他们等着。"

"先生，他们有了钱喝得烂醉，报纸完啦！"

斐诺说："这小孩这样世故，叫我害怕。"

德国公使正在预言那小厮将来一定大有出息，三位作家进来了。勃龙台念了一篇攻击浪漫派的俏皮文章。罗斯多的稿子叫大家听着直乐。特·雷多雷公爵劝作者间接捧一两句特·埃斯巴太太，免得圣·日耳曼区的贵族过分生气。

斐诺问吕西安："那么你呢？把你写的念给我们听听。"

吕西安战战兢兢念完了，客厅里掌声雷动。两个女演员拥抱新出道的作家，他被三个商人紧紧搂着，险些透不过气来；杜·勃吕埃含着眼泪和他握手，戏院经理约他吃饭。

勃龙台说："夏朵勃里昂先生已经把维克多·雨果称为才华盖世的孩子，孩子二字不能再用了，我只好老老实实说你有才情，有魄力，有气派。"

"我请先生加入我们编辑部。"斐诺说着，向埃蒂安纳道谢，狡猾的眼神表示他又想利用人了。

"你们写了什么妙文呢？"罗斯多问勃龙台和杜·勃吕埃。

拿当道："杜·勃吕埃的稿子在这里。"

台谟丹纳子爵看见大家都在注意A子爵，昨天对人说：也许我好清静一下子。

一位极端派抱怨巴斯几埃先生的演说仍旧继续特卡士的政策，一位太太回答说：是啊，不过看他的腿肚子，的确是个保王党。

斐诺道："行了行了，这样的开场准是妙文，不用再听下去——赶快拿去吧。"他吩咐学徒；又转身对几位作家说："这期报纸有点七拼八凑，不过也是最精彩的一期。"那些作家已经带着阴险的意味望着吕西安。

勃龙台说："他还聪明，这家伙。"

格劳特·维浓说："文章写得不错。"

"咱们吃饭吧！"玛蒂法嚷着。

特·雷多雷公爵扶着佛洛丽纳，高拉莉搀着吕西安，多丽阿走在勃龙台和德国公使之间。

十八　半夜餐

“我不懂你们为什么要攻击特·巴日东太太和夏德莱男爵，听说夏德莱当上了夏朗德州州长兼参事院评议官[1]。”

罗斯多道：“特·巴日东太太把吕西安当作坏蛋一样撵出大门。”

德国公使道：“怎么？这样漂亮的一个青年！”

饭桌上用的是全新的银器，赛佛窑的瓷器，丝光斜纹的台布，一派的豪华阔绰。菜是希凡酒家包的，酒是斐尔那河滨道上最有名的酒商挑选的，他是加缪索，玛蒂法和加陶的朋友。吕西安第一次看到巴黎的奢侈，觉得样样出乎意外，幸亏他像勃龙台说的是个有才情、有魄力、有气派的人，不至于大惊小怪。

高拉莉走出客厅的当口咬着佛洛丽纳的耳朵说：“替我灌醉加缪索，让他睡在你这里。”

“难道你跟那新闻记者搭上了吗？”佛洛丽纳用了一句她们那种女人的口头语。

“不，亲爱的，我是爱上他了！”高拉莉说着，微微耸了耸肩膀，姿势美极了。

吕西安动了欲念，感觉格外灵敏，这些话都听见。高拉莉衣衫穿得十分讲究，她的装束很巧妙地衬托出她的特色，因为每个女人都有一种特殊的美。她的袍子和佛洛丽纳的一样，用的上等衣料市面上还没见过，名叫蝉翼纱。加缪索是金茧号的老板，里昂绸厂的货色要他在巴黎推销，时新货在他铺子里总是最先出现。爱情和装扮等于女性的胭脂花粉，称心如意的高拉莉也就格外迷人。期待中

---

① 原文此句不说明是哪一个人说的，从上下文揣摩，大概是特·雷多雷公爵。

的快乐，一定能到手的快乐，最能诱惑青年。花街柳巷的魔力，或许就因为那儿的欢娱是十拿九稳的缘故；长时期对一个人忠诚，恐怕也是由于这一点。纯洁真实的爱，生平第一次的爱，再加可怜的女演员们常有的狂热，对于吕西安的美貌的倾慕，使高拉莉变得聪明起来。

她坐上饭桌的时候凑着吕西安的耳朵说："哪怕你又丑又病，我还是爱你！"

在诗人听来，这句话多有意思！加缪索消失了，吕西安望着高拉莉，再也看不见加缪索。一个渴望享受，感觉敏锐的人，厌恶内地的单调，受着巴黎的魔窟吸引，被贫穷和迫不得已的禁欲生活折磨够了，格吕尼街上修院生涯和毫无结果的工作使他厌倦不堪，一朝面对豪华的筵席，怎么肯推却呢？吕西安一只脚踏在高拉莉的床上，一只脚踏进了他再三奔走都没有能接近的报馆，他在小径街[①]空等了多少次，如今办报的人就在席上饮酒作乐，兴高采烈，而且脾气挺随和。他受过多少气、多少痛苦，没法报仇；现在靠着人家一篇文章把怨气出尽了，第二天登出去就可以撕破两个人的心。他望着罗斯多私下想："这是我的朋友！"谁知罗斯多已经在忌惮他，觉得他是个可怕的敌手。吕西安不应该锋芒太露；倘若只写一篇平淡的稿子，对他反而更好。幸亏勃龙台劝斐诺对待这样一个出色的人才迁就一些，把罗斯多的嫉妒冲淡了。罗斯多决意继续和吕西安做朋友，再跟斐诺来个默契，尽量剥削这个危险的新人，不让他手头宽裕。这是罗斯多和斐诺咬耳朵谈了两句，心照不宣定下来的策略。

"他有才干。"

"我看他是不容易满足的。"

---

① 作者在第七节中说斐诺的小报馆设在圣·菲阿克街，斐诺本人住在番杜街。此处忽然提到小径街。《搅水女人》中也说斐诺的报馆和住所都在小径街同一屋子内。事实上圣·菲阿克街和小径街是两条平行的街，相距不远。

“噢!”

“对!”

德国公使在特·蒙高南伯爵夫人家见过勃龙台，当下装出一副忠厚、安详、庄重的神气望着他说：“同法国记者吃夜宵，我老是心惊胆战。勃吕希说过的一句话，在你们身上应验了。”

“什么话啊?”拿当问。

“一八一四年萨根和勃吕希[①]走上蒙玛脱高岗，——对不起，诸位，我向你们提到那个不愉快的日子，——萨根是老粗，他说：咱们放一把火把巴黎烧了吧！——勃吕希回答说：万万使不得，只有巴黎才能断送法国！——他一边说一边指着你们的大创口，在塞纳盆地上热腾腾的冒烟。”公使停了一会儿又道：“谢谢上帝，我们国内没有报纸。刚才那个戴纸帽的小家伙才不过十岁，头脑就跟老资格的外交家一样，我至今想着害怕。今天晚上，我觉得是和狮子老虎一块儿吃夜宵，只是承它们的情，不伸出爪子来罢了。”

勃龙台道：“不错，我们可以凿凿有据地向欧洲报道，说阁下今晚嘴里吐出一条蛇，险些没钻进我们最漂亮的舞蹈明星，多丽阿小姐的身体；然后我们对夏娃、圣经、原始罪恶、基本罪恶，发一通议论。可是放心，您是我们的客人。”

斐诺道：“那才滑稽呢。”

罗斯多道：“我们可以发表一批科学论文，从人身上和人心中的各种蛇说起，说到外交界的蛇。”

凡尔奴道：“我们可以说，这个装樱桃酒的玻璃瓶里就有一条蛇。”

维浓对公使说：“临了您也会相信实有其事。”

---

① 萨根是俄国将领，勃吕希是普鲁士将领，两人曾经同拿破仑作战，此处说的是一八一四至一八一五年联军占领巴黎时的故事。

特·雷多雷公爵嚷道："诸位别伸出爪子来啊！"

斐诺说："报纸的影响和势力现在才不过开始，新闻事业还没脱离童年时代，慢慢会长大的。十年之内，样样要受广告统治。思想会指导一切，思想……"

"思想要摧残一切。"勃龙台打断了斐诺的话。

格劳特·维浓说："这话有理。"

罗斯多说："思想能制造帝王。"

德国公使说："也能推翻君主专政的国家。"

"所以，"勃龙台说，"要是本来没有报纸，就不应该发明；既然有了，我们就靠此为生。"

德国公使说："结果是你们为之送命。群众经过你们开导，越来越占优势，个人更不容易出人头地；你们在下层阶级散播思考的种子，将来的收获是大众的反抗，第一批牺牲品便是你们。请问巴黎暴动的时候毁坏些什么？"

拿当道："路灯杆子。我们这种人太渺小了，不用害怕，大不了受点轻伤。"

公使道："你们的民族聪明过分，不论哪种政府都不让发展。要不然，你们在欧洲没有能用刀枪保住的天下，可以再用笔杆子去征服。"

格劳特·维浓道："报纸固然是祸水，祸水也好利用，政府偏要把它消灭。那就发生斗争。哪一方面打败呢？是个问题。"

"我一口咬定是政府，"勃龙台说，"在法国，聪明才智比什么都强；报纸不但具备所有聪明人的才智，还有太丢狒[①]那样作假的本领。"

斐诺道："勃龙台！勃龙台！你这话太没遮拦，这儿还有报纸的订户呢。"

---

① 莫里哀喜剧中的主人公，阴险狡猾的小人典型。

"你开着贩毒的铺子，当然害怕；我才不理你们这些黑店呢，虽则我靠此活命！"

格劳特·维浓道："勃龙台说得不错。报纸不尽传教士的责任，反而变作党派的工具，报纸用这个工具做生意，无法无天，像所有的买卖一样。勃龙台说得好，报纸是用说话做商品的铺子，专拣群众爱听的话向群众推销。要是有一份给驼背看的报，准会从早到晚说驼背怎么美，怎么善，怎么必要。报纸的作用不再是指导舆论，而是讨好舆论。过了相当时期，所有的报纸都要变成无耻，虚伪，下流，都要撒谎，甚至于行凶；扼杀思想，制度，人物；而且靠着这种行为一天天地发达。报纸是法人的，占着法人便宜：做了坏事谁也不负责任；我是我，你是你，我是维浓，你是罗斯多，勃龙台，斐诺，不是阿利斯泰提，便是柏拉图，或是开托，总之是普卢塔克传记中的圣贤豪杰；我们个个清白，丑事扯不到我们身上。这种道德的或者不道德的现象，随你怎么称呼，拿破仑曾经有过解释；他研究了国民议会，得出一个极妙的结论，他说：集体犯的罪恶，牵连不到个人。报纸尽可干出最残酷的事，没有一个人觉得自己沾着血腥。"

杜·勃吕埃道："可是官方能定出惩罚的法令，目前正在起草。"

拿当道："呸！法律怎么对付得了法国人的聪明才智！那是渗透力最强的溶解剂。"

维浓又道："思想只能用思想去消毒。只有恐怖政策和专制手段才压得住法国人的特性。法国语言特别宜于暗示，说双关话；越是用法令禁止，聪明才智越爆发得厉害，好似蒸汽给关在装着活塞的机器里。王上做一桩好事，报纸如果反对王上，就说好事是部长做的，倘若反对部长，就把事情反过来说。凡是造谣毁谤，报馆说是从外边听来的。当事人抱怨吧，报馆说声放肆了事。告到法庭吧，报馆推说当事人并未要求更正；要求更正吧，它又一笑置之，认为它的罪恶不足挂齿。被害人胜诉的话，报纸再挖苦他一顿。万一报馆判了罪，要付出巨额罚金，就向大众指控，你跟自由、祖国、知识作对。报上可以登一篇文章，解释某先生如何如何是国内最诚实的君子，骨子里暗示他是个贼。因此，报纸犯的罪不足挂齿！侵犯报纸的人才罪大恶极！在某个时期之内，报纸要读者相信什么，读者就相信什么。报纸不喜欢的事绝不可能是爱国的；而且报纸永远不会错的。它用宗教攻击宗教，用宪章攻击国王；司法机关得罪了报纸，就被挖苦；迎合了大众的偏见，就受赞扬。为了招揽订户，不惜造出激动人心的谎话，做出逗笑的把戏，像有名的丑角鲍贝希。办报的宁可拿自己的老子活活地开刀，作为取笑的资料，绝不放过吸引群众，叫群众开心的机会，好比演员要哭得逼真，把儿子的骨灰放在匣子里，也好比一个女子为着情人什么都肯牺牲。”

勃龙台插进来说：“总而言之，报纸是表现在印刷品上的平民大众。”

维浓接着说：“而且是虚伪的，气量狭窄的平民大众。他们放逐有才能的人，同雅典人放逐阿利斯泰提一样。我们等着瞧吧，开头由正人君子主办的报后来会落到最庸俗的人手里，因为他们有耐性，肯卑躬屈膝，像橡皮，有才华的人缺少这副本领；或者受油酒杂货商控制，因为他们有钱收买作家。这种情形眼前已经出现了！不到十年，便是中学毕业生也要自命为大人物，在报上打前辈的嘴巴，拉他们的腿，抢他们的位置。拿破仑压制言论，真有道理。我敢打赌，反对派的机关报自己捧上台的政府，只要对它们有一点违拗，它们就用此刻攻击王上的政府同样的理由，同样的文章，拼命攻击。你向新闻记者越让步，报纸越贪得无厌。成功的记者将来要被又穷又饿的记者代替。这个创口是没法医的，只会愈来愈恶化，愈来愈凶横；并且祸害越大，越受容忍，直到报纸有一天多于牛毛，陷于混乱为止，像当年的巴比伦一样。我们都知道，报纸比帝王还要无情无义；它做的投机生意，打的算盘，比最肮脏的买卖还要狠；它每天早上榨取我们的智力，做成麻醉品出卖；可是我们各个人替报纸写稿，好比开水银矿的工人明知要送命，照样采掘，瞧高拉莉身边的那个青年……他叫什么名字？吕西安！他长得漂亮，是诗人，是才子，这一点更难得；嗳，他马上要踏进那贩卖思想的下流地方，所谓报馆了，他要浪费他精彩的思想，绞尽脑汁，自甘堕落，暗地里干一些卑鄙事，在思想战争中等于佣兵头子的战术，焚烧掳掠，改变舰艇的方向。等到他像成千上百的人一样，为着股东消耗了一部分才华，那些贩毒的商人便让他口渴的时候饿死，饿极的时候渴死。”

斐诺道：“你愈说愈不像话了。”

格劳特·维浓道：“唉，天哪！这些我明明知道，我坐着苦役监，看见一个新犯进来觉得高兴。勃龙台和我，比拿我们的才具做投机的某甲某乙强得多，却永远被他们剥削。我们除了聪明，还有心肝，偏偏缺少剥削别人的狠毒。我们懒洋洋的，喜欢沉思默想，批评这个，批评那个；人们喝了我们的血，还骂我们品行不端！”

佛洛丽纳嚷道：“没有想到你这样煞风景！”

勃龙台道：“佛洛丽纳说得不错，公众的病应当交给吹牛的政客医治。夏莱[①]有句话，叫作：砸破自己的饭碗吗？才不这么傻呢！”

罗斯多指着吕西安说：“你们知道我听了维浓的话做何感想？他像班里岗街上的大胖女人对一个中学生说：小弟弟，你年纪太轻，还不配到这里来……”这句俏皮话引得大家都笑了，高拉莉听了更是暗暗欢喜。三个商人一边吃喝一边听。

德国公使对特·雷多雷公爵说：“多古怪的民族，多少的善善恶恶集中在他身上！诸位先生，你们是浪子，偏偏不会倾家荡产。”

---

① 法国十九世纪有名的镂版画家。

可见吕西安掉下险坡之前，由于机缘凑巧，各方面的教育都受到了，开始是大丹士带他走上用功的路，激发他不怕艰难的志气。便是罗斯多也因为自私自利而告诉他报界和文坛的真相，希望他不要参加。吕西安先还不信真有这许多黑暗的内幕，可是又听到记者们大声诉苦，亲眼看见他们工作，不惜剖开乳母的肚子预言报界的前途[①]。那天晚上他的确见到了事情的真面目。巴黎的腐败被勃吕希形容得那么贴切，吕西安目睹腐败的内幕却并不深恶痛绝，反而如醉若狂地欣赏这批风趣的人物。那些了不起的人把他们恶劣的品行当作华丽的甲胄披在身上，把冷静的分析当作铿亮的头盔；在吕西安眼中他们竟比小团体中正经严肃的成员高出一等。并且他初次体会到财富的乐趣，受着奢华的诱惑、珍馐美味的影响，他的轻浮的本能觉醒了；极品的佳酿，名厨的手段，他都是第一回领教；他看见一个公使，一个公爵和他的舞女，同记者混在一起，佩服他们的恶势力；吕西安不禁心痒难熬，只想控制这些无冕之王，自以为有力量压倒他们。最后是高拉莉，听了他几句话就不胜快慰；吕西安借着席上的烛光，从菜肴的热气和醉眼蒙眬的雾雰中把她打量之下，觉得她妙不可言；这姑娘本是巴黎最美的女演员，动了真情越发娇艳了。小团体尽管代表崇高的智慧，怎敌得过这样多方面的诱惑！内行的夸奖满足了作家的虚荣，连未来的敌手都在恭维他。文章的轰动和高拉莉的倾心，即使不像吕西安这样新出道的人也不免为之得意忘形。高谈阔论的时候，大家吃得很多，喝的酒尤其可观。罗斯多坐在加缪索旁边，神不知鬼不觉地在他的葡萄酒里加了两三次浓烈的樱桃酒，说话之间还激他多喝。这套手法做得很巧妙，加缪索根本没有发觉，他自以为卖弄狡狯也有一手，不亚于新

---

① 古代的巫术师往往将祭神的牲口开膛破肚，预言未来之事。记者靠报纸为生，故言乳母。

闻记者。甜点心和美酒一道一道地上来，尖刻的话也多起来。大吃大喝的宴会临了都不免丑态百出；机灵的德国公使发觉那些风雅的人语无伦次，快要撒野了，便向特·雷多雷公爵和舞女递了个眼色，三个人一起溜了。高拉莉和吕西安在席面上始终像一对十五六岁的情人，看见加缪索酩酊大醉，便奔下楼梯，踏上一辆街车。加缪索横在饭桌底下，玛蒂法只道他陪着女演员走了，也就趁佛洛丽纳回房睡觉的当口跟着退席，让客人们自顾自抽烟、喝酒、说笑、争论。天亮时分，全班好汉只剩一个酒量最大的勃龙台还能说话，向呼呼大睡的同伴提议为红光满天的曙色干杯。

十九　女演员的住家

吕西安没有巴黎人闹酒的习惯，下楼神志还清楚，一吹风，立刻醉得不成模样。女演员住在王杜姆街一所漂亮屋子的二层楼上，高拉莉只得和她女佣把诗人扶上去。吕西安差点没在楼梯上发晕，难过得不得了。

高拉莉嚷道：“沏茶，贝雷尼斯，赶快沏茶。”

吕西安道：“没关系，只是吹了风。并且我从来没有喝过这么多酒。”

“可怜的孩子！纯洁得像羔羊！”贝雷尼斯说。她是诺曼底人，奇胖无比，相貌的丑陋跟高拉莉的美正好是极端。

吕西安迷迷糊糊被她们放倒在高拉莉床上。高拉莉让贝雷尼斯帮她替诗人脱衣服，那种细致，温存，赛过母亲照顾小孩。吕西安老说着：“没关系，只是吹了风。谢谢你，妈妈。”

“他叫妈妈叫得多好听！”高拉莉说着，亲了亲他的头发。

贝雷尼斯说：“小姐，爱上这样一个天使才快活呢！你在哪儿找来的？想不到会有个男人跟你一样美的。”

吕西安只想睡觉，什么都没看见，也不知道自己在哪儿。高拉莉给他喝了几杯茶，让他睡了。

高拉莉问贝雷尼斯：“看门女人没看见我们吧？也没有别人看见吧？”

“没有，我在门口等你呢。”

“维克多阿也不知道吗？”

“不知道。”贝雷尼斯回答。

过了十小时，吕西安在中午时分醒来，发觉高拉莉眼睁睁地看着他睡觉！他是诗人，当然猜想得到。女演员还穿着她的漂亮衣衫，可是弄得污秽狼藉，不成样子了，后来被她收起来做纪念品。吕西安知道唯有真正的爱情才会这样热心、体贴，而那爱情正在等待酬报，他便望着高拉莉。高拉莉一眨眼脱了衣服，像青蛇一般躺在吕西安身旁。下午五点，诗人在温柔乡中蒙眬睡去。女演员的寝室，他看了一个大概，只觉得豪华富丽，到处是白和粉红两种颜色；陈设的美妙、可爱、讲究，比他在佛洛丽纳家欣赏的更高一级。高拉莉已经起床，为了扮演安达卢齐女人，必须七点钟到戏院。诗人心情欢畅地睡熟了，高拉莉还望着他出神，她为着高尚的爱情陶醉了，可是并不满足，感情和肉体的结合使感情和肉体愈加兴奋。在尘世感受的时候是两个人，在天上相爱的时候变成一体；这个由凡俗进而为圣洁的过程补赎了所有的罪孽。何况见到吕西安这样姿容绝世的美男子，谁能够不动心呢？高拉莉跪到床前，想着自己的爱情非常快慰，觉得自己变成圣洁了。不幸这快乐的心情被贝雷尼斯破坏了。

她道：“加缪索来了，他知道你在家。”

吕西安马上跳起来，他生性厚道，不愿损害高拉莉。贝雷尼斯拉开一条幔子，吕西安躲入一间华丽的盥洗室。贝雷尼斯和女主人抢着把吕西安的衣服送进去，手脚之快无以复加。加缪索走进卧房的时候，高拉莉发觉诗人的靴子不曾收起；贝雷尼斯偷偷地上过油，放在火炉前面烘着；主仆两人都忘了这双泄露秘密的靴子。贝雷尼斯同女主人慌慌张张交换了一个眼色，出去了。高拉莉坐在沙发上，叫加缪索坐着对面的大靠椅。老实人热爱高拉莉，瞧着靴子，不敢抬起头来望他的情妇。

“要不要为了这双靴子生气，跟高拉莉分手呢？那未免小题大做了。靴子到处都有。这一双要是放在鞋店橱窗里，或者给一个男人穿着在大街上溜达，不是更合适吗？空荡荡的摆在这儿便大有文章，犯了嫌疑。不错，我已经五十岁，应该像爱情一样盲目。”

这段毫无骨气的独白当然说不过去。换了一双目前流行的半筒靴，粗心大意的人也许会看不见；那双靴子却是当时的款式，靴筒很高，又系着穗子，非常漂亮，多半配着浅色的贴肉裤，像镜子一般照得出周围的东西，不但使忠厚的丝绸商觉得触目，而且老实说，还刺心呢。

高拉莉问道：“你怎么啦？”

他回答说：“没有什么。”

高拉莉看加缪索没有勇气道破，微笑道：“替我打铃。”诺曼底女人一进来，高拉莉就说：“贝雷尼斯，把鞋拔子找出来，等会儿我要穿这双要命的靴子，别忘了今晚送往更衣室。”

加缪索松了一口气，说道：“怎么？……是你的靴子吗？……”

“不是我的是谁的？”高拉莉虎着脸回答，“傻胖子，难道你以为……”她回头对贝雷尼斯说：“噢！他真的起了疑心。有个家伙编了一本戏，要我扮男人，我可从来没穿过男装。戏院的鞋匠量了我的尺寸，先送这双来试一试；他帮我穿上了，我疼得要死，脱下了；不过还是得穿上去。”

“不舒服就不穿吧。”加缪索说，他刚才就为这双靴子大不舒服。

贝雷尼斯道：“是吗？小姐还是不穿的好，免得像刚才那样受罪；先生，她疼得哭了！我要是男人，绝不让我心爱的女人哭出来！小姐的靴子要用极薄的摩洛哥皮才行。经理室舍不得花钱！先生应当替她定做一双……”

“是的，是的，”加缪索说着，又问高拉莉，“你才起来吗？”

“才起来。清早六点才回家，到处找你没找到，你叫我白白包了七个钟点的车。算你会照顾人！见了酒就把我忘了。现在我不能不小心保养，只要大法官那出戏赚钱，就得天天登台。我不愿意辜负那个青年写的评论。”

加缪索道：“他真好看，那孩子。”

“你说好看吗？我不喜欢这种男人，太娘儿腔了；又不懂得爱，不比你们做买卖的老头儿。你们平常的生活多单调！”

“先生陪太太吃饭吗？”贝雷尼斯问。

“不，我嘴里还腻得很呢。”

“昨天你醉得不成体统。告诉你，老头儿，我不喜欢男人喝酒……”

加缪索道：“你得送一样礼物给那个青年。”

“是的，我宁可这样酬谢他们，不喜欢佛洛丽纳的办法。好，亲爱的坏东西，你去吧，要不就给我一辆车，免得我浪费时间。”

“明儿你就可以坐着上仙岩饭店，同你的经理吃饭。星期日不会演新戏的。”

“来吧，我要吃饭了。”高拉莉拉着加缪索走出卧房。

过了一小时，贝雷尼斯放出吕西安。贝雷尼斯是高拉莉小时候的同伴，身体臃肿可是聪明透顶，机灵得不得了。

她对吕西安说：“你留在这里。高拉莉等会儿一个人回来。你要讨厌加缪索，她情愿和加缪索一刀两断。不过，孩子，你心肠太好了，不会叫她走上绝路的。她和我说，她打算丢掉一切，离开这里的天堂，跟你到阁楼上去过活。唉，那些嫉妒你，羡慕你的人，早告诉她，说你一个钱都没有，住在拉丁区。我自然跟你们一块儿去，替你们洗衣服、做饭。可是我刚才把可怜的孩子安慰了一番。不是吗，先生，你是聪明人，不会做这种傻事的？啊！你慢慢会发觉，那胖子只占着她身体，你才是她的心肝宝贝，被她当作天上的神道，她连灵魂都给了你了。你才想不到，高拉莉要我帮她背台词的时候多有趣。真是个招人疼的小娃娃！老天爷送一个天使给她受用也是应当的，她常常觉得活着没意思。她在妈妈手下受了多少罪，挨打挨骂，临了还给卖出去！是啊，先生，还是她的亲娘呢！我要有个女儿，一定像服侍高拉莉一样服侍她。此刻我就把高拉莉当作自己的孩子。这是我第一回看见她快活，第一回在戏院里有人这样捧她。听说为了你那篇文章，人家要在下一场雇一大批人来喝倒彩。你睡觉的当口，勃劳拉来跟她商量过了。”

“哪个勃劳拉？”吕西安好像听见过这名字。

“鼓掌队[①]的头子。他和高拉莉商量好，演到什么地方拍手。佛洛丽纳尽管表面上是高拉莉的朋友，难保她不弄神捣鬼，把好处一个人独占。你那篇评论在大街上轰动了……啊！这样的床铺真是王孙公子睡的……”贝雷尼斯说着，在床上铺了一条镂空纱的床罩。

她点起蜡烛。吕西安在烛光底下迷迷糊糊，以为真的进了神仙洞府。帐帷窗帘都是加缪索在金茧行里挑的最华丽的料子。诗人脚下踏着最讲究的地毯。烛光射在紫檀木器的沟槽中闪闪浮动。白云石的壁炉架上摆着贵重的小玩意儿，床前铺一条貂皮镶边的天鹅绒脚毯。红绸里子的黑丝绒软鞋告诉诗人有多少欢娱等着他。糊着花绸的天花板上吊一盏玲珑可爱的灯。到处都有做工精致的花架，供着名贵的鲜花，铁树的白花，没有香味的山茶。到处是天真无邪的形象。谁想得到这儿住的是个女演员，过着舞台生活呢？吕西安诧

① 专受戏院雇用，在台下喝彩或者捣乱的帮口。

异的神气被贝雷尼斯觉察了。

她娇声娇气地说："屋子真美，是不是？在这儿谈恋爱不是比阁楼上好得多吗？你千万不能让她耍脾气。"贝雷尼斯说着，端一张漂亮的独脚圆桌放在吕西安面前，桌上的菜都是在女主人的晚饭中偷偷拣来的，不给厨娘疑心家里躲着一个情人。

吕西安一顿晚饭吃得挺舒服：贝雷尼斯在旁侍候，碗盏不是刻花的银器，便是有画的瓷器，值到一个金路易一个。吕西安看到这派奢华，正如中学生看到马路天使的裸露的肉，笔挺的白袜。

吕西安道："加缪索真快活！"

贝雷尼斯回答："快活？哼！他要能处在你的地位，拿他花白的头发换你年轻的淡黄头发，便是放弃家私也情愿的。"

她给吕西安喝了波尔多供应英国财主的极品好酒，又劝他趁高拉莉没回家之前再睡一会儿，打个盹儿；吕西安看着床铺十分羡慕，也想躺一下。贝雷尼斯看诗人眼睛里有这个欲望，替女主人暗暗高兴。十点半，吕西安醒来，发觉一双脉脉含情的眼睛朝他望着。高拉莉穿着娇艳的睡衣站在面前。吕西安睡足了，吕西安为着爱情沉醉了。 贝雷尼斯退出去的时候问："明天几点钟起床？"

"十一点，你把早饭端到床前来；两点以前，有人来一律挡驾。"

第二天下午两点，高拉莉和情人俩穿扮齐整，面对面坐着，好像是诗人特意来访问他赏识的女演员。高拉莉帮吕西安洗澡、梳头、穿衣，要他上高利沃铺子买了十二件上等衬衫、十二条领带、十二条手帕，还有装着檀香匣子的一打手套。她听见门口有马车声，便和吕西安扑向窗口，看见加缪索从一辆体面的轿车中走下来。

她说："想不到我对一个男人和奢侈的享受会恨到这个田地……"

吕西安听着暗暗惭愧，只得说："我太穷了，不能让你走绝路。"

高拉莉搂着吕西安说："可怜的小宝贝，那么你真的爱我了？"

随后指着吕西安对加缪索道："我约先生今天来看我，我想咱们好一同到天野大道去试试新车。"

"你们去吧，"加缪索没精打采地说，"我不能陪你们吃晚饭，今天是我女人生日，我忘了。"

高拉莉勾着商人的脖子说："可怜的加缪索！那你要无聊死了！"

她想到能单独和吕西安试车，单独和吕西安上蒲洛涅森林，快活极了；她趁着一时高兴，做出疼爱加缪索的样子，和他着实亲热了一番。

可怜的加缪索说："我真想每天送你一辆车。"

吕西安满面羞惭，高拉莉做了一个媚态十足的手势安慰他，说道："咱们走吧，先生，已经两点了。"

高拉莉挽着吕西安奔下楼梯，吕西安听见加缪索走路像海豹似的掉在后面，跟不上来。诗人快乐得飘飘然：称心如意的高拉莉更加美了，高雅大方的装束叫所有的眼睛看得出神。天野大道上的巴黎人望着这对情侣啧啧称羡。在蒲洛涅森林中一条小路上，他们的车遇到特·埃斯巴太太和特·巴日东太太的敞篷车，她们俩瞧着吕西安觉得诧异，吕西安目无下尘地瞪了她们一眼，表示他这个诗人快要成名，发挥威力了。他被两个女子挑起来的仇恨，闷在心里苦恼不堪，和她们俩照面的当口总算发泄了一部分；这是他一生最得意的时间，或许也决定了他的命运。吕西安又受着骄傲鼓动，想重新踏进上流社会扬眉吐气。以前因为和小团体的人做朋友，刻苦用功，一切世俗的卑鄙的念头都给压了下去，此刻又在他心中抬头了。他这才体会到罗斯多代他发动的攻击力量有多大，罗斯多满足了他的情欲；小团体的集体导师却压制他的情欲，要他修身晋德，努力工作，而吕西安已经觉得德行可厌，工作无用了。对于醉心享受的人，用功不是要他们的命吗？作家不是最容易沦为游手好闲，在女演员和轻佻的女人堆里花天酒地，过靡烂的生活吗？吕西安就有一股不可遏制的欲望，要把那两天放荡的生活继续下去。

仙岩饭店的菜肴特别精美。吕西安发现同桌的还是佛洛丽纳家的一帮人，少了公使、公爵、舞女、加缪索，多了两个名演员，还有埃克多・曼兰和他的情妇，叫作杜・华诺勃太太。她是个妙人儿，在巴黎那个特殊社会中算得上最美最高雅的女子，现在我们很文雅地把这班女人称为交际花。吕西安四十八小时以来进了极乐世界，如今又知道自己的文章大出风头。诗人受到奉承、妒羡，不由得信心十足；他谈笑风生，变为今后几个月内在文坛和艺术界中走红的吕西安・特・吕庞泼莱。斐诺看人极有眼力，嗅觉灵敏，好似妖魔闻得出新鲜的人肉；他对吕西安大灌迷汤，想把吕西安拉进他手下的一小帮记者队伍。吕西安上钩了。高拉莉看出这个思想贩子的把戏，要吕西安防他一着。

她说："孩子，别马上答应；他们要剥削你；今晚咱们先商量一下。"

吕西安回答说："嘿！我有本事同他们一样狠毒、一样精明。"

斐诺并没为了空白的稿费和曼兰闹翻，替他介绍了吕西安。高拉莉和杜・华诺勃太太一见如故，打得火热。杜・华诺勃太太约了日子请吕西安和高拉莉吃饭。

那天同桌的记者要数埃克多・曼兰最可怕：他矮小，干瘪，抿着嘴唇，抱着一肚子的野心，无穷的醋意，专门幸灾乐祸，挑拨离间，从中取利；他人很聪明，意志不强，代替意志的是暴发户猎取财富和权势的本能。吕西安同他彼此都没有好感。理由很简单。原来曼兰把吕西安私下想的对吕西安明明白白说了出来。吃到饭后点心，那些各个自命为高人一等的角色，仿佛都变了生死之交。新进的吕西安更是他们笼络的对象。大家毫无顾忌地谈话。只有曼兰一个人不嘻嘻哈哈。吕西安问他为什么这样冷静。

他回答说："我看你抱着幻想投入文坛，投入新闻界。你相信真有什么朋友。其实我们彼此是朋友还是敌人，完全看情形而定。照理只打击敌人的武器，我们先用来打击朋友。你很快会发觉，凭你高尚的情感是什么都得不到的。你如果心地慈悲，先得变成凶恶。要有计划地恨人家。这条最要紧的规律要没人告诉你，就让我来告诉你，也不能算无关紧要的心腹话。你想得到爱情，每次离开你的情妇都得让她掉几滴眼泪。要在文坛上飞黄腾达，就该伤害所有的人，包括你的朋友在内，刺痛他们的自尊心，才能叫大家趋奉你。”

这些话在初出道的人听了好比心中挨了一刀，埃克多·曼兰从吕西安的表情上面看出这个效果，暗暗高兴。接着大家打牌。吕西安把身上的钱输得精光。他被高拉莉带回家，爱情的快乐使他忘了赌博的剧烈的刺激；可是后来他终于做了赌博的牺牲品。下一天他离开高拉莉回拉丁区，走在路上发觉赌输的钱仍旧在钱袋里。他先是为了高拉莉的好意心中难过，想回去退还这笔难堪的赠予；可是他已经到了竖琴街，也就继续向格吕尼旅馆走去，一边走一边想着高拉莉的这番情意，认为是那一类的女子羼在爱情中的母爱。她们的爱往往包括所有的感情。吕西安想来想去，终于找出一个理由来接受那笔钱：“我不是爱她吗？我们要像夫妻一般过日子；而且我永远不会丢掉她的！”

二十　最后一次访问小团体

吕西安踏进旅馆，走上满是泥巴，臭气触鼻的楼梯，旋开门上的锁，看到龌龊的地砖，寒碜的壁炉架，穷苦丑恶，一无所有的卧房，他心中的感触，除了代俄哲尼斯，谁都体会得到。他发现桌上摆着他小说的原稿，还有大尼埃·大丹士的一个字条：

亲爱的诗人，我们的一班朋友对你的作品大致满意了。这样拿出去比较放心，无论给朋友看还是给敌人看。你为全景剧场写的有趣的稿子，我们都念了，你将要在文坛上引起的嫉妒，和在我们中间引起的遗憾不相上下。

大尼埃

“遗憾！这话是什么意思?”吕西安嚷着，看到信上客气的口吻觉得奇怪。难道他和小团体不是一家人吗？从戏院后台的夏娃手中尝到美果以后，他愈加重视四府街上的朋友们的友谊和敬意。他把目前在这间房内的生活，和将来在高拉莉房内的生活，细细想了一下。一忽儿转着高尚的念头，一忽儿转着堕落的念头，迟疑不决。接着他坐下来，看看朋友们还给他的作品。一看之下，他大吃一惊。那些尚未成名的大人物又热心又巧妙，替他一章又一章地润色过后，本来贫乏的东西变得丰富了，对话也充实、紧凑、简练、有力了；同那些富于时代精神的谈吐比较之下，原来写的简直是废话。他勾勒的人像软弱无力，现在变得线条遒劲、色彩鲜明；生理方面的观察，表现得很细腻，使各种人物都和人生奇怪的现象有了关系，因此有了生命；这一部分准是皮安训的手笔。本来很空洞的描写有了内容，生动活泼了。吕西安创造的是个体格残缺、衣衫不整的女孩，如今变为俊俏的姑娘，穿着洁白的袍子，束着腰带，披着粉红围巾，总之成了一件绝妙的创作。他含着眼泪看到天黑，对着伟大的境界茫然失措，体会到这个教训的可贵，佩服他们的修改，使他在文学艺术方面比四年的阅读、比较、研究，学到更多的东西。拙劣的草图经过修正，点铁成金的实例，永远比理论和批评更有意义。

吕西安收起稿子叫道:“这样的朋友！这样的热心！我多幸福!”

富于幻想而轻浮的性格天生容易冲动，吕西安凭着这股冲动赶去看大尼埃。他上楼的时候觉得任何诱惑都不能使那班朋友离开正路，他远远比不上他们。他耳朵里听见有个声音说，如果大尼埃爱上高拉莉，绝不肯连加缪索一同接受的。吕西安也知道小团体的成员痛恨新闻记者，而他现在多多少少是个记者了。他发现除了才出去的梅罗以外，所有的朋友都在场，个个人脸上都有一副伤心绝望的表情。

吕西安问道："你们怎么啦？"

"我们才得到一个可怕的消息，现代最大的思想家，我们最心爱的朋友，在精神上指导过我们两年的……"

吕西安接口说："路易·朗倍……"

皮安训说："他得了止动症，没有希望了。"

米希尔·克雷斯蒂安庄严地补充说："他肉体失去了知觉，脑子在天上，到死都是这样的了。"

大丹士说："活也罢，死也罢，对他已经没有分别。"

雷翁·奚罗说："爱情在他广大无边的脑子里等于放了一把火，把它烧坏了。"

约瑟·勃里杜说："是的，他受着爱情鼓动，进入另外一个世界，我们看不见他了。"

费尔扬斯·里达说："这是我们的大不幸。"

吕西安叫道："也许他会好的。"

皮安训道："据梅罗告诉我们的病情，的确是不治之症。他脑子里有许多现象在活动，药物一点办法都没有。"

大丹士道："总该有些东西能发生作用……"

"不错，"皮安训回答，"眼前他是身体瘫痪，我们可以使他脑子也瘫痪，变成白痴。"

米希尔·克雷斯蒂安道："可惜别人不能代替他！要不然我很愿意牺牲我的脑子！"

大丹士道："那你的欧罗巴联邦怎么办呢？"

“啊！不错，”米希尔·克雷斯蒂安回答，“我们先要献身给人类，再想到个人。”

吕西安道：“我特意来向大家表示感谢。你们把我的作品点铁成金了。”皮安训道：“咱们之间谈得上感谢吗？”

费尔扬斯道：“我们只觉得快活。”

雷翁·奚罗道：“这一下你当了记者喽？你的第一篇稿子引起的议论，拉丁区也听到了。”

吕西安回答：“还没有正式下海呢。”

米希尔·克雷斯蒂安说道：“那还好！”

大丹士道：“我早告诉你们，良心平安的可贵，吕西安是知道的。一个人上床睡觉的时候能够对自己说：我没有对别人的作品下断语，没有叫谁伤心，没有把我的聪明才智当作刀子一般在清白无辜的人心中乱搅；没有说什么刻薄话破坏别人的幸福，便是对痴呆混沌的人也不干扰他的快乐，没有向真有才气的人无理取闹；不屑用俏皮话去博取轻易的成功；总之从来不曾违背我的信念……能够对自己这么说不是极大的安慰吗？”

吕西安道：“可是我认为替报纸写稿照样能做到这些。如果我没有别的办法谋生，早晚要走这条路的。”

“噢！噢！噢！”费尔扬斯说一个字提高一个调门儿，“那就是投降。”

雷翁·奚罗很严肃地说道：“他非做记者不可。唉！吕西安，如果你愿意在我们的圈子里当记者，我们不久也要办一份刊物，永远不侵犯真理和正义，只宣传有益人类的学说，也许……”

吕西安很世故地插嘴道：“你们一个订户都不会有的。”

米希尔·克雷斯蒂安回答：“我们只要五百订户就抵得人家的五十万。”吕西安道：“你们还需要奖金。”

大丹士道：“不，我们需要的是献身的精神。”

米希尔·克雷斯蒂安做着滑稽的样子嗅了嗅吕西安的头，说道：“真像一个香粉铺。有人看见你坐着华丽的车子，套着漂亮哥儿的骏马，带着一个王孙公子的情妇，高拉莉。”

吕西安道：“怎么！难道这有什么不好吗？”

皮安训道：“这话就表示你情虚。”

大丹士道：“我只希望吕西安遇到一个俾阿特利克斯，一个高贵的女子，能够在人生中支持他……”

诗人道：“可是，大尼埃，只要是爱情，不是到处都一样吗？”

“啊！”相信共和政体的克雷斯蒂安说，“在这一点上我是贵族脾气。我不会爱一个被男演员当众亲吻的女人，在后台被人用亲昵的称呼乱叫，对台下哈腰屈背，满脸堆笑，掀起裙子跳舞，做男人的动作，把我只想一个人看到的姿势公诸大众。如果我爱上这样一个女子，一定要她脱离戏院，让我用爱情把她清洗干净。”

“她不能脱离戏院又怎么办呢？”

“那我要伤心、嫉妒、痛苦死的。割断爱情不像拔掉一只牙齿那么容易。”吕西安沉着脸担起心事来，想道：“他们要是知道我容忍加缪索，准会瞧不起我。”

铁面无情的克雷斯蒂安又直率又尖刻地说：“告诉你，你可能成为大作家，不过永远是轻骨头。”

说完拿起帽子走了。

诗人道：“米希尔·克雷斯蒂安真严厉。”

皮安训道：“又严厉又慈悲，赛过牙医生的钳子。米希尔看到你的前途，也许此刻在街上为你伤心呢。”

大丹士态度温和、体贴，想法鼓励吕西安。过了一小时，吕西安烦恼不堪地走了，他听见内心有个声音叫着：“你一定要做记者！”好比玛克白斯听见女巫说：“你一定要做国王！”到了街上，吕西安望了望坚忍不屈的大丹士的窗子，映着微弱的灯光；他凄凄凉凉，心神不定地回家。他有种预感，觉得这是那批真正的朋友最后一次和他推心置腹了。从索蓬纳广场走进格吕尼街，他看见停着高拉莉的车子。女演员要看看她的诗人，向他问好，老远从修院大街赶到索蓬纳。吕西安的情妇看着阁楼直掉眼泪，她要跟他一同吃苦，一边哭一边替他把衬衫、手套、领带、手帕，放进破旧的五斗柜。她的悲痛非常真实、非常强烈，表示她感情深厚，所以吕西安虽然被人责备爱上一个女戏子，还是认为高拉莉是不怕贫穷折磨的圣女。招人疼的女孩子为了要来看吕西安，推说加缪索、高拉莉和吕西安吃过玛蒂法、佛洛丽纳和罗斯多的半夜餐，要回请他们，特意来通知吕西安，问他要不要请几个他应当联络的人。吕西安回答说，他先得和罗斯多商量一下。高拉莉一忽儿就走了，不让吕西安知道加缪索底下等着。

二十一　另外一种记者

下一天清早八点，吕西安去找埃蒂安纳，埃蒂安纳不在，便赶往佛洛丽纳家。记者和女演员像夫妇一般占据着漂亮的卧房，就在房内接待他们的朋友，三个人一同吃了一顿挺讲究的中饭。

吕西安在饭桌上说到高拉莉要请他们吃夜宵，罗斯多回答："老弟，我劝你跟我一同去看番利西安·凡尔奴，约他吃饭，尽量同他联络，对这样一个小人非如此不可。他替一份带有政治性的报纸编副刊，说不定肯介绍你进去，登你的长篇稿子，那你优哉游哉，日子好过了。那份报和我们的一样属于进步党，将来你总是进步党的人，这是最得人心的党派；等到人家对你害怕以后，再倒向政府也便宜得多。埃克多·曼兰和他那位杜·华诺勃太太，——在她家里出入的有几个大贵族，漂亮哥儿，百万富翁，——他们不是邀你和高拉莉吃饭吗？"

“是的，”吕西安回答，“也请你跟佛洛丽纳。”

吕西安和罗斯多星期五喝得酩酊大醉的时候，星期日参加经理的饭局的时候，彼此已经称兄道弟，亲热得很了。

“好吧，咱们可以在报馆里碰到曼兰，这家伙准会死盯着斐诺；你最好敷衍敷衍他，请他和他的情妇吃夜宵，也许他不久就能帮你忙，心里有怨恨的人用得着所有的人，他可能先帮你一下，再在必要的时候利用你写稿。”

佛洛丽纳对吕西安说：“你第一炮放得相当响，眼前尽可通行无阻，我劝你打铁趁热，要不人家很快会把你忘掉的。”

罗斯多说：“那笔大生意做成了！一无所能的斐诺变成道利阿周报的经理兼总编辑，白到手六分之一的股份，还有六百法郎一月薪水。我从今天起做了我们那份小报的主编。经过情形就跟我前天晚上预料的一样。佛洛丽纳本领高强，便是泰勒朗亲王[①]也要让她三分。”

佛洛丽纳道：“男人要寻欢作乐，我们利用这一点抓住他们；外交家只能利用人的自尊心。一般人在外交家面前装腔作势，在我们面前专做傻事，所以我们力量更大。”

罗斯多道：“玛蒂法认股的时候说：反正这桩买卖不出我的本行[②]！我看他做了一辈子药材生意，从来没说过这样的风趣的话。”

吕西安道：“我疑心是佛洛丽纳教他的。”

罗斯多道：“所以，好朋友，你这一下是脚踏马镫，上了路啦。”

佛洛丽纳道：“你生来命好。不知有多少年轻人在巴黎待上几年，一篇文章都登不出来！你的稿子将来可以跟爱弥尔·勃龙台的一样走红。我想象得出你六个月以后神气活现的面孔。”她用了一句

---

① 泰勒朗（1754—1838），法国的外交家，弄权窃柄的政客。

② 本行是指药材生意。药材在法文中另有一个通俗的意义，指一切无用的，品质低劣的，甚至有害的东西，此处是暗示报纸。

俗语，含讥带讽地笑了笑。

罗斯多道："我不是在巴黎待了三年吗？到昨天才当上主编，斐诺才给我三百法郎一月的固定薪水，五法郎一栏稿费，他的周报给我一百法郎一页。"

佛洛丽纳望着吕西安说："喂，怎么不开口啊？……"

吕西安说："我要考虑一下。"

罗斯多气恼着说："朋友，我当你亲兄弟看待，样样替你安排好；可是斐诺的事，我不敢担保。两天之内，自愿跌价，想加入他报纸的人准有几十个！我在斐诺面前替你一口应承了，你要不愿意，你去回绝吧。"停了一会儿又道："你是得福不知。在咱们这个帮口里，弟兄们能够在好几份报上攻击敌人，互相帮衬。"

吕西安急于联络那些鹰犬，说道："咱们先去找番利西安·凡尔奴。"

罗斯多叫人雇了一辆车，两个朋友坐着上芒达街。凡尔奴在一所有过道的屋子里住着三楼上的一套房间。尖刻、傲慢、功架十足的批评家，正在和家里人吃饭；女的长得太丑了，一定是正式的配偶；两个小孩儿爬在两张围着栏杆的高椅上；饭间恶俗不堪，糊着方格的花纸，每隔一段有一簇青苔，几个金漆的框子嵌着镂版画。吕西安看着这排场很奇怪。番利西安的晨衣是用老婆的旧印花布衫改的，他因为这副装束被人撞见了，脸上不大高兴。

"吃过饭没有，罗斯多？"凡尔奴一边招呼，一边指着一把椅子让吕西安坐下。

埃蒂安纳说："我们才从佛洛丽纳家吃了来。"

吕西安只顾打量凡尔奴太太，她像个老实的大胖厨娘，皮肤还白，长相俗不可耐。头巾下面，一顶睡帽用带子扣在下巴上，腮帮的肉被带子箍紧了，拼命往外挤。没有腰带的梳妆衣只在领圈上扣着一个纽子，阔大的褶裥挂下来，穿在身上不三不四，叫人想起路旁的界石。身体好得异乎寻常，脸颊差不多红得发紫，手指头像螺丝钉。吕西安看了这女人，忽然懂得为什么凡尔奴在交际场中那么拘谨。他既厌恶自己的婚姻，又没有勇气丢掉老婆孩子，可是还有相当幻想，不能不为着老婆经常苦闷，所以他恨别人成功，对什么都不满意，也不满意自己。醋意十足的脸冷冰冰的老是不高兴，话中带刺，动不动出口伤人，像锋利的匕首；凡尔奴这些表现，吕西安完全了解了。

番利西安站起来说："到我书房去，你们来大概是为稿子吧。"

"可以说是，也可以说不是，"罗斯多回答，"朋友，主要是为了吃夜宵。"吕西安说："我代高拉莉来请你……"

凡尔奴太太听见这名字，抬起头来。

吕西安接着说："……请你吃夜宵，从今天算起还有一星期。还是佛洛丽纳家的原班人马，只多了杜·华诺勃太太、曼兰，还有另外几个人。咱们也有牌局。"

凡尔奴的女人对丈夫说："朋友，那天我们约好要上玛乌陶太太家。"

凡尔奴说："那有什么关系。"

"咱们不去，玛乌陶太太会不高兴的，你不是想把书店的期票请她贴现吗?"

凡尔奴对客人说："朋友，你看竟有这样的女人，不知道半夜餐跟十一点散场的晚会并不冲突。"随后补上一句："我总是在她身边写文章的。"

吕西安道："你的想象力真了不起!"这句话惹恼了凡尔奴，从此恨死吕西安。

罗斯多道："那么你一定到了？还有一件事：特·吕庞泼莱先生现在是咱们的人了，希望你在你报馆里帮衬一下，告诉人家说，他能写纯文艺的作品，每个月至少让他发表两篇稿子。"

凡尔奴回答说:“行,只要他站在我们一边;我们攻击他的敌人,他也得攻击我们的敌人,保护我们的朋友。今晚我到歌剧院去就提到他。”

“好吧,明儿见,”罗斯多好不亲热地和凡尔奴握握手。“你的书什么时候出版?”

“那要看道利阿了,”凡尔奴回答,“我可是完工了。”

“你满意吗?”

“又满意又不满意……”

“我们捧场就是了。”罗斯多说着,站起来向同事的老婆行了礼。

客人这样急匆匆地告辞,因为两个小孩大吵大闹,拿羹匙舀着面包汤互相泼在脸上。

埃蒂安纳对吕西安说:“朋友,你看见了吧,那个女的无意中在文坛上闯了不少祸。可怜的凡尔奴为着他的老婆心绪恶劣,跟我们过不去。咱们应当替他打发掉,当然不是为他,而是为了公众的利益。这么一来,我们不至于再看到没结没完的刻薄文章,咒别人成功,骂别人交运。家里放着这样一个女人,加上两个丑八怪,结果怎么样?比卡有出戏叫作《彩票行》,你看过没有?其中有个角儿列高登……告诉你,凡尔奴同列高登一样,自己不打架,专门叫别人动手;只要能挖掉他好朋友的一双眼睛,他自己挖掉一只也愿意。你瞧着吧,他会踩着人家的尸首前进,看着人家的苦难高兴;他是平民,所以要攻击亲王、公爵、侯爵、贵族;为着他那个老婆,他气不过单身的名流,满口仁义道德,宣传家庭的乐趣,提倡公民的责任。总之,这位品行多好的批评家对个人不客气,连小孩在内。他住在芒达街上,老婆有资格扮《冒充贵族》[①] 中的土耳其贵人,两个小凡尔奴难看得像树上长的疮;他瞧不起圣·日耳曼区,因为他

① 莫里哀的喜剧。

一辈子进不去，他笔下的公爵夫人开出口来都像他的女人。这种家伙只会直着嗓子骂耶稣会，骂宫廷，说它要恢复封建特权，长子特权，号召大家来一次十字军争平等，自己却是跟谁都不愿意平等。如果他是单身汉，能出入上流社会，气派同那些受公家津贴，挂着荣誉团勋章的保王党诗人一样，他准是个乐天派。新闻记者的出发点都差不多。那是一架靠琐琐碎碎的仇恨推动的大弩炮机。你看了这榜样还有意思结婚吗？凡尔奴没有心肝，怨毒把什么都淹没了。所以他是标准记者，是一只老虎，不过长着两只手，见一样撕一样，仿佛他的笔得了神经病。”

吕西安道：“他怕女人。——他能力怎么样？”

“他很俏皮，是专写报刊文章的作家。凡尔奴脑子里，笔底下，全是报刊文章，只有报刊文章。他用足苦功也没法把他的散文发展成一部书。番利西安不会构思、布置，不会按照一个有头有尾，向一桩重要事故进展的计划，把人物和谐地配合起来。他有思想，可不知道事实；书中的主角不是代表哲学的乌托邦，便是代表进步思想的乌托邦；风格标新立异，浮夸的句子好比一戳即破的气球，经不起批评家的磨勘。因此他最怕的报纸，凡是需要乱吹乱捧的赞美才能浮在水面上的人都是这样。”

吕西安道：“你这个批评可厉害呢！”

“老弟，这种话只好闷在肚里，万万不能说出来。”

“这是你当总编辑的口气。”吕西安说。

“你在哪儿下车？”罗斯多问他。

“高拉莉家。”

罗斯多说：“啊！你真的动了爱情。不行哪！对待高拉莉最好像我对待佛洛丽纳一样，把她当作管家婆。自己非保持自由不可！”

吕西安笑道：“你连圣徒都要送入地狱！”

罗斯多道：“本来是魔鬼，用不着再送地狱。”

这位新朋友的轻薄而风趣的口吻，应付人生的方式，怪僻的议论，夹着巴黎式的老奸巨猾的格言，无形中影响了吕西安。诗人觉得那种思想在理论上固然危险，实际应用起来倒很有帮助。车子进入修院大街，两个朋友约好四点至五点之间在报馆相会，大概埃克多·曼兰也会去的。

二十二　靴子对私生活的影响

不错，吕西安被交际花的真正的爱情迷住了，觉得其乐无穷。这等女子能抓住男人心中最软弱的地方，有一套百依百顺的软功，迎合男人的懒散习惯，她们的力量就是从这一点上来的。吕西安已经少不了巴黎的享受，喜欢在女演员家坐享现成，过那种富裕奢华的生活。他进门发现高拉莉和加缪索两人欢天喜地。竞技剧场请高拉莉从明年复活节开始登台，合同的条款订得明明白白，待遇还超过高拉莉的期望。

加缪索说："先生，这是你的功劳。"

高拉莉说："当然喽！没有他，大法官早完了，哪里会有什么剧评！我在大街上还得待上六年。"

她说完，当着加缪索勾着吕西安的脖子。吕西安的热情急不可待地发泄出来，不知有多么温柔，她的得意忘形不知有多么甜蜜：她爱到了极点！加缪索和一切痛苦不堪的人一样，低下头去，发觉吕西安漆黑发亮的靴筒从上到下有一道深黄的缝线，认出那是一般出名的鞋匠用的。早先加缪索对着高拉莉壁炉前面那双奇怪的靴子暗暗寻思的时候，曾经注意到缝线的颜色，也看到洁白柔软的里子上有几个黑字，印着当年有名的鞋店牌号：迎伊皮鞋公司，米旭第埃街。

"先生，"他和吕西安说，"你的靴子好看得很！"

“他身上没有一样不好看。”高拉莉回答。

“我很想找你的靴匠定做几双。”

“噢！”高拉莉道，“向人家打听买东西的铺子，多俗气！难道你想穿青年人的靴子，做漂亮哥儿吗？像你这样成家立业，有老婆、孩子、情妇的人，还是穿你的翻筒靴合适。”

“不管怎样，先生要愿意脱下一只靴子来给我瞧瞧，倒是帮了我很大的忙。”加缪索固执地说。

“没有鞋拔子，我脱了穿不上。”吕西安红着脸说。

“叫贝雷尼斯去买一个，这儿也用得着。”加缪索神气挖苦得厉害。

高拉莉满脸瞧不起的样子，恶狠狠地瞪着他说：“加缪索老头儿，拿出勇气来，别鬼鬼祟祟的！把你心里的话一起说出来吧。你认为他的靴子像我的，是不是？”她回头对吕西安说：“我不许你脱。——是的，加缪索先生，那天放在壁炉架前面的就是这一双，先生还躲在我盥洗室里等着穿呢，他隔天是在这儿过夜的。你心里这样想，对不对？好，就这样想吧，我要你这样想。这是事实。我骗了你又怎么样？我喜欢嘛，我！”

她并不生气，若无其事地坐下来望着加缪索和吕西安，他们俩却不敢照面。

加缪索道：“只有你要我相信的事，我才相信。别开玩笑，我认错就是了。”

“我或者是一个不要脸的小淫妇，心血来潮看中了他，或者是个可怜虫，破题儿第一遭动了真情，那是个个女人追求的。不管我是哪一等人，反正咱们得一刀两断，要不然你甭想管我。”她说着，做了一个气概不凡的手势，根本不把加缪索放在眼里。

“真的吗？”加缪索看着吕西安的态度知道高拉莉不是开玩笑，他只希望人家骗他一下，把事情蒙过去。

吕西安说："我是爱小姐的。"

高拉莉听着这句声音激动的话，扑上诗人的脖子，紧紧抱着他，掉过头去朝着加缪索，让他看到一幅两人相爱的画面。

"可怜的加缪索，你给我的东西通通收回去吧，我一样不要，我爱他爱得发疯，不是为他的才气，而是为他的漂亮。我宁可跟他过苦日子，不要你的百万家财。"

加缪索倒在靠椅上，两只手捧着头一声不响。

"你要我们走吗？"高拉莉的口气狠得不得了。

吕西安看到要负担一个女人，一个女演员和一个家，身子凉了半截。

"住下去吧，高拉莉，一切照旧，"加缪索有气无力的痛苦的声音完全是从心底里发出来的，"我一样都不收回。这里的家具值到六万法郎，可是想到我的高拉莉吃苦，我受不了。而你是很快要吃苦的。先生再有才干也维持不了你的生活。唉，我们老头儿都是这个下场！高拉莉，让我不时来看看你行不行？我还能帮助你。并且老实说，没有你，我活不下去。"

可怜他就在自以为最快活的时候，全部幸福归于泡影，他的和顺的态度，使吕西安十分感动，高拉莉却不以为意。

她说："好，可怜的加缪索，你要来尽管来吧，我不欺骗你了，反而更喜欢你。"

加缪索没有被逐出尘世的天堂，感到高兴；在这个天堂上当然不免痛苦，但他存着卷土重来的希望，相信巴黎的生活变化多端，吕西安也抵抗不了周围的诱惑。狡猾的商人认为这漂亮青年早晚要喜新厌旧；为了暗中窥探，让高拉莉识破吕西安，他要做他们的朋友。这样的忍气吞声说明他真是一片痴情，叫吕西安看着害怕。加缪索约他们到王宫市场万利酒家吃晚饭，他们答应了。

加缪索走后，高拉莉叫道："多快活啊！你可以留在这里，不用再住拉丁区的阁楼，咱们从此不分开了。为了体统，你不妨在夏洛街上租一个小公寓；别的都不用管，听其自然就是了！”

她兴高采烈，一腔热情无法抑制，跳起她的西班牙舞来。

吕西安道：“我好好地工作，每月可以挣到五百法郎。”

“我在戏院里也有这个数目，另外还有津贴。加缪索照样会替我做衣服，他才爱我呢！每个月有一千五进款，咱们的生活还不跟克利萨斯[①]一样吗？”

吕西安道：“还有马，马夫，用人，怎么开销呢？”

高拉莉道：“我可以借债。”

她说完，又拉着吕西安跳了一支奚格舞。

吕西安道：“那么斐诺的条件非接受不可了。”

高拉莉道：“让我去换衣衫，送你上报馆，我在大街上坐在车里等你。”

吕西安坐在沙发上瞧着高拉莉装扮，想起正事来。照他的心思，他宁可让高拉莉自由，不愿和她同居，给自己加上一副担子；可是看她这样美，身段这样好看，这样动人，吕西安又觉得这种放荡的生活别有风趣，决意不顾一切，向命运挑战了。高拉莉把吕西安搬家的事交给贝雷尼斯去办，然后得意扬扬，又漂亮又快活，拉着她心爱的情人，她的诗人，穿过巴黎城往圣·菲阿克街进发。

二十三　报纸的秘密

吕西安腿脚轻健地上楼，神气俨然地走进报馆。苦葫芦依旧头上顶着印花税票，奚罗多依旧假痴假呆，告诉他报馆没有人。

吕西安说：“各位编辑约好在这里见面，商量报纸的事。”

---

① 公元前六世纪时里提国国王，为古代有名的巨富。

“那也可能，我可不管编辑部。”帝国禁卫军的上尉说着，只顾核对他的订户签条，嘴里勃罗勃罗，哼个不停。

不知对吕西安说来是幸还是不幸，碰巧斐诺进来，预备向奚罗多说明他是假装下台，要奚罗多继续照顾他的利益。

斐诺同吕西安拉拉手，和舅舅说：“别打官腔，先生是报馆的人。”

奚罗多看着外甥的手势觉得奇怪，说道：“啊！先生是报馆的人！怎么，先生，你进报馆这么容易。”

斐诺神气很含蓄地望着吕西安说：“我要替你安排好，免得埃蒂安纳把你当傻瓜。”又回头吩咐奚罗多：“先生所有的稿子，包括剧评在内，一律三法郎一栏。”

“你从来没给人这样的待遇。”奚罗多说着，诧异地瞧着吕西安。

斐诺道：“大街上的四家戏院归他，别让人家揩油他的包厢，戏票都要交给他。”他转身对吕西安说：“最好叫人直接送到你家里。——先生除了剧评，还要在一年之内每个月写十篇小品，每篇大约两栏，一个月支五十法郎。——你觉得合适吗？”

“行。”吕西安迫于当时的形势，只好答应。

斐诺对出纳员说：“舅舅，把合同准备好，等我们下楼的时候签字。”

“请问这位先生尊姓？”奚罗多站起身来，脱下他的黑丝绒便帽。

斐诺说：“吕西安·特·吕庞泼莱先生，评大法官的稿子就是他写的。”

老军人拍拍吕西安的脑门。说道：“小朋友，你这里头藏着金矿。我不懂文学，你的评论我可看过了，我觉得有趣。嘿，了不起！叫人看了开心。——我说：这样的文章准会替我们招揽订户。果然我们多销了五十份。”

斐诺问：“我跟埃蒂安纳·罗斯多的合同可曾誊好双份，可以签字了吗?”“誊好了。”奚罗多回答。

“我和特·吕庞泼莱先生的合同要填昨天的日子，才能叫罗斯多受条款约束。”斐诺说完，抓住新编辑的胳膊，装得很亲热，叫诗人看着心里受用。他拉着吕西安走上楼梯，说道：“这样一来，你的地位稳了。等会儿在我的编辑面前我亲自替你介绍。晚上再叫罗斯多陪你上戏院，介绍一番。你在我们的小报上写稿每月有一百五十法郎；小报今后归罗斯多负责，你得和他好好相处。那小子看我跟你订好合同，使他受到约束，已经要对我不满了。可是你有本领，我不愿意当主编的人独断独行，叫你吃亏。你不妨给我的周报每月写两页稿子，我付你两百法郎稿费。这个办法对谁都不能说，人家看见一个新出道的人运气这样好，要恨死我的。你可以用两页篇幅写四篇稿子，两篇用真名，两篇用假名，省得同道们说你抢了别人饭碗。你得到这个地位全靠勃龙台和维浓，他们认为你有前途。因此别把事情弄糟了。尤其要提防你的一班朋友。至于咱们俩，永远不能有一点误会。只要你帮我忙，我一定帮你。你的包厢和戏票好卖到四十法郎，赠书六十法郎。这两笔数目加上你的稿费，每月有四百五。凭你的聪明，替书店老板写些稿子和提要等等，少说也能再捞两百法郎外快。不过你是我的人了，我尽可信托你，是不是?”

吕西安喜出望外，跟斐诺热烈握手。

走到六层楼上一条长长的过道尽头，斐诺推开一间阁楼的门，咬着吕西安的耳朵说：“别让人看出咱们之间有默契。”

吕西安发现屋内生着很旺的火，桌上铺一条绿呢毯子，周围坐着罗斯多，番利西安·凡尔奴，埃克多·曼兰和两个陌生的编辑，有的坐着单靠，有的坐着圈椅，抽烟的抽烟，说笑的说笑。桌上堆满纸张，墨水缸这一回倒是货真价实，装满了墨水，还有几支破笔，给编辑们使用。新来的记者一看便知道报纸是在这儿编的。

斐诺说：“诸位先生，今天开会的目的是宣布我不能不脱离本报，主编的职位由亲爱的罗斯多接替。我那份杂志的使命你们是知道的，既然要去当总编辑，我的意见不免有所更改，信念可是始终如一，咱们也照样是朋友。我还是你们的人，你们也还是和我一伙。形势尽管变，原则永远不动。原则是转动政治气压表指针的轴心。”

所有的编辑都哈哈大笑。

“这话你是听谁说的？”罗斯多问。

“勃龙台。”斐诺回答。

曼兰道：“不管刮风下雨，阴天晴天，咱们始终走在一起。”

斐诺说：“行，别老打比喻，把咱们弄糊涂了。凡是送稿子来的，我斐诺无不欢迎。”接着向众人介绍吕西安：“这位先生是你们的同事。罗斯多，我和他谈过了。”

每个人都祝贺斐诺的高升和新开辟的前途。

吕西安不认识的两个记者中间有一个说：“现在你这里骑着一匹马，那里又骑着一匹马，变作雅纽斯了。”

凡尔奴说：“但愿他不要变作雅诺[①]。”

“我们的冤家对头，你允许我们攻击吗？”

斐诺说：“你们爱咋办就咋办！”

“嗳！”罗斯多说，“我们可不能退缩。夏德莱先生恼火了，咱们要连续攻击他一星期。”

“怎么啦？”吕西安问。

凡尔奴说：“他来质问过了。帝政时代的美男子遇到奚罗多老头儿，奚罗多若无其事地说，稿子是腓列普·勃里杜写的。腓列普要男爵指定时间跟武器。事情到此为止。我们预备在明天的报上向

---

① 雅纽斯是神话中最古的拉丁国王，能知过去未来，后世代表他的形象是一个身体长着两个头；雅诺是十八世纪戏剧中愚蠢可笑的角色。此处以雅诺与雅纽斯谐音作笑谈。

男爵道歉，每句话都要刺他一下。”斐诺说：“你们咬着他别放，他会来找我的。等我出来调停，就算帮了他的忙；他接近政府，咱们好捞些油水，不是候补教授便是烟店的缺分[①]。他发急，我们求之不得。我的周刊需要一篇社论批评拿当，你们之中谁愿意动笔？”

“交给吕西安，”罗斯多说，“再让埃克多和凡尔奴在他们的报上各写一篇。”

“诸位，我走啦；咱们回头在巴班铺子再见[②]。”斐诺笑着说。

有几个编辑祝贺吕西安踏进新闻界这个有势力的集团，罗斯多对大家说他是个可靠的朋友。

“诸位，吕西安请你们全班人马吃夜宵，在他情妇高拉莉家。”

“高拉莉要进竞技剧场了。”吕西安告诉埃蒂安纳。

“喂，诸位，咱们当然捧高拉莉，是不是？各人在自己的报上写几行，报道她接了新合同，谈谈她的才艺。对竞技剧场的经理室也该称赞几句，说他们有眼力，有手腕，是不是也能说聪明呢？”

曼兰回答：“行，就说他们聪明吧。腓特烈和斯克利勃合编的一本戏也在他们那里。”

凡尔奴道：“这么说来，竞技剧场的经理倒是最有眼光，最精明的投机商了。”

罗斯多道：“请各位注意，写拿当的书评，事先得商量一下；咱们要替新朋友出把力。吕西安有两部稿子要卖，一部十四行诗集，一部小说。他要靠报刊文章的力量在三个月之内成为一个大诗人。咱们正好用他的《长生菊》把《颂歌》《叙事曲》《默想集》[③]，和全

① 法国烟草由国家专卖，由来已久。烟草零售店有定额，归政府分配。

② 巴班是十七世纪出版莫里哀戏剧的书店老板；“咱们在巴班铺子再见”一句见莫里哀《才女》第三幕第三场结尾。

③《颂歌》与《叙事曲》是维克多·雨果的诗集，《默想集》是拉马丁的诗集。

部浪漫派的诗歌一起压下去。”

凡尔奴道：“如果十四行诗毫无价值，那才妙呢！吕西安，你觉得你的十四行诗怎么样？”

两个陌生编辑中的一个问：“告诉我们，你对自己的作品怎么看法？”

罗斯多道：“凭良心讲，写得不错。”

凡尔奴道：“好，我听了高兴。那些保王党的诗人真讨厌，我要利用吕西安的作品跟他们捣乱。”

“要是今晚道利阿不收下《长生菊》，咱们就把稿子一篇接一篇地登出去。攻击拿当。”

吕西安叫道：“拿当又要怎么说呢？”

五个编辑听了大笑。

凡尔奴说：“他才高兴呢。我们怎么安排，你等着瞧吧。”

吕西安不认识的两个编辑之中的一个说：“那么先生我们是一家人了？”“当然，当然，腓特烈，不是开玩笑。”埃蒂安纳又对新角色说：“吕西安，你看我们怎样待你，你将来可不能临阵退缩。我们都喜欢拿当，可是照样要攻击他。现在让咱们来分疆划土，安排一下。腓特烈，法兰西剧院和奥台翁给你，怎么样？”

腓特烈说：“只要各位先生同意。”

大家点点头，可是吕西安发觉他们的眼神嫉妒得厉害。

凡尔奴说：“我照旧担任歌剧院，意大利剧院和喜歌剧院。”

罗斯多说：“那么所有的通俗歌舞剧院归埃克多吧。”

另外一个吕西安不认识的编辑说：“那么我呢？我就没有戏院了吗？”

罗斯多说：“叫埃克多让出多艺剧院，吕西安让出圣·马丁门戏院给你。”接着告诉吕西安：“他迷上了法尼·鲍泼莱，就把圣·马丁门戏院让给他吧。我给你奥林匹克·杂技剧场做交换。鲍皮诺，杂耍，萨基，这几家戏院归我了。明天的报有些什么材料？”

“什么也没有。”

“什么也没有。”

“什么也没有！”

“请诸位拿出本领来，帮我编好第一期。夏德莱男爵和他的乌贼骨，没有一星期的材料可写。挖苦孤独者的题目也用滥了。”

凡尔奴说：“台谟丹纳子爵的笑话也没有噱头了，大家都在抄我们的老文章。”

腓特烈说：“是啊，咱们要有些新的箭靶子才行。”

罗斯多说：“诸位，咱们拿右派的道学家开开玩笑怎么样？比如说特·鲍那先生脚臭。”

埃克多·曼兰说：“咱们先来一组政府党议员的肖像。”

罗斯多说：“行，老弟，就请你动笔。你和他们同一个党派。对他们很熟悉，党内有倾轧，你也好代别人出出气。就拿柏溺，西里埃斯·特·梅兰哈等来开刀。文章可以预先写好，省得闹稿荒。”

埃克多说：“再编几个不准埋葬[1]的故事，把情节多多少少说得严重一些，行不行？”

凡尔奴说：“最好别走人家的老路，立宪派的几家大报全有讽刺教士的漫画，多半是鸭子。”

“什么鸭子？”吕西安问。

埃克多回答说：“所谓鸭子，是无中生有的情节逼真的故事，遇到社会新闻太单调的时候，我们用来点缀一下。这是法兰克林的创作；避雷针，鸭子，共和国，都是他的新发明[2]。这个新闻记者的海

---

① 犯重罪或自杀致死的人，教会不准葬入公墓。当时左派政党借此攻击教会的权力。

② 法兰克林（1706—1790）是美国物理学家，发明避雷针，也是新闻记者，主张共和政体的政治家。

外鸭子，连百科全书派的学者都上了当，雷那的《印度哲学史》把法兰克林的两桩无稽之谈当作事实。”

凡尔奴说：“这个我倒不知道。怎么回事呢？”

“据说有个黑种女子救了一个英国人的性命，英国人为了多赚几个钱，让她有了身孕再把她卖出去。怀孕的少女慷慨激昂地辩诉，把官司打赢了。法兰克林来到巴黎的时候，在内刻家里承认这故事是他杜撰的，弄得法国的一班哲学家狼狈不堪。可见新大陆两次败坏旧大陆的人心。”

罗斯多道：“只要是可能的事，报纸一律当作真的。我们就是从这一点出发的。”

凡尔奴道：“判刑事案子何尝不如此？”

曼兰道：“好吧，晚上九点再见，还是在这儿。”

大家站起来互相握手，在非常亲热的气氛中散会。

埃蒂安纳下楼的当口问吕西安：“你对斐诺用了什么手段，他会同你订约的？除了跟你，他从来没有让自己受过约束。”

“我没有什么行动，是他向我提议的。”吕西安回答。

“不管怎么样，你和他讲妥了，我总是高兴的，咱们两个的势力只有更大。”

到了底层，埃蒂安纳和吕西安遇到斐诺，斐诺把罗斯多拉往那间名为编辑部的办公室。

奚罗多拿出两份贴着印花的文件，对吕西安说：“合同你来签了吧，让新任经理以为是昨天订的。”

吕西安念着合同的条文，听见埃蒂安纳为着报馆勒索人家的实物，同斐诺争论很凶。奚罗多抽的税，埃蒂安纳也要从中分肥。最后斐诺和罗斯多一团和气地走出来，大概条件讲妥了。

埃蒂安纳和吕西安说：“八点钟在木廊商场道利阿那儿等我。”

这时进来一个年轻人要求替报纸写稿，胆小和焦急的神气跟过去的吕西安一模一样。奚罗多用当初愚弄吕西安的办法对付那青年，吕西安看着暗暗欢喜。他懂得为了切身利益，一定要玩这套戏法才能筑起深沟高垒，不让新角儿闯入阁楼上的禁地。

他对奚罗多说："当编辑的本来就没有多少钱好拿。"

上尉回答："人多了，你们每个人的收入就少了，不是吗？"

退伍军人挥着装铅的手杖，喉咙里勃罗勃罗地出门了。大街上停着华丽的马车，吕西安踏上车去，奚罗多看着一愣，说道：

"如今你们变了军人，我们倒是老百姓了。"

二十四　又是道利阿

吕西安对高拉莉道："凭良心讲，那些年轻人脾气再好没有。现在我当了记者，只要拼命地干，一个月六百法郎收入是稳的了。两部稿子一定能卖出去，将来还可以写。朋友们预备捧场，保证我成功！所以，高拉莉，我也和你一样说法：听其自然吧！"

"孩子，你一定成功。不过你人这样漂亮，心肠可不能太好，你要吃亏的。对人要狠才是办法。"

高拉莉和吕西安上蒲洛涅森林兜风，又碰见特·埃斯巴侯爵夫人，特·巴日东太太和夏德莱男爵。特·巴日东太太瞧着吕西安，脉脉含情的神气很像打招呼。加缪索定下最好的酒菜。高拉莉恢复了自由，对可怜的丝绸商十分殷勤；丝绸商记不起和高拉莉同居的十四个月中间，有没有看见过她这样亲切、这样动人。

他私下想："无论如何，还是不离开她好。"

加缪索有一笔六千法郎利息的存款瞒着老婆，他偷偷向高拉莉说，只要继续同他相好，他愿意把这笔钱用高拉莉的名字存入国债基金库；高拉莉和吕西安的爱情，加缪索可以不闻不问。

"叫我欺骗这样一个天使吗？……你瞧瞧他，再瞧瞧你自己，可怜的丑八怪！”她向加缪索指着诗人说。诗人已经被加缪索灌得半醉了。

当初因贫穷送给加缪索的女人，加缪索决意等贫穷再把她送回来。

“那么我只能和你做朋友了。”他吻着高拉莉的额角说。

吕西安别了高拉莉和加缪索，上木廊商场。他参与过报纸的秘密，精神上大起变化。他和潮水般的群众混在一起不再惊慌；因为有了情妇，变得目中无人，因为做了记者，走进道利阿铺子神态自若。他遇到许多名流，同勃龙台、拿当、斐诺，以及一星期来混得很熟的作家们握手。吕西安觉得自己不但是个人物，而且还比同伴高出一等；略带几分酒意对他很有帮助，他谈笑风生，表示也会张牙舞爪地吓唬人。可是出乎吕西安意料之外，大家明里暗里对他并不赞许；相反，他发觉众人已经有些嫉妒，他们不一定是为了他而恐慌，却是心中好奇，要看看这个能干的新人能爬到什么地位，在新闻界中能捞到什么油水。只有把吕西安当作摇钱树的斐诺，自命为可以支配他的罗斯多，向吕西安堆着笑脸。罗斯多拿出总编辑的气派，使劲敲了敲道利阿办公室的玻璃窗。

出版商在绿窗帘上探出头来张望，见是罗斯多，便道：“一忽儿就来，朋友。”

一忽儿事实上是一小时。过了一小时，吕西安和朋友走进圣殿。

新任的总编辑问：“喂，咱们朋友的事你考虑过没有？”

“当然喽，”道利阿在靠椅中气派十足地欠身回答，“稿子我翻了一遍，还请一位有眼力的人，请一个行家看过，我并不冒充内行。告诉你，朋友，我只收买成名的作家，像那个英国人买爱情一样。老弟，你的诗才跟你的品貌不相上下。拿我老实人的名誉打赌，——我不说出版商，注意没有？——你的十四行诗妙极了，看不出雕琢的痕迹，一个有灵感有才情的人难得做到这一点。你有新派诗人的长处，很会押韵。你的《长生菊》的确好得很，可惜不成其为生意经，而我是只做大生意的。老实说，你的诗集我不愿意接受，没有办法推销，没有什么赚头，犯不上花钱推广。何况你也不会再写诗，你的集子只是孤零零的一部。你还年轻，小朋友！你们老是把第一部诗集送到书店来，其实哪个文人离开中学的时候不多多少少写过一些？开头他们看得很重，后来都不当一回事。比如你的朋友罗斯多，一定也有一部诗稿塞在破袜子堆里。嗯，罗斯多，你不是写过自以为了不起的诗吗？”道利阿意义深长地瞧着罗斯多问。

罗斯多道：“唉！在我那个年纪，怎么能写散文呢？”

道利阿接着说：“你瞧，他从来没跟我提起，可见咱们这位朋友对出版业和生意经是内行。”他又装着讨好的神气和吕西安说：“在我这方面，问题不在于知道你是不是大诗人；你有的是才气，而且是大才；要是我初办书店，准会冒冒失失印你的作品。可是今日之下，我的合伙老板和垫款的股东先要断绝我的粮草；只是去年我印的诗集蚀掉两万法郎，他们就不愿意再听到诗歌两字；他们是我的老板，叫我有什么办法！何况问题还不在这里。我承认你是大诗人，可是你出品多不多呢？十四行诗能经常生产吗？将来能写上十部吗？是不是可以当一桩生意做呢？嗳！才不会呢，你将来是个出色的散文家，你才气那么旺，绝不肯自暴自弃，写那些拼凑字数的歪诗。难道你不去替报纸写稿，弄上三万法郎一年，倒反靠胡诌的诗勉强挣到三千法郎吗？”

罗斯多说：“你知道，道利阿，他是我们报馆的人。”

道利阿回答：“我知道，他的文章我拜读过了；正是为他的利益着想，我才不接受他的《长生菊》。是的，先生，我六个月之内请你写起稿子来，你挣的稿费比你销不掉的诗集要多几倍呢！”

“可是怎么成名呢？”吕西安叫起来。

道利阿和罗斯多一起笑了。

罗斯多道："糟糕！他还存着幻想。"

道利阿回答说："声名是要花十年苦功去换的，对出版商来说，不是赚进十万便是亏掉十万。如果你碰到一些疯子肯印你的诗，一年之后听听他们做多少生意，你准会佩服我。"

"我的原稿在这里吗？"吕西安冷冷地问。

"在这里，朋友。"道利阿对待吕西安的态度变得非常软和。

吕西安觉得道利阿的神气明明是把他的诗集看过了，接了原稿也就不去查看绳子。他同罗斯多走出来，既不诧异，也不气恼。道利阿陪两位朋友走出办公室，谈着他的刊物和罗斯多的报纸。吕西安心不在焉拿着《长生菊》的稿子在手里翻弄。

埃蒂安纳咬着吕西安的耳朵问："你相信你的集子道利阿真的看过，或者叫人看过吗？"

吕西安说："是的。"

"你瞧瞧我做的暗号。"

吕西安发现绳子紧靠着墨水画的线，根本没有动过。

他又气又恨，铁青着脸问出版商："你特别注意的是哪一首呢？"

道利阿答道："噢，朋友，没有一首不精彩，写《长生菊》的一首尤其妙，最后一段的思想细腻极了。我一看就知道你写散文必定成功，所以马上把你介绍给斐诺。你还是替我们写些书评吧，我们给的报酬很高。一个人固然应当求名，也不能不讲实际；碰到机会总不能放过。你有了钱再作诗还来得及。"诗人只怕自己按捺不住，突然走出木廊商场，心里气坏了。

二十五　初试身手

罗斯多跟着他走出来，说道："哎哟！孩子，别急躁，人本来是我们的工具，你把人看作工具就行啦。你想报复吗?”

诗人回答：“非报复不可。”

“拿当的作品明天要发行第二版，刚才道利阿给我这本样书，你再去看一遍，赶出一篇稿子来把它打下去。凡尔奴最讨厌拿当，认为拿当走红会妨碍他将来的作品。心胸狭窄的人有一种古怪的想法，仿佛太阳下容不得两件作品成名。凡尔奴替一家大报工作，准会拿你的稿子去发表。”

吕西安道：“可是作品挺好，怎么能说它不好呢?”

罗斯多笑道：“啊！亲爱的，你该学学你的手艺。哪怕这部书是杰作，在你笔下也得变成荒唐的，危险的，不健康的。”

“用什么办法呢?”

“把优点说成缺点就行。”

“我没有这本领。”

“朋友，新闻记者好比走绳索的，吃这行饭的难处，你要想办法适应。我脾气痛快，让我来告诉你遇到这种事情怎么对付。你仔细听着，老弟！开头你认为作品很好，尽可以老老实实发表你的意见。群众心上想：这个批评家不嫉妒人，想必是大公无私的了。从此他们以为你说的是良心话。你得到了读者的信任，就用遗憾的口吻指责某种体系，那是这一类的书必然要把法国文学带进去的。全世界的思想不是受法国支配吗？你不妨这样说。至此为止，法国作家凭着有力的风格，表达思想的独特的方式，几百年来使欧洲走着分析的和哲学思考的路。说到这里，为了讨好布尔乔亚，你歌颂一下服尔德、卢梭、狄特洛、孟德斯鸠、蒲丰。你给大家解释，法国语言多么尖刻，是涂在思想外面的一层油漆。接着搬出一套公理来，比如说法国的大作家必然是个伟人啊，语言使作家不能不多用思想啊，别的国家并不如此啊。然后提出证明，拿冷嘲热讽的德国道德学家拉培纳同我们的拉勃吕依埃做比较。提到一个陌生的外国作家，最能抬高批评家的声望。康德就被戈尚当作台阶。问题转到了这方面，你可以造出一个名词，一方面总括，一方面让一般傻瓜懂得，咱们上一世纪的天才的体系，把他们的文学叫作观念文学。你用这个做幌子，搬出一切过世的名人压在现代作家头上。你指出今日的新文学滥用对话（最容易的一种体裁），滥用描写，代替思想。你做一个对比：服尔德、狄特洛、斯忒恩、勒萨日的小说，内容何等充实，何等深刻；现代作品却样样靠形象来表现，在华尔特·司各特笔下尤其夸张。这样的品种，只有首创的人站得住。华尔特·司各特派的小说是一个品种，不是一个体系，你不妨这样说。你痛骂一顿这个该死的品种，说它分解思想，破坏思想，替各式各样的人大开方便之门，谁都可以利用这个形式投机取巧，成为作家。最后替这一派起个名字，叫作形象文学。你把这套理论应用在拿当身上，指出他的才华只是浮表的，实际是模仿别人。他书中没有十八世纪的紧凑雄伟的风格，他用事故代替情感。然而动作并非生活，画面并非思想：这种话说出去，群众自会附和。拿当的作品虽然有它的长处，在你眼里是有害的、危险的，替群众打开了光荣的庙堂，势必叫大批小作家争着仿效，学这个方便的文体。于是你慷慨激昂，慨叹格调的卑下，借此对埃蒂安纳，儒依，蒂梭，高斯，丢伐，奚埃，朋雅明·公斯当，埃尼昂，巴乌-劳米安，维勒曼，拿破仑派进步党的头目，凡尔奴的报纸的后台，恭维一阵。你说这个光荣的队伍不怕浪漫派的狂潮冲击，坚持观念和风格，抵抗形象和废话，继承服尔德的传统，反对英国派德国派，正如十七位左翼议员为了国家的利益，同右翼的极端分子斗争。绝大多数的法国人拥护左翼的反对党，崇拜上面提到的那些人物；所以你用他们的名字做护身符，很容易压倒拿当。他的作品虽然很美，却不应该把毫无思想内容的文学带到法国来占据地盘。说到这里，问题就不在于拿当，也不在于他的书，而在于法兰西的威望了，你明白没有？正直勇敢的作家应当坚决反对这些外国东西进口。这句话是奉承读者。依你看来，法国人机警得很，绝不轻易受人暗算。尽管出版商凭着一些我们不愿深究的理由，弄神捣鬼，靠这部书捞了一笔钱，真正的群众很快会发觉，四五百个冲在前面的傻瓜是完全错误的。出版商能销完一版是侥幸，印第二版是胆大妄为，想不到如此精明的一个书店老板竟不懂得同胞的心理。以上是你文章的骨干。你一边说理一边加些风趣的穿插，放些酸醋，烧热锅子，要不把道利阿烤焦才怪！临到结束，别忘了对拿当流露一些惋惜的意思，说他要不走这条路，准能替当代文学产生美妙的作品。”

吕西安听着罗斯多说话愣住了：新闻记者的议论使他睁开了眼睛，在文学方面发现许多他没有想到的真理。

他嚷道：“你说得大有道理，非常中肯。”

罗斯多道：“要不怎么能打倒拿当的作品？告诉你，老弟，这是打击作品的第一种手法，叫作批评家的棍子。除此以外，窍门还多得很！慢慢你自会精通。有时候，报纸的股东或者主编迫不得已，非要你谈论一个你不喜欢的作家，你就用消极手段打发这种所谓社论式的文章。你用书名做评论的标题，发一段空泛的议论，乱扯一通希腊罗马的作家，临了说：以上的讨论归结到某某先生的大作，等下一篇文章再谈。而下一篇文章始终不出来。那部书被你开头一句诺言，结尾一句诺言，无形中腰斩了。这一回你写稿子不是对付拿当，是对付道利阿，所以要用棍子。好作品挨了棍子满不在乎，不像坏作品一蹶不振；在前一个场合你只伤害出版家，在后一个场合你帮了读者的忙。这些文学批评的方式在政治评论中照样好用。”

埃蒂安纳给吕西安赤裸裸地上过一课，吕西安便开了心窍，对这一行的手艺完全了解了。

罗斯多道：“朋友们都在报馆里，咱们去商量一下怎样对拿当发动攻势，这件事准会叫他们乐死，你等着瞧吧。”

到了圣·菲阿克街，两人一同走到阁楼上的编辑室。朋友们不但答应攻击拿当的作品，而且还表示高兴，吕西安看着又惊又喜。埃克多·曼兰在一小方纸上写了几行，预备带回他的报馆：

拿当先生的作品即将再版。本报原拟保持缄默，唯鉴于本书流行颇广，不能不发表评论，主要不是为了作品，而是为了新兴文艺的趋向。

罗斯多也写了几句，准备登在第二天的小报上，放在讽刺小品栏作为第一条：

出版商道利阿居然把拿当先生的作品印了第二版。原来他不知道司法界有句成语，叫作可一不可再。执迷不悟的勇气倒也值得佩服！

埃蒂安纳的一席话对于吕西安的作用好比一个火把，他一心一意要向道利阿报仇泄愤，什么良心，什么灵感，都丢到九霄云外去了。他一连三天在高拉莉房内足不出户，在火炉旁边写作，一切由贝雷尼斯服侍，疲劳的时候还有不声不响、体贴入微的高拉莉给他安慰。过了三天，书评写好了，大约占到三栏版面，内容意想不到地精彩。晚上九点，他赶往报馆，见到许多编辑，对他们念了稿子。他们很认真地听着。番利西安一声不出，抓着原稿奔下楼梯。

“他怎么啦?”吕西安问。

“到印刷所去发稿啊!”埃克多·曼兰回答，“你这篇书评简直是杰作，一字不能减，一字不能加。”

罗斯多说：“对你只要指出路来就行了!”

“我真想瞧瞧，拿当明儿看了评论，脸上是什么表情。”另外一个编辑说着，神气很得意。

“可见你是不好得罪的。”埃克多·曼兰说。

“真的不差吗？”吕西安很迫切地问。

“勃龙台和维浓看了，心里不会舒服的。”罗斯多回答。

吕西安又说：“我还替你写了一篇小文章，要是读者欢迎，可以陆续再写。”

罗斯多说：“念给我们听听。”

吕西安念出一篇妙不可言的稿子，斐诺的小报后来靠着这一类的文章大出风头，地位占到两栏，专谈巴黎生活的花花絮絮，描写一个人物，一个典型，再不然是平常的或者古怪的事。那篇样品题目叫作《巴黎的过路人》，笔调新颖、别致，表达思想的方式是用意义相反的字眼放在一起，利用音调铿锵的副词和形容词的配合，引人入胜，跟批评拿当的严肃而深刻的文字比较起来，正如《波斯人信札》和《法意》一样截然不同。

罗斯多道：“你是天生的新闻记者；这一篇明天就发表，以后你爱写多少篇就写多少篇。”

曼兰道：“喝！道利阿被我们在他铺子里扔了两颗炸弹，气坏了。我才从他那儿来；他正在破口大骂，对斐诺暴跳如雷，斐诺说小报卖给你了。我把道利阿拉过一边，悄悄地对他说：你为着《长生菊》因小失大了。明明来了一个有本领的角色，我们都在拍手欢迎，你却把他轰走！”

罗斯多对吕西安说：“道利阿看到你的书评，更要昏倒了。孩子，什么叫报纸，你瞧见了吧？你报仇有了结果啦！夏德莱男爵今天来打听你的住址，早上我们登了一篇血淋淋的文章，过时的美男子沉不住气，急得无可奈何。你没看过报吗？文字挺滑稽，瞧这个题目：《鸬鹚出殡，乌贼鱼痛哭流涕》。特·巴日东太太在交际场中正式有了乌贼骨的绰号，夏德莱变了鸬鹚男爵。”

吕西安拿起报来，念了凡尔奴那篇滑稽的妙文，忍不住笑了。

埃克多·曼兰道："他们快投降了。"

最后，报纸还需要一些俏皮话和风趣的东西做补白，吕西安兴致十足，也凑上几句。大家一边抽烟，一边闲扯，讲讲当天的新闻，同伴们的笑话，以及暴露他们性格的琐碎事。从这些冷嘲热讽，轻薄有趣的谈话上面，吕西安熟悉了文坛上的风气和人物。

罗斯多道："趁印刷所排稿的时候，我陪你走一遭，到你需要进出的各个戏院去，向检票处和后台打个招呼。过后咱们再上全景剧场找佛洛丽纳和高拉莉，到她们更衣室去说说笑笑，玩一下。"

两人便手挽着手，一个一个戏院走过去，宣布吕西安当了编辑。经理们恭维他，女演员们架起手眼镜瞧他；她们全知道吕西安一篇剧评登出来，高拉莉就被竞技剧场出一万两千法郎一年请去，佛洛丽纳得到全景剧场的合同，八千法郎一年。群众这些小规模的捧场使吕西安觉得自己身价十倍，同时估量出自己的势力。十一点，两个朋友到了全景剧场。吕西安一派潇洒的风度令人叫绝。拿当也在那儿，他向吕西安伸出手来，吕西安跟他拉手。

"啊，两位大师，"拿当望着吕西安和罗斯多说，"你们要把我打下去吗？""等明天再说，亲爱的，吕西安怎么对付你，你等着瞧吧。我相信你一定高兴。这样严肃的批评对作品只有好处。"

吕西安听着羞得面红耳赤。

"文章厉害吗？"拿当问。

"相当严重。"罗斯多回答。

拿当说："不至于叫人倒霉吧？埃克多·曼兰在杂剧院休息室里说，我被攻击得体无完肤。"

"别听他的，你等着瞧吧。"吕西安说完，跟着高拉莉溜入更衣室；她穿着迷人的服装正好从前台下来。

二十六　出版商拜访作家

下一天，吕西安正和高拉莉吃中饭，一辆轻便双轮车在他们那条冷静的街上停下，听那干脆的声音就知道是漂亮车子，牲口步子轻快，站住也有一种特殊的方式，显而易见是纯血种的好马。吕西安从窗口一望，果然看见道利阿的那匹出色的英国马，道利阿把缰绳递给小厮，下了车。

吕西安对他的情妇嚷道："书店老板来了。"

高拉莉立即吩咐贝雷尼斯："让他等着。"

年轻的姑娘把吕西安的利益看作自己的一般，应付事情又这样机灵，吕西安看着微微一笑，走回去把她热烈拥抱，觉得她聪明透了。狂妄的书店老板会急急忙忙赶来，投机商中的大头儿肯突然屈服，原是迫于形势，这种形势现在大家差不多忘了，因为十五年来书业的情形大不相同。在一八一六至一八二七年间，出版界除了托人在报纸的正文或者副刊上发表文章以外，没有别的方法宣传。一八二七年左右，本来只租阅报刊的阅览室才另收费用，供应新书；而报刊在重重捐税的压迫之下，也想出招登广告的办法。到那时为止，法国的日报篇幅有限，便是大报的规模也未必超过今日的小报。为了抵制新闻记者的霸道，道利阿和拉伏卡两人首先发明招贴来吸引主顾，用奇怪的字体，五花八门的颜色，加上各种花边，后来还有石印的图画，把招贴弄得赏心悦目，叫读者上当，送钱给书店。以后招贴愈变愈奇，一个有收藏癖的人居然收着全套的巴黎招贴。这一类的宣传品最初限于铺子的橱窗，大街上陈列样品的摊子，随后遍及全国，直到报纸行出登广告的办法，方始稍歇。可是报上的广告以及广告上登的作品被人遗忘的时候，招贴始终在你眼前，所以至今有人采用，尤其从漆在墙上的招贴出现以后。出了钱谁都可以刊登的广告，使报纸的第四版对于国库和投机商同样成为生财之道。其实广告就是印花税条例，邮政章程[①] 和创办报刊必须缴纳保证金的制度促成的。维兰尔先生当政的时期，定出那些限制，把报纸看作商品，很可能扼杀报纸；不料事实正相反，因为条例苛刻，几乎没法再办新的刊物，原有的刊物便变成一种专利品。因此，一八二一年的报刊操着思想界和出版界的生杀大权。直要花了惊人的代价，才能在本市新闻栏登出几行宣传文字。先是编辑室内部的把戏层出不穷；而夜晚拼版，决定哪篇稿子采用，哪篇稿子抽掉的当口，印刷所又变了各显神通的战场；弄到后来，资力雄厚的书店竟雇用一个文人，专写短小的稿子，用极少的话表达大量的意思。这些无名记者要等稿子见报才拿到稿费，往往在印刷所通宵守候，把不知怎么弄来的长文章，或者只有寥寥数行的短稿所谓义务广告，登出来。出版商，作家，追求荣誉的殉道者，要永远走红才有饭吃的可怜虫，当初为了争报上的地盘，着实花过一番气力，使尽勾引笼络，卑鄙龌龊的手段。如今文坛和书业的风气完全变了，许多人听到从前的事只当是无稽之谈。事实上那时大家对新闻记者又是请客，又是送礼，奉承巴结，无微不至。批评界和出版业的关系密切到什么程度，不必一再申说，只消讲一桩故事就可以明白。当时有一个气派十足，存心要做政治家的人，年少风流，当着一份大报的编辑，成为某家出名的书店的娇客。有一天正是星期日，有钱的书店老板在乡下招待各报的重要记者，年轻美貌的主妇把那赫赫有名的作家带往屋外的大花园。书店的掌柜是个德国人，冷静，古板，做事有条有理，一心想着买卖，挽着一个副刊编辑一边散步，一边商量一桩生意。谈话之间，两人出了花园，走近树

① 当时报纸必须缴纳印花税，按发行额计算。寄递报纸的邮费不但不像近代有特别优待的价目，反而收费很高。

林。德国人瞥见林木深处有个人很像老板娘，他拿手眼镜一照，急忙挥手叫年轻的记者不要开口，赶快回头，他自己也小心翼翼地退回来。记者问："你看见什么啊？"他回答说："没有什么。我们的长篇书评不用担心了，明儿《辩论报》至少给我们三栏地位。"

还有一件事可以说明报刊文字的势力。夏朵勃里昂先生写过一部关于斯图阿特后人的书，没人请教，在书店里变成夜莺。一个青年仅仅在《辩论报》上发表一篇书评，七天之内那部书就销售一空。社会上还不曾有出租图书的机构，要看书只能花钱去买的时代，有些进步党作家的著作，靠着全体反政府派报纸的吹嘘，能销到一万；不过也得补充一句，那时比利时的书商还没有翻印我们的书。吕西安的朋友们先打一阵冲锋，再加上吕西安的评论，很可以使拿当的作品无人问津。拿当不过扫了面子，并无损失，他稿费早已到手；道利阿却可能陪掉三万法郎。专印所谓时髦书的买卖，归纳起来只有一个公式：一令白纸的成本是十五法郎，印成书不是变成五法郎，便是三百法郎，看销路而定。这个盈亏问题当时往往取决于报刊上的一篇书评是捧还是骂。道利阿要推销五百令纸的书，不得不赶来同吕西安讲和。出版商由小霸王一降而为奴隶，咕哝着等了一会儿，尽量闹出响声，一边跟贝雷尼斯办交涉，总算见到了吕西安。骄横的出版商像朝臣进宫一般，满面笑容，同时摆出扬扬自得而又很随便的神气。

他说："亲爱的孩子们，对不起，打搅你们了。哎哟，两个小鸟多可爱啊！简直是一对斑鸠！小姐，你看这家伙文文雅雅像个小姑娘，谁知他是老虎，长着钢铁般的爪子，撕破一个人的声名跟撕破你的梳妆衣一样容易，如果你不快快脱下的话。"道利阿大声笑着，没有把打趣的话说完，便挨着吕西安坐下，叫了声："老弟……"又回头对高拉莉说："小姐，我是道利阿。"

出版商发觉高拉莉的招待不够热烈，认为必须放一炮，报出他的大名来。女演员道："先生吃过中饭没有？同我们一起吃好不好？"

"好啊！"道利阿回答，"在饭桌上谈起话来更痛快。再说，扰了你这一顿，将来我请我的朋友吕西安吃饭，不怕你不赏脸了，因为从今以后，咱们的交情就像手跟手套一样。"

高拉莉叫道："贝雷尼斯，来些牡蛎，柠檬，新鲜牛油，还有香槟酒。"

道利阿望着吕西安说："你太聪明了，不会不知道我的来意。"

"可是来收买我的诗集？"

"正是，"道利阿回答，"第一让咱们放下武器。"

他从袋里掏出一只漂亮的皮夹，拿三张一千法郎的钞票放在一个盘子里，眉开眼笑地送到吕西安面前，问道："先生满意了吗？"

诗人想不到有这样一个数目，不由得浑身舒畅，感到从来未有的快乐，回答说："行。"

吕西安好容易忍住了，心里可真想蹦蹦跳跳地唱起歌来。他相信世界上真有神灯[①] 和一切奇妙的力量，尤其相信自己真有天才。

出版商道："那么诗集归我了？凡是我出版的书，你都不能再攻击了。"

"诗集是归你了，我可不能保证以后的这支笔。朋友们的写作要听我调度，我这支笔也要听朋友们调度。"

"反正你是我的作家了。凡是我的作家都是我的朋友。就算你要损害我的买卖，动手之前也得通个消息，让我有个准备。"

"好吧。"

道利阿端起酒杯说道："祝你成功！"

---

①《一千零一夜》中有个故事叫作"阿拉丁——一名神灯"，那盏灯能满足人的一切欲望。

吕西安说："我完全知道你是把《长生菊》念过了的。"

道利阿声色不动地回答："老弟，不看内容就收买稿子，才是出版家对作者最了不起的恭维。要不了六个月，你准是个大诗人；人家忌惮你，自有文章替你捧场，我不用费心就能销掉作品。今天的我，同四天以前并没有分别。不是我变了，是你变了；上星期，你的十四行诗在我眼中等于菜叶，今天你的地位使那些诗成了《梅赛尼安纳》[①]。"

吕西安有了美丽的情妇，已经快活得像苏丹一样，此刻有了成功的把握，愈加嘴皮刻薄，放肆起来，他说："你没有读我的诗，至少看过我的书评。"

"是的，朋友，要不我会这样急急忙忙赶来吗？算我晦气，你那篇可怕的文章写得真好。老弟，你是大才。趁你当令的时候尽量利用一下吧。"道利阿这句话好像是出于好心，骨子里非常无礼，"报纸送到没有？你看过了吗？"

吕西安说："还没有，长篇的散文我还是第一次发表。大概埃克多叫人捎往夏洛街，送到我家里去了。"

"那么你念吧。"道利阿做着一个塔尔玛演芒里于斯的手势。

吕西安才接过报纸，就被高拉莉抢了去。

她笑道："你说过你的处女作是归我的。"

道利阿忌惮吕西安，谄媚奉迎，无所不至；他周末本要大请客，招待新闻记者，也就请了吕西安和高拉莉。他带着《长生菊》回去之前，要他的诗人有便上木廊商场转一转，签订合同，文件他会准备好的。他素来气派十足，借此吓唬浅薄的人，还要表示他是提倡文艺的阔佬，不是普通的出版商，当时留下三千法郎，不要收

---

①《梅赛尼安纳》是法国诗人兼剧作家特拉维涅写的爱国诗集，于一八一八至一八一九年间出版，作者一举成名。

据；吕西安给他，他做了个洒脱的手势拒绝了。他临走亲了亲高拉莉的手。

高拉莉听见吕西安讲过他以前的生活，便说：“亲爱的，如果你待在格吕尼街上的破屋子里，在圣·日内维埃佛图书馆死啃书本，你会看到这些钞票吗？我看哪，你那些四府街上的小朋友全是傻瓜！”

他小团体里的弟兄们是傻瓜！吕西安听着居然会笑！他把印在报上的书评看了一遍，体会到那种无法形容的作者的喜悦，第一次尝到踌躇满志的快感，而且这快感一生也不会有第二回的。他看了一遍又是一遍，对于文章的力量和牵涉的范围感觉得更清楚了。手稿经过印刷，好比女人登上舞台，优点和缺点一起暴露；既能给你生命，也能致你死命，哪怕只有一个错误，也和美妙的思想同样触目。吕西安心神陶醉，再也想不起拿当，拿当只是他的垫脚石。他沉浸在快乐中，自以为变了富翁。当初他寒瑟瑟地在安古兰末走下普里欧的石级，回到乌莫，踏进卜斯丹的阁楼，一家只靠一千二百法郎一年过活；对这样一个孩子，道利阿送来的款子简直是波托西[①]。有一桩事对他还印象鲜明，只是被巴黎夜以继日的欢娱湮没了，那时忽然浮上脑海，使他的心回到了桑树广场，想起他的美丽的，有情有义的妹子夏娃，他的大卫，他的可怜的母亲。他立刻拿一张钞票叫贝雷尼斯去兑换，趁此给家里写了一封短信，打发贝雷尼斯赶往驿车公司，好像迟了一步就不能把五百法郎寄给母亲似的。在他眼中，在高拉莉眼中，归还家里这笔钱是做了一桩好事。女演员认为吕西安是孝子贤兄，抱着他百般抚爱；这些好心的姑娘都很厚道，喜欢这一类的行为。

她说：“这个星期咱们天天有饭局，你也够辛苦了，应当来一次

---

① 南美玻利维亚国的城市，有银矿锡矿。

小小的狂欢。”

高拉莉有了每个妇女见了都眼红的吕西安，只想欣赏他的美貌，认为他的衣衫不够漂亮，带他上斯多勃铺子。走出成衣铺，两个情人到蒲洛涅森林兜风，回来赴杜·华诺勃太太的饭局。吕西安在席上遇到拉斯蒂涅，皮克西沃，台·吕卜克司，斐诺，勃龙台，维浓，特·纽沁根男爵，菩特诺，腓列普·勃里杜，大音乐家公蒂，反正是些艺术家，投机商，不但要做大事业，还要追求强烈的刺激的人。他们对吕西安都很殷勤。吕西安信心十足，谈笑风生，可没有一点卖弄的意味；大家用酒肉朋友常用的恭维话，大夸他气魄不小。

“嘿！不知他肚子里打的什么主意，”丹沃陶·迦亚对一个诗人说。那诗人受着宫廷保护，正想办一份小型的保王党刊物，就是后来的《觉醒报》。

吃过晚饭，两个记者陪着各人的情妇上歌剧院；曼兰有个包厢，全部客人跟着一起去了。几个月之前，吕西安在歌剧院栽过一个大跟斗，此番再去可威风十足。他在休息室中挽着曼兰和勃龙台的手臂，眼睛直瞪着以前捉弄他的公子哥儿，夏德莱更不在他眼里！当时的一班狮子[①]，特·玛赛，王特奈斯，玛奈维尔，对吕西安摆出傲慢的神气，吕西安不甘示弱，照样回敬。拉斯蒂涅在特·埃斯巴太太的包厢里耽搁了好久，侯爵夫人和特·巴日东太太架着手眼镜打量高拉莉，可见那儿在谈论风流俊美的吕西安。特·巴日东太太见了吕西安是不是心中后悔呢？这个念头老是在诗人的脑子里打转，他一看到安古兰末的高丽纳，立刻想到报复，像那天在天野大道上受到这女人和她弟媳妇轻视的时候一样。

① 法国人每个时代对花花公子都有一个特殊的名称，王政复辟时代的漂亮哥儿叫作狮子。

二十七　出尔反尔的技术

几天以后，早上十一点光景，吕西安还没起床，勃龙台闯进来说："你从内地来的时候是不是身上带着符咒？"他亲了亲高拉莉的额角，指着吕西安道："这个美男子真是迷人，从地下室到顶楼，上上下下都被他扰乱了。"勃龙台跟诗人握握手，说道："我是来动员你的，朋友；特·蒙高南伯爵夫人昨天在意大利剧院嘱咐我带你到她家里去。一个年轻可爱的女人请你，在她府上还能遇到上流社会的精华，你总不至于拒绝吧？"

高拉莉道："要是吕西安待我好，绝不去见你的伯爵夫人。他为什么要在上流社会里抛头露面？他会厌烦的。"

勃龙台道："你可是想管束他？难道你嫉妒良家妇女吗？"

"是的，"高拉莉回答，"良家妇女比我们更要不得。"

勃龙台问："你怎么知道，我的小猫咪？"

她说："你忘了我跟特·玛赛打过六个月交道。"

勃龙台说："孩子，难道我真的愿意把这样一个美男子介绍给特·蒙高南太太吗？你要反对，刚才的话就算我没有说。可是我相信，问题不在于什么女人，而是要吕西安宽宏大量，饶赦那个可怜虫，在吕西安的报上变作箭靶子的家伙。夏德莱太不聪明，把那些文章当真了。特·埃斯巴太太，特·巴日东太太，还有特·蒙高南太太府上的一般常客，都关心鸬鹚，我答应替洛尔和彼特拉克，特·巴日东太太和吕西安讲和。"

吕西安好似浑身添了新鲜的血液，报仇雪耻的快感使他陶醉了，他回答说："啊！他们终究被我踩在脚下了！我感谢我这支笔，感谢我的朋友们，感谢新闻界的可怕的威力。我自己还没写过对付乌贼鱼和鸬鹚的文章呢。老弟，我可以去，"他把手拢在勃龙台腰里，“是的，我可以去，不过先要他们领教一下，我这样轻飘飘的东西有多少分量！”他把写拿当书评的笔扬了一扬。“明儿我短短地写上两栏摆布他们一顿，以后咱们再瞧着办。高拉莉，你放心！这不是谈恋爱，是报仇，我报仇一定要报得彻底。”

勃龙台道：“这才是男子汉大丈夫！对什么都厌倦的巴黎社会难得会这样骚动的；吕西安，你知道了这一点，也可以自豪了。你将来准是个大浑蛋，”勃龙台用了一个有分量的字眼，“这样下去，不怕不得势。”

高拉莉道：“他一定成功。”

“他六个星期已经走了很多路了。”

高拉莉说：“等到吕西安只差一个尸首的距离就能登上宝座的时候，他可以拿我高拉莉的身体做垫脚石。”

勃龙台说：“你们这样相爱，倒像太古时代的人物。”又望着吕西安道：“你的大作我很佩服，其中颇有些新东西。这一下你变了名家了。”

罗斯多，埃克多·曼兰，凡尔奴，一同来看吕西安，吕西安看他们对他这样巴结，得意极了。番利西安·凡尔奴送来一百法郎稿费。报馆要拉拢作者，认为一篇这样出色的稿子应当多给报酬。高拉莉一看见这帮记者，派人到距离最近的蓝钟饭店叫了一桌菜；她听见贝雷尼斯报告一切准备好了，就把客人请入华丽的餐室。饭吃到一半，大家喝着香槟，有了酒意，朋友们的来意透露了。罗斯多道：“你总不愿意叫拿当和你作对吧？他是记者，有的是朋友，你第一部作品出版，就可跟你捣乱。你不是还有《查理九世的弓箭手》要脱手吗？我们今天早上碰到拿当，他急坏了；你最好再来一篇评论，把赞美的话淋漓尽致地浇在他头上。”

“怎么？”吕西安说，“我写了文章攻击他，你们又要……”

爱弥尔·勃龙台，埃克多·曼兰，埃蒂安纳·罗斯多，番利西安·凡尔奴，一起哈哈大笑，打断了吕西安的话。

勃龙台说："你不是请他后天到这里来吃夜宵吗?"

罗斯多说："你上一篇书评没有署名。番利西安不像你初出茅庐，替你写上一个C，以后你在他报上都可用这个名字。他的报是清一色的左派。我们都是反政府党。番利西安特别郑重，替你的政治主张留着余地。埃克多的报纸属于中间偏右的一派，你可以署名L。攻击用假名，捧场尽可用真名实姓。"吕西安回答："署名倒不在乎，可是我对那部书没有一句好话可说。"

埃克多说："难道你的意见真的跟你文章上写的一样吗?"

"是的。"

勃龙台说："啊！老弟，我还以为你是厉害角色呢！真的，看你的额角。你魄力不小，很像思想卓越的人，秉性坚强，有本事对样样事情从两个方面考虑。朋友，文学上每种观念都有正有反，没有人能断定哪一面是反面。在思想领域中，一切都是双重的。任何观念都是二元的。一个身体两个面孔的神道雅纽斯，正好做批评的比喻，天才的象征。除非上帝才有三个方面[①]！莫里哀和高乃依所以与众不同，就在于有本领提出一个问题叫阿赛斯德肯定，维兰德否定，叫奥太佛肯定，西那否定。卢梭在《新哀络绮思》中写了一封赞成决斗的信，又写一封反对决斗的信，卢梭的真意如何，你说得上吗？在克拉列萨和拉夫雷斯之间，埃克多和阿基利之间[②]，谁能够下断语？究竟哪一个是荷马的英雄？理查孙的用意怎么样？所谓批评，应当根据作品所有的面貌去观察。总而言之，我们是审查官。"

凡尔奴带着讪笑的神气和吕西安说："你写出来的意见，你真的坚持吗？我们是拿文字做买卖，以此为生的。如果你想写一部伟大

---

① 旧教教义有圣父、圣子、圣灵三位一体之说。

② 前二人是理查孙小说《克拉列萨·哈罗》中的男女主人公，后二人是荷马史诗《依利亚特》中的英雄。

的精彩的书，真正的作品，那你自然可以放进你的思想、灵魂，重视你的作品，保护你的作品。至于今天看过，明天就忘掉的报刊文章，我觉得只有拿稿费去衡量它的价值。要是这样无聊的东西也值得看重，那么你替人写一份说明书，先得画一个十字，向圣灵做祷告了！”

众人看吕西安有顾虑，觉得奇怪，便一起动手，替他把童年的服装撕得粉碎，穿上新闻记者的大人衣衫。

罗斯多说：“你可知道拿当读了你的评论用什么话安慰自己？”

“我怎么会知道？”

“拿当说：零碎文章过目即忘，大作品始终存在！——这家伙过两天要到这里来吃夜宵，你应当叫他扑在你脚下，吻你的脚跟，说你是个大人物。”

吕西安道：“那才滑稽呢。”

勃龙台接着说：“不是滑稽，而是必要的。”

略有醉意的吕西安说道：“诸位，我很愿意听你们的话，可是怎么办呢？”罗斯多道：“你不妨在曼兰的报上写三栏出色的文字，驳斥你自己的主张。我们刚才看拿当发火，先乐了一阵，接着告诉他不久就会感谢这场激烈的论战，帮他的书在八天之内销完。此刻你在他眼中是奸细、恶棍、坏蛋；后天你可变了大人物，本领高强，竟是普卢塔克传记中的英雄了！拿当还要来拥抱你，当你最好的朋友。道利阿来过了，三千法郎到手了，戏法变完了。现在你的问题是要得到拿当的尊重跟友谊。我们只能叫出版商受累，只能损害我们的敌人。若要对付一个不经我们的手而冒出来的角色，一个有才能而犟头倔脑，非把他消灭不可的人，我们绝不写了批评再自己推翻。拿当却是我们的朋友，勃龙台先叫人在《信使报》上攻击，再自己出面在《辩论报》上反驳；拿当的第一版书就这样销完了！”

“诸位，说良心话，我现在对这部书连一个赞美的字也写不出来……”

曼兰说：“你还有一百法郎到手，就是说拿当替你挣了十个路易[①]；将来你在斐诺的周刊上写一篇，再拿一百法郎稿费，道利阿另外送你一百：一共是二十路易！”

“可是说些什么呢？”吕西安问。

勃龙台定了定神，说道：“孩子，让我告诉你怎么办。你可以说，好果子要长虫，好作品要招忌；拿当的书有人嫉妒，想破坏。批评界吹毛求疵，不能不为着这部书发明一些理论，分什么两种文学，一种以观念为主，一种以形象为主。老弟，你说最高的艺术是要把观念纳入形象。你想法证明形象最富于诗意，同时抱怨我们的语言诗意太少，怪不得外国人责备我们的风格偏重实证主义；然后赞美卡那利斯和拿当的贡献，说他们使法国语言不至于太平淡。你推翻你上次的论证，指出我们比十八世纪进步；要把进步两字大做文章，叫布尔乔亚听着入迷！新兴文艺运用许多画面，集中所有的体裁，包括喜剧，戏剧，描写，性格的刻画，对话，用有趣的情节做关键，把那些因素镶嵌起来。小说是近代最了不起的创造，既需要情感，也需要风格和形象，喜剧受着旧规律的限制，不适合现代人的生活习惯了，只能由小说来代替。小说在构思的过程中就包括事实和观念，也需要拉勃吕依埃式的才智和他的严格和道德观念，要像莫里哀一般刻画性格，要有莎士比亚式的伟大的结构，描绘最微妙的情欲，——那是前人留下的最宝贵的财富。同十八世纪那种冷冰冰的，数学式的讨论，枯燥的分析比较起来，小说不知要高明多少。你尽可一本正经地宣布：小说是有趣的史诗。你举《高丽纳》为例，提出特·斯塔埃太太做根据。十八世纪怀疑一切，十九世纪不能不下结论，而十九世纪就凭现实，生动活泼的现实下结

① 等于二百法郎。

论，同时也发挥情欲的作用，这个因素服尔德是不知道的。接下来批评一顿服尔德。至于卢梭，他仅仅把议论和主义穿上衣衫，于莉和格兰尔[①]没有血肉，只是完满的典范。然后借题发挥，说我们全靠和平跟波旁王室的统治，才有这派别具一格的新文艺，因为你是替中间偏右的报纸写稿。对一般开口体系闭口体系的人，尽可讽刺一番。你不妨装着漂亮的姿势大喝一声；我们的同道错了，说的全是胡话！为什么呢？因为要贬低一部优秀作品的价值，欺骗大众，使一部应该畅销的书销不出去！可耻啊可耻！你这样说就是了，这句话准会刺激读者。临了你对批评界的没落表示感慨。结论是：只有一种文学，有趣的文学。拿当走的是一条新路，他懂得时代，能适应时代的需要。时代要求戏剧式的故事。目前的政治便是一出无穷无尽的哑剧，在这样一个世纪，大家当然要看戏剧了。二十年来我们不是看到大革命、执政时期、帝政时期和王政复辟四场戏吗？说到这里，你大捧一阵拿当的作品，不用怕肉麻，他的第二版要不马上销完才怪！告诉你，下星期你再替我们的杂志写一篇，签上特·吕庞泼莱，一字不要省略。你说好作品的特点在于能引起广泛的讨论。本星期某报对拿当的书说了如此这般的话，另外一份报纸加以有力的反驳。你把C和L两位批评家一起批评几句，顺便称赞一下我替《辩论报》写的书评；最后肯定拿当写出了本时代最美的作品。大家对每本书都这样说，因此说了也等于不说。一个星期之内，你除了到手四百法郎，还说出一些真理。有头脑的人或者赞成C，或者赞成L，或者赞成吕庞泼莱，说不定对三个人都赞成。人类最伟大的发明，神话，把真理放在井底[②]，那不是要用吊桶去吊出来

① 卢梭的书信体小说《新哀络绮思——一名于莉》中的两个女性，于莉是书中的女主人公。

② 公元前五世纪时希腊哲学家提摩克利塔斯说过："真理藏在井底，深不可测，很少希望掘出来。"

吗？现在你不是给人一个吊桶，而是给了三个！孩子，我的话完了。你动手吧！”

吕西安愣住了。勃龙台亲了亲他的腮帮，说道：“我要到铺子里去了。”

各人上各人的铺子去了。在那些好汉眼里，报馆不过是个铺子。晚上大家还得在木廊商场见面，吕西安要到道利阿书店签合同。杜·勃吕埃在王宫市场请全景剧场的经理吃饭，佛洛丽纳和罗斯多，吕西安和高拉莉，勃龙台和斐诺，都有份儿。

客人散了，吕西安对高拉莉道：“他们说得不错！英雄好汉应当拿别人做工具。三篇书评换到四百法郎！我花两年心血写的一部书，道格罗也仅仅出到这个价钱。”

高拉莉道：“就写评论吧，乐得散散心！我不是今晚扮安达卢齐女人，明儿扮布希米女人，后天扮男人吗？你跟我一样办就是了，看在金钱分儿上，他们要你做鬼脸就做鬼脸，只要咱们日子过得快活。”

吕西安被似是而非的怪论迷惑了，精神兴奋，仿佛骑上一匹使性的骡子，——飞马贝迎斯和巴兰的驴子[①]交配出来的牲口。他在蒲洛涅森林中兜风，思想也在奔腾驰骋，发现勃龙台的论调颇有独到的地方。他兴高采烈吃过晚饭，在道利阿那儿签了合同，把《长生菊》的版权全部出让了，不觉得有什么不妥。随后上报馆去转一转，匆匆忙忙写好两栏稿子，回到王杜姆街。他如同那般元气充沛，精力还没有怎么消耗的人，隔天的念头第二天早上已经酝酿成熟。他快快活活地考虑书评，一团高兴地动起手来。既是翻案文章，笔下自有一些精彩的段落。他幽默、诙谐；对文

① 神话中的飞马贝迦斯，通常用来喻富有诗意的幻想。巴兰的驴子在急难时能作人言。

艺上的情感、观念、形象等，居然有新的见解。他又巧妙，又机灵，想起在商业街上的阅览室中第一次读那部书的印象，用来赞美拿当。他只用几句话就从苛刻的批评家，滑稽的嘲弄者，一变而为诗人：抑扬顿挫的字句好比提着满炉的香朝着神坛来回摆动①。

吕西安把他在高拉莉梳妆的时候写的八页稿子在高拉莉面前一扬，说道："又是一百法郎，高拉莉！"

他趁着才思焕发的当口，细磨细琢地写了一篇向勃龙台预告过的恶毒的稿子，攻击夏德莱和特·巴日东太太。那天上午吕西安体会到做新闻记者的最大的乐趣：推敲讽刺的警句，把寒光闪闪的刀锋磨得锐利无比，拿敌人的心窝当作刀鞘，还雕刻刀柄给读者欣赏。群众只晓得赞美刀柄的做工，看不出恶意，不知道俏皮话的锋芒淬着仇恨的毒素，把敌人的自尊心乱翻乱搅，戳成无数的窟窿。这种阴森森的作恶的快感，只有私下咂摸而无人知道的快感，好比同一个不在眼前的人决斗，用笔杆子把对方杀死，也好比做记者的具有不可思议的魔力，能为所欲为，像阿拉伯故事中身藏符咒的人物。冷嘲热讽是仇恨的结晶，而仇恨是集邪俗之大成。正如爱是集美德之大成。没有一个人不感到爱的快乐，也没有一个人报复的时候不绝顶俏皮。虽然这种聪明在法国极其普遍，不足为奇，可是始终受人欢迎。吕西安这篇文章准会替小报助长阴险恶毒的名声，事实也的确如此。他刺到两个人的内心深处，大大伤害了他的情敌夏德莱和他以前的洛尔，特·巴日东太太。

高拉莉对吕西安道："行啦，咱们上蒲洛涅去兜风。马早已套好，等得不耐烦了。你也不能太辛苦。"

"咱们先把批评拿当的稿子送给曼兰。真的，报纸竟像阿喀琉斯

---

① 旧教仪式，常用链条吊着小香炉向神坛来回摆动，使香烟冲往神坛。

的神枪，伤了人能把他治好的[1]。”吕西安一边说一边又改动几处文字。

一对情人出发了，在巴黎城中炫耀他们阔绰的排场；以前大家眼里根本没有吕西安，现在开始注意他了。既然懂得这个都市有如汪洋大海，要在里头当个角色多么困难，吕西安受到注意自然心花怒放，快乐得如醉如狂。

高拉莉道："孩子，到你裁缝那儿转一转，倘若衣服做好了，就试样子，要不也得催一下。你去见那般漂亮太太，我要你把魔王特·玛赛，小拉斯蒂涅，阿瞿达-宾多，玛克辛·特·脱拉伊，王特奈斯，把所有的公子哥儿一起比下去。别忘了你的情人是高拉莉！再说，你不会对我不忠实吧，嗯？"

二十八　报纸的威风与屈辱

过了两天，正是吕西安和高拉莉请朋友们吃夜宵的前夕，滑稽剧场上演新戏，轮到吕西安写剧评。吕西安和高拉莉吃过晚饭，从王杜姆街走往全景剧场，经过土耳其咖啡馆那一段的修院大街，当时最时髦的散步场所，吕西安一路听人夸他的艳福，赞他的情妇漂亮。有的说高拉莉是巴黎最美的女人，有的认为吕西安也配得上高拉莉。吕西安如鱼得水，觉得这种生活才是他的生活。至于大丹士的小团体，差不多已经不在他心上。两个月以前，他多佩服那些思想出众的人物，此刻想到他们的主张和禁欲主义，竟怀疑他们是不是有些愚蠢了。高拉莉随随便便说过他们是傻瓜，这句话在吕西安脑子里长了芽、结了果。他把高拉莉送往更衣室，自己在后台闲

---

① 荷马史诗《依利亚特》中最有名的英雄之一，叫作阿喀琉斯，据说他的枪伤了人，只消用他枪上的锈屑涂在伤口上，就能治愈。

荡，气派像王爷：所有的女演员都用热烈的眼风和好听的说话奉承他。

他说："我要到滑稽剧场去上班了。"

那晚滑稽剧场客满，吕西安找不到座。他到后台去发牢骚，抱怨人家不给他安排位置。舞台监督还不认识吕西安，告诉他两个包厢的票子早已送往报馆，说完不理他了。

"好吧，那么我对今天的戏就按照我的印象来报道。"吕西安气愤地说。

年轻的女主角对舞台监督说："你好糊涂！他是高拉莉的情人啊！"

舞台监督立刻回过身来招呼吕西安："先生，我去报告经理。"

可见报纸在小事情上也显出无边的威力，使吕西安的虚荣心感到满足。经理出来向特·雷多雷公爵和舞蹈明星多丽阿商量，要求把吕西安插在他们紧靠前台的包厢里。公爵见是吕西安，答应了。

年轻的雷多雷提到夏德莱男爵和特·巴日东太太，说道："两个人被你摆布得好苦啊。"

吕西安道："再看明天吧。至此为止，都是我的朋友们出场，只能算轻装的步兵，今晚我才亲自放炮。明天你就知道为什么我们取笑卜德莱。文章的题目叫作《从一八一一年的卜德莱到一八二一年的卜德莱》。在不认恩主，向波旁家卖身投靠的人里头，夏德莱是个典型。我的本事要他们完全领教过了，再上特·蒙高南太太家。"

吕西安和青年公爵谈话之间尽量卖弄才华，急于向这位爵爷证明，特·埃斯巴太太和特·巴日东太太瞧他不起是有眼无珠，大错特错。可是他终于显了原形：他想自称为特·吕庞泼莱，而特·雷多雷公爵偏偏捉弄他，叫他夏同。公爵说："你应该做保王党。你已经显出你的才气，现在要表示你识时务了。要得到王上的诏书准许你改用母系的姓，唯一的办法是先为宫廷出一番力，再要求这个恩典。进步党永远不能使你成为伯爵！真正可怕的力量，报刊，早晚要被政府压倒的。报刊非加以钳制不可，这件事已经拖延太久了。言论自由此刻到了最后阶段，你该尽量利用，造成你的声势。再过几年，在法国用姓氏和头衔做资本，比才干更可靠。有了这两样，一切都不成问题：才智、门第、美貌，要什么有什么。你此刻做进步党，目的只应该是将来投靠保王党的时候多占一些便宜。”

公爵告诉吕西安，他在佛洛丽纳的半夜餐席上遇到的公使，要请他吃饭，希望他不要拒绝。吕西安被公爵的议论打动了；几个月之前以为永远走不进去的上流社会向他开了门，更使他喜出望外。他暗暗赞叹笔杆子的力量。报刊、才智，竟是现代社会的敲门砖。吕西安心上想，说不定罗斯多正在后悔，不该把他引进庙堂；吕西安为自己打算，已经觉得需要筑起壁垒，把从内地赶到巴黎来的野心家拦在外面。他不敢问自己，倘若有个诗人像他当初投奔埃蒂安纳那样来找他，他会采取什么态度。吕西安心事重重的神气瞒不过年轻的公爵，原因也被他猜着了；因为公爵向这个缺乏意志而欲望不小的野心家揭露了政治舞台的远景，正如早先记者们像魔鬼把耶稣带到圣殿的顶上[①]，让吕西安看到文坛和文坛的财富。吕西安不知道被他的小报伤害的一些人正在设计对付他，其中也有特·雷多雷公爵参加。公爵向特·埃斯巴太太圈子里的人提到吕西安的才气，叫他们听着吃惊。他受特·巴日东太太委托，做一番试探工作，本来希望在滑稽剧场遇到吕西安。其实上流社会也罢，新闻记者也罢，都谈不到深谋远虑，别以为他们的陷阱经过什么周密的安排。他们并没定下方案，奸诈的权术也不过做到哪里是哪里，主要是始终存着心，随机应变，不管好事坏事，都准备利用，但等对方在情

① 魔鬼试探耶稣，忽而带他到旷野里，忽而带往殿堂顶上，忽而带上高山。见《马太福音》第四章。

欲拨弄之下自己送上门来。在佛洛丽纳家吃夜宵那天，青年公爵就摸清吕西安的性格，刚才便觑准他的虚荣心进攻，同时借他来练练自己的外交手腕。

散了戏，吕西安赶往圣·菲阿克街写剧评，有心写得泼辣、尖刻，想试试自己的力量。那出戏比上回全景剧场的那一出高明；可是他想知道是否真像人家说的，能够把一本好戏压下去，把一本坏戏捧出来。第二天他和高拉莉吃着中饭，翻开报纸；他跟滑稽剧场捣乱的事已经先和高拉莉说了。吕西安念了他攻击特·巴日东太太和夏德莱的文章，然后很奇怪地发现，他的剧评一夜之间忽然变得非常缓和，除掉他极风趣的分析原封不动之外，结论竟是赞美。这出戏尽可使剧院大大地赚一笔。吕西安的气恼简直没法形容，决意向罗斯多抗议。他已经以为人家少不了他了，他不愿意做傻子，听人支配，受人宰割。吕西安为了肯定自己的势力，替道利阿和斐诺的杂志写好一篇文章，把批评拿当作品的议论归纳起来，做一番比较。答应给小报长期执笔的小品，也乘兴写了一篇。年轻的记者都有一股热情，写稿很认真，往往很冒失地拿出自己的全部精华。全景剧场的经理贴了一出新排的喜剧，让佛洛丽纳和高拉莉当晚轮空。吃夜宵之前还要赌钱。吕西安看过新戏彩排，预先写好评论，免得临时闹稿荒；罗斯多上门来拿稿子。小报靠吕西安写的巴黎花絮风行一时；吕西安把才写的一个有趣的短篇念给罗斯多听了，罗斯多亲着他两颊，说他真是新闻界的天使。

“那么干吗你忽发奇想，要改我的稿子呢？”吕西安问。他写那篇精彩的文章原是想发泄他的怨气的。

“我改你的稿子？”罗斯多叫起来。

“那么谁改的？”

埃蒂安纳笑道：“朋友，你还不懂生意经。滑稽剧场订我们二十份报，实际只送去九份，就是经理、乐队指挥、舞台监督、他们的情妇，另外还有三个股东。大街上的戏院每家都用这个方式报效我们报馆八百法郎。白送斐诺的包厢也抵得这个数目，演员和编剧订的报还不算在内。坏蛋斐诺在大街上捞到八千法郎。小戏院如此，大戏院可想而知！你明白没有？咱们不能不尽量客气。”

“我明白了，我不能照我的心思写稿子……”

罗斯多道：“那跟你有什么相干，只要你油水捞饱就行了。再说，你对戏院有什么过不去呢？要砸掉昨天的戏，总得有个理由。为破坏而破坏，只能损害报纸。按照是非曲直去打击人，报纸还有什么作用？可是经理招待不周吗？”

“他没有替我保留位置。”

“好吧，”罗斯多道，“我可以给经理看你的原稿，说我劝了你一番，你才平了气；那比登出你的文章对你更实惠。明儿你问他要戏票，包管每月给你四十张空白票子；我再替你介绍一个人，商量怎么销出去；他会全部收进，照票面打一个对折。市面上有图书贩子，也有戏票贩子。这一行也有一个巴贝，他是鼓掌队的头目，住的地方离此不远，咱们还有时间，去走一遭吧？”

“可是朋友，斐诺在文化界抽这种间接税，不是混账吗？早晚……”

罗斯多嚷道：“哎哟！你真是乡曲！你拿斐诺当什么人？别看他假装忠厚，神气像丢卡雷[①]，一窍不通，荒唐可笑，骨子里他仍是帽子司务的儿子，才精明呢。在他鸽笼式的报馆里，你不看见那帝政时代的老军人，斐诺的舅舅吗？那舅舅非但老实，还会装傻。凡是不清不白的银钱出入，都由他经手。在巴黎，一个野心家身边有人肯充当他的替死鬼，准发大财。政界同报界一样，有许多场合当头

① 法国勒萨日（1668—1748）喜剧中的主人公，卑鄙无耻，刻薄吝啬，同时也愚蠢可笑。

儿的永远不能犯嫌疑。万一斐诺做了官，他的舅舅便是他的秘书，人家为着大笔头的买卖孝敬科室的钱，都由秘书代收。奚罗多初看似乎是个蠢东西，其实很狡猾，正好做一个神秘莫测的助手。现在他当着警卫，我们才不至于被大声地叫嚣。初出道的作家，跑来评理的当事人，吵得头昏脑涨；我相信别的报馆就没有他这样的角色。”

吕西安道：“他做功很好，我领教过了。”

二十九　戏剧作家的钱庄老板

埃蒂安纳和吕西安走往修院城关街，总编辑在一所漂亮屋子前面站住了。

“勃劳拉先生在家吗？”他问看门的。

“什么先生！”吕西安说，“鼓掌队的头目也称先生吗？”

“朋友，勃劳拉一年有两万进款，大街上的编剧都有票据在他手里，把他当作钱庄老板，在他那儿开着一个往来户。编剧拿到的戏票，专门请客的送票，都能卖钱。这样商品就归勃劳拉经销。告诉你，统计学很有用处，只要你不滥用；我们不妨统计一下。每家戏院每晚发出五十张送票，一天就是二百五；票价统扯两法郎，勃劳拉每天花一百二十五法郎向编剧收进票子，还能净赚一百二十五。单靠编剧手中的戏票，勃劳拉每月差不多有四千法郎进账，一年四万八。假定损失两万，因为他的票子不能全部销完……”

“为什么？”

“啊！除了不保留座的送票，还有群众直接向戏院买的票子。并且定座的权始终操在戏院手里。有些日子天气很好，偏偏戏码不好。因此勃劳拉在这桩生意上也许只赚三万一年。此外他还有一种企业，叫作鼓掌队。佛洛丽纳和高拉莉都是他的主顾；她们要不送他津贴，每次上场下场哪儿来的掌声！”

罗斯多一边上楼一边轻轻地向吕西安解释。

吕西安发现每个角落都有金钱的影子，说道："巴黎真是一个怪地方。"

一个衣衫整洁的女佣带两位记者去见勃劳拉。戏票商面对着一张有拉盖的大书桌，坐在写字椅上，见了罗斯多站起身来。他穿着灰色厚羊毛外套，有鞋罩的长裤，大红的软底鞋，活脱像个医生或者诉讼代理人。吕西安看出他是平民出身的暴发户：一张俗气的脸，灰色眼睛很狡猾，一双手用来鼓掌正合适，皮色说明他过惯放荡的生活，像屋顶淋惯雨水一样，头发花白，说话的声音很闷。

他说："你准是为佛洛丽纳小姐来的，这位先生是为高拉莉小姐。"又对吕西安说："我对你很熟悉。先生，你放心，竞技剧场的地盘我买下了，一定替你情人帮忙，有人捣乱，会预先通知她的。"

罗斯多说："亲爱的勃劳拉，你的好意，我们当然接受；不过我们是为戏院的送票来的，包括大街上所有的戏院；我是以总编辑身份拿的票子，这位先生是专跑戏院的记者。"

"对，斐诺的报纸出让了，这笔生意我知道。他混得不坏，斐诺。本星期末我请他吃饭。你们要是肯赏光，不妨带你们的女伴一块儿来。大家开怀畅饮，闹个通宵。客人有阿但尔·丢彪伊、丢冈日、腓特烈·杜·北蒂曼雷，还有我的情妇弥洛小姐；咱们要玩得痛快，酒也喝得痛快！"

"丢冈日大概手头很紧，他的官司输了。"

"是的，他问我借了一万法郎，等《卡拉》那出戏叫座以后还我；所以我拼命捧场。丢冈日有才气，有天分……"吕西安听见这家伙赏识作家的文才，只道是做梦。勃劳拉摆出内行的样子对吕西安说："高拉莉进步了，只要她脾气随和，我必定暗中帮忙，不让她第一天在竞技剧场登台遭人暗算。我可以安排一批衣冠端整的人坐在楼厅上，笑嘻嘻地交头接耳，引起观众的喝彩声。替女人捧场，这是一个办法。我喜欢高拉莉，她心地好，你也该满足了。嘿！不论是谁，只要我高兴，都能叫他一个筋头栽下来……”

“咱们先把戏票生意谈妥了吧?”罗斯多说。

“行！每个月月初我到这位先生府上去拿。先生是你的朋友，我对他跟你一样看待。你有五家戏院，三十张票子，大约合到七十五法郎一月。也许你要预支一些吧?”戏票商回到书桌旁边，打开抽屉，里头全是现洋。

罗斯多说：“不用，不用，我们留着这笔钱防饥荒……”

勃劳拉对吕西安说：“先生，这两天我要去和高拉莉商量正事，我们一定谈得拢。”

勃劳拉的办公室里有一口书柜，有版画，摆着体面的家具，吕西安看着很诧异。他穿过客室，发觉陈设既不寒碜，也不太奢华。最讲究的是饭厅，吕西安为此说了几句笑话。

罗斯多道：“你不知道勃劳拉是讲究吃喝的专家。他请客的场面跟他的家私完全相称，戏文里也提到呢!”

勃劳拉谦逊地回答：“我的酒还不坏。”他听见楼梯上有嘶嘎的说话声和特别的脚声，便道：“啊！捧角的喽啰来了。”

吕西安走出来碰到一帮鼓掌队和戏票贩子，身上臭不可当，头戴鸭舌帽，裤子快破了，外套露出经纬，一副囚犯面孔，青不青，蓝不蓝，乌七八糟，形容憔悴，留着长胡子，眼神又凶横又谄媚。这批丑恶的家伙平时挤在大街上，白天兜售挂钥匙的链子，二十五铜子一件的金首饰，夜晚在戏院的挂灯底下拍手，总之巴黎无论什么肮脏事他们都干。

罗斯多笑道：“这些就是罗马人[①]！女演员和戏剧作家的名气就

---

① 罗马人是鼓掌队的别称，因为雇人拍手喝彩的风气，相传为古罗马的尼罗皇帝首倡。

是这样来的。他们的内幕细看起来也不比我们的光彩。”

吕西安一边回家一边回答：“反正在巴黎对什么都不能抱幻想。样样要抽税，样样好卖钱，样样能制造，连名气在内。”

三十　新闻记者的洗礼

吕西安请的客有道利阿，全景剧场的经理，玛蒂法和佛洛丽纳，加缪索，罗斯多，斐诺，拿当，埃克多·曼兰和杜·华诺勃太太，番利西安·凡尔奴，勃龙台，维浓，腓烈普·勃里杜，玛丽埃德，奚罗多，加陶和佛洛朗蒂纳，皮克西沃。他也邀请小团体的朋友们。舞蹈明星多丽阿据说对杜·勃吕埃不太冷淡，也参加饭局，只是没有和她的公爵同来。此外还有几家报纸的老板，拿当，曼兰，维浓和凡尔奴的东家。来客一共三十位，高拉莉的饭厅容纳不下更多的人。八点左右，灯火通明，屋内的家具，壁上的花绸，供的鲜花，全都喜气洋洋，使巴黎的那派豪华像个梦境。吕西安眼看自己做了这个地方的主人，弄不明白这奇迹是靠什么法术，谁的力量变出来的，只觉得说不出的幸福、得意，还有无穷的希望。佛洛丽纳和高拉莉拿出女演员的手段，打扮得雍容华贵，不知有多么讲究，朝着内地诗人微笑，仿佛两个仙女特意来替他打开梦中的宫殿。而吕西安也差不多在做梦了。几个月工夫他的生活改了样子，从极端的贫穷变成极端的富裕，而且是突如其来，变得那么快，有时他甚至于心中惊慌，像正在做梦而明知睡着的人一样。可是面对着美丽的现实，他的眼风充满着信心，在嫉妒的人说来也许是臭得意。他本人也起了变化。天天在温柔乡中消磨，皮色苍白了，眼神软绵绵，懒洋洋的，用特·埃斯巴太太的说法，他的神气是享尽了艳福。他因之更俊美了。有了爱情和经验，眉宇之间表示他对自己的威势和力量感觉很清楚。他瞪着眼睛望着文坛和上流社会，自以为尽可像主人翁一般出入。唯有遭到患难才肯反省的诗人，认为眼前没有什么可操心的。顺利的事业正在使他的小艇扬帆前进，实现计划的工具听凭他调度：一个现成的家，一个人人艳羡的情妇，车辆马匹，还有他笔下无法估计的财富。他的灵魂，他的心地，他的头脑，也都起了变化，他看到这样辉煌的成绩，再也不考虑手段了。住过巴黎的经济学家准会觉得吕西安的排场大有问题，所以我们不能不说明一下，女演员和她诗人的物质享受到底建筑在什么基础之上，不管这基础多么薄弱。原来加缪索要求供应高拉莉的一些铺子给高拉莉至少赊三个月账，可是他不作担保。因此，车马、仆役，全部享用，好像有魔术似的，对两个只图享受的孩子毫不缺少，而他们俩也只管欢天喜地地享受。高拉莉挽着吕西安的手，要他先见识见识饭厅里意想不到的变化：富丽堂皇的桌面，点着四十支蜡烛的烛台，精致非凡的点心，希凡酒家的菜单。吕西安把高拉莉搂在怀里，亲着她的额角。

他说："孩子，我一定成功，一定要报答你这样的深情，这样的忠心。"

高拉莉说："你满意了吗？"

"再不满意也说不过去了。"

"好啦，你这笑容就是我的报酬。"高拉莉说着，像蛇一般扭着身子把嘴唇送到吕西安嘴边。

他们看见佛洛丽纳，罗斯多，玛蒂法和加缪索忙着布置牌桌。朋友们陆续来了，因为所有的来客都自称为吕西安的朋友。大家从九点赌到半夜。吕西安幸而赌博的玩意儿一样都不会[①]。罗斯多输了

① 巴尔扎克忘了他上面说过吕西安赌输了钱，第二天高拉莉在他袋里放进一笔钱。

一千法郎，向吕西安借；既是朋友开口，吕西安当然不便拒绝。十点左右，来了米希尔·克雷斯蒂安，费尔扬斯，约瑟·勃里杜。吕西安陪他们走到一边去谈天，觉得他们即使不显得勉强，也是冷冷的一副正经面孔。大丹士正在赶写他的书，不能来。雷翁·奚罗为他的杂志忙着编创刊号。小团体派了三个艺术家来，在吃喝玩乐的场合他们不像别的几个感到拘束。

吕西安略微带着卖弄的口气说："喂，朋友们，轻骨头也会变成大策略家，你们等着瞧吧。"

米希尔道："但愿我以前看错了。"

费尔扬斯问道："你是不是在过渡期间和高拉莉同居？"

"是的，"吕西安装着天真的样子回答，"本来有个做买卖的老头儿迷着高拉莉，被高拉莉打发了。"他又望着约瑟·勃里杜补上两句："我比你的哥哥幸福，他没有本领控制玛丽埃德。"

费尔扬斯道："现在你跟别人没有分别了，必定成功。"

吕西安回答："不管在什么情形之下，我对你们永远和从前一样。"

米希尔和费尔扬斯彼此望了望，冷笑一下；吕西安才觉得自己的话说得可笑。

约瑟·勃里杜道："高拉莉真美，画成肖像可出色呢！"

"而且心地好，"吕西安回答，"说良心话，她纯洁得很。你就替她画个像吧。只要你愿意，你画老婆子带一个姑娘去见参议员的作品，不妨拿她做模特儿，代表那个威尼斯的姑娘。"

米希尔·克雷斯蒂安道："女人动了真情都是纯洁的。"

这时拉乌·拿当向吕西安直扑过来，亲热得了不得，抓着吕西安的手握着。

他说："好朋友，你不但伟大，而且有良心，此刻良心比天才更难得。你对朋友真义气。从此我跟你是生死之交了，我永远忘不了这个星期你帮我的忙。”

吕西安受到这样一位名流奉承，不禁心花怒放，带着自命不凡的神气望着小团体里的三个朋友。捧拿当的稿子要在明天的报上发表，曼兰先给拿当看了清样，拿当才有这番表现。

吕西安咬着他耳朵说：“我当初答应攻击你的时候就提出条件，要让我自己来反驳。我素来是你朋友。”

吕西安回到小团体的三个朋友身边。费尔扬斯刚才听着他的话冷笑，现在拿当的事帮他辩白了，他因之很高兴。

“大丹士的书一出版，我就好替他出力了。单为这一点，我也要留在新闻界。”

米希尔道：“你做得了主吗？”

吕西安假装谦虚，回答说：“只要人家还用得着我，总能够办到吧。”

半夜前后，客人一起入席，开始大吃大喝。他们在吕西安家谈话比在玛蒂法家更放肆，谁也没想到小团体的三个代表和报界的代表志趣不合。那般年轻的记者出尔反尔成了习惯，早已心术败坏，当下便舌剑唇枪，交起锋来，拿新闻界的骇人的理论作为诡辩的根据。格劳特·维浓主张维持批评的尊严，反对小报界专门做人身攻击的倾向，说结果作家只会贬低自己的价值。罗斯多，曼兰，斐诺，公开回护那个办法，报界的俗话叫作寻开心，认为这是标志一个人的才能的戳子。

罗斯多说：“经得起这个考验的才是真正的好汉。”

曼兰说：“大人物受到欢呼的时候也得有人叫骂，像罗马的胜利者一样。”吕西安说：“那么受到嘲笑的人都可以自命为胜利了！”

斐诺说：“这话不是跟你自己有关吗？”

米希尔·克雷斯蒂安说：“咱们的十四行诗不是应当跟彼特拉克的一样轰动吗？”

道利阿说："黄金（洛尔）[1] 已经出了一把力，帮助诗集成功。"

大家听了这句双关语一致叫好。

吕西安微笑道："我们不妨拿一个毫无价值的人[2]做试验。"

凡尔奴道："新闻界对有些人毫无争论，一出台就送他们花冠，这样的人才倒霉呢！那好比圣者关进神龛，从此没人理睬。"

勃龙台道："当初香塞纳兹看见特·尚利侯爵一往情深地望着老婆，对他说：得了吧，好家伙，人家已经给了你了。社会上对一开场就顺利的人也会说这个话。"

斐诺道："在法国，成功可以致人死命。我们彼此嫉妒得厉害，只想忘掉别人的胜利，叫大家也跟着忘掉。"

格劳特·维浓说："可是有矛盾，文学才有生命。"

费尔扬斯说："同自然界一样，生命的来源是两种元素的斗争。有一个元素胜利了，生命就完了。"

"政治也这样。"米希尔·克雷斯蒂安补上一句。

"我们最近证明了这一点，"罗斯多说，"一星期之内道利阿就好销完两千部拿当的作品。为什么？因为受到攻击的书必然有人竭力保护。"

曼兰拿着明天报纸的清样说："有了这样的稿，一版书还怕销不完吗？"

道利阿说："念给我听听。我离不开本行，吃夜宵也忘不了出版事业。"

曼兰念出吕西安的得意之作，全场一致鼓掌。

罗斯多说："没有上一篇，怎么写得出这一篇！"

---

① 彼特拉克的恋人洛尔（Laurre），与法文中黄金（L'or）一字谐音；而道利阿是花三千法郎收买吕西安的诗集的。

② 过去吕西安自命为彼特拉克，特·巴日东太太也以洛尔自居。此处即暗指特·巴日东太太。

道利阿从口袋里掏出第三篇稿子的清样，念了一遍。这篇评论将要在斐诺的第二期杂志上发表，斐诺留神听着，他因为是主编，把文章捧得更过火。

他说："诸位，鲍舒哀生在今天，也只能这样写。"

曼兰说："当然，鲍舒哀生在今天，也要当记者的。"

格劳特·维浓端起酒杯，向吕西安含讥带讽地行着礼，说道："为鲍舒哀第二干杯！"

吕西安向道利阿举杯道："为我的哥伦布干杯！"

"好极了！"拿当叫着。

曼兰狡猾地望着斐诺和吕西安，问："是个绰号吗？"

道利阿道："你们这样下去，我们要搅糊涂了。"又指着玛蒂法和加缪索道："这两位怎么听得懂？波那帕脱说得好：笑话好比纺棉纱，纺得太细，要断的。"

罗斯多道："诸位，咱们亲眼看见一桩重大的，出乎意想的，闻所未闻的，真正的怪事。我们这位朋友从内地人变作新闻记者有多么快，你们不觉得惊奇吗？"

道利阿说："他是天生的新闻记者。"

斐诺拿着一瓶香槟站起来说："弟兄们，咱们的主人初出台的时候，大家都替他撑腰，给他鼓励；现在他的事业超过了我们的期望。他两个月之内显了本领，写出那些大家知道的好文章；我提议替他举行洗礼，正式命名他为新闻记者。"

"再来一个蔷薇花冠，祝贺他的双重胜利。"皮克西沃望着高拉莉说。

高拉莉向贝雷尼斯挥挥手，贝雷尼斯进去在女演员的帽匣内找出一些用过的纸花。胖老妈子捧到外面，大家马上编成一个花冠；醉得特别厉害的客人还抢着纸花乱戴，样子挺滑稽。大祭司斐诺在吕西安漂亮的淡黄头发上洒几滴香槟，装着一副怪有趣的正经面孔，仿照宗教仪式宣布："我以印花税、保证金、罚款的名义，命名你为新闻记者。但愿你写起稿子来觉得轻松愉快！"

曼兰接口道："并且稿费不扣除空白！"

这时吕西安瞥见米希尔·克雷斯蒂安，约瑟·勃里杜，费尔扬斯·里达，三个人怏怏不乐地拿起帽子，在一片诅咒声中走了。

曼兰道："看见没有？这些怪物！"

罗斯多道："费尔扬斯脾气挺好，可惜被那些道学家带坏了。"

"谁？"格劳特·维浓问。

勃龙台回答："一批古板的青年聚在四府街上一个小酒店里讨论哲学、宗教，操心人类的前途……"

"噢！噢！噢！"

勃龙台往下说："……他们想知道人类是在老地方打转还是在进步。到底走的是直线还是曲线，他们决定不下，只觉得圣经上的三角[①]荒唐可笑；于是他们发现一个先知，说人类走的路线是螺旋形。"

吕西安有心替小团体辩护，说道："这不算什么。一群人聚在一起，可能发明更危险的玩意儿呢。"

番利西安·凡尔奴道："你不要以为那些理论是空话，临了不是变成子弹便是断头台。"

皮克西沃道："眼前他们还不过在香槟酒里找天意，在裤子里追求人道主义，找寻推动世界的小家伙[②]。他们重新捧出过时的大人物，什么维谷[③]啊，圣西门啊，傅立叶啊。我真怕他们把可怜的约

---

① 指三位一体说。

② 以上一段是挖苦大丹士一帮人的空想。——法国人问答儿童关于钟表的问题，常说是个小家伙使钟表走动的，"推动世界的小家伙"一语便是借用这个意思。

③ 维谷（1668—1742），意大利哲学家，首倡历史哲学，对十九世纪初的圣西门派颇有影响。

瑟·勃里杜迷昏了头。”

罗斯多道：“皮安训是我同乡，还是中学同学，受了他们的影响对我冷淡了……”

曼兰问：“他们可传授什么训练思想矫正思想的技术？”

斐诺回答说：“很可能。皮安训不是把他们的梦想当真吗？”

“不管怎样，”罗斯多说，“皮安训将来准是了不起的名医。”

拿当说：“他们出面的领袖不是叫作大丹士，恨不得把我们一起吞掉的一个青年吗？”

“他是天才！”吕西安嚷道。

“我倒更喜欢来一杯凯兰士酒[①]。”格劳特·维浓微笑道。

那时每个人争着向邻座的人解释自己。等到风雅人物肯作自我介绍，向你吐露心腹，那一定是醉得不像话了。过了一小时，同桌的人都变了最知己的朋友，觉得彼此都是大人物，英雄好汉，前途无量。吕西安因为是主人，还保持清醒，听着他们的诡辩很感兴趣，他的已经败坏的心术也愈加败坏了。

斐诺道：“弟兄们，进步党非重新挑起笔战不可，此刻没有材料好攻击政府，你们知道这对反对派多么不利。你们之中谁愿意写一本要求恢复长子特权的小册子，让我们借此起哄，说是宫廷的阴谋？小册子报酬从丰。”

曼兰道：“我来写，恢复长子特权本是我的主张。”

斐诺回答说：“不行，你党内的人要说你连累他们的。番利西安，还是你动笔，道利阿负责印刷，咱们保守秘密就是了。”

“给多少稿费呢？”凡尔奴问。

“六百法郎！署名用C……伯爵。”

“行！”凡尔奴道。

---

① 西班牙的名酒。

“你们在政治上也培养鸭子[①]了，”罗斯多道。

“不过是拿夏鲍案子[②]搬到思想方面去利用一下，”斐诺回答，“我们说政府有某种用意，煽动舆论反对政府。”

格劳特·维浓说：“我始终弄不明白，一下子政府怎么会听凭我们这批无赖支配大家的思想。”

斐诺接着说：“倘若内阁轻举妄动，出场交手，我们就狠狠地斗它一斗；要是它生气，我们就把事情闹大，叫政府大失人心。反正政府动辄得咎，报纸永远不担风险。”

格劳特·维浓说：“在没有取缔报纸之前，法国只好继续瘫痪。”又对斐诺说：“你们每小时都在发展，将来会像耶稣会一样，差别只是没有信仰，没有固定的主张，没有纪律，没有团结。”

大家又坐上牌桌，不久东方发白，室内的烛光黯淡了。

高拉莉和她的情人说：“你那些四府街上的朋友愁眉苦脸，像判了死刑的囚犯。”

“不是囚犯，是审判官。”诗人回答。

“审判官还比他们有趣得多。”高拉莉说。

三十一　上流社会

一个月之内，吕西安不是出去吃中饭，便是吃晚饭，吃夜宵，或是参加晚会，时间就这样消磨了；他被一股不可抵抗的浪潮卷进旋涡，除了吃喝玩乐，只做些轻易的工作。他不再做什么打算。在复杂的人事中间能够计算筹划原是意志坚强的标记，不是富于幻想的人，懦弱的人，或者单单是风雅的人所能假装。吕西安像多数新

---

① 鸭子是谣言和谎话的别名。

② 大革命时期一桩假造法令的舞弊案。

闻记者一样，过一天算一天，挣多少花多少。巴黎的定期开支对落拓的文人压力最重，吕西安干脆不去想它。他的服装气派比得上最出名的花花公子。高拉莉好比狂热的信徒，只想装扮她的偶像，不惜倾其所有，替亲爱的诗人置办他第一次逛蒂勒黎公园时不胜羡慕的漂亮行头。新奇的手杖，美丽的手眼镜，金刚钻的纽子，扣领带的别针，阔镶边的戒指，吕西安全有了；鲜艳的背心数量充足，可以搭配衣衫的颜色。不久他成了漂亮哥儿。赴德国公使的宴会那天，吕西安脱胎换骨的变化引起在座的青年暗中妒羡，例如特·玛赛，王特奈斯，阿瞿达-宾多，玛克辛·特·脱拉伊，拉斯蒂涅，特·莫弗利原士公爵，菩特诺，玛奈维，等等，全是时髦社会中的领袖人物。交际场中的男人和女性一样互相嫉妒。当夜的宴会主要是请特·蒙高南伯爵夫人和特·埃斯巴侯爵夫人；吕西安坐在她们俩中间，被她们灌足迷汤。

“为什么你离开上流社会呢？”侯爵夫人对他说，“大家正预备好好款待你，欢迎你来着。我不能不生你的气。你答应来看我，我等到现在。前几天我在歌剧院瞧见你，你竟不屑过来看看我，连打个招呼也不愿意。”

“太太，令亲毫不含糊地下了逐客令……”

特·埃斯巴太太打断吕西安的话，回答说：“你不了解女性。你伤害了我认为最纯洁的一颗心，最高尚的一个人。你不知道路易士预备替你出多少力，定的计划多么巧妙。”她看见吕西安不声不响地表示不信，便道：“噢！她的确有希望成功。路易士的丈夫不是早晚要让她恢复自由吗？这一回果然闹不消化死了，那也是活该。你想路易士怎么肯做夏同太太？特·吕庞泼莱伯爵夫人的名衔才值得争取。你明白没有？爱情是极大的虚荣，必须和其他方面的虚荣配合，尤其为了婚姻大事。就算我爱你爱得神魂颠倒，愿意嫁给你，要我称为夏同太太可受不了。这一点你同意吗？此刻你看到了巴黎生活的难处，知道要拐多少弯才能达到目的；你不能不承认，路易士要为一个无名的没有财产的男人，求一个几乎没有希望的恩典，必须把问题考虑周到。你固然聪明绝顶，不过我们一朝动了真情，比最聪明的男人还要聪明。我大姑想利用那可笑的夏德莱……”说到这里她插进两句，“你真会逗笑，你挖苦他的文章，我看着乐死了！”

吕西安听着莫名其妙。他只见识过新闻界的欺骗和奸诈，不知道上流社会的欺骗和奸诈；所以他尽管眼力不错，照样吃了大亏。

他大为惊奇地说道：“怎么，太太，你不是在提拔鸬鹚吗！”

“我们在交际场中不能不敷衍最凶狠的敌人，见了讨厌家伙也得表示愉快，而为了更好地帮助朋友，往往表面上要把他们牺牲。难道你还这样不通世故吗？你要做作家，怎么连交际场中一些普通的骗局都不知道？我大姑好像为了鸬鹚而牺牲你；可是不这样办，怎么能利用他的势力来帮助你呢？因为在眼前这个政府底下，他很得宠。我们向他解释，你的攻击在某个限度之内对他有好处；我们这样说，预备将来替你们俩讲和。上面看他受你羞辱，给了他补偿。台·吕卜克司告诉部长们：报纸跟夏德莱捣乱，政府可以清静一个时期。”

正当侯爵夫人说完话，让吕西安去推敲的时候，特·蒙高南太太和他说话了：“勃龙台先生告诉我，你不久会赏光到我家里去。你可以遇到一些艺术家、作家，还有渴望认识你的台·都希小姐。她的才华在我们女人中间是少有的，将来你一定会上她家里去。台·都希小姐，或者用她的笔名称为加米叶·莫班，有巨万家私，她的沙龙是巴黎最出名的一个；她听人说起你的风雅和相貌不相上下，一心想见见你。”

吕西安只能一迭声地道谢，不胜艳羡地望了望勃龙台。气派人品像蒙高南伯爵夫人那样的女子跟高拉莉的差别，不亚于高拉莉同街头神女的差别。这位年轻、俊俏、风雅的伯爵夫人，有一种特殊的美：皮肤像北方女子，白得异乎寻常；她的母亲出身是察尔贝洛夫公主，德国公使在饭前对伯爵夫人很恭敬，招待周到。

特·埃斯巴太太旁若无人地咂完了一只鸡翅膀，对吕西安说道："可怜的路易士当初对你太好了！她为你设计的美好的前途，我完全知道。她什么都能忍受，就是没想到你会还她的信，表示你瞧不起她到这个田地！我们能原谅人家的残酷，人家伤害我们实际还是忘不了我们；可是漠不关心等于南北极的冰山，把一切都埋葬了。你不能否认你做错了事，损失浩大。你为什么要决裂呢？就算受到轻视，你不是还得求功名、取富贵吗？路易士把这些问题都想到了。"

"那么为什么对我一字不提呢？"吕西安问。

"哎！天哪，那是我劝她瞒着你的。老实说，那时看你不曾经过世面，我很担心，怕你缺乏经验，感情冲动，可能破坏她的计划，打乱我们的方案。当时你是怎么样的人，你记得不记得？真的，如果你今天能看到当初的你，准会同意我的意见。现在你完全变了一个人。我们唯一的错误就是不曾料到这一着。可是既有这样了不起的聪明才智，又有这样了不起的适应力的人，一千个之中也未必能碰到一个。我过去不相信你是一个出人意料的例外。谁知一眨眼你就脱胎换骨，轻而易举地学会了巴黎气派，上个月我在蒲洛涅森林竟认不得你了。"

吕西安听着这个贵妇人的谈话，心里说不出的快乐。她夸奖人的时候有一副完全信任你的、天真的、活泼的神态，似乎对吕西安的关切真是无微不至。吕西安只道又遇到了奇迹，像他第一次在全景剧场的遭遇。从那个幸运的夜晚起，所有的人都对他笑脸相迎，他以为自己的青春真有符咒一般的魔力。可是他打定主意不落圈套，要把侯爵夫人摸清底细。

他说："太太，你所谓变了一场空的计划，究竟是怎么回事呢？"

"路易士本想向王上求一道诏书，允许你改用特·吕庞泼莱的姓氏和头衔。她要埋葬夏同的姓，这一步当时很容易做到，而对你说来是一笔资本；此刻你的言论差不多把这条路阻断了。或许你认为这些念头是幻想，不值一提，可是我们多少懂得一些人生，知道伯爵的头衔加在一个漂亮人物，一个风流倜傥的青年身上有多少实惠。比如在这里当着几百万家财的英国小姐或是有陪嫁的姑娘们通报：夏同先生或者特·吕庞泼莱伯爵，反应完全两样。伯爵哪怕债台高筑，还是能打动人心，俊美的相貌也格外惹人注目，像一颗精工镶嵌的钻石。夏同先生可干脆没人注意。我们并不曾制造这观念，而是发现这观念到处占着优势，便是在布尔乔亚中间也很普遍。如今你是跟好运背道而驰。你瞧那个漂亮青年，番列克斯·特·王特奈斯子爵，他是王上两个机要秘书中的一个。王上挺喜欢有才干的青年，这一位当初从内地来的时候行装不见得比你多；你的聪明才智胜他百倍；可是你是不是世家出身呢？有没有显赫的姓氏呢？你不是认识台·吕卜克斯吗？他的本姓跟你的差不多，叫作夏登；他在吕卜克斯的那块田产，便是给他一百万也不肯出让[①]；将来他准是台·吕卜克斯伯爵，传到他孙子一辈或许竟是大贵族了。你走上了歧路，再走下去就完啦。爱弥尔·勃龙台比你乖巧多了，他加入一份拥护政府的报纸，当前的权贵都对他另眼相看；他思想正确，跟进步党来往没有危险；他迟早会成功，因为他的政见，他的靠山，都挑选得好。坐在你旁边的漂亮太太是脱罗阿维尔家的小姐，族中有两个贵族院议员，两个国会议员，她靠着门第攀上一门有钱的亲事；如今在家广结交游，培养势力，将来要替这位小小的勃龙台先生拉拢政界要人。你依靠一个高拉莉有什么出路？几年以

① 法国大革命以前和王政复辟时代，没有相当的不动产不能封爵。

后还不是背上一身债，对寻欢作乐感到厌倦为止？你的爱情放错了地方，生活没有安排好。这就是特·巴日东太太前天在歌剧院对我说的话，而你还伤害她，当作一种乐趣。她惋惜你滥用才气，糟蹋你的青春，当然不是为她，而是为你着想。”

吕西安道：“啊！太太，要是你说的是真话！”

“你想我骗你有什么好处！”侯爵夫人冷冷地瞪着吕西安，神态傲慢，叫他无地自容。

吕西安愣住了，不敢再开口；侯爵夫人怄了气，不再和他交谈。他心中恼恨，可也承认自己鲁莽，决定想办法挽回。他转身和特·蒙高南太太谈论勃龙台，称赞青年作家的才干。伯爵夫人对他很客气，特·埃斯巴太太向伯爵夫人递了一个眼色，伯爵夫人便邀请吕西安参加她下一次的晚会，问他是否愿意见见特·巴日东太太；她虽则孝服在身，还是会来的。那不是大规模的招待，只是平时的小叙，来的都是比较接近的朋友。

吕西安道：“侯爵夫人认为错处都在我这方面，那不是还得由她的大姑来原谅我吗？”

“只要你叫人停止攻击，讲和不成问题；那些荒唐的谰言使她为着夏德莱大大地受累，其实她根本不把那男人当真。听说你自以为受她愚弄，我却看见她因为你薄情而伤心得很。她可是真的同你一起离开内地，并且是为了你才离开的吗？”

吕西安笑嘻嘻地望着伯爵夫人，不敢回答。

“一个女人为你做了这样的牺牲，你怎么能怀疑她？何况像她这样美，这样风雅的人物，在无论什么情形之下都是值得爱的。特·巴日东太太爱你的才华胜过你的相貌。老实说，女人爱的是才，美还在其次。”伯爵夫人说着，偷偷瞧了瞧勃龙台。

吕西安在公使府上看出高等社会和他近来所处的特殊社会的差别。两种豪华没有一点相似，没有一个共同点。屋子是圣· 日耳曼区最阔绰的一所，房间的高度，分配的格式，客厅里古老的描金，堂皇的装饰，贵重的附属品，在吕西安眼中都是陌生的、新鲜的；幸而他对于奢华的享用很快就习惯了，不曾流露出诧异的神气。他的态度既没有自命不凡的得意样，也没有卑躬屈节、曲意逢迎的意味。诗人举止大方，叫毫无恶意的人看了称赞，只有那些青年因为他突然闯进上流社会，又漂亮，又受人器重，对他嫉妒。离开饭桌的时候，吕西安搀扶特·埃斯巴太太，特·埃斯巴太太并不拒绝。拉斯蒂涅发现侯爵夫人讨好吕西安，便过来和他攀同乡，提到在杜·华诺勃太太家初次相会的话。看来这青年贵族有心结交他本省的名人，定了日期请吕西安吃中饭，预备替他介绍几个时髦公子。吕西安答应了。

“我也请了勃龙台。”拉斯蒂涅说。

特·龙葛洛侯爵，特·雷多雷公爵，特·玛赛，蒙脱里伏将军，拉斯蒂涅，吕西安，围在一处谈天，公使也过来了。

他故意装出一派德国人的忠厚样，遮盖他的精明厉害，对吕西安说：“好极了，你同特·埃斯巴太太讲和了，她对你很高兴，而我们都知道，”他望着周围的人说，“要讨她喜欢多么不容易。”

拉斯蒂涅说：“对，不过她最是爱才，而我这位大名鼎鼎的同乡就在拿才气做交易。”

勃龙台抢着说：“他很快就要发现他做的买卖并不好，会站到我们这边来，早晚是我们的人。”

吕西安听见周围你一句我一句，都在这个题目上发挥。几个正经人用斩钉截铁的口吻说了几句深刻的话，年轻人拿进步党打哈哈。

勃龙台道：“我相信他当初在党派问题上是像拈阄一般决定的，此刻可要挑选一下了。”

吕西安想起在卢森堡公园和罗斯多的谈话，笑了。

勃龙台又道：“他找的向导叫作埃蒂安纳·罗斯多，小报界的一个打手，写文章只看见五法郎一栏的稿费；他相信拿破仑会回来，更可笑的是相信左派的头目爱国，将来会酬劳他们。吕西安既然要姓吕庞泼莱，应当有贵族色彩；要做新闻记者也该拥护政府；要不他永远姓不成吕庞泼莱，当不了秘书长。”

公使请吕西安抽一张牌打韦斯脱[①]，吕西安回答说此道不通，大家听了很诧异。

“朋友，”拉斯蒂涅咬着吕西安耳朵说，“你到我家吃便饭那天，早点去，我来教你韦斯脱。咱们安古兰末也是王者之都[②]，不能丢它的面子。我可以引用泰勒朗先生的一句话：不学会这玩意儿，老来定要大大地吃苦。”

当差通报台·吕卜克斯来了。他是个得宠的参事院评议官，替部长们干些机密事，人很精明，又有野心，什么地方都能混进去。他在杜·华诺勃太太家见过吕西安，当下装作很亲热地招呼吕西安，吕西安信以为真。台·吕卜克斯在政治上对谁都拉拢，免得猝不及防，受人暗算；他发觉吕西安在场，知道吕西安要在上流社会像在新闻界一样得势。他看出诗人是个野心家，便对他大献殷勤，表示友好，关切，仿佛跟他是老朋友了，不让吕西安看穿他空口白舌的许愿和说话，台·吕卜克斯抱定主张，凡是可能成为自己的敌手而需要摆脱的人，都要摸清性格。因此，吕西安在上流社会中大受欢迎。他很明白，一切都要仰仗特·雷多雷公爵，德国公使，特·埃斯巴太太和特·蒙高南太太的力量；动身之前特意和两位太太分别谈了一会儿，极力卖弄才情。

台·吕卜克斯等吕西安走开了，对侯爵夫人说：“看他那副得

---

① 韦斯脱是桥牌的前身，入局之前也需要抽一张牌，用花色来决定与谁合伙。

② 安古兰末在九世纪是伯爵领地的首府，十六世纪起改为公爵领地的首府。十八世纪初方始正式并入法兰西王国。

意样！”

“他来不及成熟就要烂掉的，”特·玛赛对侯爵夫人笑着说，“你使他头脑发热，想必是别有用心。”

吕西安的车停在院子里，高拉莉在车上等着；吕西安看她这样体贴，很感动，告诉她当晚的情形。出乎吕西安意料之外，已经在他脑子里活动的簇新的主意，高拉莉表示赞成，竭力怂恿他转入政府党。

“你跟进步党走只会挨打，他们诡计多端，暗杀了特·贝利公爵。可是他们能推翻政府吗？休想！你依靠他们将来一无结果；投靠另一方面才能成为特·吕庞泼莱伯爵。再替政府出一番力，包你当上贵族院议员，娶到一个有钱的老婆。还是做极端派吧。并且这样才有气派。”在高拉莉心目中，最要紧的是气派。“那天我在杜·华诺勃太太家吃饭，听她说起丹沃陶·迎亚正在筹备一份保王党的小报，叫作《觉醒报》，用来反击你们的和《明镜报》的恶作剧。据华诺勃说，维兰尔先生和他的一派不出一年就要登台。你该利用这个变动，趁他们还没有得势就站在他们一边。只是对埃蒂安纳和别的朋友们一个字都不能提，他们会跟你捣乱的。”

八天以后，吕西安到特·蒙高南太太家里去；他从前爱得要命，而最近被他挖苦打趣，大大伤害过的女人，重新见到了，心里激动得了不得。路易士也脱胎换骨了！她又变了尊严的贵夫人，似乎从来没住过内地。她穿着孝服另有一番风韵，另有一套讲究的打扮，可见她做了寡妇很快活。吕西安觉得路易士的卖弄风情多少是为了他，这倒是事实；可是他好比吃过鲜肉的妖魔，整个黄昏迟疑不决，在美丽、多情、娇滴滴的高拉莉，和干瘪、高傲、狠心的路易士之间，不知道如何选择。他不能打定主意，为着名门贵妇而牺牲高拉莉。特·巴日东太太眼巴巴地等了他一晚，希望他做这个牺牲。她看见吕西安这样风趣，这样美，又动了爱情；不料她勾引撩拨的说话，卖弄风情的眉眼，完全不生作用，她便走出客厅，决心要报复了。

“喂，亲爱的吕西安，”她的慈祥的态度既有巴黎女人的风韵，也显得尊严高贵，“我没有分享你的光荣，反而做了你的第一个牺牲品。不过，孩子，想到你这样拿我出气说明你还没有完全忘情，我就原谅你了。”

特·巴日东太太气度不凡地说到最后一句，又占了优势。吕西安自以为理直气壮，原来是错尽错绝。他写那封措辞激烈的决绝的信，以及决绝的原因，都不曾提到。上流社会的妇女有一套巧妙的本领，能够在谈笑之间缩小自己的错处。或是微微一笑，或是假作惊奇反问一句，把一切抹得干干净净。她们什么都记不起来了，样样事情都能辩解，忽而诧异，忽而发问，这里申说几句，那里夸大一番，再不然跟你争论一场，临了她们的过失便化为乌有，像用肥皂洗去污迹一样：你明知道她们浑身乌黑，一眨眼却变得雪白干净。至于你这方面，如果没有犯下十恶不赦的大罪，就算大大的侥幸。一会儿吕西安和路易士彼此又有了幻想，用朋友的口吻谈起心来。可是吕西安正为着虚荣心满足而陶醉，为着高拉莉而陶醉，——老实说，他靠着高拉莉，生活才这样好过，——所以路易士吞吞吐吐叹了口气问“你幸福吗”的时候，他竟不能给一个明确的答复。如果他带着伤感的意味说一声不，从此就能飞黄腾达。偏偏他自作聪明，向路易士解释高拉莉，说她完全是爱他的人，还有许多痴情的傻话。特·巴日东太太听着咬咬嘴唇。事情就此定局。特·埃斯巴太太和特·蒙高南太太走到路易士身边来。吕西安发觉自己成了当晚的红人：三个妇女使尽手腕笼络他，趋奉他，宠他，捧他。可见他在豪华显赫的社会中跟他在新闻界中同样成功。美丽的台·都希小姐，就是赫赫有名的加米叶·莫班，经过特·埃斯巴和特·巴日东两位太太的介绍，请吕西安在星期三，她经常招待宾客的日子，到她家里去吃饭。她看了吕西安名不虚传的相貌似乎也动心了。吕西安竭力炫耀，表示他的才华胜过他的美貌。台·都希小姐的赞叹表现得十分亲切、天真，加上那种热烈的浮表的友谊，往往叫一班没有彻底认识巴黎生活的人上当；殊不知巴黎人连续不断享乐成了习惯，特别喜欢新奇。

吕西安对拉斯蒂涅和特·玛赛说："如果她对我的情意跟我对她的情意不相上下，我们的小说可以缩短……"

拉斯蒂涅回答："你们俩都太会写小说了，不宜于亲自登场。作家同作家能够谈恋爱吗？双方早晚会说出刻薄的话来互相伤害。"

特·玛赛笑道："你这个梦做得不错。固然，这位迷人的小姐已经三十岁，可是有将近八万法郎一年的进款。她使起性子来着实可爱，她那种姿色可以支持一个很长的时期。告诉你，朋友，高拉莉是个傻丫头，只好替你装装门面，因为漂亮哥儿不能没有情妇；可是你要不在上流社会交上一个美人儿，日子久了，和女戏子同居对你只有害处。所以，亲爱的，你还是代替等会儿要同加米叶·莫班一起唱歌的公蒂吧。从古到今，诗歌一向占音乐上风。"

吕西安听了台·都希小姐和公蒂的表演，他的希望立刻烟消云散。

"公蒂唱得太好了。"他对台·吕卜克斯说。

吕西安回到特·巴日东太太身边，特·巴日东太太带他往另外一间客厅去找特·埃斯巴太太。

"喂，你说，你可愿意提拔他吗？"特·巴日东太太问弟媳妇。

侯爵夫人态度又傲慢又温和，回答说："只要夏同先生改变他目前的地位，不要连累他的保护人。如果他想得到王上的诏书，允许他丢掉那可怜的父亲的姓，改用外家的姓，不是至少先得站到我们这边来吗？"

吕西安说："两个月之内我一切都可以安排好。"

侯爵夫人说："好吧，那时我去见我的父亲和表叔，他们都在王上身边当差，可以向掌玺大臣提到你。"

当过外交官的夏德莱和这两位太太完全看透吕西安的弱点。诗人被贵族阶级的光彩迷了心窍，发觉踏进交际场的人物个个有头衔，有响亮的姓氏，自己被称为夏同说不出有多么难堪。几天之内他到处感到这种痛苦。仗着高拉莉的车马随从，在上流社会体体面面地出现过了，再去干他的本行，他心里格外不舒服。他学会了骑马，能挨着特·埃斯巴太太，台·都希小姐，特·蒙高南伯爵夫人的车马奔驰，这是他初到巴黎的时期不胜艳羡的特权。斐诺很乐意为他的主要编辑弄到一张歌剧院的送票，让吕西安浪费了不知多少夜晚。从此以后，在当时那个漂亮哥儿的畸形社会中，他也算一个人物了。他请了一顿体面的中饭，回敬拉斯蒂涅和交际场中的一班朋友，不幸他做错了事，酒席摆在高拉莉家里。吕西安太年轻，诗人气息太重、太单纯，不懂得某些处世的分寸；一个没有教育的女演员，心肠再好也不能教他通达人情世故。在对他不怀好意的青年前面，内地人公然暴露他和女演员在金钱方面有默契；这是每个年轻人心中嫉妒而嘴里批评的。当天晚上为此挖苦吕西安最凶的是拉斯蒂涅，他虽然用着同样的手段在交际场中混过日子，做出事来却十分得体，所以尽可把难听的议论当作毁谤。吕西安很快学会韦斯脱，他对赌博入了迷。

三十二　浪　子

高拉莉唯恐吕西安被人抢去，非但不反对他生活放荡，反而加以鼓励，鼓励的时候和一般痴情的人一样盲目，只顾着现在，为了当前的快活牺牲一切，甚至于牺牲前程。真正的爱情始终和童年的情形相仿；轻率、冒失、放荡，逞着性子哭哭笑笑。

那个时期出现一帮年轻人，穷富不等，全都无所事事，社会上称为浪子。他们过的醉生梦死的生活的确不可思议，胃口奇好，喝起酒来尤其勇猛。他们见了钱赛过冤家对头，拼命地使花，再加撒野胡闹，生活不仅荒唐，竟是发疯；任何做不到的事都要试一试，还夸耀自己的胡作非为，可是也不敢过分越轨；捣乱的时候用别出心裁的聪明掩饰，叫人不能不加以原谅。复辟政府把青年人逼上腐化堕落的路，在这件事情上表现得再清楚没有了。他们的精力没有地方发泄，不仅消耗在新闻事业、政治阴谋、文学方面和艺术方面，而且年轻一代的法国人元气太旺，还要做出奇奇怪怪的过火的事来。用功的人要求权势和享受，从事艺术的要求金银财富，游手好闲的要求情欲的刺激；他们无论如何要一个位置，政府却不给他们安插。所谓浪子几乎都有一些出众的才能，有的经不起生活的消耗，丧失了能力；有的顶过去了。其中最出名最风趣的一个，拉斯蒂涅，后来跟着特·玛赛走上正路，居然出人头地。那帮青年闹的笑话遐迩闻名，给人做了好几出戏剧的题材。吕西安被勃龙台引进浪子集团，同皮克西沃两人着实出了一番风头；皮克西沃是当时说话最尖刻的家伙，一张贫嘴老是滔滔不绝。整整一冬，吕西安的生活赛过长时期的沉醉，清醒的时候只替报纸做些容易的工作；他继续供应他的巴黎小品，有时费了九牛二虎之力写出几篇用心的精彩的评论。而这种情形是例外，诗人真要迫不得已才肯用功；中午和晚上的宴会，花天酒地的作乐，上流社会的应酬，打牌赌钱，占去他所有的时间，剩下的一部分又给了高拉莉。吕西安不让自己想到明天。他看见一班自称为他朋友的人行动和他一样，代出版商起草报酬优厚的说明书，为投机事业写写稿子，到手一些外快作为开销，把自己的前程都吃到肚里去了。好在他们也不在乎前程。吕西安发觉，在报界和文坛上一朝受到和别人同等的待遇以后，再要跨上一步就难之又难：个个人答应他平起平坐，谁也不愿意他高人一等。他不知不觉地放弃了靠文学成名的念头，以为进政界更容易发迹。

吕西安已经同夏德莱言归于好，有一天夏德莱和他说："权术不像才干挑起那么多利欲的冲突，暗地里的活动不会引人注意。并且权术胜过才干，能够无中生有打出一个局面来；能干角色有了天大的本领，往往惹祸招殃。"

在俾昼作夜的狂欢生活中，吕西安答应人家的工作老是交不出来，只抱着一个主要的念头：他不断地出入上流社会，趋奉特·巴日东太太，特·埃斯巴侯爵夫人，特·蒙高南伯爵夫人，绝不错过一次台·都希小姐的晚会。他或是出席了作家或出版商的饭局，在参加后半夜的宴会之前赶往上流社会；或是从上流社会的客厅中出来，还有人输了东道请吃夜宵。沉湎无度的生活只给他留下很少的一点思想和精力，而这点思想和精力还要消耗在巴黎式的谈天和赌博上面。诗人丧失了清明的理智、冷静的头脑，也就没法观察周围的形势，再没有暴发户所必不可少的那种随机应变的本领。他分辨不出什么时候特·巴日东太太对他回心转意，什么时候对他生气、回避，什么时候原谅他，什么时候责备他。夏德莱发现他的情敌还有机会成功，尽量同吕西安亲热，引诱他继续放荡，浪费精力。拉斯蒂涅嫉妒他的同乡，又觉得和男爵结成党羽比吕西安更可靠更得力，也就站在夏德莱一边。安古兰末的彼特拉克和洛尔相会过后几天，拉斯蒂涅在仙岩饭店请一顿场面阔绰的夜宵，趁此替诗人同帝政时代的美男子劝和了。吕西安经常天亮回家，中午起床，对于近水楼台的爱情不能克制。他的懒惰使他把看清自己处境的时候的英勇的决心置之脑后，让意志的动力不断软化，终于完全消灭，到了贫穷潦倒的紧急关头再也得不到意志的帮助。高拉莉先是鼓励他游荡，以为一手养成了他的嗜好，他就受着自己束缚，长时期内不会变心，所以看见吕西安作乐很高兴。到了后来，温柔和顺的高拉莉也鼓着勇气，劝情人别忘了工作，好几次迫不得已地提醒他本月份没有挣多少钱。两个情人亏空的速度惊人。出卖诗集剩下的一千五百法郎，吕西安开头挣的五百法郎，很快花完了。三个月之内，诗人自以为做了一大堆工作，其实稿费并没超过一千法郎。可是吕西安已经用浪子的轻佻的态度对待债务。殊不知二十五岁的青年背债还表示他们风流，过后就没人原谅了。值得注意的是，某些真有诗人气质而意志薄弱的人，为了要用形象来表达自己的感觉，只知道感受，而完全缺乏做任何观察都需要的道德观念。诗人只接受自己的印象，不愿深入别人的内心，去研究思想感情的作用。吕西安从不追问那批浪子，他们之中怎么有些人会销声匿迹；他也看不见他的酒肉朋友的前途，有的遗产已经到手，有的十拿九稳，有的才能已经得到社会的承认，有的对自己的前程抱着坚强的信念，存心玩弄法律。吕西安对于自己的前途只是相信勃龙台说的一些至理名言：

“船到桥，自会直——一无所有的人没有什么可损失。——大不了我们追求的家业到不了手！——随波逐流，到头总有一个归宿。——有才气的人只要踏得进上流社会，随时可以发迹！”

那个尽情欢乐的冬天，丹沃陶·迦亚和埃克多·曼兰正好用来为《觉醒报》筹措基金，创刊号到一八二二年三月才出版。这件事就是在杜·华诺勃太太家策划成功的。那漂亮而风趣的交际花曾经指着她华丽的屋子说：“这不是‘一千零一夜’吗？”她在保王党的银行家、大贵族和作家中间有些势力，他们常常在她家里集会，商量一些别处不便商量的事。埃克多·曼兰内定为《觉醒报》的总编辑，要吕西安做他的副手。吕西安变了他的知己，还有希望进一家政府党的报馆编副刊。吕西安一边作乐，一边私下活动，准备转移阵地。天真的孩子自以为精明透顶，把这桩惊人的把戏瞒得紧紧的；他一心指望政府党慷慨解囊，让他弥补亏空，消除高拉莉暗地里的烦恼。女演员老是笑盈盈的，不露出心中的焦急；贝雷尼斯却大着胆子告诉吕西安。未来的大人物和所有的诗人一样，看见苦难临头，一下子动了感情，说要用功了，结果是句空话，他用吃喝玩乐来排遣暂时的愁闷。高拉莉有一天发现情人愁云满面，便埋怨贝雷尼斯，告诉诗人风浪已经平静。特·埃斯巴太太和特·巴日东太太但等吕西安改变党派，她们说那时就托夏德莱请求部长，把他渴望已久的诏书弄到手，准许他改姓。吕西安向侯爵夫人许愿，要拿《长生菊》题献给她，她表示很高兴；自从作家在社会上成为一股势力以后，这一类的献礼难得看到了。晚上吕西安去见道利阿，打听他的诗集进行得怎么样，出版商振振有词地说出一番理由，认为暂时不宜付印。道利阿手上有好几桩买卖，一时忙不过来；卡那利斯有一部新的集子要出版，你不能跟他唱对台；拉马丁先生的第二部《默想集》正在印刷，两部重要的诗选不宜于同时出现；况且作者应当相信出版家的手腕。吕西安急于用钱，只能向斐诺通融，预支一部分稿费。晚上吃夜宵的时候，兼做新闻记者的诗人同一班酒肉朋友谈起他的境况，他们一边用香槟酒解除他的心事，一边说笑打趣。背债吗？哪个有气魄的人不背债！债务是说明你的需要和嗜好得到满足。一个人只在贫穷的铁掌压迫之下才能发迹。勃龙台对吕西安嚷道："当铺最感激大人物！"

皮克西沃道："样样要，就是样样赊欠。"

"不是的，"台·吕卜克斯说，"样样赊欠，就是样样享受过了！"

那些浪子向天真的孩子证明，他的债务是一条黄金的鞭子，可以鞭策他的坐骑去追求荣华富贵。他们搬出老故事来，说恺撒欠过四千万债，腓特烈二世从老子手里只领到一个杜加的月费，还举出许多大人物的出名的，败坏人心的榜样，揭露他们行为恶劣的一面，而不提他们的勇气和想象的力量！最后，高拉莉欠到四万法郎，车辆、马匹、家具，被几家债主查封了。吕西安赶去向罗斯多讨还一千法郎，罗斯多拿出几件公文来，说明佛洛丽纳的处境跟高拉莉差不多。罗斯多还有几分情义，自愿代他活动，想法卖掉《查理九世的弓箭手》。

吕西安问："怎么佛洛丽纳会落到这一步的？"

罗斯多回答说："玛蒂法着了慌，丢下我们不管了。他来这一手，我们也有办法报仇，只要佛洛丽纳愿意。事情慢慢讲给你听。"

三十三　第五种书店老板

吕西安在罗斯多家空跑一次以后，过了三天，两个情人在漂亮的卧室内靠着火炉垂头丧气地吃中饭；贝雷尼斯在壁炉上替他们煮了几个鸡子。厨娘、马夫、当差，都走了。查封的家具没法变卖。屋子里的金银器皿，真正值钱的东西，一样都不剩了，全部变为当铺的收据，可以订成一册小小的八开本，增长我们见识。贝雷尼斯保存着两份刀叉。小报帮了吕西安和高拉莉极大的忙，男女裁缝和做帽子的还跟他们维持关系，唯恐得罪了记者，影响营业。吃饭中间，罗斯多进来叫道："好啊！查理九世的弓箭手万岁！孩子们，我卖了一百法郎的书，咱们来对分！"

他给高拉莉五十法郎，要贝雷尼斯去叫一席丰盛的饭菜。

"昨天我和埃克多·曼兰同几个书店老板吃饭。我们旁敲侧击，花了一番功夫推销你的小说，说你正在跟道利阿谈判，你要六千，道利阿啬刻，只肯出四千法郎印两千部。我们把你说得比华尔特·司各特伟大两倍，肚子里不知有多少部精彩的小说！你不是给人家一部稿子，而是一笔大交易；你这个作家不是只写一部有趣的小说的人，将来会写出一部丛书！丛书这句话发生了效果。所以你别忘了你的台词：你存的稿子有《蒙邦蒂埃公爵夫人》，一名《路易十四朝的法兰西》，——《高蒂翁一世》，一名《路易十五的初期》，——《王后和红衣主教》，一名《弗隆特党时代的巴黎景象》，——《公契尼的儿子》，一名《黎希留的一桩阴谋》……这些题目将来在封面上做预告。我们这个手法叫作钓鱼。书名在封面上不断地登下去，弄得家喻户晓，那你没有写的书可以比你已经写的书使你名气更大。印刷中三个字可以在文坛上做抵押品！好吧，快活一下吧。——噢，香槟来啦。告诉你，吕西安，那几个家伙听着，眼睛睁得像你碟子那么大……哦，你居然还有碟子？”

“碟子也查封了。”高拉莉道。

“我明白了，我的话还没完呢，”罗斯多接着说，“书店老板只要见到一部稿子，随你说还有多少部他都相信。出版商老是问你讨稿子看，好像要拿去拜读。其实是装腔，他们从来不看书，否则也不会出版那么多了！我和埃克多两人露了些口风，说给你五千法郎发行两版，印三千部，大概你会答应的。你把《弓箭手》的原稿给我，后天咱们到出版商那儿吃中饭，叫他们上钩就是了！”“他们是什么人呢？”吕西安问。

“两个合伙老板，脾气不错，做交易还痛快，一个姓方唐，一个姓卡瓦利埃。方唐在维大和包熏的铺子里做过领班伙计，卡瓦利埃是奥古斯丁河滨道上最能干的掮客。两人开店才开了一年，印过几部翻译的英国小说，蚀掉一点资金，现在想改做国产小说了。听说两个做字纸生意只拿别人的本钱冒险，我想你也未必关心稿费是谁拿出来的。”

第三天，两个新闻记者应邀到赛邦德街去吃中饭。吕西安住过那个区域，罗斯多还保留竖琴街上的房间。吕西安先去接他的朋友，发现罗斯多的情形同他第一次进文艺界的那天晚上没有分别，可是这一下吕西安不以为奇了：他受的教育使他懂得记者生活的动荡，一切都在他意料之中。就拿内地大人物自己来说吧，他在牌桌子送掉多少稿费，连带把写作的兴致也扫尽了。当初和罗斯多从竖琴街到王宫市场，一路听他描写一套巧妙的手法，吕西安已经用那套手法写过不少稿子。如今他不但仰仗巴贝和勃劳拉两人，拿赠书和戏票做买卖；并且要他写无论什么捧场文章或者骂人文章，他都不会推辞了；那时他还觉得，在脱离进步党之前尽量利用一下罗斯多非常痛快，认为对进步党人看得越透，将来攻击起来越有力。至于罗斯多，他也占了吕西安的便宜，以佣金的名义从方唐和卡瓦利埃手中拿到五百法郎现款，因为他替正在访求法国司各特的两个出版商找到了未来的华尔特·司各特。

方唐和卡瓦利埃一点资金都没有就开起铺子来。当时这一类书店很多，将来也不会绝迹，只要纸铺和印刷所继续赊账，让书店老板能发行七八种新书来搏一搏。那个时候和现在一样，收买作者原稿是出的六个月、九个月、一年的期票，这个付款的方式是根据书店收账的方式，书店同业之间出的票据期头还要长。书店老板欠的纸张费和印刷费，也用期票支付，所以一年之内能不花一个钱出到一二十种作品。假如有两三种书畅销，赚的钱正好贴补冷门货，老板就能把书一部接一部地印出来，维持下去。万一每桩买卖都成问题，或者倒霉碰上一些好作品，要等真正的读者爱好和赏识之后才能脱手，或者送去贴现的票据出了毛病，再不然受了别人破产的累，他们便满不在乎地宣告清理，一点不着急，这个结局本在他们意料之内。可见无论什么局面都对他们有利，在投机的赌台上下的注是别人的资本，不是他们的。方唐和卡瓦利埃的铺子就是这个情形。卡瓦利埃有的是做生意的门道，方唐有的是巧妙的手段。所谓合伙的本钱倒是名副其实，是他们的情妇熬辛吃苦攒下的几千法郎；两人从中支一份优厚的薪水，小心翼翼地使花，或者用来请记者和作家吃饭，或者上戏院，据说也是为了做生意。两个半真半假的骗子似乎都有一手，可是方唐比卡瓦利埃更狡猾。卡瓦利埃不辜负他的姓氏[1]，专门跑码头；方唐专管巴黎的业务。这样的合作关系

---

① 卡瓦利埃一词的本意是骑马的人或骑兵。

也免不了钩心斗角，两个书店老板碰在一起反正是这么回事。

赛邦德街上有些古老的住宅，两个合伙人就在这样一幢屋子里租着一个底层，原来的几间大客厅改成货栈，后面一部分做办公室。他们出过好几部小说，例如《北塔》《贝那兰斯的商人》《墓地喷泉》《丹格里》，还有在法国不受欢迎的英国作家高尔特的小说。自从华尔特·司各特风行以后，出版界特别注意英国出品，书店老板都拿出诺曼人的本色[①]，想征服英吉利，拼命物色华尔特·司各特的著作，正如后来大家在砂砾区找柏油，在沼泽地带寻沥青，拿计划中的铁路做投机。巴黎的商人犯一样极可笑的毛病，想做同样的生意发财，其实只有走相反的路才行。他们不知道第一个人的成功阻断了别人的成功，尤其在巴黎。方唐和卡瓦利埃在《斯德累列兹民兵》，一名《百年前的俄罗斯》的题目底下，用大字印着：华尔特·司各特派的小说。他们急于要一部畅销的作品，一本好书可以帮助他们出清存货；能在报纸上有些文章吹嘘他们的出品，对他们更是一种诱惑。那时图书的销路主要靠报纸推广，而读者买书难得是为了一部书本身的价值，一部作品能够出版也往往不是为了内容精彩。方唐和卡瓦利埃看中吕西安是新闻记者，以为他的书销掉一版就好帮他们过一个月的关。两位记者在办公室里见到两个老板，合同早已写好，期票也签了。事情办得这样迅速，吕西安喜出望外。方唐是瘦瘦的矮个子，相貌阴险，神气像蒙古族的卡摩克人：额角又低又窄，塌鼻梁，瘪嘴巴，一双小眼睛很精神，脸孔歪歪扭扭，皮色难看，声音像破钟，总之，老奸巨猾的外表一应俱全；可是他有办法补救这些缺点，他嘴巴很甜，能够用花言巧语来达到他的目的。卡瓦利埃身子滚圆，你看了只道是赶班车的，想不到他会

---

① 法国人惯于把法国北部的诺曼底人（即诺曼人）说作善于经营的商人，此处又借用历史上诺曼人征服英吉利的故事作双关语。

开书店；头发似黄非黄，脸色很红，肩背厚实，满嘴都是拍客的谈吐。

方唐朝着吕西安和罗斯多说：“咱们不用费口舌，我看过作品，文学气息很浓，对我们再合适没有，原稿已经发给印刷所了。合同是照谈好的条件订的；其中的细目我们绝不违反。我们出的本票有六个月的、九个月的、一年的，贴现很方便，利息归我们负担。我们保留更改书名的权利，《查理九世的弓箭手》这个题目，我们不喜欢，不够刺激读者的好奇心，好几个国王都叫查理，中世纪的弓箭手也多得是！如果说拿破仑的兵，当然谁都明白，查理九世的弓箭手可不同了！……将来卡瓦利埃到内地去推销，简直需要讲一堂法国史。”

卡瓦利埃说：“我们不知道我们接触的是怎么样的人。”

方唐说：“改为《圣·巴丹莱米》好多了。”

卡瓦利埃说：“再不然叫作《凯塞琳·特·梅提契》或者《查理九世时代的法兰西》，那更像华尔特·司各特的题目。”

方唐说：“等书印好了再决定吧。”

吕西安回答：“随你们吧，只要我认为题目合适。”

合同宣读了，签过字，双方各执一份；吕西安心满意足，把票据放进口袋。然后四个人上楼到方唐家吃了一顿极普通的中饭：牡蛎、炸牛排、香槟煨腰子、勃里乳饼；酒倒挺好，因为卡瓦利埃认识一个做酒生意的掮客。正要入席，排小说的印刷商来了，出乎吕西安意外，带来开头两页校样。

“我们想快快进行，”方唐告诉吕西安，“我们对你的作品抱着很大希望，我们急于要一部畅销书。”

一顿饭从中午开始，吃到五点。

“哪儿去弄现款呢？”吕西安问罗斯多。

“找巴贝去。”埃蒂安纳回答。

两个朋友热烘烘地带着酒意，走往奥古斯丁河滨道。

三十四　敲竹杠

吕西安和罗斯多说："高拉莉听说佛洛丽纳倒霉，诧异得不得了。佛洛丽纳昨天才告诉高拉莉，说被你害苦了，她气得要命，甚至要跟你拆伙了。"

罗斯多一时冒失，向吕西安说出真话来。他道："不错。吕西安，你是我的朋友，你借给我一千法郎，只问我讨过一次。我劝你一句话：千万赌不得。我要不赌钱，日子过得挺舒服。如今欠了一身债，被商务法庭的差役到处盯着，上王宫市场也得绕远了。"

在浪子嘴里，在巴黎绕远的意思是不在债主门前走过，或者避开可能遇到债主的地方。吕西安也不能在每条街上随便出现了，他懂得这门道，只不知道名称。

"你欠的数目很大吗？"

"小意思！"罗斯多回答，"只要三千法郎就好解围。我打算戒赌，从此收心；为了料清账目，我敲了一下竹杠。"

"什么叫作敲竹杠？"吕西安没听见过这句话。

"敲杠竹是英国出品，最近才进口到法国来。敲竹杠的人总是有办法控制报纸的人。经理和总编辑从来不插手，只让奚罗多和腓列普·勃里杜一流的角色出面。这帮好汉去拜访一班为了某些理由不愿被人提到的人物。好多人良心上有些小疙瘩，有的性质比较特别，有的比较普通。来历不明的财产，走着合法或者不合法的路子，往往还是用犯罪的手段弄来的家业，巴黎多得很，说出来全是怪有趣的故事，例如傅希手下的宪兵包围警察总署的暗探，因为暗探不知道假造英国钞票的底细，跑去搜查秘密的印刷厂，不料印刷厂有部长做靠山。还有迦拉蒂奥纳公主的钻石案、摩勃滦伊案、庞勃勒东遗产案，等等。敲竹杠的人拿到一些证据、一宗重要文件，去跟发横财的人约期面洽。如果当事人不拿出一笔钱来，就给他看报纸的清样：揭露秘密，向他开火的文字已经排好。有钱的家伙害怕了，只得破钞。事情也就得手了。再不然你正在经营一桩担风险的买卖，唯恐报上来几篇文章拆你的台，那时便有敲竹杠的朋友来找你，请你收买稿子。有些部长和敲竹杠的人谈判，要求报纸攻击他们的政治措施，而不要攻击他们本人，或者宁可本人受攻击而要人放过他们的情妇。你认识的那个漂亮评议官，台·吕卜克斯，天天同新闻记者开这一类谈判。那小子靠着各方面的关系，在政府里极有地位：他既是报界的代理人，又是部长们的全权代表，忙着替人遮面子，甚至把这种交易扩展到政治方面，疏通报界不要提某一项借款，不要披露某一桩私相授受的好处，那是既不张扬，也不许别人竞争，只让进步党金融界的豺狼独吞的。你也敲过道利阿竹杠，他给你三千法郎，要你停止诽谤拿当。十八世纪，新闻事业还在摇篮里的时候，敲竹杠的方法是印小册子，叫一般勋贵近臣买去销毁。发明敲竹杠的老祖宗是一个伟大的意大利人，阿雷蒂诺[①]，我们此刻要挟演员，他当时要挟国王。”“你用什么方法敲诈玛蒂法三千法郎？”

“我叫人在六家报纸上攻击佛洛丽纳，佛洛丽纳向玛蒂法诉苦，玛蒂法托勃劳拉打听捣乱的原因。勃劳拉上了斐诺的当。我本是为斐诺的利益敲竹杠的；斐诺却告诉药材商，说是你吕西安为着高拉莉而破坏佛洛丽纳。另一方面，奚罗多跑去点醒玛蒂法，只要他肯把斐诺杂志的六分之一股权作价一万法郎出让，就好风平浪静。事情成功的话，斐诺给我三千法郎。玛蒂法正要应允，以为三万法郎的投资大有问题，能够收回一万也很侥幸了；前几天他听佛洛丽纳

① 阿雷蒂诺（1492—1556），意大利文艺复兴时期有名的文学家，有才无行，写过不少小册子，揭发帝皇与诸侯的隐私，借此勒索巨款。权倾一世的西班牙王兼日耳曼皇帝查理五世及法王法朗梭阿一世都受过他的敲诈。

说，斐诺的杂志销路不好，非但分不到红利，还需要股东增资。不料全景剧场的经理在宣告清理以前，有几张徇情票据[①]要托玛蒂法周转，把斐诺的把戏告诉玛蒂法。玛蒂法这个精明的生意人，看穿了我们的主意，便丢开佛洛丽纳，留着六分之一的股权。斐诺和我急得直嚷。算我们倒霉，碰到那家伙不在乎姘头，竟是个没心没肺的混账东西。可恨玛蒂法做的买卖不受报纸管辖，不怕我们损害他利益。药材不像帽子、时装用品、戏剧、文艺，可以任意中伤。可可粉、胡椒、颜料、染料、鸦片，你没法叫它们贬值。佛洛丽纳走投无路，全景剧场明天关门了。她不知道怎么办。”

吕西安道：“既然全景剧场关了门，过几天高拉莉就能在竞技剧场登台，可以帮佛洛丽纳的忙。”

“才不会呢，”罗斯多说，“高拉莉尽管没有头脑，也不至于那么傻，肯荐个角儿去同自己竞争！我们的事糟糕透了！斐诺又等不及地要收回六分之一股权……”

“为什么？”

“因为是笔好生意啊，朋友。杂志有希望盘出去，作价三十万。斐诺除了到手三分之一，还有合伙人给的佣金让他和台·吕卜克斯两个均分。所以我要向斐诺提议再敲一次竹杠。”

“难道敲竹杠像拦路抢劫，不留下买路钱就要人性命不成？”

“比这个可怕多呢，”罗斯多回答，“不留下买路钱叫你身败名裂。前天有一家小报因为老板向人借款碰了钉子，登出一条新闻，说巴黎某名人有一只镶满钻石的打簧表，不知怎么落在王家卫队的一个士兵手里，内幕离奇不亚于《一千零一夜》，不久就好向读者报道。那位名人赶紧约小报的主编吃饭。主编当然得了好处，可惜近

---

① 凡并无银钱来往而允许出票人开出本票，把自己作为付款人，以便出票人在外周转的票据，法律上称为徇情票据。

代史上少了一段打簧表的掌故。每逢你看到报纸拼命攻击某个有势力的人物，就该知道幕后准是借钱不遂，或者有什么请托遭到拒绝。英国的财主最怕涉及阴私的敲诈，英国报纸的秘密收入多半是这个来源，他们的新闻界比我们的不知要腐败多少！相形之下，我们是小孩！在英国，有人花到五六千法郎收买一封名誉攸关的书信，拿去转卖。”

吕西安道：“你有什么办法挟制玛蒂法？”

“告诉你，朋友，”罗斯多回答，“这个下流的杂货商[①]给佛洛丽纳写过一些挺好玩的信：拼法、文字、内容，没有一样不滑稽透顶。玛蒂法怕老婆怕得厉害，他自以为在家太平无事，我们偏偏跑进他家庭里去伤害他，不提姓名，叫他没法控告。我们编一段短短的社会小说，题目叫作《一个药材商的痴情》，只要登出第一篇，你想他看了会急成什么样子！我们派人坦坦白白通知他，说他有些信件碰巧落在某报的主编手中，他在信里提到什么小爱神，把从来写作重来，说佛洛丽纳帮他度过人生的沙漠，口气仿佛佛洛丽纳是一匹骆驼。总之，这批笑话百出的书信可以叫读者笑痛肚子，消遣半个月。我们再吓他一下，说要写匿名信给他老婆，报告这件妙事。问题在于佛洛丽纳肯不肯跟玛蒂法公然作对。现在她还讲道德，就是说还存着希望。也许她要把信抓在自己手中，分点好处。她是我的徒弟，精明得很。可是等她知道差役上门不是儿戏，等斐诺送她一份相当的礼，或者答应她弄一份戏院合同，她准会交出信件，让我卖给斐诺，斐诺再交给他舅舅，由奚罗多去叫药材商投降。”

这番心腹话使吕西安头脑清醒了。他先是觉得他的一帮朋友非常危险，其次认为不能和他们闹翻，万一特·埃斯巴太太，特·巴日东太太和夏德莱对他不守信用，还用得着他们的恶势力。说话之

① 杂货商是一般法国人鄙薄生意人的通称。

间，吕西安和罗斯多在河滨道上到了巴贝那个破烂书店前面。

三十五　贴现商

埃蒂安纳对书店老板说："巴贝，我们拿到方唐和卡瓦利埃的五千法郎本票，期头有六个月的、九个月的、一年的。你愿不愿贴现？"

"我出三千法郎收进。"巴贝非常冷静地回答。

"三千法郎！"吕西安叫起来。

"这个数目只有我肯出，"书店老板接着说，"那两位先生三个月之内要破产。我知道他们店里有两部好书，一时销不出，他们又等不及；我用现钱去批发，拿他们的票据付账，我进货的成本可以减少两千法郎。"

埃蒂安纳问吕西安："损失两千法郎你肯不肯？"

这第一笔交易把吕西安吓了一跳，他说："不行！"

"你错了。"埃蒂安纳回答。

巴贝说："他们的票子，随你上哪儿都换不到现钱。你先生的书，是方唐和卡瓦利埃的最后一张牌，出了书还得押在印刷所里，要不根本就没法印。一本畅销书也不过让他们拖六个月，早晚要倒掉的！那些家伙卖出的书还没有灌在肚里的老酒多！他们的票据对我来说是一笔交易，所以出的价比随便哪个贴现商都高。换了别人，不要估量一下票子上每个签名值多少钱吗？你的票子只有两个人签名，每个人的身家还抵不到票面的十分之一。"

两个朋友听着面面相觑，没想到这个酸溜溜的家伙三言两语道破了贴现的关键。

罗斯多说："废话少说。我们找哪个去贴现呢？"

"方唐上个月底是向圣・米希河滨道上的夏蒲阿梭老头儿调的头

寸；你们不接受我的条件，不妨上他那儿去试试。可是你们仍旧要回来的，那我只给两千五了。”

夏蒲阿梭专门做出版业的贴现。埃蒂安纳和吕西安在圣·米希河滨道上找到一幢有过道的屋子，夏蒲阿梭住在二楼，室内的陈设非常别致。等级虽低而也有百万家财的银行家爱好希腊风格。墙角顶上的嵌线是希腊式。紫红帐帷按照希腊款式沿壁挂下来，像大维画上的背景；式样很标准的床还是帝政时代的出品，那时样样东西都是这个派头。靠椅、桌子、油灯、烛台、零星杂物，全是从木器店里耐心挑选得来的，有一种古代的细巧、苗条、典雅的风味。带着神话色彩的轻巧的陈设，和贴现商的生活成为一个奇怪的对比。值得注意的是，银钱帮中颇有些不可思议的怪物。他们可以说在思想上贪欢纵欲。因为要什么有什么，对样样东西感到腻味，他们直要花足气力才能摆脱那种麻木的心情。你如果善于研究，准能发现他们都有一种嗜好，心坎里必有一个地方可以打动。夏蒲阿梭似乎把古希腊作为藏身之处，当作他的堡垒。

“有怎么样的招牌必有怎么样的人物[①]。”埃蒂安纳笑着对吕西安说。

矮小的夏蒲阿梭头发扑着粉，穿着似绿非绿的外套，栗色背心，黑扎脚裤，花袜子，一双皮鞋踏在地上咯吱咯吱地响。他接过票据，仔细看了看，郑重其事地交还吕西安。

他声气柔和地说：“方唐和卡瓦利埃两位先生人都挺好，年纪轻，很聪明，可是我手头没有钱。”

埃蒂安纳答道：“我朋友对贴现的条件很迁就。”

“条件再好我也不收这些票子。”小老头儿回答罗斯多的话，像

① 招牌是指屋内的希腊式陈设，希腊人是骗子与坏蛋的代名词。此处以希腊装饰影射主人是坏蛋。

断头台上的刀子落在你头上。

两个朋友告辞了，夏蒲阿梭小心翼翼地送他们到穿堂。开过书店的贴现商在穿堂里放着一堆买来的旧书；吕西安眼睛一亮，看见建筑师杜赛尔梭的一部著作，描写法国的王宫和有名的古堡，图样画得非常准确。

吕西安问道："这部书能让给我吗？"

"可以。"做贴现的夏蒲阿梭又变了书店老板。

"多少钱？"

"五十法郎。"

"好贵啊，书倒用得着，只是付不出钱，你又不收我的票子。"

夏蒲阿梭道："你有一张六个月期五百法郎的票子，我可以收下来。"他大概有这样一个零数要跟方唐和卡瓦利埃清账。

两个朋友回进希腊式的房间，夏蒲阿梭开好一张单子。写明六厘利息，六厘佣金，一共扣除三十法郎，再去掉杜赛尔梭的书价五十法郎。他打开柜子，里头全是雪白的现洋，拿出四百二十法郎。

"啊！怪了，夏蒲阿梭先生，一样的本票，或者全要得，或者全要不得。为什么别的几张你不肯贴现呢？"

老头说："我这不是贴现，是收一笔账。"

埃蒂安纳和吕西安到道利阿书店的时候还在笑话夏蒲阿梭，始终不了解这个人。罗斯多在书店里要迦皮松介绍一个贴现商。两个朋友拿着介绍信，雇了一辆街车，讲明按钟点计算，直奔鱼市大街。照迦皮松说来，对方是个最特别最古怪的怪物。

他说："萨玛农要不收你们的票据，没有人会收的了。"

萨玛农在楼下卖旧书，二楼卖旧衣服，三楼卖违禁的画片；另外还做押款。哪怕是霍夫曼小说中的人物，华尔特·司各特笔下的凶恶的守财奴，也没有一个可以同巴黎社会产生的这个人相比，假如萨玛农还能算一个人的话。干瘪的小老头儿，骨头差不多要戳破暗棕色的皮，脸上青一块黄一块，好似你近看一幅铁相或者保尔·凡罗纳士[①]的油画，吕西安见了浑身一震。萨玛农一只眼冷冰冰的一动不动，一只眼亮晶晶的很精神。吝啬鬼仿佛用那只死人眼睛做贴现，用另外一只眼睛卖猥亵画片。头上戴一副小小的扁平的假头发，黑里带红，底下露出白头发；黄黄的脑门有股杀气，腮帮完全瘪了，只看见凸出的牙床骨，牙齿还白，似乎长在嘴唇外面，像打呵欠的马。两只表情相反的眼睛，歪七扭八的嘴巴，看上去狰狞可怖。又硬又尖的胡子像针一样，准会刺人。紧窄的外套经纬毕露，同火绒差不多，褪色的黑领带被胡子磨烊了，露出火鸡般打皱的脖子，说明他并不想用衣着来补救他凶恶的长相。两个记者看见他坐在一张肮脏透顶的账台后面，在拍卖来的旧书背后贴标签。吕西安和罗斯多对着这样一个人物不知有多少感想，彼此望了一眼。他们向萨玛农打了招呼，把迦皮松的信，连同方唐和卡瓦利埃的票据递过去。萨玛农看着信，黑洞洞的铺子里忽然走进一个极有才气的人，短小的外套用许多不相干的东西打满补丁，硬得像白铁皮。

他给萨玛农一张号码卡，说道："我要拿我的礼服，黑裤子和缎子背心。"萨玛农抓着铜纽拉了一下铃，楼上走下一个女的，皮色红里泛白，大概是诺曼底人。

萨玛农吩咐道："把这位先生的衣服借给他。"一边向作家伸出手去，说道："跟你打交道我很高兴；可是你有位朋友介绍一个年轻人来，给我上了一次大当。"

"他会上当！"作家用一个挺滑稽的手势指着萨玛农对两位记者说。

那不勒斯的穷光蛋往往向当铺出了钱把自己的衣衫借出去穿一

① 意大利文艺复兴时期威尼斯派的两大画家，以颜色鲜艳著称，青黄二色用得特别多。

天，那个大人物也付了三十铜子，贴现商伸出蜡黄的开裂的手接过去，丢入钱柜。

“你这种交易倒很古怪！”罗斯多对那艺术家说。那艺术家抽上鸦片，只管腾云驾雾，欣赏仙山楼阁，不愿意创作或是不能创作了。

他回答说：“向萨玛农当东西比一般当铺钱多一些。他还有这种可怕的慈悲心，肯让你需要穿扮的时候把衣服借出去。今晚我要带着情妇上格莱弟兄家吃饭。三十铜子比两百法郎容易张罗，所以我来领我的衣服。六个月到现在，我的衣服已经替这位慈悲的债主赚到一百法郎。我的藏书被萨玛农一本一本地吞掉了。”

“也是一个子儿一个子儿[①]吞掉的。”罗斯多笑着说。

“你的票据，我出一千五百法郎收进。”萨玛农对吕西安说。

吕西安直跳起来，仿佛被萨玛农拿一根烧红的铁钎戳进胸膛。萨玛农瞧着票面，查看日期。

贴现商说：“不过我还得和方唐谈一谈，要他送书来抵押。你谈不到什么身价，”他对吕西安说，“你和高拉莉同居，家具都查封了。”

罗斯多只见吕西安抓起票据，从铺子里直蹿到大街上。说道：“莫非是魔鬼吗？”诗人呆呆地望了一会儿那个小店。可怜巴巴的门面，又脏又单薄的小木箱插着贴好标签的旧书，每个过路人看着都要微笑，心上想：“这里头做的什么生意啊？”

一忽儿，了不起的陌生人，十年以后参加圣西门派那个伟大而没有根基的事业[②]的人，衣冠楚楚地出来，朝两个记者笑笑，和他们一同走到全景巷；他要把浑身上下都收拾干净，预备在那儿叫人擦

---

① 法文中livre一字，阳性是书，阴性是旧时代某种货币（值一法郎）的名称。上文说到一本一本的书，故此处借用铜子作双关语。

② 圣西门派中由安方丹（1796—1864）领导的一支，于一八三二年组织一个宗教性质的社会主义集团，被警察当局解散。

靴子。

他和两位作家说："开书店的，做纸生意的，开印刷所的，只要看见萨玛农上门就完啦。那时萨玛农好比殡仪馆的执事跑来量棺材的尺寸。"

埃蒂安纳和吕西安说："现在你不用再想贴现了。"

陌生人说："萨玛农拒绝了，没有人再会接受，他说的是最后一句话！他是羊腿子，巴尔玛，韦勃罗斯脱，高勃萨克，一切在巴黎市场上游来游去的鳄鱼[①]的爪牙，不管你是谁，在成家立业或者倾家荡产的时候，早晚都得碰上这些鳄鱼。"

埃蒂安纳接着说："你的票据连对折都贴不到，就得全部兑现。"

"用什么办法？"

"把票子给高拉莉，让她交给加缪索。"罗斯多看见吕西安跳起来打断他的话，又道："你听不下去，真是孩子气！难道这样无聊的顾虑抵得上你的前途吗？"

吕西安说："反正我手头这笔钱可以交给高拉莉。"

罗斯多说："又来胡闹了！你要四千法郎才能应付，四百管什么用！不如上赌台去，先留下一个数目，赌输了咱们还能大醉一场。"

了不起的陌生人说："这主意不错。"

他们离开弗拉斯卡蒂[②]只有几步路，这几句话的作用就像吸铁石一样。两个朋友打发了车子，走进赌场。先赢到三千，退到五百；又赢到三千七；后来啊只剩五法郎，又回到两千，想马上翻一倍，把两千法郎全部押"双"；连续五次不出"双"了，不料出来的又是"单"。吕西安和罗斯多神魂颠倒地消磨了两小时，奔下那所有名的屋子的楼梯。他们还有保留的一百法郎。门外是个小小的廊子，只

① 称呼高利贷者或债主的俗语。

② 当时巴黎最大的一家赌场。

有两根柱子，上面是铁皮顶；瞧着顶棚得意扬扬或者灰心绝望的人不止有过一个。罗斯多站在台阶上看见吕西安两眼通红，便说："咱们只吃五十法郎吧。"

两个记者回到楼上，不出一小时赢了三千法郎。"红"[①]连出了五次，想到刚才连出六次"单"，害他们输了钱，这回说不定会出第六次"红"，便把三千法郎一起押上，结果出了黑。那时正是下午六点。

吕西安说："咱们只吃二十五法郎吧。"

这回新的冒险不久就结束，押了十次，二十五法郎全部送光。吕西安发疯似的把最后二十五法郎押在他年龄的数目上，赢了。庄家把赔的钱一块一块丢在桌上，吕西安抓起耙子收钱，手索落落发抖的样子简直没法描写。他给罗斯多十个路易，说道："赶快上万利酒家！"

罗斯多懂得吕西安的意思，上饭馆定菜去了。吕西安独自留下，把三十路易押"红"，赢了。赌客耳朵里有时会听见一个声音给他指点门道；吕西安受着这声音鼓励，连本带利再押一次"红"，又赢了；他肚子里热得像火烧。接着他不听那声音劝告，把一百二十路易押"黑"，输了。他经过那阵可怕的激动，倒反浑身舒畅；赌棍弄到无可再输，做了多少短促的梦，离开灼热的迷宫的时候，都有这个感觉。他到万利酒家和罗斯多相会，像拉封丹纳说的直扑菜肴，把烦恼淹没在酒里。到九点，他完全醉了，不懂为什么王杜姆街上的看门女人打发他上月亮街。

"高拉莉小姐搬走了，地址在这张纸上。"

吕西安醉得厉害，听着不以为意，踏上来时的街车，转往月亮

① 轮盘赌除了三十六门（即三十六个数目）以外，还有红黑单双，庄家赔钱的倍数和三十六门不同。

街，还对着这个街名想起许多双关语[①]。当天早上，全景剧场宣告破产。高拉莉着了慌，马上商得债主同意，把全部家具转让给加陶老头儿；屋子被加陶派作同样的用场，安插了佛洛朗蒂纳。高拉莉还掉所有的欠账，房租也付清了。正当她赶办这些手续，像她所谓来一次大清洗的时候，贝雷尼斯出去置办一些必不可少的旧家具，在月亮街上紧靠竞技剧场的地方，一所屋子的五层楼上，布置一套三个房间的小公寓。高拉莉在那儿等候吕西安。她在大风浪中保住了她纯洁的爱情，还抢救出一千两百法郎。吕西安醉醺醺地把他的倒霉事讲给高拉莉和贝雷尼斯听了。

女演员抱着他说："你做得对，小宝贝。贝雷尼斯准有办法拿你的票子去向勃劳拉商量。"

三十六　转移阵地

第二天，吕西安早上醒来，受着高拉莉的抚慰，十分快活。女演员对他格外温柔、恩爱，似乎要用最丰富的感情补偿他新生活的清苦。那天她娇艳无比，又白又嫩，团皱的头巾底下露出几绺头发，眼睛笑眯眯的，说话兴高采烈，像窗里射进来的朝阳，把这个寒碜而动人的场面蒙上一层金光。卧房还过得去，壁上是红镶边的湖色花纸，有两面镜子，一面在壁炉架上，一面在五斗柜上面。贝雷尼斯不听高拉莉阻止，自己花钱买来一条旧地毯，把光秃寒冷的地砖遮盖了。一口有镜子的大橱和一口五斗柜放着两个情人的衣衫。桃花心木的家具钉着蓝布面子。贝雷尼斯在患难中抢救出一只座钟，一对瓷花瓶，四套银刀叉，六把小羹匙。卧室外面的餐室，

① 法文中月亮一字常用来譬喻荒唐的幻想。还有一句俗语叫作"把月亮戳一个窟窿"，指欠了债逃走或破产倒闭的意思。

同年薪一千二的公务员家里的差不多。厨房在楼梯台对面。贝雷尼斯睡在厨房顶上的阁楼上。房租不超过三百法郎一年。难看的屋子，临街的大门有一扇堵死了，改作看门人住的小房间，开着一个小窗洞监视十七个房客的进出。在公证人嘴里，这种鸽笼式的屋子叫作生息的房产。吕西安发现房内摆着一张书桌、一把靠椅，纸笔墨水一应俱全。贝雷尼斯相信高拉莉在竞技剧场登台一定成功，高拉莉看着用蓝缎带钉的台词本子，她们俩都兴致挺好，把诗人酒醒以后的忧急跟愁闷一扫而空。

他说："只消上流社会不知道我这个跟头，咱们就好爬起来。不管怎么样，眼前还有四千五百法郎！我要在几家保王党的报纸上尽量利用我的地位。《觉醒报》明天创刊，现在我对新闻界内行了，要好好地干一下！"

高拉莉亲着吕西安，只觉得他的话是一片深情。贝雷尼斯在火炉旁边摆好桌子开饭，端上几样家常菜：一盘炒鸡子，两块猪排，还有咖啡和奶油。有人敲门。进来三个真心朋友：大丹士，雷翁·奚罗，米希尔·克雷斯蒂安。吕西安又诧异又感动，请他们坐下来一同吃饭。

"不客气，"大丹士说，"我们有事找你，比慰问更要紧；我们才从王杜姆街来，你的事都知道了。吕西安，我的主张，你清楚得很。在别的情形之下，看见你采取我的政治立场，我只有高兴；可是以你眼前的地位，参加了进步党的报纸再变为极端派，你不能不丧失人格，一辈子都洗刷不了你的污点。希望你看在我们的友谊分儿上，不管这友谊减淡了多少，别这样污辱自己。你攻击过浪漫派、右派、政府，如今不能再替浪漫派、右派、政府辩护。"

吕西安说："我的行动自有不平凡的想法做根据。目的正当，任何手段都行。"

雷翁·奚罗说："或许你还不了解目前的局势。政府、宫廷、波旁王室、专制派，总括一句，一切反对立宪制的政体，尽管对于镇压革命的方法分成许多不同的派别，至少在必须取缔舆论这一点上是一致的。《觉醒报》《霹雳报》《白旗报》的创立，都是为反击进步党的诽谤、侮辱和嘲笑。这些行为我也不赞成。正因为作家的神圣的天职受到亵渎，我们才创办一份态度严正的刊物，不久就能发生显著的影响，成为一股有威信的，受人尊重的势力。”奚罗顺便插进这几句，“保王党和政府派的炮火是报复的第一步，准备对进步党以牙还牙，以眼还眼。吕西安，你知道结果怎么样？报纸的订户多数在左派方面。舆论跟战争一样，总是人多的一边得胜。将来你们全是无赖，说谎的人，国民公敌；对方却是卫国的战士，正直的君子，殉道的圣者，其实他们也许比你们更虚伪，更恶劣。这种以毒攻毒的办法势必助长报纸的恶势力，把新闻界最卑鄙的行为肯定为正当的。谩骂啊，人身攻击啊，都成为报纸应有的权利，用来迎合订户的利益，而且因为双方都用，变了没法推翻的力量。等到祸害的范围全部显出来了，为了贝利公爵被刺而颁布的，从国会开幕以来暂停执行的，限制和取缔的法令，又要恢复。临了法国公众如何看待两派报纸的论战，你知道没有？他们会听信进步党的暗示，以为波旁家有心取消大革命的物质成果，大家已经到手的成果，他们早晚要起来把波旁家轰走的。你不但污辱了自己的人格，将来还落在打败的一面。你年纪太轻，在报界中资格太浅，对于幕后的策动，种种的阴谋诡计，认识不足，而嫉妒你的人只嫌太多，进步党的报刊对你一起喊打的时候，你可抵抗不住。你势必卷入党派的恶斗。那些党派至今还在发高热，不过他们的疯狂从一八一五和一八一六年的暴行[①]转到了思想方面，变成议会中的舌战和报上的笔战。”

“各位朋友，”吕西安说，“我不是你们想象中的糊涂虫诗人。不

① 指拿破仑二次下野，王政复辟以后，大杀拿破仑党徒及共和党人。

管将来有什么遭遇，反正好处已经到了我手里，那是进步党即使成功也不可能给我的。等到你们胜利，我的目的早已达到了。”

米希尔·克雷斯蒂安笑道：“我们可以割掉你的……头发！”

吕西安回答：“那时我有了孩子，割掉我脑袋也没用。”

三个朋友不懂吕西安的意思。他自从交结了上流社会，贵族的骄傲和虚荣心发展到顶点。诗人看得很准，认为仗着特·吕庞泼莱伯爵的姓氏和头衔，他的美貌和才气便是一笔巨大的财产。特·埃斯巴太太，特·巴日东太太，特·蒙高南太太，用这根线像小孩拴一个金壳虫一般拴着吕西安。吕西安再也飞不出那个固定的圈子。三天以前，台·都希小姐的客厅里有人说：“他是我们的人，他思想正确！”叫吕西安听着得意非凡，何况特·勒农古，特·拿华兰，特·葛朗里欧三位公爵，拉斯蒂涅，勃龙台，美丽的特·莫弗利原士公爵夫人，特·哀斯葛利浓伯爵，台·吕卜克斯，一班最有势力的人物，在宫廷中最得宠的保王党，都祝贺他转移阵地。

大丹士道：“话说完了。将来你的清白跟自尊心，比谁都不容易保持。即使你真心对待的人也要瞧你不起，那时你就非常痛苦了，我知道你的性格。”三个朋友和吕西安告别，没有向他亲热地伸出手来。吕西安郁郁不乐，愣了一会儿。

“嗳！别把那些傻瓜放在心上，”高拉莉说着，跳上吕西安的膝盖，拿鲜嫩美丽的手臂绕着他的脖子，“人生是儿戏，他们竟那么当真！何况你马上要成为吕西安·特·吕庞泼莱伯爵了！必要的话，我可以和掌玺局勾搭一下。我也有办法进攻那色眯眯的台·吕卜克斯，要他把诏书弄到手。我不是早说过嘛，如果你只差一块垫脚石达到你的目的，尽管踩在高拉莉的尸首上！”

第二天，吕西安同意《觉醒报》把他列入撰稿人的名单。政府发出十万份说明书，提到吕西安的名字仿佛保王党收服了一个人。吕西安参加庆功宴，在弗拉斯卡蒂附近的劳贝酒家吃了九个钟点，出席的全是保王党新闻界的要人：玛丹维尔，奥日，台斯丹，还有至今在世的一大批作家，照流行的说法，他们都跟君主政体和教会勾搭上了。

埃克多·曼兰说："咱们一定要给进步党看看颜色！"

拿当打算弄戏剧，认为在这方面打天下不能让官方跟自己作对，也就投入这个阵营。他说："诸位，要同他们开仗就得一本正经地干，不能拿软木塞当子弹！所有古典派的进步党作家，不问年龄性别，都是我们笑骂的对象，一个都不能放过。咱们要清清白白，不受出版商的样书、礼物、金钱的勾引。新闻事业也得整顿一番。"

"对，"玛丹维尔说，"不屈不挠，抱定主张！要跟敌人势不两立，说话越尖刻越好。我要揭穿拉斐德的真面目，说明他是奚勒一世[①]！"

吕西安道："我嘛，我对付《立宪报》上的英雄，迈尔西埃军曹，儒依先生的全集，以及有名的左派议员！"

清早一点，撰稿人一致通过要跟进步党拼个你死我活，一边喝着火辣辣的杂合酒，把他们各种不同的见解和所有的主张淹没了。

在饭店门口，浪漫派中最出名的一个作家说："我们为了颂扬君主政体和教会，说了不知多少废话。"

这句有历史意义的话被参加宴会的一个出版商泄露了，下一天登在《明镜报》上，透露的人变了吕西安。吕西安叛变的消息引起进步党报纸大叫大骂；吕西安变成他们的死冤家，受到最恶毒的攻击：他们讲他的十四行诗如何如何碰钉子，告诉读者道利阿宁可损失三千法郎，不愿意印出来；他们称吕西安为空头诗人！

有一天，就在吕西安发表辉煌的处女作的报上，吕西安读到下面一段文字，显见是写给他看的，群众不可能了解这种讽刺：

---

① 走江湖戏班的戏码中有一个愚蠢可笑、胆小无用的丑角，叫作奚勒。从十八世纪起这个人物被戏剧界普遍采用。

未来的法国彼特拉克的十四行诗，虽然出版家道利阿坚决不印，我们做敌人的倒愿意宽宏大量，腾出篇幅来发表。下面一首是从作者的朋友那儿得来的，我们读了这件样品，不难推想他的诗歌多么有趣。

说明后面登着一首十四行诗，吕西安读了大哭一场。

一株瘦小的植物，模样鬼鬼祟祟，
忽然有一天在花坛中探出头来，
自称凭着华丽的色彩，
将来能证明她种子高贵。

大家也就勉强容忍。谁知她不知感谢，
反而作践比她美丽的姊妹。
她们气不过她耀武扬威，
要她把家世细细交代。

她居然开了花。谁知整个庭园
对恶俗的花朵厉声嘘斥，
连下贱的小丑也没受过这种羞辱。

主人过来，随手把她连根拔起，
黄昏时只有一匹驴子在她墓旁哀叫，
原来她只是一棵不登大雅的蓟草[①]。

① 蓟草是影射吕西安的本姓夏同。

凡尔奴提到吕西安好赌，预告《查理九世的弓箭手》是一部反民族的作品，说作者袒护杀人不眨眼的旧教徒，攻击受难的加尔文主义者。不到一星期，报上的叫骂更凶了。吕西安只道他的朋友罗斯多会替他解围，罗斯多欠他一千法郎，还同他有过默契；谁知罗斯多也变成了吕西安的死敌。内情是这样的：三个月以来，拿当爱上罗斯多的命根子佛洛丽纳，想不出办法把她从罗斯多手中抢过去。那女演员没有戏院聘请，境况艰苦，心里焦急。拿当既是吕西安的同道，便去找高拉莉，要她约佛洛丽纳在拿当编的一出戏里当个角色，拿当负责安插她进竞技剧场，作为编剧向戏院提的条件。雄心勃勃的佛洛丽纳一口答应了。她早已看透罗斯多。拿当在文坛上政界上都有野心，欲望不小，魄力也大，不像罗斯多的意志完全被坏习气消磨了。女演员只想登台露面，重放光辉，把药材商的信给了拿当，拿当叫玛蒂法交出斐诺觊觎的六分之一股单，赎回信件。于是佛洛丽纳住进奥德维街上一所华丽的公寓，当着新闻界和戏剧界的面投靠拿当。罗斯多为此大受打击，朋友们安慰他，请他吃饭，吃到末了他哭了。在那次大吃大喝的席面上，在座的人认为拿当是明枪交战。有些作家，如斐诺，凡尔奴，等等，早知道拿当迷着佛洛丽纳，可是吕西安从中牵线，照众人的说法，是违反了朋友之间最神圣的原则。党派观念和巴结新朋友的心思，使初进保王党的吕西安变得无可原谅。

皮克西沃道："拿当是动了情，身不由己；内地大人物却像勃龙台说的，完全出于阴谋！"

于是吕西安成为混进队伍的捣乱分子，想把所有的人一起吞掉的小坏蛋；大家一致同意要打倒他，还定下周密的计划。凡尔奴素来讨厌吕西安，决意盯着他不放。斐诺有心赖掉罗斯多三千佣金，怪怨吕西安不该把对付玛蒂法的秘密告诉拿当，使他斐诺没有赚到五万法郎。事实上拿当听着佛洛丽纳劝告，为了要斐诺撑腰，仍把六分之一的股权卖给斐诺，得了一万五。罗斯多三千法郎没拿到，再也不肯原谅吕西安使他经济上受这么大的损失。一个人伤了面子，再加银钱的氧化作用，创口越发医不好了。

三十七　弄神捣鬼

作家的自尊心受伤以后的愤怒，或者中了讽刺的毒箭以后所表现的精力，无论用什么辞藻什么手法都描写不出。凡是受了攻击而鼓足力量抵抗的人，很快要倒下来的。唯有头脑冷静，把报上的辱骂看作过目即忘的东西，才真正表现一个作家的勇气。弱者初看像强者，其实只能抵抗一时。最初半个月，吕西安怒不可遏，在他和埃克多·曼兰两人分担评论栏的保王党报刊上，像下冰雹一般发表一大堆文章。他每天伏在《觉醒报》的垛口后面，拿出他所有的才情向敌人开火，同时有玛丹维尔在旁支持。没有企图而真心帮助他的作家只有这一个，人家也不让玛丹维尔知道，始终维持关系的两派记者在酒后说笑的时候，在木廊商场的道利阿书店或者在戏院的后台见面的时候，彼此有过默契。吕西安跨进杂剧院的休息室，谁也不再当他朋友，只有保王党的人跟他握手。可是拿当，埃克多·曼兰，丹沃陶·迦亚，见了斐诺，罗斯多，凡尔奴，以及一班号称脾气随和的记者，照样老着面皮很亲热。那个时期，杂剧院的休息室是文坛上飞短流长的大本营，近乎太太们的小客厅，看得见各党各派的人，有政客，有法官。在某次司法官会议上，庭长指责一位同僚不该跑到戏院后台，亵渎法官的尊严；受批评的法官事后在杂剧院休息室中遇到庭长，原来他也亵渎了法官的尊严。罗斯多终于在那儿跟拿当握了手。斐诺几乎每晚必到。吕西安空闲的时候也去研究敌人的意向，倒霉的孩子始终只看见冷冰冰的敌意。

党派的意气所产生的仇恨，当时比现在严重得多。现在发条上得太紧，样样变成强弩之末，劲道不大了。如今批评家打击了某人的作品，依旧向他伸出手去。作者受了鞭挞，还得拥抱刽子手，否则就被人笑话，说他脾气坏，不容易相处，死要面子，没法接近，只晓得记恨、报仇。如今一个作家受到暗算，背上挨了一刀，或者看破了别人的虚假，不上圈套，或者吃了最卑鄙的手段的亏，凶手不但会向他问好，还自以为应当得到作者的尊重，甚至于友谊。在美德变作缺点，某些缺点成为美德的时代，一切都可原谅，都可辩解。同道之间的亲昵，在各种自由中变成了最神圣的一项。政见截然相反的一些领袖，彼此交谈措辞都很温和，俏皮话也说得很客气。可是在过去那个时代，倘使我们还记得的话，某些保王党作家和进步党作家的确要有些勇气才敢在同一个戏院露面。那时他们会听到咬牙切齿地挑战。恶狠狠的眼睛赛过子弹上膛的手枪，一点火星就好挑起一场恶斗。每个党派都有几个人在对方眼中是众矢之的，他们一进场，你旁边的看客立刻大声咒骂，这种情形不是谁都见过的吗？当时只有两派，保王党和进步党，浪漫派和古典派，同一仇恨的两种面目，这仇恨可以使你对国民议会的断头台有所了解。吕西安一开场是狂热的进步党和服尔德派，此刻变为狂热的保王党和浪漫派，压在玛丹维尔身上的敌意也就压在吕西安身上。玛丹维尔是那时进步党深恶痛绝的人，也是唯一回护而喜欢吕西安的人。他的帮助害了吕西安。党派对手下的哨兵素来不讲情义，子弟们倒了霉就一脚踢开。尤其在政界，想向上爬的人非跟大队人马走不可。小报界的坏主意主要是拿吕西安同玛丹维尔配对，就是说进步党硬把这一个推入另一个怀抱。这番友谊，不管是真是假，替两人招来凡尔奴许多恶毒的文章。凡尔奴看见吕西安在上流社会走红，气愤不过，并且和诗人所有过去的伙伴一样，以为他不久就要高升。所谓诗人的叛变，被他们添枝接叶加上一些严重的罪状，更显得恶劣。吕西安被称为小犹大，玛丹维尔被称为大犹大，因为有人指控玛丹维尔，也不知有无根据，说他替外国军队做过向导，带他们过班克桥[1]。吕西安笑着回答台·吕卜克斯，说他吕西安的确把驴子带过了桥[2]。吕西安的奢华生活虽是空架子，而且只建筑在未来的希望上面，朋友们看了却大起反感，对于他以前在王杜姆街上的阔绰，高车肥马，招摇过市的排场，绝对不肯原谅；在他们心目中，吕西安始终坐着车子。大家隐隐然感觉到，一个年轻貌美、风趣十足、被他们一手教坏的人，快要万事如意了，因此要用尽手段打倒他。

正当高拉莉在竞技剧场登台的前几天，吕西安和埃克多·曼兰手挽着手走进杂剧院的休息室。曼兰埋怨他的朋友不该帮拿当勾引佛洛丽纳。

“罗斯多和拿当成了你两个死冤家，这都是你自己招来的。我劝过你一番好话，你没有听。你赞美人家，帮人家忙，你做的好事只会受到残酷的惩罚。佛洛丽纳和高拉莉同在一个戏院登台绝不会和睦，将来只想你压倒我，我压倒你。你只有咱们的报纸替高拉莉撑腰。拿当除了以编剧的身份占到便宜之外，在戏剧方面还能调动进步党的报刊，而且他在新闻界混的时间比你长一些。”

吕西安暗地里担的心事被这句话说中了。无论是拿当，是迦亚，对他都并不坦白，照理他是有权力要人推诚相见的；可是他不能抱怨，他才投到这边来，资格太浅了！迦亚告诉他，新人要经过长时期的考验才能取得党内的信任，吕西安听着很丧气。在保王党

---

① 在历史上实有玛丹维尔（1776—1830）其人，是极顽固的保王党作家，《白旗报》的创办人。相传一八一五年拿破仑败退时，玛丹维尔住在班克，带领普鲁士军队渡过塞纳河。

② 驴子在法文中本是骂人话，驴子过桥又是一句成语，意思是笨蛋见到困难就像驴子过桥一样害怕，这里是骂进步党。

和政府派报纸的内部，诗人发现他从来没想到的嫉妒，那些人在赃物面前竟像群犬争食一样的狺狺狂吠，张牙舞爪，本性毕露。作家们暗中玩着层出不穷的手段，在当局面前互相阴损，指控别人对党不够热心；为了排挤一个对手，什么恶毒的计策都想得出。进步党政权不在手中，没有好处可得，也就没有引起内讧的题目。吕西安看出保王党内错综复杂的野心，没有勇气用快刀斩乱麻的办法对付，也没有耐性去理出一个头绪来；他既不能做阿雷蒂诺，也不能做菩玛希或者弗雷隆[①]，他只存着一个愿望，就是拿到诏书，以为改了姓准能攀上一门有钱的亲事。可见他的前程除了美丽的相貌多少有些帮助而外，完全要靠运道。过去多么信任他的罗斯多完全知道他的秘密，知道在哪一点上可以击中安古兰末诗人的要害；曼兰带着吕西安上杂剧院那一天，埃蒂安纳就设下一个可怕的圈套，这孩子钻进去，摔倒了。

斐诺正在和台·吕卜克斯谈话，见了吕西安便挽着台·吕卜克斯过来跟他拉手，一副奉承讨好的神气装得逼真，说道："啊，我们漂亮的吕西安来了。像他这样一步登天的人，我从来没见过。"斐诺说着望望吕西安，望望台·吕卜克斯，"在巴黎，发迹有两种：一种是物质方面的，就是谁都可以捞到的金钱；一种是精神方面的，包括交游，地位，进入某个阶层，那是有些人财运再好也走不进的，而我的朋友……"

"我们的朋友。"台·吕卜克斯插进一句，好不亲热地瞟了吕西安一眼。

斐诺轻轻拍着吕西安的手，往下说："我们的朋友在这方面的成功简直了不起。吕西安的手腕、能力、聪明，的确比所有对他眼红

---

① 十八世纪的剧作家菩玛希和文人弗雷隆都写过不少激烈的小册子攻击当时的人。

的人高出一等，再加他长得这样美；他过去的一些朋友看他走红，心里不服，说他是运气好。”

台·吕卜克斯说：“这种运气永远轮不到傻瓜或者饭桶。嘿！波那帕脱的一生，能够用好运气来解释吗？在他之前，统率意大利方面军的将领有过一二十，正如此刻想踏进台·都希小姐府上的青年有几百个；可是交际场中已经把她和你看作天生的一对了，亲爱的朋友！”台·吕卜克斯说着，拍拍吕西安的肩膀，“啊！你真是大红特红了。特·埃斯巴太太，特·巴日东太太，特·蒙高南太太，都为你入迷了。今天斐尔弥阿尼太太家的晚会不是请了你吗？明儿你不是要上特·葛朗里欧公爵夫人家应酬吗？”

“是的。”吕西安说。

“允许我替你介绍一位年轻的银行家，杜·蒂埃先生，他跟你异曲同工，短时间内挣了一笔可观的家业。”

吕西安和杜·蒂埃彼此打了招呼，谈起话来，银行家定了日子约吕西安吃饭。杂剧院的休息室里摆着几张半榻，斐诺和台·吕卜克斯朝一张半榻走过去，似乎要继续他们刚才的谈话。两人都极有心计，而且知己知彼，永远不会反目。他们让吕西安，曼兰，杜·蒂埃，拿当，另外在一块儿谈天。

斐诺对台·吕卜克斯说：“喂，亲爱的朋友，老实告诉我，吕西安可是真的有人帮衬？我的编辑都把他当作眼中钉；我还没决定支持他们，先要向你讨教一下，假定破坏我编辑们的计划，反过来帮吕西安，是不是更好？”

谈到这里，参事院的评议官和斐诺聚精会神，对瞧了一会儿。

“怎么，朋友，”台·吕卜克斯回答，“你以为特·埃斯巴侯爵夫人，夏德莱，特·巴日东太太，受过吕西安的攻击，还肯原谅他吗？特·巴日东太太替夏德莱男爵谋到夏朗德州州长的缺，让他封了伯爵，准备得意扬扬地回安古兰末。两位太太就是要毁掉吕西安，才送他进保王党的。此刻大家正在找借口把答应这孩子的话推翻；只要你想得出办法，便是帮了两个女人极大的忙，她们不会忘记你的功劳的。我知道两位太太的心思，她们恨这个小家伙恨到这个田地，我也觉得奇怪。当初吕西安很可以把他凶狠的敌人，特·巴日东太太，彻底解决，只消在报上停止攻击之前，提出所有的女人都喜欢接受的条件，你明白没有？他漂亮、年轻，尽可以用爱情来淹没对方的仇恨，那么一来，他就成了特·吕庞泼莱伯爵，乌贼鱼还会替他在宫中谋一个差事，领干薪呢！叫吕西安做路易十八的内廷侍读，不是妙得很吗？再不然当个图书馆馆员啊，挂名的评议官啊，宫廷的娱乐总管啊，都可以。傻小子错过了机会。人家不原谅他也许就在这一点。他自己不提条件，反而接受别人的条件。人家答应他活动王上的诏书，他相信了；从那天起夏德莱就迈了一大步。高拉莉把这个孩子断送了。吕西安要没有高拉莉爱他，会仍旧要乌贼鱼，而且准定成功。”

斐诺道：“那么我们好把他打下去了。”

“用什么方法呢？”台·吕卜克斯漫不经意地问，他想先拿这件事在特·埃斯巴太太面前邀功。

“他签好合同，不能不替罗斯多的小报写稿，此刻他一个钱没有，要他动笔更容易。如果有篇俏皮文章把掌玺大臣给得罪了，再有人证明作者是吕西安，掌玺大臣必定认为他不配得到王上的恩典。为了叫内地大人物发慌，我们已经做好手脚轰高拉莉下台，让吕西安眼看他的情妇被人大喝倒彩，没有戏做。等到王上的诏书无限期搁置以后，我们再取笑他痴心妄想做贵族，谈谈他那个做收生婆的娘，开药房的老子。吕西安只有一些浮面的勇气，不堪一击，我们要不打发他回家乡去才怪呢。玛蒂法所有的六分之一的杂志股份，拿当叫佛洛丽纳弄来卖给我了，纸商的一份也被我收回了，现在只剩我和道利阿两个。我和你不难讲好条件把刊物转换方向，靠拢宫廷。我为了要收回六分之一的股权，才给佛洛丽纳和拿当撑腰；他们既然把股权卖给我了，我就得帮衬他们；不过先要知道吕西安的地位到底怎么样……”

台·吕卜克斯笑道：“你真是名副其实。老实说，我就喜欢你这种人……”

“那么你能替佛洛丽纳弄一份正式的合同吗？”斐诺问评议官。

“没有问题，不过你先要解决吕西安；拉斯蒂涅和特·玛赛不愿意再听到他的名字。”

斐诺说：“你放心。迦亚答应拿当和曼兰，他们俩的稿子有一篇登一篇，可不让吕西安发表一个字，这样我们就断了他的生路。他只能利用玛丹维尔的报纸保卫他自己跟高拉莉。一份报对抗所有的报，有什么用！”

“我可以把部长的痛疮告诉你，将来你叫吕西安写的文章，原稿要交给我。”台·吕卜克斯回答斐诺，他绝口不提答应吕西安的诏书根本是个骗局。台·吕卜克斯离开了休息室。斐诺过去找吕西安，说明为什么他不能放弃预约的稿子，那种亲切的口气，不少人上过当。斐诺不愿意打官司，破坏吕西安在保王党内的希望。斐诺喜欢有魄力的，不怕改变主张的人。吕西安和他见面的日子不是长得很吗？需要彼此帮点小忙的地方不是多得很吗？吕西安应当在进步党内有个可靠的朋友，万一政府派或极端派不讲交情，可以替他报仇。

最后斐诺还说：“如果人家玩弄你，你怎么办？如果有个部长以为你叛变了进步党，从此他便拴着你的脖子，对你不再忌惮，不再理睬，你不是需要放出几条狗去咬他的腿肚子吗？可是你已经跟罗斯多闹翻，他恨不得砍下你的脑袋。番利西安和你，见了面连话都不说了。同你来往的人只剩我一个了！干我这一行，最要紧的是同真有魄力的人和睦相处。我在新闻界帮你的忙，你在你的圈子里回敬我。不过闲话少说，正事第一！你得给我送几篇纯文艺的稿子来，对你没有妨碍，同时你履行了咱们之间的合同。”

吕西安觉得斐诺的建议除了算盘精明之外，还有几分交情。斐诺和台・吕卜克斯的恭维使他心情快活，他还向斐诺道谢呢！

三十八　生死关头

凡是有野心的人，凡是要靠别人和形势的帮助，要依赖一个多多少少经过安排、贯彻、坚持的行动方案才能成功的人，一生必有一个危险时间，有种莫名其妙的威力给他们受一些艰苦的考验：样样事情同时失败，各方面的线不是断了就是搅乱了，碰来碰去都是倒霉事。遇到这种精神上的骚乱，只要心里一慌就完事大吉。顶得住恶劣的形势，能站定脚跟等风暴过去，拼命爬到高地上去躲避的人，才算得上真有魄力。无论是谁，除非是生来有钱的，都有他的生死关头。拿破仑的生死关头是莫斯科的溃退。这个危险时间现在临到吕西安头上了。他前前后后在上流社会和文坛上的境遇太顺利了；他太得意了，如今要看到所有的人，所有的事情，一起跟他作对。第一阵痛楚最剧烈最难受，伤害到他自以为最安全的地方，伤害到他的心和他的爱情。高拉莉也许谈不上风雅，却有一颗高尚的灵魂，能在热情冲动之下表现出来，这冲动便是造成名演员的主要因素。这个奇怪的现象，在没有经过长期的应用而成为习惯之前，完全受捉摸不定的气质支配，也往往受羞耻心支配；而在一般年纪还轻的女演员身上，这种值得赞美的羞耻心是很强的。高拉莉表面上轻狂、放肆，和普通的女角儿没有分别，骨子里却天真、胆怯，而且还充满爱情，她对于自己在舞台上的嘴脸本能地感到厌恶。表达感情的艺术是一种崇高的做作，高拉莉还不能让这作假的艺术克服她的本性。她不能钝皮老脸，把只属于爱情的东西向观众公开。此外她还有真正的女性所特有的一个弱点：明知道自己压得住台，仍旧需要观众的称赞。她怕面对她不喜欢的群众，上台老是战战兢兢：看客的冷淡可以使她毛骨悚然。因为情绪这样紧张，她每次扮一个新角色都等于第一次登场。掌声使她心神陶醉，她并非要满足自尊心，而是要用来鼓动自己的勇气。场子里唧唧哝哝表示不满，或是静悄悄的表示观众心不在焉，她的本领会不知去向。倘若卖了满座，台下聚精会神，对她只有钦佩和友好的目光，她就精神兴奋，可以和观众高尚的品质交流，觉得自己有感动人心的力量，能使它们向上。这一类的消沉和兴奋说明她有神经质的性格和天才的素质，也显出这可怜的女孩子的敏感和温柔。吕西安终究赏识了她内心的宝藏，看出他的情妇还是单纯的少女。高拉莉没有一般女角儿弄虚作假的能耐，无法抗拒同事之间的倾轧，后台的钩心斗角，不像佛洛丽纳是此中老手，她的阴险可怕同高拉莉的忠厚慷慨正好是极端。高拉莉担任角色是要人家邀请的，她生性高傲，不肯央求作家，接受他们的屈辱的条件，不能因为有什么记者用爱情和笔杆子威胁她而投降。在性质非常特殊的舞台艺术中，卓越的才能已经极其少有，但只不过是成功的条件之一；倘使像高拉莉那样不同时具备玩弄手段的本领，才能反而使人长期受累。吕西安料到高拉莉在竞技剧场第一次出台的痛苦，不惜代价要保证她成功。变卖家具剩下的款子和吕西安的稿费，通通拿去置办服装，布置更衣室，开发第一次出场的各种费用。几天以前，吕西安为爱情所迫，做了一件屈辱的事：他带着方唐和卡瓦利埃的票据，到蒲陶南街上金茧子铺子去见加缪索，要求贴现。诗人还没堕落到能够满不在乎地干这种勾当。他一路受着痛苦煎熬，想着许多可怕的念头，翻来覆去对自己说着：去吧！——不去！临了还是走进一间又冷又黑，只靠天井取光的办公室；里面一本正经坐着的可不是那个迷着高拉莉的老头儿，忠厚没用，游手好闲，爱女人，不相信宗教，吕西安一向认识的加缪索；而是一个严肃的家长，精明而又规矩的商人，摆着一副商务裁判的道学面孔，用冷冰冰的老板神气做挡箭牌，周围簇拥着伙计，出纳，绿的文件夹，发票，货样，还有他的老婆保驾，还有他的衣着朴素的女儿陪着。吕西安走进去从头到脚打了一个寒战，因为尊严的商人把他瞅了一眼，那副冷淡傲慢的目光就是吕西安在一般贴现商脸上领教过的。

加缪索坐着，吕西安站着说："先生，你要肯收下这几张票子，我非常感激。"

加缪索说："我记得，先生，你拿过我的东西。"

吕西安凑着丝绸商的耳朵悄悄地说出高拉莉的处境，加缪索连屈辱的诗人心跳的声音也听见了。加缪索没有意思让高拉莉栽跟头。他一边听一边看着票据上的签名，微微一笑，他是商务法庭的裁判，知道两个出版商的情形。加缪索给了吕西安四千五百法郎，要他在票子上加一个背书，写明付丝绸账。吕西安马上去找勃劳拉，把保证高拉莉成功的办法谈妥了。勃劳拉答应彩排的时候到场（那天他的确到了），约定在哪些段落叫他的罗马人鼓掌，使高拉莉成功。吕西安把剩下的钱，不说向加缪索调来的，交给高拉莉，让她和贝雷尼斯定下心来，她们已经不知道怎么维持生活了。玛丹维尔是当时精通戏剧的行家，好几次跑来帮高拉莉排练。吕西安请几个保王党记者写文章捧场，他们应允了，因此他想不到会出乱子。高拉莉上台的前一天，吕西安却遇到一桩极不幸的事。大丹士的书出版了。埃克多·曼兰的报纸的主编把作品交给吕西安，认为由他来评论最胜任：算他倒霉，他批评过拿当，出名会写这一类稿子。办公室里人很多，全体编辑都在场。玛丹维尔为了攻击进步党报刊，有问题要商量，也在那儿。拿当，曼兰，所有参加《觉醒报》的记者正在谈论雷翁·奚罗的半周刊，认为那刊物措辞谨慎，有分寸，有节制，所以对社会的影响更有害。那时大家开始注意四府街上的小团体，叫它新国民会议。保王党的刊物决定同这批危险的敌人展开一场你死我活的有计划的斗争。后来这些敌人果然组成理论派[①]，成为一个决定大局的党团，等到保王党内最有才华的作家出于卑鄙的报复心理和他们联盟[②]以后，把波旁家推翻了。外边不知道大丹士主张专制政体，把大丹士包括在他们认为死敌的小团体内，作为第一个开刀的对象。他的书，照那时流行的说法，非一棍子打死不可。吕西安不肯写稿。在场聚会的保王党要人不胜愤慨，认为他的拒绝岂有此理。他们老实告诉吕西安，刚转变过来的新党员谈不到自由；他要感到投靠王上和教会不方便，尽可回到他原来的阵营。曼兰和玛丹维尔把吕西安拉过一边，好意点醒他，失去了保王党和政府派报纸的援助，等于听凭进步党报刊拿高拉莉出气。否则的话，高拉莉可以引起一场激烈的笔战，借此出名，这是所有的女演员求之不得的。

玛丹维尔对吕西安说："你完全不懂此中奥妙。她将来在两派报刊交锋的期间演上三个月戏，再利用三个月假期到内地去走一遭，可以捞进三万法郎。你那些顾虑一定要破除，否则你当不了政治家，只能断送高拉莉，破坏你的前途，砸破你的饭碗。"

吕西安发现对大丹士和高拉莉没有两全的办法：要不在大报和《觉醒报》上扼杀大丹士，就得牺牲自己的情妇。可怜的诗人回到家里伤心至极；他坐在卧房的火炉旁边念了大丹士的书，近代文学中最美的一部作品。他一边看一边哭。每一页上都留着泪痕，迟疑了半天。可是他终于用他的拿手好戏写下一篇含讥带讽的稿子，像孩子抓着一只美丽的鸟，拔掉羽毛，叫它受尽毒刑。他的恶毒的嘲笑完全是损害作品。等到把精彩的原作重读一遍的时候，吕西安所有的高尚的感情又冒起来了；他在半夜里穿过巴黎城赶往大丹士家。

---

① 王政复辟时期保王党内的一个支派，亦称正中派，主张君主立宪政体；一八三〇年七月革命以后成为执政党，首领即有名的史学家基佐（1787–1874）。

② 指夏朵勃里昂于一八二四年被政府免去部长职位以后的行动。

这个真正的大人物的始终不渝的操守，他是佩服的；大丹士窗上的烛光，他从前抱着敬仰的心情不知望过多少回，此刻他又透过窗子看到那道摇曳不定的纯洁的微光。他没有勇气上楼，靠着路旁的界石站了一会儿。最后他受着良心鼓励，敲敲门，进去了，发现大丹士正在看书，屋子里没有生火。

大丹士见了吕西安，问道："出了什么事啊？"他猜到吕西安只有大祸临头才会来。

吕西安眼泪汪汪地回答："你的书真了不起，他们却要我攻击。"

大丹士道："可怜的孩子，你这碗饭可不容易吃！"

"我只恳求你一件事，别让人家知道我到这儿来过。就让我在地狱里做苦工吧。也许良心上不长点肉茧永远成不了事。"

"还是老脾气！"大丹士说。

"你以为我没有骨气吗？不，大丹士，我是一个孩子，被爱情缠住了。"

接着他说出他的处境。

大丹士听到高拉莉的情形，感动了，说道："让我看看你的文章。"

吕西安拿出原稿，大丹士念着笑了笑，叹道："聪明误用到这个田地！"他看见吕西安在椅子上垂头丧气，的确很痛苦，便不说下去了。一忽儿又道："我替你修改一下行不行？明天还你。轻薄的讪笑是侮辱作品。认真严肃的批评有时等于赞美；我能使你的书评保持你我的尊严。并且我的缺点也只有我自己知道！"

"一个人爬上荒凉的山坡，渴得要死的时候，偶尔会发现一个果子给他解渴；这个果子就是你！"吕西安说着，扑在大丹士怀里，一边哭一边亲他的额角，"我把良心寄存在你这里了，将来再还我吧。"

大丹士庄严地说道："我认为定期的忏悔是个骗局。那么一来，忏悔变成了作恶的奖品。忏悔可是一种贞操，是我们对上帝的责任。忏悔过两次的人是最可恶的伪君子。我怕你只想用忏悔来抵消你的罪孽!”

吕西安听着这几句话失魂落魄，慢吞吞地走回月亮街。第二天，稿子经过大丹士修改，送回来了，吕西安带往报馆。从此他郁郁不乐，有时面上也遮盖不了。晚上他看见竞技剧场客满，少不得感到第一次登台的激动，再加他对高拉莉的爱情，情绪越发紧张。各式各样的虚荣心成了问题，他眼睛望着观众的表情，像被告望着法官和陪审员的脸：听见场子里一有唧唧哝哝的声音就发抖；台上有一点小事，高拉莉上场下场，音调略微有些高低，都使他心惊胆战。高拉莉演的是一出开始可能失败而以后仍会走红的戏，那天可是失败了。高拉莉出场没有人鼓掌，正厅里冷冰冰的使她吃惊。除了加缪索的包厢，别的几个都没有掌声。二楼和三楼上的人把加缪索嘘了好几回。鼓掌队拍手的方式明明过火，被楼厅的看客喝住了。玛丹维尔很勇敢地鼓掌，假仁假义的佛洛丽纳，拿当，曼兰，在旁附和。戏完全砸了。高拉莉的更衣室里来了一大批人，他们的安慰使她愈加难受。女演员回去，灰心绝望，主要还不是为她自己，而是为了吕西安。

“咱们被勃劳拉出卖了。”吕西安说。

高拉莉内心受到伤害，发了一场高烧，第二天不能登台。她的艺术生涯眼看搁浅了。吕西安藏起报纸，躲在饭间内拆看。所有的副刊编辑都说，戏失败的责任在于高拉莉：她对自己估价太高，她在大街上讨人喜欢，可不适宜进竞技剧场；她固然有心向上，可惜不自量力，不该担任那个角色。吕西安看到许多评论高拉莉的文章，跟他当初对付拿当的一套假仁假义的手法没有分别。他好比克罗多人米龙[①]劈开了橡树，一双手被树干卡住了一样，气得脸色发

① 公元前六世纪希腊的大力士和运动健将。

青。他的朋友们用殷勤、关切，仿佛是一片好心的话，替高拉莉出了一些极恶毒的主意。他们劝她演另外几种人物，正是奸诈的记者明知道跟她的路子完全相反的角色。这些保王党刊物的论调，准是拿当教唆出来的。至于进步党的大报和小报，用的又是吕西安常用的一派卑鄙和挖苦的手段。高拉莉听见一两声抽噎，从床上起来走到吕西安身边，发现了报纸，拿来看了，看完一声不响又去睡了。佛洛丽纳跟打击高拉莉的一伙通同一气，早就料到这个结局，把高拉莉的台词背熟了，还由拿当帮她排练。戏院当局不肯放弃这本戏，打算叫佛洛丽纳接替高拉莉。经理来探望可怜的女演员，她流着眼泪，生气全无；等到经理当着吕西安说出当晚不能不照常开演，佛洛丽纳能够担任高拉莉的角色，高拉莉却一骨碌坐起来，跳下床，叫道：

“我照样能上台。”

说完她晕过去了。佛洛丽纳补了她的缺，一举成名，因为她把戏救活了，受到所有的报纸赞扬，从此变了你们都知道的名角儿。吕西安看见佛洛丽纳成功，气坏了。

他对高拉莉说：“这个不要脸的女人，还是你给她的饭碗！竞技剧场要是愿意，尽可以取消你的合同。等我做了吕庞泼莱伯爵，发了财，和你正式结婚。”

“废话！”高拉莉说着，两眼无神瞅了他一下。

“废话？”吕西安叫道，“要不了几天，你就好住进一所漂亮的屋子，有自备马车；让我来给你写个剧本！”

他拿着两千法郎奔往弗拉斯卡蒂。倒霉鬼一连待了七小时，心情激动得像发疯，脸上冷冰冰的，装作若无其事。从白天到上半夜，他不知经过多少风浪：最多赢到三万，出门的时候一文不剩。回去发现斐诺在他家中等着，要他的小品文。吕西安还不聪明，在斐诺面前发牢骚。

斐诺回答说："嗯！情形不妙，是不是？你这次向后转，动作太快了当然要失去进步党报刊的支持，他们的力量比保王党和政府派的报纸大得多。事先要不留好退步，补偿你意料中的损失，就不应该转移阵地；无论如何，聪明人总是先去看看朋友，说明自己的理由，把脱党的事跟他们商量一下，那他们就变成你的同谋，向你表示同情，约好互相帮助。拿当和曼兰对他们的伙伴就用这个办法。豺狼虽狠，不伤同类。你对付这件事老实得像绵羊。你在新加入的党内要不张牙舞爪，休想分到一根骨头一个翅膀。人家为着拿当自然要牺牲你了。老实告诉你，你攻击大丹士的文章惹动了公愤，外面闹得沸沸扬扬。据说和你相比，玛拉[①]竟是圣人了。大家正在布置，预备向你进攻，将来你的书非被他们打下去不可。说起你的小说，进行得怎样啦？"

吕西安指着一包校样说："这是最后几页了。"

"政府派和极端派报刊上攻击大丹士的文章，有些没有署名，大家说是你写的。此刻《觉醒报》天天向四府街上的一帮人放冷箭，讽刺的话说得挺滑稽，所以更恶毒。雷翁·奚罗的刊物背后，的确有一个小小的政治集团，态度很严肃，我看那一派早晚能抓到政权。"

"我八天没有进《觉醒报》的门了。"

"啊！别忘了我的小文章。马上写五十条来，稿费一次给你，不过要配合报纸的色彩才行。"

接着斐诺随随便便讲了一个关于掌玺大臣的小故事，说是在交际场中流传，正好给吕西安做题目，写一篇逗笑的稿子。

吕西安虽然疲倦，为了挣回赌输的钱，照样头脑敏捷，思想清新，一口气写了三十条，每条两栏。稿子写完，吕西安带着上道利

---

① 法国大革命时期左派领袖之一。

阿书店，打算碰到斐诺，私下交给他；同时也想问问出版商，为什么他的诗集搁着不印。他看见铺子里挤满了人，都是他的对头。他一进去，大家寂静无声，不说话了。吕西安发觉被新闻界列入黑名单，反而勇气百倍，像以前在卢森堡走道上一样暗暗发誓："我一定胜利！"道利阿态度不软不硬，只是嘻嘻哈哈，推说他有他的权利；印《长生菊》要趁他高兴，要等吕西安的地位能保证诗集畅销，他是把全部版权买下来的。吕西安指出按照合同规定，道利阿有印行《长生菊》的义务。道利阿的意见正好相反，说是在法律上谁也不能强制他做一桩他认为要亏本的买卖，时机是否恰当只有他能决定。此外，有一个无论哪个法院都会同意的办法：吕西安不妨归还三千法郎，把作品收回去交给一个保王党的出版商承印。

吕西安走出铺子，觉得道利阿的缓和的口气比第一次见面时的傲慢更气人。这么说来，诗集要等吕西安有一个强大的帮口撑腰，或者他本人有权有势的时候，才能出版的了。诗人慢吞吞地回家；倘若一有念头立刻行动的话，他那时的绝望竟可以使他自杀。他发现高拉莉躺在床上，面无人色，病得厉害。贝雷尼斯对吕西安说："要不让她登台，她活不成啦。"那时吕西安正在穿扮，要到白峰街去赴台·都希小姐家的晚会，他可以在那边遇到台·吕卡克斯，维浓，勃龙台，特·埃斯巴太太，特·巴日东太太。

那晚会是为一般歌唱家举行的：先是大作曲家公蒂，业余歌唱家中声音最好的一个，还有桑蒂，巴斯塔，迦契阿，勒华瑟，以及两三个在上流社会里出名的好嗓子。吕西安溜到侯爵夫人，侯爵夫人的大姑和特·蒙高南太太的位置旁边。倒霉的青年面上装作轻松、愉快，有说有笑，同他全盛时期一样，不愿意露出要人帮忙的样子。他滔滔不绝地谈到他替保王党立的功，提出进步党对他的咒骂作证明。

特·巴日东太太嫣然一笑，说道："朋友，你一定能得到充分的报酬。后天你同鸬鹚和台·吕卜克斯上掌玺局去领王上的诏书。掌玺大臣明儿亲自送到宫里去签字，宫中有会议，他回家比较晚；我要是当夜知道结果，立刻派人给你报信。你住哪儿呢？”

“还是我自己来吧。”吕西安不好意思说他住在月亮街。

侯爵夫人接口道：“勒农古和拿华兰两位公爵在王上面前提起你，称赞你全心全意，毫无保留地效忠王室，说应当给你一个特殊的荣誉，才能报复进步党对你的侮辱。况且吕庞泼莱的姓氏和爵位是你在母系方面应得的权利，将来还要在你身上发扬光大。陛下当晚吩咐掌玺大臣起草上谕，准许吕西安·夏同以最后一个吕庞泼莱伯爵的外孙身份改姓，承袭伯爵的头衔。幸而我大姑记得你那首歌咏百合花的十四行诗，抄给公爵，王上看过了说：班达山上的蓟鸟[①]应当提拔。——特·拿华兰先生回答说：是的，尤其在陛下能产生奇迹，化蓟鸟为鹰隼的时候。”

换了一个不像路易士·特·埃斯巴·特·奈葛柏里斯那样受过严重伤害的女子，看着吕西安感激涕零的表现，准会心肠软下来。可是吕西安越美，路易士报仇的心越强。台·吕卜克斯说得不错：吕西安不够机警，识不透所谓诏书根本是特·埃斯巴太太设下的骗局。成功的消息和台·都希小姐的另眼相看，使他壮起胆子，在台·都希府上守到深夜两点，打算和女主人单独谈谈。吕西安在保王党报馆里听说台·都希小姐暗中同人家合编一个剧本，将要由当时的名角儿小法伊演出。客厅里人走空了，他和台·都希小姐坐在内客室的沙发上，讲出他和高拉莉的不幸，话说得非常动人，那位颇有男子性格的女作家听了，答应把她剧中的主角派给高拉莉。

下一天，高拉莉听到台·都希小姐的许愿很快活，有了精神，

---

① 蓟鸟隐射吕西安的本姓夏同。希腊的班达山是古代祭文艺之神阿波罗和诗神缪斯的地方。因为吕西安·夏同是诗人，故说他是班达山上的蓟鸟。

正在和她的诗人一同吃中饭。吕西安看着罗斯多的小报，讽刺掌玺大臣夫妇的那个凭空捏造的故事登出来了。文章诙谐百出，骨子里是恶毒透顶。路易十八也被吕西安很巧妙地牵引出来，写得很可笑，只是检察署没法干涉。进步党有心把下面的事说得逼真。其实只是在他们俏皮的毁谤中间多添了一桩毁谤罢了。

路易十八特别喜欢同人家交换文字雕琢而多情的书信，其中掺杂着情歌和撩拨的话。吕西安的小品文把这个嗜好说作路易十八的风流到了最后阶段，变为纯粹的理论，从行动化为思想了。受过贝朗瑞猛烈抨击，被他称为奥太维的那个大名鼎鼎的情人[①]。近来大起恐慌，因为王上的来信变得无精打采了。奥太维越卖弄才情，她的情人的态度越冷淡越灰色。奥太维终于发现她失宠的原因是王上有了一个新的通信对象，掌玺大臣[②]的太太；新鲜的刺激动摇了奥太维对王上的影响。据说那贤惠的大臣太太事实上连一个便条都写不起来，可知幕后必有一个大胆的野心家捉刀，她不过是出面的傀儡罢了。躲在她裙子底下的到底是谁呢？奥太维留神观察之下，发觉王上原来是跟他的部长通信。于是她定了计划。靠着一位忠心的朋友帮助，她有一天让部长在议会里被激烈的辩论绊住身子；她自己单独去见王上，揭穿骗局，激恼王上的自尊心。路易十八的火气不愧为波旁家出身，他对奥太维大发雷霆，不相信她的话。奥太维建议当场证明，请王上写一个条子去立等回音。可怜的部长夫人猝不及防，派人到议会去请丈夫；可是一切都算准了，部长正在讲坛上。那女的只得满头大汗，搜索枯肠，好容易挤出一点聪明写了回信。王上大失所望，奥太维笑着说："下文如何，让部长来向陛下说明吧。"

---

① 指杜·卡拉伯爵夫人，以才思与美貌有宠于路易十八。贝朗瑞在王政复辟时代攻击，不能不用另一个名字（奥太维）影射她。

② 法国传统，掌玺大臣必兼司法部长，故下文又称部长。

内容虽是无中生有，那篇文章却大大地伤害了王上和掌玺大臣夫妇。据说故事是台·吕卜克斯造出来的，可是斐诺始终替他保守秘密。进步党和王弟[①]的一派看了这篇诙谐尖刻的小品乐不可支；吕西安只当作有趣的谣言，除了觉得好玩之外，看不出有什么作用。第二天他去找台·吕卜克斯和杜·夏德莱男爵一同出发。男爵要向掌玺大臣道谢。他发表了参事院特别参议，封了伯爵，上面还答应他补夏朗德州州长的缺；现任州长再做几个月，能领到最高额的养老金的时候就要退休。杜·夏德莱伯爵——他的“杜”字已经正式写在上谕上，——邀吕西安坐上他的马车，把他平等相待。要没有吕西安攻击他的那些文章，也许夏德莱不会爬得那么快。进步党的迫害等于做了他加官晋爵的垫脚石。台·吕卜克斯先到部里，等在秘书长的办公室内。那位官员一见吕西安，诧异得直跳起来，眼睛望着台·吕卜克斯。

“怎么！先生，你还敢到这儿来？”秘书长对吕西安说，吕西安吃了一惊，“部长大人把准备好的上谕撕掉了，你瞧！”他随手指着一张撕成几片的纸。“部长要追究昨天那篇该死的文字是谁写的，我们把底本找来了，”秘书长说着，给吕西安看他的原稿，“先生，你说你是保王党，事实上你同这份万恶的报纸合作，这份报害得部长们添了不少白头发。给中间派[②]添了许多烦恼，把我们推入泥坑。你拿《海盗报》《明镜报》《立宪报》《邮报》[③] 当中饭，拿《日报》和《觉醒报》[④] 当晚饭，再同玛丹维尔吃夜宵；玛丹维尔是跟政府捣蛋最凶的人，他要王上走专制的路，那不是要煽动革命，同倒向左派

① 即后来的查理十世，未登位时称特·阿多阿伯爵，为极端派保王党的领袖，不满路易十八的施政，认为太温和、太妥协。

② 指当时的执政党—保王党中的主宪派。

③ 以上都是反政府的进步党报刊。

④《日报》属于保王党中的立宪派，《觉醒报》属于保王党中的政府派。

一样快吗？你是一个挺俏皮的记者，可永远当不了政治家。部长已经报告王上，那篇稿子是你写的，王上气愤之极，责备他的内廷供奉特·拿华兰公爵。这一下你招了不少冤家，他们过去越器重你，现在越恨你！敌人做出这种事来倒还罢了，你却自称为政府的朋友，岂不可怕！”

台·吕卜克斯道：“亲爱的，难道你是小孩吗？你使我受累不浅。特·埃斯巴太太，特·巴日东太太，特·蒙高南太太，都保举过你，准要气坏了。特·拿华兰公爵要埋怨侯爵夫人，侯爵夫人要嗔怪她大姑。我劝你别去拜访她们，过一阵子再说吧。”

秘书长道：“大人来了，快快出去！”

吕西安站在王杜姆广场上呆若木鸡，仿佛当头挨了一棍。他从大街上一路回去，一路反省。他发觉被一班嫉妒、贪婪、奸诈的人玩弄了。在这个名利场中他是怎样的人呢？不过是个孩子，贪快乐，爱虚荣，为了这两样牺牲一切；不过是个诗人，不会作深刻的思考，像飞蛾扑火似的到处乱撞。没有固定的计划，完全被形势支配，想的是好主意，做的是坏事情。

他的良心变成了一个无情的刽子手。并且他的钱花光了，只觉得工作和痛苦把他磨得筋疲力尽。报纸先要登载曼兰和拿当的文章才轮到他的。他信步走去，千思百想，出神了。他一边走一边瞧见某些阅览室的招贴，那时才行出新办法，图书和报刊同样可以借阅；广告上有一个古怪的，对他完全陌生的题目，底下写着他的姓名：吕西安·夏同·特·吕庞泼莱。他的小说出版，他可不知道，报上一个字都没提。他耷拉着胳膊，一动不动地站着，没看见前面来了一群最漂亮的青年，其中有拉斯蒂涅，特·玛赛，还有另外几个熟人。他也不曾留意米希尔·克雷斯蒂安和雷翁·奚罗两个朝着他走过来。

“你是夏同先生吗？”米希尔说话的声音使吕西安听了心惊肉跳。

他脸色发白，回答说：“你认不得我了？”

米希尔朝他脸上唾了一口。

“这是你写文章骂大丹士的报酬。如果每个人为自己为朋友像我一样做法，报纸就不敢胡来，就能成为值得尊重而受人尊重的讲坛！”

吕西安身子一晃，靠在拉斯蒂涅身上，对拉斯蒂涅和特·玛赛说：“请你们两位做我的证人。不过我先要回敬一下，让事情设法挽回。”

米希尔猝不及防，被吕西安狠狠地打了一巴掌。几个花花公子和米希尔的朋友扑上来把共和党人和保王党人拉开，免得两人的争吵变成扭殴。拉斯蒂涅抓着吕西安，带到德蒲街上他的家里去，离开出事的根特大街只有几步路。幸而那是吃晚饭的时间，没有人围拢来看热闹。特·玛赛跑来找吕西安，和拉斯蒂涅两个硬把他拉往英国咖啡馆去快快活活地吃饭，临了三个人都喝醉了。

特·玛赛问吕西安：“你剑法高明吗？”

“从来没上过手。”

“手枪呢？”拉斯蒂涅问。

“一辈子没放过枪。”

特·玛赛道：“那你运气一定好。你这种敌人最可怕，会把对方打死的。”

三十九　一文不名

吕西安回去，亏得高拉莉已经上床，睡着了。她临时演了一出小戏，受到群众鼓掌，吐了一口气，因为那掌声不是花钱买来，而是凭她的艺术得来的。那天晚上的演出，敌人没料到；经理看到成绩，决意让高拉莉担任加米叶·莫班剧中的主角；高拉莉第一天登台失败的原因，经理也弄明白了。他鉴于佛洛丽纳和拿当暗中捣鬼，想打倒一个他重视的女演员，十分气恼，答应从今以后支持高拉莉。

清早五点，拉斯蒂涅来陪吕西安出发。

“亲爱的，你住这条街再合适没有[①]，”拉斯蒂涅用这句话代替寒暄，“咱们最好先到，地点在通往格里娘谷的大路上；到得早表示有气派，咱们应当立个好榜样。”雇的街车经过圣·但尼城关的时候，特·玛赛说：“让我把节目告诉你。你们俩用手枪决斗；距离二十五步，各人可以随便向前，到相隔十五步为止。各人走五步，放三枪，不能再多。不论结果怎样，事情从此结束。对方的手枪由我们上子弹，他的证人替你上子弹。武器是四个证人在一家军火铺里会同挑选的。我向你担保，我们的确想促成你的运气，挑了骑兵用的手枪。”

在吕西安看来，人生变了一场噩梦；活也罢，死也罢，对他都无所谓。自杀的勇气使他在目睹决斗的人眼中大有英雄好汉的气概。他站在他的位置上一动不动。这个满不在乎的态度仿佛他胸有成竹，大家觉得这诗人厉害得很。米希尔·克雷斯蒂安向前走了五步。两人同时发枪，因为双方受的侮辱相等。第一枪，克雷斯蒂安的子弹擦过吕西安的下巴，吕西安的子弹比对方的头高了十尺。第二枪，米希尔的子弹打中诗人外套的领子，幸而领子是细针密缝的，里面还衬一层硬麻布。第三枪，吕西安胸部中了子弹，倒下去了。

“死了吗？”米希尔问。

“没有，”外科医生[②]回答，“他死不了的。”

“糟糕。”米希尔说。

“噢！是的，糟糕。”吕西安应声说着，眼泪直淌下来。

---

① 隐射月亮街的含义。

② 决斗时照例有外科医生在场。

中午，可怜的孩子给抬进卧房，放在床上；人家花了五个钟点，费了好多手脚才把他送回家。虽然伤势不重，还是得小心照料，热度可能引起危险的并发症。高拉莉把悲痛和忧急咽在肚里。在朋友危急的期间，她从头至尾和贝雷尼斯两人陪夜，念着她的台词。吕西安的危险期共有两个月。可怜的姑娘有时上演快活的角色，心里想着："亲爱的吕西安或许就在这个时候死了！"

那时吕西安由皮安训护理，他的性命就靠这位热心朋友挽救的。皮安训虽然受过吕西安严重的伤害，大丹士却告诉他吕西安上门的事，替不幸的诗人洗刷。皮安训疑心大丹士宽宏大量，便在吕西安神志清醒的时候盘问他，因为他一度发过神经性的高热，病情严重；吕西安说只有在埃克多·曼兰的报上发表那篇严肃的批评，此外不曾写过别的稿子攻击大丹士。

第一个月末了，方唐和卡瓦利埃的合营书店宣告破产。这个可怕的打击，皮安训吩咐高拉莉不给吕西安知道。《查理九世的弓箭手》那部有名的小说，换了一个古怪的题目出版，一点销路都没有。方唐在清理之前要捞一笔现款，瞒着卡瓦利埃把作品整批卖给杂货商，杂货商三钱不值两文地转卖给货郎担。吕西安的书那时摆在巴黎桥头和河滨道的石栏杆上。奥古斯丁河滨道的书业批进不少，市价暴跌，损失不赀：四册十二开本的小说进价四法郎五十生丁，只卖到两法郎半。书商急得直嚷，而报上始终绝口不提。巴贝没料到这阵跌风，他相信吕西安的文才，一反平时习惯，进了两百部；眼看要蚀本了，他暴跳如雷，大骂吕西安。同业尽管削价脱手，他却狠了狠心，拿出守财奴的固执脾气，把两百部书送进栈房存起来。以后到一八二四年，靠着大丹士那篇精彩的序，小说本身的优点，雷翁·奚罗的两篇评论，作品的价值显出来了；巴贝的存货一部部地零卖，卖到十法郎一部。贝雷尼斯和高拉莉尽管提防，也没法拦着埃克多·曼兰不来看他病势凶险的朋友；曼兰把那碗苦味的肉汤一滴滴地给吕西安喝下去。像方唐和卡瓦利埃那样，印一个初出道的作家的书而做的倒霉生意，书业的行话叫作肉汤。忠于吕西安的朋友只有一个玛丹维尔，他写了一篇出色的书评赞美吕西安的作品；可是不论政府派还是进步党，都痛恨这位《评论报》《王旗报》和《白旗报》的主编，所以玛丹维尔虽是勇将，进步党骂一句，他回敬十句，他的帮助对吕西安反而不利。英勇的保王党人的攻击无论如何凶狠，也没有一份报纸出来应战。高拉莉，贝雷尼斯和皮安训，把所谓吕西安的朋友一律挡驾，听凭他们大呼小叫地生气；可是执达员上门是不好阻拦的。方唐和卡瓦利埃破产了，他们的票据需要立刻兑现，商法上这一条规定对第三者损害最大，剥夺了他们票子没有到期不用负责的权利[①]。吕西安被加缪索告了一状，逼得很紧。高拉莉看到原告的姓名，才明白她认为多么天真的诗人做过一件又可怕又屈辱的事；她因之更爱吕西安了，可是她还不愿意去央求加缪索。商务警察上门逮捕，看见被告病在床上，不敢带走，在请示庭长指定一所疗养院，把债务人送往寄押之前，先去告诉加缪索。加缪索立刻赶往月亮街。高拉莉下楼见他，回来手里拿着法院的公事，公事根据吕西安的背书，确定吕西安是商人身份[②]。高拉莉用什么方法从加缪索手中拿到这些文件的呢？许了什么愿呢？她沉着脸一声不出，回到楼上像死人一般。她演了加米叶·莫班的戏，半男半女的名作家[③]那一回的成功，多半是高拉莉的功劳。扮这个角色也是这明星的最后一道光彩。演到二十场，正当吕西安

---

① 第三者指原来的受票人。受票人将未到期的本票向人贴现，必须在票上签字，叫作背书；原出票人到期不能支付时，当由受票人清偿。倘出票人宣告破产，即使所出票据尚未到期，贴现人即可勒令受票人立刻偿付。

② 上文提过，吕西安向加缪索贴现时，背书上写明付丝绸账，故吕西安有了商人身份。

③ 巴尔扎克小说中的加米叶·莫班是影射乔治·桑，乔治·桑性格刚强，独立不羁，故称之为半男半女的作家。

身体复原，开始散步、吃饭，说要重新工作的时节，高拉莉受不住暗中的痛苦，病倒了。贝雷尼斯始终相信，高拉莉因为要救吕西安，答应加缪索将来回到他身边去。高拉莉眼看她担任的角色被佛洛丽纳抢去，又羞又恨。拿当恐吓说，要不让佛洛丽纳补缺，就向竞技剧场开火。高拉莉竭力抵抗，直演到最后一刻，因此大伤元气。她在吕西安病中向戏院预支过钱，此刻不能再要；吕西安虽有决心，还不能工作，同时他也得服侍高拉莉，减轻贝雷尼斯的负担。可见这一家的生活到了山穷水尽的田地，幸亏还有皮安训这样一个高明而热心的医生，替他们向药房说情，让他们赊账。高拉莉和吕西安的境况不久传到房东和街坊上的小商人耳里，家具查封了。男女裁缝也不再怕新闻记者，要求法院严追两个穷艺人的欠账。最后只剩药房和猪肉铺让两个可怜的孩子赊欠。吕西安，贝雷尼斯和病人吃了一星期光景的猪肉，老板把供应的花色都翻尽了。猪肉火气大，女演员的病越发重了。吕西安穷愁交迫，只能去找那出卖他的朋友罗斯多，讨还一千法郎。在他连续遭难期间，那一次的奔走最难堪。罗斯多已经回不了竖琴街，晚上睡在朋友家里，像野兔似的被人搜索、跟踪。带吕西安踏进文坛的该死的介绍人，吕西安只能在弗利谷多铺子里找到。果然，罗斯多坐在老位置上，和吕西安不幸碰到他而离开大丹士的那天一样。罗斯多请吕西安吃饭，吕西安居然接受了！

那天在弗利谷多铺子吃饭的还有格劳特·维浓，还有向萨玛农典押衣服的那个了不起的陌生人。罗斯多和吕西安同他们一起走出饭店，想到服尔德咖啡馆去喝咖啡，大家把口袋里叮叮当当的零钱通通掏出来，还凑不足三十铜子。四人便往卢森堡公园闲荡，希望碰上一个书店老板；果然有个当时最出名的印刷商被他们撞见了，罗斯多向他借了四十法郎，平均分作四份，每个作家拿一份。吕西安人穷志短，一点傲气都没有了，对三个艺术家淌眼抹泪，诉说他的遭遇；谁知这些同伴都有一段惨痛的经历说给他听；各人吐完了苦水，四个人中还算吕西安受的打击最轻。因此他们都需要忘掉痛苦，忘掉使他们苦上加苦的思想。罗斯多奔向王宫市场，拿剩下的九法郎做赌本。了不起的陌生人虽有天使般的情妇，也到一个下等地方追求危险的快乐去了。维浓走往小仙岩饭店，打算喝两瓶波尔多酒，叫理智和记忆力失去作用。吕西安不愿参加消夜，在饭店门口和维浓作别。从来没有跟吕西安作对的记者只有这一个，内地大人物一阵心酸，握着他的手问："怎么办呢？"

大批评家回答："只有逆来顺受。你的书很精彩，可是遭到嫉妒，你的斗争必定时期很长、很艰苦。天才是一种可怕的病。所有的作家心坎里全有一个妖魔，赛过胃里的绦虫，一边发展一边吞掉你的感情。将来到底哪个得胜呢？是疾病战胜人还是人战胜疾病？当然，天才要跟性格平衡，只有大人物才办得到。才能一天天地长大，心一天天地枯萎。除非是巨人，除非有赫克里斯[①]式的肩膀，一个人不是没有心肝，就是没有才能。你身体又瘦又娇，我看你是支持不住的。"维浓走进饭店补上一句。

吕西安一路想着这番沉痛的议论回家，其中有些千真万确的道理，使他把文艺生涯看清楚了。

"要钱啊！"有个声音在他耳边叫着。

吕西安开了三张期票，一个月的，两个月的，三个月的，各一张，每张票面一千法郎，写着自己的抬头，签上大卫·赛夏的字，笔迹学得像极了，还加背书。第二天他拿着票子送给赛帮德街上的纸商梅蒂维埃，梅蒂维埃毫不留难，给他兑了现款。吕西安写一封短信通知妹夫，说是给了他这笔负担，吕西安答应按照生意上的规矩，到期把款子解给纸铺。高拉莉和吕西安还清欠账，剩下三百法

---

① 希腊神话中的大力士。

郎，诗人交给贝雷尼斯收起，吩咐她如果他开口要钱，一个子儿都不能给，他怕自己赌性发作。

四十　告　别

吕西安憋着一肚子怒火，脸上冷冷的，一声不响，守着高拉莉在灯光底下写出他几篇最有风趣的文字。他一边思索一边望着他心爱的高拉莉，只见她面色白得像瓷器。那种美是临死的人的美；她咧着惨白的嘴唇向吕西安微笑，眼睛很亮，凡是被疾病和悲伤同时压倒的女子都有这种眼神。吕西安叫人把文章送往报馆；因为自己没法上办公室去逼总编辑，稿子就没登出来，等到他亲自出马，从前竭力拉拢他而利用过他的精彩的稿子的丹沃陶·迦亚，对他很冷淡。

迦亚说："亲爱的，你小心点，你的文字没有风趣了。别泄气，拿出才情来！"

番利西安·凡尔奴、曼兰，以及一切恨吕西安的人，在道利阿书店或者杂剧院提到他，总说："吕西安那小家伙，肚子里只有一部小说和开头几篇文章。现在送来的稿子，简直要不得。"

新闻界有句行话，叫作肚子里空空如也，作用等于终审判决，一朝宣布就不容易推翻。这句话传来传去，把吕西安说得一文不值；吕西安蒙在鼓里，他穷于应付的烦恼太多了。除了繁重的工作，用大卫·赛夏的名义签出去的票据又被人追索，只能去请教有经验的加缪索。高拉莉过去的朋友倒还慷慨，肯帮吕西安的忙。焦头烂额的时期一共有两个月，法院的公文送来一大堆，吕西安听着加缪索指点，一起交给诉讼代理人台洛希，他是皮克西沃、勃龙台、台·吕卜克斯的朋友。

八月初，皮安训告诉诗人，高拉莉没有希望，活不了几天了。那几天凄惨的日子，贝雷尼斯和吕西安只会哭，在病人面前顾不得再遮盖。可怜的姑娘想到自己快死，为着吕西安伤心得不得了。她忽然心思大变，打发吕西安请教士。女演员要恢复信仰，平平安安地死去。她终于像基督徒一样结束她的生命，表示真诚忏悔。临终和死亡的景象把吕西安的精力和勇气消耗完了。诗人失魂落魄，坐在高拉莉床前一张靠椅上，一刻不停地望着高拉莉，直到她的眼睛被死神阖上为止。那是清早五点。一只鸟飞来停在窗外的花盆上，叽叽喳喳唱了一阵。贝雷尼斯跪下来吻着高拉莉的手，眼泪直掉在逐渐冷却的手上。壁炉架上只有十一个铜子。悲痛绝望的情绪逼着吕西安出门，想用募化的办法埋葬他的情妇，不是去见特·埃斯巴侯爵夫人，杜·夏德莱伯爵，特·巴日东太太，台·都希小姐，扑在他们脚下，便是去央求刻薄的花花公子特·玛赛；那时他既没有傲气，也没有精力了。只要能弄到几个钱，便是叫他当兵也愿意！他垂头丧气，跌跌撞撞地走着，完全是倒霉鬼的形景；他不觉得自己衣冠不整，径自走进加米叶·莫班的住宅，要求通报。

当差回答说：“小姐早上三点才睡，她不打铃，谁也不敢进房。”

“她几点钟打铃呢？”

“最早十点。”

吕西安写了一封凄惨的信留下，在那种信里，落魄的漂亮哥儿再也顾不得面子了。有一天晚上，罗斯多讲起某些有才气的青年央求斐诺，吕西安还不相信那种卑躬屈节的态度；如今他的一支笔或许比他们迫于患难的表现还要进一步。他浑身火热，像呆子似的从大街上走回去，根本不觉得刚才绝望之下写了一封惨绝人寰的信。他路上遇到巴贝。

他伸着手说：“巴贝，给我五百法郎好不好？”

“不，只能给两百。”书店老板回答。

“啊！你倒是热心人。”

“对，可是我有我的生意经。”巴贝接着告诉他方唐和卡瓦利埃的倒账，说道，“你害我损失了许多钱，应当帮我赚回来。”

吕西安打了一个寒战。

书店老板接下去说：“你是诗人，应该各式各样的诗都会写。我此刻要一些香艳的歌，拿来跟别的现成歌曲混在一起，不让人家控告我翻版；我想印这样一部有趣的集子，在街上卖十个铜子一本。你要是明天交出十支出色的酒歌或者色情的小调……你该明白我的意思……就给你两百法郎。”

吕西安回家看见高拉莉直僵僵地横在一张帆布床上，裹着一条粗布被单，贝雷尼斯一边哭一边缝。诺曼底的胖老妈子在床的四角点了四支蜡烛。高拉莉面上光彩奕奕，平静到极点，叫活着的人看了十分感动。她很像害贫血症的少女：暗红的嘴唇有时好像还会张开来，轻轻地叫几声吕西安。她断气之前就念着上帝和吕西安的名字。吕西安打发贝雷尼斯上殡仪馆办手续，开销不能超过两百法郎，还得包括在简陋的佳讯教堂举行的丧事弥撒。贝雷尼斯一出门，诗人便坐在书桌前面，靠近可怜的女朋友的尸体，预备按照流行的曲调写十首快活的歌。他苦不堪言，花了多少气力没法动笔；后来总算心窍大开，救了他的急难，仿佛他根本不曾有过痛苦。格劳特·维浓关于感情和头脑分离的现象发表过沉痛的议论，此刻在吕西安身上应验了。教士替高拉莉做着祷告，可怜的孩子凑着灵前的烛光，为狂欢的酒会推敲歌词。那一夜不知他怎么过的！第二天早上，吕西安写完最后一首，想配一个当时流行的调子，贝雷尼斯和教士听见他唱起歌来，只道他疯了：

朋友们，歌词要带说教，
我听着受不了。
要人快活与开心，
为何又要讲理性？

复唱的词儿句句精彩，
叫我们嘻嘻哈哈干杯：
古希腊的哲人也是这般议论。
我们用不到高雅的辞藻，
掌酒行令自有酒神代劳。
劝你们尽情欢笑莫停杯，
万事皆空休挂怀。

名医常说，谁要能终年沉醉，
包管他长命百岁。
怕什么老态龙钟，
两腿摇摇走不动，
赶不上健步如飞的青春年少！
只要能满满的金樽高捧，
双手轻便岁岁相同；
只要能沉湎醉乡直到老，
推杯换盏意兴豪。
劝你们尽情欢笑莫停杯，
万事皆空休挂怀。

若要问，我们从哪条路上来，
倒很容易说分明；
要知身后何处去，
休问我辈痴与愚。
何必思前想后多愁苦，
有福且享莫蹉跎，
享尽荣华才不算此生虚度。

天年有限数难逃，
一息尚存趁今朝！
劝你们尽情欢笑莫停杯，
万事皆空休挂怀。

诗人唱到惨痛的最后一节，来了皮安训和大丹士，发现吕西安伤心至极，眼泪像潮水一般涌出来，没有力气再把歌词誊清。等到他抽抽噎噎地说出他的处境，听的人眼睛都湿了。

大丹士道："这一下许多罪孽都补赎了！"

教士正色道："在现世见到地狱的人还是幸福的。"

美丽的死者对着永恒的世界微笑，情人用香艳的歌词替她换来一块坟地；巴贝付了她的棺木；穿着短裙和绿头绿跟的红袜，煽动过整个戏院的女演员，如今给四支蜡烛围绕着；教士带她回到了上帝身边，正预备回教堂去替这个多情的女子做一台弥撒。这些又庄严又丑恶的场面，这些被急难压制的痛苦，把大作家和大医生看得惊心动魄，坐着一句话都说不出来。那时走进一个当差，报告台·都希小姐来了。这个美丽的了不起的女子一切都很明白，急急忙忙过来和吕西安握手，塞给他两张一千法郎的钞票。

"太晚了。"吕西安说着，死气沉沉地望了她一眼。

大丹士，皮安训，台·都希小姐，临走时说了许多温暖的话安慰吕西安，无奈他生命的动力都断了。中午，小团体的朋友们，除了克雷斯蒂安（他也已经知道吕西安并没真正出卖朋友），一起来到小小的佳讯教堂，还有贝雷尼斯，台·都希小姐，竞技剧场的两个小角儿，服侍高拉莉化妆的女仆，伤心的加缪索。男客都把女演员送往拉希士公墓。加缪索涕泪纵横，向吕西安发誓，一定买一块永久墓地，立一个小小的石柱，刻上几个字：高拉莉，享年一十九岁——一八二二年八月。

吕西安一个人留在那儿，直到太阳下去的时候，他站在高岗上瞭望巴黎，心里想：“现在还有谁爱我呢？那些真正的朋友瞧不起我了。只有在此长眠不醒的人觉得我的所作所为都是高尚的，好的。如今只剩我的妹妹、大卫和母亲了！他们在家乡对我做何感想呢？”

可怜的内地大人物回到月亮街，看着空荡荡的屋子不能忍受，搬往同一条街上的一家小旅馆。台·都希小姐的两千法郎，凑上变卖家具的钱，付清各方面的欠账。剩下一百法郎，贝雷尼斯和吕西安维持了两个月。吕西安精神萎靡，像病人一样：他既不能动笔，也不能思索，一味往痛苦里钻，叫贝雷尼斯看着可怜。

吕西安想起母亲、妹子和大卫·赛夏，不禁长叹一声；贝雷尼斯听着问道：“你要是回本乡，怎么去呢？”

他说：“走回去喽。”

“可是一路也要吃，也要住。一天走四五十里，至少也得二十法郎。”

他说：“我会想办法的。”

他留着身上穿的几件必不可少的衣衫，把礼服和讲究的内衣送去给萨玛农，萨玛农出价五十法郎。吕西安央求放高利贷的多给一些，让他能够坐班车回去，萨玛农始终不答应。吕西安气愤之下，立刻赶往弗拉斯卡蒂碰运气，结果把钱输得精光。他回到月亮街上破烂的卧房，问贝雷尼斯讨高拉莉的披肩。好心的姑娘看他眼神不对，又听说他赌输了钱，猜到可怜的诗人无路可走，想上吊了。

她说：“你疯了吗，先生？你先去散步，半夜再回家。我来替你弄路费；不过你只能待在大街上，别走往河滨。”

吕西安在大街上闲荡，痛苦得如醉如痴；他望着漂亮的车马、行人，看他们受着巴黎成千上万的利益鞭策，像旋风般打转，更感到自己无依无靠，渺小到极点。夏朗德河畔的风光在脑子里闪过，他忽然渴望家庭的快乐，精神为之一振；性格近于女性的人最容易把这种冲动当作勇气。他不愿意就此屈服，先要向大卫·赛夏倾吐心里的话，听听仅有的三个亲人的意见。他正走着，冷不防瞧见贝雷尼斯打扮得齐齐整整，在泥泞的佳讯大街和月亮街的拐角上同一个男人说话。

吕西安看到诺曼底姑娘便起了疑心，害怕起来，问道："你干什么？"

她把四枚五法郎的钱塞在诗人手里，说道："二十法郎你拿去吧，代价不小，不过你总算动身了。"

贝雷尼斯一溜烟儿走了，吕西安来不及看清她走的方向。我们还得说句公道话，吕西安天良未泯，觉得那几块钱烫手，想还给她；结果他不能不收下，这是巴黎生活的最后一个疮疤。

第三部　发明家的苦难

引　言

一个时髦青年的惨痛的忏悔

第二天，吕西安办好身份证的签证手续，买了一根冬青树的手杖，在唐番街广场搭上一辆布谷鸟[①]，花十个铜子车费坐到龙于摩。第一晚，在离阿巴雄七八里处歇下，睡在一个农家的马房里。走到奥莱昂已经筋疲力尽，出三法郎搭一条便船到都尔，路上只花掉两法郎伙食。从都尔到博济哀，吕西安走了五天。过了博济哀，身边只有五法郎了，他拼着最后一些气力继续赶路。有一天走在旷野里，天黑下来了，正想露宿一宵，忽然从洼地里望见有辆马车上坡，车夫旁边坐着一个男当差。吕西安不给车内的客人、车夫，以及坐在车夫旁边的当差发觉，爬在车厢背后两个包裹中间，稳住身子，睡着了。早上，阳光射着他的眼睛，四下里人声嘈杂，把他惊醒过来，他一看，认得是芒勒。十八个月以前，他心中充满着爱情、希望、快乐，就在这小镇上等候特·巴日东太太。当下他发现

① 当时专走巴黎和郊区的小型载客马车，名叫布谷鸟，只有四个到六个座位。

自己浑身灰土，周围挤着一群赶车的和看热闹的人，知道要挨骂了，跳下来正想说话，车内却走出两个旅客，使他见了开不得口：原来是新任的夏朗德州州长，西克施德·杜·夏德莱伯爵，带着他的妻子路易士·特·奈葛柏里斯。

伯爵夫人道："没想到这样巧，我们竟是同路！跟我们一起上车吧，先生。"

吕西安朝夫妇俩冷冷地行了礼，眼神带着又惭愧又威吓的意味，把他们瞪了一眼，往芒勒镇外一条横路上走开了。他想找一个农家，弄些牛奶面包当早饭，歇息一下，再静静地考虑前途。他还有三法郎。《长生菊》的作者浑身发热，一口气跑了很久，沿着河往下走去，一路打量地形，风景越来越美了。晌午走到一处地方，四周是杨柳，中间一大片水，看上去像一口湖。他受着田园野趣的吸引，停下来眺望那清新茂密的林子。河的支流上有一个磨坊，连着一所屋子，树梢中露出茅草盖的屋顶，顶上长着石莲花。门面很朴素，唯一的点缀是几簇素馨、忍冬和制啤酒用的酒花，周围开着夹竹桃类和多肉植物的花，十分鲜艳。水位最高的地方有一条石堤，底下用一排粗糙的木桩撑着，堤上的水在阳光中往下奔泻。磨坊的那一边，一群鸭子在明净的池塘里游来游去，好几股水在水闸中轰隆隆地响成一片。磨坊的轮子发出刺耳的声音。吕西安瞧见一条天然木做的凳上坐着一个胖胖的女人，一边打毛线一边照管一个孩子，孩子正在捉弄几只母鸡。

吕西安走上去说道："大嫂，我累得很，还在发烧，身边只有三法郎；你能不能招留我一星期？只要有牛奶和黑面包，晚上给我一个草垫睡觉就行了。我可以写信给家里，他们会寄钱来，或者来接我回去的。"

她道："行，只要我丈夫答应。喂，小家伙？"

磨坊司务走出来瞧了瞧吕西安，拿下嘴里衔的烟斗，说道："三个法郎住一星期？还是干脆不收钱吧。”

磨坊司务的女人铺起床来。诗人临睡望着优美的风景，心上想：“说不定我临了就在磨坊里当个伙计。”他这一睡可吓坏了主人。

第二天中午，磨坊司务的女人说：“戈多阿，去瞧瞧那个小伙子，看他死了还是活着，他睡了十四个钟点了，我可不敢去。”

磨坊司务正忙着晒网，整理捉鱼的工具，回答说：“我看那瘦括括的漂亮哥儿多半是个戏子，一个小钱都没有。”

女人问：“你怎么看得出呢，小家伙？”

“嘿！他既不是王爷，又不是大臣；既不是议员，也不是主教，干吗一双手养得白白嫩嫩的，像一事不做的人？”

磨坊司务的女人才给昨天闯上门的客人弄好中饭，说道：“他睡得东西都不想吃，可怪了。你说是戏子，那么他上哪儿去呢？现在还没到安古兰末赶集的时候。”

夫妇俩想不到除了戏子、王爷、主教，世界上还有一等人又是王爷又是戏子，名目叫作诗人，担任庄严的圣职，好像一事不做而其实是控制人类的人，假如他会描写人类的话。

戈多阿对老婆说：“那么是什么人呢？”

老婆说：“招留他有没有危险啊？”

磨坊司务回答：“呃！小偷才机灵多呢，早把咱们的东西搬空了。”

吕西安大概从窗口里听到两夫妻的谈话，忽然走出来伤心地说：“我不是王爷，不是小偷，不是主教，不是戏子；只是一个可怜的青年，从巴黎走到这儿，累死了。我名叫吕西安·特·吕庞泼莱，我的父亲夏同从前在乌莫开药房，后来盘给卜斯丹。我妹子嫁给大卫·赛夏，他在安古兰末桑树广场上开印刷所。”

磨坊司务道：“啊，我想起了，印刷所老板的爹不就是那个精明的老头，在玛撒克经营田地的吗？”

吕西安道："一点不错。"

戈多阿道："呸！那老子真不是东西！听说他逼得儿子把家里的东西通通卖了；他自己除掉积蓄，光是田产就值二十多万。"

遇到长时期残酷的斗争摧毁了身体和精神，把力量过分消耗以后，接下去不是死亡，便是同死亡差不多的消沉；可是能够抵抗的人这时反而会振作。吕西安处在这种生死关头，听人含含糊糊提到他妹夫大卫出事的消息，几乎支持不住。

他叫道："哎哟，我的妹妹！我干的好事！天啊，我真不是人了。"

说完他倒在一条凳上，脸色发白，浑身软瘫，好像快死了。磨坊司务的老婆急忙端来一碗牛奶，逼他喝下去；他却央求磨坊司务搀他上床，说他死在这儿连累主人，请求原谅，吕西安只道自己马上要完了。风流的诗人看到死神的影子，忽然想起宗教，要找一个神父来听他忏悔，给他受临终圣体。戈多阿太太看见一个身段和面相多漂亮的青年，有气无力地说出这样悲痛的话来，十分感动。

她说："喂，小家伙，赶快骑着马到玛撒克去请玛隆医生；我看这小伙子神气不对，让医生来瞧瞧是什么病；你把本堂神父也一块儿请来；说不定他们比你知道更清楚，桑树广场上的印刷所老板到底出了什么事；卜斯丹是玛隆先生的女婿。"

乡下人都相信害了病应当多吃东西，戈多阿一走，他老婆就把吕西安喂饱了，吕西安听凭摆布，同时悔恨交并，精神一激动，反而从低沉的情绪中振作起来。

玛撒克是一乡之中的首镇，坐落在芒勒和安古兰末的半路上。磨坊离玛撒克不过三四里地，好心的磨坊司务很快就把玛撒克的本堂神父和医生请来了。这两人早听说过吕西安同特·巴日东太太的关系，此刻夏朗德州又在到处谈论那位太太和新任州长杜·夏德莱结了婚，一块儿回到安古兰末的消息；所以一听见吕西安在磨坊司务家出现，神父和医生都心痒难熬，急于要知道特·巴日东先生的寡妇为什么没有嫁给跟他一起逃走的青年诗人，诗人这次回乡是不是来搭救他的妹夫大卫·赛夏。好奇心和慈悲心凑在一处，马上替半死不活的诗人找来了救星。戈多阿走后两小时，吕西安听见磨坊外面的石子路上响起乡下医生的破马车的声音。一忽儿两位玛隆先生到了眼前，医生原是本堂神父的侄儿。住在一个种葡萄的小镇上的乡邻，彼此没有不相熟的；吕西安见到的两个人就和大卫·赛夏的父亲有来往。医生仔细瞧了瞧病人，按过脉，看过舌苔，笑眯眯地望着磨坊司务的老婆，意思叫她放心。

他道："戈多阿太太，我相信你地窖里准有几瓶好酒，篓子里准养着肥大的鳗鱼，你去弄给病人吃，他没有什么病，只是脱力。咱们的大人物吃饱了，马上能站起来!"

吕西安道："唉！先生，我的病不在身上，在心里。这两个人告诉我一句话，我听着难过死了，据说我妹子赛夏太太家出了乱子！戈多阿太太说你的女儿嫁给卜斯丹，那么大卫·赛夏的事，你一定知道一些。"

医生回答："他大概坐了牢，他父亲不肯帮他的忙……"

吕西安道："坐牢！为什么坐牢?"

玛隆先生道："巴黎送来一些票据，想必他忘了清理。大家都说他糊里糊涂。"

诗人脸色大变，说道："对不起，先生，我要单独同神父谈谈。"

医生、磨坊司务和他的老婆，一起退出。屋子里只剩一个老教士了，吕西安才说："先生，我觉得快死了，而且我也不配再活在世界上。我罪孽深重，只有投入宗教的怀抱。我把大卫·赛夏当作亲兄弟一般，而我竟害了我的哥哥、我的妹妹。我出了几张本票，大卫没有能照付……他被我拖倒了！我当时遭到不幸，无路可走，忘了这桩罪过。债主为这笔款子控诉我的时候，有个大财主出来说情，不再向我追逼，我只道那财主把钱还清了，原来不是这么回事!”

于是吕西安讲出他的不幸。他到底是诗人，把那个可歌可泣的故事说得非常激动，最后请求神父上安古兰末走一遭，向他妹子夏娃和母亲夏同太太探问实情，看他还能不能挽回局面。

吕西安淌着眼泪说：“我可以支持到你回来。只要母亲、妹子、大卫不嫌我，我就不死了!”

巴黎人的口才，惊心动魄的忏悔，漂亮青年面无人色，绝望到半死不活的地步，讲的不幸的遭遇又是谁都担当不了的，一切都引起本堂神父的哀怜和关切。

他回答说：“在内地跟巴黎一样，人家的闲话只信得一半；你不用害怕，这儿离安古兰末有十几里，少不得以讹传讹。我们的邻居赛夏老头儿进城有几天了，大概去料理儿子的事。让我到安古兰末走一趟，回来告诉你能不能回家；我可以拿你认错悔过的话说给你家里人听，代你说情。”

本堂神父不知道吕西安十八个月中间已经忏悔过好多次，忏悔得再沉痛也只抵得一场表演挺好而不是有心假装的戏！神父退出，又来了医生。他看吕西安是发肝阳，危险期过去了；侄儿和叔叔一样说了一番安慰的话，病人听着劝告，答应再吃些东西补补身体。

打落水狗

本堂神父熟悉当地的情形和习惯，回到芒勒知道等会儿就有从吕番克到安古兰末去的班车经过。他弄到一个位置。关于大卫·赛夏的事，老教士存心打听他的侄孙婿卜斯丹、乌莫的药房老板。卜斯丹为着美丽的夏娃曾经和印刷商暗中吃醋。矮小的药剂师把老人从来往吕番克和安古兰末的破车上小心翼翼地扶下来，便是最粗心的人看了，也猜得出卜斯丹先生和卜斯丹太太的好日子都寄托在老人的遗产上面。

“用过饭没有啊？要不要吃点什么？我们想不到你会来，真是太高兴了……”

问长问短的话不知说了多少。卜斯丹太太跟乌莫的药剂师的确是天生一对。她同矮小的卜斯丹个子相仿，从小在乡下长大，脸色通红；没有腰身，谈不上好看，只是皮色十分鲜嫩。低额角，红头发，滚圆的脸盘一望而知是头脑简单的人，动作和说话也是这一路；眼睛差不多是黄的；浑身上下都说明人家娶她是看中她将来的财产。难怪她结婚才一年多，已经当家做主，把丈夫管教得唯命是从；而卜斯丹娶到这个有遗产的老婆，也自欢喜不尽。卜斯丹太太娘家姓玛隆，名叫雷奥妮，生的一个儿子还在吃奶，被老神父、医生和卜斯丹当作心肝宝贝；孩子长得又像爹，又像娘，难看死了。

雷奥妮道：“叔公，你到安古兰末有什么事啊？怎么一点东西都不肯吃，才进门就说要出去了？”

老教士一说出夏娃和大卫·赛夏的名字，卜斯丹脸就红了，雷奥妮也对矮小的男人醋意十足地瞅了一眼。凡是把丈夫捏在掌心里的女人为了将来有保障，都要嫉妒过去的事。

“叔公，那些人有什么好处给你，你对他们的事这样关心？”雷奥妮带着尖刻的口气说。

“孩子，他们遭了不幸。”神父回答，接着向卜斯丹说出吕西安在戈多阿家的情形。

卜斯丹说：“啊！原来他从巴黎回来弄到这副形景！可怜的小伙子！他人倒挺聪明，志气也不小！他出去谋生路，结果是两手空空地回来！他到这儿来干什么呢？他的妹子穷得不堪设想；那些天才，不论是大卫还是吕西安，都不懂生意经。我们在商务法庭上谈到大卫，我是裁判，不能不在他的判决书上签字……我心里才不好过呢！照眼前的局面，我不敢说吕西安能不能回到他妹子家去，他从前在这儿住的小房间还空着，我倒愿意让他来住。”

“好吧，卜斯丹。”神父说着，戴上三角帽，亲了亲睡在雷奥妮怀中的孩子，准备上街了。

卜斯丹太太道：“叔公，你准定回来同我们吃晚饭吧？你想弄清这些人的事，着实要花些时间呢。等会儿让卜斯丹套上小马，用他的小车送你回家吧。”

夫妻俩目送他们的宝贝叔公往安古兰末城里走去。

药剂师道：“到了这个年纪，亏他还这样精神。”

趁年高德劭的教士爬上安古兰末的大石梯的时候，我们先来解释一下，他想打听的事牵涉到哪一些复杂的利害关系。

上编　追偿债务的故事

一　需要解决的问题

大卫·赛夏好比画家给福音书的作者配对的牛[①]，又勇敢又聪明。夏娃接受大卫求婚，对他身心相许的那天晚上，大卫坐在夏朗德河边的闸板上发愿挣一份巨大的家私，主要是为夏娃和吕西安，不是为他自己。自从吕西安动身以后，大卫就想赶快挣起这份家业来。他要配合妻子的身份，给她一个富裕高雅的环境，同时也要大力支援吕西安的雄心壮志，这个计划在大卫眼中好像每个字都是用火焰写的。出版界、文艺界、科学界的大发展，新闻事业、政治活动，一切国家大事都有人讨论的趋势，复辟政府稳定以后的整个社

---

① 基督教传说用牛作路加福音的作者圣·路加的象征，代表力量，圣·路加本是画家出身，故后世画家奉为祖师。

会动向，使纸张的需要量比大革命初期，有名的乌佛拉根据相仿的理由做投机[1]的时代，差不多增加十倍。可是一八二一年时，法国纸厂林立，不能希望再像乌佛拉那样包下几个主要厂家的产品，来一个独家经营。再说大卫也没有胆气和资金做这种投机生意。造卷筒纸的机器已经在英国运转。可见发展造纸工业，适应法国文明的需要，确是一桩刻不容缓的事。我们的文明倾向于样样事情都要讨论，每个人的思想要不断地发表，这真是国家的大患，因为多议论的民族总是很少行动的。所以说来奇怪，一方面，吕西安投入新闻事业那个庞大的机器，不怕弄得智穷才尽、身败名裂；另一方面大卫・赛夏在印刷所中也在关切报刊的动态，注意报刊的物质方面的影响。他要找出新方法来配合时代所追求的目标。他看准制造廉价的纸张是一条生财之道，后来的事实也证明他有先见之明。最近十五年内，发明执照局收到的申请书不下一百多件，都自称发现了造纸的新原料。

大卫愈来愈相信这项发明的用处，虽然不能享大名，发一笔大财是肯定的。从舅子去了巴黎以后，大卫便老是全神贯注，转着念头，要解决这个问题，不能不如此。为着结婚和筹措吕西安的路费，他的资金都用完了，初婚的生活很艰苦。他只留着一千法郎做印刷所的开销，可是还有一张期票在药房老板卜斯丹手里，欠着一千法郎。因此对这深刻的思想家来说，问题是双重的：既要赶快发明一种廉价的纸，又要把这桩发明的好处派作家用和经营印刷的资本。经济窘迫的情形不能让人知道，眼看一家的生活费没有着落，印刷所的行当又一点马虎不得，需要时时刻刻留神；同时还得凭着学者的热诚和乐而忘返的精神，在不可知的天地中摸索，探求那个

① 有名的银行家乌佛拉（1770—1846）一度专收博阿多和安古兰末的纸厂产品，囤积居奇。

费尽心思而愈来愈渺茫的秘密，这一大堆牵肠挂肚的事不知要怎样的头脑才能应付！不幸我们以后要看到，除了公众的忘恩负义之外，发明家还有许多别的痛苦。一事不做的人，无能的人，向大众提到一个天才，总说："他是生来做发明家的，不会干别的事。咱们用不着感谢他们，正如用不着感谢天生的君主！他不过是发挥他天赋的才能！工作本身便是他的报酬。"

二　勇气十足的妻子

一个年轻的姑娘结了婚，肉体和精神少不得有一番深刻的变动；倘是中产阶级，攀着一门小康的亲事，她还得研究一下从来没接触过的银钱问题，学学做生意的门道，因此必须经过一个袖手旁观的阶段。不幸大卫疼着老婆，耽误了她的教育；结婚的下一天和以后的几天，他都不敢向老婆说出他的境况。尽管父亲的啬刻使他穷得一筹莫展，他还不忍破坏他的蜜月，要妻子学他那个不愉快的辛苦的行当，把做买卖人家的主妇应有的知识教给她。仅有的一千法郎大半做了日常吃用，很少花在工场里。大卫满不在乎，他的老婆蒙在鼓里，这样过了四个月。等到醒过来，两人都大吃一惊。给卜斯丹的票子到期了，家里没有钱；这笔钱是怎么欠的，夏娃心中有数，只得卖掉一些银器和她新娘的首饰，拿去还债。款子付清那天晚上，夏娃想叫大卫谈谈他的情形；她发觉丈夫为着从前谈过的那个问题，撇下印刷所不管了。婚后第二个月，大卫主要是在院子尽头的偏屋，浇墨棍用的小房间里消磨时间。他回到安古兰末三个月以后，就废掉蘸墨的皮球，改用圆筒和石板调墨，拿硬胶跟糖浆做的棍子蘸墨。这是改进印刷的第一步，成绩卓著，戈安得弟兄看了立刻仿效。院子里那间像厨房一般的偏屋，半边靠在和邻居分界的墙上；大卫靠墙安放一个炉子、一个铜锅，推说浇起墨棍来省煤，其实墨棍的模子放在墙脚下生锈，统共也没浇过两回。他用橡木给小屋做了一扇厚实的门，里面钉着铁皮，木格子镶嵌的肮脏的玻璃窗也换了有一道道沟槽的厚玻璃，使屋外看不见他在屋内的活动。夏娃一提到前途，大卫便神色不安地瞧着她，打断了她的话，说道："亲爱的，你看见工场里冷清清的，我对买卖没精打采，你心里有什么感想，我全知道；可是你瞧，"他把夏娃拉往卧室窗口，指着那神秘的小屋子说，"咱们的家业是在那里……还有几个月的苦日子，咱们得耐着性子熬过去，让我解决那个难题——你知道是怎么回事，难题解决了，咱们就不愁穷啦。"

大卫这个人太好了，太真诚了，你听了他的话不能不相信；可怜的妻子像所有的女人一样关心日常用度，决意不要丈夫再为家务操心。过去她守着蓝白两色的漂亮卧房，只做点针线，陪母亲闲话，这一下她走出房间下楼了。工场尽头有两个小小的木亭子，她去坐在一个亭子里，琢磨印刷生意的门道。有了身孕的女人肯这样做，不是英勇得很吗？最近几个月工场里无事可做，原有的工人一个个溜了。戈安得弟兄的业务应接不暇，不但本州的印刷工贪图日后多挣些钱，被他们诱了去，便是波尔多的工人也有投奔来的，尤其一般学徒自以为手艺高强，不愿意等到满师，受种种约束。夏娃查看赛夏铺子的家底，发觉只剩三个人了。先是大卫从巴黎带来的学徒赛利才；其次是像看家狗一般忠心的玛利红；最后是亚尔萨斯人高布。高布从前在第多印刷厂打杂，后来去服兵役，碰巧来到安古兰末，兵役快满期的时候，有一次被大卫在检阅的队伍中撞见了。高布来探望大卫，看中了胖子玛利红。在他那个等级的男人眼里，女人的品质玛利红可以说应有尽有：身体强壮，腮帮紫堂堂的；力气同男人不相上下，端起一盘铅字来轻而易举；一丝不苟的性格，亚尔萨斯人尤其看重；对主人的忠心证明她心地善良；她又很省俭，积蓄了一千法郎，还有内衣、袍子、零星衣物，都收拾得干干净净，完全是内地派头。胖姑娘玛利红三十六岁，看见一个身高五尺七寸，身体魁梧，像碉堡一般结实的装甲兵追求她，心里很得意，怂恿他做印刷工。亚尔萨斯人正式复员之后，被玛利红和大卫训练成大熊①，虽然一字不识，倒也做得挺好。那一季没有多少零活，赛利才尽可应付。赛利才又是排字工，又是拼版工，又是监工，做到康德所谓三位一体：他自排自校，写订单，开发票；大半的时间无事可做，待在工场尽头的小亭子里看小说，等顾客上门托印招贴礼帖之类。赛夏老头儿一手教出来的玛利红负责整纸、浸纸、晾纸、切纸，帮高布印刷，同时兼管厨房，大清早上菜市。

夏娃要赛利才报出上半年的账，收入是八百法郎；开支项下，赛利才的工资每天两法郎，高布一法郎，共计六百法郎，交出去的印件成本花到一百多法郎。夏娃一看就明白，大卫结婚以后六个月，既赔了房租、机器生财和印刷执照的利息，也没有收回玛利红的工资、油墨钱，更不用说印刷商应有的利润了。印刷业的行话管这些有关成本的项目叫作零料，因为印刷车上要用呢绒和绸衬在铁板和纸张中间，防绞盘压力太猛损坏铅字。夏娃对印刷所的生意和盈亏大致有了一个眉目，知道这小厂在戈安得弟兄排挤之下很少办法。戈安得弟兄活跃得不得了：又造纸，又办报，又印刷，主教公署的买卖归他们独家承包，州公署和区公所也是他们的主顾。两年前赛夏爷儿俩得了两万两千法郎出让的报纸，此刻每年有一万八收入。夏娃看出戈安得弟兄表面上装作慷慨，骨子里别有用心；他们让赛夏印刷所买卖多少有点苟延残喘，而绝不会生意兴隆，能够同他们竞争。她一上手管事，先把一切生财造好清册；再叫高布、玛利红、赛利才打扫工场，收拾整齐。然后有天晚上，大卫从野外散

---

① 指掌车工。

步回来，后面跟着一个老婆子背了一个大布包；夏娃乘机告诉大卫，生意上的事可以由她独自照管，只是问大卫，赛夏老人留下的破烂家伙该怎么利用。赛夏太太听着丈夫的主意，把她清理出来而分好门类的存纸，统统印成彩色的民间传说，只用一张纸，排两栏，给农民买去贴在草屋的壁上，题目无非是《流浪的犹太人》《魔王劳贝》《美丽的玛葛洛纳》之类，还有讲奇迹的故事。夏娃安排高布出门兜销。赛利才立刻动手，排那些天真的文字，安上俗气的图版，从早到晚忙个不停。玛利红对付印刷。一切家务都由夏同太太照顾，夏娃管插图的着色。两个月工夫，多亏高布勤谨老实，赛夏太太在安古兰末周围四五十里方圆之内销掉三千份画片，卖两个铜子一份，三十法郎成本变了三百法郎。亚尔萨斯人不能到本州以外去兜售，等到画片贴满了所有的茅屋和小酒店，又该想法做别的买卖了。夏娃翻遍工场，找出一批专印一种名叫《牧羊人历本》的图版，不用文字，内容只有红、黑、蓝三色的符号、图像和镂版画。不识字的赛夏老头儿当年给不识字的人印这本册子，赚过不少钱。全书用一张纸折成六十四页，订成一百二十八面的小册，卖一个铜子。内地的小印刷所多半做单页印刷品的生意。赛夏太太看见上回买卖得手，很高兴，打算拿赚来的钱印一大批《牧羊人历本》。这种历本法国每年销到几百万，用的纸比《列埃日历本》更粗糙，大约只要四法郎一令。印成历本，五百张一令的纸，按每张一个铜子计算，可以卖到二十五法郎。赛夏太太决计第一版先用一百令纸印五万册，销完了有两千法郎可赚。

大卫虽则聚精会神忙着自己的事，对什么都不在意，偶尔也望望工场，听见一架木车咯吱咯吱响着，看见赛利才在赛夏太太调度之下老在那里排字，感到奇怪。有一天他进去查看夏娃的工作；夏娃听丈夫说历本是桩好买卖，高兴非凡。历本的内容需要一见便明，印插图的彩色油墨该怎么应用，大卫答应亲自指点。他预备在秘密工房里把墨棍重新浇过，尽量帮老婆做好这笔大规模的小生意。

他们正开始忙得不可开交，吕西安来了几封令人泄气的信，向母亲、妹子、妹夫，报告他在巴黎的失意和苦难。不难了解，给宠惯的孩子寄去三百法郎，在夏同太太、夏娃和大卫说来，是为诗人献出了他们最宝贵的血。夏娃听到那些消息大受打击，而且鼓足勇气干的活只赚到很少一点钱，觉得很失望，所以遇到一般青年夫妇认为天大的喜事，反倒害怕起来。她看自己快要做母亲了，暗暗想道："我生产的时候，要是亲爱的大卫还研究不出一个结果来，怎么办？……小印刷所才开场的事业交给谁管呢？"

三　未来的犹大

《牧羊人历本》早该在元旦以前出货，无奈全部排工只有赛利才一个人做，他却慢条斯理地拖拉，叫人发急，尤其赛夏太太对印刷不大在行，没法埋怨，只能暗中留意巴黎青年的行动。赛利才是巴黎育婴堂出身的孤儿，送在第多印刷厂当学徒。十四岁到十七岁那一段，他对大卫·赛夏唯命是听；大卫派他在一个最能干的工人手下，自己也在印刷方面把他当作副手兼小厮。大卫看他聪明，对他很关切，又念他穷苦，不时给他有些娱乐，因此赛利才对大卫颇有感情。他那张又小又狡猾的脸还好看，头发黄里带红，眼睛蓝得不清不楚。他把一些巴黎野孩子的习气带到安古兰末；仗着头脑灵活，嘴皮刻薄，心思又恶毒，叫人见了害怕。大卫在安古兰末对他不再管束，或许看他年纪大了，比较放心，或许认为内地的风气有感化人的力量。赛利才却瞒着老师，搭上三四个年轻的女工，变作街头的唐·璜，完全堕落了。他的做人之道是巴黎小酒店的产物，唯一的原则是样样为自己着想。赛利才下一年要服兵役，像俗语说的要轮到抽签了；他看到没有出路，便存心背债，算准六个月以后当了兵，随便哪个债主都奈何他不得。小家伙心上还多少服着大卫，原因不在于尊敬老师，也不在于受过关切，而是因为他是从巴黎来的，知道大卫的聪明才智高人一等。不久赛利才和戈安得厂里的工人混熟了，他们的上装、工衣，对他都是一种诱惑，还有同业观念在下层阶级也许比上层阶级更有影响。他同这批人交了朋友，把大卫给他的一点好教育丢得干干净净。尽管这样，他还护着大卫；大熊们带他看戈安得的宽敞的工场，十二架出色的铁车都在开动，仅存的一架木机只打校样，不派正用了；他们笑话赛夏父子的旧机器是烂木头；赛利才站在主人一边，傲气十足地冲着他们说："哼！你们的傻瓜[1]弄了些铁车有什么了不起，不过印印祈祷本子；我的傻瓜凭着他的烂木头，才有发展呢！他正在找窍门，将来法兰西和拿伐尔的印刷商都要让他捞一笔呢！……"

人家回答说："哼，你这个起码监工，只挣四十铜子一天，你的老板娘是个烫衣服的！"

赛利才说："她才漂亮呢，比你们两个牛头马面的东家看起来舒服多了。"

"眼睛望着老板娘，肚子就不饿了吗？"

在小酒店或者印刷所门口说的这些打趣的话，多少透露出一点赛夏铺子的情形，给戈安得弟兄知道了。他们听见夏娃做历本的生意，认为必须彻底破坏，不让可怜的女人把事情做成功，从此发达起来。

弟兄俩商量道："咱们叫她撞得鼻青脸肿，不敢再做买卖。"

专管印刷的戈安得遇到赛利才，说他们活太多，原有的校对忙不过来，提议分一部分给赛利才，按件计酬。赛利才晚上替戈安得弟兄工作几小时，比替赛夏整天干活挣的钱更多。戈安得弟兄便和

---

① 指印刷所的老板。

赛利才有了来往，他们夸他才能出众，只是遭遇不好，代他可惜。

有一天，两个戈安得中的一个对他说：“你满可以当一家大印刷所的监工，挣到六法郎一天；你这样聪明，将来还有希望在厂里搭股。”

赛利才答道：“做个好把式的监工有什么用？我是孤儿，明年轮到兵役，抽签抽中了，谁拿出钱来替我买壮丁？……”

有钱的印刷商道：“只要人家看你出力，怎会不借钱给你免掉兵役呢？”

赛利才道：“反正不能指望我的傻瓜。”

“噢！那个时候也许他研究的东西有了结果啦……”

这句话有心叫听的人起坏主意。赛利才带着探问的神气瞅着纸厂老板，看他一声不响，只得小心回答：“我不知道他忙些什么，反正他这种人不是在铅字架上发财的。”

印刷商拿出六大张教区的经文递给赛利才，说道：“朋友，你明天校完，就有十八法郎进账。你瞧我们气量多大，让同行的监工挣钱！我们尽可让赛夏太太印《牧羊人历本》，把本钱赔得精光。你不妨告诉她一声，我们也在印这个册子，包管赶在她前面……”

赛利才为什么把历本排得这样慢，现在我们明白了。

夏娃听说戈安得破坏她可怜的小买卖，吓了一跳；赛利才假仁假义地报告同行的竞争，她还以为是忠心；可是不久发现她的独一无二的排字工形迹可疑，不能单用年轻人的好奇心来解释了。

有天早上她说：“赛利才，你常常站在门口等先生走过，想看他干些什么；你不赶紧排咱们的历本，反而在先生走出浇墨棍的工房的时候望着院子，这些行为都是不对的。你明明看见我是他的妻子，尚且尊重他的秘密；我不怕自己辛苦，让他安心工作。你要不浪费时间，历本早已完工，高布早已拿去发卖，不怕两个戈安得捣乱了。”

赛利才道："哎哟！太太，我在这里每天拿四十铜子工钱，替你排的字值到一百铜子，还不够吗？晚上要没有弋安得弟兄的校样，我只好吃糠了。"

夏娃听着心里很难受，主要不是因为赛利才抱怨，而是他声调粗野，带着威吓的态度和恶狠狠的眼神。她说："你年纪轻轻就没有良心，看你将来有出息吗？"

"跟的老板是个女流，当然不会有出息了，一个月的工钱还不一定能维持三十天。"

夏娃觉得女性的尊严受了伤害，气冲冲瞪了赛利才一眼，上楼了。大卫来吃饭，夏娃问道："朋友，你对赛利才那小子信得过吗？"

他回答："赛利才吗？他是我的徒弟，我一手教出来的，他替我念原稿，我安排他上铅字架，哪一样不是我提拔他的？你这话好比问一个做父亲的是否信得过他的孩子……"

夏娃告诉丈夫，赛利才帮戈安得弟兄看校样。

大卫好像师傅做错了事，不好意思，说道："可怜的孩子！他也得活命啊！"

"对！可是朋友，你瞧瞧高布和赛利才的分别吧；高布每天赶七八十里路，只花十五到二十铜子，替我们把单张的印刷品卖到七八法郎，甚至九法郎，除掉开支，只问我要他一法郎的工钱。高布再苦也不会帮戈安得弟兄掌车；你扔在院子里的东西，哪怕有人许他一千银洋也不会瞧上一眼；赛利才却统统捡去，瞧个不停。"

心胸高尚的人总不大肯相信人家会作恶，会无情无义；直要受到残酷的教训才恍然大悟，知道人心败坏到什么田地；而且他们受了教训也只用宽大来表示他们的痛心。

所以大卫回答说："噢！巴黎的孩子都免不了好奇。"

"好吧！朋友，我只请你上工场去查查你的小厮一个月来排的东西，告诉我是不是他在这一个月内不能完成咱们的历本……”

吃过晚饭，大卫查了一下，认为历本只消一个星期就应该排完；又听说戈安得弟兄也在印同样的历本，便来帮助老婆，叫高布不用再去兜售图片，工场的事都由大卫调度。他亲自拼了一版，让高布和玛利红两人印刷；自己和赛利才印另外一版，同时照管彩印的工作。每种颜色要分开印，四种不同的油墨要印四次。一份《牧羊人历本》要四道印工，成本自然很高，只有内地印刷所仗着人工不值钱，不需要计算资金的利息，才能生产。尽管是粗货，印精美图书的大厂却无法上手。从老赛夏退休之后，破旧的工场里第一次开动两架印刷车。夏娃的历本印得极好，却只能卖两生丁半，因为戈安得弟兄的批价是三生丁。夏娃发给货郎担的历书只收回成本，高布直接卖给用户的才有赚头；结果夏娃的买卖失败了。赛利才发觉自己在漂亮老板娘眼中犯了嫌疑，便打定主意跟她作对，私下想：“你疑心我，我非出气不可！”巴黎的顽童就是这种脾气。赛利才拿着人家有心多给的外快，每天晚上到戈安得办公室领校样，第二天早上送回去。他和两个戈安得的谈话一天天的多起来，混得挺熟；人家拿免除兵役引诱他，他觉得大有希望。大卫研究的东西和赛利才的刺探，用不着戈安得弟兄花钱收买，赛利才自动一言半语地露出来。

夏娃眼看赛利才没法信托，又找不到第二个高布，心中忧急，决意把她独一无二的排字工歇掉。富于感情的女子眼光特别犀利，她看出赛利才是个奸细。没有人排字，印刷所只好停业，夏娃发了一个狠，写信给梅蒂维埃。他是巴黎的纸商，和大卫·赛夏、戈安得弟兄，以及本州所有造纸的人几乎都有往来。夏娃托他在巴黎的《书业公报》上登一条广告：“兹有印刷厂一所，设于安古兰末，营业发达；主人愿将机器连同执照出让。欲知详情，请向赛邦德街梅蒂维埃先生接洽。”

四　戈安得弟兄

两个戈安得看见报上登出那条广告，彼此商量道："这小女人倒还聪明，咱们要让她有些买卖维持下去，才能控制她的印刷所；不然的话，来一个厉害的对手盘下大卫的工场，咱们就监视不了啦。"

弟兄俩存着这个心思去跟大卫·赛夏谈判。两人先见到夏娃，也不隐瞒他们的计划，说是想请赛夏先生承包他们的印件：他们活太多，原有的机器忙不过来，甚至要到波尔多去招工人，他们保证大卫的三架车子不会闲着。夏娃看到她的计策很快就有效果，心里挺高兴。

赛利才进去报告大卫，有这两位同行来拜访。夏娃乘机对戈安得弟兄说："我丈夫在第多厂认识一些出色的工人，又老实又干练；他大概要在最好的工人里头挑一个来接手……把铺子出盘，两万法郎就有一千法郎利息，那不是比受你们欺压，每年蚀掉一千法郎强多吗？我们印历本只是挺可怜的小生意，也是我们一向做惯的，干吗你们要嫉妒呢？"

两兄弟中的一个，大家叫作长子戈安得的，挺客气地回答："哎！太太，为什么不早通知我们一声呢？那我们就不同你抢生意了。"

"得了吧，先生。你们听赛利才说我排印历本，你们才跟着印的。"

夏娃一边气愤愤地说，一边瞪着长子戈安得，戈安得不由得低下眼睛。这么一来，赛利才出卖主人的勾当被夏娃拿到了真凭实据。

这个戈安得名叫鲍尼法斯，专管造纸跟营业，在生意上比他的兄弟约翰精明得多。约翰管理印刷所很有本领，但才干只抵得一个上校，鲍尼法斯却是将军，约翰也愿意他哥哥当总司令。鲍尼法斯清瘦干瘪，脸上布满红斑，皮色黄黄的像教堂用的蜡烛，嘴巴老是抿紧，眼睛像猫一样，从来不发脾气，哪怕用最粗野的话骂他，他也赛过虔诚的教徒，若无其事地听着，回答的声音很软和。逢到望弥撒、忏悔、领圣体的日子，他无有不到。面上装作和颜悦色，近于懦弱，其实他的顽强的野心不下于教士，在生意上贪得无厌，既要利，又要名。中等阶级在一八三〇年革命中到手的种种好处，长子戈安得从一八二〇年起就想要了。心里痛恨贵族，也不关心宗教，他的虔诚正如波那帕脱加入山岳党，完全是投机。当着贵族和官府的面，他的腰背特别软，自然而然会弯下去，表示自己渺小、低微、殷勤。还有一个特点可以描写这个人物，做惯生意的人听着也更能体会其中的奥妙。他戴一副蓝眼镜隐蔽眼风，说是当地地势太高，阳光强烈，地面和白色建筑物上的反射太刺激，需要保护眼睛。他的身材只比普通人略高一些，因为清瘦而显得很高，而清瘦又说明这个人工作繁忙，思想老在活动。一张假作善良的脸，长长的灰色头发紧贴在脑壳上，像教士的款式；七年来的装束始终是黑裤子、黑袜子、黑背心、栗色外套。大家为了分清两兄弟，管鲍尼法斯叫作长子戈安得，称他的兄弟胖子戈安得，这样的称呼也说明他们的身量和才干的差别，——其实两人都是厉害角色。约翰·戈安得一身肥肉，心情开朗，面团团的像法兰德斯人；皮肤被安古莫阿地区的太阳晒成古铜色，身材矮小，挺着一个大肚子，好比堂·吉诃德的跟班山哥·邦沙；嘴角上经常带着笑意，肩膀厚实，和他的哥哥正好是个鲜明的对比。约翰不仅长相和智力跟他哥哥不同，主张也不一样：他的言论近于进步党，属于中间偏左的一派，只有星期日才去望弥撒，同一般进步党的商人十分投机。乌莫镇上有些做买卖的说，两兄弟意见不一致是有心做出来的。长子戈安得很巧妙地利用兄弟表面上的朴实，拿他当棍子用。约翰惯说粗暴的话，使出不客气的手段，他哥哥天性宽厚，不喜欢用这套办法。约翰专做炮手，脾气急躁，提出的条件叫人没法接受；相形之下，他哥哥的建议温和多了。他们就是这样一搭一档地达到他们的目的。

女人自有女人的聪明，夏娃很快就看透两兄弟的性格，在两个厉害的对手面前格外小心。大卫从老婆嘴里知道了敌人的意思，听着他们的条件完全心不在焉。他走出装着玻璃格子的办公室，预备回到他的小实验室去，一面对两个戈安得说："你们同我女人谈吧，她对我的印刷所比我还清楚。我干的事业将来比这个小铺子有出息，你们给我受的损失也好借此弥补……"

胖子戈安得笑着问："用什么方法呢？"

夏娃瞅着大卫要他小心。

大卫回答："将来你们和所有用纸的人都少不了我。"

勃诺阿-鲍尼法斯·戈安得道："你在研究什么啊？"

鲍尼法斯声气柔和，话说得很含蓄。夏娃又朝丈夫瞅了一眼，要他置之不理或者说些不着边际的话。

"我要造出纸来，成本比现在降低一半……"

说完他走了，没看见两兄弟交换的眼风，他们的意思是说："这家伙准是个发明家；有这副气派的人绝不会闲着。"鲍尼法斯仿佛说："让咱们来利用他！"约翰好像问："怎么利用呢？"

赛夏太太道："大卫对你们像对我一样。只要我问长问短，他就觉得我的名字很犯忌[①]，老是对我说那句话，其实不过是个方案罢了。"

鲍尼法斯道："你丈夫的方案成功了，发财当然比做印刷生意快，怪不得他不在乎铺子。"他说着掉过头去望望空荡荡的工场，只

① 指夏娃引诱亚当吃禁果的基督教传说。

见高布坐在一块木板上拿蒜头涂着面包[①]。"不过这印刷所落在一个勤谨、干练、有野心的同行手中，对我们也不大合适。或许咱们能商量一个解决的办法。要是你愿意，不妨把机器租给我们厂里的一个工人，由他顶着你们的名替我们干活，像巴黎那种办法。我们给他的工作，尽够他付你们一笔可观的租金，还有些小小的利润……"

夏娃道："那要看租金的数目了，你们愿意出多少呢？"她望着鲍尼法斯的神气表示她完全懂得对方的计划。

约翰·戈安得抢着说："你想要多少呢？"

夏娃道："三千法郎租半年。"

鲍尼法斯声音怪软和地回答："嗳，亲爱的太太，你刚才说的你的印刷所预备卖两万法郎。两万法郎的利息，照六厘算也不过一千二。"

夏娃愣了一愣，她这才觉得做买卖说话要多么谨慎。

她道："你们亲眼看到，我靠着机器和铅字还能做些小生意，现在要让给你们使用了；赛夏老先生也没有白送我们礼物，我们要付他房租呢。"

争论了两小时，夏娃争到两千法郎半年，先付一千。条件都讲妥了，两兄弟告诉夏娃，他们的意思是叫赛利才承租。夏娃不免表示诧异。

胖子戈安得道："交给一个熟悉场子的人不是更好吗？"

夏娃一声不出，送走了两兄弟，决心亲自监视赛利才。

吃晚饭的时候，夏娃拿文件交给丈夫签字，大卫笑道："敌人进了堡垒啦！"

夏娃道："不怕！高布和玛利红两人赤胆忠心，我都信得过；他们俩一定会小心看守。所里那套机器本来要赔钱，现在有四千法郎收入；你的计划要成功，我看还得等上一年！"

---

① 穷人往往只有蒜头做饭菜。

大卫温柔地握着夏娃的手，说道：“你真是个发明家的妻子，当初你在水闸旁边说的话一点不错。”

大卫夫妻俩有了过冬的生活费，却从此受着赛利才监视，还不知不觉受着长子戈安得支配。

管纸厂的哥哥走出去对专管印刷的兄弟说：“这一下可把他们抓住了！将来这些可怜虫拿惯了印刷所的租金，一心指望这笔进款，准会背债。六个月之后咱们不续订合同，看这个天才葫芦里卖的什么药；那时趁他为难，咱们提议和他合作，把他的发明拿来共同经营。”

如果有个精明的商人看见长子戈安得说出合作两字的表情，准会感到男女结亲还不及生意上的合伙来得危险。鸟兽被这些凶狠的猎人追踪，形势已经不妙了；大卫夫妻俩靠着高布和玛利红的帮助，是否能抵抗鲍尼法斯·戈安得的奸计呢？

五　第一声霹雳

临到赛夏太太分娩的时节，吕西安寄来五百法郎，加上赛利才付的第二期租金，各项开销有了着落。大卫·赛夏、夏娃和她母亲，都以为吕西安把他们忘了，收到款子不由得欢天喜地，像听到诗人初期的成功一样；吕西安登在报上的头几篇文章，在安古兰末比在巴黎更轰动。

大卫只道太平无事，放心了，谁知舅子来了一封无情的信，他看着大为震动。

亲爱的大卫，我用你的签名出了三张本票，写我的抬头，向梅蒂维埃支了三千法郎，一张是一个月期的，其余是两个月三个月的。这件事一定使你很为难，无奈在借债和自杀之间，我只能采取这个不名誉的手段。我的窘况以后再谈；票子到期的时候我想法把款子汇给你。

信阅后即毁，在母亲和妹子面前只字勿提。我素来知道你的牺牲精神，想你这一次也不例外。

你的绝望的弟弟，吕西安·特·吕庞泼莱

夏娃生产过后才起床，丈夫和她说："你可怜的哥哥穷得一筹莫展，我寄去三张一千法郎的期票，一个月的，两个月的，三个月的。你替我记在账上。"

说完唯恐老婆盘问，出门往田野去了。夏娃六个月没有哥哥的信息，早就牵肠挂肚；当下同母亲两个把大卫那句凶多吉少的话揣摩了一会儿，觉得形势恶劣，她情急智生，想出一个破除疑虑的办法。特·拉斯蒂涅先生的儿子正回家小住，提到吕西安，说话很难听；那些巴黎新闻，以及传说的人的议论，被吕西安的母亲和妹子听到了。夏娃就去拜访特·拉斯蒂涅老太太，请她介绍，见到她的儿子，说出自己的忧虑，希望知道吕西安在巴黎的实在情形。她哥哥同高拉莉的关系，为了出卖大丹士的嫌疑和米希尔·克雷斯蒂安决斗，还有种种生活方面的细节，夏娃一下子全知道了；那些事情在一个俏皮的花花公子说来，显得更不堪。拉斯蒂涅把他的怨恨和嫉妒披上同情的外衣，假作关心同乡，替大人物的前途担忧。他真心佩服安古兰末的子弟有这种才干，可惜吕西安自暴自弃。他谈到吕西安的错误，失掉有权有势的靠山，叫人把准许改姓和使用吕庞泼莱纹章的上谕撕掉了。

"太太，要是令兄有人好好点拨，今天早已坐享荣华，做了特·巴日东太太的丈夫……谁知他不但把她丢了，还侮辱她！她只得抱着一肚子委屈嫁给西克施德·杜·夏德莱伯爵，其实她心里才爱吕西安呢。"

赛夏太太道："真的吗？……"

"你哥哥好比一只初生的鹰，最初几道豪华和荣誉的光彩把他照得眼花缭乱，什么都看不清了。老鹰一个跟斗栽下来，谁知道栽到哪儿为止？大人物总是爬得越高，摔得越重。"

夏娃听着最后一句好像心上中了一箭，回去只是心惊胆战。她精神上最经不起打击的地方受了伤，在家一声不出，好几次抱着孩子喂奶，眼泪掉在孩子的脸上和脑门上。对自己人的幻想是家族观念的产物，也是与生俱来，极不容易放弃的；因此夏娃不相信欧也纳·特·拉斯蒂涅，而要打听一个真正的朋友。吕西安钦佩小团体的时候给过她大丹士的地址；她便写了一封动人的信去，大丹士回了一封信来：

太太，你向我探听令兄在巴黎的生活，想知道他前途如何；你为了要我说实话，还转述特·拉斯蒂涅先生告诉你的许多事，问我是否确实。太太，与我有关的部分，我不能不代吕西安洗刷，纠正特·拉斯蒂涅先生的话。当时令兄感到内疚，给我看他批评我作品的稿子，说他无法决定是否送去发表，虽然不听从党派的命令必然要伤害一个他心爱的人。一个作家既自命为要表达情欲，势必能体会别人的情欲，所以我懂得在情妇与朋友之间，只能牺牲朋友。令兄犯的罪过，我是给了他方便的，亲自把他扼杀作品的评论修改了一番，而且我对评论完全同意。你问我是否还尊重吕西安，当他朋友。这可不容易回答了。令兄走的是绝路。眼前我还代他惋惜，不久我就只想忘掉他了，主要不是为他过去的行动，而是因为他以后还会有这样的行动。吕西安是富于诗意的人，可不是诗人；他只管做梦，不肯思考，只忙乱，不创造。总而言之，允许我说一句，他是个没有丈夫气的男人，犯了法国人最大的毛病：喜欢卖弄。吕西安只要能炫耀聪明，痛快一下，永远会牺牲他最知己的朋友。倘使能过几年奢华糜烂的生活，将来他很可能同魔鬼订卖身契。他不是做过比这个更糟糕的事吗？不是和一个女演员公开同居，拿他的前程换取暂时的快活吗？现在那女人的年轻、美貌、忠诚，——因为她的确爱吕西安，——使吕西安看不见他处境的危险，看不见那种生活方式得不到社会的原谅，不论你有多大声名，多大财产，不幸他每次遇到新的诱惑，都会像今天一样只图一时的快乐。你放心，吕西安永远不至于犯罪，他没有这胆量，可是他能接受人家已经犯下的罪，从中分肥而不分担危险：这种行为是人人痛恨的，便是坏蛋也认为可耻的。他也要瞧不起自己，也要后悔不已，可是一有需要，照样再来；因为他缺少意志，遇到色情的诱惑，要满足什么小小的野心，就没有力量克制。他跟富于诗意的人一样懒惰，以为不去克服困难而回避困难是表示他聪明乖巧。他时而勇敢，时而胆怯；你既不必佩服他的勇敢，也不必责备他的胆怯；吕西安赛过一架竖琴，琴弦的松紧随着气候的变化而定。一怒之下或者得意之下，他能写出一部优美的作品，不在乎名声，事先他可是极盼望名声的。他初到巴黎便受着一个青年控制，那人毫无品德，只是在不容易立足的文坛上有经验，有手段，叫吕西安看着出神。那魔术师把吕西安完全迷住了，引诱他过着有失体统的生活，不幸那生活又染上一些爱情的光彩，使他沉湎不返。轻易佩服人是性格软弱的表现，我们不能对一个走绳索的和一个诗人等量齐观。我们劝吕西安接受战斗，不要用投机取巧的方法猎取声名，劝他正式跳上擂台，不要混在乐队里当吹鼓手。他瞧不起朋友们的勇气和节操，偏偏赏识文坛上的弄神捣鬼、招摇撞骗的勾当；我们为之都很愤慨。太太，一般人都有个怪脾气，对这等性格的青年特别宽容，还喜欢他们；看他们表面上有些才能和虚假的光彩，信以为真；对他们毫无要求，原谅他们所有的过失，只看见他们的长处，把人品完整的人应享的利益给他们，尽量地宠他们。反过来，大众对品性坚强而完整的人倒是严厉无比。这种世道好像极不公平，说不定也有深意在内。社会只拿小丑取乐，没有其他的要求，一转眼就把他们忘了；不比看到一个器局伟大的人，一定要他超凡入圣才肯向他下跪。各有各的规律：历久不磨的钻石不能有一点瑕疵，一时流行的出品不妨单薄、古怪、浮而不实。所以，吕西安尽管一错再错，仍旧能飞黄腾达，只消能利用好机会，或者交上一般上等人；不过万一撞在一个恶魔手中，他非堕入十八层地狱不可。他这个人好比许多优美的东西缝在一块质地脆弱的料子上，年代一久，鲜艳的色彩褪尽了，只剩底下的料子，要是质地太差，那就成了一堆破烂的布条。只要吕西安还年轻，不怕没人欢迎，可是到了三十岁又是什么局面呢？真正爱护他的人不能不想到这个问题。如果只有我一个人对吕西安有此想法，我也不敢直言不讳，使你听了伤心，无奈你的来信语气那么沉痛，问题提得那么迫切，我若客套一番，敷衍了事地回答，既对不起你，也对不起我自己，因为你太看重我了；并且我朋友中认识吕西安的人都和我意见一致，因此我觉得说出真相是我责任所在，不管那真相多么可怕。在好坏两方面，吕西安都样样做得出。这话可以概括我们大家的感想和这封信的内容。现在他朝不保夕，苦不堪言；倘若生活的颠簸把这个诗人送回到你身边来，希望你利用你对他的影响，留他在家；在他立志不坚的时期，巴黎对他始终是个危险的地方。他常说你们夫妇俩是他的护身神，大概他过去把你们忘了；等到他受着狂风暴雨的打击，除了老家没处栖身的时候，他一定会想起你们；那时，太太，你还得一片热情地对他，那是他需要的。

太太，我素来钦佩你的才德，也尊重你的慈母般的忧虑，不能不向你表示我真诚的敬意。

你的忠实的仆人　大丹士

看了这封信以后两天，夏娃奶水枯了，只得雇一个奶妈。她一向把哥哥当作神道一般，怎想到他糟蹋了大好才华去做坏事；在夏娃眼中，吕西安是陷入泥坑了。内地的冷角落里还有些清白的人家保存旧传统的光辉，这个高尚的姑娘最重诚实、廉耻，以及家庭中培养出来的一切做人之道，绝对不肯妥协。她心上想，原来大卫竟有先见之明。爱情浓厚的夫妻本可以平心静气，无话不谈；夏娃把心中的悲痛，使她雪白的脑门变得灰溜溜的伤心事告诉丈夫，丈夫说了许多安慰她的话。夏娃痛苦之极，丰满的乳房长不出奶水，又为了不能尽为娘的责任而发急，大卫眼泪汪汪地瞧着她，一面安她的心，给她希望。

“孩子，你哥哥立身不正是因为幻想太多。诗人渴望荣誉也不足为奇，只是追求快乐太性急了。他好比一只鸟，很天真地受着五光十色的繁华世界的骗，社会指责他的罪过，上帝会饶赦他的！”

可怜的女人嚷道：“可是他把我们害苦了！……”

“现在他害了我们，几个月之前寄回他的第一笔稿费，救了我们！”大卫知道老婆说的是气话，不免过火，不久仍会对吕西安回心转意。“差不多五十年前，迈尔西埃在《巴黎景象》中说过，文学、诗歌、科学，一切脑力活动的产物永远养不活人。吕西安凭着他的诗人气质不相信五个世纪的经验。用墨水灌溉的庄稼，即使能收割，也得在播种以后等上十年十二年；吕西安却把青草当作五谷。不过至少他懂得了人生。他上过一个女人的当，少不得还要受上流社会的骗，相信虚假的友谊。他的经验付的代价太高了，别的也没有什么。咱们的老祖宗说得好：只要子弟回家耳朵不聋，保持清白，也就行了……”

可怜的夏娃叫道：“清白！……吕西安哪一桩行为不是违反道德的？……昧着良心写文章！攻击他最好的朋友！……拿女戏子的钱！……和她同出同进！把我们搜刮得一文不剩！……”

“噢！这不算什么……”

大卫赶紧停住，差点泄露舅子假造本票的秘密；夏娃发觉他有话不说，隐隐然感到不安。

她说：“怎么不算什么？咱们哪儿去张罗三千法郎来还人家？”

大卫说：“第一咱们要跟赛利才续订印刷所的租约。这半年他替戈安得做的活分到百分之十五的好处，一共有六百法郎，印零件又挣了五百。”

夏娃说：“这件事给戈安得弟兄知道了，也许不会再订合同，咱们要忌惮赛利才，因为他不是东西。”

大卫说：“没关系！再过几天咱们就发财啦！吕西安有了钱一定是个正人君子……”

“噢！大卫，亲爱的朋友，你这是什么话啊！难道吕西安穷了就不能不做坏事吗？你对他的看法和大丹士先生完全一样！软弱的性格不可能出人头地，而吕西安便是软弱的……一个经不起诱惑的天使算什么呢？……”

“唉！他这种人要有特殊的环境，特殊的天地，才能显出他的美。吕西安天生不宜于斗争，我叫他不需要斗争就是了。我马上要成功了，忍不住要把我成功的方法告诉你听。你瞧！”大卫从袋里掏出几张八开大的白纸，好不得意地扬了一扬，放在他女人膝盖上。

六　造纸业一瞥

他要夏娃上手试试样品，夏娃诧异的神气像小孩。大卫说：“这样的纸，大葡萄尺寸[①]的造价每令不超过五法郎。”

夏娃说：“这些试验怎么做的？”

大卫说：“用玛利红的一只旧棕筛做的。”

夏娃问：“你还不满意吗？”

“关键不在于制造，而在于纸浆的成本。唉！孩子，不少人走过这条艰难的路，我是最后一批了。早在一七九四年，玛松太太试验用字纸做成白纸，试验是成功了，可是成本浩大！一八〇〇年英国的特·骚斯伯利侯爵，一八〇〇年法国的塞更，同时尝试用干草造纸。你手里这几张用的是咱们最普通的芦苇。我还想用荨麻和蓟草来做。要原料便宜，必须找一些出在沼泽区和土壤不好的地方的植物，那就不值钱了。整个秘诀在于怎样用那些草料做成纸浆。现在我的方法还不够简单。尽管事情很难，我有把握使法国的造纸技术和我们的文学同样领先一步，成为我们的专利，像英国人的钢铁、煤炭和家用陶器一样。我要做一个造纸业中的雅卡[②]。”

夏娃站起身子，被大卫的朴实的态度感动了，兴奋之下，张开手臂抱着大卫，把头倒在他的肩膀上。

大卫说：“你这样对我，仿佛我已经成功了。”

---

① 65×59厘米。

② 法国人雅卡（1752—1834）曾发明一种纺织机，至今尚在使用。

夏娃仰起头来望着大卫，漂亮的脸上淌满眼泪，一时竟没法开口。

“我不是拥抱天才，是拥抱一个安慰我的人！”她说，“一颗星掉下去了，一颗星正在升起来。哥哥的堕落使我心酸，你却给我看到丈夫的伟大……是的，将来你一定和葛朗陶日、罗凡、梵·劳贝，替我们培养茜草的波斯人[①]，还有你和我提到的那些人一样伟大，他们改良一种工业，做了有益人类而并不显赫的事，至今默默无闻。”

鲍尼法斯·戈安得和赛利才在桑树广场上来回走着，望见窗纱上映着夫妇俩的影子，说道：“这个时候他们在干什么？……”赛利才负责监视老东家的行动，长子戈安得每天半夜里都要来跟赛利才谈一谈。

赛利才道：“大概他拿白天做的纸给女人看。”

纸厂老板问：“用的是什么原料呢？”

赛利才回答：“猜不出来。我在屋顶上开了一个窟窿，昨天夜里爬上去，看见傻瓜用铜盆煮纸浆，堆在一边的原料，看来看去看不出是什么东西，只能说像苎麻一类……”

鲍尼法斯声音很婉转地对他的奸细说：“到此为止吧，再进一步就不老实了！……赛夏太太快要叫你续订印刷所的合同，你回答她想自己开店，愿意出半价买下她的执照跟机器，要是她答应了，马上通知我。不管怎么样，你得尽量拖日子……他们没有钱了。”

赛利才道：“一个子儿都没有了。”

长子戈安得应声说了句：“一个子儿都没有了。”心想：“这一下可逃不出我手掌啦。”

---

① 十六世纪时葛朗陶日祖孙三代发明并改进在布上织出花草的图样。罗凡于一五四九年发明在河上编筏运木。劳贝办的织布厂出品超过法兰德斯。于八世纪时定居法国的波斯人阿登（1709—1774）在法国播种茜草，成为主要染料之一。

梅蒂维埃字号除了经营纸张以外，戈安得弟兄的铺子除了造纸和印刷以外，都兼做放款而不领执照。在巴黎领一张银钱业的执照要花五百法郎，税务机关还没想出办法来控制商业，逼那些私做银钱生意的人领执照。戈安得弟兄和梅蒂维埃，虽然用交易所的行话来说，是地下银行家，在巴黎、波尔多、安古兰末的市面上，每季也有几十万往来。那天晚上，吕西安伪造的三千法郎票据正好从巴黎转到戈安得弟兄手里，鲍尼法斯立刻利用这笔债务，想出一条毒计来害那个耐性而可怜的发明家，但看下文就知道。

七 介绍一般的内地诉讼代理人，尤其是柏蒂-格劳

下一天早上七点，鲍尼法斯沿着他纸厂的引水道踱来踱去；纸厂规模很大，水声使人听不见说话的声音。他等着一个二十九岁的诉讼代理人，六星期前才在安古兰末的初级法院登记，名叫比哀·柏蒂-格劳。

年轻的代理人被有钱的厂商约去谈话，当然不敢失约。长子戈安得同他打了招呼，问道："你在安古兰末念中学可是和大卫·赛夏同一个时期？"

"是的，先生。"柏蒂-格劳说着，凑着长子戈安得调整步伐。

"近来有来往吗？"

"他回来之后，我们至多碰上两回。这也是必然的，平时我不在事务所就在法院；星期天和节日又得用功，想法进修，我是样样要靠自己的……"

长子戈安得点点头。

"我们见了面，大卫问起我的情形。我说我在博济哀念完法律，在奥利凡先生手下当首席帮办，希望有一天能盘进他的事务所……我跟吕西安·夏同比较熟，现在他改称吕庞泼莱，勾上了特·巴日

东太太，变成了大诗人，跟大卫·赛夏是郎舅。”

戈安得道：“你不妨去看看大卫，说你当了诉讼代理人，有事的话可以替他出力。”

年轻的代理人回答：“那使不得。”

“他从来没打过官司，没有相熟的代理人，为什么使不得？”长子戈安得回答，他借着绿眼镜做隐蔽，打量柏蒂-格劳。

比哀·柏蒂-格劳是乌莫镇上一个裁缝的儿子，过去受同学们轻视，心底里憋着一股怨气。不干不净，乌七八糟的面色，说明他害着长期的病，生活艰苦，睡眠不足，几乎经常心绪恶劣。用俗话来说，两句话就可以形容这个汉子，叫作又强横又尖刻。破嗓子同他生硬的脸色、憔悴的神气、说不出颜色的喜鹊眼，正好配合。据拿破仑的观察，喜鹊眼绝不是老实人的相貌。他在圣·赫勒拿岛和拉斯-卡斯提到他的一个心腹，偷了他的钱被他赶走了，说道：“你瞧某人，明明是喜鹊眼，不知怎么我会长时间相信他的。”长子戈安得把那清瘦的起码代理人细细端详了一番，只见他一脸麻子，几根稀拉拉的头发，额角和头顶已经分不清界线，手插在腰里拿腔作势，不由得想道：“我正用得着这样的人。”柏蒂-格劳受尽轻侮，心里急煎煎地只想向上爬，虽然没有产业，胆敢出三万法郎盘进东家的事务所，指望攀一门亲事来拔清这笔债；并且按照惯例，他相信老东家会代他物色一个老婆，因为前任为自己着想，应当帮后任娶亲，保证他收回出盘事务所的代价。不过柏蒂-格劳最相信的还是他自己；他有些长处，在内地的确高人一等，而他主要的力量还是从怨恨来的。一个人越恨，干起事来越有劲。

巴黎的诉讼代理人和内地的诉讼代理人大有分别。长子戈安得太精明了，看见这些起码代理人受着卑鄙的欲望支配，哪有不利用之理？高明的诉讼代理人在巴黎为数不少，都有点外交家的本领；他们业务忙、收入多，案子牵涉的范围广，用不着把诉讼程序当作生财之道。作为攻击的武器也罢，作为防守的武器也罢，诉讼程序对于巴黎的代理人不再像从前那样是个赚钱的项目。相反，凡是巴黎的事务所认为无足轻重的小事，内地的代理人用来大做文章，利用规定的手续，消耗许多贴印花税的纸张，左一个文件，右一个文件，大宗费用都开在当事人的账上。内地的诉讼代理人注意这些无聊的细节，当作一宗收入，不比巴黎的诉讼代理人只重视公费。公费是当事人在讼费之外付给代理人的酬劳，不管替他办案子的手段是高是低。讼费一半是国库的收入，公费是代理人独得的进款。老实说，当事人付的公费，跟一个有本事的代理人所要求而应得的酬报，难得相称。巴黎的诉讼代理人、医生、律师，好比交际花同一个临时情人打交道，最不相信当事人会知恩感德。官司未打以前和结束以后，当事人的两副面孔值得梅索尼埃[①]画两幅精彩的风俗画，拿公费的诉讼代理人见了包管叫好。巴黎和内地的代理人还有一点不同。巴黎的代理人难得辩护，遇到紧急申请的状子才偶尔出庭。可是一八二二年代，大多数的州府律师很少（过后却大批涌现），诉讼代理人都兼做律师，出庭辩诉。担任这个双重的角色势必有双重的工作，使内地的代理人在思想上沾染了律师的毛病，而并不减轻诉讼代理人的重担。内地代理人因此说话很多，丧失了办案子必不可少的冷静的判断。这样一分化，一个高手往往变作两个庸人。在巴黎，代理人不出庭发言浪费精神，不大替当事人主张是非，尽可保持正确的见解。他即使用法律作战术，利用判例中的矛盾作武器，想法打赢官司，他对案子的看法还是照旧。总括一句，思想麻醉人的力量远不如言语那么强。一个人话说多了，会对自己的话信以为真。其实我们尽可以行动与思想抵触，而不歪曲思想，尽可使理屈的案子胜诉，而不必像辩护律师那样坚持理直。因此，老资格

① 法国画家梅索尼埃（1815—1891），长于风俗画及战争场面。

的巴黎代理人可以比老资格的律师成为更好的法官。可见内地代理人的庸碌无能，原因不止一端：他同当事人的琐碎无聊的欲望打成一片，办的多半是小案子，平时靠讼费过活，滥用诉讼法，还要亲自出庭辩护！总而言之，他的弱点有一大堆。万一在内地遇到一个杰出的代理人，那必是了不起的人物！

柏蒂-格劳回答说："先生，我本以为你约我来有事商量。"他为了表示话中带刺，朝戈安得的莫测高深的眼镜望了望。

"咱们不用拐弯抹角。你听着……"鲍尼法斯·戈安得暗示有许多机密话要说，过去坐在一条凳上，要柏蒂-格劳一同坐下。

他凑近代理人的耳朵轻轻说道："一八〇四年，杜·奥多阿先生到华朗斯去当领事，经过安古兰末，认识了特·塞农希太太，那时还叫作柴斐莉纳小姐，和她生了一个女孩子……"戈安得看见柏蒂-格劳身子一震，接着说："是的，柴斐莉纳小姐偷偷地生了孩子，赶快和特·塞农希先生结婚。女儿寄在乡下，托我母亲抚养。特·塞农希太太照例做了孩子的干妈，照顾孩子，那就是法朗梭阿士·特·拉海小姐。我母亲是柴斐莉纳小姐的祖母特·卡大南太太的佃户，因为她知道卡大南和塞农希家大房的独一无二的女继承人的底细，杜·奥多阿先生给女儿的一笔小款子托我负责调度。一万法郎如今变了三万，我也靠着那一万法郎挣起家业来。将来特·塞农希太太会替干女儿置办出嫁的衣服被褥、银器、家具。小伙子，我能帮你娶到那姑娘。"戈安得在柏蒂-格劳膝上拍了一下。"你和法朗梭阿士·特·拉海一结婚，安古兰末的大部分贵族就是你的主顾。这门高攀的亲事可以使你前程远大……诉讼代理人兼律师的身份大概够得上了，他们的要求不过如此，我知道。"

柏蒂-格劳来不及地问道："那么该怎么办呢？……你的诉讼代理人向来是卡乡先生……"

长子戈安得很有含蓄地说道："就因为此，我不能突然撇开卡乡来请教你，那要等将来再说。朋友，你问我该怎么办吗？嗳，你去把大卫·赛夏的案子接下来。那穷光蛋有三千法郎期票在我们手里，决计付不出来；你帮他挡住官司，想法叫他背上一大笔讼费……你不用怕，放手干下去，尽管横生枝节。我托我的执达员杜布隆进行控诉[①]，杜布隆由卡乡调度，绝不手下留情……明人不需细说。你的意思怎么样，小伙子？……”

他意味深长地停了一会儿，两人你望着我，我望着你。

戈安得又道：“你只当咱们俩从来没见过面，我什么也没告诉你，有关杜·奥多阿先生，特·塞农希太太，特·拉海小姐的事，你一点都不知道。两个月之内，时机成熟了，你向那位小姐求婚。咱们要见面，夜晚到这儿来，千万不能写信。”

“那么你是要毁掉赛夏了？”柏蒂-格劳问。

“不能说毁掉，只是要他在监狱里住几天……”

“什么目的呢？”

“你当我傻瓜，会告诉你吗？你要有那点聪明猜得出，就该有那点聪明免开尊口。”

“赛夏老头儿可有钱呢。”柏蒂-格劳说，他已经明白鲍尼法斯的意思，觉得事情还有一些阻碍。

“老头儿只要活着，绝不给儿子一个钱；并且退休的印刷所老板还不预备叫人印他的讣文呢……”

柏蒂-格劳马上打定主意，说道：“行，就这样吧！我不要你给我保证，我是诉讼代理人，受了骗会向你算账的。”

戈安得和柏蒂-格劳作别，私下想：“这小子将来一定大有发展。”

---

① 法国的执达员除了代法院向当事人送达公事之外，也可接受当事人委托，代办追偿债务等的诉讼。

八　给付不出款子的出票人义务上一课

他们谈过话以后第二天，四月三十日，戈安得兄弟合营公司派人带着吕西安冒名代签的三张本票中的第一张去收款。不幸票子送到可怜的赛夏太太手里，她认出丈夫的签字是吕西安的笔迹，便唤丈夫过来，劈面问道：“你没有签这张票据吧？……”

他说：“没有！你哥哥等不及，代我签了……”

夏娃把票子还给戈安得铺子的收账员，说道：“我们付不出。”

她觉得要晕过去了，上楼回到卧房，大卫跟着她一同进去。

夏娃有气无力地说道：“朋友，赶快去见两位戈安得先生，他们不会对你不客气；你要求他们宽限一下；再提一句，赛利才续订租约的时候，反正他们要付你一千法郎。”

大卫马上去见敌人。印刷监工尽可以做老板，印刷专家却不一定是精明的商人。大卫不大懂得生意上的门道，他心乱跳，喉咙抽搐，向长子戈安得结结巴巴地道了歉，说明来意。对方回答：“这件事跟我们不相干，票子是梅蒂维埃给我们的，梅蒂维埃自会和我们清算。请你和梅蒂维埃先生接洽吧。”几句话说得大卫哑口无言。

夏娃听见这个答复，说道：“只要票子退给梅蒂维埃先生，咱们就不用担心了。”

下一天，代表戈安得兄弟合营公司的执达员，维克多-安日-埃梅奈奚特·杜布隆，下午两点，正当桑树广场上最热闹的时候，跑来立了拒付证书[①]；虽然他很体贴，躲在大卫家走道门口同玛利红和高布两人说话，退票的消息当晚在安古兰末的生意场中照样传开去

① 按照法国民法规定，凡债务人不能偿付到期的票据，必须由执达员或公证人当着债务人的面立一个文件，叫作拒付证书，有了这个文件，债权人才能向法院控诉。

了。长子戈安得嘱咐杜布隆千万顾着对方体面，可是夏娃和大卫付不出款子，难道靠着杜布隆虚情假意的做作，就好在生意场中不受耻笑吗？那真是天晓得了！写到这里，作者的话再多，听的人也只会嫌少。下面一段解释，一百个读者准有九十个听得津津有味，当作怪有趣的新闻。“应当人人知道的法律，我们偏偏知道得最少！”这句至理名言在此又证实了一次。

银钱业的各种业务都有一套经营方法，单单挑出其中一项来好好描写，绝大多数的法国人就会觉得像读一章外国游记一样有趣。在甲地开店营业的商人，开一张本票给一个居住乙地的人，例如大卫要帮助吕西安而出的本票，那票子的性质便不同于当地商人为了做交易而出的普通票据，而是和寄往外埠的汇票差不多。梅蒂维埃拿着吕西安的三张本票，只能寄给和他有往来的戈安得铺子去兑现。这样一来，吕西安先收到一笔损失，除了贴现的利息，每张票子要另加百分之几的费用，名目叫当地的汇水。那些票据也得按照银行规矩办理了。你们万万想不到，威风十足的债权人一朝兼有银行家的身份，能够把债务人的处境改变到什么地步。在银行界（这三个字的分量不知你们能不能彻底领会），只消一张从巴黎转到安古兰末的票子没法兑现，银行与银行之间就得立一张文书，法律上叫作退票清单。且不提谐音的笑话[①]，这张清单内容离奇，无论哪个小说家都造不出来，便是在舞台上以刁钻闻名的玛斯卡利玩的手法也不过如此；可是商法上确有一条规定，允许人这么做。你们看了下面的说明，便知道好厉害的合法二字隐藏着多少狠毒的把戏！

杜布隆把拒付证书向主管部门登记完毕，亲自送给戈安得弟兄。杜布隆和安古兰末这两个银钱老虎素有往来，放给他们六个月期的款子，长子戈安得有本领拖到一年，每个月问一声小老虎：“杜

---

① 原文中的账单或清单（compte）与寓言或小说（conte）读音完全一样。

布隆，你可要用钱？”事情还不止这一点！杜布隆给这家资金雄厚的商号一个回扣，让他们在每份文书上赚一笔钱，数目微乎其微，不过是每份拒付证书抽一法郎五十生丁！……当下长子戈安得消消停停在书桌前面坐下，拿起一小张贴好三十五生丁印花的纸，一边跟杜布隆闲扯，打听当地一般生意人的底细。

“喂，怎么样，你对小迦纳拉满意不满意？……”

“他做得不错。运输生意……”

“他不是有些麻烦的事吗？听说他女人叫他花了很多钱……”

“叫他花钱？……”杜布隆带着冷笑的神气说。

银钱老虎在纸上画好格子，用圆体字写了一个令人触目惊心的标题，开出一篇账来。（我们引用的是真实文件，务请注意！）

退票清单及费用

兹有期票一纸，票面一千法郎整，出票人大卫·赛夏，一八二二年二月十日立于安古兰末；持票人吕西安·夏同，又称特·吕庞泼莱。该票由吕西安·夏同转让与梅蒂维埃，又由梅蒂维埃转让与本公司。出票人于本年四月三十日到期不付，已由执达员杜布隆于一八二二年五月一日出立拒付证书。

本金	1,000
拒付证书费	12.35
手续费0.5%	5.00
经纪人佣金0.25%	2.50
退汇汇票及本清单印花	1.35
利息及邮费	3.00
以上共计	1,024.20
上款应另加本地汇水1.25%	13.25
合计	1,037.45

上款一千零三十七法郎四十五生丁整，本公司另开退汇汇票一纸，委托乌莫镇迦纳拉先生向巴黎赛邦德街梅蒂维埃先生收取。

安古兰末，一八二二年五月二日。

戈安得兄弟合营公司

长子戈安得一边和杜布隆谈谈说说，一边像老公事一般写好清单，在清单下面又批了一行：

证明人安古兰末乌莫镇药剂师卜斯丹，运输商迦纳拉，兹特证明本地与巴黎之间的汇水确系百分之一点二五。

……

证明人

……

安古兰末，一八二二年五月二日。

“杜布隆，劳驾你上卜斯丹和迦纳拉那儿走一遭，请他们在批语底下签个字，明儿早上送还给我。”

杜布隆走了，他把事情看得稀松平常，这套折磨人的手续他太熟悉了。拒付证书像在巴黎一样装着封套送交债务人，安古兰末的人却照样知道可怜的赛夏情形不妙。他的没精打采的作风引起不知多少批评。有的说他事情弄糟是为了溺爱老婆，有的说他对舅子太好了。从这些前提出发，还有什么好听的话？是啊，一个人万万不能顾着家属的利益！赛夏老头儿对儿子狠心是有道理的，值得佩服！

凡是出立票据而由于某种理由忘了守信的读者，不妨留意一下，看看银行家用哪些合法的手段在十分钟内使一千本金多出二十八法郎收入。

退票清单上确凿有据，无可争辩的只有第一个项目。

第二项包括国库和执达员的收入。国库供给印花税票，把债务人的伤心事登记入册，收进六法郎。既然政府有收益，这个陋规就会长期存在！并且上面说过，因为杜布隆给人回扣，银行家在这个项目上还有一法郎五十生丁的好处。

第三项，百分之零点五的手续费另有一个巧妙的理由做根据：应收的款子没有收回，在银钱业中等于另外做了一笔贴现。事实虽是相反，没有收进一千法郎和付出一千法郎，性质的确很相近。做过贴现的人都知道，银行家除了收你法定的六厘利率之外，还用一个小小的名目，叫作手续费，另抽百分之几。那是他有本领放款而额外得到的利益。总之，银行家越会赚钱，越问你要钱。我们最好向傻子去做贴现，可以减少一些花费。可是银钱业中哪会有傻子呢？

法律规定，银行家必须请汇兑经纪人证明汇率，遇到没有交易所的小地方，只能由两个商人抵充汇兑经纪人。经纪人应得的佣金规定为退票金额的百分之零点二五。按照习惯说来，这佣金是付给代替经纪人的商人的，事实上银行家干脆放进自己的钱柜。因为这样，漂亮的账上才有第三个项目。[①]

第四项包括两笔费用，一是贴着印花税的那一小方纸的纸价，就是开清单用的那张纸；二是退汇汇票上贴的印花。所谓退汇汇票完全是巧立名目，其实只是银行家开给同行的一张追索欠款的条子。

第五项包括信件的邮费，以及银行家在款子未收回以前应得的法定利息。最后一项汇水原在银行的业务范围以内，也是本地人向外埠收款时必须照付的费用。

这篇账清理之下，好比拉布朗希唱的那不勒斯民歌，其中有个

---

① 上文已经提到第三个项目，此处应是第四项，以下第四第五应是第五第六。作者把数字弄错了。

角色叫作包利希奈，算起账来十五加五老是变二十二！卜斯丹和迦纳拉两人的签字明明是卖情面：这回他们替戈安得弟兄做证，下回戈安得弟兄替他们做证，无非是老话说的有来有往。戈安得兄弟合营公司同梅蒂维埃铺子素有银钱往来，不必另开汇票。他们之间交换的票据要是有一张退回的话，只消在账册的借方或贷方项下记上一笔就行。

所以这张离奇的清单经过核实，只剩一千法郎本金，十三法郎的拒付证书费，延期一个月的利息百分之零点五，大概一共是一千零十八法郎。

犹太人在十二世纪发明的银钱生意早已成为一股极大的势力，今日上至帝王，下至庶民，没有一个人不受控制。如果一家大银行平均每天有一张一千法郎的票据需要开退票清单，单靠上帝的保佑和银行的制度，每天可以赚进二十八法郎。换句话说，一千法郎本钱能替这家银行每天挣二十八法郎，一年挣一万零二百二十法郎。退票清单的平均数字倍上三倍，每年便有三万进款，那是靠莫须有的资本得来的利益。因此，退票清单对银钱业来说是多多益善。大卫·赛夏即使在五月三日，或者在立了拒付证书的下一天，赶去还掉一千法郎，哪怕原来的票子还放在戈安得弟兄的办公桌上，他们也要回答说："你的票子已经退回给梅蒂维埃先生了！"立了拒付证书，退票清单当晚就算成立。这个例规，按照内地银钱业的行话来说，叫作"要大钱生小钱"。格莱银行同全世界都有书信往还，单单开在客户账上的邮费一年就有两万左右收入。特·纽沁根男爵夫人[①]的衣着、车马、意大利剧院的包厢，没有一样不是靠退票清单开销的。所谓邮费更是借端勒索，可恶之至，因为银行家发出一封信至少要谈十几桩业务。说来奇怪，国库在这种乘人之危的勾当中间也

① 她的丈夫是巴尔扎克小说中有名的银行家。

有一份好处，生意人倒了霉，税收机关却借此自肥。至于银行家，他只要高高地站在柜台后面，理直气壮地问一声："为什么你到期不付呢？"可怜你一句话都答不上来。可见退票清单上的项目全是可怕的神话，欠债的人看了这一段长进见识的文字想一想，也许从此对退票清单有所惧怕，会得到一些益处。

五月四日，梅蒂维埃接到戈安得兄弟合营公司的退票清单，附着一个条子，要他在巴黎向吕西安·夏同，一名特·吕庞泼莱严厉追讨。

九　一张五十生丁印花税票的射程和威力不下于一颗炮弹

夏娃写信给梅蒂维埃，过了几天收到一封短短的复信，她看着完全放心了。

致　安古兰末　赛夏印刷所　大卫·赛夏先生

本月五日来函收悉。四月三十日未曾照付之到期票据，据尊处解释，原为解救令亲特·吕庞泼莱先生一时之急。令亲花钱散漫，小号自当用合法手段令其偿还，此举想对尊处不无裨益。观其目前处境，诉讼谅亦不至拖延过久。倘令亲不能偿付，则宝号为多年老店，想必以信用为重。此复……

梅蒂维埃

夏娃对大卫道："好吧，哥哥受到控告，就知道我们没有力量付款了。"

夏娃说出这句话来，显得她心情大变。她愈来愈认清大卫的品格，愈来愈敬爱，对丈夫的感情代替了手足之情。可是她不知放弃了多少幻想！……

现在我们来瞧瞧退票清单在巴黎市面上经历的路程。一张本票从持票人手中转到第三者手中，第三者（在此是一家商号）根据法律，有权在票子上好几个债务人中挑出能迅速清偿的一个，向他单独提起控诉，因此吕西安被梅蒂维埃的执达员告上了。这控告其实毫无用处，却也经过许多程序。梅蒂维埃不过代人出面，躲在背后的是戈安得弟兄；梅蒂维埃明知吕西安无力偿付，但无力偿付的事实必须经过证明，在法律上方始成立。他们便用以下的程序来证明吕西安无力偿付。

五月五日，代表梅蒂维埃的执达员把安古兰末的退票清单和拒付证书送交吕西安，附着巴黎商务法庭的传票，要他上堂去听一些难堪的话，以及若不缴清欠款，将以商人身份受到羁押的警告。等到四面受困的吕西安看到传票，商务法庭的缺席判决书又送来了。他的情妇高拉莉不知底细，只道吕西安帮了妹夫的忙，欠下这笔债，她拿所有的文件一起交给他的时候已经晚了一步。女演员在舞台上见的执达员太多了，看到贴着印花的文件并不当真。吕西安眼泪汪汪，觉得赛夏多么可怜，自己假造票据多么可耻，很愿意料清债务。他少不得去请教朋友用什么办法拖延时间。罗斯多，勃龙台，皮克西沃，拿当告诉他，商务法庭只能管辖商人，诗人不必理睬；可是商务法庭已经派人来查封财产了。贴在门上的那张颜色逐渐褪淡的小黄条子，会使当事人信用扫地，叫平日给你赊账的小店老板大起恐慌；而有些诗人对于七拼八凑的木板，破烂的丝绸，染色的呢绒，所谓家具杂物，非常重视，见了封条更是浑身冰冷。如今吕西安门上便贴着这种条子。等到高拉莉的家具正式要搬走了，《长生菊》的作者去找皮克西沃的朋友特洛希，那位诉讼代理人看见吕西安为这么一点小事张皇失措，哈哈大笑。他说：“没有什么大不了，朋友，你是不是想拖时间？”——“拖得越长越好。”——“那么第一步对执行提出抗告。你去找我的朋友商事代理人玛松，把案卷交给他，让他接二连三地抗告，替你当全权代表，不承认商务法庭对你有管辖权，这一点毫无困难，你是相当出名的新闻记者。如果民庭出了传票，你马上通知我，那时才轮到我出场。你放心，谁要难为美人儿高拉莉，我叫他们一起滚蛋。”谁知对方逼得很凶，五月二十八日吕西安被民庭传去，判决的迅速出乎特洛希意料之外。财产遭到第二次查封，黄条子又贴在高拉莉门上，家具又要搬走了。特洛希像他自己所谓受了同行暗算，有点不好意思，递了一张紧急申请的状子表示异议，凿凿有据地主张家具是高拉莉小姐的。法院准了状子，发下重审，确定家具的产权属于女演员。梅蒂维埃不服，提出上诉，七月三十日判决下来，上诉驳回。

八月七日，驿车带给诉讼代理人卡乡一大包文件，写着：梅蒂维埃控诉赛夏和吕西安·夏同的案卷。

内中第一件是一份清账，内容照原件抄录，保证正确。

本年四月三十日到期票据一纸，出票人大卫·赛夏，持票人吕西安·特·吕庞泼莱，结至五月二日为止，退票清单金额1,037.45法郎

五月五日　退票清单及拒付证书之送达费， 连同巴黎商务法庭五月七日开庭之传票送达费	8.75
五月七日　商务法庭判处被告羁押之缺席判决费	35.00
五月十日　前项判决书送达费	8.50
五月十二日　催付命令费	5.50
五月十四日　查封笔录费	16.00
五月十八日　粘贴封条笔录费	15.25

五月十九日 登报公告费	4.00
五月二十四日 查封物品提取前之核对笔录费（并载明吕西安·特·吕庞泼莱对执行提出抗告）	12.00
五月二十七日 法院受理抗告申请，发交民庭审理费	35.00
五月二十八日 梅蒂维埃诉请责令被告委托代理人即日应诉费	6.50
六月二日 民庭判决费（判令吕西安·夏同照付退票清单金额，原告负担商务法庭诉讼费用）	150.00
六月六日 前项判决书送达费	10.00
六月十五日 催付命令费	5.50
六月十九日 查封笔录费（并载明高拉莉主张家具所有权，反对查封，提出抗告）	20.00
法院裁定费（裁定本案按紧急程序开庭审理）	40.00
六月十九日 确定家具产权属于高拉莉的判决费	250.00
六月二十日 梅蒂维埃提起上诉费	17.00
六月三十日 维持原判的判决费[①]	250.00
共计	889.00
六月三十日到期票据一纸	1,037.45
向吕西安送达退票清单及拒付证书费	8.75
共计	1,046.20

① 上文称梅蒂维埃的上诉于七月三十日驳回，此处忽称六月三十日维持原判，等于提早一个月，显见作者前后日期错误。

卷宗之外附有梅蒂维埃的信，嘱咐安古兰末的诉讼代理人卡乡使用一切法律手段向大卫·赛夏追诉欠款。七月三日[①]，维克多-安日-埃梅奈奚特·杜布隆把大卫·赛夏传到安古兰末的商务法庭，责令偿付三张票据的欠款和一切费用，共计四千零十八法郎八十五生丁。催付命令由杜布隆送在夏娃手中，夏娃当然觉得数目惊人。同一天早上，她还收到梅蒂维埃的一封信，大为震动。

致　安古兰末　赛夏印刷所　大卫·赛夏先生

令亲夏同先生居心不良，竟将家具诡称为与其同居之女演员所有。台端早应将此种情形通知小店，免做不必要之控诉；而尊处对鄙人五月十日一信并未赐复。今请将票据三纸及小店垫付各款一并迅速归清为要。此致……

梅蒂维埃

夏娃对商法完全不行，早先没听见票据的下文，以为吕西安已经补赎罪过，把三张假造的本票付清了。

当下她对丈夫说：“朋友，先去找柏蒂-格劳，告诉他我们的处境，请教他怎么办。”

十　所谓局势险恶

可怜的印刷商急忙赶去，跨进老同学的办公室，说道：“朋友，当初你来通知我，你当了诉讼代理人，有事可以找你，没想到我这

① 上文称八月七日驿车方将本案卷宗送与卡乡，此处忽称七月三日（等于提前三十五天）杜布隆在安古兰末传讯大卫，前后日期又有矛盾。

么快就需要你帮忙。”

大卫坐在柏蒂-格劳对面一张靠椅上，把他的事详详细细说来，柏蒂-格劳对案子比大卫更清楚，根本不听他的，只管瞧着那张英俊的思想家的脸，细细打量。他看赛夏神色仓皇地进来，私下想：“计策成功了！”这种场面在诉讼代理人的办公室内是常见的。柏蒂-格劳暗地里问自己：“戈安得弟兄干吗要难为他呢？……”代理人的习惯不但要摸透敌人的心思，还要摸透当事人的心思；凡是利用司法来陷害人的阴谋，代理人对正反两面都需要认识清楚。

赛夏的话说完了，柏蒂-格劳道：“你是想拖延时间。你要拖多久呢？三四个月行不行？”

大卫道：“噢！四个月我就有生路了！”他觉得柏蒂-格劳简直是救命恩人。

柏蒂-格劳道：“好吧，我不让人家来动你的家具，三四个月以内逮捕不了你……可是你要花很大的代价。”

大卫道：“那我不在乎！”

“到时可有什么进款吗？你有把握吗？……”代理人看大卫这么容易上钩，竟有点惊奇。

“再过三个月我就有钱啦。”大卫凭着发明家的信心回答。

柏蒂-格劳道：“你父亲没有入土，还不肯离开他的葡萄园呢。”

大卫道：“我何尝指望父亲的遗产！……我正在发现一项工业上的秘密，不用一丝一毫的棉料造出一种纸来，同荷兰纸一样结实，成本比现在的棉料纸浆低一半……”

柏蒂-格劳这才懂得长子戈安得的用意，他说：“那倒是笔财产。”

“大大的财产，朋友！不出十年，纸的消费量要比现在增加十倍。这个时代最走运的是新闻事业。”

“没有人知道你的秘密吗?”

“只有我女人知道。”

“你的用意、计划,没有同人家谈过吗?……比如同戈安得弟兄?”

“我跟他们提到的,只是说得很含糊,我记得。”

抱着一肚子怨恨的柏蒂-格劳忽然动了一点善心,想把戈安得弟兄的利益,自己的利益,赛夏的利益,一起照顾到。

“大卫,你听我说,咱们是老同学,我一定帮你忙;不过你得明白,这场下风官司要花你五六千法郎!……我劝你不要拿你的财产去冒险。我看你有了发明,少不得要同一个厂商合作,分掉一部分利益。若要买进一个造纸厂或者设一个新厂,恐怕你也得三思而行,是不是?……此外还要领发明执照。这些事又费时间又费金钱。咱们尽管竭力招架,说不定执达员会给你一个措手不及……”

“我的秘密绝不放手!”大卫的口气像学者一样天真。

柏蒂-格劳本是出于好意,打算劝大卫妥协,避免官司;既然大卫不听劝告,他就说:“好吧!你的秘密是你救命的法宝,我也不想知道;可是告诉你,你最好躲在地底下工作,不能让人看见或者猜到你的方法,要不你的法宝会给人偷走的……发明家往往骨子里是个傻瓜!你们一心一意想着自己的问题,顾不到别的。最后人家会猜到你研究的题目,别忘了你受着厂商包围!没有一个开纸厂的不是你的敌人!我看你赛过一只海狸,周围全是猎人,别让他们剥了你的皮……”

大卫道:“谢谢你,亲爱的朋友,这些我都想到了;承你关切,想得如此周到,我很感激!……我干这桩事业不是为我自己。我一年有一千两百法郎进款就够了,父亲百年之后丢下的产业至少还比这个数目多三倍……我是靠爱情过日子的,靠思想过日子的!……这才是幸福的生活……我工作是为了吕西安和我的女人……”

“行，你在委托书上签了字，只管去对付你的发明吧。法院要扣押你的时候，我会早一天通知你躲起来；因为样样都要防到。我再劝你一句，千万别让靠不住的人走进你的屋子。”

“赛利才不愿续订合同租我的印刷所，为此我们周转有点困难。这么一来，家里除了我女人和岳母，只剩玛利红和亚尔萨斯人高布了，高布对我像狗一样忠心……”

柏蒂-格劳道：“嘿！那条狗就该提防……”

大卫道：“你不知道高布这个人，我相信他像相信我自己一样。”

“让我试他一试，行不行？”

大卫道：“行。”

柏蒂-格劳道：“好吧，再见了。你请你的漂亮太太来一趟，你女人的委托书也是少不了的。朋友，你该知道你局势险恶。”这话是警告大卫，打官司的祸害一样一样都要临到他头上来了。

柏蒂-格劳把大卫·赛夏送到事务所门口，回进去想道：“现在我一只脚在蒲高涅，一只脚在香巴涅[①]，左右逢源了。”

大卫手头奇紧，心中烦恼，老婆被吕西安恶劣的行为气成这样，他也很难受；可是他照样想着他的问题，去看柏蒂-格劳的时候，一路心不在焉地嚼着一根荨麻。他为了试用草秆做原料，在水里浸着一些荨麻要它腐烂。凡是变成纱线的东西，新新旧旧的料子，都要经过浸渍、织造，或是用旧穿旧，才能分解；大卫打算另外找一套办法来代替。他从事务所出来，走在街上想着和他的朋友柏蒂-格劳谈话的结果，认为还满意，忽然觉得牙齿缝里有一颗丸子，拿出来放在手上，发现那一小块糊比从前试做的各种纸浆都强。用植物做纸浆，主要缺点是没有弹性，例如干草做的纸就特别

① 蒲高涅和香巴涅是法国葡萄品质最好的两个地区。

脆，近乎金属，拈在手里发出金属声。像他那种偶然的发现只有大胆探索自然规律的人才会碰到。

“我要用机器和化学品来代替这个无意识的咀嚼作用。”大卫这样想着，自以为必定成功，一团高兴地回去见老婆。

他发觉夏娃哭过了，便说：“噢！亲爱的，不用发愁！柏蒂-格劳保证咱们可以清静几个月。当然要多些开销，可是柏蒂-格劳送我出来的时候说得好：每个法国人都有权利叫债主等些时候，只要临了把本钱和利息，还有一切费用，统统归清！……咱们将来全部照付就是了……”

可怜的夏娃却想得周到，她说：“可是怎么过活呢？……”

“啊！不错。”大卫说着搔搔耳朵，一个人为难的时候几乎都有这种莫名其妙的动作。

她说：“咱们的小吕西安交给母亲照管，我再去做活。”

大卫紧紧搂着老婆，叫道：“夏娃！噢，我的夏娃！离此不远的圣德城里，十六世纪有个法国最伟大的人物，叫作裴那·特·巴利西，不但发明了瓷器的釉，还是蒲丰和居维哀的显赫的远祖，这个老天真在他们之前就研究地质学了。他最大的嗜好是探求自然界的奥妙；不幸他的女人、孩子、全村的人都跟他作对。他的老婆把他的工具卖了……他在乡下流浪，没有人了解！……到处受人驱逐、轻视……而我却是有人怜爱……”

“是啊，爱得很呢。”夏娃神态安闲地回答，足见她的爱情坚定。

“那我即使受尽巴利西的苦难也无所谓了。他制成了埃古安珐琅，受到查理九世的保护，没有在屠杀新教徒的惨案中牺牲，老来富贵双全，名震欧洲，公开演讲他所谓泥土之学。”

“只要我拿得动熨斗，包你生活没有欠缺！”可怜的女人说话的口吻显出她对丈夫死心塌地。“当初我在普利欧太太手下当领班，有个挺规矩的女孩子和我很好，她是卜斯丹的表妹，名叫巴齐纳·格莱日。巴齐纳最近替我送内衣来，告诉我普利欧太太的铺子由她盘下了；我可以到她那儿去做活！……”

赛夏回答说：“你做活的时期不会久的。我找到了……”

发明家全靠一股了不起的信心支持，才有勇气在不可知的天地中前进。夏娃破题儿第一遭对这种信心凄凉地笑了笑。大卫神态沮丧，低下头去。

美丽的夏娃扑在丈夫脚下，叫道：“噢！亲爱的，我不是笑你，也不是不相信你。我只觉得你把你的试验，你的希望，瞒得紧紧的，太有道理了。发明家的光荣是拿痛苦换来的，这个过程的确不应该让人家知道，哪怕是自己的妻子！……女人到底是女人。我一个月之内听你说到第十七遍：我找到了！……忍不住笑起来。”

大卫也很天真地笑他自己，夏娃不禁握着他的手亲吻。这一刹那是最甜蜜的时间，仿佛在贫穷潦倒的荒凉的路边上，或是在万丈深渊之下，忽然出现几朵象征爱情的玫瑰。

十一　父亲和两个仆人

局势越险恶，夏娃越鼓足勇气。丈夫的伟大，发明家的天真，有时还撞见这个重感情、多幻想的男人噙着眼泪，种种因素加强了夏娃的抵抗力。她又使出过去用得很成功的办法，写信给梅蒂维埃，说她愿意卖掉印刷所来还债，但求勿增加大卫不必要的讼费，加重他损失。梅蒂维埃对这封恳切的信置之不理，只叫掌柜答复，说梅蒂维埃出门了，做伙计的不敢做主停止控诉，东家做事素来不是这样的。夏娃要求票据展期，一切费用由她负担；掌柜表示同意，只要大卫·赛夏的父亲肯做保人，加一个背书[①]。夏娃叫母亲和高布陪着，走往玛

① 持票人或第三者在银钱票据背后签字，银行术语叫作背书。

撒克。她大着胆子去见公公，竭力巴结，哄得老人家笑逐颜开。可是等她战战兢兢地提到背书的话，酒鬼的脸马上变色。

他嚷道："让我儿子碰到我的钱柜，他要不翻箱倒箧，掏个精光才怪！没有一个孩子不剥削老家的。我嘛，我可从来没叫爹娘花过一个子儿！你们的印刷所里看不见人，只有耗子在那里打架……你长得漂亮，我喜欢你；你做事巴结，用心，不像我儿子！……大卫是什么东西，你知道没有？……是个贪吃懒做的学者。我要让他自生自长，跟我小时候一样，一字不识，或者跟他老子一样做大熊，那他早有了积蓄……唉！他是我心上的一块疙瘩，这家伙！糟糕的是他脾气古怪，像他这种人，天底下找不出第二个！再说，他害得你好苦啊……"他看夏娃摇头，坚决否认，便道："怎么不是？你急得奶水都没有了，只好雇一个奶妈。得了吧，我样样知道。你们被人告在法院，变成了城里的话柄。不错，我只是大熊，不是学者，我不曾在印刷界的明星第多手下做过监工，可从来没收到法院的公事！每逢我下葡萄园做活、收割，或者料理我的小事情，你知道我想些什么？……我对自己说：哎！可怜的老头儿，你辛辛苦苦，一个钱一个钱攒起来，留下多好的产业，到头还不是便宜了执达员、诉讼代理人……再不然被儿子拿去乱花，……他想入非非的念头才多呢……孩子，你如今有了这娃娃……我跟夏同太太抱着他受洗那天，看见他的鼻子长得像他爷爷……好吧，你还是少操心大卫，多想想这个小家伙吧……我只相信你……将来只有你保得住我的产业……我的可怜的产业……"

"可是，亲爱的爸爸，你儿子会替你增光，早晚挣起一份家业来，纽孔上挂着荣誉团的勋章……"

"凭什么？"老赛夏问。

"你等着瞧吧！再说，眼前你拿出三千法郎，难道会倾家荡产吗？……有了三千法郎，官司就好了结……你要不相信儿子，就借给我吧，我一定还你，我拿我的陪嫁，拿我赚来的工钱做抵押……”

种葡萄的老人先以为儿子被控的消息是人家造谣，如今听说是真的，觉得很奇怪，嚷道：“大卫被人告上了？这就是会签名的好处！那么我的房租呢？……噢！孩子，我要进城去办手续，同我的诉讼代理人卡乡商量……你今天来得好极了……一个人消息灵通就不会吃亏！”

相持了两个钟点，夏娃只得回去；“女人不懂生意经”这句话，她没法批驳。夏娃来的时候多少抱着希望，从玛撒克走回安古兰末累得筋疲力尽。回家正碰上法院送判决书来，责令大卫·赛夏清偿梅蒂维埃的款子。家里有执达员上门在内地本是一件大事，近来杜布隆来的次数这么多，更引起街坊上的议论。夏娃甚至不敢出去，怕听见人家在她背后叽叽喳喳。

可怜的夏娃冲进走廊，奔上楼梯，说道：“噢！哥哥，哥哥！我不能原谅你，除非你……”

赛夏迎上来说：“唉！就是，当时要不那么办，他只好自杀。”

“那么从此不提了，”夏娃轻轻地回答，“带他到巴黎那个陷人坑去的女人真是十恶不赦！……再说，大卫，你父亲心肠也真硬！……咱们就不声不响地受罪吧。”

大卫正要说几句体己话安慰女人，忽然听见门上轻轻敲了一下，玛利红带着又高又胖的高布穿过外面一间屋子走进来。

玛利红说：“太太，我跟高布知道先生太太心里着急，我们俩一共有一千一百法郎积蓄，觉得存在太太这儿再妥当没有……”

“再妥当没有！”高布很热情地重复了一句。

大卫说：“高布，咱们一辈子也不分手的了。你拿一千法郎去交给诉讼代理人卡乡存起来，要一张收据；余下的我们留着。高布，无论人家用什么方法打听我做些什么，什么时候出去，带什么东西回家，你一个字都别提；我派你去收草料，别让人看见……你知道，高布，有人会千方百计引诱你开口，许你成千上万的钱……”

“许我几百万，我也不泄露一个字！部队里的命令，我不是服从惯的吗？”

“好吧，我的话交代过了。你把钱送给卡乡先生，请柏蒂-格劳先生到场做个见证。”

亚尔萨斯人回答说：“是，先生。我只希望将来有了钱，把这个讼师揍一顿！我讨厌那副嘴脸！”

胖子玛利红道：“太太，这个人真好，身子结实得像土耳其人，脾气和顺得像绵羊。做他老婆才福气呢。把我们的工钱——他叫作私蓄，——存在太太这儿，是他想出来的。他口齿不清[①]，转的念头可挺好，反正我听得懂他的话。他还想到外边去干活，不花我们的钱……”

大卫望着他的女人说：“单单为酬劳这些好人，咱们也该挣一份家私。”

夏娃觉得事情很简单，她遇到和自己心地相仿的人不以为奇。她这种态度，便是笨蛋或者完全不相干的人看了，也不难体会到她品性的纯洁。

玛利红道：“先生，你将来一定有钱，现成的家私摆在那里。你家老先生新近买下一个农庄，他替你攒的钱可不少呢……”

在当时的情形之下，玛利红这几句话等于表示她的行为不足挂齿，用心这样细到的确了不起。

十二　两个代理人怎样放火，杜布隆怎样从旁帮助

像一切的人事一样，法国的诉讼程序有不少弊病，不过好比一

① 亚尔萨斯人的法语一般都发音不准，上面几段高布的谈话，作者原文故意把读音写得似是而非。

把两面出锋的刀子，既可用来攻击，也可用来自卫。此外还有一点妙处，两造的代理人不必交谈，只要在诉讼程序上采取某个步骤，就能成立默契。遇到这个情形，官司就像第一位皮隆元帅[①]的作战；他围攻罗昂的时候，儿子向他献计，能在两天之内攻下城市；父亲回答说："怎么，难道你急于回家种菜吗？"奥地利的军人有本领使战争旷日持久，而不受日耳曼军法会议的责备，说他们让士兵虚耗粮饷，贻误军机；任何对垒的将领用了这个办法，就可以相持不下，保全实力，把仗永远打下去。卡乡，柏蒂-格劳和杜布隆的行事比奥地利的将军更高明，他们奉一个古代的奥地利人——静待时机的腓俾阿斯[②]做模范！

柏蒂-格劳像骡子一般刁猾，很快看出自己的优势。讼费既有长子戈安得保证，他就决意同卡乡斗法，尽量的节外生枝，跟梅蒂维埃作梗，借此向纸厂老板卖弄才华。可惜这位年轻的司法界斐迦罗[③]的功业，写历史的人好像见了炭火一般害怕，只好轻轻带过，不再替他扬名。对当代的风俗史来说，仅仅一张讼费清单，像巴黎的那一份，材料也够了。为了容易了解，这段纯粹法律性质的文字还是仿作战公报的文体，把柏蒂-格劳的行动写得越简单越好。

七月三日安古兰末商务法庭传讯大卫，大卫没有出席；八日宣判。十日，杜布隆送达催付命令，十二日准备查封财产；柏蒂-格劳提出抗告，要求法院在十五天内传梅蒂维埃重审。梅蒂维埃认为时期太长，第二天递了状子，请求提早审理；十九日宣判，大卫的抗告驳回。二十一日送出判决书，宣告二十二日发催付命令，二十三

① 皮隆一家三代有三个元帅，这是指最早的一个，阿芒·特·龚多男爵（1524—1592）。

② 公元前三世纪罗马大将。

③ 菩玛希喜剧中的角色，是个聪明伶俐、刁钻促狭的小人。

日发人身羁押状，二十四日立查封笔录。这一阵雷厉风行的措施被柏蒂-格劳挡住了，他向高等法院上诉，七月十五日再递一张状子，把梅蒂维埃带往博济哀。

柏蒂-格劳心上想："到了这一步，总得拖些时候。"

他转托一个在博济哀高等法院登记的诉讼代理人，把主意交代清楚；风暴便移到博济哀去了。接着柏蒂-格劳以双重代理人的身份，代表赛夏太太申请法院克日传讯大卫，要求析产。用司法界的行话来说，柏蒂-格劳急如星火地下手，七月二十八日弄到准予析产的判决，通知了有关方面，在《夏朗德邮报》上登了公告。八月一日，公证人替赛夏太太算清在夫妇共有财产中优先部分的账目，确定赛夏太太是丈夫的债权人，大卫在婚书上写明给妻子的一万法郎赠予，决定以印刷所和家里的动产抵充。

柏蒂-格劳保住夫妻俩的财产，同时在博济哀的上诉也得胜了。他认为在巴黎控告吕西安·特·吕庞泼莱的讼费，塞纳州初级法院既已判令梅蒂维埃负担，大卫当然没有承担的义务。高等法院承认这个主张有理，一方面维持安古兰末商务法庭的原判，责令大卫偿付债款，一方面剔除六百法郎的巴黎讼费归梅蒂维埃负责；此外鉴于迫使大卫上诉的事故，裁定上诉费用由两造分摊。八月十七日，判决书送达大卫，十八日送达催付命令，责令偿付本息及一应费用；二十日立查封笔录。于是柏蒂-格劳以赛夏太太的名义出来干涉，声明夫妇财产已经正式分开，家具属于妻子所有。此外，柏蒂-格劳经过一番部署，又做了赛夏老头儿的代理人。

原来葡萄园主在媳妇下乡以后第二天，赶往安古兰末找他的代理人卡乡，说儿子与人涉一讼，损害他的房租，要代理人保护他的权益。

卡乡回答："我不能一边控告儿子，一边接受父亲的委托。你还是去请教柏蒂-格劳吧，他很能干，替你办起事来也许比我更得力……”

卡乡在法院里对柏蒂-格劳说：“我把赛夏老头儿介绍给你了，别忘了礼尚往来……”

无论巴黎内地，诉讼代理人都有这一类互相帮忙的事。

赛夏老头儿委托柏蒂-格劳做代表以后的下一天，长子戈安得去看他的同党，说道：“你得想法叫赛夏老头儿吃些亏！他这种人只要为儿子损失了一千法郎，就一辈子恨死儿子；儿子在遗产项下预支了这笔钱，老人即使要软心肠也软不下来了……”

柏蒂-格劳对他的新主顾说：“你还是回去照料你的葡萄园，你儿子心境不好，别再盘剥他，在他家吃饭了。必要的时候我会通知你进城的。”

于是柏蒂-格劳代老赛夏出来主张，印刷机和墙壁相连，明明是房屋的定着物[①]，以用途而论，那所屋子从路易十四时代起便是印刷工场。梅蒂维埃在巴黎查封吕西安的家具，家具变成了高拉莉的；在安古兰末查封大卫的家具，家具又是妻子和父亲的（关于这一点，代理人在庭上说了不少俏皮话）。卡乡代表梅蒂维埃表示愤慨，要求传父子二人一起到庭，驳斥他们的主张。他说：“我们要揭穿这些人的骗局，他们居心不良，一味耍无赖，利用法律上最正当最明确的条文做抵抗的武器，不肯偿付三千法郎！……三千法郎是哪儿来的？……从可怜的梅蒂维埃银箱里拿的。他们还胆敢说贴现人的坏话……请问还成何世界！……请问是不是要鼓励大家抢劫？……这种目无法律，败坏人心的要求，庭上绝不能允许！……”安古兰末法院被卡乡精彩的辩诉打动了，经过两造辩论以后，判决只有家具的产权属于赛夏太太，赛夏老人的要求遭到驳回，四百三十四法郎六十五生丁的讼费由他负担。

---

① 定着物是法律名词，房屋及其定着物在法律上都是不动产。

好些诉讼代理人笑着说："这是赛夏老头儿活该，他想来捞一把，偏偏要他惠钞！……"

判决书八月二十六日送达，以便二十八日查封印刷所的机器及其附属物。封条贴上了！……法院根据原告请求，裁定就地拍卖。报上登出拍卖的广告。杜布隆很得意，以为九月二日就能办查封物品的复核手续，接下来就拍卖。按照判决和执行命令，那时大卫欠梅蒂维埃五千二百七十五法郎二十五生丁，利息在外；欠柏蒂-格劳垫付讼费一千二百法郎，再加公费；柏蒂-格劳好比卖足气力而完全信任顾客的马夫，公费的数目让大卫自己斟酌。赛夏太太大约欠柏蒂-格劳三百五十法郎，公费在外。赛夏老头儿欠四百三十四法郎六十五生丁讼费，柏蒂-格劳还要他三百法郎公费。三个人总共欠到上万法郎。

以上的材料不无用处，除了外国人可以明白在法国打官司的内幕之外，立法的人也应当知道，假定他有时候看书的话，诉讼程序能被人滥用到什么程度。我们不是应当赶快订一条法律，规定在某种情形之下，诉讼代理人不得使讼费超过诉讼的目的吗？为了一分一厘的土地，和价值上百万的产业办同样的手续，岂非笑话？这一段枯燥的叙述说明了诉讼的各个阶段，让大家懂得手续、司法、讼费三个名词的重要，这是绝大多数的法国人万万想不到的。司法界所谓叫一个人的局势恶化，就是这么回事。印刷所的五千斤铅字，照铸铁的价钱值两千法郎。三架印刷车值六百法郎。其余的东西只好当废铁和旧木料卖。两夫妻的家具至多卖到一千。大卫·赛夏的家私一共值四千左右，卡乡和柏蒂-格劳要他花到七千法郎讼费，而将来两个代理人还有别的油水可捞，看下文就知道。当然，法国从南到北办案子的人，对柏蒂-格劳没有一个不敬重不佩服；可是有良心的人对于高布和玛利红不能不洒一滴同情之泪。

在那场战斗中，高布只要大卫不使唤他，老是坐在走道门口一张椅子上当看家狗。法院派人送公事来，除了柏蒂–格劳的帮办在场监视之外，都归高布收下。拍卖印刷机和生财的广告一贴出来，高布马上撕掉，还去扯下街上的广告，嘴里嚷着：混账东西！……欺侮这样一个好人！……还说是大公无私的法律！玛利红白天替一家造纸厂掌车，挣十个铜子做家里的日常用度。夏同太太不哼一声，重新去熬夜，干那劳累的看护工作，每星期把工资交给女儿。她已经托人念了两回九日经，觉得上帝对她的祷告听而不闻，对她点的蜡烛视而不见，好生纳闷。

十三　控诉的高潮

九月二日，夏娃收到吕西安一封信。吕西安自从报告妹夫签了三张本票，被大卫把信藏起，不让老婆知道以后，不曾和家里通过消息。

可怜的妹妹拿着倒霉的信不敢就拆，私下想："这是他出门到现在写给我的第三封信。"

她为了节省，奶妈已经歇掉，那时正在用奶瓶喂孩子；她叫起大卫一同看信，发明家隔天通宵造纸，天亮才睡觉。夫妻俩看过信以后的感触，我们不难想象。

亲爱的妹妹：

两天以前，清晨五时，我眼看一个最好的好人断气。世界上只有这女子能像你，像母亲，像大卫那样爱我；除了毫无私心的感情之外，她还给了我母亲和妹妹不能给我的幸福：爱情的幸福！可怜的高拉莉为我牺牲了一切，也许是为我死的！我可一文不名，没有力量把她埋葬……她在世的时候使我生活得到安慰；她的死只有你们能安慰我，亲爱的天使们！我相信这纯洁的姑娘必定得到上帝的宽恕，她临死之前忏悔过了。唉！巴黎！……告诉你，夏娃，法国所有的光荣和耻辱都集中在巴黎，我多少幻想在此破灭了！如今要去募化一点钱把这个天使的遗体还给圣洁的土地，恐怕我还有更多的幻想要破灭！

你的遭难的哥哥　吕西安

我的轻率的行动使你受累不浅，经过情形你终有一天会知道，会原谅我的。你放心：一个为着我受过剧烈刺激的商人，好心的加缪索先生，看见我和高拉莉为难之极，答应料理这件事。

“信纸上眼泪还没干呢！”夏娃望着大卫说；大卫看了她同情的神气，也流露出他从前对吕西安的好感。

他说：“可怜的孩子，既然那女的那么爱他，他一定伤心得不得了。”大卫自己可是一个幸福的丈夫。

听着痛苦的呼号，丈夫同妻子都忘了自身的痛苦。那时玛利红奔进来说道：“太太，他们来了！……他们！”

“谁？”

“杜布隆和他手下的人，该死的！高布正在跟他们打架，他们要来拍卖……”

柏蒂-格劳在卧室外面的屋子里大声嚷道：“不会，不会，拍卖不成的，你们放心！我才送出上诉的状子。这回的判决指责我们居心不良，我们不能接受。我不预备在这儿辩诉。为了替你们争取时间，我特意让卡乡信口开河，我有把握在博济哀再打一次胜仗……”

“这胜仗要花多少钱呢？”赛夏太太问。

“赢了，你们给我一笔公费；输了，你们花一千法郎。”

可怜的夏娃叫道："我的天哪！挽回不是比不挽回更糟吗？……"

像夏娃这样的老实人也被官司的炮火照亮了眼睛。柏蒂-格劳听着这话，同时觉得夏娃美不可言，怔住了。

赛夏老头儿接到柏蒂-格劳通知，刚好赶到。老人在儿子媳妇的卧房中出现，孩子在摇篮里对着家庭的不幸微笑，可以说这一幕的角色到齐了。

年轻的代理人说："赛夏爸爸，你出头告了一状，欠我七百法郎；这笔钱你将来和房租加在一起，向你儿子去要吧。"

柏蒂-格劳的神情口吻挖苦得厉害，种葡萄的老人也领会到了。

夏娃离开摇篮，过去拥抱老人，说道："你要肯替儿子作保，倒花不了这许多……"

高布和杜布隆的助手争吵，惊动了街坊；大卫看见屋前挤满了人，好不难受，只是向父亲伸出手去，没有向他问好。

老人问柏蒂-格劳："怎么我会欠你七百法郎？"

"第一，我替你当了差。既然是为你的房租，你和你的债务人应当对我负连带责任。你儿子要不付这笔费用，就归你付……这还是小事，再过几小时，人家要送大卫进监狱了，你是不是让他去呢？"

"他欠多少？"

"五六千法郎，欠你和欠他老婆的不算在内。"

蓝白两色的卧房中间，一个美丽的女人在摇篮旁边掉眼泪，大卫痛苦不堪，再加上一个说不定是来诱老人上钩的代理人；老头儿望着这个动人的场面大起疑心，只道他们想挑动他做爹的感情，敲他一笔钱。他走过去瞧着孩子抚弄，孩子向他伸着小手。家里把小孩子当作英国贵族的儿子一样照顾，给他戴着一顶绒布里子的绣花帽子。

老祖父说："嗳，让大卫自个儿去对付吧。我只关切这个孩子，——他妈妈不会不赞成。大卫本领大得很，自有办法还债的。”

代理人含讥带讽地说道：“你的心思，我来替你痛痛快快说了吧。赛夏爸爸，你嫉妒你的儿子。说老实话，大卫今天的局面是你造成的，你的印刷所卖了他三倍的价钱，你要他付这笔高利贷式的款子，把他弄穷了。是的，你别摇头，你印刷所里真正值钱的东西是卖给戈安得弟兄的那份报纸，卖来的钱通通进了你的腰包……你恨你儿子，不但因为你剥削了他，还因为你给他受了教育，比你高了一等。你假装疼孙子，遮盖你对儿子媳妇的冷酷，原因是儿子媳妇此刻就要花你的钱，而你对孙子的感情要等你身后才兑现。你喜欢这小家伙，表示你在骨肉中间也有喜欢的人，免得人家说你硬心肠。赛夏爸爸，你骨子里就是这么一个想法……”

“难道你要我听这些话才叫我来的吗？”老人说着，把代理人、媳妇、儿子，一个个瞧过来。

夏娃对柏蒂-格劳说：“先生，你认为我们非倾家荡产不可吗？我丈夫从来没抱怨过父亲……”种葡萄的很狡猾地瞧着媳妇，媳妇发觉老人起了疑心，便对老人说：“大卫不知和我说过多少回，说你爱他另有一种方式。”

柏蒂-格劳按照长子戈安得的意思，挑拨父子的感情，不让老人帮助大卫过关。

上一天长子戈安得对柏蒂-格劳说：“等咱们把大卫关进监狱那一天，我介绍你去见特·塞农希太太。”

对丈夫的感情使赛夏太太特别机灵，上回她看出赛利才变心，这时又猜到柏蒂-格劳对赛夏老人的反感是假装的。大卫很诧异，不懂柏蒂-格劳对他父亲和他的业务怎么会看得这样清楚。忠厚的印刷商既不知道他的辩护人和戈安得弟兄有勾结，也不知道戈安得弟兄躲在梅蒂维埃背后。当时大卫的沉默在种葡萄老人的眼中便是一种侮辱。代理人趁他主顾发怔的当口脱身了。

“再见，亲爱的大卫，我通知过你了：羁押的命令不因上诉而失效，债权人目前只有这条路可走，他们非走不可。你快快溜吧！……再不然，如果你相信我的话，去找戈安得弟兄谈谈倒是个办法，他们有的是资金，你的发明要是已经成功，符合你的期望，不妨同他们合作；他们很好说话……”

“什么发明？”赛夏老头儿问。

代理人道：“你只道你儿子是傻瓜，放弃了印刷所，什么念头都不转吗？他说他有办法用三法郎成本，造出现在卖十法郎一令的纸……”

赛夏老头儿叫道：“又来哄我了！你们像集市上的骗子，都是串通的。大卫要有这个秘诀，还要我帮忙吗？他早已变了财主了。小朋友们，再会。”

老人说完走下楼梯。

“你想法躲起来吧。”柏蒂-格劳和大卫说着，急急忙忙去追老赛夏，再要逼他一下。

葡萄园主在桑树广场上一边走一边咕哝，被柏蒂-格劳追上了。他陪老人一直走到乌莫，分手的时候威吓说，本星期内不付讼费，就请法院强制执行。

赛夏老头儿回答：“要我付也可以，只消你替我剥夺儿子的继承权，不损害我的孙子和媳妇！……”说完突然走开了。

代理人回到安古兰末，心上想：“长子戈安得把他的对手看得再清楚没有！……他明明告诉我，要老头儿付七百法郎，等于拦着他不替儿子还七千法郎的债。不过纸厂老板是个老狐狸，我不能上他的当，此刻不是听他空口说白话的时候了。”

赛夏老头儿和代理人走了，夏娃问丈夫：“大卫，我的朋友，你打算怎么办呢？……”

大卫望着玛利红道：“你把最大的锅子放在火上，这一下我有把握了!”

夏娃听着，性急慌忙拿起帽子、披肩和皮鞋，吩咐高布:“你去换了衣服，陪我走一遭；我要知道是不是还有一条生路……”

夏娃出了门，玛利红说道:“先生，别一厢情愿，叫太太急坏了。先挣起钱来还了债，再消消停停找你发财的门道不好吗? ……”

大卫答道:“别多嘴，玛利红；最后一关快攻下来了。发明执照和改良执照可以一起到手了。”

在法国，改良执照是发明家的致命伤。一个人花了十年心血摸索出一项工业上的秘密，或是造出一架机器，或是发明随便什么东西，领到一张执照，满以为发明的东西抓在自己手中；谁知他要想得不够周到的话，会撞出一个同行来加上一只螺丝，把他的发明改良一下，专利权就给抢走了。光是发明廉价的纸浆，造纸问题并没全部解决。别人尽可把你的方法推进一步。大卫·赛夏因此要考虑周密，免得经过不少阻难，好容易才找到的生财之道被人抢去。荷兰纸（纯粹用旧麻布做的纸，虽则荷兰已经不再制造，至今保持这个名称）都薄薄地上一层胶，并且是用手工一张一张上胶的，所以成本很高。若能用一种便宜的胶水在煮纸浆的锅内上胶——如今就用这办法，可是还不十分完善——他的发明就没有什么需要改进了。最近一个月，大卫正在研究锅内上胶的方法。他要把两个秘诀同时找到。

夏娃出去是看她母亲。夏同太太服侍的产妇碰巧是首席署理检察官的太太，那太太才替弥劳·特·纳凡家生下一个儿子，未来的继承人。夏娃对一切吃公事饭的人都不敢相信，想拿她的处境去请教孤儿寡妇的法定保护人，问他能否牺牲他妻子的权利，出让她的产权，代大卫还债；同时也想知道柏蒂-格劳那种暧昧的行为到底是怎么回事。

法官看赛夏太太长得这样漂亮，大出意外，对她不但像对一般女性那样有礼，还特别客气，那是夏娃难得遇到的。法官眼睛里的表情，夏娃出嫁以后只有在高布眼中见到，而像她这样美丽的女子往往用这个做标准观察男人。青年对妇女自会流露出一种绝对服从的表情，倘若为了某种私欲，某种利害关系，或者年龄关系，男人眼中没有这表情，女人就要提防，注意这个男人。戈安得弟兄、柏蒂-格劳、赛利才，夏娃心目中所有的敌人，都用淡漠冰冷的眼光瞧她；在署理检察官面前，她却感到身心舒泰。检察官一面殷勤相待，一面寥寥几句就指出夏娃的计划没有希望。

他说："太太，你丈夫放弃全部财物，抵充你在共有财产中的优先部分，家具包括在你丈夫放弃的财物之内，这个判决将来高等法院未必会变更。你的优先权不应当包庇一项欺诈行为。日后你以债权人资格可以分到查封财物的售价；你公公因为大卫欠他房租，也有优先权。在这个情形之下，高等法院一朝裁定之后，为了法律上所谓分配问题，还可能引起别的争执。"

夏娃说："那么柏蒂-格劳先生是不是要断送我们呢？"

法官回答："柏蒂-格劳的做法同你丈夫的委托书完全符合，因为你丈夫的目的，据代理人说来是要拖延时间。我看还是放弃上诉，你和你公公两人不妨在拍卖的时候买下你业务上最需要的生财机器，你以不超过你应得的部分为限，你公公以不超过积欠的房租为限……不过这个目的一时也谈不到，那些代理人还想盘剥你们呢……"

"那么我是完全落在公公手里了，我欠他房租，又欠他生财用具的租费；梅蒂维埃先生几乎拿不到什么①，我丈夫还得被梅蒂维埃控告……"

---

① 法国民法规定，妻子在共有财产中的应得部分，以及债务人欠缴的房租，都比一般的债务占有优先权。大卫的印刷所拍卖所得，或许还不够偿付妻子和父亲。

“一点不错，太太。”

“这么说来，我们以后的处境比现在还要糟……”

“太太，归根到底，法律是支持债权人的。你们收过三千法郎，应当归清……”

“噢！先生，难道你以为我们……”

夏娃忽然停住，觉得替自己洗刷不免泄露哥哥的秘密。

法官说：“噢！我知道事情有点蹊跷：债务人明明规矩老实，爱惜名誉，还有些了不起的表现……而债主只是代人出面……”

夏娃心中害怕，傻乎乎地望着法官。

法官意味深长地瞧了她一眼，说道：“告诉你，我们在庭上听着律师滔滔不绝的辩诉，尽有时间考虑案子。”

夏娃回去，觉得自己无能为力，伤心得不得了。晚上七点，杜布隆送来羁押债务人的公事。官司到了高潮。

大卫说：“从明天起，我只能夜里出门了。”

夏娃和夏同太太直掉眼泪。在她们心目中，一个人躲起来是大大丢脸的事。

十四　为什么羁押债务人在内地是绝无仅有之事

高布和玛利红久已认为主人是忠厚长者，听说他自由受到威胁，不由得大为惊慌；他们替主人提心吊胆，进去看夏同太太、夏娃和大卫，问问可有什么事能够让他们出力。他们俩进去，三个人正在流泪，他们一向过着简单的生活，想不到现在要把大卫藏起来，说不定有些暗探已经在注意大卫的行动，像他这样心不在焉的人，怎么逃得过他们的监视呢?

高布说：“如果太太肯等一等，我可以到敌人的阵地上去侦察一下。别看我模样像德国人，这个差事我是内行；我是地道的法国人，乖得很呢。”

玛利红说：“太太，让他去吧，他一心想保护先生。高布不是亚尔萨斯人，是……是一条真正的看家狗！”

大卫说：“行，高布，你去吧。究竟怎么办，咱们还来得及考虑。”

高布赶往执达员家。大卫的敌人正在那里聚会，商量如何抓他。

在内地，逮捕债务人的事即使发生，也是一桩过火的、出乎常规的事。第一，大家素来相熟，谁也不敢使出人人厌恶的手段。债权人和债务人一辈子都得见面。其次，尽管内地人痛恨破产（他们叫倒账）这种合法的盗窃，一个做买卖的要是有心来一次大规模的倒账，尽可溜往巴黎。巴黎好比外省的比利时[①]，有些藏身之处叫人不得其门而入，而执达员手中的逮捕状过了法定期限就失效。此外，还有其他的阻碍几乎使逮捕无从执行。住宅不得侵犯的法律在内地始终受到尊重，没有例外；执达员不能像在巴黎一样进入第三者家中逮捕债务人。立法的人认为巴黎应当除外，因为巴黎一幢屋子经常住着许多人家。在内地，就算要走进债务人自己的屋子去抓人，执达员也必须请治安法官协助。治安法官是管辖执达员的上司，他是否同意和执达员合作，多半可以自由决定。治安法官有一点值得称赞，他觉得逮捕债务人这个义务不好随便承担，他不愿被盲目的情欲或者私仇利用。还有另外一些困难同样不容易解决：像人身羁押这种严酷的法律本是不必要的，而风俗习惯的影响还能改变法律的性质，甚至使法律不生效力。大城市中有的是无所不为的光棍流氓，甘心替人做奸细；小城的居民彼此都熟悉，不可能受执达员雇用。万一最穷苦的阶

① 过去法国的政治犯及其他罪犯往往以比利时为逋逃薮。

层中有人干了这种卑鄙的勾当，在当地就要立脚不住。在巴黎或者别的人口稠密的地方，逮捕债务人是商务警察的独行生意，在内地却是一桩极其棘手的事，债务人和执达员为此互相斗法，各显神通，有些异想天开的玩意儿给报纸的社会新闻提供的材料，有时竟妙不可言。

长子戈安得不愿意出面；胖子戈安得自称为受梅蒂维埃委托办这桩案子，带着赛利才到杜布隆家。那时戈安得已经雇用赛利才做印刷所监工，另外许他一千法郎，要他帮着对付大卫。杜布隆有两个助手可以调派。因此戈安得弟兄有三条猎狗监视他们的目的物。逮捕的时候，杜布隆还能调动宪兵；按照判决书规定，遇到执达员要求，宪兵应当出来协助。杜布隆的事务所设在屋子底层，事务所里面一间是他的办公室。当下五个人正在那儿集会。

事务所外边有一个宽敞的走廊，铺着石板，像一条过道。临街的门不大不小，两旁挂着司法人员的金漆招牌，中间刻着执达员三个黑字。事务所临街的两个窗洞装着粗大的铁栅。办公室朝着园子。执达员对园艺女神极有感情，靠墙的花果架上，果树种得出色，而且是他亲自种的。厨房正对事务所，厨房背后是楼梯。屋子在一条小街上，坐落在一八三〇年后才完工，而当时还在建造的新法院后面。要了解高布那天的遭遇，以上的细节不能说没有用处。亚尔萨斯人打算见执达员，假装出卖主人，探听对方的圈套，好回去防备。厨娘出来开门，高布说要见杜布隆先生。女用人正在洗碗，被人打搅，不大高兴，她打开事务所的门，叫陌生人进去等着，说先生在办公室里和人谈话，她报告主人有一个汉子找他。杜布隆听见“汉子”两字，知道是乡下人，吩咐说：“叫他等着！”高布便靠着办公室的门坐下。

胖子戈安得道：“喂，你打算怎么进行？最好明儿早上就逮住他，省点时间。”

赛利才道："那容易得很，他名副其实是个傻瓜[1]。"

高布一听戈安得的声音和那两句话，马上猜到里面就在谈他东家的事；等到他听出赛利才的口音，愈加诧异了。

他毛骨悚然地想道："那小子还吃过他的饭呢。"

杜布隆道："朋友们，我看应当这样：从菩里欧街和桑树广场起，咱们一路布置人马，距离远一些，可是各个方向都要照顾到，才能监视傻瓜，——这绰号我很喜欢，——一直监视到他躲进一幢他自以为安全的屋子；让他太太平平住几日，然后有一天在日出或日落之前可能碰到他[2]。"

胖子戈安得道："这个时候他在干什么呢？说不定会跑掉的。"

杜布隆道："他在家里，他要出门，我准知道。我派了一个司法人员守在桑树广场，另外一个站在法院的拐角上，还有一个离开我屋子三十步。那家伙一出门，我手下的人立刻吹口哨为号；他走不到三十步，我就靠这个电报式的通讯知道了。"

一般执达员都把助手冠冕堂皇地称为司法人员。

高布想不到运气这么好，轻轻走出事务所，对女用人说："杜布隆先生一时还不得空，我明儿清早再来。"

当过骑兵的亚尔萨斯人忽然想出一个主意，立刻实行。他赶到一家相识的马行，挑了一匹马，叫人配好坐鞍等着；然后急急忙忙回到主人家里。赛夏太太正在伤心绝望。

大卫看亚尔萨斯人脸上又惊又喜，问道："什么事啊，高布？"

"你们被坏蛋包围了，最好把先生藏起来。太太可想出什么地方吗？"

忠心的高布说出赛利才的叛变，屋子四周的埋伏，胖子戈安得

---

① 参见第2页。

② 执达员不得闯入债务人家中，详见上文；他只能等债务人于清晨或傍晚偷偷出外时逮捕。

的参与，还有那些人的设计划策，可知大卫的处境险恶极了。

可怜的夏娃垂头丧气地说道："原来是戈安得弟兄在逼你，怪不得梅蒂维埃态度这样强硬……他们开着纸厂，想抢你的发明。"

夏同太太叫道："有什么办法逃出他们的手掌呢？"

高布道："只消太太有地方藏起先生，我保证送他去，绝对没人知道。"

夏娃道："你们只能在夜里进巴齐纳家，我先去跟她讲好。遇到这种情形，巴齐纳同我一样可靠。"

大卫头脑清楚了一些，说道："暗探会跟着你的，最好想法通知巴齐纳而不用咱们亲自去。"

高布道："太太尽管去。我有个计策；让我陪先生出门，叫暗探跟着我们走。那个时候太太去看格莱日小姐，没有人盯了。我租好一匹马，等会儿叫先生坐在我背后；谁要追得上我们才算本事呢！"

夏娃扑在丈夫怀里说："好吧，朋友，再见了。以后我们都不能去看你，免得你被他们抓住。在你躲起来的时期，咱们不能见面，只好通信，巴齐纳替你把信送往邮局，我给你的信写巴齐纳的名字。"

大卫和高布走出屋子，果然听见一阵阵的口哨，他们把几个暗探一直引到巴莱门下的马行。高布上了马，叫主人坐在背后，紧紧抱着他。

"口哨尽管吹吧，老家伙！我才不怕呢！"高布嚷道。"你们休想追上我这个老骑兵。"

老骑兵把马一夹，风驰电掣一般直奔田野，暗探没法跟踪，也没法知道他们上哪儿。

夏娃先去找卜斯丹，想出一个巧妙的推托，说要向他请教。她听了许多同情她的空话，跟侮辱差不多；然后辞了卜斯丹夫妇，偷偷溜入巴齐纳家，说出自己的苦处，要求帮忙。巴齐纳特别小心，把夏娃让进卧房，打开一个相连的小间，里头只有一扇活动的天窗，外面绝对看不见。女工要烧熨斗，工厂的壁炉经常生火，烟囱和小间的壁炉烟囱并在一起。两个朋友打开壁炉的盖板，地下铺了旧被，怕大卫不小心闹出响声；放一张帆布床，一个做实验用的小风炉，一张桌子，一把椅子，让大卫能够坐，能够写东西。巴齐纳答应夜里送食物。巴齐纳的房间从来没人进去，大卫不用防敌人，也不用怕警察了。

夏娃拥抱着她的朋友，说道："这样就万无一失了。"

夏娃又去看卜斯丹，说还有些疑问请高明的商务裁判解释，临了让卜斯丹送回家，一路听他埋怨。小药房老板每句话都暗示："你要嫁了我，哪会落到这个田地？……"卜斯丹回去，发现老婆嫉妒赛夏太太长得好看，又恼丈夫对客人太殷勤。直到药剂师说出棕色头发、高个子的女人好比漂亮的马，中看不中用，远不如红头发、小个子的女人，雷奥妮的气才平下去。大概卜斯丹还有具体表现，证明他的话完全真诚，所以第二天卜斯丹太太对丈夫很亲热。

夏娃告诉母亲和玛利红："现在咱们好放心了。"她们俩在家，照玛利红的说法，还急得要命呢。

夏娃不由自主望了望卧室，玛利红说："噢！他们走啦。"

十五　两桩试验，一桩成功，一桩失败

高布在通往巴黎的大路上赶了四里多路，问道："咱们上哪儿呢？……"

大卫回答："既然到了这条路上，就上玛撒克吧。我想再试一试，打动我父亲的心。"

"我看还是打冲锋，夺一个炮兵阵地容易得多；你家老先生没有心肝。"

做印刷工出身的老头儿不信任儿子，像大众一样只用成绩来判断他。先是老人不承认剥削大卫；其次看不见时代变了，只是心上想：“我给了他一个印刷所，跟我开场的时候一样；他本事不知比我高多少，偏偏什么都干不出来！”他不了解儿子，当儿子没有出息，自以为比聪明的大卫强得多，他想：“还不是我替他留着一份口粮！”思想感情对利害关系的影响，伦理学家永远没法叫人完全了解。这个影响，同利害关系对思想感情的影响不相上下。一切自然规律都有双重的相反的作用。大卫不但了解父亲，而且气量很大，肯原谅他。高布和大卫八点钟赶到玛撒克，老头儿快吃完晚饭，不久要上床了。

父亲对儿子冷笑道：“你是遭了官司才来看我的。”

高布愤愤地嚷道：“平时你们俩怎么能碰在一起呢？……他在云端里，你老是在葡萄园里……你还是拿出钱来还债吧，这是你做老子的责任……”

大卫道：“别多嘴，高布，你出去，把马寄在戈多阿太太家，别让牲口给父亲添麻烦。你也应当知道，天下没有不是的父母。”

高布叽叽咕咕地走了，好比一条狗因为谨慎挨了主人的骂，一边服从一边抗议。大卫不说出自己的秘密，只建议提出真凭实据，证实他的发明，将来给父亲一份利润，只消他肯垫一笔款子让大卫应付眼前的急用，或者作为经营新发明的东西的资本。

“嘿！你怎么证明你能不花本钱，平空白地造出好纸来？”退休的印刷商醉眼蒙眬望着儿子，又狡猾，又好奇，又贪心。那眼神可以说是一堆乌云中露出来的闪电，因为老熊的习惯始终不改，睡觉之前定要灌两瓶陈年好酒，照他说是细细品尝。

大卫回答：“那容易得很。我身边没有纸，我打这儿过是躲开杜布隆；走在玛撒克路上，我想起跟放印子钱的人办得通的交涉，在你这里也许照样好办。我除了随身衣服，什么都没有。请你把我关进一间密室，谁也不能进去，谁也看不见我……”

“怎么！”老人恶狠狠地瞪着儿子说，“你不让我看你动手……”

大卫回答：“爸爸，你曾经给我证明，做买卖是没有父亲的……”

“啊，我生了你出来，你还防我！”

“不是防你，是防不让我活下去的人。”

老人道：“你说得对，应当各管各。好吧，我让你待在酒窖里。”

“我带高布进去，你给我一个锅子煮纸浆，”大卫说着，没有注意父亲的眼神，“再替我找些朝鲜蓟，芦笋的梗子，有刺的荨麻，芦苇，你可以到你小沟旁边去割。明儿早上，我带着上等好纸走出你的酒窖。”

“要是真的……”大熊打了一个饱嗝儿，“说不定我能给你……我可以考虑是不是能给你……比如说两万五千法郎，不过要保证每年对本对利……”

大卫说：“你尽管考我就是了！——高布，你骑着马到芒勒去，问木工买一个大号的鬃筛，再上杂货铺买些胶水，速去速回。”

老子在儿子面前放了一瓶酒，一些面包，吃剩的冷肉，说道：“你吃吧……吃饱了好干活，我替你找破布去，可是你的破布全是青的，我只怕太青呢！[①]”

过了两小时，晚上十一点光景，老人把儿子和高布关进一间同酒窖相连的小屋子，顶上盖着瓦，屋内放着煮酒用的东西。大家知道，所谓高涅克[②]全是用这种安古莫阿出的酒做的。

大卫道：“唔，这儿真像一个工场……木柴，铜盆，什么都有。”

---

① 当时纸浆都是用破布做的，故破布变为造纸原料的代名词；大卫想用植物纤维做原料，所以说是青的。

② 法国的高涅克和英国的白兰地性质相仿。高涅克本是夏朗德州的一个首邑，以产酒著名。

赛夏老头道："好，明儿见，我要把你们关起来了，还要放出两条狗，我才放心没有人送纸给你。明天你给我看过样品，我跟你合伙；等事情落实了，咱们就来好好地干……"

高布和大卫在小屋里用两块厚木板把草秆压碎，整理，大约花了两小时。火烧旺了，水也开了。清早两点，高布不像大卫那么忙，听见一声叹息，好像醉鬼的打嗝儿；屋内点着两支油烛，高布端起一支来到处搜寻。煮酒的小屋通往酒窖的门被空酒桶遮住了，门框上面有一个小方洞，正好露出赛夏老头儿那张紫红的脸。狡猾的老人带儿子进屋，走的是平日送货出去的门；从酒窖里把桶子推进煮酒的小屋，只消走里边的门，用不着绕过院子。

高布道："哎哟！老爹，这个太不像话了，你想偷儿子的秘密……你喝饱了酒干的什么勾当，你知道没有？简直下流。"

大卫叫了声："噢！爸爸。"

"我来瞧瞧你们可需要什么东西。"老人说着，酒醒了一半。

"你是关切我们，才端了一座梯子来，是不是？……"高布搬开空桶，打开门，发现老人站在一座小梯上，只穿着衬衣。

大卫道："你要闹出病来了！"

老人不好意思地走下梯子，说道："我大概是梦游。因为你不相信你父亲，我梦见你跟魔鬼打交道，做那做不到的事。"

高布道："你自己魔鬼上了身，才这样财迷心窍。"

大卫道："爸爸，去睡觉吧；你要关我们尽管关，可是不必再来，高布守在这儿，不会让你看的。"

第二天早上四点，大卫把造纸的痕迹收拾干净，走出煮酒的小屋，拿三十来张纸交给父亲；纸张的细洁、白净、密度、拉力，都尽善尽美，还留着鬃筛上粗细不一的纹缕，像水印一般。老人伸出舌头舐样品，掌车工人从年轻时候起就用舌头试验纸张，成了习惯；他拿在手中捏啊、搓啊、折啊，凡是印刷工人察看纸张好坏的方法都用尽了，尽管没有什么好挑剔，他还是不肯认输。

他不愿意称赞儿子，便说：“还要看印起来怎么样！”

高布道：“这个人才怪了！”

老头冷冰冰地摆着父亲的架子，装作三心二意，委决不下。

“爸爸，我不愿意骗你，这种纸我还嫌成本太高，并且我要在锅子里上胶……现在需要解决的只有这一点了……”

“啊！原来你想叫我上当！”

“我不是老实告诉你了吗？我已经做到在锅子里上胶，只是到此为止胶水化在纸浆里不够匀，纸摸上去像刷子一般发毛。”

“好吧，你改良了上胶的方法，再来问我拿钱。”

高布道：“我看我的主人永远看不见你的钱了！”

老人夜里讨了没趣，想拿大卫出气，所以对他不仅仅是态度冷淡。

大卫把高布打发开了，说道：“爸爸，我从来没怨你把印刷所的价钱估得异乎寻常的高，只按照你一个人的估价卖给我；我始终把你当父亲看待，心上想：老人家吃过不少苦，给我受的教育也不是我这样的人受得到的；他劳力换来的果实，由他太太平平地去享受吧，爱怎么办就怎么办吧。——甚至母亲的一份财产，我也不问你要，你要我背债过日子，我哼都不哼一声。我立志不打搅你，要自个儿挣一份大大的家业。现在我秘诀找到了，中间受尽了磨折，家里饭都吃不成，为着别人的债弄得焦头烂额……真的，我耐着性子挣扎，直到筋疲力尽为止。也许你应该扶我一把吧！……你不为我着想，也得看看眼前还有一个女人、一个小孩！……（说到这儿大卫掉了一滴眼泪）他们需要你帮助、保护。”大卫看见父亲脸上冷冰冰的，像印刷车上的石板，便道：“玛利红和高布尚且把他们的积蓄借给我，难道你不如他们吗？”

老人听了一点不觉得惭愧，嚷道：“你拿了他们的还不够……

我看整个国家都会给你吃光的……算了吧，我一窍不通，不敢参加这种事业，上你的当。”

他又借用工场的绰号说：“猴子吃不了大熊。我是种葡萄的，不是做银钱生意的……再说，爷儿俩合伙没有好收场，你不是看见了吗？来吃饭吧，你可不能说我对你一毛不拔吧？……”

像大卫这种人，心胸特别宽大，能把苦水咽在肚里，便是最亲近的人也不让知道，要不是为了无可奈何的呼吁，绝不泄露痛苦。夏娃完全了解这种大丈夫的性格。可是做老子的看见大卫内心深处的痛苦浮到面上来，只道是儿女们欺哄父母的老把戏；等到儿子垂头丧气的时候，又认为他是欺哄不成，下不了台。父子俩终于不欢而散。大卫和高布半夜里回到安古兰末，像窃贼一般小心翼翼地摸进城。一点左右，大卫神不知鬼不觉地到了巴齐纳·格莱日小姐家，躲进老婆替他布置的密室。从此大卫全靠一个同情的女工保护了，女工哀怜人的时候，心思最巧妙。第二天，高布在外张扬，说他骑着马救出主人，送上一辆到利摩日近边去的小车。造纸的原料在巴齐纳的地窖内放好一大堆，高布、玛利红、赛夏太太和她母亲，都不需要同格莱日小姐接触。

十六　利之所在，虎视眈眈

老赛夏跟儿子吵架过后两天，为着贪心赶去找媳妇，好在离开收割葡萄还有二十日。他睡不着觉了，只想知道那桩发明是不是好发财，他要进城去，——用他的话来说——照顾庄稼。他在媳妇的房间顶上还保留两间阁楼，便住了其中的一间。儿子家中没钱开销，他闭着眼睛只作不看见。儿子和媳妇欠他房租，至少得供给他伙食！吃饭的刀叉换了镀锡的，他倒不以为奇。

媳妇不能给他用银制的餐具，向他道歉，他回答说：“我就是这样开场的。”

玛利红只得自己出面向铺子赊账，供给家里的吃用。高布替泥水匠当下手，挣二十铜子一天。夏娃顾着孩子和大卫的利益，拿出最后一些积蓄来款待老人，不久只剩十法郎了。她对公公亲热、孝顺，一百事忍耐，希望感动守财奴，他却始终心如铁石。夏娃发觉公公的眼神同戈安得弟兄、柏蒂-格劳和赛利才的一样冷酷，很想摸清他的性格，探明他的心意，只是没用。赛夏老头儿经常喝得醉醺醺的，叫人莫测高深。酒醉是他双重的幕。老头有时真醉，有时假醉，借着酒意向夏娃打听大卫造纸的秘密，一忽儿软骗，一忽儿硬吓。夏娃回答说什么都不知道，他就说：“我要把产业通通存作终身年金，让我一个人吃光用光……”可怜的夏娃为了这一类不体面的斗争烦得要死，最后便一声不出，免得得罪公公。有一天逼得没有办法了，说道：“爸爸，你要知道这些事容易得很；只消替大卫还了债，让他回家，你们俩什么都好商量。”

老人叫道：“你们就是打我这个主意，咱们走着瞧吧。”

赛夏老头儿不相信儿子，却相信戈安得弟兄。他跑去讨教，他们有心逗他，说他儿子研究的东西可以发财发到几百万。

长子戈安得说：“如果大卫能证明他的试验成功，我马上跟他合伙，把他的发明跟我的纸厂算作一样价值的股份。”

多疑的老人和工人们一块儿喝酒，拼命打听，装着傻子盘问柏蒂-格劳，终于疑心戈安得弟兄借着梅蒂维埃的名义，存心逼倒赛夏印刷所，拿大卫的发明引诱他代儿子还债。平民出身的老头儿万万猜不到柏蒂-格劳同对方勾结，暗中筹划要把这个工业上的秘诀抢过去。他看媳妇死不开口，连大卫躲在什么地方都不肯告诉他，气愤极了，有一天决计闯进浇滚筒的工场，因为他终于知道儿子的实验是在那间屋里做的。他老清早下楼，动手撬锁。

玛利红天亮起来预备到工厂去上班，一下子冲到浸纸的地方，叫道："喂！老爹，你在这儿干什么？……"

老头儿满面羞惭，回答说："我不是在自己家里吗，玛利红？"

"怎么，你活了这把年纪做起贼来了？……你又没喝酒……我马上去告诉太太。"

"别嚷，玛利红，"老人从口袋里掏出两枚六法郎的银洋，说道，"拿去……"

"要我不说也可以，只是千万不能再来！"玛利红拿手指威吓他，"要不我叫全安古兰末的人都知道。"

老人一出门，玛利红赶到女主人屋里。

"太太，我从你公公手里骗到十二法郎，你收起来吧！……"

"怎么的？"

"他想看先生的铜盆，原料，找秘密。我明知小厨房的东西搬空了，却说他偷盗儿子，他害怕了，给我两块银洋要我不说出来……"

那时巴齐纳高高兴兴捎来一封大卫的信，偷偷地交给夏娃，用的信纸漂亮极了。

> 亲爱的夏娃，我用我制造的第一张纸给你写信。锅内上胶的问题解决了！即使我的原料要在上好的土地上特别种出来，纸浆的成本也只合到五个铜子一斤。十二斤一令的纸只消三法郎有胶的纸浆。我有把握把书籍的重量减轻一半。我用的信封，信纸，附给你的样品，做法个个不同，我拥抱你；咱们的幸福只缺少钱财，这个缺陷不久就能补足了。

夏娃拿纸样递给公公，说道："他成功了！要是你肯把今年的收成给你儿子，让他挣起家业来，包你借给他的本钱一个变十个……"

赛夏老头儿立即赶去找戈安得弟兄。每张纸样都由他们试过，仔细检查：有的上胶，有的不上胶；标价每令从三法郎到十法郎不等；有的像金属一般纯净，有的像中国纸一样柔软，白也白得各色各样。两个戈安得和老赛夏目光炯炯地瞧着，不亚于犹太人鉴别金刚钻。

胖子戈安得说："你儿子的路走对了。"

退休的印刷工说："那么你们替他还债吧。"

长子戈安得说："行，只要他肯同我们合作。"

大熊嚷道："你们是烧脚党[①]！你们借了梅蒂维埃的名义告我儿子，想叫我拿出钱来。哼！我不这么傻，老板！……"

戈安得弟兄俩对瞧了一眼。守财奴眼光这么厉害，他们吃了一惊，脸上可不露出来。

胖子戈安得说："我们还没有几百万家私好随便给人放款；有一天要能用现钱收买破布，我们就高兴了，现在我们还是付的期票。"

长子戈安得说："真要制造，还得做大规模的试验；用小锅子做成的东西，大量生产往往失败。你先恢复了儿子的自由再说。"

老赛夏说："儿子恢复了自由，肯不肯同我合伙呢？"

胖子戈安得说："那我们管不了。再说，老头儿，你以为给了儿子一万法郎，就百事齐备了吗？领一份发明执照要缴两千法郎，还要跑几趟巴黎；正式生产之前，为妥当起见，要像我老哥说的先试一千令看看成绩，拿一锅又一锅的纸浆去冒险。告诉你，世界上最要提防的就是发明家。"

长子戈安得说："我宁可做现成生意。"

老人夜里左思右想，考虑他的难题："替大卫还了债，他就自由了；一朝自由了，他用不着和我合作，让我分他的好处。他明知道我们第一回合伙，我叫他吃了亏；他不会再来第二次的了。为我着

---

① 法国大革命时期的一帮土匪，专门烧人的脚，逼人说出藏金所在。

想，还是让他不得自由，倒霉倒下去。”

戈安得弟兄看透赛夏老头儿的性格，知道他同他们俩站在一条线上。

那三个人都私下想：“要凭那发明来合伙，先要做试验；要做试验，先要放出大卫。大卫一放出来，就抓不住了。”此外还各有各的打算。——柏蒂-格劳心想：“等我结了婚，尽可对戈安得客客气气；眼前却放松不得。”——长子戈安得心想：“还是把大卫关起来的好，事情可以由我做主。”——老赛夏心想：“我替儿子还了债，只落得他一声谢。”夏娃尽管被老人进攻、威吓，说要她搬出屋子，还是不肯透露丈夫的藏身之处，也不敢叫丈夫接受一份暂时解除羁押的许可证。她觉得下回未必能把大卫藏得像第一次一样妥当，所以回答公公：“你把儿子赎出来，就样样知道了。”四个利害攸关的人有如面对一桌丰盛的菜，谁也不敢动手，唯恐被人占先；大家怀着戒心，你监视我，我监视你。

十七　柏蒂-格劳的对象

大卫·赛夏隐匿了几天以后，柏蒂-格劳到纸厂去看长子戈安得。

他说：“我总算尽了我的力，大卫躲起来了，不知躲在什么地方，他准在安安静静地改良他的发明。你的目的没有达到，可怨不得我；你许的愿心兑现不兑现？”

长子戈安得说：“只要事情成功，一定兑现。赛夏老头儿进城几天了，向我们打听造纸的问题；老吝啬鬼对儿子的发明得到一些风声，想占便宜，合伙的计划大概有点希望。父子两个都是你做的代理人……”

柏蒂-格劳微笑道：“那么你想法把父子俩一起擒下不好吗？”

戈安得道："是啊。你如果能把大卫送进监狱，或者弄到一份合伙契约，把大卫交在我们手里，你和特·拉海小姐的亲事保证成功。"

柏蒂-格劳道："这是你的哀的美敦吗？"

戈安得道："既然咱们说外国话，我就回答你yes（是）[①]！"

"我的哀的美敦用的是地道的本国话，你听着。"柏蒂-格劳口气生硬。

"倒要请教一下。"戈安得表示很想听一听。

"要么你明天介绍我去见特·塞农希太太，履行你的诺言，让我的事情有个着落；要么我盘掉了事务所，替赛夏还债，跟他合股。我不愿意受骗。你对我说得挺清楚，我也一点不含糊。我已经有事实表现，此刻要看你了。你什么都抓在手里，我一无所有。你不保证你的真心实意，那我就把你的牌拿过来。"

长子戈安得拿起帽子，雨伞，装着一副伪君子的神气，往外就走，要柏蒂-格劳跟他同去。

他说："好朋友，你等会儿瞧吧，我有没有替你做好准备……"

精明厉害的纸厂老板立刻看出局势危险，觉得和柏蒂-格劳这样的人打交道，不能不公平交易。他为了未雨绸缪，也为了良心上有个交代，推说要报告特·拉海小姐的账目，已经向前任总领事露过口气。

"我替法朗梭阿士看中了一门亲事，今日之下，只有三万法郎陪嫁的姑娘，"戈安得微笑着说，"不应该过分挑剔。"

法朗西斯·杜·奥多阿回答说："慢慢再商量吧。自从特·巴日东太太走了以后，特·塞农希太太的地位大不相同，我们可以把法

---

① 上句哀的美敦（最后通牒）一字源出拉丁文，故指为"外国话"。"说外国话"还有一个双关的意思，暗示双方话不投机。

朗梭阿士嫁给一个上了年纪的乡绅。”

纸厂老板沉着脸说：“那她不会安分的。我看不如挑一个干练有为的青年，有你在背后撑腰，一定能使他女人爬上优越的地位。”

“慢慢再说吧，”法朗西斯重复了一句，“咱们先要听听干妈的意见。”

特·巴日东先生去世以后，路易士·特·奈葛柏里斯托人出卖麦市街上的住宅。特·塞农希太太本来住得不够体面，劝丈夫买进巴日东的屋子，那是吕西安雄心壮志的发源地，也是这出戏开场的地方。柴斐莉纳·特·塞农希有心继承当年特·巴日东太太的声势，要在家里有个沙龙，做一个贵夫人。巴日东先生和乡杜先生决斗的时节，安古兰末的上流社会分成两派：一派认为路易士·特·奈葛柏里斯是清白的，一派相信斯大尼斯拉·特·乡杜说的是事实。特·塞农希太太袒护巴日东夫妇，先把巴日东派的党羽拉过去了。她后来搬进新屋，利用许多人在巴日东家多年打牌的习惯，每天晚上招待宾客，压倒她的对手阿美莉·特·乡杜。法朗西斯·杜·奥多阿自以为在安古兰末的贵族阶级中当了领袖，越来越存奢望，甚至想把法朗梭阿士攀给特·赛佛拉克老先生，当初杜·勃罗沙太太没有能替她的女儿拉拢的人物。等到特·巴日东做了州长夫人回到安古兰末，柴斐莉纳对宝贝干女儿的期望更大了。她认为自己捧过伯爵夫人，此刻伯爵夫人有权有势，一定会帮助她，纸厂老板对安古兰末的内幕了如指掌，这些困难他都看得清清楚楚；可是他决心用大胆的手法克服困难，那手法也只有太丢狒[①]才使得出来。柏蒂-格劳发觉陷害大卫的后台老板对自己这样忠诚，大出意外，便让他一路转着念头从纸厂走往麦市街上的公馆。两个不速之客踏上台阶，被人挡住了：“先生和太太正在吃饭。”

---

① 莫里哀喜剧《太丢狒》中的主角，典型的骗子，狡猾阴险，无所不为。

长子戈安得回答："你只管通报就是了。"

里面听见名字，马上请进。装腔作势的柴斐莉纳、法朗西斯·杜、奥多阿，特·拉海小姐，正在一块儿吃饭。打猎的季节才开始，特·塞农希先生照例到特·比芒丹先生家去了。戈安得向柴斐莉纳介绍柏蒂-格劳。

"太太，这位便是我和您提过的青年，律师兼诉讼代理人，他可以负责使您漂亮的干女儿脱离监护。"

前任外交官打量柏蒂-格劳，柏蒂-格劳偷偷地瞧着漂亮的干女儿。柴斐莉纳诧异得把手里的叉都掉下了，戈安得和法朗西斯从来没向她透露过一言半语。特·拉海小姐的面相好像老是在生气，瘦削的腰身谈不上好看，淡黄头发黄得没有光彩，尽管装着一派贵族样，也极不容易有人请教。干妈和法朗西斯为着感情关系，指望她进上流社会，无奈出生证上写着父母不明这几个字，使她进不去。特·拉海小姐不知道自己的身份，一味挑剔，即使乌莫镇上最有钱的商人向她提亲，她也不愿接受。瘦小的代理人在特·拉海小姐脸上引起一种古怪的、耐人寻味的表情，戈安得在柏蒂-格劳的嘴角上也照样发现。特·塞农希太太和法朗西斯的神色似乎在彼此商量，想把戈安得和他保举的年轻人打发出去。戈安得把一切都看在眼里，要求和杜·奥多阿先生单独谈几句话，同外交官进了客厅。

戈安得直截了当地说道："先生，你这是溺爱不明了。你的女儿不容易嫁掉；我顾着你们大家的利益，已经代为决定，让你没有退步的余地；监护人总喜欢受他监护的人，我也喜欢法朗梭阿士。柏蒂-格劳什么都知道了！……他的野心正好保证令爱的幸福。第一，法朗梭阿士可以支配丈夫；你有新任州长的夫人帮忙，尽可保举柏蒂-格劳当检察官。弥罗先生调往纳凡已经定局，一朝柏蒂-格劳盘掉了事务所，你不难替他谋一个署理检察的位置，不久升做检察官，接下去是法院院长、国会议员……"

回到饭厅，法朗西斯就对未来的女婿另眼相看。他瞧着特·塞农希太太的表情很特别。第一次会面结束的时候，法朗西斯约柏蒂-格劳第二天吃饭，商量正事。商人和诉讼代理人告辞出来，法朗西斯直送到院子，告诉柏蒂-格劳，既然有戈安得推荐，凡是特·拉海小姐的财产管理人为小天使的幸福所做的种种安排，他和特·塞农希太太都能同意。

柏蒂-格劳到了外边嚷道："嘿！她多难看！我上当了！……"

戈安得回答说："气派还是大方的；她要长得漂亮，会轮到你吗？……告诉你，朋友，小业主们看见三万法郎陪嫁，再有特·塞农希太太和杜·夏德莱伯爵夫人做靠山，还求之不得呢！法朗西斯·杜·奥多阿先生一辈子不会结婚的了，这姑娘便是他的继承人……你的亲事成功了！……"

"怎么？"

长子戈安得讲出他大胆的手法，说道："我刚才就是这样说的。朋友，据说弥罗先生不久要调任纳凡的检察官；你盘掉事务所，十年之内好做到司法部长。你胆量不小，宫廷里无论要你出什么力，你都不会推却的。"

代理人想着这些未来的希望，兴奋得了不得，回答说："你明天下午四点半到桑树广场等着，我要跟赛夏老头儿见面，咱们想法弄上一份合伙契约，叫父子两个一起听戈安得兄弟公司调度。"

十八　神父的一句话

玛撒克的老神父攀登安古兰末的石扶梯，预备向夏娃报告她哥哥的情形的时候，大卫已经躲了十一天，躲的地方跟可敬的教士才走出的屋子只隔两道门。

玛隆神父走进桑树广场，瞧见赛夏老头儿、长子戈安得和瘦小的代理人。这三个各有千秋的角色，用尽全身之力压在那自愿幽禁的可怜虫身上，压着他现在的和将来的命运。三个人都贪得无厌，只是人物不同，贪心也不一样。一个是阴损儿子，一个是出卖当事人，长子戈安得是不花一个钱，收买了那些卑鄙龌龊的行为。时间是下午五点左右，好些回家吃饭的人停下来对三个人瞧上一眼。

最喜欢管闲事的人心上想："赛夏老头儿跟长子戈安得有什么鬼话好说呢？……"

有人回答说："还不是谈那个叫老婆、丈母、孩子挨饿的倒霉鬼！"

一个有见识的内地人说："哼！你们再送孩子到巴黎去学生意吧！"

玛隆神父才进广场，种葡萄的老头就看见了，问道："咦！神父，你到这儿来干什么？"

神父回答："为你的家属啊！"

老赛夏说："又是我儿子的主意！……"

赛夏太太的俊俏的脸在窗帘缝中露了一露，教士指着窗子说："你只要破费很少几个钱，一家人都安乐了。"

夏娃因为孩子啼哭，抱在手里颠颠耸耸，唱着歌儿哄他。

赛夏老头说："你是告诉我儿子的消息，还是送钱来？送钱来才好呢。"

玛隆神父说："不，我来替妹子传达哥哥的消息。"

柏蒂-格劳说："吕西安吗？……"

教士回答："是啊！可怜的小伙子从巴黎走回来。我在戈多阿家见到了，他筋疲力尽，狼狈得很……唉！可怜死了！"

柏蒂-格劳向教士点点头，挽着长子戈安得的胳膊大声说："咱们要到特·塞农希太太家吃饭，赶快去换衣服！……"走了两步咬着戈安得的耳朵说："有了小的，就有老的。大卫逃不了啦……"

长子戈安得假意笑了笑，说道："我替你做了媒，现在要你替我做媒了。"

"吕西安是我中学同学，我们熟得很！……要不了一星期，我就能向他打听消息。你想法让我的结婚公告贴出来，我负责把大卫送进监狱。他坐了牢，我的差事就完了。"

"啊！"长子戈安得慢吞吞地说，"最好是发明执照用我们的名义去领！"

代理人听着直打寒战。

那时夏娃看见公公和玛隆神父走进屋子。玛隆神父想不到他刚才说的一句话使案子进入结束的阶段。

老熊对媳妇说："喂！我们的本堂神父来报告你哥哥的好消息。"

可怜的夏娃又惊又急，叫道："噢！他出了什么事啊？"

这一声叫喊流露出多少痛苦、惊慌和诸如此类的情绪；玛隆神父急忙回答："太太，你放心，他活着！"

夏娃对公公说："对不起，请你把妈妈叫回来，听神父讲吕西安的事。"

老人找到夏同太太，说道："玛隆神父有话跟你谈，他虽是教士，人倒挺好。晚饭大概要耽搁一些时候了，我过一个钟点回来。"

老头儿只要不听见银钱的声音，不看见黄金发亮，对什么事都不会动心；他根本没注意夏同太太挨了他一记闷棍以后的神色。

女儿女婿遭了难，对吕西安的希望归于泡影，素来认为刚强正直的人有这样出人意料的变化，加上一年半中间的事故，夏同太太变得面目全非，认不得了。她不仅出身高贵，心地也高尚，非常爱女儿，所以她最近六个月比整个守寡时期受的痛苦更多。吕西安曾经有机会得到王上特许，改姓吕庞泼莱，替外婆家重振门户，恢复原来的爵位和纹章，他自己也能飞黄腾达；谁知他一个筋斗栽在泥洼里！夏同太太对儿子不像妹子对哥哥那么宽容，一知道吕西安假造票据的事，就认为他不可救药了。为娘的有时想骗自己；无奈她对于亲自哺育，心上从来没丢开过的孩子，知道太清楚了；每逢大卫夫妻俩为着吕西安在巴黎的遭遇争论，夏同太太尽管表面上同意夏娃对哥哥的幻想，骨子里很怕大卫的看法正确，因为大卫的话和她自己的良心告诉她的话完全一样。她知道女儿十分敏感，不敢向她吐露痛苦，只能不声不响地往肚里咽，这种隐忍也只有真正体贴儿女的母亲才能做到。

夏娃看着母亲被忧伤侵蚀，好不害怕：母亲不但从衰老变为龙钟，而且一天比一天厉害！母女俩彼此体惜，不说真话，其实谁也瞒不了谁。对母亲来说，粗暴的赛夏老头儿的话好比在一杯苦水中再加上一滴，立刻漫出来了，夏同太太的内心受了打击。

夏娃对教士说："先生，这是我母亲！"教士望着那张像专做苦行的老修女式的脸，满头白发，神态又安详，又柔和，另有一番风韵，明明是个听天由命，所谓顺着上帝的意志活下去的女人。这一下教士才了解两个女子的全部生活，再也不哀怜刽子手吕西安；她们所有的苦楚，他都体会到了，不由得暗暗吃惊。夏娃抹了抹眼睛，说道："妈妈，可怜的哥哥离我们近得很，就在玛撒克。"

"干吗不到这儿来呢？"夏同太太问。

玛隆神父把吕西安告诉他的路上的艰苦，在巴黎最后一个时期的种种不幸，从头讲了一遍。又描写诗人听到他做的荒唐事连累了亲人，如何悔恨，还担心回到安古兰末，不知人家怎样对他。

夏同太太说："难道他对我们都信不过了吗？"

神父说："可怜的孩子是走回来的，一路忍饥挨饿，凄惨极了；他决意回来过清苦的生活，补赎他的罪过。"

妹子说："先生，尽管哥哥害得我们好苦，我仍旧爱他，像爱一个过世的人的躯壳；便是这样的爱，也还胜过许多妹子对哥哥的感情。他把我们弄穷了，可是只要他回来，我们剩下的一口苦饭，或者说他留给我们的一口苦饭，照样有他的份儿。唉！先生，他要不离开我们，我们最心爱的宝贝绝不会丢失。”

夏同太太说：“带他回来的还是那个从我们手中把他抢走的女人。他动身的时候搭着特·巴日东太太的车，坐在她身旁，回来却蹲在她车厢背后！”

“眼前可有什么事要我帮忙吗？”好心的本堂神父预备脱身了。

夏同太太回答：“唉！神父，老话说，金钱的伤口不会致人死命；可是我们的伤口只有病人自己能医。”

赛夏太太说：“你要能劝我公公帮助他儿子，就救了我们一家。”

神父刚才听见种葡萄的咕哝，觉得赛夏的事好比一个黄蜂窠，插手不得。他说：“你公公不相信你们，我看他对儿子气恼得很呢。”

神父办完差事，到侄孙婿卜斯丹家吃晚饭。卜斯丹和所有的安古兰末人一样，帮着老子批评儿子，把神父仅有的一点热心也打消了。

矮小的卜斯丹讲到最后，说道：“对付浪子还有办法，同一般做实验的人打交道只有倾家荡产。”

下编　家庭的晦气星

一　浪子回家

玛撒克本堂神父的好奇心完全满足了，内地的法国人特别爱管闲事，主要是为这个目的。当天晚上他把赛夏家的遭遇一股脑儿告诉诗人，表示他进城跑一趟纯粹是出于慈悲心。

临了他说：“你叫妹子妹夫背了一万到一万二的债；这笔小数目，亲爱的先生，没有一个人借得出。安古莫阿这个地方并不富裕。你早先和我提到本票，我只道为数不大呢。”

诗人谢了老教士的好意，说道：“最宝贵的是你给我带来的宽恕。”

下一天，吕西安一清早离开玛撒克，九点光景走进安古兰末，手里拿着一根拐杖，身上那件紧窄的外套沿路穿旧了，黑裤子上泛出一道道的白颜色，一双破靴更说明他没有福气坐车。他很明白他回来和出门的对比会引起家乡人什么感想，可是听了神父的叙述，心里还忐忑不安地抱着内疚，便自愿受罚，不管熟人用怎样的眼风瞧他，他都准备忍受。他私下想：“这就表示我的英勇！”富于诗人气质的人总喜欢自己骗自己。他走过乌莫镇，内心很矛盾，一方面觉得这样回家好不惭愧，一方面想起甜蜜的往事。经过卜斯丹门口，他的心跳个不停，幸而铺子里除了雷奥妮·玛隆和她的孩子，没有别人。他虚荣心还是那么强，发现父亲的姓氏不见了，很高兴。卜斯丹结婚以后，铺子重新油漆，招牌像巴黎的一样只写“药房”两字。吕西安爬上巴莱门的石梯，感染了故乡的气息，不再感到苦难的压迫，只是挺快乐地想着：“我要同他们相会了！”他从前走在城里趾高气扬，此刻直到桑树广场不曾遇见一个熟人反而喜出望外！守在门口的玛利红和高布奔上楼梯，叫道：“他来啦！”吕西安重新见到古老的工场、古老的院子，在楼梯上遇见妹子和母亲。他们拥抱之下，暂时把所有的苦难都忘了。一个人遭到不幸，处在家属中间往往还能容忍；既有安身之处，又有希望支持，生活再苦也熬过去了。吕西安虽是一副灰心绝望的样子，却也有灰心绝望的诗意：皮肤被路上的太阳晒得乌油油的；凄凉抑郁的神态使诗人额上罩着一层阴影。这些变化说明他受过多少痛苦，叫人看着他脸上饱经忧患的痕迹，只有怜悯的份儿。离开亲人的时候抱着多少幻想，回来只看到悲惨的现实。夏娃满心欢喜，露出一副圣女殉道时的笑容。美丽的少妇受着忧伤侵蚀，眉宇之间越发显得庄严。吕西安动身去巴黎的时节，妹子脸上是一片天真，现在却神态严肃；这意义太清楚了，吕西安不能不为之深感痛苦。所以，第一阵的感情，那么强烈那么自然的感情流露过后，接下来彼此都有一种反应：谁都不敢开口。吕西安的眼睛不由自主地搜寻那个不在眼前的亲人。夏娃看了直掉眼泪，她一哭，吕西安也哭了。夏同太太脸色苍白，好像一无感觉。夏娃不愿说出话来伤害吕西安，便下楼去吩咐玛利红：“喂！吕西安爱吃草莓，想法去弄一些来！……”

“噢！我早知道你要款待吕西安先生。放心，我已经预备了讲究的中饭，还有一顿出色的晚饭。”

“吕西安，”夏同太太对儿子说，“你需要补赎的事多着呢。你是要替我们增光而出去的，结果弄得我们山穷水尽。你妹夫为着他的新家庭才想挣一份家业，他的财源差不多被你破坏了。而你还不止破坏这一点……”母亲停了一会儿，空气很紧张；吕西安一声不出，暗示他接受母亲的责备。夏同太太接下去声气柔和地说：“你应当刻苦用功。我不怪你想继承我娘家高贵的门第；不过做这种尝试先要有财产，还要有骨气；这两样你都谈不上。你把我们对你的信心变作了戒心。这个不怕劳苦、处处隐忍的家庭，为了你不得安宁，难过日子……初次的过失当然好原谅，下次可不能再犯。这儿的情形不容易应付，你得谨慎小心，听妹子的话。苦难是人生的老师，他的严厉的教育在你妹子身上已经有了结果：她变得老成了，做起母亲来了，她为了爱护我们亲爱的大卫，挑着养家活口的担子；总之，因为你不知自爱，能使我安慰的只有她一个人了。”

吕西安拥抱着母亲说：“你对我的训斥还可以更严厉些。谢谢你的宽恕。我相信也只有这一次需要你宽恕。”

夏娃回进来看见哥哥满面羞惭，知道母亲说过话了。夏娃面和心软，对吕西安露出一丝笑意，吕西安几乎为之掉下泪来。人与人见了仿佛有一股魔力；情人也罢，骨肉也罢，不管恼恨的动机如何强烈，一朝聚首，双方的敌意就会变化。我们的回心转意是不是感情决定的呢？这个现象是不是属于磁性感应[①]的范围呢？彼此的决绝或谅解能不能由理智支配呢？不管这作用取决于思考，还是取决于物理作用或者精神感应，反正一个受过疼爱的人的眼光、手势、动作，在他一度伤害、虐待，或者精神上折磨得最厉害的人身上，仍旧能找到残余的感情，这是我们各个人都有的经验。就算头脑不容易忘记，利益还受着损害，我们的心却不顾一切，又回过头去屈服了。因为这缘故，可怜的妹子在吃中饭以前听着哥哥说话，她的眼神就不由她做主，向哥哥吐露心腹的声调也不由她做主。夏娃明白了巴黎文坛的内幕，也就明白吕西安怎么会在斗争中一败涂地。诗人逗弄小外甥的快乐，天真烂漫的举动，回到本乡重见亲人的高兴，想起大卫躲藏的悲伤，偶尔流露的几句伤感的话，玛利红端上草莓，发现妹子在困苦中还不忘记他的嗜好，因而大为感动，吕西安的这些表现，加上安顿浪子，忙着照料，等等，使那一天像过节一般，叫人在苦海中得到一个喘息的机会。便是赛夏老头儿的话也帮助母女两人对吕西安回心转意，他说："你们这样款待他，好像他带了成千上百的银子回来！……"赛夏太太急于替吕西安遮羞，回答说："我哥哥干了什么事，就不应该受款待呢？……"

虽然如此，第一阵激动过去以后，微妙的真相开始透露了。不久吕西安发觉夏娃的亲热和以前有所不同。大卫极受尊重，而吕西安是人家硬着头皮爱的，有如爱一个闹过许多乱子的情妇。敬是感情的基础，有了敬意，感情才切实可靠，而切实可靠的感觉又是我们生活所必需的；夏同太太对于儿子，夏娃对于哥哥，却缺少这点

---

① 十八世纪时医学界首创动物磁性说，逐渐发展为唯心论的磁性感应学说，也就是精神感应学说，其中包括催眠术。

敬意。吕西安觉得自己得不到绝对的信任；如果他做人清白，这种情形绝不会有。大丹士信中对他的看法变了，妹子的看法，在她的举动、眼神、声调中流露出来。大家是可怜吕西安！至于门户的光彩和荣誉，家庭之中的英雄，这些美妙的希望都一去不复返了。他的轻率使人害怕，不敢让他知道大卫的藏身之处。吕西安想看妹夫，对夏娃竭尽温存，百般试探，夏娃只是不理。当初在乌莫的时节，只要吕西安眼睛一瞥，妹子就当作不可违抗的命令，现在的夏娃可不是那时的夏娃了。吕西安说要补赎罪过，自命为能够救大卫。夏娃回答说："你别管，我们的敌人才阴险才精明呢。"吕西安摇摇头，意思是："我同巴黎人也交过手了……"妹子瞅了他一眼，仿佛说："你不是打败了吗？"

吕西安私忖道："他们不爱我了。家庭跟社会一样势利。"

从第二天起，诗人就推敲为什么母亲和妹妹对他缺乏信心，结果他不是怨恨，而是引起一肚皮的牢骚。他用巴黎生活做标准，衡量淳朴的内地生活，忘了这一家子艰苦卓绝，过的清贫简陋的日子，原是他造成的。——"她们太庸俗了，不会了解我的。"他这样想着，精神上同母亲、妹子和大卫疏远了，而他也不能使他们对他的性格和前途再存什么幻想。

夏娃和夏同太太饱经忧患，变得很会猜度人，她们暗暗咂摸吕西安的心思，觉得被他误解了，眼看他和她们离得很远了。两人私下想："他上巴黎去了一趟，变得多厉害！"他的自私本是她们一手培养出来的，她们终于自食其果。这点轻微的酵母免不了在双方身上都发酵，尤其在犯了大错的吕西安方面。夏娃这种妹子，倒还肯对一个犯了过失的哥哥说："你的错让我来承担了吧……"凡是心心相印、极其美好的感情，像少年时代的夏娃和吕西安那样，一受伤害就无可挽回。流氓恶棍动过刀子，依旧能讲和；情人之间为了一个眼神、一句话，可以终身反目。有些决裂的例子往往难于理解，原因就在于回想到那种近乎完满的感情。只要不曾有过纯洁的毫无芥蒂的交谊，即使心存猜忌也还能相处；不比两个过去肝胆相照的人，临到眼神言语都要提防的时节，会觉得不堪忍受。因为这缘故，一般大诗人特意让他们的保尔和维奚尼①在少年时代终了的时候夭折。我们怎么能设想保尔和维奚尼反目呢？……物质的损害虽然严重，夏娃和吕西安并没有因此加深裂痕，这一点倒也难得；但是无可指摘的妹子同犯了错误的诗人一样，两人浑身都是感情，所以只要一个极小的误会、极小的争执，或者吕西安再犯什么过失，就能使他们分手，或者酿成争端，终于骨肉分离。有关银钱的事，一切都好解决；感情却绝对不肯妥协。

二　意想不到的荣誉

第二天，吕西安收到一份安古兰末的报纸，发现他回乡的消息列入本地版的头条新闻，快活得脸色都变了。这份高尚的报刊近于内地的学会，被服尔德比作一个稳重的姑娘，从来没人谈论的。

> 法郎希–龚丹出了维克多·雨果，查理·诺第埃，居维哀；布勒塔尼出了夏朵勃里昂和拉默奈；诺曼底出了卡西米·特拉维涅；都兰出了阿弗莱·特·维尼；因之那些地方都引以为自豪。其实，我们安古莫阿在路易十三治下就有大名鼎鼎的居埃（大家更熟悉他的姓——特·巴尔扎克）；现在更不必艳羡以上那些省份，也不必眼红丢彪德朗

① 十八世纪时法国裴那登·特·圣比哀名著《保尔与维奚尼》中的主要人物，此处是泛指两小无猜的小情人。

的出生地利慕尚，蒙洛西埃[1]的出生地奥凡涅，以及出过大批名人的波尔多；我们也出了一个诗人！《长生菊》的作者写了美妙的十四行诗，不仅是个诗人，同时也是散文家，《查理九世的弓箭手》这部精彩的小说便是他的手笔。我们的子侄辈将来一定觉得骄傲，因为本地生了一个吕西安·夏同，和彼特拉克并驾齐驱的人物!!! ……（当时内地报纸上的惊叹号有如英国人在会议席上对演说家的喝彩。）我们的诗人虽则在巴黎声名大噪，仍旧记得特·巴日东府第是他荣名的摇篮，安古兰末的贵族首先赏识他的诗歌；他献身于缪斯[2]事业的初期，受过本州州长杜·夏德莱伯爵的夫人鼓励；所以他回到本乡来了！……昨天我们的吕西安·特·吕庞泼莱在乌莫出现，全镇为之轰动。他回来的消息到处引起注意。在欢迎吕西安这件事情上，我们相信安古兰末绝不自甘落后，让乌莫占先。他在巴黎的新闻界和文艺界都是我们光荣的代表。吕西安是保王党兼教会派的诗人，不怕触犯党派的怒火；据说他打算回来休息一番，在那种斗争中间，便是比陶醉于诗情梦境的人更强壮的运动员也要感到劳累的。

大家正在谈论吕西安继承特·吕庞泼莱的姓氏和头衔的问题，他的母亲夏同太太原是那个世家的唯一后代。听说杜·夏德莱伯爵夫人出于政治观点，首先想到这件事

① 以上列举的许多人物，只有四个不是文学家：居维哀是动物学家，古生物学家；拉默奈是哲学家；丢彪德朗是外科医生；蒙洛西埃是宗教活动家。十七世纪的居埃·特·巴尔扎克（1597—1654）为法国早期有名的散文家，与《人间喜剧》的作者无关。

② 古希腊神话中的文艺女神，尤指执掌诗歌的女神；后世常以“献身缪斯”一语影射诗人。

情，我们也极表赞成。汲引有才能的人和新兴的名流，替行将消灭的旧家重整旗鼓，更足以证明王上不忘记他经常表示的心愿，就是说：团结一致，不念旧恶。

我们的诗人目前寄寓在他的妹子赛夏太太家里。

本地新闻栏还登着下而几条消息：

本州州长杜·夏德莱伯爵原任内廷侍从，最近又兼任参事院特别参议。

昨日本城全体官员前往谒见州长。

杜·夏德莱伯爵夫人定于每星期四接见宾客。

埃斯卡巴乡乡长，特·埃斯巴家小房的代表，杜·夏德莱伯爵夫人的尊翁特·奈葛柏里斯先生，最近晋封伯爵，兼贵族院议员，荣获王家圣·路易三等勋章，并将在下届选举中出任安古兰末大选区的主席。

吕西安把报纸递给妹子，说道："你瞧。"

夏娃仔细看了，若有所思地把报纸还给吕西安。

吕西安看妹子的态度不但谨慎，还近于冷淡，觉得诧异，问道："你怎么说？……"

妹子回答："朋友，这份报是戈安得弟兄的产业，登稿子的权完全操在他们手中，只有州长公署和主教公署能强制他们。你以为你以前的情敌，现任的州长，肯宽宏大量，这样捧你的场吗？两个戈安得借着梅蒂维埃的名义控告我们，想逼大卫把他的发明公开出来，让他们利益均沾，难道你忘了不成？……不管这篇稿子的来历怎么样，反正我不放心。你在这儿只能引起仇恨、嫉妒；俗话说：先知在本乡没人当真，人家只会说你坏话；一眨眼之间形势大变，你不疑心吗……”

吕西安说：“你不知道内地人的虚荣。南方有个小城市，一个青年参加会考，得奖回乡，大家在城门口热烈欢迎，当他是未来的大人物！”

“亲爱的吕西安，我不是要教训你，千句并一句：在这里事情再小也要提防。”

“对！”吕西安嘴里这样说，心里奇怪妹子没有一点热烈的表示。

诗人自惭形秽地回家，忽然变了衣锦还乡，快活极了。

他一声不出，思潮起伏，激动了一小时，终于说道：“花了偌大代价换来的一点荣誉，你们竟不相信！”

夏娃不回答，只望了望吕西安；吕西安觉得自己不该埋怨，老大不好意思。

晚饭前一忽儿，州长公署派人给吕西安·夏同先生送来一封信，仿佛证实诗人那种虚荣的想法。为着他，上流社会开始和家庭竞争了。

来信是一份请帖：

> 兹订于九月十五日晚洁樽候
> 教，敬请
> 光临，并盼
> 赐复为幸。此致
> 吕西安·夏同先生
>
> 西克施德·杜·夏德莱伯爵
暨　伯　爵　夫　人　谨约

信内附着一张名片：

西克施德·杜·夏德莱伯爵

内廷侍从　夏朗德州州长

参　事　院　参　议

赛夏老头儿说：“你走红啦，城里当你大人物一样地谈论……安古兰末跟乌莫抢着要送花环给你呢。”

吕西安凑着妹子的耳朵说：“亲爱的夏娃，我像当初住在乌莫，要去见特·巴日东太太的那天一样，没有礼服赴州长的宴会。”

夏娃吃惊道：“难道你真的想去吗？”

为了去不去州长公署的问题，兄妹俩大开辩论。夏娃凭着内地妇女的见识，认为在交际场中应酬必须满面春风，衣冠端整，打扮得无可批评；她还没说出她真正的意思：“州长请客把吕西安带到什么路上去呢？安古兰末的上流社会对他有什么好处呢？有没有人算计他呢？”

吕西安睡觉之前和妹妹说：“你不知道我的势力有多大；州长的老婆最怕新闻记者；况且杜·夏德莱伯爵夫人始终保持路易士·特·奈葛柏里斯的本性！一个女人能谋到这许多官爵，当然能救大卫！我要把妹夫的发明告诉她，请求部里帮助一万法郎在她根本不算一回事！”

晚上十一点，吕西安和母亲、妹子、赛夏老头儿、玛利红、高布，被本地的乐队和驻军的乐队吵醒，发现桑树广场上挤满了人。安古兰末的一些年轻人请了乐队来向吕西安·夏同·特·吕庞泼莱表示敬意。最后一个曲子演奏完毕，场上鸦雀无声，吕西安站在妹子的卧房窗口说道：“多谢各位乡亲给我的荣誉，我一定不辜负大家的好意。我情绪太激动了，不能多说，请你们原谅。”

“《查理九世的弓箭手》的作者万岁！……《长生菊》的作者万

岁！……吕西安·特·吕庞泼莱万岁！”

几个人叫了三声，很巧妙地从窗口丢进三个花环和一些花球。过了十几分钟桑树广场上人散尽了，照旧静悄悄的。

赛夏老头儿带着讪笑的神气，翻来覆去地搬弄花环花球，说道：“要送来一万法郎才好呢！大概你给了他们长生菊，他们回敬你花球，花花草草原是你的本行。”

“你把同乡给的荣誉看得这样轻贱！”吕西安嚷道。他得意扬扬，脸上没有一点悲伤的痕迹。“老爹，你要是懂得一些人情，就知道这种时刻一生难得有第二回。只有真正的热情才能给你这样的荣誉！……亲爱的妈妈，亲爱的妹妹，这一下多少的痛苦都抵消了。”吕西安拥抱母亲和妹子，仿佛一个人的快乐像潮水般涌出来，一定要倾泻在知己的心里。（皮克西沃曾经说：一个作家得意之极的时候，没有朋友，便是看门的也要拥抱一下。）

吕西安问夏娃：“喂！亲爱的孩子，你为什么哭呢？……哦，你太快乐了！”

吕西安走了，夏娃重新上床之前和母亲说：“唉！……我看哪，诗人真像一个轻骨头的漂亮女人。”

母亲点点头回答：“你说得不错。吕西安已经把什么都忘了，不但忘了他的苦难，也忘了我们的苦难。”

母女俩不敢把感想完全说出来，各自睡了。

三　捧场的阴谋

凡是反抗情绪极强而用平等两字做掩护的地方，任何轰动一时的成功都是奇迹，而且同某些奇迹一样，没有操纵机关布景的巧匠合作，不可能出现。一个人生前在本国受到喝彩，十有九次，喝彩的原因同他本人并不相关。服尔德在法兰西剧院台上的胜利[1]，不是十八世纪哲学的胜利吗？在法国，直要每个人戴上了胜利的冠冕，才允许你胜利。夏娃母女两人的预感因此很有道理。在麻木不仁的安古兰末，内地大人物只能引起反感，绝没有人捧场，除非是有利害关系的人或者别有用心的人导演，而这两者都是可怕的。夏娃和大多数女人一样，只晓得凭着本能猜疑而说不出猜疑的根据。她入睡的时候心上想："这里哪一个人对我哥哥有这样的好感，肯在地方上替他鼓动呢？……《长生菊》还没有出版，怎么会人人预先祝贺他成功？"

事实上这次捧场是柏蒂-格劳玩的把戏。玛撒克的本堂神父报告吕西安回来的那天，代理人第一次上特·塞农希太太家吃饭，向她的干女儿正式求婚。这一类没有外客的饭局，场面的隆重不在于人数而在于衣着。尽管到场的只限于家属，每个人都觉得自己扮着一个角色，一举一动都流露出自己的用意。法朗梭阿士好像在身上开时装展览会。特·塞农希太太搬出她最讲究的行头。杜·奥多阿先生穿着黑礼服。特·塞农希先生接到太太的信，知道杜·夏德莱太太到了，快要来做第一次的拜访，向法朗梭阿士提亲的男人也要正式登门，便特意从特·比芒丹先生家赶回来。戈安得穿的是他最漂亮的栗色礼服，款式跟教士穿的一样；绉领上一颗价值六千法郎的钻石晶莹夺目，富商借此向穷贵族示威。柏蒂-格劳剃过胡子，梳好头发，擦过肥皂，只是去不掉那副生硬的神气。礼服在瘦小的代理人身上绷得紧紧的，看上去像一条冻僵的毒蛇；心中的希望使他一双喜鹊眼精神饱满，脸上冷冰冰的，功架十足，摆着一副威严样儿，活脱是个野心勃勃的小检察官。特·塞农希太太事先嘱咐亲近的朋友，关于她干女儿初次接见求婚的男人，以及州长夫人光临的

---

① 一七七八年三月三十日，服尔德去世前两个多月，他的悲剧《伊兰纳》在法兰西剧院第六次上演时，受到群众的欢呼，替他在舞台上加冕。

消息，在外一字勿提；她知道这样一说，准会高朋满座。州长夫妇早已投过名片，拜过客；只有在某些场合才亲自登门，作为一种特殊手段。安古兰末的贵族因此十二分好奇，便是乡杜的党羽也有好几个准备到巴日东府上走一遭，——一般人始终不肯把那所屋子称为塞农希公馆。杜·夏德莱伯爵夫人的势力有了真凭实据，招来不少热衷的人。大家听说她脱胎换骨，比以前更风雅了，也想亲自来瞧个究竟。州长夫人却不过柴斐莉纳的情面，答应接见她亲爱的法朗梭阿士的未婚夫。戈安得把这个重要消息在路上告诉柏蒂-格劳，柏蒂-格劳便想起吕西安的回乡使路易士·特·奈葛柏里斯的地位十分尴尬，正好利用。

特·塞农希夫妇背了重债买进屋子，买下以后只能采取内地人的办法原封不动。下人通报州长夫人到了，柴斐莉纳迎上前去，一开口便道："亲爱的路易士，你瞧！……你在这儿仍旧在你自己家里！……"一边说一边指着挂璎珞的小吊灯、护壁板、家具，以前吕西安看着出神的东西。

"哎哟！亲爱的，这是我最不愿意想起的。"州长夫人说话的神气挺妩媚，四下一望，瞧了瞧在场的人。

每个人都承认路易士·特·奈葛柏里斯变了。她在巴黎交际场中混了十八个月，新婚宴尔的变化，跟内地妇女到过巴黎以后的变化同样深刻，再加有了权势，神态庄严，种种因素使你在杜·夏德莱伯爵夫人身上只看到一些特·巴日东太太的影子，好比在二十岁的姑娘身上看到她的母亲。头上戴一顶镂空花边的小帽子，一支钻石别针随便扣着几朵鲜花。头发卷沿着腮帮挂下来，跟她的脸蛋配得很好，还遮掉她面孔的轮廓，看上去更年轻。她穿一件尖领的薄绸衫，底下钉着美丽的穗子，有名的女裁缝维多莉纳把衣衫做得特别显出路易士的身腰。双肩在镂空花边的围巾和轻纱的披肩之下若隐若现，披肩裹着太长的脖子，裹的手法很巧妙。她手里拈着漂亮的小玩意儿，一般内地妇女最不会对付这种东西：手镯上拖一根小链子，系着一个精致的小香炉；另一只手若无其事地握着扇子和卷起的手帕。但看她向特·埃斯巴太太学来的姿势、举动，没有一个小地方不高雅，可知路易士对于圣·日耳曼区的一套研究得十分到家。至于那个帝政时代的老风流，结了婚，熟透了，有如隔天还青绿而一夜之间变黄的甜瓜。西克施德丧失的元气转移到容光焕发的妻子脸上，引得大家交头接耳，说了不少内地的刻薄话；尤其前任安古兰末的王后新近得势，所有的妇女看着又妒又恨，更要叫那个顽强的外乡人代妻子受气。除了特·乡杜先生夫妇，已故的特·巴日东先生，特·比芒丹先生和特·拉斯蒂涅一家之外，客厅里的人几乎同吕西安朗诵诗歌的那一天一样多。主教也由几位副主教陪着到场。柏蒂-格劳四个月以前做梦也没想到这个场合会有他的立足之地，眼睛望着安古兰末的贵族，心里很激动，对上层阶级的一肚子怨气不知不觉地消解了。他觉得杜·夏德莱伯爵夫人美不可言，私下想："这个就是能保举我做署理检察官的女人！"路易士同时和每个女客应酬了一番，说话的口吻按照各个的地位而定，也考虑到对方在她同吕西安出奔那件事上采取的态度。黄昏过了一半，路易士和主教退入小客厅。柴斐莉纳过去搀着柏蒂-格劳的手臂，柏蒂-格劳忐忑不安地跟着她向小客厅走去。那是吕西安的厄运开始的地方，不久也要在那里结束了。

"亲爱的，这位就是柏蒂-格劳先生，我向你郑重推荐，因为你要看得起他，便是法朗梭阿士的造化。"

"先生，你是诉讼代理人吗？"奈葛柏里斯家的小姐把柏蒂-格劳从头到脚打量了一下。

"不幸得很，是的，伯爵夫人。（乌莫镇上裁缝的儿子生平从来没用过这个称呼，说的时候好像嘴里含着一口东西。）我只有仰仗夫人，才能进检察署。弥罗先生听说要调到纳凡去了……"

伯爵夫人道："照例不是先要做了副署理检察，再升为首席署理吗？我倒希望你马上当首席……要我关切你，帮你谋这个缺，我先要得到保证，知道你的确忠于正统派，忠于教会，尤其是忠于维兰尔先生[①]。"

"啊！太太，"柏蒂－格劳上前凑着她耳朵说，"我是绝对忠于王上的。"

她退后一步，表示不愿意听人咬耳朵说话，回答说："现在我们就需要忠于王上的人。只要特·塞农希太太对你满意，我无有不帮忙。"她说着用扇子做了一个气概不凡的手势。

戈安得在小客厅门口探了探头，柏蒂－格劳便向伯爵夫人说："太太，吕西安回来了。"

"那便怎么样，先生？……"伯爵夫人的声调叫人说话到了喉咙口也只好咽下去。

"伯爵夫人没有了解我的意思，"柏蒂－格劳用最恭敬的措辞说，"我只是向夫人证明我的忠心。夫人一手提拔的那个名流在安古兰末应当受什么待遇，要请夫人示下。他在这儿不是受人唾弃，便是受人颂扬，没有第三条路。"

路易士·特·奈葛柏里斯还没有想到这个难题，这件事当然与她有关，不是为了现在，而是为了过去。代理人逮捕赛夏的计划能否成功，完全取决于伯爵夫人此刻对吕西安的情意。

她摆出一副尊严高傲的态度，说道："先生，你既然有心归附政府，就该知道政府永远不会错的，这是第一个原则；而女人运用权势的本能，对于她的尊严的感觉，比政府还要强。"

柏蒂－格劳正在不露痕迹地仔细观察伯爵夫人，急忙回答说：

---

① 正统派是十九世纪初期拥护波旁王室的保王党。维兰尔是当时（1821—1828）的内阁总理。

"太太，我正是想到这一点。吕西安潦倒不堪地回家，他可以受到欢迎，同时我也能利用人家的欢迎逼他离开安古兰末，因为他的妹子和妹夫被人控告，逼得很紧……"

路易士·特·奈葛柏里斯高傲的脸上流露出一种微妙的表情，可见她在压制心中的快乐。她想不到自己的心事被人猜得那么准，一边望着柏蒂-格劳，一边打开扇子。法朗梭阿士正好进来，伯爵夫人正好利用这个时间考虑怎么回答。

"先生，"她意味深长地笑了笑，"你很快就能当上检察官……"

这不是把话说尽而一点不落把柄吗？

法朗梭阿士过来向州长夫人道谢，说道："太太，多蒙您成全我的幸福。"她像小姑娘似的挨在保护人身边，凑着她耳朵说："做一个内地代理人的妻子，那简直是活活受罪，要我的命了！……"

柴斐莉纳用这种方式进攻路易士，原是熟悉官场的法朗西斯出的主意。

前任总领事和他的女朋友说："初上台的人，不论是州长，是改朝换代的帝王，还是企业的主持人，帮起忙来都很热心；可是他们很快会发觉做后台老板的麻烦，一副面孔马上要冷下来的。今天路易士替柏蒂-格劳走的门路，再过三个月为你的丈夫她也不愿意干。"

柏蒂-格劳道："替我们的诗人捧过场，接下去该怎么办，不知道伯爵夫人想过没有？恐怕在我们喝彩鼓掌的十天之内，夫人需要招待一下吕西安。"

州长夫人点点头，把柏蒂-格劳打发了。她瞧见特·比芒丹太太在小客厅门口露面，便站起身来，走过去和她谈话。侯爵夫人听到特·奈葛柏里斯老头进贵族院的消息，十分诧异，觉得一个女人这样能干，出了乱子反而声势浩大，不能不奉承一番。

侯爵夫人说了些体己话，表示向她亲爱的路易士低头服小，然后问道："告诉我，亲爱的，为什么你要费许多周折，送你父亲进贵族院?”

“亲爱的，上面给我这个情分，主要因为我父亲没有孩子，而且他投起票来永远是赞成王室的。我要生了儿子，最大的一个可以继承外祖父的爵位、纹章、贵族院的缺份……”

特·比芒丹太太发现路易士的野心扩展到尚未出世的孩子身上，知道不能利用她替比芒丹先生活动贵族院，不免心中怏怏。

柏蒂-格劳出门对戈安得说：“州长夫人被我抓住了，你的合伙契约包在我身上……一个月之内我就是首席署理检察官，而你也可以支配赛夏了。现在你得找一个人来接手我的事务所，五个月工夫我的业务在安古兰末占到第一位……”

戈安得对他一手造成的人物差不多有些嫉妒了，他说：“你啊，只要把你扶上马就行。”

吕西安在本乡大受欢迎的原因，现在大家都该明白了。正如法国有过一个国王不记奥莱昂公爵的仇恨，路易士也不记特·巴日东太太在巴黎受的侮辱。她预备先捧吕西安，用保护人的姿态压倒他，然后正大光明地解决他。吕西安在巴黎受人愚弄的事，柏蒂-格劳在当地的闲言闲语中听见过了；他也猜到女性要一个男人爱她的时候，男人不爱她，她会对那个男人咬牙切齿。

四　如此好心，我们一生也能碰上几回

群众欢迎吕西安，证明路易士·特·奈葛柏里斯以往的行事并没有错。欢迎过后第二天，柏蒂-格劳要吕西安得意忘形，好加以操纵，带着六个本地青年，全是吕西安在安古兰末的中学同学，来到赛夏太太家。

一些同学因为班级中间出了大人物，决定为《长生菊》和《查理九世的弓箭手》的作者举行公宴，派代表团来专程邀请。

吕西安叫道："啊！柏蒂-格劳，好久不见了！"

柏蒂-格劳道："你这次回来刺激了我们的自尊心，我们都觉得面上光彩，凑了份子，预备定一席丰盛的酒菜请你。我们的校长和教授都要到场，看情形还有本地的官长参加。"

"哪一天呢？"吕西安问。

"下星期日。"

"那不行，"诗人回答，"除非再过十天，那我准到……"

柏蒂-格劳道："你吩咐就是了，十天就十天。"

那些老同学对吕西安十分钦佩，吕西安也对他们极尽殷勤。他才气横溢，谈了半小时话，一朝被人供在台上，自然不能辜负地方上的舆论；他一双手插在背心袋里，眼光见解无不高人一等，合乎同乡的估计；态度谦虚随和，完全是一个不拘形迹的才子派头。他发了阵牢骚，表示在巴黎身经百战，疲倦得很，尤其看破世情，代那些不曾离开乡土的老同学庆幸。诸如此类的话说了一大堆，大家对他印象极好。

接着他和柏蒂-格劳单独谈话，打听大卫的经济状况，埋怨代理人不该弄得大卫躲在一边。吕西安想跟柏蒂-格劳耍手段。柏蒂-格劳存心装傻，让老同学当他是个内地起码代理人，没有一点聪明才智。目前的社会比古代社会在机构方面不知复杂多少，人的才能为此尽量分化。从前，优秀的人物必然要无所不能，所以为数寥寥，在古民族中像明星一般灿烂。后来即使各有专长，杰出的人还能应付全局。像号称足智多谋的路易十一那样的人，他的奸诈随处都能应用。到了今日，连才智也分门别类，愈分愈细了。比如说，有多少种不同的职业就有多少种不同的奸诈。一个狡猾的外交家在内地碰到一桩官司，很可以被一个庸庸碌碌的代理人或者乡下人玩弄。最狡猾的新闻记者在生意上可能是个大傻瓜，吕西安因之做了柏蒂-格劳的玩具。报上那篇文章当然是恶讼师写的，他要叫安古兰末的城里人在乌莫镇面前下不了台，不能不替吕西安捧场。那天夜里聚集在桑树广场上的所谓吕西安的同乡，只是戈安得印刷所和纸厂的工人，加上柏蒂-格劳和卡乡两个事务所的职员和几个中学同学。代理人看准诗人只要跟他恢复了同窗关系，必有一日会泄露大卫的藏身之处。如果大卫由于吕西安的过失出了事，诗人便不能再在安古兰末立足。柏蒂-格劳要完全控制吕西安，故意装作不及吕西安高明。

他说："我怎么会不尽力呢？事情牵涉到我老同学的妹妹；不过有些案子你非吃亏不可。六月一日[①]，大卫跑来要我保证他三个月清静，事实上直到九月里才风声紧急，我把他全部财产从债主手中抢下了；因为我还能在高等法院胜诉，弄到一份判决书，确定妻子的特权绝对不能侵犯，特权也没有掩护什么骗局……至于你，虽然落魄回乡，毕竟是天才……（吕西安做了一个手势，仿佛供奉的香离他鼻子太近了一些。）——怎么不是呢，朋友？《查理九世的弓箭手》我念过了，不但是一部作品，而且是洋洋巨著！那篇序文只有两个人写得出：不是夏朵勃里昂便是你！"

吕西安听着这句恭维话居然默认，并不声明序文是大丹士的手笔。遇到这种情形，法国一百个作家，准有九十九个如此。

柏蒂-格劳又装作愤愤不平地说："哪想到这里的人好像根本不知道你的大名！我看大家冷淡，便自告奋勇，出来鼓动这批人。我写了那篇稿子，你早看到了……"

吕西安叫道："怎么，是你写的！……"

"对，是我写的！……安古兰末同乌莫处于竞争的地位，我召集了一些青年，你中学里的老同学，组织昨天的半夜音乐会；等到热情鼓动起来了，我们又发起聚餐。我心上想：就算大卫不能露面，

① 这个日期，作者又弄错了。

至少吕西安可以受到表扬!”柏蒂－格劳又说:“不但如此，我还见到杜·夏德莱伯爵夫人，暗示她为她着想，也得出来解救大卫的困难，这是她能够做的，应当做的。如果大卫和我提到的那个秘密确实找到了，政府用不着破费多少就好支持他，州长替发明家撑腰，为这样一桩重要的发明出一半力量，你想是何等气派!在众人眼里岂不是个开明的长官吗?……你妹妹看到司法界短兵相接，着了慌，她怕烟雾……在法院里打仗本来同战场上一样要花钱;可是大卫守住了阵地，秘密仍旧在他手中，人家抓不到他的人，也永远抓不到他的!”

“谢谢你，亲爱的朋友，我可以把我的计划告诉你，请你帮我实现。”

柏蒂－格劳瞪着吕西安，螺旋形的鼻子活像一个问号。

“我要救大卫，”吕西安自命不凡地说，“是我连累了他，我要把全部事情弥补起来……我对路易士的影响便是她……”

“谁是路易士?……”

“夏德莱伯爵夫人……”

柏蒂－格劳听着做了一个手势。

吕西安接着说:“我对她的影响之大，她自己也想象不到。可是，朋友，我虽然能操纵你们的政府，却没有衣衫……”

柏蒂－格劳又做了一个手势，表示愿意解囊相助。

“谢谢你!”吕西安和柏蒂－格劳拉拉手，“再等十天，我去见州长夫人，同时到你那儿去回拜。”

他们俩握手道别的时候，已经变成了老朋友。

柏蒂－格劳私忖道:“怪不得他要做诗人，原来是神经病。”

吕西安回到妹子房里，心上想:“不管人家怎么说，要说朋友，只有中学里交的才是真正的朋友。”

夏娃道:“吕西安，柏蒂－格劳许了什么愿心，你对他这样亲热？还是防他一着的好！”

“防他一着？”吕西安叫起来。他似乎想了一想，又道：“夏娃，你不信任我，怀疑我，难怪你要怀疑柏蒂-格劳；再过十天半个月，你准会改变意见。”他得意扬扬地补上一句。

五　吕西安把内地的荣誉当真

吕西安上楼回到自己的房里，写信给罗斯多。

朋友，咱们两个人之间，只有我会记得你向我借过一千法郎。你接到这封信的时候，你的处境我完全想象得到，所以我赶紧声明不要你还我现金，只要你负责赊一笔账，正如人家在佛洛丽纳身上花了一千法郎，但求快活一阵。咱们俩的衣服既是同一个裁缝做的，希望你替我定一套行头，越快越好。我虽不完全像亚当[①]，一副形景实在见不得人。出我意料之外，州府对待巴黎名流的一套居然临到我了。他们要为我举行公宴，好像我是个不折不扣的左派议员。我为什么要一套黑衣服，现在你明白了吧？约期付款也好，拿广告做交换条件也好，反正你得想法把唐·璜应付第芒希先生的戏[②]翻新一下，我无论如何要衣冠楚楚地露面。我身上只有破布条子，该怎么办，你斟酌吧！如今是九月，天高气爽，所以要你费心，让我本星期末就有一套白天穿的漂亮衣衫：一件深青铜色的短外套；三件背心：一件柠檬黄的，一件方格子花呢的，一件全白的；三

---

① 大家知道，基督教传说，亚当与夏娃在伊甸园中是不穿衣服的。

② 莫里哀的喜剧《唐·璜》中有个胆小的债主，名叫第芒希，上门讨债；唐·璜殷勤招待，礼数周到，第芒希竟从头到尾不好意思开口要债。

条叫女人看了出神的裤子：一条白的英国料子，一条南京缎的，一条黑的薄呢的；最后还要一件黑礼服和晚上穿的黑缎子背心。如果你另外弄了一个佛洛丽纳，就托她挑两条花色领带。这些都轻而易举，相信你能够办到，也有本领办到，我不担心裁缝。亲爱的朋友，咱们常常慨叹：巴黎人是世界上最杰出的人，穷途末路打起主意来，连撒旦都甘拜下风，却还没有办法向帽子店赊账！除非我们行出上千法郎的帽子，才有赊欠的希望；否则只能拿现钱去买。法兰西剧院演过一出戏，有句台词说：拉弗滦，咱们一手交钱一手交货，这话害人不浅！我深深感到我的要求不容易实现，就是说衣服之外，还要一双靴子，一双薄底皮鞋，一顶帽子，六副手套！我知道，这是拿做不到的事来要求你了。不过文字生涯不就是把做不到的事做到吗？……告诉你：你去写一篇长文章，或者干些不清不白的勾当，实现了这个奇迹，你欠我的债就一笔勾销。朋友，别忘了这是赌债，已经拖到一年，你该脸红了，要是你还会脸红的话。亲爱的罗斯多，不是开玩笑，我此刻形势紧急。你听一句话就可知道：乌贼骨发胖了，嫁了鸬鹚，鸬鹚当了安古兰末的州长。这一对可恶的夫妻对我的妹夫大有用处；妹夫受我连累，弄得走投无路，有些期票被人追控，躲起来了……我无论如何要在州长夫人面前重新出现，把我对她的影响恢复一部分。大卫·赛夏的命运要仰仗一双漂亮的靴子，镂空的灰色丝袜（请你不要忘记）和一顶簇新的帽子，不是惨极了吗？……我不能答谢同乡的盛意，只好躺在床上装病，像丢维盖[①]一般。他们为

① 法国十九世纪初期的批评家。

我举行了一个精彩的半夜音乐会，事后知道安古兰末人的热情是我几个中学的老同学鼓动起来的，可见所谓同乡都是有眼无珠的东西。

如果你在巴黎报上的社会新闻栏登一段我在本乡受欢迎的消息，可以抬高我在这里的地位。我要让乌贼骨感觉到，就算我在巴黎报界没有朋友，至少还有些名气。我并没放弃我的希望，将来会报答你的。倘有什么新书要一篇精彩的评论，我可以替你从容执笔。再告诉你一句，亲爱的朋友，我完全信托你，正如你可以完全信托我。

来件望交驿车带下，写明留交字样。

吕西安·特·吕庞泼莱

吕西安在家乡出过风头，在信里又流露出自大的口吻，同时也想起巴黎。在内地安安静静过了六天，又怀念那些挺有意思的苦日子，隐隐然感到遗憾了。整个星期他想着夏德莱伯爵夫人，把重新露面的事看作十二分重要；那天傍晚走到乌莫，向驿车公司去领巴黎的包裹的时节，他心神不定，焦急得了不得，好比一个女人的最后一些希望都在服装上，唯恐到不了手。

吕西安一看几个包裹的形状，知道他要的东西都有了，私下想："啊！罗斯多，你出卖朋友的罪过，我都原谅你了。"

他在帽笼内发现一封信。

亲爱的朋友，裁缝表现得很好。你对过去的回想一点不错：领带，帽子，丝袜，花了我们不少心血，因为我们囊空如洗，什么都挤不出来。我们和勃龙台一致认为，开一个供应青年人廉价用品的铺子，准能发财。 因为我们没钱购买的东西花了我们很大的代价。伟大的拿破仑缺少一双靴子而没法进军印度的时候，说过：天底下没有容易的事！所以一切不成问题，除了你的皮鞋……我眼看你穿了礼服没有帽子！有了背心缺少鞋子！有个美国人为了好玩，送过一双红种人穿的皮鞋给佛洛丽纳，我真想寄给你。佛洛丽纳捐献四十法郎赌本，让我们代你去搏一搏。拿当、勃龙台和我，不是为自己赌，运道好极，赢了不少钱，居然能带着台·吕卜克斯的旧情人电鳗去吃夜宵。老实说，弗拉斯卡蒂也应该请请我们了。采办归佛洛丽纳负责，她还加上三件讲究的衬衫。拿当送你一根手杖。勃龙台赢了三百法郎，给你一根金链子。电鳗凑上一只金表，像一块四十法郎的洋钱那么大，是个傻瓜送她的，时间不准，她说：完全是废物，跟送的人一样！皮克西沃到仙岩饭店来和我们相会，在包裹内加进一瓶葡萄牙头发水。这滑稽大家装着一副正经样，用男低音嗓子说：要是他因此得福就好了！可见大家在患难中待朋友多好。我心肠硬不起来，原谅了佛洛丽纳；她请你为拿当的新书写一篇评论。再见，孩子。咱们才做了老朋友，你忽然回到你的小天地中去了，多可惜！

你的朋友　埃蒂安纳·罗斯多

写于佛洛丽纳的客厅

“可怜这些人竟为着我进赌场！”吕西安非常感动地想着。

不卫生的地方或是我们受尽苦楚的地方，往往有些气味近乎天堂上的香味。在平淡的生活中，回想过去的痛苦有一种难以形容的快感。夏娃看见哥哥穿着新衣服下楼吃了一惊，认不得了。

他说：“现在我可以上菩里欧去散步，没有人说我衣衫褴褛地回来了。这只表的的确确是我的，将来给你做赔偿，它也同我一样，出了毛病。”

夏娃说：“看你这样孩子气！……叫人恼也恼不起来。”

“好妹妹，难道你以为我无聊透顶，要人寄这些东西来，在安古兰末卖弄吗？安古兰末的人才不在我心上呢！”吕西安说着，拿金球柄的手杖在空中一挥，“我是闯了祸想挽救，所以先武装起来。”

吕西安只有一桩事情在本乡是真正成功的，就是那派漂亮哥儿的款式轰动一时。钦佩令人沉默，妒羡引起议论。女人都为吕西安颠倒，男人都说吕西安坏话。他大可引用通俗歌曲中的两句话，叫作：我的衣服，我真要谢谢你！他上州长公署投了两张名片，又去拜访柏蒂-格劳，柏蒂-格劳没有在家。下一天是公宴的日子，巴黎所有的报纸都在安古兰末的标题底下登着一段消息：

安古兰末讯：——青年诗人吕西安·特·吕庞泼莱，初入文坛就才华毕露；《查理九世的弓箭手》不落华尔特·司各特的窠臼，在法国历史小说中可谓绝无仅有之作，其序言尤为文艺界所激赏。诗人最近回乡大受欢迎，此举不仅为吕西安先生的荣誉，亦且为安古兰末的荣誉。当地人士并将为诗人举行公宴，以志庆贺。新任州长到职未久，亦将参与盛会；闻《长生菊》的作者初期即备受夏德莱伯爵夫人之赏识与鼓励。

在法国，热情一经煽动，谁也没法阻拦。驻军的团长派了乐队来。酒席由乌莫有名的大钟饭店承办，他们的火鸡，装着精致的瓷器一直销到中国。饭店主人在大厅上张起幔子，幔子上挂着桂冠和鲜花，好不庄严。五点钟，客人到齐了，一共有四十位，个个穿着礼服。屋外还有一百多个市民代表吕西安的同乡，主要是被院子里的军乐队吸引来的。

柏蒂-格劳站在窗口一望，说道："整个安古兰末都来了！"

卜斯丹的老婆也来听音乐，卜斯丹对她说："我真弄不明白。怎么！州长、税务局长、团长、火药局局长、本州的议员、市长、中学校长、熔铁厂厂长、法院院长、检察官弥罗先生，所有的官员都到了！……"

入席的时候，军乐队按照《我王万岁，法兰西万岁》的谱子奏起变奏曲来，这支歌在民间始终不曾流行。那是下午五点。到八点，端上六十五盘点心，最耀眼的是一座用糖果堆成的奥林泼斯山，顶上有一个巧克力做的法兰西女神。上了点心，大家开始祝酒。

"诸位，"州长起来说，"我们为王上干杯！……为正统主义干杯！波旁王室不是替我们恢复了和平吗？不是有了和平，我们才有一代又一代的诗人和思想家，让法兰西执掌文艺的大旗吗？……"

"王上万岁！"桌上的人一起叫起来，政府派叫得更有劲。

德高望重的中学校长站起来了。

他说："为青年诗人干杯，为我们的首座客人干杯！他除了彼特拉克的蕴藉的诗意，还擅长鲍阿罗称为最难的文体——散文。"

"好啊！好啊！"

团长站起来说："诸位，为保王党员干杯！因为我们庆祝的英雄有胆量保卫正确的原则。"

"好啊！"州长带头喝彩。

柏蒂-格劳起来说："我代表吕西安的全体同学，为庆祝安古兰末中学的光荣干杯，为我们敬爱的校长干杯，我们的成就一部分是他的功劳……"

老校长没防到祝酒祝到他身上，抹了抹眼睛。吕西安站起身来，屋内寂静无声，诗人脸都白了。坐在他左手的老校长替他戴上一个桂冠。大家一起鼓掌，吕西安含着泪水，声音十分感动。

未来的纳凡检察官对柏蒂-格劳说："他醉了。"

代理人回答："可不是酒醉。"

吕西安说："各位同乡，各位同学，今天的场面，我真想叫全国都看到。我们这地方抬举人，培养伟大的作品和事业，用的是这个方式。可是我小小的成就获得这样大的荣誉，觉得很惭愧，以后只能加倍努力，不辜负诸位的雅望。将来回想起这个时刻，可以使我在新的战斗中增加勇气。请你们允许我建议，向我的第一个诗神和保护人致敬，同时向我出生的城市致敬：让我们为美丽的西克施德·杜·夏德莱伯爵夫人干杯，为高贵的安古兰末城干杯！"

检察官点点头说："应付得不错，我们的祝词是事先准备的，他是临时想起来的。"

十点钟，客人三五成群地散了。大卫·赛夏听见平时听不到的音乐，问巴齐纳："乌莫镇上有什么事啊？"

巴齐纳回答："他们在欢迎你的舅子吕西安……"

大卫说："没有我参加，我想他一定很懊恼。"

半夜里柏蒂-格劳把吕西安一直送到桑树广场。到了那儿，吕西安对代理人说："好朋友，咱们现在是生死之交了。"

代理人说："明天我同法朗梭阿士·特·拉海小姐在她的监护人特·塞农希太太家立婚书，希望你到场；特·塞农希太太要我请你同去，你可以见到州长夫人；你的祝词准有人告诉她，她必定很高兴。"

吕西安说："我有我的打算。"

"噢！你可以救大卫了！"

"当然喽！"诗人回答。

正在那个时候，大卫好像有魔术一般出现了。原因如下。

六 隔墙有耳

大卫的处境很为难：他女人绝对不准他见吕西安，也不准透露他隐匿的地方；吕西安却给他写着怪亲热的信，说要不了几天就能挽回大局。他听到音乐的时候，格莱日小姐一边和他解释庆祝会的来由，一边交给他两封信。

亲爱的，你只当吕西安不在这里；你什么都不用担心，只要脑子里牢牢地记住一点：我们的安全全靠敌人打听不出你躲在哪儿。不幸的遭遇使我只相信高布、玛利红、巴齐纳，而不敢相信我哥哥。唉！可怜的吕西安不是以前的那个又天真又温柔的诗人了。正因为他要过问你的事，大言不惭地说要替我们还债，（完全是出于骄傲，告诉你！……）我对他更放心不下。巴黎寄给他一些讲究的衣衫，一个漂亮的钱袋，里头放着五块金洋。他把钱交给我，我们现在靠此度日。你父亲回去了，我们总算少了一个敌人，他是被柏蒂-格劳轰走的。柏蒂-格劳看出老人家的心思，马上使他断了念头，说你今后不同他柏蒂-格劳商量，不会做任何决定；柏蒂-格劳不会让你把发明的东西出让，除非拿到三万法郎补偿：先是一万五给你料清债务，还有一万五，不论你的发明将来成功还是失败，都要拿的。我弄不明白柏蒂-格劳到底是怎样的人。我热烈拥抱你这个遭难的丈夫。咱们的小吕西安身体不坏。看这朵花在风雨飘摇中长大，脸色一天天红润，我说不出是什么感想！母亲照常祷告上帝，她和我一样热烈地拥抱你。

你的　夏娃

柏蒂-格劳和戈安得弟兄怕老赛夏那种乡下人的狡猾，打发他走了。老头儿也要收割葡萄，不能不回玛撒克。

附在夏娃信内还有吕西安的一封信，措辞是这样的：

亲爱的大卫，一切顺利。我从头到脚武装起来了；今天去上阵，两天以内可以大有进展。等你恢复了自由，为我欠的债还清了，我将要多么高兴地拥抱你！妹子和母亲至今防着我，使我精神上大受伤害，一辈子都忘不了。我不是早知道你躲在巴齐纳家吗？她上我们家来一次，就有你的消息和你给我的复信。当然，妹子只能依靠她工场里的朋友。今天我跟你离得很近，可惜你不能出席他们欢迎我的宴会。安古兰末人的虚荣心让我得到一次小小的胜利，那是不多几天就要被人遗忘的；只有你对这件事情感到的快乐，才是真正从心坎里来的快乐。总之，在我心目中，能够做你的弟弟比世界上所有的荣誉更宝贵。再过几天，你就能完全原谅我了。

吕西安

大卫的心被这两股相反的力量猛烈地拉扯，虽然力量的强弱并不相等，因为他热爱妻子，而对吕西安的友情已经减少几分敬意。可是我们孤独的时候，感情的力量可以大起变化。一个人幽居独处，再像大卫那样一心一意想着自己的事，很容易向某些念头屈服，不比在正常的环境中有所依傍，能够抗拒。大卫听着那意想不到的欢迎会的军乐，念着吕西安的信，信中又像他预料的一样，提到没有大卫参加，多么遗憾的话，不禁深深地感动。天性温柔的人抵抗不了这一类小小的感情作用，他们以己度人，认为那些作用对别人也同样重要。满满的一杯水，怎么能不流出一滴来呢？……因此到半夜里，巴齐纳多方劝阻也没法拦着大卫不去看吕西安。

他和巴齐纳说："这个时候安古兰末街上没有人了，没有人看见我，没有人能在夜里把我逮捕；就算被人撞见，我还可以用高布的办法回到这儿。况且我好久没看见我的女人和孩子了。”

这些理由都还说得过去，巴齐纳只得让步，答应大卫出门。吕西安正在同柏蒂-格劳告别，大卫叫了声：“吕西安！”两个朋友便流着眼泪拥抱了。这个情景在一生中是难得遇到的。吕西安这才体会到那种颠扑不破的友谊多么热烈，他过去非但不加重视，而且还辜负这友谊。大卫一心要原谅吕西安。高尚慷慨的发明家尤其想嘱咐吕西安，扫除兄妹之间的隔阂。他只顾考虑这些感情方面的事，再也想不到欠债未还的种种危险。

柏蒂-格劳对他的当事人说：“回家吧，既然冒冒失失走了出来，至少得利用一下，去看看你的太太跟孩子。别给人瞧见！”

柏蒂-格劳独自留在广场上，自言自语道：“可惜赛利才不在这儿！……”

广场上如今矗立着庄严的法院，当时广场四周还搭着木板；柏蒂-格劳沿着板墙说话，不防背后一块板上有弹指的声音，好像用手指头敲门。

“我在这儿啊！”两块没有拼紧的木板中间传出赛利才的声音。“我看着大卫从乌莫出来。他躲的地方，我早已猜到几分，现在证实了，我知道上哪儿去抓他。不过先要知道吕西安有什么打算，才好做圈套。不料你叫他们进去了。你留在这儿。等大卫和吕西安出来，你把他们带到我近边；他们只道四下无人，准会说出几句话来给我听到。”

“你真是个魔鬼！”柏蒂-格劳轻轻地说。

赛利才道：“我要得到你答应我的好处，怎么会不卖力呢？”

柏蒂-格劳离开板墙，在桑树广场上溜达。大卫一家正在卧房里相会。柏蒂-格劳望着他们的窗子，想着前途，鼓励自己；如今他靠着赛利才的聪明，可以使出最后一着棋子了。像柏蒂-格劳这等奸诈阴险的人，看透人心的变化，争权夺利的手段，从来不贪图眼前的好处而受骗，也不轻信人家的情分。他先是不大相信戈安得，所以留好地步，万一亲事不成而没法指责长子戈安得欺骗的话，可以叫戈安得不得安宁。自从在巴日东府上得手以后，柏蒂-格劳倒是公平交易了。早先的阴谋非但变为无用，还对他觊觎的政治地位大有妨碍。我们且补叙一下，他的晋身之阶原来是如何安排的。迦纳拉和几个实力雄厚的商人，在乌莫镇上组织一个进步党的核心，靠着生意上的往来，同反政府派的一些领袖拉上关系。路易十八病重的时期答应让维兰尔组阁，反对派的策略便跟着改变；从拿破仑去世以后，他们已经放弃武装叛变的冒险手段。当时进步党正在各州各府组织一股合法的对抗势力，预备用控制选举、说服群众的方法达到目的。安古兰末的下城素来受上城的贵族压制，柏蒂-格劳既是激烈的进步党，又是乌莫出身的子弟，当然做了下城反对派的发起人、首脑和秘密顾问。他第一个指出，夏朗德州的报纸让戈安得弟兄操纵是危险的，反对派在本州应当有一份机关报，免得落在别的城市后面。

柏蒂-格劳说："咱们不妨各人拿出五百法郎交给迦纳拉，给他凑成两万多法郎盘进赛夏的铺子，咱们替老板垫了款子，就能支配印刷所了。"

代理人要在戈安得和赛夏面前巩固他两面派的地位，劝进步党接受了他的意见。他自然看中赛利才这样一个小人，预备叫他做反对派的死党。

他告诉赛夏的前任监工："你要能打听出你老东家的下落，把他交在我手里，我们借给你两万法郎买他的印刷所，说不定再要办一份报，叫你当老板。你好好地去干吧。"

柏蒂-格劳觉得赛利才这种人干起事来，比无论哪个执达员都更有把握，所以早就向长子戈安得保证，逮捕赛夏绝无问题。等到柏蒂-格劳一心想当法官，知道日后不能不脱离进步党的时候，乌莫的人心已经受他煽动，盘进印刷所的资本也有了着落；柏蒂-格劳便决意把事情搁下，听其自然。

他想："没关系！反正赛利才会闹出乱子来触犯出版法，我正好借此显显本领……"

他走到印刷所门口，对站岗的高布说："上去通知大卫趁早走吧，你们小心一些！我回去啦，已经一点了……"

高布离开门口，玛利红过来接班。吕西安和大卫一同下楼，高布在前开路，玛利红在后护送，前后都相隔一百步。两弟兄沿着板墙走过去，吕西安很兴奋地和大卫说话。

"朋友，我的办法再简单没有；在夏娃面前可没法提，她从来不懂什么叫手段。我肯定路易士心中还对我藕断丝连，我能够挑起她的旧情，把她征服，主要是向那浑蛋州长报仇。如果我们相爱，哪怕只有一星期，我就要她请求部里给你两万法郎做鼓励。据柏蒂-格劳说，我和她开始相爱的小客厅还是原来的样子。明天我要在那儿重新见到那女人，我要做一出戏。后天早上，我托巴齐纳给你一个便条，告诉你是不是成功……说不定你那时就自由了……为什么我需要巴黎的衣服，现在你明白了吧？扮一个年轻的男主角不能穿得破破烂烂地上台。"

清早六点，赛利才赶去见柏蒂-格劳。

"明天中午叫杜布隆布置定当，我保证他手到擒来。"巴黎人对柏蒂-格劳说，"我可以利用格莱日小姐手下的一个女工，明白没有？"

柏蒂-格劳听完赛利才的计划，急忙去找戈安得。

他说："你去想法要杜·奥多阿先生今晚决定，把他财产的虚有权[①]给法朗梭阿士；你和赛夏的合伙契约，包你两天之内签订。我要

① 只有产业的主权而无收益权，在法律上称为虚有权。

立过婚书以后八天才结婚，所以这个办法完全合乎我们的协定：有来有往！今晚在特·塞农希太太府上，吕西安和杜·夏德莱伯爵夫人会面的情形，咱们要暗暗留意，这是关键所在……吕西安尽管希望靠州长夫人挽回局面，我可是把大卫抓住了。”

戈安得道：“我相信你将来能做到司法部长。”

“为什么不？特·贝洛奈先生[1]不是当了部长吗？”柏蒂-格劳这样说，可见他还没完全改掉进步党人的脾气。

七　吕西安在巴日东府上扬眉吐气

立婚书那天，特·拉海小姐的暧昧不明的身份，替她把安古兰末的大部分贵族都招来了。男的没有贵重的首饰送给女的，一对未来的夫妻这样穷，特别令人关切。世界上有些人做善事同喝彩一样，主要是满足自尊心。因此，特·比芒丹侯爵夫人、杜·夏德莱伯爵夫人、特·塞农希先生和两三个老朋友，送了法朗梭阿士一些礼物，城里也为之议论纷纷。这些漂亮的小东西，加上柴斐莉纳一年前就在准备的被褥内衣，干爹送的首饰，新郎照例不能不送的礼物，总算使法朗梭阿士略感安慰，而好几个带女儿同来的母亲看了也很感兴味。柏蒂-格劳和戈安得两人发觉，安古兰末的贵族允许他们踏进神圣的庙堂是迫不得已，因为一个是法朗梭阿士的财产管理人兼副监护人，一个是立婚书时必不可少的对手，好比行刑总得有一个吊死的囚犯。结了婚，柏蒂-格劳太太照样可以在干妈家出入，丈夫就不容易受到招待了，他却打定主意，非闯进那个骄傲的社会不可。诉讼代理人觉得父母出身低微，难为情，叫住在芒勒养老的母亲推说有病，留在乡下，写了一份书面表示同意儿子的婚姻。柏

---

① 一八二一至一八二八年间的法国司法部长，年轻时也是律师出身。

蒂-格劳没有亲族，没有靠山，没有一个自己人在婚书上签字，心里很委屈，现在能带一个名流去充当体面的朋友，又是伯爵夫人愿意会面的人物，高兴极了，坐着马车去接吕西安。在那次值得纪念的晚会上，诗人的打扮毫无疑问把所有的男人都比下去了。特·塞农希太太事先透露消息，说有这位名流到场；两个反目的情人重新聚首，也是内地人极喜欢看的场面。吕西安变成了时髦人物。大家夸他如何俊美，如何风流，和以前如何不同，安古兰末的贵族太太都想去瞧他一瞧。当时的装束正从扎脚裤过渡到现在这种难看的长裤，吕西安按照流行的款式穿一条全黑的贴肉裤。男人那时还卖弄身材，使瘦子和体格不美的人叫苦不迭；吕西安的身材却长得像阿波罗一样。他的灰色镂空丝袜，小小的皮鞋，黑缎子的背心，领带，没有一样不穿戴得服服帖帖，像粘在身上一般。浓厚的淡黄头发全部烫过，额角更显得白净，四周的头发卷安排得妩媚动人。傲慢的眼睛闪闪发光。一双女人般的美丽的小手始终戴着手套。他的姿态是模仿巴黎有名的花花公子特·玛赛：一只手拿着手杖和永不离手的帽子，一只手偶然动一下，帮助说话的表情。

有些名人假装谦虚，低着头走过圣·但尼门，吕西安很想用这种方式溜进客厅。无奈柏蒂-格劳只有一个朋友，不能不尽量利用。他几乎带着夸耀的意味，在晚会上带吕西安去见特·塞农希太太。诗人一路听见唧唧哝哝的谈论，要是从前，他早就心慌意乱，此刻却冷静得很。他信心十足，知道他一个人抵得上安古兰末所有的英雄。

他对特·塞农希太太说："太太，我的朋友柏蒂-格劳的确是做司法部长的材料，我说他福气太好了，能投在太太门下，不管干女儿和干妈的关系多么疏远（在场的妇女都体会到话中有刺，她们在旁窃听而神气好像并没有听）。至于我，我很高兴趁此机会向夫人致敬。"

几句话说得挺自然，气派像大贵族访问老百姓。吕西安听着柴斐莉纳支吾其词的回答，眼睛在客厅里扫了一圈，有心叫人注意。他同法朗西斯·杜·奥多阿和州长打招呼，神态殷勤，可是对两人的笑容略有区别。然后他装作忽然瞧见杜·夏德莱太太，迎上前去。一般重要人物正被法朗梭阿士或者公证人陆续请进卧室去签字，可是大家都忘了婚书，只注意两个情人的会面，作为当夜的一件大事。吕西安朝路易士·特·奈葛柏里斯走了几步，拿出巴黎式的风雅的态度，对路易士说来还是回来以后第一次看到；他声音相当响亮地说道："太太，是不是承蒙你的好意，后天州长公署请客才有我呢？……"

吕西安对以前的保护人故意用这个挑战的语调，杀她的威风；路易士听着有点恼恨，冷冷地回答："先生，那是为了你的名气。"

吕西安又俏皮又自负地说："啊！伯爵夫人，如果客人得不到你的好感，我就没有办法叫他出席了。"

他不等路易士回答，转身瞧见主教，大大方方鞠了一躬。

他声音很迷人地说："大人简直跟先知差不多。将来我要使大人的话完全应验。今晚我到这儿来幸运得很，能够向您表示敬意。"

吕西安趁此和主教攀谈，一谈谈了十分钟。女太太们都认为吕西安了不起。杜·夏德莱太太没有料到他这样狂妄，一时竟哑口无言，没有话好回答。她看见所有的妇人佩服吕西安，东一堆西一堆地交头接耳，把他们俩的谈话，吕西安装作瞧不起她，言语之间把她压倒，等等，互相传说；路易士失了面子，十分气恼。

她想："他说了那句话，明天要不来吃饭，叫我怎么下台！他凭什么敢这样骄傲呢？……难道台·都希小姐爱上了他吗？……他长得多美？——听说在巴黎，女戏子死后第二天，台·都希小姐到他家里去过！……或许他是来帮助妹夫的，路上遭了意外，到芒勒的时候才蹲在我们车厢背后。那天早上，吕西安瞪着我和西克施德的神气真古怪。”

路易士千思百想，不知有多少念头，更糟糕的是，她还情不自禁地望着吕西安和主教谈话，仿佛他是全场的领袖。他对谁都不理不睬，但等人家去迁就他；他东瞟一眼，西瞟一眼，做出各式各样的表情，神态潇洒，不愧为特·玛赛的高足。特·塞农希先生在他近边出现，他也不离开主教去打个招呼。

路易士等到十分钟，忍不住了，起来走到主教面前，说道：“大人不知听到什么话，常常面带笑容？”

吕西安很知趣地退后几步，让杜·夏德莱太太和主教说话。

“啊！伯爵夫人，这青年聪明绝顶！……他和我解释，他的力量都是您鼓励出来的……”

“我不是忘恩负义的人，太太！”吕西安眼中带着嗔怪的意味，叫伯爵夫人看着心里高兴。

“我们说说清楚好不好？”她把扇子一招，叫吕西安走近去。“同主教大人一块儿来，打这儿走！……请大人替我们评评理。”她指着小客厅给主教带路。

“哼！她叫主教当什么角色啊！”乡杜帮口里的一位女客有心把话说得相当响，要人听见。

吕西安望望主教，望望伯爵夫人，说道：“评理？……难道有谁做错了事吗？”

路易士·特·奈葛柏里斯走进她从前的小客厅，坐在长沙发上，叫吕西安和主教一边一个坐在她两旁，然后开始说话。

吕西安只作动了感情，没有心思听她的，叫旧情人看着又得意，又奇怪，又欢喜。他的姿态、手势，有如巴斯达在《唐克勒第》[①] 中唱“噢，祖国！……”时的功架，脸上的表情好像在唱《但

① 意大利十九世纪作曲家洛西尼作的歌剧。

尔里佐》那一段有名的抒情曲。受过高拉莉训练的吕西安，最后还会挤出几滴眼泪来。

等到吕西安看出路易士发觉他流泪，便不管主教，也不管谈话的内容，凑着她耳朵说：“啊！路易士，我当初多爱你！”

她掉过身子说：“快点擦擦眼睛，你又要在这里害人了。”这两句舞台上的旁白使主教大吃一惊。

吕西安兴奋地回答：“对，一次已经够了。特·埃斯巴太太的大姑说出这句话来，便是玛特兰纳[1]听着也会止住眼泪。我的天哪！……我又想起了我的往事，我的幻想，我的青春。而你……”

主教觉得处在两个旧情人中间要损害他的尊严了，突然回进大客厅。大家有心让州长夫人和吕西安单独留在内客室。过了一会儿，闲话，笑声，不时有人在小客厅门口张望，使西克施德大不乐意，沉着脸走进去，吕西安和路易士正谈得高兴。

他附着妻子的耳朵说：“太太，你对安古兰末比我熟悉，你看是不是应当顾到州长夫人和政府的体面？”

路易士瞅着她的出面老板，傲慢的神气吓了他一跳，她说：“亲爱的，我和特·吕庞泼莱先生谈着一件事，对你很重要。有人用卑鄙的手段陷害一个发明家，我们要救他出来，希望你帮忙……至于那些太太对我作什么感想，你等会瞧吧，我自有办法堵住她们的嘴巴。”

于是她让吕西安扶着胳膊走出小客厅，先在婚书上签了名，旁若无人的气派完全像个贵妇人。

她拿笔递给吕西安，说道：“一块儿签好不好？……”

吕西安听着她指点，在她的签字旁边写上自己的名字。

---

① 圣女玛特兰纳向耶稣忏悔，痛哭流涕。现在有句俗语，叫作“哭得像玛特兰纳”。

“特·塞农希先生，你还认得当年的特·吕庞泼莱先生吗?”伯爵夫人这么一说，傲慢的打猎专家不能不招呼吕西安了。

她带着吕西安回到客厅，要他和柴斐莉纳一边一个陪她坐在中央的大沙发上，一般人最怕坐的位置。她像王后升了宝座，先是放低着声音说了一些讥讽的话，几个老朋友和趋奉她的妇女也过来参加。吕西安一忽儿便成了小圈子的主角，伯爵夫人逗他把话题转到巴黎生活，他想出许多挖苦的话，谈锋之健不可想象，还穿插一些名人的逸事，内地人最最爱听的题材。刚才大家赞美他的相貌，现在佩服他的才华了。杜·夏德莱伯爵夫人好不得意，把吕西安当作心爱的玩具似的，玩得出神入化，很恰当地插进一言半语替他帮腔，甚至不避嫌疑，用眼色来要求人家赞许吕西安。好些妇女疑心路易士和吕西安同时回来，也许是他们之间本来爱情深厚，不幸闹了误会。也许路易士气愤之下，和杜·夏德莱结了不合适的婚姻，如今后悔了。

半夜过后一点钟，路易士动身之前轻轻地对吕西安说：“后天希望你准时……”

州长夫人神气怪亲热地向吕西安略微点点头；然后过去和西克施德伯爵说了几句，伯爵正在拿帽子。

“亲爱的吕西安，只要杜·夏德莱太太说的是事实，我一定负责。从今晚起，你的妹夫可以说没事了。”州长说着，追出去陪太太回家，她按照巴黎的习惯，已经先走一步。

吕西安笑嘻嘻地回答：“伯爵帮我这个忙也是应该的。”

他们告别的时候，柏蒂-格劳正好在场，戈安得凑着他耳朵说：“喂！咱们完蛋啦……”

柏蒂-格劳看吕西安大出风头，愣住了，对他的才华，对他的风度，惊异不止。他望了望法朗梭阿士，她的神气完全是佩服吕西安，似乎对未婚夫说：“你应该学学你的朋友。”

柏蒂-格劳忽然喜洋洋的，回答戈安得："州长要后天才请客，咱们还有一天时间，事情我可以保证。"

吕西安清早两点走回家，路上对柏蒂-格劳说："朋友，我来了，我见过了，我胜利了！[1]再过几小时，大卫就要高兴死了。"

柏蒂-格劳心上想："好啊，我就要知道这一点。"嘴里却回答说："我只道你是诗人，原来你也是个洛尚[2]，那就等于双料的诗人了。"他说完跟吕西安拉拉手。这是他们俩最后一次握手。

八　痛心之极

吕西安唤醒妹子，说道："亲爱的夏娃，告诉你一个好消息！一个月之内，大卫的债可以全部还清……"

"怎么还呢？"

"杜·夏德莱太太骨子里还是我当年的路易士，她比以前更爱我了，她要她丈夫报告内政部，推荐我们的发明！……我们只要再苦一个月，让我在这个期间报了州长的仇，叫他做一个天底下最幸福的丈夫……"

（夏娃听着哥哥的话，以为自己还在做梦。）

"那个灰色的小客厅，两年以前我见了像小孩一般发抖，今天又看到了，我把家具、图画、人物打量了一下，不由得眼睛雪亮！上巴黎去了一趟，我们的观念完全变了！"

夏娃这才听清了哥哥的话，说道："变了可有好处呢？……"

吕西安道："哦，你还睡着，明儿吃过早饭再谈吧。"

赛利才的计划简单之极。那是内地执达员逮捕债务人常用的手

---

① 罗马帝国时代的恺撒大将，公元四十一年于亚洲战胜蓬德王子法那西斯后，用这几句话告诉他罗马的朋友。

② 路易十四的宠臣，为了和路易十四的堂姊妹闹恋爱，轰动一时。

法，而结果不一定有把握；赛利才却是成功了；因为他不但识透吕西安和大卫的性格，还利用两人的希望。名为戈安得的监工而那时负有特殊使命的赛利才，勾搭着好几个青年女工，为了便于控制，故意使她们对立。他特别看中巴齐纳·格莱日手下一个熨衣服的姑娘，差不多同赛夏太太一样漂亮，名叫亨利埃德·西诺。父母是种葡萄的，离安古兰末七八里，在往圣德去的路上有些田产。西诺夫妻同多数乡下人一样，并不富裕，不能把独养女儿留在身边，打算让她做女佣。内地的女佣对细软内衣都要能洗能烫。普利欧太太盘给巴齐纳的铺子名气很大，西诺夫妇贴了房饭钱送女儿去当学徒。普利欧太太是旧式的老板娘，自以为应当代替父母的职司；她和学徒们一起过活，带她们上教堂，尽心管教。亨利埃德·西诺脸蛋漂亮，身腰也好看，眼睛望起人来肆无忌惮，棕色头发又浓又长，皮肤白得跟南方姑娘一样，像木兰花的那种白。赛利才在女工里头早就看上了她；亨利埃德却是清白的种田人家出身，要不是心存嫉妒，看了别人的坏榜样，要不是赛利才当上戈安得印刷厂的副监工，拿“将来和你结婚”的话引诱她，她也不会轻易上钩。巴黎人打听出西诺家有些葡萄田，价值一万到一万二法郎，还有一所勉强住得的屋子，便赶紧下手，叫亨利埃德没法嫁给别人。俊俏的亨利埃德和赛利才小子的爱情发展到这一步，柏蒂-格劳和赛利才谈起有人愿意垫两万法郎，让他做赛夏印刷所的老板；所谓垫款当然等于拴马的索子。监工看到这个远景喜出望外，头脑发热了，觉得西诺小姐妨碍他的前程，对可怜的女孩子开始冷淡。亨利埃德心里发急，越是戈安得的监工想离开她，她越抓着不放。等到赛利才发现大卫躲在格莱日小姐家，他对亨利埃德又变了主意，可是作风照旧。他想利用女孩子们怕出丑而非要嫁给玷污她的男人的心理，把她做垫脚石。吕西安重新征服路易士的那天早上，赛利才向亨利埃德透露巴齐纳的秘密，说只要发现大卫躲藏的地方他们俩的前途和婚姻就好解决。亨利埃德毫不费事，立即肯定只有格莱日小姐的盥洗室可以做大卫的藏身之处。她不觉得这样刺探人有什么不对；事实上她一参加这件事就被赛利才拖下水了。

吕西安还在睡觉的时候，赛利才到代理人事务所去探问前一天晚上的情形，听柏蒂-格劳讲那些意义重大，不久将轰动全城的琐碎事。

柏蒂-格劳讲完了，巴黎人满意地点点头，问道："吕西安回来之后，可曾写过什么便条给你？"

"只有这一张。"代理人说着，递给他一封吕西安的信，用的是他妹妹的信纸。

赛利才道："好吧，太阳下山以前十分钟，要杜布隆躲在巴莱门附近，把宪兵和他手下的人布置好，包你得手。"

柏蒂-格劳眼睛盯着赛利才问："你有把握吗？"

赛利才用巴黎野孩子的口吻回答说："我是碰运气，运气是个怪物，他不喜欢老实人。"

柏蒂-格劳冷冷地说："事情非成功不可。"

赛利才说："我一定成功。这些肮脏事都是你叫我干的，也该送我几张钞票遮遮羞了！……"巴黎人发觉柏蒂-格劳脸上有个表情，看着讨厌，便道："先生，你要是骗我，八天之内不替我买进印刷所……小心别弄出一个年轻的寡妇来。"巴黎的野孩子眼露凶光，说话的声音很轻。

"如果六点钟把大卫送进监狱，你九点到迦纳拉先生家，我们来办你的事。"代理人的话说得很肯定。

"行，包你满意，老板！"赛利才回答。

去掉字迹的方法如今使国库损失不赀，那时赛利才已经学会了，他把吕西安写的四行字洗掉，另外写上几行，笔迹模仿得惟妙惟肖，可是印刷监工的前途也大受损失。

亲爱的大卫，你可以放心大胆地去见州长，事情已经定局；而且在这个时间，你尽管出来，我半路上来接你，告诉你见了州长怎么办。

你的弟弟　吕西安

中午，吕西安写信给大卫，告诉他昨天晚上的成功，州长对他的发明非常热心，答应帮忙，据吕西安说，州长今天就打报告到部里去。

玛利红推说送吕西安的衬衫去洗，把信交给巴齐纳小姐。那时赛利才从柏蒂-格劳那儿知道可能有这封信，正带着西诺小姐在夏朗德河边散步。大概老实的亨利埃德推三阻四，争执很久，所以散步的时间足有两小时。问题不仅牵涉到小孩的利益，还同将来的幸福、整笔的家私有关；赛利才要她做的只是一件挺小的小事，后果当然不告诉她。可是这样的小差事有那么大的报酬，不免使亨利埃德害怕。赛利才终于说服情妇帮他一手。他要亨利埃德五点钟离开一会工场，再回进去报告格莱日小姐，说赛夏太太要她立刻去一趟。等巴齐纳走出一刻钟，亨利埃德上楼去敲小房间的门，把假造的吕西安的信交给大卫。后事如何，赛利才只能碰运气了。

夏娃受了一年多贫穷的压迫，第一次觉得生活的枷锁松开一些。她终于有了希望。她也想拿哥哥出去夸耀一下了，打算搀着一个受同乡欢迎，叫许多女人颠倒，使骄傲的杜·夏德莱伯爵夫人恋恋不舍的男子，公开露面！她打扮得漂漂亮亮，提议吃过晚饭陪哥哥到菩里欧去散步。每逢九月，安古兰末的人傍晚都在那儿纳凉。

有些人见了夏娃，说道："噢！这不是有名的美人赛夏太太吗？"

一个女人说："她会出来真是想不到的。"

"丈夫躲着，老婆抛头露面。"卜斯丹太太说话的声音有心叫可怜的女人听见。

夏娃对哥哥说："噢！回去吧！我不应该出来的。"

太阳下山以后几分钟，往下到乌莫去的石扶梯那边传来一阵喧闹的声音。吕西安和妹子动了好奇心，朝那个方向走去，听几个乌莫来的人的口气，仿佛出了什么乱子。

前面的人越聚越多，一个过路人看兄妹俩往前奔去，便说："大概捉到了一个贼……脸孔白得像死人一样。"

吕西安和夏娃毫不惊慌，只见三十多个小孩、老婆子和干活回来的工人在前开路，宪兵的镶边帽子在人堆里闪闪发亮。后面还跟着上百个人，像乌云一般黑压压地直冲过来。

夏娃道："啊！是我丈夫！"

"大卫！"吕西安叫起来。

"哟！是他老婆！"众人说着，让出一条路来。

吕西安问道："谁叫你出来的？"

大卫面无人色，回答说："不是你写信来的吗？"

"我早料到了。"夏娃说着，倒在地上晕过去了。

吕西安扶起妹子，两个男人帮着抬到家里，玛利红安排她睡下。高布赶去请医生。医生来了，夏娃还没有醒。吕西安只得对母亲承认，大卫被捕是他促成的，他万万想不到中间有一封假信引起大卫的误会。吕西安被母亲恨恨地瞪了一眼，大吃一惊，上楼去躲在房里。

九　诀　别

我们看了下面的信，不难想象吕西安心中的骚动；他在夜里写一会儿停一会儿，想一句写一句。

亲爱的妹妹，没想到刚才是你我最后一次见面。我的决心是不可挽回的了。许多人家都有个晦气星，对家庭来说是一种瘟疫；而我就是这样的人。这不是我的意见，是一个阅世很深的人的意见。有一天我们几位熟朋友在仙岩饭店吃夜宵，正在说笑打趣，那外交家提起一个年轻的女子，大家看她没有嫁人觉得奇怪，其实是被父亲害了。外交家接着发表他所谓家庭瘟疫的理论，和我们解释，要没有某个母亲，某人家早就兴旺，某人家的儿子断送了父亲，某人家的父亲破坏了儿女的声名和前程。关于那个社会问题的见解虽然以谈笑出之，十分钟内举的一大堆例子着实使我吃惊。能听到这样的真理，记者们的议论尽管荒唐，也可以原谅的了，——他们没有人可以捉弄的时候，往往以此消遣，把他们的怪论发挥得极有风趣。告诉你，我就是我们家的晦气星。我怀着一腔好意，行动像仇敌。我受了你们的恩惠，用灾难来报答。这一次给你们的打击尤其残酷，虽则是出于无心。我在巴黎自暴自弃，尽管潦倒，照样作乐，把酒肉朋友当作知己，把真正的知己当作剥削我的人；我忘了你们，真要拖累你们的时候才想起你们。你们在家埋头苦干，走着艰难而可靠的路挣你们的家业；我却痴心妄想抄近路。你们在上进，我把自己的生活糟蹋了。因为我的野心漫无限制，不愿意过清苦的日子。一想起某些嗜好，某些享受，我就瞧不起随手可得而我过去感到满足的快乐。亲爱的夏娃，我批评自己比谁都严厉，对自己毫不留情。在巴黎斗争要有始终不懈的毅力，而我的意志只是偶然的冲动，我的理智时断时续。我怕将来怕得厉害，只想回避，而对现状又不能忍受。我本想回来看看你们，其实还是永远流亡的好。可是没有办法谋生，流亡等于疯狂，我不愿在已有的疯狂上面再加上一桩。与其过残喘的生活，还不如死了干净，因为无论处境如何，我过分的虚荣总是要出乱子的。世界上有种人等于零，前面必须加一个数目，才能声价十倍。我要有价值，必须同一个意志坚强、铁面无情的人结合。特·巴日东太太的确是我理想的妻子，我没有为了她放弃高拉莉，把我的一生耽误了。大卫和你可以做我高明的指导，只是你们不够刚强，没法制服我怕受约束的脾气。我喜欢饱食终日，无所用心；为了摆脱一桩不如意的事，我可以变得卑鄙无耻，什么都做得出来。我生来是王孙公子。若要飞黄腾达，我的聪明只多不少，不幸我只能聪明一时；而群雄逐鹿的生涯，唯有不浪费聪明，走完全程还有充分的才智的人才会得奖。我尽管存着一百二十分的好意，将来仍不免损害别人，像这次在家里一样。有的人好比橡树，我也许只是一株苗条的灌木，偏偏以松柏自居。这便是我的总账。能力与欲望不调和、不平衡，我所有的努力都白费了。文人中间很多这样的人：聪明和性格，意志和愿望，老是不相称。将来我如何下场呢？只要想起巴黎一些被人遗忘的、过时的名流，就可知道。快到晚年的时候，我会未老先衰，没有财产，没有声望。我受不了这种晚境，不愿意在社会上变成一堆垃圾。亲爱的妹妹，不管在你对我竭尽温柔的早期，还是在你对我严厉的最后一个时期，我都同样爱你；这次重新见到你跟大卫，我快慰之至，虽然付了很高的代价；日后或许你们会觉得，让一个爱你们的可怜虫得到这些最后的快乐，无论什么代价都不算太高……你们不必四处寻访，不必追究我的下落；我的理智至少还能帮助我实现我的意志。所谓隐忍等于天天自杀，而我的隐忍只能维持一天，我要赶快利用……

清晨二时。——我主意已定，亲爱的夏娃，我向你告别了。我感到安慰的是今后只生活在你们心中，那就是我的坟墓……别了。妹妹！……这是你哥哥最后一次的告别。

吕西安

吕西安写完信，悄没声儿地拿着下楼，放在小外甥的摇篮上。妹子睡熟了，他含着眼泪亲了亲她的额角，出去了。他在朦胧晓色中熄掉蜡烛，最后瞧了瞧老屋子，轻轻打开过道的门；虽然这样小心，在工场里打地铺的高布还是被他惊醒了。

“谁啊？……”

吕西安道：“是我，高布，我走啦。”

“这次要不回来倒好了。”高布自言自语，声音相当响，吕西安听见了。

他回答说：“最好根本不生出来。再见，高布，我不怪你，你说的也是我心里的话。你告诉大卫，说我不能和他告别了，很难过。”

亚尔萨斯人穿好衣服起来，吕西安早已关上大门，穿过菩里欧的林荫道，往夏朗德河走去。他身上穿扮好像去赴宴会，他要用巴黎的衣衫，花花公子的漂亮行头，作为入殓的装束。高布听着吕西安的声调和最后几句话，心中一怔，想去问女主人是否知道她哥哥的动身，有没有跟她告别；他发觉屋内寂静无声，只道吕西安出门是大家商量过的，便重新睡了。

十　大路上的奇遇

自杀虽是一个严重的问题，却很少讨论自杀的文章，可见没有人加以观察。或许这种病根本无从观察。促成自杀的心情，我们不妨称之为对自己的重视，免得和荣誉一词混淆。一个人一朝瞧不起自己了，被人瞧不起了。现实生活和他的希望抵触了，他就自杀，表示他重视社会，不愿丧尽了人格或者失去了荣华再活下去。不管大家怎么说，在不信上帝的人（在自杀的问题上应当把基督教除外[①]）中间，唯有毫无骨气的懦夫才肯觍颜偷生。自杀的性质有三种：第一是久病促成的，属于病理的范围；其次是由于伤心绝望；最后一种是出于冷静的思考。吕西安想自杀是绝望和思考的结果，这两种自杀都有挽回的余地，只有病理的自杀绝对不能劝解；可是也有三种原因合在一起的情形，例如约翰-雅各·卢梭[②]。

吕西安下了决心，便考虑方法，诗人想用富于诗意的方式结束生命。他先打算投入夏朗德河。可是走下菩里欧的石梯，已经想象出地方上为他的自杀闹得沸沸扬扬，看到许多丑恶的场面，自己的尸身浮在水上，变了样子，由法院来相验，等等。他和某些自杀的人一样，还顾到身后的面子。他在戈多阿磨坊借宿那天，曾经沿河散步，发现离磨坊不远有一个圆形的小潭，像小河中常见的那种，水面一动不动，显得深不可测。水色非绿非蓝，既不透明，也不发黄，而像一面纯钢磨成的镜子。周围没有菖蒲，没有兰花，看不见阔大的荷叶，岸上的草又短又硬，疏落有致的杨柳在四周哀吟。一望而知那是一个险峭的深渊。谁要有勇气，口袋里装满石子跳下去，必定送命，永远没有人发现。当时诗人欣赏那一片幽雅的风景，心上想：“这地方叫人看了跃跃欲试，很想投河。”

他走进乌莫，忽然想起这段事，便往玛撒克进发，一路想着临死以前的凄惨的念头。他决意用这个方法隐藏他的死，不要法院调查，不要埋葬，不让尸体浮出水面，给人看到那个可怕的样子。不久他走到一个山坡脚下；法国很多这一类的高岗，尤其在安古兰末到博济哀的路上。从波尔多往巴黎去的班车正在风驰电掣而来，旅客都要下车步行，走一段长长的山路。吕西安怕人看见，走入一条

① 自杀在基督教中是极大的罪孽，灵魂势必堕入地狱，万劫不复。

② 卢梭死于一七八八年七月二日，死亡证上的记录是脑溢血，但外间盛传他是用手枪自杀的。十九世纪中叶还有不少人相信此说。

低下去的小道，在葡萄田中采起花来。等他捧着一大束景天草，种葡萄的粗沙地上常有的一种黄花，重新绕上大路，前面正好有个旅客，头发扑着粉，穿着黑衣服，银搭扣的奥莱昂小牛皮鞋，紫堂堂的脸上全是疤瘢，好像小时候在火里跌过一跤。他模样明明像教士，抽着雪茄，慢慢地走着。陌生人听见吕西安从葡萄田里跳上大路的声音，掉过头来，一看诗人俊美的相貌，抑郁的神态，手里捧着象征性的花，漂亮的打扮，怔了一怔。旅客的神气仿佛一个猎人忽然找到一种寻访已久的野兽。他让吕西安从后面跟上来，故意放慢脚步，只作向山下眺望。吕西安跟着他望去，看见山坡底下有两匹马驾着一辆小小的篷车，旁边站着一个马夫。

旅客招呼吕西安说："先生，班车走啦，你的位置丢了，除非搭我的小车追上去；包车总比客车快。"他说话带着很重的西班牙口音，邀他搭车的态度挺客气。

西班牙人不等吕西安回答，从袋里掏出雪茄烟匣，打开来递给吕西安。

吕西安回答："我不是旅客，而且马上要到达终点，没有兴致抽烟了……"

西班牙人说："你对自己太苛刻了。我虽是多兰特大教堂的教区委员，也还不时抽抽雪茄。上帝赏赐我们烟草，就为帮助我们驱除烦恼，排遣痛苦……我看你不大快活，至少手里有个忧郁的标记，像伤心的司婚神一样①。来，来……让你的苦闷跟着缕缕的青烟一起吹散吧……"

教士带着诱惑的神气，又拿草编的烟匣递过来，望着吕西安的眼神非常慈悲。

---

① 司婚神的形象是一个手持鲜花或果子的美少年，黄花在西方又是悲哀的象征，所以说伤心的司婚神。

吕西安冷冷地回答："谢谢你，神父，世界上没有能消除我烦恼的雪茄……"

吕西安说着，眼睛湿了。

"噢！孩子，我因为早上坐车容易瞌睡，下来走走，活动活动，谁知上帝的意思要我来安慰你，尽我尘世的责任……你年纪轻轻能有多大的烦恼呢？"

"神父，你的安慰对我完全没用，你是西班牙人，我是法国人；你相信教会的训诫，我是无神论者……"

"哎哟！比拉的童贞女①！……你不信上帝吗？"教士挽着吕西安的胳膊，像母亲对孩子一般亲热。"不信上帝这种怪事，我本想到巴黎去看看。我们在西班牙不相信世界上有什么无神论者……只有在法国，一个十九岁的青年才会有这种思想。"

"我是不折不扣的无神论者，既不相信上帝，也不相信社会，也不相信幸福。神父，你仔细瞧我一下吧，因为几小时以内我就要消灭……这是我最后一次见到太阳了……"吕西安指着天空，夸大其词地说。

"啊！你干了什么事非死不可啊？谁判你死刑的？"

"最高法院判的，我自己判的！"

教士道："孩子！你莫非杀了人吗？要上法场吗？咱们来谈谈好不好？既然你说要遁入虚无，世界上一切都对你无所谓了。（吕西安点点头。）——那么何妨把你的痛苦说给我听听……大概是爱情受了挫折吧？……（吕西安意味深长地耸耸肩膀。）——你想自杀是逃避耻辱呢，还是对人生绝望？反正是死，死在博济哀或者安古兰末，死在都尔或者博济哀，还不是一样？洛阿河的动荡的沙土不会推你出来的……"

吕西安答道："不，神父，我有我的打算。二十天以前，我看到一

---

① 西班牙人习惯动辄以圣母或别的圣者的名字作惊叹词。

片挺可爱的水，正好让一个厌恶这个世界的人渡到另外一个世界去……”

“另外一个世界？……那你又不是无神论者了。”

“噢！我说另一世界是指肉体死后转化为动物或植物……”

“你可有什么不治之症？”

“有，神父……”

教士道：“啊！问题来了，哪一种病呢？”

“穷。”

教士笑嘻嘻地望着吕西安道：“身为无价之宝而自己不知道。”他说的时候好不温柔，笑容带着嘲弄的意味。

吕西安道：“只有教士才会恭维一个马上要死的穷光蛋！……”

“你死不了的。”西班牙人的口气很有把握。

吕西安道：“我只听见大路上有人打劫，不知道有人送你财帛。”

教士估计一下车子的距离，看他们是否还能单独走一段，接着说：“你等会儿就知道了。”

十一　一个亲信的故事

教士嚼着雪茄[①]说：“告诉你，你的穷不成其为自杀的理由。我需要一个秘书，原有的秘书在巴塞隆那死了。我的遭遇跟查理十二[②]有名的大臣特·戈兹男爵相仿，他到瑞典去，经过一个小城，秘书出缺了，所不同的我是在前往巴黎的路上。男爵碰到一个银匠的儿子，长得挺漂亮，当然不能同你相比……戈兹发觉那青年很聪明，正如我在你的脑门上看出诗意；便带他上车，正如我预备带你上车；本来这孩子只能在一个像安古兰末那样的小城里打刀叉、造首

① 抽雪茄的人常有咀嚼烟头的习惯，并非吞食。

② 查理十二（1682—1718），瑞典国王。

饰，一下子变成了男爵的亲信，正如你会做我的亲信。到了斯德哥尔摩，男爵安顿了秘书，把大批公事交给他办。年轻的秘书通宵运笔，像许多工作繁忙的人一样，他也养成一种习惯，专门咀嚼纸张。特·玛尔舍布先生[①]喜欢对人喷烟，有一回不知谁有桩案子要凭玛尔舍布的报告决定，玛尔舍布忽然向那人喷了一口烟。我们那位漂亮青年先嚼白纸，后来上了瘾，改嚼字纸，觉得更有味道。那时不像现在，还没人抽烟。年轻的秘书口味逐渐改变，终于嚼起羊皮纸来，并且吃下肚去。当时议会正在强迫查理十二缔结瑞典和俄罗斯的和约，正如一八一四年时大家要拿破仑讲和。谈判以两国关于芬兰的条约做基础；条约的正本由戈兹交在秘书手里；临到法案需要提交议会的时候，发生了一点小困难：条约不见了。议会只道大臣讨好国王，有意消灭文件；特·戈兹男爵受到控拆，于是他的秘书承认条约是他吃掉的……案子经过调查、证实，秘书被判了死刑。——你既然没有落到这个田地，先来抽一支雪茄，等咱们的车子过来。”

吕西安捡了一支雪茄，照西班牙的习惯凑着教士的雪茄点上了，心里想：“他说得不错，自杀用不着这么急。”

西班牙人接着说：“年轻人往往在毫无希望的时候开始交运。我不但要告诉你这一点，还要举出例子来证明。那漂亮秘书判了死刑，一点没有办法，因为是瑞典国会的判决，国王无权赦免；但是他要逃走的话，国王可以不闻不问。年轻美貌的秘书带了几个钱，坐上一条小艇逃往库尔兰德[②]宫廷，随身还有特·戈兹男爵给库尔兰德公爵的介绍信，说明他的亲信有什么嗜好，闹了什么乱子。公爵派漂亮孩子在总管手下当秘书。公爵挥霍无度，加上一个美丽的太太，一个总管，这三个原因弄得他入不敷出。如果你以为那美男子

---

① 玛尔舍布（1721—1794），法国十八世纪的大法官。

② 今拉脱维亚西部行省，十八世纪初是一个公国。

吃掉芬兰的条约，判过死刑，从此戒掉他的坏习惯，你就不了解嗜好控制人的力量；一个人要作乐是不顾性命的！坏习惯的力量从哪里来的呢？是它本身的魔力，还是人性的软弱促成的？是不是有些嗜好接近疯狂的边缘？可笑一般道学家想用冠冕堂皇的词句消灭这种痼疾！……有一次公爵向总管支钱遭到拒绝，大吃一惊，命令总管报账，其实是多此一举。世界上再没有比报账更容易的事了，决计难不倒人的。总管把所有的单据交给秘书，叫他造一份库尔兰德宫廷的收支总账。半夜里，我们的吃纸专家工作快完了，忽然发觉自己在嚼一张公爵的收据，款子的数目很大；他吓得魂不附体，签字吃剩了一半停下来，跑去跪在公爵夫人脚下，说出他的怪癖，向公爵夫人求救，并且是在夜里求救。那女人见了青年秘书的相貌，印象深刻，后来守寡之后和秘书结了婚。你瞧，时代就在十八世纪，在一个讲究门第爵位的国家，一个银匠的儿子居然做了一国之主……不但如此，俄国女皇凯塞琳一世归天以后，他当上摄政，操纵安娜女皇，几乎成为俄罗斯的黎希留。告诉你，小朋友：你的相貌固然远胜皮隆①，我的势力也高出特·戈兹男爵，虽然我只是一个教区委员。所以，来吧，跟我上车！让我到巴黎去替你找一个库尔兰德公国，就算公国找不到，找个公爵夫人总不成问题。”

西班牙人挽着吕西安的胳膊，差不多连推带搡地拉进车厢，马夫关上车门。

吕西安正在诧异，多兰特的教区委员又道：“现在你说吧，我听着。我是老教士，你讲什么都没关系。你大概只是吃掉了老家的产业或者妈妈的积蓄，大不了闹着亏空。咱们偏偏死讲面子，一直讲到咱们的靴尖上……好，你大胆说吧，比如说给你自己听。”

---

① 皮隆便是那位吃纸专家的名字。作者说的是库尔兰德公爵，俄罗斯女皇安娜的宠臣欧奈斯德-约翰·特·皮隆（1690—1772）的故事，但不见正史；皮隆的出身也与此不同。

不知在哪一个阿拉伯故事里，有个渔夫投海自尽，结果跌入海底世界，做了国王；吕西安当时的情形就是这样。看来西班牙神父确是一片好心，吕西安便不再踌躇，吐露心腹。从安古兰末到吕番克的路上讲了一生的历史，说出所有的过失，最后一桩便是新近闯的祸。这个故事，吕西安半个月来讲过三次，所以讲得极有诗意；结束的时候车子快到吕番克，路旁正好是拉斯蒂涅家的田产。吕西安提起这个姓，西班牙人身子动了一下。

吕西安道："年轻的拉斯蒂涅就是这个地方出身；他明明不如我，只是运气比我好。"

"哦!"

"是的，这所起码的乡绅住宅便是他父亲的屋子。我刚才和你说过，拉斯蒂涅搭上有名的银行家的老婆，特·纽沁根太太。我样样凭幻想，他可是更精明，讲实际……"

教士要马夫停车；路旁有一条小小的林荫道直达屋子，他表示好奇，想在林荫道上走走；吕西安想不到一个西班牙神父看着这个地方这样有兴趣。他问："难道你认识拉斯蒂涅家的人吗？……"

西班牙人一边上车一边回答："巴黎的人我都认识。"

十二　马基雅弗利的信徒专为野心家讲的历史课

"原来你短少一万到一万两千法郎，就想自杀。你真是个孩子，既不了解人，也不懂事。一个人的前途有多少价值，全看他自己的估计，你估你的前程只值一万两千法郎；我要收买你就不止出这个价钱。你妹夫坐牢，有什么大不了的！那位赛夏先生要是真有发明，将来必定是富翁。谁相信富翁欠过债、进过监狱？我看你对历史不大熟悉。历史有两部：一部是官方的，骗人的历史，做教科书用的，给王太子念的；另外一部是秘密的历史，可以看出国家大事的真正原因，是一部可耻的历史。让我三言两语再讲一桩你不知道的逸事给你听。有个野心勃勃的青年教士要进政界，卑躬屈节地拍上王后的一个亲信；那亲信赏识他，在国务会议中给他一个席位，相当于大臣的等级。一天晚上，有一个人自以为热心，（你记住：人家不开口，千万别主动帮忙！）写信给青年野心家，说他的恩人遭到危险了。王上觉得受人控制，怒不可遏，但等那亲信第二天早上进宫，取他性命。我问你，小朋友，你要是收到这封信，你怎么办？……"

"马上去通知我的恩人。"吕西安很兴奋地回答。

教士说："你仍旧那么天真，像你讲的过去的作风一样。那家伙暗暗盘算：如果王上起了杀心，我的恩人就非死不可；这封信来得太晚了！于是他照旧睡觉，一直睡到那亲信被杀的时候……"

吕西安只道教士有意试他，说道："那简直是禽兽！"

教区委员答道："所有的大人物全是禽兽，我们谈的这一个名叫黎希留红衣主教，他的恩人叫作唐克尔元帅。你看，你就是不知道你的本国史。我说学校教的历史毫无内容，只是一些年月和事实，还极不可靠，这话说错了没有？知道世界上有过圣女贞德，对你有什么用？你可曾因之想到，如果法国当时接受了普兰塔哲内特一支的安日伐王朝[①]，英法两个民族合在一起，今天就能称霸世界，而经常扰乱大陆政局的两个岛屿[②]，可以变为法国的两个行省？……还有，梅提契家族从普通的商人一跃而为托斯卡纳大公，用的是什么手段，你研究过没有？"

吕西安道："在法国，诗人不必像本多派教士那样博学。"

"唉！小朋友，他们做到大公爵，还不是跟黎希留当上首相一

---

① 普兰塔哲内特是十二世纪中叶至十五世纪末叶统治英国的王朝，在百年战争最后一个时期，认为英法两国的王位都应当属于安育一支的后裔，就是英王亨利五世与六世。

② 指英国本土：大不列颠和北爱尔兰两大岛。

样？要是你不死记历史上的标签，在重大事故中研究一下人的因素，你不难学到处世的诀窍。从我刚才随便举出的几桩事实中间，可以得出一条规律：你只能把人看作工具，尤其女人；只是别让他们发觉。凡是地位比你高，可能对你有用的人，就该当作上帝一般膜拜，等他们对你的奴颜婢膝付足了代价，才离开他们。对付人要像犹太人一样的狠心，他们为着金钱不择手段，我们为着权势也要不择手段……别理睬失势的人，根本当他不存在。你知道为什么要这样？……你不是想支配社会吗？那先要服从社会，把社会彻底研究过。学者研究书本，政治家研究人，研究人的利害关系，行事的动机。社会，人类，一般说来都是宿命论者；他们崇拜既成事实。你知道我为什么要替你上一堂小小的历史课？因为我相信你的野心非同小可……”

“是的，神父！”

教区委员接着说：“我早看出了。现在你心里想：这个西班牙神父杜撰许多掌故，歪曲历史，证明我过去太重道德……”

（吕西安发觉自己的心思被他完全猜中了，微微一笑。）

教士说：“那么，小朋友，我们就拿家喻户晓的事情来说吧。有个时期[1]法国差不多被英国人征服，国王只剩下一个省份了。忽然平民中间冒出两个人物：一个是穷苦的小姑娘，就是我们刚才提到的贞德；另外一个是布尔乔亚，叫作雅各·葛尔。一个出钱，一个出力，还发挥她童贞女的威望，国家得救了，可是那姑娘做了俘虏！……国王尽可以把她赎回，却让她活活烧死。至于那英勇的布尔乔亚，国王听凭一般朝臣诬告他犯下死罪，把他的财产瓜分。无辜的雅各·葛尔受着法律迫害、包围、打击；五家贵族靠他的产业

① 一四○二年前后，正当百年战争的第三期。

发了一笔横财……布日总主教[1]的父亲一辈子逃亡国外，留在国内的财产一个钱都拿不到，只剩交给阿拉伯人代管的一些款子。你还可以说：这些例子太古老了，这些忘恩负义的事已经做了三百年的教材；并且那个时代的人物根本荒唐无稽。——那么，小朋友，法国最后一个神道——拿破仑，总是实有其人了吧？他讨厌手下一个将军，迫不得已才升他做元帅，始终不愿重用。元帅名叫甘勒曼。你知道他为什么失宠？……因为在马楞哥一仗救了法国，救了首席执政，那次大胆的袭击便是在血泊和炮火中也受到喝彩。可是公报上一字不提。拿破仑冷淡甘勒曼的原因，便是冷淡傅希和泰勒朗亲王的原因：换句话说，就是查理七世的忘恩负义，黎希留的忘恩负义……”

吕西安道：“这么说来，神父，假定你救了我性命，帮助我发迹，我也用不着怎么感激你了。”

神父拿出贵人的亲昵样子，拧着吕西安的耳朵笑道：“小子，你要对我无情无义，倒是厉害角色，我要向你低头了；可惜你还到不了这一步，你才做小学生就想脱离师傅，未免太早了。你们这个时代的法国人都有这个毛病，都被拿破仑的榜样教坏了。你们指望的肩章得不到，便辞职不干……试问你有了一个念头，可曾把全部意志，全部行动，一起放上去？……”

吕西安道：“唉！就是没下过这功夫。”

教区委员笑道：“你过去就像英国人所谓inconsistent（自相矛盾）。”

吕西安道：“我不预备再做人，还管什么以前的事？”

“在你一切优秀的品质后面，只消加上一股百折不回的毅力，社会就听凭你支配，”教士特意表示他懂一些拉丁文[2]，“我已经很喜欢

① 雅各·葛尔得势的时候，他的儿子约翰做到布日的总主教。

② 上面“百折不回”一词是用的拉丁文。

你了……”

（吕西安半信不信地笑了笑。）

陌生人接着说：“真的，我关切你，像关切儿子一样。我有相当势力，说话尽可像你一样坦白。你知道你在哪一点上使我感兴趣？……现在你的成见一扫而空，可以听一堂道德课了；这堂课是无论在哪儿都听不到的；因为人与人聚在一起，比他们为了利害关系而做戏更虚伪。所以，一个人大半生的时间都在清除少年时代种在脑子里的观念。这个过程叫作取得经验。”

吕西安听着，暗暗地想：“他大概是个老政客，有心在路上取乐，劝一个站在自杀边缘上的可怜虫回心转意；等他把我打趣完了就撒手不管……可是他很会说怪话，不亚于勃龙台跟罗斯多。”

吕西安尽管想得这样透，外交家的引诱已经把他倾向堕落的心深深地打动了，何况还有著名的例子做证，腐蚀的力量更大。吕西安受着玩世不恭的议论迷惑，尤其觉得自己被一条铁腕从毁灭的路上拉回来，对人生更有了留恋的意思。教士在这一点上显然成功了，怪不得他一边冷嘲热讽地谈论历史，一边带着俏皮的笑意。

十三　埃斯科巴的信徒讲的道德课①

吕西安说：“如果你看待道德的态度同你看待历史差不多，我很想知道你对我这样慈悲是什么动机？”

“小朋友，这是我讲道的最后一部分，暂时保留；等到一提出来，咱们今天就不分手了。”教士因为狡计成功，回答得很俏皮。

“好，那就请你谈谈道德吧！”吕西安说着，私下想：“让我来逗他表演一番。”

---

① 埃斯科巴（1589—1669），西班牙诡辩家。

教士说："小朋友，道德是从法律开始的。如果单纯是宗教问题，法律根本没用，宗教情绪强的民族没有几条法律。在民法之上还有政治法。你知道在政治家心目中，你们十九世纪的门楣上写的是什么？一七九三年，法国人把平民的主权说作高于一切，结果产生一个专制的皇帝。这是你们民族的历史。至于私生活，塔里安太太[①]和菩哈南太太行事并没有分别。拿破仑娶了菩哈南太太做皇后[②]，却从来不愿接见塔里安太太，虽然她是公主。拿破仑在一七九三年是革命党，一八〇四年戴上铁铸的皇冠。一七九二年时高呼不平等毋宁死的健将，从一八〇六年起制造一个新兴的贵族阶级，后来路易十八也承认了。如今高高在上，住在圣·日耳曼区的贵族，在国外的行事更要不得：有的放高利贷，有的做买卖，有的做小肉饼，有的做厨子、做农夫、做牧羊人。可见在法国，不论在政治方面还是道德方面，每个人走到终点都推翻他的出发点，不是用行为推翻主张，便是用主张推翻行为。政府也罢，个人也罢，根本谈不上逻辑。因此你们早已没有道德了。如今在你们国内，成功是至高无上的理由，可以替所有的行为辩护，不管哪一种。事实本身毫无作用，重要的是人家看待事实的观念。从这一点上，小朋友，我们得出第二条规则，就是：外表要好看！藏起你生活的内幕，只拿出灿烂的一角。行事机密是野心家必须遵守的规则，也是我们一派教会的规则，你得牢牢记住。大人先生干的丑事不比穷光蛋少，不过是暗地里干的，他们平时炫耀德行，所以始终是大人先生。小百姓在暗地里发挥美德，在光天化日之下暴露他们的倒霉事，所以被人轻蔑。你藏起你高尚的品质，叫人看到你的疮口。你公然爱上一个女戏子，和她同居；这是你们俩的自由，没人好责备；不过你同公

---

① 大革命时期的法国女子，行为不检，聪明绝顶，先赞成革命，后来参加反革命。嫁过三个丈夫，最后一个是特·希梅亲王。

② 即拿破仑一七九六年娶的第一个妻子约瑟芬。

众的意见对立，不服从社会的规则，也就得不到社会的尊重。要是不把高拉莉从加缪索手中抢过来，不给人知道你同她的关系，你就能娶到特·巴日东太太，一跃而为安古兰末的州长、特·吕庞泼莱侯爵。你何不改变一下行事，把你的美貌、风度、才智、诗意，通通摆在外面呢？要干不清不白的勾当，至少关着门偷偷地干，那就没人说你玷污这个社会大舞台上的布景了。这个办法，拿破仑叫作躲在家里洗脏衣服。从这第二条规则必然得出一个结论：形式最重要。我所谓形式是什么意思，千万要弄清楚。有些无知无识的人为饥寒所迫，抢一笔钱，便成为刑事犯，不能不向法律负责。一个可怜的天才发明一样东西，办成企业可以发大财；你借给他三千法郎（按照那两个戈安得拿到你的三千法郎票据，盘剥你妹夫的办法），你尽量难为他，逼他出让发明的一部或全部，那你只对你的良心负责，你的良心可绝不会送你上重罪法庭。反对社会现状的人把这两种行为做对比，痛骂法律，代大众抱不平，指责法院不该把半夜里越墙偷鸡的贼送去做苦役，而一个欺诈破产、害许多人倾家的人，只监禁几个月。可是那些伪君子心里明白，法官把窃贼判罪是维持穷人与富人之间的壁垒，那壁垒是推翻不得的，否则社会就要解体；不比闹破产的商人，夺遗产的能手，为了自肥而扼杀一项企业的银行家，不过把财产换个地方罢了。所以，孩子，社会为它本身的利益，不能不在形式上有所区别，正如我为着你的利益劝你有所区别一样。最要紧是把自己看作和整个社会一样高。拿破仑、黎希留、梅提契家族，都自认为和他们的时代并驾齐驱。想不到你对自己的估价只有一万两千法郎！……你的社会不再崇拜真正的上帝，只崇拜金牛了[①]！那是你们的大宪章制定的宗教，在政治上只看你的

①《旧约·出埃及记》载，古代希伯来人崇拜金犊，作为代表上帝的形象。今人以此比喻拜金主义。

产业，那不是鼓励所有的人民做富翁吗？……等到你用合法的形式挣到一笔财产，成了富翁，做了特·吕庞泼莱侯爵，你就好奢侈一下，讲节操了。那时你尽可自命为高尚、清白，没有人敢反驳你，即使你挣家业的时候做过不高尚不清白的事，——当然我不劝你这样做。”教士说到这里，拿起吕西安的手拍了拍，“你长得仪表堂堂，脑袋里应当装些什么进去呢？……只要记住一点：定下一个辉煌灿烂的目标，藏起你的手段和步骤。你过去的行动完全像小孩，你应当做大人、做猎人，暗暗地躲在一边，埋伏在巴黎的交际场中，等鸟兽，等机会，别爱惜你的人格，别爱惜你的所谓尊严；因为我们大家都服从一样东西，不是服从嗜好，便是服从迫切的需要，可是必须遵守一条最高的原则，就是严守秘密！”

吕西安说：“神父，我听了你的话害怕，我觉得是强盗理论。”

教区委员回答：“对，可不是我发明的。那是一切暴发户的理论，不论是奥地利王室还是法兰西王室。你此刻一无所有，你的处境跟梅提契、黎希留、拿破仑初有野心的时候一样，那些人啊，小朋友，是用无情无义，不忠不信，最强烈的反抗做代价，来衡量他们的前程的。要得到一切，就得不顾一切。你细细想一想吧。比如你坐下来玩蒲育德[1]，你会争论蒲育德的规则吗？规则摆在那里，你只有接受。”

吕西安心想：“哟！他会玩蒲育德。”

教士说：“你在牌桌上是怎么行动的？……难道拿出最高尚的品德来，跟人家赤诚相见不成？你不但藏起手里的牌，还要在稳赢的时候叫人相信你会全军覆没。反正你弄虚作假，是不是？……你为了五个路易扯谎！……如果有人那么大方，抓了一手好牌老实告诉人家，你对他做何感想？所有的对手都不讲道德，偏偏有个野心家

① 纸牌戏的一种。

抱着一肚子道德观念跟他们竞争，那不是幼稚是什么？老于世故的人准会劝他们退出战场，好比老赌客告诉一个抓了好牌不会利用的人：先生，你还是不要玩蒲育德……争权夺利的规则可是你定的？我干吗要劝你自认为和社会一般高呢？……因为今日之下，小朋友，社会把个人的权利无形之中霸占得太多了，个人不能不向社会反攻。现在无所谓法律，只有风俗习惯，就是说只有装腔作势，归根结底仍旧是形式问题。”

（吕西安做了一个惊讶的手势。）

教士唯恐吕西安太天真，听了他的话受不了，便说：“啊！孩子，我是斐迪南七世和路易十八的中间人，那两个大……大国之君……都是靠深……深谋远虑得到王位的；两个国王的卑鄙龌龊的斗争都经过我这个神父的手，难道你把我当作加百利天使[①]不成？……我信奉上帝，可是更信奉我们的教派，而我们的教派只相信尘世的权力。为了要尽量扩张尘世的权力，我们拥护罗马教会、天主教会，就是说拥护一切迫使人民服从的思想感情。我们是近代的寺院派[②]，我们有我们的主义。我们的一派和寺院派一样受到摧残[③]，原因也一样，就是我们要跟社会并驾齐驱。你要愿意做士兵，我可以做你的长官。只要你服从我，像妻子服从丈夫，孩子服从母亲一样，我保证你不出三年成为特·吕庞泼莱侯爵，娶到圣·日耳曼区最高等的贵族姑娘，将来进贵族院。我问你，我要不和你谈谈说说，给你消遣，你此刻怎么样？不是变成了一

---

① 加百利天使奉神命向马利亚宣告她怀胎，将来要生下耶稣。此处作神圣的使者解。

② 十二至十三世纪时半宗教半军事性质的团体，被法王腓列普四世迫害，团体于一三一二年解散。

③ 暗示西班牙教士所隶属的一派是耶稣会。耶稣会于一七七三年被教皇格莱芒十四世解散，一八一四年又由庇护七世准予恢复。

具沉在深水底下，永远找不到的尸首吗？……你不妨想象一下……（吕西安听到这里，不胜好奇地望着他的保护人。）——在你面前的是卡洛·埃雷拉神父，多兰特教区的名誉委员，斐迪南七世陛下的特使，奉命送一封信去给法兰西国王陛下，也许信里有这么几句：您一朝帮我解决了困难，希望把我此刻竭力敷衍的人一律吊死，连同我的密使在内，使他成为真正的密使。……陪着教士坐在这辆车内的青年，和刚才死了的诗人已经大不相同。我从水里捞你起来，救了你性命，你变作我的附属品了，你跟我的关系正如万物之于造物主，妖精之于神仙，鬼怪之于撒旦，肉体之于灵魂！有我的铁腕支持，不怕你坐不稳权势的交椅；我给你享尽快乐、荣誉、连续不断的欢娱……永远不会缺少钱用……你在外边得意、夸耀，我蹲在泥地上打根基，保证你荣华富贵。我呀，我为权势而爱权势！我自己不能享受的东西，看到你享受我感到高兴。总而言之，我会变作你！……等到人跟魔鬼，小孩跟政治家订的协定对你不合适了，你仍可以找一个小地方，像你刚才描述的那样跳水自杀。你此刻已经倒了霉、丢了脸，将来即使有点出入也没多大关系。”

十四　西班牙人的侧影

车子到一个站上停下，吕西安叫道：“你这番话可不像格拉那达大主教[①]的讲道。”

“我的孩子，——我这样称呼你因为我要收你做养子，将来继承我的财产，——不管你把这篇简单扼要的训导叫作什么，反正是一

① 勒萨日小说《吉尔·布拉斯》第七卷第三章，提到一个格拉那达大主教的讲道，全是劝人为善的假道学。

部争名夺利的法典。上帝的选民为数不多。我们没有选择的余地，不是进修道院，便是接受这部法典；而你在修道院中往往仍旧看到一个小型的社会！”

吕西安想探探这个可怕的教士的心，便说：“恐怕还是少懂一些世故的好。”

教区委员回答说：“怎么！你先是不懂赌博的规则就去赌；等你有了本领，再有一个可靠的帮手陪你上场，你倒反退缩了……连翻本的念头都没有！怎么！人家把你赶出了巴黎，你不想爬到他们背上去吗？”

吕西安直打寒噤，仿佛听到一件铜乐器，一面中国的锣，发出那种刺激神经的怪声。

“别看我是个卑微的教士，”那人说着，被西班牙的日光晒得乌油油的脸上凶相毕露，“一朝受了羞辱、伤害、折磨、欺骗、出卖，像你在巴黎吃的那些坏蛋的亏，我马上变作沙漠中的阿拉伯人！……我要拼着我的肉体、我的灵魂，去报仇泄恨！……我不怕在吊台上、在绞架上结束生命，给人用柱子撞开肚子也好，受土耳其式的毒刑也好，躺在你们的铡刀底下也好；不过我先要踩死了敌人，才肯送掉我的脑袋。”

吕西安一声不出，没有心思再逗神父表演了。

教区委员最后还说：“有的人是亚伯的后代，有的人是该隐[①]的后代，我是混血种：对敌人是该隐，对朋友是亚伯；谁要惹起该隐的性子，算他活该！……可是放心，你是法国人，我是西班牙人，再加上是教区委员！……”

吕西安望着这个上帝派给他的保护人，暗暗想道：“真是阿拉伯

---

① 亚当与夏娃生的第一个儿子叫该隐，第二个叫亚伯；该隐嫉妒亚伯受神宠爱，将其杀死。见《旧约·创世纪》。

人的性格!”

卡洛·埃雷拉神父身上没有一点耶稣会会员的气息，连修道士气息都没有。他个子矮胖，大手，阔胸脯，像大力士一般壮健，眼中凶光闪闪而特意装作温和；暗棕色的皮肤绝对看不出内心的思想；给人的印象不是可亲，而是可厌。漂亮的长头发像泰勒朗亲王那样扑着粉，使这个古怪的外交家外貌像主教，白边蓝缎带上挂的金十字也说明他是高级教士。黑丝袜裹着一双运动员式的腿。衣服洁净无比，普通的教士不大会这样修饰，尤其在西班牙。车身上漆着西班牙的国徽，一顶三角帽放在车厢的倒座上。这教士虽然有许多地方引起你反感，又粗暴又软和的态度把他的相貌给人的印象冲淡不少；他在吕西安面前还装模作样，竭力讨好，怪亲热呢。吕西安心事重重，把一切都看在眼里。他觉得生死问题不能再拖下去了，他已经到了吕番克以后的第二个驿站。西班牙教士的最后一段话挑动了他好几根心弦，都是要不得，最会同恶念起共鸣的心弦；老实说，这不但是吕西安的耻辱，对于那个用犀利的目光研究诗人美丽的长相的教士，也是耻辱。吕西安重新看到了巴黎，当初因手段笨拙而放下的缰绳又拿在手里了，他想报复了！促成他自杀的最有力的原因，巴黎生活和内地生活的比较，他完全忘了；他可以回到原来的天地中去，还多了一个深谋远虑，像克伦威尔那样恶毒的军师做保镖。

他心想：“我以前是单枪匹马，今后是两个人了。”

吕西安愈暴露他从前的过失，教士对他愈关切。吕西安愈不幸，教士愈慈悲，而且对样样事情看得稀松平常。虽然如此，吕西安仍猜不透这个替王室牵线的家伙对他存的什么心。他先用最浅薄的理由解释，认为那是西班牙人的慷慨豪侠！大家都说西班牙人慷慨豪侠，意大利人嫉妒猜忌，动不动下毒药，法国人轻佻，德国人直爽，犹太人下贱，英国人高尚。其实这些话要反过来说才合乎事实。犹太人垄断黄金，写出《魔王劳贝》的音乐，能演《番特尔》，能唱《威廉-泰尔》，向画家定画，造巍峨的府第，写出《旅途小景》[1] 和许多美丽的诗歌；他们的势力愈来愈大，他们的宗教控制着世界，连教皇也向他们借款！至于德国人，他们专会无事生非，甚至为一些极小的小事也得问外国人：你可有合同？说到法国，取笑本国人愚蠢的戏文五十年来一直有人叫好，式样莫名其妙的帽子始终有人戴在头上，政府尽管改组，只是换汤不换药！……英国人当着全世界的面做出背信弃义的勾当，和他们的贪婪一样可恶。西班牙有过东西印度的黄金，现在两手空空。要说下毒谋害的事，世界上没有一个地方比意大利更少，也没有一个地方的人情风俗比意大利更随和更文雅了。西班牙人的名声多半是沾的摩尔人的光[2]。

教士重新上车的时候，咬着马夫的耳朵说：“给你三法郎酒钱，我要车子走得和驿车[3]一样快！”

吕西安三心二意，不敢上车，教士说了声“来吧”，吕西安才上去，自己暗暗譬解，说要抓住对方的矛盾批驳一顿。

他说：“神父，既然你能若无其事，说出一般俗人认为极不道德的主张……”

教士说：“的确不道德；所以，我的孩子，耶稣基督要那桩令人

---

① 写歌剧《魔王劳贝》的音乐家迈伊贝是德国犹太人；演《番特尔》及其他古典悲剧著名的女演员拉·希尔是亚尔萨斯犹太人；德国大诗人海涅也是犹太血统，《旅途小景》是他有名的散文集。

② 摩尔人为阿拉伯人与巴巴利人之混血种，中世纪时为西班牙半岛的统治民族。十五世纪末被西班牙人战败，降为被压迫的少数民族。摩尔人勤劳朴实，过去对西班牙的经济发展极有贡献。

③ 驿车是比班车更轻便更快的车子，原来是专送邮件的，有时亦搭载少数旅客。

骇怪的事发生[1]，所以大家最恨令人骇怪的事。”

“我要提出一个问题，像你这样有魄力的人听了，不至于诧异吧？”

卡洛·埃雷拉道：“不用顾虑，我的孩子！……你不了解我。难道我没有弄清楚一个人是否可靠，是否不至于拿我的东西，就请他做秘书吗？我对你已经感到满意了。你还天真得很，所以年纪轻轻就想自杀。你要问什么呢？……”

“为什么你关切我？你说要我服从，到底要我付什么代价？……干吗你要给我一切？你自己又得到什么呢？”

西班牙人笑眯眯地瞧着吕西安。

“等会儿遇到山坡，咱们下车走过去的时候，在旷野中谈吧。车厢还不是机密的地方。”

两人一声不出，车子飞奔的速度使吕西安愈加神思恍惚，像喝醉了酒。

“神父，前面就是山坡了。”吕西安如梦初醒地说。

“好，咱们走吧。”神父说着，大声叫马夫停下。

于是两人迈开步子，往大路上走去。

十五　为什么罪犯总要诱人堕落

西班牙人挽着吕西安的胳膊说：“孩子，奥德威编的一出戏，

① 耶稣被捕前夕在橄榄山上告诉门徒：“你们今天夜里要为了我而骇怪，因为经上写明：我要打击牧人，驱散羊群。”（《马太福音》第二十六章第三十一节）所谓骇怪，是指众门徒看到素来公认的救世主会毫不抵抗地落在敌人手里。事实上犹大的出卖和耶稣的被处死刑，只应当加强众人的信仰。故耶稣又说：“在事情未发生之前，我先告诉你们，使你们在事情发生的时候相信我是真主。”（《约翰福音》第十三章第十九节）又说：“我先告诉你们这一点，免得你们临时骇怪。”（《约翰福音》第十六章第十节）

《威尼斯转危为安》，可曾引起你什么感想？像比哀和耶非哀[1]那样，男人和男人的深厚的友谊，使女性的爱情变得毫无意义，使男人之间的一切关系都为之改变的交情，你可懂得？……这才合乎诗人的脾胃呢。”

吕西安心想：“这个教区委员居然也懂戏剧。”——接着问：“服尔德的著作你念过吗？……”

教区委员回答：“岂止念过，还实行他的主张。”

“那么你不信上帝吗？……”

教士笑道：“照你说来，我倒是无神论者了。”他把手臂围在吕西安腰里，又道：“孩子，咱们还是谈实际问题吧。我今年四十六岁，是个大贵族的私生子，我没有家族，只有一颗心……人可是怕孤独的，这一点你该记住，刻在你软绵绵的脑子里。在各种孤独中间，人最怕精神上的孤独。早期在旷野里静修的隐士和上帝在一起，住的是人烟稠密的世界——精神世界。守财奴住的是随心所欲的快乐世界，他的全部欲望，连性生活在内，都可以在他脑子里得到满足。只要是人，不论是麻风病者还是苦役犯，是下流东西还是病人，第一个念头总是要找一个共命运的伴侣。这心情是生命的表现，人拿出全部的力量，生命的精华，来满足这种心情。要没有这股支配一切的欲望，撒旦怎么能找到同伴？……这个题目大可写成诗篇，作为《失乐园》的开场白，而《失乐园》也只是替叛逆[2]作辩诉。”

吕西安道：“你那种诗篇简直是歌咏堕落的《伊利亚特》。”

“你看，我孑然一身，过着孤零零的生活。我只穿着教士的服装，没有做教士的心肠。我喜欢替别人尽心出力，我有这个怪癖。我不为人献身，过不了日子，所以做了教士。我不怕人家忘恩负

① 《威尼斯转危为安》一剧中的人物，两个极要好的朋友。

② 指撒旦反抗上帝。

义，我自己却知恩感德。教会对我毫无作用，不过是个空洞的观念。我替西班牙国王尽心出力，可是不能爱他，他是我的保护人，高高在上。我要创造一个人，给他生命，按照我的方式把他琢磨，塑造，因为我要像父亲爱儿子一般爱他。我的孩子，将来你坐着双轮马车，就等于我自己坐着，你讨女人喜欢，我也跟着快活。我对自己说：'这个美貌的青年就是我！这个特·吕庞泼莱侯爵是我创造的，是我送进贵族社会的；他的荣华富贵是我的成绩；我不出声，他也不出声；我开口，他也开口；他样样事情和我商量。'特·凡尔蒙神父[①]同玛丽·安多纳德的关系便是这样。"

"他把玛丽·安多纳德送上了断头台！"

教士回答："特·凡尔蒙神父并不爱王后，他只爱他自己。"

吕西安道："难道家里的人伤心，我可以不理不睬吗？"

"我有的是钱，你尽管拿。"

"只要能救出赛夏，我此刻什么都愿意干。"吕西安回答的声音表示他不愿意自杀了。

"孩子，你只消开一声口，赛夏明天就好收到他需要的款子，料清债务。"

"怎么！你给我一万两千法郎？……"

"哎哟！孩子，你不看见我们车子的速度一小时走十五六里吗？我们到博济哀吃晚饭。到了那儿，你要是愿意订约，要是能给我一个服从的证据，非常重要而我非要不可的证据，我就托波尔多的班车带一万五千法郎给你妹子……"

"钱在哪里呢？"

西班牙教士一言不答。吕西安心想："啊，被我揭穿了，他是拿我打哈哈。"

---

① 玛丽·安多纳德出嫁前的教师，大革命前在法国宫廷中极有势力。

过了一会儿，教士和诗人不声不响重新上车。教士不声不响从车厢的夹袋里拿出一只出门人常用的皮包，里头分作三格；教士的大手在皮包中掏了三次，每次都是大把的黄金；总共有一百葡萄牙金洋。

吕西安看着大量的黄金眼花了，说道："神父，我跟你走。"

神父好不温柔地亲着吕西安的额角，说道："孩子！这不过是我包里的三分之一，我总共有三万法郎，路费在外。"

"而你竟一个人赶路？……"吕西安叫起来。

西班牙人回答："这算得什么！另外还有三十多万法郎的汇票到巴黎去兑现。没有钱的外交家等于没有意志的诗人，像你刚才一样。"

十六　斗争到了招架不住的时候

正当吕西安踏上自称为西班牙使节的马车的时候，夏娃起来给孩子吃奶，发现那封诀别的信，拿来念了。她早晨睡了一觉，身上有些汗湿，这一下变了冷汗。她一阵眼花，随即唤玛利红和高布上楼。

她问："我哥哥可是出去了？"

高布说："是的，太太，天没亮就走了。"

夏娃嘱咐两个用人说："我告诉你们的话千万不能泄露，我哥哥大概去自杀了。你们俩一起去打听，说话小心，一路留心河道。"

夏娃一个人留在家里，如醉如痴，叫人看着害怕。早上七点光景，她正在六神无主，柏蒂-格劳上门来商量正事了。在这种情形之下，一个人听到无论什么意见都会接受的。

代理人说道："太太，咱们亲爱的大卫进了监狱，他落到这步田地，案子一开始我就料到的。我当时劝他跟同行戈安得弟兄合作，共同经营。这桩事业在你丈夫手中不过是空想，两个戈安得却有办法实现。因此，昨天晚上一听见他被捕的消息，你知道我怎么办？我马上去看戈安得弟兄，想叫他们接受一些能够使你们满意的条件。若要保住大卫的发明，你们眼前这种生活势必要继续下去：官司纠缠不清，你们非拖倒不可，等到筋疲力尽，上气不接下气的时候，你们照样要找一个出钱的老板，照样要做一桩交易，和我建议你们同戈安得做的一样，说不定还是你们吃亏；那不如趁早跟戈安得弟兄合作，还有好处可得。省得发明家再忍饥挨饿，伤心绝望，同资本家的贪心和社会的冷淡挣扎了。你说吧！倘若两位戈安得先生代你们还了债……倘若除了还债以外，不论发明的东西价值怎么样，前途怎么样，希望大不大，叫他们再送一笔钱，将来事业办起来，让你们永远分一部分盈利……你们不是称心了吗？……太太，印刷所的生财机器变了你的产业，你以后必定要出让，那也值两万法郎，我保证替你找一个买主出到这个价钱。如果你们和戈安得弟兄订了合伙契约，到手一万五，连印刷所共有三万五，按照时下的利率，每年有两千法郎收入……两千法郎在内地也好过日子了。太太，别忘了你们和戈安得合伙以后，可能还有别的希望。我说可能，因为要防事业失败。现在我有把握做到：第一，还清大卫的债；其次，给大卫弄到一万五千法郎，酬劳他的研究工作，日后戈安得弟兄不得以任何理由要求收回，即使发明的东西没有出息，也不能讨还这笔款子；最后让大卫同戈安得弟兄合伙，等领到了发明执照，大卫的制造方法由双方共同秘密试验，成功以后，正式经营。条件是一切费用归戈安得弟兄负担；大卫名下的股款拿他的发明执照抵充，日后再分四分之一的利益。你是明白人，极有见识，这在漂亮太太中是少有的；你考虑一下这些办法，准会满意……”

可怜的夏娃伤心至极，直淌眼泪，叫道：“哎！先生，干吗昨天晚上你不来提出这个和解的办法呢？那就免得我们出丑……也不至于闹出更大的乱子了……”

“我同戈安得弟兄的谈判到半夜才结束；你大概也猜到了，他们是拿梅蒂维埃做幌子。可是除了可怜的大卫被捕以外，昨天晚上还有什么更大的乱子呢?”柏蒂-格劳问。

“你看，我一早醒来就得到这个可怕的消息，”夏娃说着，把吕西安的信递给柏蒂-格劳，“现在你这样关切我们，的确是大卫和吕西安的朋友，保守秘密的话用不着对你多交代了。”

柏蒂-格劳看完信，还给夏娃，说道：“你一点不用着急。吕西安绝不会自杀。妹夫被他拖累，抓去了，他当然要找一个借口离开你们。在我看来，这是下台以前的一大篇说白，跟做戏一样。”

戈安得弟兄的目的达到了。他们先折磨发明家和他的家属，然后趁对方疲劳过度，需要歇一歇的时间下手。从事发明的人不一定都像斗牛狗那样狠，会咬着野兽至死不放，戈安得把大卫一家的性格研究得很透彻。在长子戈安得心目中，逮捕大卫是这出戏的第一幕的最后一场。柏蒂-格劳提出的办法是第二幕开始。代理人精明透顶，认为吕西安的一时冲动是个意想不到的机会，可以决定大局。柏蒂-格劳早已发觉妻子对丈夫的影响，看见夏娃为着吕西安弄得六神无主，更想趁此骗取她的信任。所以他不再增加夏娃的绝望，而是竭力安慰，很巧妙地怂恿夏娃就在心乱如麻的时候到监狱去，知道她一定会说服大卫跟戈安得弟兄合作。

“太太，大卫告诉我，他想发财只是为了你和你哥哥。事实证明，想叫吕西安有钱根本是痴心妄想。别说一份，就是三份家私也不禁他花。”

看夏娃的态度，她对哥哥的最后一点幻想也破灭了。代理人说到这里停了一忽，有心让夏娃的缄默变成默认。

接着他又说：“所以，在这个问题上只要考虑到你和你的孩子。要快快乐乐地过活，两千法郎是不是足够，应当由你决定。不用说，你们以后还有老赛夏的遗产。你公公一年有七八千法郎进款，已经有好多年了，资金存放出去的利息还不算在内。归根结底，你们的前途大可乐观，干吗要烦恼呢？”

代理人辞了赛夏太太走了，让她考虑这个远景，这远景是前一天夜里长子戈安得很巧妙地设计的。

安古兰末的银钱老虎听见代理人报告抓住大卫的消息，说道：“你去透露一些口风，让他们知道可能有笔款子到手，只要有钱可拿的念头印进了他们的脑子，他们就逃不了啦；我们再讨价还价，一步一步地逼他们就范，接受他们愿意收买的那个发明的价钱。”

这句话等于这出银钱剧的第二幕的纲领。

赛夏太太一边为着哥哥的下落心中忧急，一边换好衣服，下楼往监狱去。她想到要独自在安古兰末街上露面，好不惊慌。柏蒂-格劳退回来，说愿意陪她同去；他不是同情当事人的痛苦，而是另有一套老奸巨猾的打算；夏娃被他的体贴感动了，向他道谢，他也不道破夏娃的误会。那么生硬那么冷酷的人这时竟有这点心意，使赛夏太太改变了她以前对柏蒂-格劳的看法。

他对夏娃说：“我特意带你绕远路，免得碰到熟人。”

“先生，我第一次走在街上抬不起头来！昨天人家很不客气地点醒我了……”

“第一次，也是最后一次。”

“噢！这个城里我绝不再住下去……”

到监狱门口，柏蒂-格劳对夏娃说：“那些条件我和戈安得弟兄差不多讲定了，要是你丈夫同意，你叫人通知我，我马上带着卡乡的证明来接大卫，大概他不至于再回监狱了……”

在监狱前面说的这几句话，便是意大利人所谓策略。他们用这个名词称呼一种很难说明的行为，或是半正当半奸诈的事情，或是时机恰当而无人指责的骗局，或是近乎合法而做得很妥帖的把戏；

照意大利人的说法，圣·巴德莱米案[1]便是一项政治策略。

十七　坐监的影响

上文已经解释过，债务人受到羁押在内地是极少见的事，所以法国大半城市没有拘留所。真要扣押的话，只能把债务人送往监狱，跟嫌疑犯、轻罪被告、重罪被告、判处死刑的囚徒关在一起。这些在法律上各个不同的名称，在大众口里统统归入一类，叫作刑事犯。大卫被带往安古兰末监狱，暂时送进一间矮矮的牢房，也许是某个犯人刑期满了空出来的。羁押的手续，以及法律规定给监犯一个月伙食费用的手续都办完了，大卫见到一个胖子，对犯人的权力比王上还要大的狱卒！内地从来没有清瘦的狱卒。第一，这是一个清闲的差事；其次，狱卒好比乡村客店的老板，不用付房租，自己吃得挺好，给犯人吃得挺坏；对犯人的住宿，狱卒也同乡村客店的老板一样，照来客的财力安排。那狱卒由于老赛夏的关系，对大卫闻名已久；大卫虽则一文不名，狱卒很放心，当夜给他一个好房间。安古兰末的监狱，后面跟从前的初级法院相连，还是中世纪的建筑，并不比当地的大教堂经过更多的改动，民间始终称为司法衙门。大门中间照例开着一扇便门，全部钉着钉子，外表坚固，又矮又旧，看上去像独眼妖赛克罗普斯，因为门上有一个洞眼，狱卒先在洞上认清了外面的人才开门。沿着底层的门面有一条走廊，廊下一排房间，高高的窗上装着漏斗形的木板，从里边的院子取光。狱卒住的房子同牢房隔一条拱廊。拱廊把底层一分为二，拱廊尽头装着隔离院子的铁栅，一进大门就望得见。狱卒把大卫安顿在靠近拱

① 一五七二年八月二十四日法王查理九世下令屠杀新教徒首领的惨案。八月二十四日为圣者巴德莱米的节日，故称圣·巴德莱米案。

廊的一间房里，房门正对狱卒的住屋。他有心和大卫做邻居，认为这个监犯地位特殊，可以跟他做伴。

狱卒看大卫瞧着屋子发愣，便道："这一间是最好的了。"

房内墙壁是石砌的，相当潮湿。窗洞很高，装着铁栅。地下的石板冷气逼人。守卫在廊下踱来踱去，有规律的步伐在房内听得清清楚楚，像潮水一般单调的声音时时刻刻提醒你：你受着监视！你不得自由！这些细节和整个环境，对一般老实人精神影响极大。大卫看见卧床肮脏无比。可是进监的人第一夜心情特别紧张，要第二夜才发觉床铺硬不可当。狱卒很客气，告诉大卫天黑之前不妨在院子里散步。临到睡觉，大卫开始受罪了。牢房照例不给灯火。这条规则明明是对付罪犯的，若要把在押的债务人除外，必须得到检察官特准。狱卒让大卫在他屋中闲坐，临睡可不能不关进牢房。夏娃的可怜的丈夫这才发现监狱的丑恶和野蛮的习惯，感到恶心。不过多思想的人自有办法同外界隔离，迷迷糊糊地出神，那是诗人睁着眼睛也办得到的。倒霉家伙终于集中精神，想起他的正事来。监狱最容易使人反省。大卫先问自己有没有尽他家长的责任，又想老婆不知伤心得怎么样了；为什么他不用玛利红说的办法，先挣了一笔足够的钱，再消消停停做他的研究工作呢？

他心上盘算："闹了这样的乱子，怎么能再住在安古兰末？出了监狱，怎么办呢？上哪儿去呢？"他又怀疑他造纸的方法。这种苦恼只有发明家能体会。大卫从这一样疑心到那一样，终于看清了他的处境。以前戈安得弟兄告诉赛夏老头儿的话，刚才柏蒂-格劳告诉夏娃的话，大卫自己也提出来了："就算样样顺利，实地制造的成绩还不知道怎么样。领发明执照需要钱……还要有个工厂做大规模的试验，那等于把我的发明公开！……噢！柏蒂-格劳说得一点不错！"

（光线最暗的监狱也会把事情照得透亮。）

大卫躺在一张行军床上，底下铺着一条叫人恶心的棕色粗布垫子，临到睡熟的时候想道："暂且丢开！明儿早上大概就能看见柏蒂-格劳。"

可见夏娃带来的敌人方面的条件，大卫早已做好准备，有意思接受了。老婆拥抱了丈夫，房内只有一把粗糙的木椅子，她只能坐在床沿上，一眼之间看到屋角放着一只肮脏的铜盆，墙上涂满字迹，都是前任"房客"的签名和题词。夏娃通红的眼睛又湿了。她不知哭过多少回，看见丈夫落到囚犯一般的田地，又流出眼泪来了。

她说："这都是追求光荣的结果！……噢！亲爱的，我劝你把事业放弃了吧……咱们还是安分守己，别抄近路想发财了……要我快活也不需要什么享受，吃了这许多苦，我更看得淡了！……你还不知道呢！……你被人抓起来虽然丢脸，还不算咱们最倒霉的事！……你瞧！"

她掏出吕西安的信交给大卫，大卫很快地看完了。夏娃想安慰丈夫，把柏蒂-格劳说吕西安的两句尖刻的话告诉他。

大卫说："吕西安要是自杀，现在已经死了；现在不死，就不会自杀了；他的勇气，正如他自己说的，不能维持到半天以上……"

"可是这样提心吊胆叫人怎么受得了呢？……"做妹子的一想到死，差不多一切都原谅了。

柏蒂-格劳所谓已经获得戈安得弟兄同意的条件，夏娃讲给大卫听了，大卫喜形于色，立刻接受。

他说："有了这笔钱，咱们可以住在乌莫近边的村子上，戈安得弟兄开纸厂的地方；从此我只求清静！如果吕西安受良心责备，寻了短见，咱们在没有拿到父亲的产业以前，也能维持生活；如果吕西安活着，可怜的孩子看我们手头不宽，也会想法适应……戈安得弟兄将来一定靠我的发明赚钱，可是归根到底，我在国内是怎样的人呢？……不过是一个普通的老百姓。只要我的发明对大众有益，我就快活了！告诉你，亲爱的夏娃，你我两人都不配做买卖。咱们既没有唯利是图的心，也没有那种啬苛的本领，把最应该付的钱拖延不付。这两种贪心也许是生意人的品德，大家把这个叫作精明，叫作经商的才干！”

遇到利害关系，两个相爱的人不一定意见一致；如今他们俩看法相同，当然是爱情的最美的果实；夏娃因之很高兴，央狱卒送了一个便条给柏蒂-格劳，说他们俩对和解的方案一致同意，要他来释放大卫。过了十分钟，柏蒂-格劳走进大卫那个可怕的牢房，对夏娃说：“太太，你先回去，我们随后就到……”

“啊，亲爱的朋友，”柏蒂-格劳对大卫说，“你落在人家手里了！怎么你会这样糊涂，跑到街上来的？”

“叫我怎么不出来呢？你看吕西安对我说的什么话。”

大卫把赛利才的信交给柏蒂-格劳；柏蒂-格劳接过去，念了，看了看，捻捻纸张，一边谈着正事一边装作心不在焉地折起信纸，放进口袋。随后代理人挽着大卫的胳膊出去了，他们谈话的当口，狱卒已经收到执达员解除羁押的公事。大卫回到家里，好比进了天堂。经过二十天的幽禁（最后几小时在内地人心目中更是丢尽脸面），他回进卧房，亲着他的小吕西安，像小孩一般淌眼泪。高布和玛利红也回来了。玛利红在乌莫听说有人在到巴黎去的大路上看见吕西安，已经过了玛撒克。进城卖粮食的农夫注意到花花公子的装束。高布骑着马沿着大路赶到芒勒，知道吕西安坐着包车走了，玛隆先生亲眼看见的。

柏蒂-格劳道：“我不是早说过吗？这家伙不是诗人，是一部连续不断的小说。”

夏娃道：“坐包车？这一回他上哪儿去呢？”

柏蒂-格劳对大卫道：“来，咱们去看两位戈安得先生，他们等着呢。”

赛夏太太叫道：“啊！先生，希望你尽量保护我们的利益，我们的前途完全操在你手里。”

柏蒂-格劳道：“要不要在你府上谈判？大卫不用去了，让他们今晚到这儿来，我能不能保护你们的利益，你自个儿瞧吧。”

夏娃道：“啊！先生，这样我才高兴呢。”

柏蒂-格劳道：“那么晚上见，就在这儿，七点左右。”

“谢谢你！”夏娃回答的口气和眼神，表示她对代理人信任多了。

柏蒂-格劳又道：“你看，我叫你不用担心，没有说错吧？你哥哥早已把自杀的念头丢往九霄云外。再说，今天晚上你或许就有一笔小小的财产到手。你的印刷所有正式的买主上门了。”

夏娃道：“既然这样，干吗不等一下再同两个戈安得合伙呢？”

柏蒂-格劳发觉说了实话，差点露马脚，回答说：“太太，你忘了你的机器还受着法院扣押，你先要还清梅蒂维埃的钱，才好出卖印刷所。”

柏蒂-格劳回去把赛利才找来。赛利才走进办公室，柏蒂-格劳带他到窗下，咬着他耳朵说：“明天晚上你可以买进赛夏的印刷所，还有后台老板帮你把印刷执照过户；你总不愿意弄到做苦役犯的下场吧？”

赛利才道：“什么！……什么！做苦役犯？”

“你给大卫的信是假造的，此刻在我手里……亨利埃德上了法庭，你想她会怎么说？……”柏蒂-格劳看见赛利才脸色变了，便补上一句：“我可不想叫你栽跟头。”

巴黎人叫道：“你还要我干什么呢？”

柏蒂-格劳回答：“让我告诉你应当做些什么，你仔细听着！两个月之内，你是安古兰末正式的印刷商……盘进印刷所的本钱可是欠人家的，你十年也偿还不了！……你得替资本家长期当差！并且只能代进步党出面……你和迦纳拉的合伙契约将来由我起草，我有办法在合同上留好地步，使你有一天能变成印刷所的主人……可是，如果他们要办报，如果你做了报纸的经理，如果我在这里当上署理检察官，你必须听长子戈安得指挥，在你报上登些违禁的文字，让公家把你的报纸没收，查封……你帮了这个忙，戈安得准会重重地谢你……我知道你要判罪，要坐牢，不过你也变了被迫害的要人，在进步党内是个角色了，不是像迈尔西埃军曹和保尔-路易·戈里埃，便是成为小小的玛奴哀。我绝不让人吊销你的执照。等到你的报纸被公家查封的那天，我当你的面把你的信烧掉……你看，你发迹的代价并不算高……”

下层阶级的人弄不清合法文书和伪造文书的区别，赛利才仿佛已经到了重罪庭上，听着柏蒂-格劳的话松了一口气。

柏蒂-格劳接着说：“不出三年，我便是安古兰末的检察官，你总有地方用得着我，你想想吧！”

赛利才道：“好吧。可是你还不知道我这个人；请你现在就把我的信当面烧掉，相信我会感激你的。”

柏蒂-格劳瞧着赛利才，两人好像用眼睛决斗。一个是打量对方，眼睛赛过挖掘人心的手术刀；一个竭力表示自己忠诚可靠，用眼睛做戏。

柏蒂-格劳一声不出，点起蜡烛烧了信，心上想：“他还要成家立业呢！”

赛利才道：“从今以后你要我卖命都可以。”

十八　晚了一天

大卫等戈安得弟兄来谈判，心里隐隐然感到恐慌。他牵挂的不是自己的利益，不是关于合同的争论，而是厂商对他的成绩如何评价。他的心情有如剧作家见了审查员。目的快达到的时候，发明家的忧急和自尊心把别的情绪都压下去了。晚上七点左右，夏德莱伯爵夫人听到有关吕西安的种种矛盾的消息，好不难受，推说头痛，上了床，叫了丈夫独自招待客人吃饭；另一方面，戈安得弟兄俩，一个长子，一个胖子，跟着柏蒂-格劳来到他们的同行家里。这同行现在是束手就擒了。他们一开始就遇到一个难题：大卫的制造方法不说明，合伙契约怎么订呢？说明了，大卫在两个戈安得面前变得毫无保障。后来经柏蒂-格劳劝说，决定先订合同。长子戈安得要看大卫的样品，大卫拿出最后造出的一批纸，保证成本的数字绝对可靠。

柏蒂-格劳道："哦！这不是订合同的基础吗？你们可以根据这些样品合伙，在契约上订明，万一出品做不到发明执照上写的条件，合伙关系就取消。"

长子戈安得对大卫说："在房间里用小模子做出少数样品是一回事，大量生产又是一回事。拿一桩现成的事来说：我们造颜色纸买的是同样的颜料，比如把贝壳纸染成蓝色，用的是原箱的靛青，其中每块颜料都是同一批的货色。结果怎么样？纸浆的色调从来没有两锅一样的……原料配制过程中，有些情形我们始终没弄清。纸浆的质地、数量，立刻会改变问题的性质。你在铜盆里放进一份配料，——我并不问你放些什么，——你完全能控制，你能掌握各个部分，可以照你的心思拌啊、搅啊、捏啊，做到全部均匀……但是换了五百令一锅的纸浆，谁保证你的情形完全相同，谁保证你的方法一定成功？……"

大卫，夏娃和柏蒂-格劳面面相觑，彼此的眼神包含很多意思。

长子戈安得停了一忽又道："再举一个相仿的例子。你在草原上割下两捆草，扎紧了放在屋内，照乡下人的说法，不让它们发热；干草照样发热，只是并不出事。试问你会不会根据这个经验，在一间木板盖成的谷仓里堆两千捆干草？……你明知那些草要起火，把你的谷仓像一根火柴似的烧掉。你是有学问的人，你说吧！……此刻你只割了两捆干草，我们就怕纸厂里堆了两千捆烧起来。换句话说，我们可能损失一锅又一锅的纸浆，花了大量的钱，结果两手空空。”

大卫听着怔住了。干实际事务的人讲话句句着实，不像理论家开口闭口脱不了将来两字。

胖子戈安得口气粗暴地说：“我要签这样的合同才见鬼呢！鲍尼法斯，你不怕赔钱由你，我不愿意受损失……我只能代赛夏先生还债，另外给六千法郎……”他又赶紧声明：“其中三千付一年到一年三个月的期票……这样已经够冒险了……我们和梅蒂维埃的往来账上还要挂欠一万二。总数已经到一万五……要我买下发明权来独自经营，我不能出更多的钱了。鲍尼法斯，你和我说的新发明原来是这么回事……真是天晓得！我只道你头脑还要清楚一些呢。老实说，这不是生意经……”

柏蒂–格劳听了这些火气十足的话并不着慌，说道：“你们的问题只是愿不愿意担两万法郎风险，买一样能使你们发财的秘诀？一个人冒的危险总是跟好处成比例的……你们是用两万法郎博一笔财产。人家拿一个路易去押轮盘赌，希望到手三十六路易，可是他明知道一个路易是送掉的。你们如法炮制就是了。”

胖子戈安得道：“让我想一想：我不像我老哥精明。我是老实人，只晓得花一个法郎印的祈祷本子卖两个法郎。我觉得这个发明还在初步试验的阶段，会叫你破财的。第一锅成功了，第二锅失败了，接二连三地做下去，弄得欲罢不能，等到一条胳膊卷进了这复杂的玩意儿，整个身体都会拖下去的……”随后他讲波尔多有个商人，听信一个学者开垦荒地，弄到倾家荡产；他随口举了五六桩相仿的例子，有的在夏朗德州，有的在陶陶涅州，有的在工业方面，有的在农业方面。他越讲越激动，别人无论说什么都听不进了，柏蒂–格劳的意见非但不能使他平静，反而刺激他火气更大。他望着哥哥说："我宁可多花一些钱，买一样比这个发明更可靠的东西，利益少一些也情愿的。"末了又说："据我看，事情还没成熟，不能作为一桩企业来经营。"

柏蒂-格劳说："你们到这儿来不是预备做交易的吗？你们出什么价钱呢？"

胖子戈安得急忙回答："代赛夏先生还清债务，事业成功的话，保证他分三成好处。"

夏娃说："那么，先生，做试验的时期我们靠什么过活？我丈夫被捕，已经丢了脸，再回进监狱也不过如此。债务我们也能还清……"

柏蒂-格劳拿手指按着嘴唇，望着夏娃。

"你们这是不讲理了，"柏蒂-格劳对两兄弟说，"你们见过样品；赛夏老头儿也告诉你们，儿子被他关在屋里，用不值钱的原料一夜工夫造出了上等好纸……你们来收买发明权，你们到底要买不要买？"

长子戈安得说："好吧，不管我兄弟愿不愿意，我来冒一下险，替赛夏先生还债，另外给他六千法郎现金，以后再分三成好处；可是有一点请你们注意，如果赛夏先生在合同上提供的条件一年之内不能实现，必须退还六千法郎，发明执照仍旧归我们，由我们自由处理。"

柏蒂-格劳把大卫拉到一边问道："你有没有把握？"

"有把握的。"大卫回答。他中两兄弟的计，唯恐胖子戈安得破坏谈判，影响他的前途。

柏蒂-格劳对戈安得兄弟和夏娃说："那么，好吧，我回去起草合同；今天晚上给你们各人一份副本，你们可以考虑整整一天，明天下午四点，等我出庭完毕，大家签字。你们两位去撤回梅蒂维埃的控告。我写信去叫人停止上诉，然后我们把撤销诉讼的公事彼此交换。

以下是大卫承担各项义务的说明：

立合伙契约人 ××××××
××××××

兹因安古兰末印刷商大卫·赛夏确称，能纯粹采用植物原料，或以植物原料与习惯采用之破布混合，做成纸浆，使各种纸张成本降低一半以上，并能在锅内平均上胶；大卫·赛夏与戈安得兄弟公司协议合伙，凭日后领到之发明执照，按照上开方法共同经营造纸工业，双方议定条款如下……

这个文件经过长子戈安得周密考虑，并征得大卫同意；其中有一条规定，倘大卫不能履行诺言，即丧失全部权利。

下一天早上七点半柏蒂-格劳送合同来，告诉大卫夫妻俩，赛利才肯出两万两千法郎现款接盘印刷所，当夜可以立契。

柏蒂-格劳说："戈安得弟兄要是知道这件事，可能不签合同，再来难为你们，要求拍卖……"

这笔交易如果早三个月成功，一切都好挽回；夏娃看见久已绝望的事忽然实现，觉得很奇怪，问道："付款没有问题吗？"

"钱存在我那里了。"柏蒂-格劳毫不含糊地回答。

大卫说："这竟是魔术了！"他要柏蒂-格劳解释事情怎么会如此顺利。

柏蒂-格劳说："不是魔术。事情很简单，乌莫有些商人打算办一份报。"

大卫说："我可没有办报的权利。"

柏蒂-格劳说："对你是一回事，对接盘的人又是一回事……

不用担心，尽管收钱，卖契上的条款让赛利才去对付，他有办法的。”

夏娃说：“对啊！”

柏蒂-格劳又说：“你答应人家不在安古兰末发行报纸，赛利才的后台老板可以在乌莫发行。”

夏娃眼看不久能拿到三万法郎，不用再为生活发愁，心里飘飘然，已经把合伙契约看作次要的希望。因此对于合同上最后一点争执，赛夏夫妻俩也让步了。长子戈安得坚持发明执照要用他的名字，理由是大卫的权利在合同上写得明明白白，执照无论用哪个合伙人的名义都没有关系。他兄弟还说：“领执照的钱是我老哥的，旅费也是他的，加起来又是两千法郎！要不用他的名字，这笔生意根本不谈了。”可见银钱老虎在每一点上都如愿以偿。四点半左右，合伙契约签了字。长子戈安得很大方，送给赛夏太太六打刻花刀叉，一条丹诺织的漂亮羊毛披肩，代替佣金[①]，戈安得的意思是要人忘掉过去的争论！一式两份的契约才交换完毕，卡乡把收清债款的凭据、各种文件，连同吕西安假造的三张该死的本票，交给柏蒂-格劳，忽然驿车公司的一辆货车轰隆隆地开到门前停下，接着高布在楼梯上大声叫起来，“太太！太太！一万五千法郎……吕西安先生叫人从博济哀带来的，全是现洋。”

夏娃举起胳膊叫道：“一万五千法郎！”

驿车公司的送货员说道：“是的，太太，波尔多的班车捎来一万五千法郎，嘿！分量不轻呢！底下还有两个人替你搬钱袋。寄款人是吕西安·特·吕庞泼莱先生……我先给你一个小皮袋，里头有五百法郎，恐怕还有一封信。”

---

① 买主除正价外，照例要送一笔小费给卖主的家属，原文叫作“别针费”。我国旧社会中亦有此例，名口笼统地称为中金（或中费）。

夏娃念着信只道是做梦：

亲爱的妹妹，兹寄上一万五千法郎。

我没有自杀，而是把自己出卖了，失去了自由。我不仅做了一个西班牙外交官的秘书，而且身体和灵魂都交给他了。

我要开始一种可怕的生活，也许投河死了倒反干净。

再见了。大卫可以恢复自由，他不难花四千法郎买一个纸厂，挣一笔家私。

但望永远不再想起——

你的可怜的哥哥　吕西安

夏同太太进来瞧着工人堆放钱袋，嚷道："我这个可怜的儿子真是晦气星，他说得不错，他即使有心做好事，也得不到好结果。"

长子戈安得走到桑树广场上说道："好险啊，事情只差一点！再过一小时，这些金子准会照亮赛夏的眼睛，看出合同的毛病。现在他答应三个月为期，到时我们就有办法了。"

晚上七点，赛利才盘进印刷所，付了钱，最后一季的房租也归他负担。第二天，夏娃拿四万法郎交给税局局长，托他用大卫的名义买进年息两千五百法郎的公债。接着写信给公公，请他在玛撒克物色一个价值一万法郎的小庄园，作为她个人的投资。

十九　合伙经营的故事

长子戈安得的计划简单得可惊。他一开始就认为锅内上胶不可能；真正的唯一的发财秘诀，是在破布做的纸浆中掺入不值钱的原料。于是他决意把降低纸浆成本的办法说得毫无价值，他一心追求的是锅内上胶。当时安古兰末的厂家差不多专造书写用纸，所谓银圆纸、阉鸡纸、学生纸、贝壳纸，全是上胶的[①]。安古兰末的造纸业在这方面素负盛名。那是当地厂商的特产和多少年来的独行生意；根据这一点来说，戈安得弟兄的要求自然无可批驳。其实，我们等会儿可以看到，上胶的纸同戈安得的投机买卖根本没有关系。书写用纸的销路极其有限，不上胶的印刷用纸，市场几乎广大无边。长子戈安得到巴黎去用自己的名义申请发明执照的时候，打算做成几笔生意，让他能彻底改变造纸的方式。戈安得住在梅蒂维埃家，对他面授机宜，要他一年之内把供应报馆的纸生意从原来的纸商手中抢过来，办法是削减每令的定价，减到任何厂家做不到的价钱，同时保证纸张的洁白和质地，超过报馆以前用的最好的货色。报馆和纸商订的是定期合同，所以要同报馆的经理部门暗中联络一个时期，才能独家垄断。在梅蒂维埃和巴黎几个主要的报馆——用纸总量达到两百令一天——达成协议之前，戈安得觉得尽有时间摆脱赛夏。不消说，戈安得答应在这些交易中分一部分固定的利润给梅蒂维埃，以便在巴黎有一个能干的代理人，自己也省得出门浪费时间。梅蒂维埃在纸商中是资产最大的一个，原来就靠戈安得这桩生意起家的。十年之内，他承包巴黎各报馆的纸，没有人能和他竞争。长子戈安得把销路安排妥当，回到安古兰末，正赶上柏蒂-格劳的婚礼。柏蒂-格劳的事务所盘出去了，但等后任领到委任状[②]，他就可补弥洛先生的缺，这是夏德莱伯爵夫人替他钻谋的。安古兰末的副署理检察调往利摩日当首席署理；司法部长派了他的一个门下到安古兰末检察署来，首席署理的职位空了两个月。那段空隙的时间正好给柏蒂-格劳度蜜月。

① 上胶是防止吸墨过多。

② 法国的诉讼代理人全国各地都有定额，事务所只能向前任代理人盘下，但仍须获得政府许可，领到委任状后方可开业。

长子戈安得出门期间，大卫做了一锅不上胶的白报纸，质地比当时报馆用的好得多；又做了第二锅出色的仿小牛皮纸，专为讲究的印刷用的，戈安得拿去印了一版教区用的祈祷手册。原料由大卫亲自调配，他身边除了高布和玛利红，不要别的工人。

长子戈安得一回来，形势大变。他瞧着纸样并不怎么满意。

他对大卫说："亲爱的朋友，安古兰末的生意主要靠贝壳纸。我们先要造出最漂亮的贝壳纸来，成本比现在降低一半。"

大卫为贝壳纸试了一锅上胶的纸浆，做出来的纸像刷子一般粗糙，上的胶结成一颗颗硬块。试验完毕那天，大卫拿着纸样躲在一旁，不让人家看见他伤心；长子戈安得却跑去鼓励他、安慰他，恳切得了不得。

"别灰心，"戈安得说，"你尽管试验！我不急，我懂得你，我一定干到底！……"

大卫回去和老婆吃晚饭，说道："真的，我们碰到了好人，没想到长子戈安得这样豪爽！"

他把奸刁的合伙人的话讲了一遍。

试验做了三个月。大卫宿在厂内，观察各种纸浆的效果。一忽儿觉得失败的原因在于破布和原料的混合，便做了一锅纯粹植物原料的纸浆。一忽儿又用纯碎破布做的纸浆上胶。他不屈不挠地干下去，不再提防长子戈安得，当着他的面把性质相仿的原料一样一样试过来，各种原料和各种胶水的配方都试到家了。一八二三年上半年，大卫·赛夏带着高布在纸厂里过活，倘若不在乎饮食、衣着、身体也算过活的话。他拼命和困难斗争，要不是戈安得那样的人，看了准会感动，因为这个勇猛的战士从来不想自己的利益。有一个时期他什么都不想要了，只求事情成功。物质被人制成了物品，内在的抵抗消失以后，另有一些奇怪的作用；大卫用他敏锐的目光随时留意，得出一些工业方面的重要规律，认为要获得我们需要的产品，必须服从事物在后面几个阶段中的相互关系，服从他所谓物质的第二天性。八月中，大卫终究造出一种锅内上胶的纸，同此刻印刷所打校样用的纸完全一样；可是质地不匀，上胶也没有把握。拿一八二三年代的造纸业来说，成绩已经很好了，本钱却花到一万，而大卫还希望解决最后一些困难。那个时期，安古兰末跟乌莫流行一些莫名其妙的话，说戈安得弟兄被大卫拖累，损失不赀；大卫花掉三万法郎试验费，只造出很坏的纸。别的厂商听着害怕，愈加相信他们的老方法；他们还嫉妒戈安得弟兄，散布谣言，说这家野心勃勃的厂不久要破产了。长子戈安得买进一些造卷筒纸的机器，仿佛是给大卫做试验的。事实上老狐狸撺掇大卫只管研究锅内上胶，他自己却用大卫告诉他的原料羼入纸浆，把成千令的白报纸运出去，交给梅蒂维埃。

到九月，长子戈安得找大卫·赛夏谈话。大卫说正在考虑做一次成绩圆满的试验，戈安得劝他不必再挣扎。他很亲热地说："亲爱的大卫，到玛撒克去看看你太太吧，你太辛苦了，应当休息一下；我们也不愿意弄到倾家荡产。你认为了不起的成功只不过是事情的开端。现在我们要等一等，再做新的试验。你得说句公道话，看看结果。我们不光是造纸，还做印刷，还放款，外边已经在说你把我们弄穷了……"

（大卫做了一个极天真的手势，表示他确是好心好意。）

戈安得看到大卫的手势，回答说："五万法郎丢在夏朗德河里，还不至于叫我们破产；我们只是不愿意为了那些中伤我们的话，样样要用现款支付，使我们的买卖停顿。我们都受着合同约束，双方都得考虑一下。"

"他说得不错！"大卫心上想，他平时心思完全集中在大规模的试验上面，根本没留意厂内的情形。

于是他回到玛撒克。最近半年，他每星期六晚上回去看夏娃，星期二早上离家。夏娃听着老赛夏的指点，买下一所屋子，正好在公公的葡萄园前面，附带三个阿尔邦[①]的园子和一小块嵌在老赛夏田地中的葡萄田。她同母亲和玛利红过着十分俭省的生活，因为这块美好的产业，玛撒克最漂亮的庄园还剩五千法郎的买价没有付。屋子坐落在园子和院子中间，材料用的是白凝灰石，屋顶盖着石板，上面有不少雕塑，凝灰石质地松软，不用花多少钱就好做成大量的装饰品。安古兰末的漂亮家具，搬到乡下显得更漂亮了，那时当地还没有人讲究奢华。屋子前面，园中有一行拓榴、橘树和一些名贵的植物，是以前的业主，由玛隆先生送终的一位老将军亲手种的。

有一天，大卫陪着父亲在橘树底下同夏娃和小吕西安玩儿，芒勒的执达员亲自送来一份通知：戈安得弟兄要他们的合伙人选任一个仲裁庭，按照契约规定解决他们的争议。戈安得弟兄要求收回六千法郎，保留发明执照的所有权和以后的利润，作为他们付了巨额费用而毫无结果的赔偿。

赛夏老头儿对儿子说："人家说你把他们弄穷了！那才好呢！你干的事只有这一桩叫我看了高兴。"

第二天早上九点，夏娃和大卫走进柏蒂-格劳先生家的穿堂。他如今变了孤儿寡妇的保护人[②]，大卫夫妇觉得只有请教他才是办法。法官见了从前的主顾，满面春风，一定要留他们吃中饭。

他微笑着说："戈安得弟兄要讨还六千法郎吗？你们买屋子的钱还欠多少？"

夏娃回答："五千法郎，先生，我已经有两千存起来了……"

柏蒂-格劳道："你的两千留着吧。还欠五千！……你们的屋子

---

① 合四千二百至五千一百平方公尺，视地区而异。

② 检察官是孤儿寡妇的法定保护人。

好好收拾一下，还得一万。好吧，两小时以内叫戈安得给你们送一万五千法郎来……”

夏娃做了一个诧异的手势。

法官接着说：“……在这个条件之下，你们协议拆伙，放弃你们合同上的全部权益。你们看行不行？”

夏娃道：“我们拿这笔钱是不是合法呢？”

法官笑道：“完全合法！戈安得弟兄把你们摆布得够了，我要一劳永逸，不让他们再生枝节。听我说：现在我是法官，应当告诉你们事实。戈安得弟兄此刻明明是欺骗你们，可是你们被他捏在手里。他们要提起诉讼，你们不怕麻烦的话，当然可以胜诉。只是你们愿不愿意再打十年官司？什么仲裁啊，专家鉴定啊，尽可来了一次又一次，你们会听到极端矛盾的意见……并且，”他微笑着说，“这里也找不出一个代理人替你们辩护，我的后任没有本领。听我说：与其打一场稳赢的官司，不如吃些亏和解……”

大卫道：“只要让我们太太平平地过日子，无论什么性质的和解我都接受。”

柏蒂-格劳大声唤他的当差，吩咐道：“保尔，去把我的后任赛谷先生请来……”又对两个以前的主顾说：“我们只管吃饭，让赛谷去看戈安得弟兄；再过几小时，你们俩动身回玛撒克的时候，财产是损失了，可是太平了。到手一万法郎便是多五百法郎进款；在你们那个美丽的小庄园上，尽可快快活活地过日子！”

柏蒂-格劳说得不错，两小时后，代理人带着正式文件回来了，两个戈安得签了字，还有十五张一千法郎的钞票。

赛夏道：“这一次多亏你帮忙。”

柏蒂-格劳看见两个老主顾表示惊奇，回答道：“什么帮忙，我叫你们吃了大亏呢。我再说一遍，我叫你们吃了大亏，时间久了，你们自会发觉，不过我知道你们的性格，你们宁可受损失，不想等一等遥遥无期，也许来得太晚的财富。”

夏娃道：“先生，我们不贪图财富，谢谢你使我们能够快快活活地过日子，我们永远感激你。”

柏蒂-格劳道：“天啊！你这么说，我要良心不安了；可是我相信，我今天把事情补救了。我做到法官是靠你们；应当表示感激的是我……再见。”

二十　结　局

日子一久，高布对赛夏老头儿的意见改变了，赛夏老头儿也对高布有了感情，发现他跟自己一样一字不识，也容易喝醉。退休的大熊教退伍的装甲骑兵管理葡萄田，出卖产品，他训练高布，存心留一个头脑清楚的汉子帮孩子们管家；因为他最后一个时期为着他的产业担惊受怕，简直可笑。他把磨坊老板戈多阿当作心腹。

他说：“我闭了眼睛，孩子家里变成什么样，你等着瞧吧！啊，我的天，想到他们的将来我就心惊肉跳。”

一八二九年三月，老赛夏死了，留下价值二十万左右的田产，和大卫的庄园连起来确是一份挺好的产业，高布已经井井有条地管了两年。

大卫夫妻俩还在父亲屋子里找到一批黄金，大约值三十万法郎。外边的传说照例大大地夸张，老赛夏的家私在整个夏朗德州估到一百万。夏娃和大卫的小小产业，同老人的遗产加起来，一年有近三万的收入；因为他们自己的资金过了一个时期才安排，在七月革命的当口买进公债。

到那个时候，夏朗德州的人和大卫·赛夏方始知道长子戈安得的家业有多大。他一共有几百万，当上议员，不久又进贵族院，传闻他在下一届内阁中可能当商业部长。一八四二年，长子戈安得娶了包比诺小姐，她的父亲安赛末·包比诺先生是七月王朝最有势力的一个政治家，巴黎选区的国会议员，兼某区区长。

自从有了大卫·赛夏的发明，法国的造纸业好比一个巨大的身体得到了养料。因为采用破布以外的原料，法国造的纸比欧洲无论哪一国都便宜。荷兰纸绝迹了，不出赛夏所料。大势所趋，恐怕早晚需要办一个王家纸厂，像高勃冷、赛佛、萨伏纳里[①]和王家印刷所一样，这些企业虽然被摧残艺术的布尔乔亚一再打击，至今没有动摇。

大卫·赛夏生了两男一女，夫妇的感情始终如一。他胸怀高洁，绝口不提以前的尝试。夏娃也很聪明，劝大卫把发明家的可怕的志愿放弃了。所谓发明家原是摩西一流，受着何烈山上的荆棘煎逼[②]。大卫拿文艺做消遣，过着懒洋洋的快乐的地主生活，经营自己的产业。求名的念头永远放弃了，甘心情愿做一个耽于幻想和采集标本的人：他从事昆虫学，研究虫类的奇妙的变化，现代科学在这方面还只知道变化的最后阶段。

人人听到检察长柏蒂-格劳的政绩，和有名的普罗凡的维奈[③]不相上下。他的雄心是要做博济哀高等法院的院长。

赛利才常常在政治上触犯禁令，一再判罪，着实有点名气。在进步党的哨兵中间，他是最大胆的一个，外号叫作勇将。他被柏蒂-格劳的后任[④]逼得没有办法，把安古兰末的印刷所卖掉了，加入内地

---

① 高勃冷和萨伏纳里都是法国王家办的地毯厂。赛佛是法国的官窑。

② 摩西在何烈山上看见荆棘燃烧，听到耶和华命令他去拯救人民，免于奴役（见《旧约》）。此处用以譬喻发明家的志愿坚强，好像奉了神的命令一般。

③ 巴尔扎克另一部小说《比哀兰德》中的人物，也是恶讼师出身的检察官。

④ 指柏蒂-格劳后任的署理检察官。

戏院另谋出路，好在他天生会表演，不难在舞台上走红。后来他吃了一个青年女主角的亏，上巴黎去请教科学帮他对付爱神，同时想靠进步党帮忙，捞些好处。

至于吕西安，他回巴黎的情形在“巴黎生活栏”[①]内另有交代。

①《人间喜剧》分为“风俗研究编”“哲学研究编”“分析研究编”三大部门，第一编又分为六栏，“巴黎生活栏”即其中的第三栏。吕西安的结局详见“巴黎生活栏”中的一部长篇《交际花荣枯记》。